À SOMBRA DAS ESPADAS

Kamran Pasha

À SOMBRA DAS ESPADAS

Tradução de
Mariluce Pessoa

EDITORA RECORD
RIO DE JANEIRO • SÃO PAULO

2013

CIP-BRASIL. CATALOGAÇÃO NA FONTE
SINDICATO NACIONAL DOS EDITORES DE LIVROS, RJ

P282s Pasha, Kamran
À sombra das espadas / Kamran Pasha; tradução de Mariluce Pessoa. – Rio de Janeiro: Record, 2013.

Tradução de: Shadow of the Swords
ISBN 978-85-01-09201-4

1. Cruzadas – Terceira, 1189-1192 – Ficção. 2. Ficção histórica. 3. Ficção paquistanesa (Inglês). I. Pessoa, Mariluce. II. Título.

12-3951 CDD: 828.9954913
CDU: 821.111(549.1)-3

Título original em inglês:
Shadow of the Swords

Texto revisado segundo o novo Acordo Ortográfico da Língua Portuguesa.

Editoração eletrônica: Ilustrarte Design e Produção Editorial
Revisão técnica: Lyes Louali

Direitos exclusivos de publicação em língua portuguesa somente para o Brasil adquiridos pela
EDITORA RECORD LTDA.
Rua Argentina, 171 – Rio de Janeiro, RJ – 20921-380 – Tel.: 2585-2000, que se reserva a propriedade literária desta tradução.

Impresso no Brasil

ISBN 978-85-01-09201-4

Dedicado a meu pai, que me ensinou que o amor é mais poderoso do que a espada.

Prólogo

Deserto do Sinai — 1174 d.C.

A Cruz de um vermelho vivo destacava-se contra a túnica branca do soldado.

Vermelho sempre fora sua cor predileta, pensou a menina. A cor das rosas. Do sol poente no litoral, próximo a sua casa. A cor dos cabelos de sua mãe.

Sua mãe.

A menina sentiu as garras férreas da memória dilacerando seu coração. Vira os cabelos da mãe pela última vez naquela manhã, antes de serem enfiados dentro do modesto véu que todas as mulheres judias de respeito usavam no Cairo. Ela, por sua vez, era jovem demais para esconder seus cachos negros, uma vez que o véu só se tornaria obrigatório depois de suas primeiras regras. Nesse ponto, os judeus e os mulçumanos do Egito partilhavam a mesma opinião. Embora seus seios tivessem começado a despontar no início da primavera, o fluxo escuro de sangue menstrual ainda não ocorrera, indicando o desabrochar da maturidade. A menina sempre fora impaciente e rogava a Deus para que o sangue fosse finalmente liberado e sua vida tivesse um novo começo.

E naquele dia Deus a havia escutado, e atendera a suas preces de uma forma que ela jamais poderia esperar ou desejar. Porque o sangue que se derramara naquela manhã não fora o seu, mas o daqueles que ela amava. E sua vida, de fato, tivera um novo começo em meio ao caos dos gritos e da morte.

Eles pensavam estar a salvo. A costa do Sinai era protegida pelos homens do sultão. O belo e novo sultão que invadira o Cairo e destronara o rei enfermo, encerrando a dinastia xiita dos fatímidas e restituindo o islamismo sunita ao Egito. Ela deveria ser jovem demais para entender essas complexas questões de Estado, mas seu pai sempre sustentara que as crianças judias fossem bem versadas na política vigente, pois era a sina de seu povo que as mudanças de rumo nas nações inevitavelmente lhes acarretassem grandes tragédias e o exílio.

Muitos temiam que o novo sultão passasse a perseguir os judeus por terem apoiado os reis hereges que haviam governado o Egito, desafiando o califa de Bagdá. Porém, ele provara ser um homem sábio e tornara-se amigo do Povo do Livro. Os judeus haviam encontrado no sultão um patrono e protetor, e seu próprio tio fora aceito na corte como médico pessoal do soberano.

Como ela desejava que seu tio estivesse com eles naquele dia! Talvez ele pudesse tê-los salvado dos soldados de Cristo que haviam chegado em bando, como gafanhotos. Talvez pudesse ter estancado o sangue que jorrava de membros amputados, aplicado seus bálsamos especiais sobre as queimaduras causadas pelas flechas em fogo. Talvez se seu tio estivesse com eles, os outros tivessem sobrevivido.

Mas em seu coração, a menina sabia que não teria feito nenhuma diferença. Ele teria sido massacrado junto com os demais. E talvez tivesse sido forçado a suportar o horror de ver a própria irmã — sua mãe — ser violentada pelo monstro que agora a perseguia.

O monstro cuja face estava manchada de um sangue tão vivo quanto a Cruz que exibia no peito. Nisso, a menina encontrava um pouco de consolo, uma satisfação cruel, pois o sangue pertencia ao assassino e não a suas vítimas. E fora ela que fizera o sangue correr. Uma pequena vingança, que deixaria uma cicatriz permanente no rosto, antes belo, do rapaz. Sempre que se olhasse no espelho, ele se lembraria do custo do horror que infligira à sua família.

O soldado aproximava-se de seu esconderijo, a espada de folha larga em punho, enegrecida pelo sangue seco e pelas entranhas do massacre que ele perpetrara. A menina adentrou ainda mais as fendas ensombreadas da caverna. Sentiu algo rastejando em suas costas. Uma aranha, ou talvez um escorpião. Por um instante, desejou que fosse este último, e que a picada letal a levasse, antes que o cavaleiro ensanguentado terminasse o que havia começado. Seus quadris ainda queimavam do ataque brutal, e ela ainda sentia o repugnante odor do sêmen dele secando em suas coxas.

Os olhos brilhantes do soldado vasculhavam a planície do deserto, como um lobo à procura de uma ovelha ferida. As pegadas da menina deveriam tê-la entregado. Mas a área estava coberta de rastros de camelos de outra caravana que passara por ali no dia anterior, e os vestígios dela estavam perdidos na terra revolta. As colinas vermelhas eram acidentadas e cobertas de rochas grandes o suficiente para esconder uma menina do seu tamanho. Seriam necessárias horas para vasculhar todas as fendas e aberturas daquela terra inóspita.

Ele deveria ter dado meia-volta e se juntado a seus homens, que naquele momento deviam estar dividindo o espólio do exitoso ataque. A caravana se dirigia a Damasco repleta de valiosos itens para serem negociados — ouro e marfim da Abissínia, belos xales de lã tecidos por nômades berberes do norte da África para o noroeste — e tal carregamento transformava esses assassinos em homens ricos. Se o seu caçador fosse sábio, ele teria esquecido uma menina indócil e se concentrado em garantir sua parte da riqueza.

Ela, no entanto, não vira nos olhos dele nenhum sinal de sabedoria. Nenhum sinal de humanidade. Apenas uma sombra que a aterrorizava mais do que o brilho cruel de sua espada. Era um ódio tão visceral, tão intrinsecamente torpe, que ele não mais se assemelhava a um ser humano, e sim a um demônio que havia escapado das profundezas de Geena.

E o demônio estava a ponto de alcançá-la. A menina podia escutar-lhe a respiração, o ar soando como o silvo de uma serpente ao escapar dos pulmões. E por uma fração de segundo, imaginou até mesmo distinguir as assustadoras batidas do coração, ressoando em busca de vingança.

Os olhos do rapaz recaíram sobre a fresta escura da caverna, a fenda coberta de sombras da pesada cortina de rochas em toda a volta. E ela viu um sorriso abrir-se no rosto dele, os dentes brilhando sob a forte luminosidade do deserto.

Então o fim havia chegado. Entretanto, por alguma razão, ela não sentiu medo. Na verdade, não sentiu absolutamente nada. Seu coração estava vazio de emoções, e ela não conseguia lembrar-se de como era rir ou chorar. Tudo isso lhe fora arrancado no horror do ataque, ao ver seus entes queridos dilacerados por homens que se consideravam soldados de Deus. O mesmo Deus que seu povo acreditava tê-lo escolhido para um grande destino.

Todas as terríveis histórias que seu pai lhe contara do passado de seu povo haviam, afinal, se tornado reais naquele dia. As histórias que ela acreditava serem fábulas trágicas dos antigos eram todas verdadeiras. De fato, elas eram a única verdade para um povo que havia sido escolhido por um Deus que exigia um preço alto demais por Seu amor.

Naquele momento, enquanto o guerreiro ensanguentado se aproximava de seu pequeno refúgio, ela odiou Deus por ter escolhido seu povo. Por colocar sobre os judeus a maldição de ser especial, uma carga que trouxe consigo apenas desolação e perda. Foi graças a seu povo que esse estrangeiro de pele clara e fala estranha conheceu o Deus de Abraão, e, no entanto, esse conhecimento não o tornara um homem melhor. Na verdade, inflamara nele uma raiva absoluta que trouxe apenas sofrimento a este mundo. Seu povo havia transmitido à humanidade o conhecimento de Deus, e, em troca, os homens tornaram-se demônios em nome desse mesmo Deus.

Ela queria amaldiçoá-lo, renunciar a Ele, assim como Ele abandonara o próprio povo, expulsando-o de sua terra natal e deixando-o vagar pelo mundo como se fosse o mais detestável dos clãs. E assim ela teria feito, se não tivesse visto aquilo.

O colar.

Uma simples pedra de jade incrustada numa corrente de prata coberta de contas reluzentes. Pertencera a sua mãe e fora arrancado de seu corpo profanado por esse monstro há apenas uma hora. E ele o exibia em torno do pescoço como um troféu selvagem. Naquele instante, ela desejou saltar das sombras e arrebatar-lhe o colar do pescoço. Isso significaria sua morte, mas pelo menos morreria segurando a pequena joia preciosa que sua mãe tanto amara.

O fogo em seu coração inflamava-se numa raiva feroz, e a menina encurvou os dedos como garras, pronta para atacar. Arrancaria os olhos daquele assassino com seus dedos pequeninos, dilaceraria seu pescoço com os dentes como uma leoa que ataca sua presa. Ele não era um ser humano, e ela também havia deixado de ser. A barbárie que a menina testemunhara naquele dia destruíra todas as suas ilusões. Não obstante o chamado da Torá para que os homens se tornassem melhores do que os anjos, a verdade era que todos os homens eram animais, e nada mais do que isso. O Deus de seu povo os abandonara, e agora ela mostraria a Ele o resultado de Sua criação.

Ela inclinou-se para a frente, os joelhos pressionados contra o peito, preparada para saltar no instante em que o soldado chegasse mais perto da caverna. Teria de agir naquele instante, saltar como uma chita, tirar proveito da surpresa para derrubar sua vítima.

Mas, quando se preparava para agir, viu um pequeno raio de luz, como uma estrela, brilhando no peito do homem. Era o colar, a pedra de jade que refletia o sol do deserto em toda sua fúria. Então seus olhos recaíram sobre os símbolos gravados no jade. Quatro letras hebraicas — *Yud Hei Vav Hei.*

O tetragrama. O nome sagrado de Deus.

A palavra sagrada, que não podia ser pronunciada nem repetida em voz alta, brilhava como uma esmeralda em contraste com a veste branca do guerreiro. Ao fixar a vista naquelas letras misteriosas, a menina sentiu algo estranho acontecer com ela. A fúria em seu interior foi aplacada. E em seu lugar, sentiu uma paz e uma serenidade extraordinárias. Ao contemplar o nome de um Deus em quem não mais acreditava, a menina se descobriu recordando as noites serenas em que dirigia o olhar à mãe, enquanto esta cantava canções suaves até as duas adormecerem. Ao ver o colar, aquela pedra sagrada, de repente sentiu-se em segurança outra vez, como sempre se sentira ao descansar nos braços da mãe.

Ela inclinou-se para trás, a tensão do corpo desaparecendo. O homem podia entrar, tomar posse de seu corpo e de sua vida, e no final isso não faria diferença alguma. Seu povo seguiria em frente, e seu nome seria adicionado como mais uma nota triste, porém bela, aos cânticos de sua nação.

Estranhamente, a despeito de seus sentimentos inclementes para com Deus, uma antiga prece penetrou seu coração. Ela sentiu as palavras da Shemá lhe subirem aos lábios, e as repetiu em silêncio.

Escuta, Ó Israel, o Senhor nosso Deus é o único Senhor.

O vento soprou e a areia ergueu-se do lado de fora, uma cortina de poeira elevando-se entre ela e o inimigo. Desencadeara-se uma tempestade de areia sobre eles, obscurecendo a luz do sol.

Ela fechou os olhos, permitindo-se ficar protegida pelas sombras, deixando a escuridão envolvê-la. Não sabia em que mundo acordaria, ou se, de fato, havia algum mundo além daquele que chegara ao fim. Mas isso não importava.

No silêncio, havia paz.

A MENINA MEXEU-SE E viu que a escuridão que envolvera a caverna lançava-se agora sobre o mundo todo. Não enxergava nada, entretanto sabia que havia uma imensidão ao seu redor, que se estendia até o infinito. Seria esse o reino da morte?

Ouviu então o uivo de um chacal e o assobio do vento na areia, e logo percebeu que ainda estava no mundo dos homens.

De joelhos, arrastou-se até sair da caverna que fora seu santuário e atingiu a planície desértica. A noite caíra, e o céu estava iluminado por mais estrelas do que poderia imaginar. Era como se o firmamento fosse um lençol de diamantes brancos, queimando com um fogo frio.

Sentiu um tremor e envolveu o corpo com os braços. A temperatura caíra bruscamente, e ela não conseguia acreditar que poucas horas antes o deserto fervia com um calor sufocante. A menina olhou à sua volta e viu que estava sozinha, tendo apenas as gigantescas dunas e um mar de pedras a lhe fazer companhia.

Não havia sinal do homem que a estuprara e matara sua mãe.

Com esse pensamento, sentiu as garras da memória dilacerarem seu coração novamente. Seus joelhos cederam, e ela caiu no chão, o vômito subindo-lhe à garganta e o terrível gosto da bile dominando seus sentidos.

Permaneceu no chão do deserto por algum tempo. Queria chorar, mas não conseguia. Era como se a menina que fora no dia anterior, cheia de vida e sensibilidade, houvesse desaparecido para sempre. Por mais que tentasse, seu coração não reagia. Não permitia que a dor lancinante que a destruía viesse à tona e fosse libertada.

Então ela a prendeu ali dentro e trancou a porta para sempre.

A menina levantou-se e aprumou o corpo, a cabeça erguida com dignidade, o rosto tão frio e inabalável como as estátuas antigas de Ísis que ainda se encontravam no Egito. Olhou à sua volta de novo e viu à distância o tremular de luzes. Em algum lugar na linha do horizonte, havia um acampamento e fogueiras. Certamente não seriam os soldados da Cruz, que não se arriscariam a dormir no Sinai e cair nas mãos das patrulhas do sultão. Era mais provável que fossem beduínos, pastores de cabras que viviam ao ar livre, assim como faziam nos dias em que Moisés andava por este deserto como exilado. O que ela também era agora. Uma exilada.

A menina judia sabia que precisava encontrar ajuda. Sem comida e água, o deserto a levaria em poucos dias. Os beduínos eram sua única esperança.

Virou-se em direção à luz distante e depois parou, seus olhos recaindo sobre algo a seus pés que brilhava sob o clarão das estrelas. Abaixou-se e percebeu um pedaço de calcário que resplandecia como a lua.

A menina apanhou a pedra, sentiu seu pó macio acariciar-lhe os dedos.

Olhou para a direita e viu a rocha avermelhada que servira de teto do seu pequeno abrigo. Andou naquela direção e, com uma caneta improvisada, escreveu sobre a pedra, gravando letras em árabe. Sua antiga língua não era mais usada por seu povo fora dos rituais de oração. E ela não sentia mais nenhuma vontade de orar.

A menina não sabia se sobreviveria. Era muito provável que o deserto a consumisse antes que avistasse outro ser humano. E então quis deixar aquela marca, um registro final de que ela existira, de que era importante.

Deus se esquecera dela e de seu povo, porém, ela jurou que, pelo menos naquele pequeno canto de um mundo em pedaços, as pedras se lembrariam de seu nome.

Miriam.

1

Os Cornos de Hattin – 1187 d.C.

"Diz-se que Deus é propenso a ironias. Talvez seja por isso que Sua cidade, destinada à paz, conheça apenas a guerra e a morte."

O pai do rabino lhe dissera isso um dia, quando ele era um jovem irrequieto e ainda virgem. Ele mudara muito nos anos que haviam transcorrido desde então. Seu desejo de aventura fora superado pelo extremo anseio por serenidade. Sua noite de núpcias era uma lembrança distante, porém, ainda agradável. O homem idoso aprendera que muito daquilo em que acreditara na aurora de sua vida era, na melhor das hipóteses, incompleto. Na pior, falso. Entretanto, aquelas palavras mostraram-se muitas vezes verdadeiras. O Deus da ironia era uma descrição precisa do Ser inefável e imprevisível do qual o cosmos derivava sua essência. Talvez não fosse justo chamar Deus de brincalhão, mas Ele sem dúvida tinha senso de humor.

Como seu povo, o homem idoso era um andarilho. Ele buscara a Face de Deus nos jardins sombreados de Córdova. Seus pés cansados haviam percorrido os caminhos da rainha de Sabá pelos desertos africanos. Seus olhos cinzentos encheram-se de lágrimas diante das pirâmides, que já eram antigas quando Moisés brincava à sua sombra. Contudo, aprendera em suas viagens que todos os caminhos terminavam ali, no umbigo do mundo. Na Terra Santa. Jerusalém.

Jerusalém fora a recompensa de muitos conquistadores, poucos dos quais haviam sido amigáveis com os judeus. Seu povo fora banido e lançado ao vento, no entanto, nunca esquecera a cidade de Davi. Em suas almas e em seus sonhos, ela os chamava de volta.

Então os filhos de Ismael surgiram do deserto para reivindicar sua parte no legado de Abraão. Por um tempo, houve paz, e os filhos de Isaac começaram a retornar para casa.

E foi assim, até surgirem os francos. Pobres, iletrados, cheios de ódio. Eles tinham a intenção de reconquistar Jerusalém em nome de seu Cristo. O rabino havia lido os ensinamentos desse Jesus de Nazaré e não encontrara nada que explicasse o horror que eles infligiram.

Os francos massacraram os velhos e os indefesos. As mulheres. As crianças. Mataram os muçulmanos como infiéis e, em seguida, outros cristãos como hereges. Juntaram todos os judeus que restavam e os trancaram na sinagoga. Em seguida atearam fogo ao local.

No fim, os lamentos cessaram, pois não havia sobrado ninguém para lamentar.

Mais tarde, os historiadores francos vangloriaram-se dizendo que o sangue correra nas ruas de Jerusalém até os tornozelos de seus soldados protegidos por armaduras. Porém, o massacre de dezenas de milhares de pessoas na Terra Santa foi o menor de seus crimes. Em Maarat, uma cidade até então imaculada, conhecida por seus vinhedos e campos de oliveiras verdejantes como esmeraldas, uma maldade inominável surgiu das profundezas do Inferno. O rabino vomitou depois de ler o relato completo de Alberto de Aix, o cronista franco que presenciou e glorificou a maior vitória de Satã sobre os corações dos homens. Pois em Maarat, os cruzados não se restringiram a massacrar a população. Eles canibalizaram suas vítimas. Homens e mulheres foram cozidos em panelas de barro. Seus filhos empalados em espetos de madeira e assados vivos.

O rabino antes considerava essas histórias exageros típicos dos fomentadores de guerras e dos loucos, assim como as histórias sangrentas da conquista da Palestina por Josué no Livro Sagrado. Cantigas de ódio cujo intuito era aviltar a humanidade do adversário, não relatos verdadeiros de acontecimentos históricos. Porém, ele aprendeu que os francos eram bem literais, não dados a poesias nem a figuras de linguagem.

Como seu povo, o rabino era conhecido por muitos nomes. Para os árabes e seus irmãos entre os sefardis, ele era o xeque Mussa ibn Maimun, rabino-chefe do Cairo e médico pessoal do sultão. Os pálidos asquenazes o conheciam apenas por seus escritos detalhados e eloquentes sobre questões legais e teológicas, que se difundiram pelas gloriosas cordilheiras da Espanha até as terras sombrias conhecidas como Europa. Eles o chamavam de Rebbe Moshe Ben Maimon na língua de seus antepassados. Os mais entusiásticos de seus seguidores o reverenciavam chamando-o de "Rambam", embora ele não se considerasse digno de nenhuma devoção especial.

E os bárbaros francos, pelo menos os poucos que sabiam ler e escrever, referiam-se a ele como Maimônides. Chamavam-no também de assassino de Cristo e de vários outros epítetos também reservados a seu povo em geral, mas o rabino tentava não levar isso para o lado pessoal. Afinal, aqueles eram homens ignorantes e primitivos.

Maimônides dirigia-se devagar ao pavilhão do sultão, passando a mão pela barba cerrada, como sempre fazia quando estava absorto em pensamentos profundos. Seu corpo não estava cansado, no entanto, uma força maior do que a fadiga consumia sua alma. O peso esmagador, opressivo da história. Ele não sabia se sobreviveria àquele dia e queria aproveitar cada alento como se fosse o último. Porém, o odor fétido de tochas e excrementos humanos e animais envenenava o ar. Maimônides teria rido, se seu senso de humor não tivesse sucumbido aos horrores da guerra.

A mente do rabino fazia mil perguntas a seu Senhor. Ó Deus da ironia, Te regozijas até mesmo com os mais sutis caprichos da fortuna? Que um estudioso amante da paz encontre seu destino no golpe sangrento da espada de um cruzado — isso não é bastante para que Te divirtas? É realmente necessário que as últimas lembranças dele sejam marcadas pelo fedor de doenças e de fezes, pelo cheiro do campo de batalha?

Mas seu Deus, como sempre, não respondeu.

Maimônides virou-se para ver os preparativos para a batalha. Soldados árabes de turbantes, os quais trabalhavam ao lado de cavaleiros curdos de pele clara e guerreiros núbios majestosos, deslocavam-se como formigas no campo de batalha. Os laços que os uniam num propósito comum eram intensificados por uma energia premente que parecia fulgurar no ar. A sensação era tão real que Maimônides sentiu os pelos das costas de suas mãos arrepiarem-se. Aquele era o poder do destino. Aqueles homens sabiam que estavam no limiar da história. Não importava se vivessem ou morressem, suas ações estariam para sempre escritas no livro do tempo. Seus atos seriam avaliados e julgados por mil gerações que ainda estavam por vir.

O homem idoso continuou seu caminho, conduzindo-se em meio a uma série de mulas e corcéis árabes, além de uma ocasional cabra que conseguira escapar do cercado de um açougueiro. Passou por uma fila de camelos, alguns carregando flechas com pontas laminadas vindas de Damasco para reabastecer o exército, enquanto outros traziam a preciosa água do lago Tiberíades ao norte. Sua comitiva na longa jornada vinda do Cairo dissera que a *jihad* dependeria da água para sua vitória ou derrota. O sultão havia formulado uma estratégia que se baseava em cortar o suprimento de água dos francos por um tempo longo o suficiente para enfraquecê-los antes da investida das forças principais.

Os guerreiros fortemente protegidos por armaduras descarregavam seus camelos sem prestar atenção ao médico idoso. Eles vicejavam o fogo da juventude e importavam-se pouco com aqueles que davam os últimos passos na caminhada da vida. Estavam sob o encanto do Deus da ironia, claro, pois Maimônides sabia que provavelmente sobreviveria à maior parte daqueles rapazes confiantes e presunçosos. Ele se perguntava quantos seriam enterrados no dia seguinte ao pé dos montes gêmeos conhecidos como os Cornos de Hattin. Indagava-se se restaria alguém para enterrá-los.

Maimônides chegou ao pavilhão do sultão e cumprimentou com um gesto de cabeça os dois egípcios que estavam à entrada, brandindo suas cimitarras. Os guardas, irmãos gêmeos que possuíam a mesma crueldade nos olhos e os mesmos maxilares inflexíveis, afastaram-se para o lado. Eles particularmente não gostavam do judeu, mas aquele homem era da confiança do sultão. Maimônides sabia que poucos homens tinham acesso ao governante, e pouquíssimos ainda podiam ser considerados amigos. Foram necessários anos de serviços leais para conquistar a confiança do sultão, uma jornada que começara quando ele foi chamado à Cidadela do Cairo para curar uma dolorosa febre do mais recente conquistador. Maimônides frequentemente refletia sobre as estranhas idas e vindas do destino que o haviam transformado de um modesto médico em um influente conselheiro de um rei.

O rabino entrou na tenda. Mais uma vez, admirou a simplicidade do local. Não havia muita diferença entre o pavilhão e as humildes instalações dos soldados egípcios. Nenhum troféu grandioso ou ornamentos de ouro. Nenhum tapete de luxo importado de Isfaã para forrar a terra seca de Hattin. Apenas um abrigo provisório feito de linho verde listrado com a bandeira do sultão, o símbolo da águia oscilando em um mastro improvisado à entrada. O sultão evitava as exibições normais de poder. Maimônides sabia que aquela era uma das muitas razões pelas quais o soberano conquistara a total lealdade de seus homens. Ele era um deles em vida e, talvez aquela noite, na morte.

Dentro da tenda real, o rabino encontrou seu senhor examinando os mapas dos arredores. O sultão era um excelente tático militar, cujo segredo se encontrava na atenção que dava aos detalhes. Um general precisa conhecer todas as irregularidades do terreno, todos os montes, todas as depressões do campo de batalha melhor do que conhece os contornos do corpo de sua mulher, disse uma vez o sultão. Na guerra não há margem para erros. Um engano poderia retardar o avanço de um exército, mudar o destino de toda uma civilização, como o equívoco árabe em Tours, 450 anos antes, que impediu a expansão islâmica na Europa. O sultão vivia no implacável resplendor da História e não podia sequer permitir-se o luxo do menor deslize.

Maimônides parou atento diante do sultão, com cuidado para não interromper sua concentração. Seu senhor passou a mão pelo pergaminho desgastado uma última vez antes de erguer a vista e olhar para o conselheiro. Sua testa bronzeada contraíra-se em sua reflexão, o rosto era uma máscara de determinação férrea, mas seus olhos escuros iluminaram-se de forma genuinamente calorosa.

O sultão Salah al-Din ibn Ayyub, conhecido pelos francos como Saladino, era um homem sem igual. Como o rei Davi, inspirava em seus seguidores a sensação de estarem na presença de algo superior à vida, como se uma centelha do Divino caísse dos céus e acendesse um fogo que consumia os corações dos homens. Saladino era mais do que um líder. Era um catalisador. Como Alexandre e César antes dele, o sultão viera para transformar o mundo com sua singular força de vontade.

O sultão deu um passo à frente e abraçou o rabino, beijando-o na face. Maimônides ficara, uma vez mais, impressionado com a aparência jovem do soberano. Jovem, não. Perene. A barba era negra como a noite, sem um fio grisalho, mas seus olhos castanhos eram poços antigos que brilhavam com inefável tristeza. Os anos de guerra com os francos haviam transformado Saladino em um grande enigma. Seu corpo parecia ficar mais jovem com o tempo, porém os olhos estavam mais velhos. Era como se cada vitória contra a ameaça dos cruzados revigorasse sua forma externa, mas drenasse sua alma.

— A paz esteja convosco, velho amigo! Quando chegou? — O sultão conduziu o rabino a uma almofada de seda e o convidou a sentar-se. O manto de Saladino, com as mesmas cores pardas de seu querido deserto, ondulava com a graça natural de seus movimentos. O sultão caminhava como um tigre; cada passo emitia uma aura de tranquilidade espontânea, porém transbordava a tensão mal suprimida de um predador.

— A caravana com as armas do Cairo acabaram de chegar, *sayyidi* — disse o rabino. — Nós nos atrasamos devido a uma emboscada dos francos. — Maimônides aceitou agradecido um cálice de prata cheio de água fresca do Cáucaso.

O semblante de Saladino assombreou-se.

— Você está ferido? — perguntou ele, seus olhos estreitando-se de preocupação e revelando uma raiva silenciosa.

— Eu estou bem, graças a Deus — respondeu Maimônides. — Foi um pequeno grupo que andava atacando o Sinai desde o inverno. Seus homens eliminaram todos facilmente.

Saladino fez um gesto de compreensão com a cabeça.

— Vou me informar dos detalhes mais tarde com o capitão de armas — disse ele. — Meu coração está feliz por você estar aqui. Vamos precisar da mão habilidosa de um médico quando a batalha terminar. — O sultão levantou-se e voltou a examinar o mapa. Maimônides colocou o cálice de lado e o seguiu. Saladino apontou para o pergaminho, marcado com símbolos misteriosos. Obviamente o Sultão nunca lembrava que planos militares eram tão ininteligíveis quanto hieróglifos para o rabino, mas Maimônides deixava-se levar, fingindo entender à medida que a voz de seu senhor se elevava com entusiasmo.

— O exército franco se reuniu todo em Hattin — comentou ele. — Nossos espiões garantem que toda a legião de Jerusalém se juntou às forças costeiras num plano para esmagar nosso exército.

Maimônides franziu o cenho.

— Não sou um tático militar, *sayyidi*, mas isso não me parece uma ação inteligente da parte deles — observou o rabino. — Jerusalém é o verdadeiro objetivo da *jihad*, como os francos bem sabem. Caso nossas forças consigam ultrapassar a linha de frente, a cidade ficará sujeita a ser tomada. Eles devem estar muito confiantes.

Saladino riu, seus olhos de repente joviais de alegria.

— Eles não são confiantes, são apenas impulsivos. Não tenho dúvidas de que essa tática suicida foi planejada pelo próprio Reinaldo.

Maimônides se empertigou à menção do nome do nobre franco que havia aterrorizado a Terra Santa durante anos. Reinaldo de Kerak era um verdadeiro bárbaro, cujos feitos sangrentos envergonhavam até mesmo os mais cruéis dos francos. A irmã do rabino, Raquel, e a família dela tiveram a infelicidade de cair nas mãos do bando de Reinaldo 13 anos antes num ataque a uma caravana comercial nas proximidades de Ascalon, no Sinai. Apenas a filha mais nova de Raquel, Miriam, escapou viva e se escondeu no deserto antes de ser encontrada por um beduíno bondoso que a ajudou a retornar ao Cairo.

Miriam nunca falou sobre o que aconteceu durante a emboscada, nem como conseguiu sobreviver. Para o desolado Maimônides, bastava saber que Raquel e o marido, Yehuda, haviam perecido no ataque brutal. Maimônides nunca soubera verdadeiramente o que era o ódio até ver Miriam depois daquela investida. Os brilhantes olhos verdes da moça estavam mortos, seu riso, silenciado. Naquele instante, a guerra deixara de ser um rumor distante. Empurrar os francos de volta para o mar tornara-se o objetivo de sua vida, não apenas o lema vazio de um mero patriota, refestelado num sofá macio, enquanto outros lutavam em seu nome. Maimônides se perguntava quantos homens no exército de Saladino estavam ali por razões semelhantes. Para vingar uma atrocidade pessoal cometida pelos cruzados. Para vingar-se de Reinaldo de Kerak.

Saladino notou o abalo sentido pelo amigo e tocou seu ombro em solidariedade.

— Prometi a Alá que mostraria misericórdia para com os francos se Ele nos desse a vitória hoje — disse o sultão. — Mas não fiz essa promessa em relação a Reinaldo.

— Como homem de Deus, não posso pregar a vingança — observou Maimônides, um leve tom de arrependimento na voz.

— Deixe a vingança por conta dos guerreiros — replicou Saladino. — Eu gostaria de achar que há pelo menos alguns homens não maculados pelo sangue neste mundo.

O sultão foi interrompido pela chegada de seu irmão, Al-Adil. Mais alto do que ele, com uma vasta cabeleira avermelhada em desalinho e olhos negros como o piche, era bravo e forte como Saladino, mas não compartilhava de seu tino diplomático. Al-Adil entrou nos aposentos do sultão e olhou desconfiado para Maimônides. O rabino sempre se sentia pouco à vontade na presença do gigante de cabelos de fogo. Não sabia por que o irmão de Saladino sentia tanta antipatia por ele. Às vezes achava que era por ele ser judeu. Porém, os filhos de Ayyub haviam sido educados para seguir o melhor da tradição do Profeta e respeitar o Povo do Livro. Al-Adil sempre tratara outros judeus com cortesia, mas, por alguma razão, escolhera não estender a mesma simpatia ao rabino-chefe.

Saladino voltou-se para o irmão.

— Quais são as novidades?

Al-Adil hesitou, olhando para Maimônides como se questionasse se o homem idoso deveria fazer parte do conselho de guerra antes de continuar.

— Os cavaleiros templários estão reunidos em formação no acampamento franco. Nossos arqueiros estão preparados para investir.

Saladino assentiu com a cabeça.

— Então as trombetas de Alá nos chamaram ao destino.

Ele fez sinal para que Maimônides o seguisse ao sair da tenda, assim como seu carrancudo irmão.

Fez-se silêncio no acampamento quando o sultão surgiu. Sua chegada assinalava o início do fim. Por quase noventa anos os exércitos muçulmanos estavam presos numa batalha inglória contra os invasores francos. Haviam sofrido terríveis perdas e humilhações, nenhuma maior do que a ocupação de Jerusalém e a profanação da mesquita de Al-Aqsa. A mesquinhez tribal e as guerras fratricidas haviam transformado o sonho de vitória sobre os bárbaros em uma miragem no deserto — sedutoramente convidativa, que parece sempre ao alcance, porém, em essência, fugaz e ilusória. Até hoje.

Saladino conseguira o impossível. Unira os reinos guerreiros do Egito e da Síria após um século de caos. Os cruzados haviam finalmente sido encurralados, pelo mar e por falta de visão estratégica. E agora os exércitos muçulmanos unificados mantinham sua adaga apontada para o coração do reino franco. A batalha de Hattin determinaria o futuro da Terra Santa e o destino do povo árabe. Os soldados sabiam que a vitória naquele dia significaria o triunfo sobre as forças da barbárie e da ignorância que ameaçavam fazer o mundo civilizado retornar à escuridão da incivilidade que ainda encobria a Europa. Se Saladino fosse derrotado, deixaria Damasco e Cairo vulneráveis à invasão dos cruzados, e o califado desapareceria nos sumidouros da História.

Era por isso que ele estava ali, supervisionando a batalha final pessoalmente. Saladino confiava em seus comandantes, gênios militares como seu corajoso sobrinho Taqi al-Din e o general egípcio Keukburi. Porém, o resultado desse conflito, bom ou mau que fosse, recairia somente sobre os ombros de Saladino nos anais da história. Portanto, quando chegou a notícia de que os francos, desesperados em busca de água para reabastecer seus depósitos que escasseavam, estavam a caminho dos poços de Hattin, Saladino deixou para trás a segurança de seu acampamento em Kafr Sabt, meio caminho entre Tiberíades e a fortaleza dos cruzados, em Saffuriyah, para assumir o controle da batalha iminente.

Ao se aproximar da linha de defesa, Saladino olhou com orgulho para os seus soldados. Os arqueiros montados, usando túnicas de seda sobre as couraças, postavam-se como estátuas gregas de Ártemis, prontos para a caça. O regimento permanecia orgulhosamente por trás dos estandartes vermelhos e amarelo-claros. Bandeiras exibindo rosas e pássaros oscilavam ao vento, em torno deles.

O sultão pegou uma pequena lente e olhou para o outro lado do campo de Hattin. Estreitou os olhos e examinou o acampamento dos cruzados abaixo. A estratégia de Saladino havia dividido, com êxito, o exército franco, que fora organizado em três colunas. Raimundo de Trípoli conduzia o regimento de vanguarda, que, no momento, estava ocupado em se defender da emboscada de Taqi al-Din na estrada para Tiberíades. Saladino lidara várias vezes com Raimundo ao longo dos anos e passara a respeitá-lo. Diferentemente de muitos de seus compatriotas, o homem era um nobre respeitável que buscava a paz entre os dois povos. Porém, os planos de Raimundo haviam sido frustrados por fanáticos cheios de ódio como Reinaldo, e ele fora forçado, pelo senso do dever, a participar daquela guerra destrutiva. Saladino uma vez dissera a Maimônides que se sentiria muito mal se um dia se visse forçado a matar Raimundo no campo de batalha. Entretanto, não restavam dúvidas na mente do rabino de que o sultão faria o que fosse necessário.

O contingente central do exército dos cruzados, que os confrontava logo abaixo, era conduzido pelo próprio Reinaldo, o assassino cruel que Saladino prometera matar com as próprias mãos. Maimônides sabia que Reinaldo conduzira pessoalmente o ataque que resultara na morte de sua irmã. Como médico, ele detestava ver qualquer vida humana ser tirada. Porém, o rabino concluíra, fazia muito tempo, que Reinaldo deixara para trás a condição sagrada de ser humano por conta de sua selvageria desenfreada.

O contingente na retaguarda do exército dos cruzados era conduzido por Balião de Ibelin e dispunha da maior concentração de cavaleiros templários e hospitalários fanáticos. Maimônides sabia que esses homens lutariam até a morte e nunca se renderiam, e fez uma prece silenciosa agradecendo pelo substancial enfraquecimento dos cavaleiros por falta de água e pelas constantes investidas que os soldados de Saladino infligiram ao exército franco. Os tolos ocupavam-se de tal forma em combater pequenos assaltos provocados pelos muçulmanos pela retaguarda que mal conseguiam apoiar a coluna central comandada por Reinaldo. Essas forças encontravam-se agora sozinhas diante da grande massa do exército muçulmano em Hattin. Os regimentos cruzados divididos, sem perceber, haviam caído na armadilha de Saladino.

Maimônides observava seu senhor enquanto ele esquadrinhava o acampamento dos cruzados à distância. O sultão franziu o cenho ao focalizar um pavilhão vermelho no centro da base. Um estandarte azul exibindo uma cruz bordada em dourado oscilava ao vento com arrogância.

— Então chegou a esse ponto, afinal. O próprio rei Guy nos dá a graça de sua presença — observou ele, com certa perplexidade.

Maimônides voltou-se para o sultão, admirado. Aquilo era inesperado.

— Estou surpreso de saber que aquele patife teve coragem de colocar os pés fora dos portões de Jerusalém.

Al-Adil desembainhou sua cimitarra e a ergueu, um impressionante símbolo de poder e desafio.

— Terei imenso prazer em cortar a cabeça de Guy — disse ele. — A menos que você queira que eu lhe conceda essa honra, irmão.

Saladino sorriu, acostumado às explosões de Al-Adil.

— Não é muito adequado para os reis se estraçalharem como cães raivosos — disse o sultão.

Al-Adil bufou. O mundo dele era de sangue e ferro e tinha pouco espaço para idealismo.

— Eles não vão mostrar a mesma misericórdia caso os cavaleiros deles venham a enfrentar você na batalha.

— É por isso que somos melhores do que eles, meu irmão — lembrou-lhe Saladino. — Nossa compaixão é a nossa maior arma. Com ela destruímos a resistência no coração de um homem e mitigamos o seu ódio. Quando derrota-se o rancor, troca-se um inimigo por um aliado.

Al-Adil deu as costas, balançando a cabeça, mas Maimônides sorriu. Saladino era um homem diferente de todos os que o rabino conhecera na vida. Um muçulmano que se curvou diante de Meca, mas que, no entanto, personificava os ensinamentos mais elevados do Talmude. Se homens assim governassem as nações, talvez o Messias chegasse mais rapidamente.

O rabino olhou para o acampamento dos cruzados à distância, do outro lado do campo desolado. Independentemente do curso que a batalha tomasse, ele sabia que o fim estava próximo. Recitou uma oração silenciosa pelos homens que perderiam suas vidas nas próximas horas. Forçou-se a incluir uma prece por aqueles entre os soldados inimigos destinados também à morte, mas não foi do fundo do coração.

2

Reinaldo de Kerak sentiu o sangue ferver. Olhou para a fileira de homens protegidos por armaduras, montados em seus potentes corcéis, lanças em punho, prontos para a ordem de avançar. Os cavaleiros templários e seus irmãos, os hospitalários, eram os guerreiros mais disciplinados que a cristandade já produzira e estavam dispostos a sacrificar suas vidas sem hesitar para derrotar os inimigos de Deus. A raiva dele aumentava ao pensar que sua vantagem estratégica estava sendo desperdiçada à medida que as horas se passavam e as forças adversárias apenas se encaravam com hostilidade na Planície de Hattin. O rei Guy, um fraco imbecil, conduzira mal toda a operação e seu erro crucial fora a decisão de não transportar suprimentos extras de água. Guy esperava que seus homens chegassem ao lago Tiberíades bem antes de enfrentarem os exércitos de Saladino, mas os infiéis haviam bloqueado a passagem de modo imprevisto. Conforme as provisões foram acabando, seus homens começaram a se desesperar, em especial quando viram as tropas muçulmanas jogando baldes de água na terra seca, a certa distância deles, por mero divertimento. A visão do líquido precioso e vital desperdiçado desdenhosamente pelos inimigos se mostrara uma arma psicológica poderosa, fazendo o moral dos soldados despencar ainda mais.

Reinaldo sabia que, se passassem mais um dia sob o inclemente sol palestino, as forças se enfraqueceriam a ponto de terem como única opção a retirada. Ele havia feito o que estava ao seu alcance — muitos dos seus homens receberam vestes coloridas para reduzir a absorção do calor de suas armaduras, artifício que haviam aprendido com os muçulmanos ao longo dos anos. Reinaldo, porém, não tinha o suficiente para suprir uma parte substancial do exército que consistia em soldados recém-chegados da Europa. Diferentemente dos cristãos nativos, esses homens não tinham preparo algum para o clima e o terreno, e caíam, vítimas de desidratação.

Reinaldo entrou de forma abrupta no pavilhão real, empurrando para o lado os guardas dispostos à entrada do aposento interno. O que ele viu elevou seu ódio a um nível que não achava ser possível fora das chamas do inferno.

O rei Guy estava sentado a uma mesa elegantemente trabalhada em marfim ao lado de um ajudante com cara de roedor, jogando xadrez.

Ofegante, Reinaldo dirigiu-se com imponência ao débil soberano. O rei não desviou o olhar do jogo para receber o cavaleiro, mas seu nervoso ajudante encarou-o como se ele fosse a morte em pessoa, que tivesse vindo em busca de uma alma desejada há muito tempo. Guy ergueu uma mão ossuda e moveu sua torre para tomar o bispo de seu ajudante.

— Meu senhor, os templários esperam o seu comando — disse Reinaldo. Suas palavras eram reverentes, mas seu tom de voz estava longe de ser respeitoso. — Vossa Majestade não devia hesitar nesta hora, para nós a mais importante.

Guy parou, levantou, por fim, a cabeça e olhou para o arrogante nobre. Seus cabelos escuros eram ralos e era possível ver claramente seu couro cabeludo repleto de pústulas. Mesmo em meio a sua raiva, Reinaldo teve um instante de satisfação cruel diante da absurda visão das sobrancelhas extremamente espessas do soberano se erguendo em resposta ao desafio do cavaleiro. Reinaldo não tinha dúvidas de que a infestação de piolhos do rei espalhara-se pelo denso labirinto de pelos que ensombreavam seus olhos. Quantas vezes ele imaginara as requintadas torturas que infligiria àquele embusteiro quando o depusesse!

— Há sabedoria na precaução, Reinaldo — disse o rei Guy depois de um longo tempo, sua voz grave e profunda. — Eu gostaria que você já tivesse aprendido isso. Talvez não estivéssemos aqui hoje.

Reinaldo não conseguiu mais conter sua fúria. Fora forçado a sustentar, por um período de tempo longo demais, a farsa de que Guy não era apenas uma figura meramente simbólica. O trono de Jerusalém fora concedido ao tolo num acordo para evitar que os nobres hostis se digladiassem depois que o rei Balduíno sucumbira à lepra. Reinaldo sabia que ele e seus irmãos entre os cavaleiros templários eram o coração do reino de Jerusalém. Enquanto políticos mesquinhos como Guy mantinham pequenas intrigas na corte, seus soldados permaneciam na linha de frente, arriscando suas vidas, e às vezes a própria sanidade, para derrotar as hordas de infiéis. Se por um lado Guy se banhava em água de rosas, Reinaldo exibia no rosto as marcas da guerra santa, e outras mais profundas ainda na alma.

— Essas palavras são típicas do covarde que você é — disse Reinaldo a seu senhor nominal.

O ajudante de Guy empalideceu. Reinaldo renunciara a qualquer pretensa cortesia, e o ódio frio de seu espírito imprimiu um tom de ameaça a sua fala. O rei, por sua vez, pareceu imperturbável. Levantou-se para enfrentar seu súdito nominal, e, por um breve instante, seu ar real revelou o homem que ele poderia ter sido.

— Vamos com calma, Reinaldo — retrucou ele. — Eu ainda sou o rei de Jerusalém. Por menos que isso valha neste momento.

Reinaldo riu.

— Não tenha medo, majestade, hoje eu tirarei dos seus ombros o peso da terra — disse. — Logo que eu matar o infiel Saladino, juntarei sua cabeça à dele.

Num movimento rápido e insolente, Reinaldo derrubou as peças de xadrez sobre o tabuleiro com uma das mãos. O ajudante de Guy, que se assemelhava a um roedor, acovardou-se e parecia estar prestes a molhar as calças. Porém, o rei enfrentou o olhar férreo do nobre. Reinaldo achou ter visto algo nos olhos do soberano que o enfureceu mais do que qualquer insulto que o monarca pudesse ter lançado ao seu cavaleiro errante. Ele viu pena.

— Se suas bravatas fossem verdadeiras, nossos domínios se estenderiam a Meca hoje — replicou o rei Guy.

O rosto de Reinaldo enrubesceu de ódio e vergonha. Guy referia-se, era óbvio, à façanha mais desprezível de Reinaldo, seu ataque às cidades sagradas muçulmanas. Ele profanara a Mesquita Sagrada em Meca, que continha a Caaba, o templo cúbico para o qual os infiéis se voltavam em suas preces diárias. Logo depois, Reinaldo e seus homens dirigiram sua atenção a Medina, onde o falso profeta dos muçulmanos havia sido sepultado. Seu plano era audacioso, mesmo para os padrões dos cruzados — desenterrar os ossos de Maomé e exibi-los como prova da fracassada religião dos infiéis. Os pagãos veriam que seu profeta era apenas um cadáver que virara pó, enquanto a glória do Cristo ressurrecto reinava transcendental e eterna.

A incursão de Reinaldo por Meca teve a vantagem da surpresa e de ser uma grande bravata. A Mesquita Sagrada estava mal defendida, e os complacentes guardas contavam com a proteção de Alá. Os soldados de Reinaldo investiram contra peregrinos desarmados, os quais, cobertos com túnicas pobres de linho branco, giravam em torno da Caaba em seu detestável ritual pagão. Ele rapidamente despachou os incrédulos para a condenação que certamente os aguardava, e, em seguida, após seus cavalos defecarem na esplanada principal, ateou fogo à mesquita. Voltou então sua atenção ao norte.

Quando seus homens chegaram a Medina, entretanto, as forças de Saladino já estavam lá, buscando, furiosas, a vingança pela profanação de seus locais sagrados. Reinaldo ficou surpreso com a ferocidade do contra-ataque dos infiéis. A investida dele contra os portões de Medina foi impedida por um turbilhão de flechas e lanças que bloqueavam o sol. Muitos de seus homens foram capturados e obrigados a desfilar pela cidade antes de serem publicamente decapitados. Reinaldo escapou por pouco daquele ninho de escorpiões e foi forçado a bater em retirada com alguns sobreviventes atordoados. Eles haviam, sem sombra de dúvida, subestimado a paixão que os infiéis alimentavam por aquelas ruínas pagãs. Porém, a despeito do fracasso em Medina, ele havia voltado para casa em Jerusalém com alegria no coração. Provara ao mundo a inconsistência do mito muçulmano — a invencibilidade do templo sagrado islâmico era uma lenda, assim como a falsa Viagem Noturna do profeta. Nenhum anjo desceu do céu para salvar a Caaba. Era apenas mais um prédio feito de tijolos, inútil e vazio. Ele cortara os últimos tendões que uniam o instável moral dos infiéis. Pelo menos, era o que ele pensava.

Quando Reinaldo retornou, teve uma recepção fria, mesmo entre os seus maiores aliados na corte. Ele atravessou os sombrios corredores do castelo dos templários em Jerusalém sentindo todos os olhares sobre ele, e percebeu que não eram de admiração por sua iniciativa e coragem. Logo descobriria a razão da hostilidade de seus camaradas. Tendo-se orgulhado por sua reputação de ser um homem sem limites morais, ele havia finalmente ultrapassado uma linha que se revelaria o ponto crítico no conflito. O ataque de Reinaldo lançara uma onda de choque por todo o mundo muçulmano. Ele atingira o coração do islã, e suas ações deram início a um grito de guerra unificador entre os gentios divididos. Seu inimigo, Saladino, tornou-se mais do que apenas um soldado ambicioso para o seu povo. Passou a ser a espada de Alá que empurraria para o mar os francos blasfemadores e vingaria a violação dos locais sagrados.

Reinaldo observara com crescente alarme como Saladino havia conduzido uma onda de ódio anticruzado e unificado com êxito os reinos antagônicos do Egito e da Síria, tarefa considerada politicamente impossível. Os francos haviam colocado as duas nações rivais uma contra a outra por quase cem anos e garantira, nesse processo, a sobrevivência do reino de Jerusalém. Agora os soldados de Cristo encontravam-se cercados por inimigos que viam sua presença como uma lembrança diária da violação a Meca. Reinaldo sabia em seu íntimo que cometera um erro estratégico, mas o orgulho jamais lhe permitiria admitir isso em voz alta.

— Vá, Reinaldo — disse Guy. — Veja se consegue reconquistar sua honra. Minha cabeça ainda estará aqui quando você voltar. — O rei lhe deu as costas, despachando-o. Apanhou as peças de ouro caídas do seu jogo de xadrez e arrumou-as de volta no tabuleiro de madeira e marfim.

A mão de Reinaldo moveu-se com rapidez em direção à bainha de sua espada. Ele controlou a vontade de golpear o homem. O sangue daquele embusteiro não valia o polimento de sua lâmina. Ele deu as costas ao rei e a seu ajudante e deixou bruscamente o pavilhão.

Do lado de fora, o cavaleiro ergueu a vista para o sol inclemente. Olhou direto para os raios ofuscantes, um ato de orgulho e desafio às forças da natureza que conspiravam contra eles naquela batalha final. Quando era criança, os padres lhe haviam ensinado que este mundo pertencia ao demônio, e ao longo dos anos, Reinaldo passou a acreditar nisso. O mundo, de fato, pertencia a Satã, e os elementos dele estavam em batalha permanente contra os servos de Deus nesta terra abandonada que alguém um dia proclamou santa. O vento e o sol eram em geral os piores inimigos, muito mais cruéis e impiedosos do que os mestiços de pele escura que negavam a divindade de Cristo. Enquanto seus cabelos ondulados e claros esvoaçavam ao vento do deserto escaldante, ele sabia que, naquele dia, as forças da natureza estavam, sem sombra de dúvida, a favor do demônio. A favor de Saladino.

O coração de Reinaldo, porém, alegrou-se quando ele divisou os cavalos. Corcéis com armaduras, criados nos estábulos de Bizâncio, treinados com um único propósito — conduzir os soldados de Cristo ao coração das hordas sarracenas. Como seus cavaleiros, os templários, aquelas feras poderosas desconheciam o medo. Com imponência, os cavalos carregavam os soldados de Cristo, que aguardavam seu líder em rígida formação.

Como ele amava aqueles homens! Num mundo onde a loucura reinava, apenas eles representavam a ordem e a disciplina. Reinaldo sabia que os cavaleiros seguiriam seu comando sem questionar, mesmo que isso os levasse às profundezas do inferno. Se é que um tal lugar existia. Após anos de envolvimento com a guerra e com a morte, Reinaldo não mais acreditava em nenhum inferno além do mundo criado pelos homens.

Reinaldo montou o próprio cavalo marfim enquanto um escudeiro portando uma lança de ponta afiada correu em sua direção. Ele colocou o capacete e ergueu o visor antes de se voltar para seus homens.

— O rei e os padres do Santo Sepulcro abençoaram a batalha com a bênção divina — disse. — Hoje, apunhalaremos o coração da Besta, e o reino de Satã cairá!

Reinaldo ergueu a lança para causar o efeito dramático apropriado, mas o gesto era desnecessário. Os templários, de túnicas brancas, e os hospitalários, de mantos negros, celebraram com genuíno entusiasmo. Durante toda a vida eles foram treinados para aquele momento. Na mente deles, eram os bravos defensores da Terra Santa contra a praga muçulmana. Sabiam que estavam envolvidos na batalha final da guerra sagrada. Saladino era o Anticristo, que conseguira, por fim, cercar Jerusalém com suas hordas demoníacas. E eles eram seus defensores, tinham o Paraíso assegurado, quer vivessem ou morressem.

Nenhum desses jovens homens temia a morte no campo de batalha, entretanto, muitos esperavam ter uma vida longa o bastante para ver o próprio Cristo descer dos céus no momento da vitória. Reinaldo duvidava que esse milagre viesse a ocorrer, mas não via vantagem nenhuma em diminuir a esperança dos cavaleiros.

Ele fez seu cavalo dar meia-volta e apontou a lança diretamente para o acampamento muçulmano do outro lado da planície. Seu arauto obedeceu ao sinal e fez soar uma trombeta poderosa. O som atravessou o campo de batalha como um raio de sol que passa através de nuvens carregadas. Com um grito gutural, Reinaldo de Kerak, lorde de Chatillon, senhor dos cavaleiros templários, avançou pela planície empoeirada. O retumbar de cascos ecoou nos montes como um clamor do destino.

A batalha de Hattin havia começado.

3

As flechas cruzavam a planície como vespas sedentas de sangue. Os cruzados se viram presos num vórtice de morte enquanto o céu claro da tarde se transformava numa chuva de adagas voadoras. As armaduras pesadas de aço, que quase sempre eram um tormento devido à falta de mobilidade, prestavam-se ao seu objetivo principal naquela ocasião — proteger os cavaleiros da tempestade de projéteis afiados que se precipitavam sobre eles como uma torrente incontida. Seus cavalos, contudo, não estavam tão bem protegidos e muitos corcéis valentes tombaram em meio àquela investida, prendendo sob eles seus cavaleiros. Os homens caídos que não quebraram o pescoço naquele momento logo juntaram-se aos seus camaradas mortos quando a cavalaria de Reinaldo os pisoteou sem hesitar. Não que os homens mortos pudessem protestar. Os cavaleiros templários haviam sido condicionados a compreender que suas vidas individuais de nada valiam se comparadas ao êxito da causa sagrada.

Através das lentes de aumento, Saladino observava os cavaleiros investirem contra sua formação de arqueiros e balançava a cabeça.

— Eles são corajosos. É uma lástima que homens de uma tal bravura sirvam aos bárbaros — disse.

Maimônides forçou a vista, mas não conseguiu ver os detalhes da batalha que se desenrolava a cerca de 300 metros de distância. Não importava. Escutar era o bastante. Os gritos emitidos pelos homens agonizantes ecoavam através da planície, os lamentos da dor que o médico conhecia tão bem. As vibrações daqueles gritos da aflição final penetravam sua alma, como sempre acontecia, e se repetiam várias vezes em seus pesadelos.

Saladino olhou para o circunspecto cortesão e sorriu. Fechou o estojo das lentes e virou-se.

— Não gosto de ver os cães de guerra em ação — disse o sultão.

— Nem eu, *sayyidi* — retrucou o velho médico. — Vou ter muito o que fazer quando isso acabar.

— Então você é um homem mais otimista do que eu. Temo que o Anjo da Morte reclame muito mais homens do que seus remédios poderão salvar hoje.

Do outro lado da planície, Reinaldo e um grupo de cavaleiros atravessaram o cinturão de arqueiros e atacaram uma falange de guardas sírios que se encontravam dentro de uma trincheira, cobertos com mantos avermelhados que se fundiam com perfeição ao solo seco. A infantaria árabe saltou toda ao mesmo tempo, tentando fincar suas lanças denteadas nos cavalos dos cruzados. Vários animais tombaram, porém seus cavaleiros conseguiram saltar e escapar. A batalha logo se transformou num combate corpo a corpo. Espadas cruzavam-se com cimitarras num ímpeto selvagem.

Maimônides sabia que era exatamente isso o que Saladino pretendia. O sultão precisava aproximar ao máximo os cruzados de suas tropas, de forma a fazê-los abandonar suas bestas letais, cujas flechas facilmente penetravam as armaduras laminadas dos muçulmanos. Àquela distância, os cavaleiros tinham de contar com as armas que carregavam nas mãos. As espadas de folha larga dos francos eram instrumentos mortais pesados que serviam bem a seu propósito, entretanto, as cimitarras curvas dos muçulmanos, forjadas com o aço quase inquebrável de Damasco, eram mais do que perfeitas para um combate como aquele.

Enquanto observava os cavaleiros francos subirem os montes em direção ao acampamento, Saladino ergueu uma das mãos, dando sinal para que seus homens revelassem a surpresa que haviam preparado. Soldados de túnicas vermelhas, portando tochas e chaleiras de bronze cheias de óleo, apressaram-se em direção à linha de frente, ateando fogo a todos os arbustos e árvores que se encontravam entre os cruzados e o coração do exército muçulmano. Fumaça e chamas elevaram-se em direção aos cavaleiros que se aproximavam, fazendo com que muitos cavalos se empinassem, amedrontados. Os arqueiros atiravam nos animais atordoados, que lançavam ao solo seus cavaleiros e soltavam gritos de agonia que partiam o coração. Maimônides tapou os ouvidos tentando bloquear o terrível som. Mas não conseguiu escapar do trovão da morte à sua volta.

MUITOS CAVALEIROS CRUZADOS TINHAM a visão bloqueada ou eram asfixiados pela fumaça, mas um grupo central, conduzido pelo próprio Reinaldo, atravessou a ofensiva sarracena. O senhor dos templários investiu como um touro raivoso contra o âmago das defesas muçulmanas. Sua arma atingiu a couraça de um guerreiro curdo antes que o infeliz conseguisse erguer seu escudo. Reinaldo sentiu a lança perfurar o coração do inimigo num golpe certeiro. A lança atravessou o peito e saiu pelas costas do curdo, coberta de sangue e de tecido tremulante. O homem tentou gritar, mas um afluxo de sangue lhe subiu à garganta e saiu pela boca e pelas narinas. Ele fez um leve ruído de quem tenta engolir, mas em seguida sucumbiu ao abraço acolhedor da morte.

Reinaldo tentou arrancar a lança do torso da vítima, mas estava fincada profundamente na caixa torácica do morto. Praguejando, o cavaleiro abandonou a lança e apanhou sua espada. Ao levantar a arma, percebeu, pelo canto do olho, um súbito movimento. Conseguiu erguer seu escudo a tempo, absorvendo o impacto de um dardo que havia sido direcionado à sua garganta. A arma despedaçou-se ao se chocar contra o aço reforçado, provocando dor em seu braço esquerdo. Reinaldo gritou em agonia ao sentir um osso quebrar-se em seu antebraço. Todos os nervos de seu corpo reagiram, suplicando-lhe para abaixar o pesado escudo antes que seu braço fraturado se partisse em dois. Mas ele não podia, a menos que quisesse se tornar um alvo exposto a todos os arqueiros da tropa inimiga.

Trincando os dentes, Reinaldo elevou o escudo, forçando-se a ignorar a dor lancinante que se espalhava por todos os nervos de seu braço quebrado. Movido pela raiva e pela sede de vingança, esporeou cruelmente seu cavalo. O corcel esmagou um homem caído e seguiu em frente. Ele não sabia se o infeliz era um aliado ou um inimigo, mas também não importava. Viu o acampamento de Saladino à distância, através da nuvem de fumaça. Estava determinado a furar a barreira de proteção de 15 homens nas imediações do acampamento inimigo. Se morresse naquele dia, pretendia fazê-lo lutando dentro do exército dos infiéis.

Um núbio barbado investiu contra Reinaldo, sua cimitarra suja de fuligem e fluidos dos corpos de cristãos mortos. O elmo do guerreiro negro havia sido derrubado e o lado esquerdo de seu rosto, despedaçado; um globo ocular pendia de forma instável de sua órbita destruída. Na verdade, o homem deveria estar morto, porém algum fogo misterioso queimava no olho que lhe restava. Reinaldo vira aquele olhar antes — a chama do fanatismo se acendia no coração dos infiéis quando eles, com alegria, se lançavam à morte e à recompensa das setenta virgens no Paraíso. Se aquele homem estava tão ansioso para retornar a Alá, então Reinaldo lhe faria esse obséquio. O franco brandiu sua espada de folha larga com ímpeto quando o africano avançou contra ele. Se o homem possuísse os dois olhos, era provável que tivesse aparado o golpe com facilidade. Mas sua reduzida perspectiva deu a vantagem a Reinaldo. A espada dele atingiu o pescoço espesso do inimigo, rompendo os tendões que mantinham a cabeça do núbio sobre os ombros. Quando o infiel decapitado caiu do corcel, Reinaldo viu a cabeça dele voar. Tombou na terra ensanguentada de Hattin e explodiu como uma melancia. Um cavalo à beira da morte deixou cair as patas sobre o que restava da testa do homem.

Reinaldo retomou o ataque, toda a sua atenção voltada para a base do inimigo, que estava quase ao seu alcance. Contudo, enquanto seguia em frente por sobre ossos e aço, uma imagem lhe veio à mente. À medida que a cabeça de seu inimigo anônimo caía, o rosto destruído do africano congelou num sorriso, o olho remanescente encarando o infinito enquanto ele partia ao encontro do Senhor. Reinaldo estremeceu ao lembrar-se do sorriso beatífico e escarnecedor do núbio do outro lado do vale da morte.

ENQUANTO OS FRANCOS REMANESCENTES travavam a guerra nas imediações do acampamento muçulmano, Saladino dirigia-se a seu corcel. Maimônides sabia que o sultão jamais conseguiria aquietar o sangue guerreiro em suas veias, e era chegada a hora de o general entrar nas trincheiras da guerra com seus soldados.

Saladino montou Al-Qudsiyyah, seu mais valioso garanhão Hejazi. Negro como a meia-noite, Al-Qudsiyyah era semelhante aos animais das fábulas antigas, trazidos pelos ventos do sul para conquistar o mundo. Al-Adil montou o próprio garanhão, um corcel cinzento com um temperamento tão difícil quanto o de seu dono. A visão dos dois heróis preparados para sair a galope e enfrentar a ameaça bárbara gerou uma onda de tranquila admiração entre os soldados muçulmanos. Mesmo em meio a uma batalha feroz, uma estranha serenidade parecia emanar dos dois homens e penetrar nos corações de seus seguidores. Saladino ergueu sua cimitarra incrustada de esmeraldas e a apontou para o acampamento franco.

— É chegado o momento, meus irmãos — disse. — Ao enfrentarmos a torrente desta última batalha, lembrem-se das palavras de nosso Sagrado Profeta: "Ó homens! Não busquem um confronto com o inimigo. Peçam a Deus por segurança. Mas quando precisarem lutar, exercitem a paciência. E saibam que o Paraíso repousa à sombra das espadas!"

Suas palavras mexeram com os soldados, que ergueram suas cimitarras num único movimento, bloqueando o sol escaldante num piedoso ato de desafio. Maimônides viu Saladino sorrir com suavidade ao olhar para a multidão reunida, protegida pela sombra das próprias armas. Homens que se dispunham a sacrificar a vida torpe neste vale de lágrimas em troca da eternidade no Paraíso. Nesse momento, o rabino percebeu pela primeira vez a profundidade do amor que o sultão tinha por aqueles homens. Eles ocupavam um lugar em seu coração que nenhuma mulher poderia tomar, e nenhuma criança nascida de seu sangue poderia reivindicar. Eram espelhos de sua alma, e ele orgulhava-se de lutar, e talvez, morrer entre eles.

E então pronunciou as palavras que Maimônides sabia poderem ser as últimas. Um juramento que o sultão esperara toda a sua vida para fazer.

— Que o sol acima de nós seja minha testemunha! Ou eu volto como senhor de Jerusalém neste dia, ou os abutres se banquetearão sobre meu cadáver desonrado. *Allahu Akbar!*

Seu grito de "Deus é Maior" ressoou por todo o acampamento. Saladino e Al-Adil avançaram, seguidos por uma tropa dos melhores guerreiros do exército para confrontar os últimos dos francos. Maimônides sabia que testemunhava o encerramento de um capítulo da história. Quaisquer que fossem as consequências, o mundo não seria mais o mesmo depois daquele dia.

Saladino seguiu direto para o cerne do embate com os cruzados. Era como um olho vivo no centro de um furacão. A espada do sultão movia-se com tal rapidez que era quase impossível acompanhá-la com os olhos; ela cortava todos os obstáculos que estavam à sua frente e enviava uma dúzia de francos ao encontro do Criador. Sua investida audaz revigorou os soldados muçulmanos, que se lançaram sobre os francos com novo alento. Os atônitos cavaleiros cruzados não estavam preparados para a fúria do avanço de Saladino, e muitos se retiraram diante da investida.

Ao chegar às proximidades do acampamento muçulmano, Reinaldo viu seus homens batendo em retirada e, movido por uma fúria devastadora, seguiu em frente. Atravessou as defesas árabes com uma força implacável e atingiu o âmago da tempestade feroz. E lá, por fim, Reinaldo de Kerak se viu diante de Saladino.

Talvez os soldados de ambos os lados tenham apenas imaginado o que aconteceu em seguida, movidos pela emoção do momento; muitos lembravam que um estranho silêncio pareceu recair sobre o campo de batalha. Sim, o som da guerra e os gritos dos moribundos certamente devem ter continuado com intensidade, porém, para aqueles guerreiros, uma força superior a todos eles tomara conta do acampamento, suprimindo a devastação, ainda que apenas por um breve instante. Era como se, naquele momento, a história tivesse prendido a respiração.

Saladino e Reinaldo fitaram-se diretamente nos olhos e aproximaram-se sem uma palavra sequer. Nenhuma era necessária, ou justificável. Cada um dos dois homens vivera com apenas um propósito — matar o outro — por tanto tempo que qualquer outro objetivo da guerra foi esquecido naquele instante. A cimitarra de Saladino, forjada com o melhor aço damasceno, chocou-se contra a espada de folha larga de Reinaldo. Centelhas voaram, como se as próprias lâminas estivessem carregadas do ódio que transbordava dos corações adversários. Golpe após golpe, suas armas bailavam. A batalha ao redor deles continuava feroz, no entanto, para aqueles dois líderes, o mundo tornara-se invisível. Eles lutavam sozinhos no vasto e vazio campo de batalha de suas almas, cada um concentrado apenas no oponente.

E então Saladino atingiu Reinaldo com ímpeto no braço que o inimigo segurava a espada, transpassando o aço e a malha, penetrando fundo até o osso. O cruzado gritou de dor e deixou cair a arma. O sultão não perdeu tempo. Dirigiu um golpe à cabeça do franco. Seu inimigo reagiu instintivamente, desviando o pescoço e deixando seu elmo absorver um choque que, do contrário, o teria decapitado no ato. Reinaldo foi derrubado de seu cavalo e caiu na lama, inconsciente.

O REI GUY DE JERUSALÉM, à distância, olhava com atenção o desenrolar da batalha. Observava os sinais, as bandeiras levantadas pelos mensageiros, posicionados à vanguarda da batalha. O código era novo e havia sido criado às pressas, pois recentemente os muçulmanos haviam descoberto o segredo de seu antigo sistema com a ajuda de um espião que fora capturado. O rei achou que conseguira interpretar a mensagem que estava sendo enviada a seus generais no campo de batalha. As bandeiras eram erguidas e abaixadas, cada cor e o número de voltas enviando um sistema complexo de informações àqueles que precisavam tomar decisões no auge da batalha. Se ele interpretara corretamente aqueles sinais com as bandeiras azuis e verdes, Reinaldo havia sido capturado. Um estandarte roxo seguido de outro de cor laranja. O ataque da linha de frente estava desordenado. Vermelho. Preto. Vermelho de novo. Os hospitalários encontravam-se espalhados pelo campo de batalha, incapazes de formar um perímetro de defesa para proteger os cavaleiros templários. O rei sabia o que aquilo significava. Seus homens estavam separados e em número muito inferior ao do adversário. Estariam todos mortos em poucos minutos. Cinza. Roxo. Preto. Raimundo estava preso em Tiberíades, Balião na retaguarda. As colunas divididas do exército franco não poderiam ir a seu auxílio.

Enquanto considerava esse terrível revés da sorte, o rei Guy presenciou uma cena que teve grande impacto em seu coração. Uma terrível comoção teve início a uns poucos metros de distância, no topo do monte conhecido como Cornos de Hattin. Lá se encontrava o arcebispo de Acre, vestido com uma armadura completa sob a túnica clerical, portando a relíquia mais sagrada da cristandade — a prancha de madeira que se acreditava ser uma das peças da verdadeira Cruz na qual Cristo havia perecido. Quando se desencadeou a batalha, Guy notou com tristeza que aquele era supostamente o famoso monte onde Cristo proferira seu maior sermão. Considerou uma ironia o fato de o arcebispo estar instigando os homens à guerra no mesmo lugar em que o Senhor convidara os cristãos a dar a outra face ante uma agressão. E agora, coberto de sangue, repleto de mortos e moribundos, o monte permanecia em silêncio, testemunha das consequências da falta de atenção dos homens à Palavra. Apesar de terem a Cruz erguida nas mãos, não a carregavam em seus corações.

O arcebispo havia permanecido no monte durante toda a batalha, cercado pelos fanaticamente leais templários, com uma das mãos erguida, segurando a relíquia sagrada diante de todos os guerreiros fervorosos. Os homens esperavam que a visão da verdadeira Cruz viesse a inspirar e unir as tropas extremamente desidratadas e desmoralizadas. Porém, naquele instante, um ágil regimento da cavalaria muçulmana subia o monte, cercando os intrépidos defensores e isolando-os do restante do exército cristão.

Desesperado, Guy observava com horror os arqueiros muçulmanos abrirem caminho por entre a última linha de defesa. Enquanto os bravos templários caíam sob a investida incessante de projéteis, um dos cavaleiros infiéis penetrou por uma abertura no círculo de defensores, dirigindo-se direto ao aterrorizado arcebispo. Com um grito penetrante de vitória que pareceu ecoar pelo vale, o guerreiro de turbante brandiu sua cimitarra com tal força que a arma se espatifou contra a couraça do arcebispo. Houve uma explosão de luz e som quando a lâmina se quebrou em mil agulhas letais que ardiam ao atravessarem a armadura do clérigo. O velho homem caiu de costas com um jato de sangue e carne esfacelada. O cavaleiro muçulmano acercou-se e tomou a madeira sagrada da verdadeira Cruz das mãos do agonizante arcebispo e ergueu-a bem alto para que todos a vissem.

A Cruz caíra nas mãos dos infiéis. A guerra chegava ao fim. Seu povo fora derrotado.

Sob o sol escaldante, em silêncio, Guy finalmente entendeu a realidade. O que mais havia a ser dito? Os acontecimentos daquele dia foram há muito esperados. Os francos haviam sido muito imprevidentes em sua guerra contra os infiéis. Noventa anos antes, seus antepassados haviam invadido Jerusalém e iniciado um massacre como nunca se vira desde a destruição do Templo judaico por Tito e seus centuriões. Até mesmo o corrupto e despótico papa distanciara-se do canibalismo e de outras atrocidades tenebrosas que os chamados Soldados de Deus infligiram aos inocentes habitantes da Palestina. Seus compatriotas haviam dominado a terra pelo terror e ignorado todas as leis de Deus e dos homens. Os francos achavam que poderiam obter a supremacia na Terra Santa através dos meios mais profanos. Enganaram-se a si próprios pensando que seus pecados contra os muçulmanos e os judeus seriam perdoados por meio do sangue sagrado de Cristo.

Quando jovem, o orgulho fluindo em suas veias, Guy crera que ele e seu povo eram invencíveis, porque estavam do lado de Deus. Porém, os anos de guerra e crueldade abrandaram aquele fogo. Ele não sabia dizer com certeza quais gritos de mulheres idosas implorando misericórdia, quais reações de terror das crianças diante do golpe cruel da espada dos francos haviam finalmente mudado seus sentimentos. Eram tantos, e aqueles dolorosos clamores atormentavam seu sono agitado. Guy sabia que os vívidos pesadelos que o consumiam eram enviados por Deus como prova do Inferno que ele e os outros nobres mereciam. Sofria por saber que seus homens, fazia muito tempo, haviam deixado de servir a Cristo e adoravam agora somente a própria glória. Essa guerra era a maior das blasfêmias. A deturpação do amor de Cristo não podia deixar de ser punida por Deus, e Guy aceitou que chegara a hora de pagar sua dívida.

Os cavaleiros de Reinaldo estavam aniquilados, isso era claro. O exército muçulmano passara de uma posição defensiva a um ataque em massa. Guy viu a investida da infantaria de turbante através da planície como os batalhões desenfreados de Gogue e Magogue. Os templários que ficaram para proteger o acampamento não conseguiriam conter essa onda de soldados enraivecidos que assaltariam aqueles pavilhões como uma tempestade de areia. Ele retornou à sua tenda, ignorando a precipitação dos nobres covardes que quase tropeçavam uns nos outros num esforço desesperado para fugir. Guy sorriu com tristeza. Aonde aqueles homens pensavam que iriam? Não havia como escapar do julgamento de Deus. O faraó e seu exército haviam aprendido aquela amarga lição no Mar Vermelho. Mas, claro, a maioria dos francos era iletrada e jamais havia lido a Bíblia pela qual afirmava estar lutando.

O AVANÇO DO EXÉRCITO MUÇULMANO foi rápido e fatal. Os cavaleiros templários sobreviventes mantiveram bravamente suas posições nas proximidades do acampamento dos cruzados, absorvendo uma saraivada de flechas e dardos, até serem inevitavelmente destruídos pelos homens de Saladino. O sultão conduziu o ataque, os olhos focados no pavilhão do rei, seus ornatos vermelhos esvoaçantes como o coração de uma virgem sob o vento quente do deserto. Ele dirigiu-se à tenda e saltou do cavalo. Os soldados muçulmanos, envolvidos num combate corporal violento com os francos sobreviventes, formaram um corredor de armaduras pelo qual seu nobre líder poderia passar com segurança. Dois guardas francos, os últimos defensores reais, adiantaram-se para interceptá-lo, porém Saladino rapidamente livrou-se deles, fincando sua espada no coração dos adversários com uma calculada tranquilidade.

Saladino entrou sozinho no pavilhão abandonado. Seus homens sabiam que não podiam interferir numa confrontação entre tronos. O sultão atravessou livremente os corredores de tecido. O centro de comando, antes uma colmeia frenética, repleta de cortesãos maquinadores e generais arrogantes, transformara-se num túmulo vazio. Desolado, lastimável, envolto no silêncio opressivo que se segue ao fim de cada época da história da humanidade. O sultão conhecia bem aquele silêncio. Era a mesma mortalha que pairara sobre cada um dos palácios nos quais ele havia entrado como conquistador, de Damasco ao califado fatímida no Cairo. Saladino era um vazio que, ao passar, silenciava os suspiros finais de uma civilização decadente, substituindo-os pelos choros recém-nascidos da era seguinte.

O sultão entrou no santuário do rei, adornado com luxuosas cortinas roxas de seda, e sentiu o aroma de mirra e água de rosas, um contraste gritante com o odor de sangue e suor que tomara conta do mundo exterior. Do outro lado do aposento, Guy encontrava-se sozinho diante de seu tabuleiro de xadrez, ponderando os próximos lances. Saladino não o interrompeu. O rei, por fim, ergueu a vista e fitou seu arqui-inimigo. Em seguida, levantou-se com os últimos vestígios do orgulho real.

— Eu sou o rei Guy, senhor de Jerusalém, servo do Vigário de Cristo — disse o rei, no árabe perfeito de um homem que passara anos vivendo entre os muçulmanos.

Saladino fez uma reverência. Depois falou com seu semelhante em francês, língua na qual também se tornara fluente após uma vida de lutas, que finalmente chegavam ao fim. Sua voz soou estrondosa, mas também melodiosa, carregada do poder do destino.

— Eu sou Salah al-Din ibn Ayyub, sultão do Egito e da Síria, vice-rei do califa de Bagdá. É uma lástima que dois reis se encontrem nessas circunstâncias.

Guy olhou para seu vitorioso adversário e, então, sorriu. Abaixou o braço e deitou seu rei de ouro sobre o tabuleiro.

— Xeque-mate.

4

Maimônides teve a impressão de estar sonhando. Admirado, olhou à volta do quarto particular do sultão. Os homens mais poderosos e temidos da região estavam juntos em um único aposento. Inimigos que passaram anos tentando matar um ao outro agora conversavam como se fossem velhos conhecidos. Saladino sentou-se em sua almofada real, de suntuoso veludo avermelhado, um dos poucos confortos que se permitia no campo de batalha, tendo a seu lado o severo Al-Adil. O rei Guy encontrava-se bem próximo a ele, ao lado de um sombrio Reinaldo. O rosto do cavaleiro fora enfaixado como consequência do golpe do sultão, as ataduras já ensopadas de sangue. Dois gigantescos guardas núbios, cabeças raspadas e tatuadas com espirais de um vermelho vivo, símbolo de alguma tribo pagã, postavam-se ao lado de Reinaldo para evitar que o prisioneiro fizesse qualquer movimento inoportuno, porém ele permanecia rígido. Seu rosto estava passivo, férreo, mas os olhos queimavam. Saladino encarou-o, porém não fez nenhum comentário. Casualmente pegou um cálice dourado e ofereceu ao rei Guy um gole de água com sabor de rosas.

— Não tenha medo, meu senhor. Você é meu hóspede e será protegido pela honra da Casa de Ayyub. — Guy abriu um débil sorriso e pegou a bebida. O velho rei deu um gole e passou o cálice a Reinaldo. A expressão calma no rosto de Saladino transformou-se em fúria.

— Eu não estendi minha proteção a esse porco! — A ira de Saladino era cortante como uma adaga. Guy ficou petrificado, mas Reinaldo não pareceu se abalar. Um sorriso arrogante desenhou-se nos lábios do cavaleiro.

Saladino fitou o nobre brevemente e em seguida voltou a atenção ao velho soberano.

— Está na hora, Vossa Majestade, de discutir os termos de sua rendição. Logo que conquistarmos a costa, meus homens marcharão para Jerusalém.

Guy anuiu, aceitando o inevitável.

— Que garantias o meu povo terá? — perguntou, compreendendo muito bem que não estava em condições de negociar.

— Suas igrejas serão protegidas. Os inocentes serão poupados. Não faremos a vocês o que fizeram a nosso povo. Juro em nome de Alá — prometeu o sultão.

Reinaldo deu uma risadinha. Obviamente não acreditava que juramentos feitos a "deuses falsos" tinham muito peso. Guy olhou de relance para o barbudo Maimônides.

— E quanto aos judeus? A Igreja não pode permitir que eles voltem. Eles têm as mãos manchadas com o sangue de Cristo. — Guy repetiu a velha acusação, exercendo seu papel de líder da fé cristã, mas sua voz não revelava muita convicção.

Os olhos do rabino inflamaram-se. Sentiu a desonra sofrida por seu povo ao longo de trezentas gerações penetrar seu coração e falou antes de conseguir conter-se.

— Covardes, escondem-se por trás dessa mentira há mil anos!

Saladino ergueu a mão e lançou um olhar fulminante a Maimônides. Guy estava sob sua proteção, e o doutor insultara seu hóspede. Maimônides acalmou-se, percebendo que falar sem permissão durante uma ocasião tão grandiosa — pior, causar constrangimento ao sultão — podia ser um erro fatal. O rabino refletiu sobre a ironia da possibilidade de ele, como Moisés, viver tempo suficiente para ver a Terra Prometida, mas não para nela entrar. Maimônides olhou nos olhos de Saladino, mas em vez de raiva, viu paciência e compaixão. O rabino assentiu com a cabeça e deu um passo para trás, retratando-se. O sultão voltou-se para o rei Guy.

— Sinto lhe comunicar que não posso aceitar sua solicitação — observou. — Os judeus são o Povo do Livro e são protegidos por nossa religião. O Profeta Sagrado, a paz esteja com ele, nos proibiu de oprimi-los.

Guy aceitou a resposta com dignidade, seu coração claramente grato por seu inimigo ter agido com a misericórdia que seu povo havia muito tempo esquecera. Porém o comentário havia claramente afetado Reinaldo, que se virou para Guy com uma fúria indomável.

— Você apodrecerá nas entranhas da Besta por seu acordo com esse demônio — vociferou o cavaleiro.

Saladino ficou de pé. Caminhou em direção ao orgulhoso Reinaldo; o sorriso cortês que se abriu em seus lábios, no entanto, não conseguiu disfarçar o ódio profundo que transbordava de seus olhos.

— Devo agradecer a você, lorde Reinaldo — disse. — Sem você, essa vitória não teria sido possível. Seus crimes uniram os fiéis após um século de divisão.

— Não cometi crime algum — retrucou Reinaldo, seu peito inflando-se de forma ostensiva.

Houve um momento de silêncio tão profundo que Maimônides pensou poder ouvir as folhas das palmeiras caindo no distante Cairo.

— O massacre das caravanas? A violação de vilas inteiras? — A voz de Saladino estava trêmula. Ele estava obviamente chocado com a falta de decência do homem até o último instante.

— Infortúnios da guerra — escarneceu Reinaldo, os olhos fixos nos do sultão.

— Talvez sob o ponto de vista de seus códigos de guerra deturpados — retorquiu Saladino, sua voz dura como o aço. — Mas quando você atacou Meca e Medina, eu sabia que era louco mesmo. Meu lorde, o que exatamente esperava ganhar ao sitiar as cidades sagradas, senão uma *jihad* sem fim?

O rosto de Reinaldo se contorceu à menção de seu maior fracasso, a temerária aventura que mudara o curso da história, culminando na presente humilhação diante de seu inimigo declarado.

— Nada muito importante, na verdade — disse ele, sua raiva por fim superando qualquer cautela exigida pela situação. — Eu planejava escavar o túmulo de seu falso profeta e colocar os ossos dele em exposição. Pensei até em cobrar algumas moedas de ouro pela visitação.

Maimônides mais tarde se perguntaria se teria sido pura imaginação, mas a luminosidade no ambiente pareceu mudar, como se tivesse havido um eclipse momentâneo do sol. Para o sultão, Reinaldo havia cruzado a linha final, e o cosmos pareceu tremer em antecipação.

Saladino desembainhou sua cimitarra. Num rápido movimento, degolou Reinaldo, fazendo voar pela tenda a cabeça do inimigo. O corpo decapitado do cavaleiro ficou imóvel por um instante, como se tentasse entender se aquilo de fato acontecera, e logo em seguida tombou numa poça de sangue que se espalhava com rapidez.

Guy permaneceu petrificado, encarando com horror os restos mortais daquele aristocrata. Saladino, porém, voltou-se para ele e sorriu com ar de desculpas, como se fosse um anfitrião envergonhado por uma gafe cometida em um banquete. Ainda segurando sua arma ensanguentada, o sultão deu um passo à frente e colocou um braço tranquilizador em torno do aterrorizado rei.

— Talvez devêssemos continuar nossa discussão durante o jantar.

5

Maravilhado, Maimônides admirava as paredes de pedra de Jerusalém, os olhos marejados de lágrimas. Montava um cavalo cinzento no cortejo de honra que acompanhava Saladino em sua entrada na Cidade Santa. Quarenta dentre os melhores generais e conselheiros do sultão estavam reunidos num comboio de corcéis e camelos para testemunhar a histórica entrada de Saladino em Jerusalém. Era um enorme mosaico, com os mais importantes representantes de todos os cantos do califado. Soldados curdos com armaduras brilhantes e nobres egípcios de túnicas alaranjadas, misturados a cortesãos sírios cobertos de joias e a mouros do litoral noroeste com seus véus azuis. Até mesmo o Grande Xeique de Meca com seu imponente turbante verde estava presente, após enfrentar a traiçoeira rota de caravanas ao norte da península. Era a primeira vez que o *sharif* de barba ondulada, o chefe da tribo do Profeta, se aventurava fora da Cidade Santa desde o assustador ataque de Reinaldo. Emissários de lugares tão distantes quanto a Índia e as estepes mongóis foram participar da libertação gloriosa de Al-Quds, como Jerusalém era conhecida pelos muçulmanos. Todo o mundo islâmico estava representado, exceto por seu chefe titular. O califa de Bagdá não enviara intencionalmente um embaixador para presenciar a capitulação da cidade, lembrando a Saladino numa carta sucinta que o sultão era seu representante. Na verdade, Saladino era um governante tão independente quanto os rivais do califa, os almôades em Córdova, mas de nada adiantava afrontar Bagdá. Por isso, Saladino assumiria o controle formal da cidade em nome do califa e manteria os exércitos abássidas longe de sua porta. Por enquanto.

Um arauto, um rapaz de não mais de 15 anos, montado num pônei malhado de castanho, encontrava-se à frente da comitiva. Parecia nervoso e agitado, assim como os outros homens, mas era ainda jovem demais para esconder seus verdadeiros sentimentos sob uma fachada de coragem. Ele tocava a corneta de chifre que lhe fora dada para a solene tarefa de anunciar a chegada do sultão. O arauto olhou ansioso para Saladino à espera do sinal.

O sultão montava Al-Qudsiyyah, e a crina dourada do corcel negro flutuava ao vento do deserto. O cavalo tinha quase um 1,80m de altura, um dos mais imponentes que Maimônides jamais vira, e o rabino admirou-se novamente de como uma criatura tão grande conseguia se apoiar com facilidade sobre membros dianteiros tão finos e delicadamente delineados. O Criador era sem dúvida um artista habilidoso. Saladino, ele próprio não muito alto, sobrepunha-se à sua tropa na montaria, o que contribuía para a nobreza de seu porte naquele momento histórico.

Os pesados portões damascenos de bronze abriram-se à frente dos conquistadores, e eles avançaram sobre a sua mais preciosa conquista.

Maimônides viu Saladino fechar os olhos e sussurrar uma oração de agradecimento a Alá antes de erguer a cabeça e mirar além dos portões da Cidade

Santa. As ruas de pedra estavam vazias, mas seguras. Al-Adil havia conduzido uma tropa do exército muçulmano para dentro da cidade, vários dias antes, eliminando o último dos cavaleiros cruzados e restabelecendo a ordem entre os cidadãos aterrorizados. Embora pudesse haver alguns rebeldes armados aguardando uma oportunidade dentro dos portões de Jerusalém, a resistência organizada desaparecera.

Saladino ergueu a mão e falou, sua voz infundindo profundo respeito.

— Em nome de Alá, o Clemente, o Misericordioso — começou. Um silêncio recaiu sobre a caravana e todos os olhos voltaram-se para o sultão. — Entraremos na cidade sagrada de Al-Quds, meus irmãos, com humildade, sabendo que a terra pertence apenas a Alá, o Senhor do Universo. Foi por Sua misericórdia que derrotamos os filhos de Satã e acabamos com o reino de terror infundido por eles na terra dos profetas.

Teve início uma estrondosa aclamação, mas Saladino permaneceu sério. Ele ergueu a mão, e o entusiasmo logo arrefeceu.

— Lembrem-se sempre de que governar essa cidade é uma responsabilidade sagrada, e nós somos seus vice-regentes — disse o sultão com ar grave. — Se agirmos com justiça e misericórdia para com o povo, Alá nos garantirá um longo reinado. Mas se nos tornarmos o mal que extinguimos, então Ele trará outros para tomarem nosso lugar, e nossos nomes serão escritos no livro dos tiranos.

A intensidade de suas palavras, o poder de sua convicção moral, parecia penetrar os corações daqueles homens endurecidos pela brutalidade da guerra. À medida que falava, um manto de paz incidiu sobre os enlevados dignitários, envolvendo a comitiva num estado de profunda serenidade, semelhante à que se sente no ambiente tranquilo do lar junto aos entes queridos depois de um dia extenuante. A jornada levara cem anos, mas contra todas as expectativas haviam chegado ao tão sonhado destino. Agora era o momento para reflexões e agradecimentos, não para a soberba da vitória.

Com as palavras de Saladino ressoando em suas almas, o cortejo seguiu seu senhor lentamente e atravessou os portões da cidade. Os soldados deram início a um cântico espontâneo, glorificando Alá e enviando bênçãos a Seu Mensageiro, enquanto seguiam o caminho do Califa Bem Guiado, Umar, ao coração da cidade de Deus. Muito sangue havia sido derramado na rota para Jerusalém, mas era chegado o momento de derramar lágrimas — de alegria e encantamento diante dos caprichos do tempo.

O tempo, Maimônides sabia, era um espírito zombeteiro. A jornada do homem era longa e repleta de obstáculos, e o esforço despendido era exaustivo, mas o tempo representava, na verdade, pouco mais que um sonho. As eras que se passaram entre a Criação e aquele momento estavam além da compreensão dos mortais, no entanto, eram apenas um pestanejar aos olhos de Deus. E, como sempre acontece em ocasiões grandiosas, o tempo pareceu desacelerar naquele momento. Ao cavalgar sob o arco majestoso, Maimônides sentiu como se tivesse sido transportado para um passado distante. Dois mil anos da história de seu povo se desprenderam dele como gotas que caem dos cabelos de uma jovem que foi surpreendida pelas chuvas de verão. A cada pisada dos cascos de seu cavalo, as areias do tempo eram lançadas para trás, erguendo os véus do passado turbulento da cidade.

Ao virar-se para dirigir o olhar à torre de pedras desmoronada à sua direita, Maimônides teve a impressão de ver as sentinelas jebuseias tocando os sinos no topo da torre, alertando os habitantes pagãos da chegada do gigantesco exército de Davi. Em cada canto sombrio, o rabino vislumbrava pessoas vestidas com antigas túnicas de eras passadas. Podia ouvir a risada de crianças, celebrando a primeira festa do Tabernáculo após encerrado o cativeiro na Babilônia. Entrevia os trabalhadores que labutaram durante anos para erigir o primeiro Templo, seus espíritos envoltos no brilho das pedras calcárias ainda virgens. O ar estava pesado devido ao temor e à apreensão dos profetas ao clamarem contra Baal e os protegidos de Jezebel.

E ele escutava gritos. Muitos gritos. Era como se cada uma das antigas pedras de Jerusalém tivesse absorvido os lamentos dos mortos, a súplica por misericórdia que regularmente se dirigia aos corações endurecidos dos conquistadores da cidade — os babilônios, os persas, os gregos, os romanos, os árabes. Os francos. E agora o grande Saladino, senhor do Egito e da Síria, havia adicionado seu nome à lista dos senhores de Jerusalém, junto a Nabucodonosor e a César Augusto.

E então os gritos desvaneceram-se nas regiões sombrias de sua mente, e o rabino notou o silêncio sepulcral que encobria a cidade. As ruas sinuosas estavam desertas, todas as janelas, fechadas, como se Jerusalém tivesse sido entregue a seus fantasmas atormentados. Maimônides, no entanto, sabia que milhares de cidadãos cristãos permaneciam dentro dos muros da cidade, trancafiados em suas casas, rezando para se livrarem da vingança que havia muito estava por vir. A maioria era descendente dos homens europeus que haviam invadido aquela terra com crueldade um século antes, e a lembrança das atrocidades cometidas por seus antepassados pesava sobre eles.

Quarenta mil judeus haviam sido mortos durante a Primeira Cruzada em 1099. Muitos outros muçulmanos e os cristãos que haviam permanecido fiéis aos sultões Seljuk haviam morrido de formas assustadoras demais para serem lembradas. O legado de fogo, sangue e ódio estava registrado nas pedras da Cidade Santa pelas mãos dos francos e de seus ancestrais. E o dia da reparação, do pagamento de sua dívida cruel, finalmente chegara.

Obviamente, Saladino enviara uma mensagem antecipada declarando que pouparia os cidadãos cristãos de Jerusalém e declararia uma anistia geral à sua chegada. Porém, os francos, acostumados a promessas vãs e traições de seus próprios líderes, deram pouca credibilidade a suas palavras. Se os reis que governaram em nome de Cristo não eram dignos de confiança, como poderiam acreditar em um pagão? Não, o povo simples de Jerusalém tinha certeza de que chegara a sua hora. Era um dia para ser passado em casa e na igreja, preparando-se para um destino que não os pegaria desprevenidos.

Bom. Que sofram e temam! O pensamento atravessou a mente do rabino, apesar do grande esforço para suprimir o sentimento cruel. Os francos, aqueles colonizadores vindos da Europa, eram bárbaros que construíram a vida sobre os cadáveres de seu povo. As casas de barro e pedra nas quais eles se abrigavam foram erguidas pelos mesmos homens que seus antepassados haviam massacrado tão cruelmente. Saladino lhes estenderia sua misericórdia, porém Maimônides se permitiu um momento de fria satisfação, sabendo que, por algumas horas, aqueles intrusos vivenciariam o medo que haviam infligido tão casualmente aos outros durante um século.

Mas, claro, esses sentimentos eram deploráveis, não eram? Ele não havia ensinado a seus alunos que a Torá exigia que os homens amassem até mesmo seus inimigos? Que o vencedor magnânimo sentava-se à direita de Deus? Então por que era tão difícil para ele, no momento mais grandioso de sua vida, no triunfo de seu povo sobre os opressores, perdoar? Era como se as lembranças gravadas nas ruas da cidade inundassem sua alma, e os conflitos que haviam destruído Jerusalém por 2 mil anos se insurgissem agora em seu coração.

Então ele viu uma criança. Uma menina de 3 ou 4 anos que havia escapado de casa e caminhava pelos becos desertos. A criança usava uma túnica amarela simples, seus cabelos castanhos cacheados estavam presos atrás da cabeça com fitas. Ela saíra de uma casinha de pedras que tinha uma porta de ferro frágil e olhava admirada para a fileira de cavalos e camelos que vinham em sua direção. Era jovem demais para saber quem eram aquelas pessoas. Pequena demais para entender que se encontrava diante de um momento da história que se tornaria memorável durante gerações. Inocente demais para saber que aqueles homens deveriam ser seus inimigos. Tudo o que via eram belos cavalos e galantes soldados de armaduras brilhantes. A menininha de cabelos claros permaneceu sozinha num canto, acenando para os conquistadores que se aproximavam, quando a porta da casa dela se abriu.

— Deixem a menina em paz! — Um homem corpulento, com o rosto repleto de pústulas deixadas pela varíola e olhos refletindo terror, irrompeu porta afora. Ele empunhava uma espada velha, enferrujada em algumas partes, mas com uma lâmina ainda afiada. Uma mulher de olhos azuis, obviamente a mãe da menina, apareceu em seguida e deixou escapar dos lábios um grito por misericórdia quando viu a filha no meio das tropas do conquistador.

Ao ver o homem com a espada, um dos tenentes de Saladino empunhou um arco, pronto para disparar contra aquele insignificante rebelde, mas o sultão se inclinou para frente e colocou uma mão firme no braço do soldado.

O tenente abaixou a arma, e Saladino desceu da montaria, indo em direção à menina. O pai correu ao encontro da filha, ainda empunhando a espada, mas parou de súbito diante da expressão severa do sultão.

— Eu consigo conter meus homens até certo ponto — disse ele. — Sugiro que abaixe essa espada, amigo, antes que esse anjinho comece a chorar a morte do pai querido. — O homem assustado olhou para a esposa, cuja expressão de súplica o desarmou. Ele abaixou a espada, o olhar de incerteza fixo no sultão, que se ajoelhara ao lado de sua filha.

Saladino sorriu e alisou os cabelos da menina. Ela voltou para ele os olhos azuis celestes, que reluziam com a luz divina que envolve as crianças. Em sua mão havia uma tulipa recém-apanhada no jardim do vizinho. Ela ofereceu a flor a seu novo amigo, seus dentinhos à mostra num sorriso. Saladino aceitou o presente depositando um beijo na testa da criança. Enquanto os pais observavam a cena, chocados e confusos, o sultão retirava do pescoço um colar de esmeralda e o colocava na menina deslumbrada. Ele então voltou-se para o casal.

— Eu estava curioso para saber se teria uma recepção calorosa em Jerusalém. Quando vi as ruas vazias, meu coração encheu-se de tristeza achando que o povo me hostilizava. Mas a maneira como sua filha me acolheu foi mais preciosa do que a falsa devoção de mil súditos temerosos. — Saladino ergueu a menina nos braços e a entregou à mãe, que tremia. Ela pegou a filha no colo e abraçou-a, como se temesse que a criança escapasse e saísse voando como uma pomba cativa que é libertada.

Saladino montou no cavalo novamente, em seguida pôs a mão no cinto e retirou de lá um saco de ouro, lançando-o ao pai, que permanecia boquiaberto.

— Espalhe a notícia, meu amigo cristão, que Salah al-Din ibn Ayyub será o anfitrião de uma grande festa nesse domingo para celebrar a paz entre nossos povos. E sua filha se sentará ao meu lado como convidada de honra, pois ela foi a primeira a me dar as boas-vindas à cidade de Deus.

Sob o olhar atônito daqueles pais, Saladino e seus companheiros cavalgaram rumo ao coração da cidade. O tormento que assolara Maimônides havia desaparecido. Deus lhe mostrara por meio daquela criancinha cristã o milagre do amor e do perdão. Não era possível apagar os horrores que encharcaram Jerusalém de sangue durante séculos, mas suas vítimas podiam ser honradas por encerrarem o ciclo de vinganças. Os vapores venenosos do ódio podiam ser substituídos pela brisa suave do outono de um novo dia, sem retaliações. À medida que ele pensava sobre isso, as vozes do passado pareciam se dissipar com um suspiro de absolvição, as pedras ficando em silêncio.

O cortejo dobrou uma esquina, e subitamente os pensamentos do rabino cessaram. Era como se ele saísse das trevas e fosse envolto na luz forte do sol do meio-dia. Por fim ele percebeu onde estava. Havia de fato retornado ao centro do mundo e apreciou a visão que tinha diante de si, como um filho que admira o rosto de uma mãe querida que ele não via fazia muitos anos. Uma vida inteira.

O Muro do Templo surgiu à sua frente, erguendo-se em sua solidão. Os blocos maciços de pedras calcárias pareciam emanar uma luz própria, como se tomados por um fogo interior. Ele percebeu que era o primeiro judeu em quase um século a pôr os olhos no local mais sagrado para seu povo, e não se achou merecedor. Sentindo-se pequenino diante do muro antigo, percebeu a verdadeira insignificância do homem diante de seu Criador.

— Vá, meu amigo. Reverencie o Deus de Moisés, como é o anseio de seu coração há tantos anos. — Saladino sorria para ele. Maimônides sabia que o sultão entendia o que ele estava sentindo. Erguendo-se para além do muro, brilhava à luz do sol a Cúpula da Rocha. A cruz dourada que os francos haviam colocado no topo da Cúpula havia sido destruída por Al-Adil logo que entrou na cidade, e Saladino olhava com admiração para o monumento islâmico recuperado. Para os muçulmanos, as mesquitas que se encontravam sobre as ruínas do Templo Judaico eram tão sagradas quanto os santuários de Meca e Medina. Maimônides viu que os olhos de Saladino brilhavam, assim como os seus, ao avistarem o monte sagrado de sua religião.

Dois homens de crenças diferentes encontravam-se diante do monte onde os Céus choravam ao encontrarem a Terra. Naquele momento, Maimônides entendeu o verdadeiro poder da cidade antiga. Como uma bela mulher, Jerusalém inspirava paixão e desvario entre os seus pretendentes, além de um ódio que podia levar a amargas rivalidades e duelos na disputa por seu coração. Porém, o médico finalmente compreendeu o segredo daquela cidade. Ela não era uma meretriz cheia de caprichos que procurava indispor os homens uns contra os outros. Seu amor era mais profundo do que isso, tão intenso que aqueles sob seu domínio não conseguiam entender que ele brotava de um poço eterno que podia ser partilhado por muitos e nunca secar. Ela amava a todos os homens e acolhia a todos os filhos de Adão. Era a mesquinhez de seus amantes que os impedia de ver que o coração dela era generoso e não podia jamais ser monopolizado ou controlado, assim como a terra não podia se apossar da vastidão dos céus.

Tão embevecidos estavam os dois amigos em seu devaneio que quase não perceberam um pequeno grupo de aristocratas francos que se aproximavam da praça até então vazia em frente ao Muro do Templo. Heráclio, o patriarca do Santo Sepulcro, vestido de preto e coberto com uma infinidade de cruzes e ornamentos, era seguido por um bando de francos nervosos que buscavam clemência. Saladino avançou a cavalo para saudar seus novos súditos. Maimônides, por sua vez, desmontou e seguiu a pé com a cabeça baixa em direção ao muro. Era melhor deixar a diplomacia para os estadistas.

Ao se ajoelhar diante do local mais sagrado na Terra, lágrimas de reverência escorrendo-lhe pelas faces, Maimônides pensou em como seu povo se cumprimentara durante todo aquele tempo, com a promessa de estar: "no ano que vem em Jerusalém". Aquela promessa nunca soara real para ele, não mais do que palavras vazias ditas para confortar um povo que nunca desistia. No entanto, inesperadamente, um milagre acontecera. O exílio se encerrara. E o ano vindouro se transformara em hoje.

Um belo canto lastimoso elevou-se de uma torre próxima ao Muro do Templo, um lembrete pungente de que, embora seu povo tivesse retornado a Jerusalém como convidado de honra, ele não era mais o seu dono. E talvez nunca voltasse a ser.

Alá é Maior. Alá é Maior.
Testemunho que não há outra divindade além de Alá.
Testemunho que Maomé é o Mensageiro de Alá.
Vinde para a oração. Vinde para a salvação.
Alá é Maior.
Não há outra divindade além de Alá.

Ao ouvir o chamado islâmico à oração ressoar dentro de Jerusalém pela primeira vez em um século, Maimônides sentiu um arrepio, uma premonição, lhe percorrer o corpo. Deus trouxera Seu Povo de volta a Jerusalém por uma razão, disso ele tinha certeza. Mas será que Ele lhe garantiria a paz?

6

Palácio Real, Tours — 1187 d.C.

Ricardo Coração de Leão mexia-se com desconforto sob o olhar de mais uma admiradora aristocrata. A moça de cabelos louros e cílios longos (seria seu nome Jolie?) fitava-o do outro lado do salão de baile, seus olhos azul-claros faziam-no lembrar um falcão observando sua presa. Se lembrava-se corretamente, ela era a filha do visconde de Le Mans. Uma cortesã sem importância, alguém que sua mãe teria descartado de imediato como indigna dele. Provavelmente teria razão, mas a diferença de posição social não importaria muito se Ricardo estivesse sinceramente interessado. Um dos privilégios de ser o príncipe herdeiro da Inglaterra era, sem dúvida, o direito de levar para a cama qualquer mulher que desejasse. De fato, a maioria dos jovens que detivera essa posição ilustre ao longo dos séculos havia tirado completa vantagem dela. Mas Ricardo era diferente. Grande parte das mulheres não lhe interessava, em particular aquelas educadas na mediocridade sufocante da cultura da corte.

Uma mediocridade que se encontrava em grande exposição naquela noite. Evitando o olhar de Jolie, ele olhava ao redor com uma expressão à altura da pompa e circunstância das cerimônias daquela noite. Era como se toda a aristocracia francesa ocidental estivesse presente no baile em Tours. Rumores de que o solitário rei Henrique estaria presente chamaram a atenção de todos os tolos que reivindicavam um título hereditário. Estavam todos lá na esperança de conseguir altos benefícios. E todos eles haviam levado suas filhas, vestidas nas mais finas sedas importadas de Roma e Florença, na esperança de que uma delas conquistasse afinal a simpatia do impérvio príncipe herdeiro. Claro, a maioria daquelas moças jamais pisara em um dos palácios reais, e Ricardo havia observado que elas pareciam deslumbradas olhando ao redor do salão de baile, com suas janelas altas de vitrais, que se abriam diretamente para uma galeria iluminada pela lua. Feixes de colunas góticas serviam de base para o teto em abóboda, nervurado, a 15 metros de altura. As paredes eram forradas com grandes estantes de carvalho, que exibiam as mais finas armas inglesas e francesas. Uma chama forte ardia na lareira de mármore, de 9 metros de altura, rematada por imagens de querubins e serafins esculpidos, que olhavam para baixo, para a congregação de mortais, com benevolência.

Ricardo olhou mais uma vez para Jolie, que conversava com algumas amigas muito maquiadas. Enquanto suas companheiras pareciam quase tremer, tamanha a excitação, olhando para todos os lados e encantadas com o esplendor do salão, Jolie dava a impressão de estar bem à vontade, sentindo-se em casa no mundo da realeza. Bem, isso pelo menos era um bom sinal. Enquanto admirava sua tez clara do outro lado do salão muito iluminado, Ricardo se perguntava, sem muita empolgação, como ela seria na cama. Tão afetada, distinta, os cabelos bem penteados, em camadas, no estilo parisiense. Provavelmente seria bastante barulhenta. As mais contidas sempre eram. As poucas vezes em que Ricardo tivera aventuras com damas palacianas lhe serviram de exercício intelectual, uma oportunidade de analisar a instável mente feminina quando o véu do decoro social lhe era retirado. Ricardo descobrira que as mulheres inevitavelmente revelavam sua verdadeira natureza, os recônditos proibidos de suas almas, quando se deixavam levar pelos arroubos do sexo. A descoberta apenas aumentara seu desagrado geral pelas mulheres.

Talvez aquela noite lhe proporcionasse uma oportunidade para mais uma experiência. Ricardo manteve-se concentrado na moça até que a força invisível de seu olhar a fez desviar-se da conversa com uma amiga de seios avantajados e voltar os olhos para ele. Jolie enrubesceu diante daquele olhar de desejo, fixo nela. Desviou a vista brevemente e voltou a fitá-lo. Foi o bastante! Ele a conquistara. Ricardo sabia que o primeiro olhar era apenas um teste, o segundo, um sinal de vitória. Ele voltou-se para outra direção. Fácil demais.

— Eu concordo. Ela não é o seu tipo. — Ricardo percebia o riso brincalhão por trás das palavras da irmã. Joana tinha o desagradável hábito de ler seus pensamentos mais íntimos, mesmo quando ele não dizia palavra alguma. Ele ergueu a vista e a viu aproximar-se do estrado real, suas tranças douradas brilhando como uma fileira de margaridas numa tarde de verão. A princesa acomodou-se confortavelmente na almofada azul de seda e lançou ao irmão um olhar zombeteiro de desaprovação.

— Você diz isso a respeito de todas as mulheres. — Ricardo não permitia a menor crítica da maioria dos homens, muito menos de uma mulher, mas era bastante sensível à opinião de Joana. Ela era a única pessoa na corte, em sua família, em quem ele confiava de forma incondicional. Era como se fosse imune à doença da intriga que permeava o sangue dos angevinos. Ricardo sabia que todos os conselhos que ela lhe dava vinham de um amor sincero e da vontade de proteger os interesses do irmão mais velho, e não por motivos egoístas.

— E eu sempre tenho razão — disse Joana em tom de brincadeira. — Olhe para ela. Belos olhos, mas um tórax achatado como o de um grilo. Pior, ela não será capaz de lhe dar o que você mais precisa... desafio. Vai passar três dias evitando sua atenção respeitosamente, e depois se jogará na sua cama sem nenhuma cerimônia.

— A maioria dos homens ficaria satisfeito com isso.

— Ah, mas você não é como os outros homens — replicou ela com um sorriso. — Mesmo assim, provavelmente ela é melhor do que o que você já aceitou em sua cama. E haveria menos repercussão.

Ricardo enrubesceu ao lembrar-se do fato a que ela se referia. Alguns anos antes, quando era apenas um rapazola, sofrera uma desventura que o perseguia desde então. Um ato de curiosidade infantil que o expôs ao ridículo diante da corte angevina. Seu melhor amigo, o belo jovem Felipe, príncipe herdeiro da França, era conhecido por ter casos amorosos de forma indiscriminada. Atraído pela exuberância e energia juvenis de Felipe, Ricardo se permitiu seduzir pelo belo príncipe. Fora um caso breve, mais para selar a íntima amizade dos dois do que para ser interpretada como uma paixão abominável. Mas os boatos espalharam-se com rapidez e os rapazes foram separados forçosamente pelas famílias envergonhadas. Ricardo suportou os sorrisos maliciosos e as piadas cruéis dos mexeriqueiros da corte durante anos, até que sua bravura no campo de batalha desviou a atenção da nação de seus hábitos na cama. Porém, a ferida permaneceu aberta por muitos anos, e ele não gostava quando a cutucavam, nem mesmo quando era sua querida irmã.

— Você está sempre pronta a me aconselhar em minha vida amorosa, Joana. No entanto, parece determinada a ficar solteirona.

Joana se retraiu, e Ricardo quis de imediato retirar o que dissera. Ela ainda tentava se refazer de uma desilusão amorosa que sofrera três anos antes, quando o pai a proibiu de casar-se com Edmundo de Glastonbury. O rei Henrique tinha uma rivalidade de longa data com o conde de Somerset e não admitia a ideia de sua filha se unir à família de seu adversário. Joana tinha grande amor pelo pai, e essa decisão despedaçara seu coração. Ela deixou de falar com ele por quase dois anos, salvo por cumprimentos formais e leves provocações, mas os dois por fim se reconciliaram depois que os médicos da corte informaram-na do agravamento dos problemas cardíacos de Henrique.

Eles avisaram que o rei podia ser chamado aos braços de Cristo a qualquer momento, e seria melhor para todos que as desavenças entre os dois fossem sanadas antes que isso acontecesse. Joana e o pai voltaram a se falar, embora o relacionamento entre eles nunca tenha voltado a ser o que era antes. Ela tornou-se mais sóbria, menos propensa a risos e lágrimas. Tornara-se solitária, desinteressada do jogo de sedução comum entre os jovens da corte.

— Perdoe-me. Foi injusto da minha parte. — Via de regra, Ricardo nunca se desculpava com ninguém. Era desnecessário para um príncipe e revelava uma falta de confiança em sua autoridade divina que podia ser usada pelo inimigo. Mas para Joana ele sempre abria uma exceção às leis que regiam sua vida.

— Eu só quero evitar que sofra, meu irmão — disse ela, uma ponta de mágoa clara em sua voz. — Tenho medo que o tipo de mulher por quem você se sente atraído traga o caos para a sua vida.

— E que tipo de mulher seria esse? — Ricardo sorriu, procurando mudar de assunto e tirar o foco da conversa da perda de Joana.

— No seu íntimo, você procura uma moça que não tema você. Que não se impressione com o "futuro rei da Inglaterra". E então, quando ela tiver o seu amor e se sentar a seu lado no trono, montará em você como se monta num pônei, e nosso reino cairá nas mãos dos franceses. — Enfim, o tom de brincadeira estava de volta à voz dela.

— Mostre-me um francês que empunhe uma espada, e eu passo o trono para ele satisfeito — desafiou Ricardo com uma risada, passando uma das mãos pelos espessos cachos acobreados.

Uma sombra recaiu sobre ele.

— Não se coroe ainda, mocinho. — Ricardo mordeu o lábio para se conter, em seguida lançou um olhar frio para o pai. O rei Henrique, magro, barbado, severo, estava atrás dele, com expressão austera. — O trono é para homens de verdade que experimentaram o furor da batalha e da morte. Não para crianças com lanças de brinquedo.

Um silêncio recaiu sobre o salão de baile quando Henrique se dirigiu devagar ao centro do estrado real. Joana levantou-se para ajudar o monarca a se sentar com cuidado no trono.

— Boa noite, pai. — Com um breve cumprimento, Ricardo deu as costas ao homem que desprezava, o rei em cuja sombra sufocante ele sempre vivera. Os dois raramente se falavam; a distância entre eles ficando cada vez maior até mesmo agora que o Anjo da Morte se aproximava mais da cama do pai a cada noite. Ricardo disse a si mesmo que o desentendimento entre eles era natural, até mesmo bem recebido, pois confirmava que ele estava no caminho que todos os grandes homens haviam seguido desde o início dos tempos.

Na verdade, tudo era bastante poético. Ricardo era um estudante ávido dos antigos mitos, não somente os dos celtas e normandos, seus antepassados, mas dos gregos e romanos ao leste. Acreditava que aquelas fantasias magnificamente adornadas, evitadas pelo clero como mentiras pagãs, eram, na verdade, histórias ricas em sabedoria, que diziam respeito à condição humana. Talvez achasse isso porque via a própria vida refletida todos os dias nas histórias de Urano e Cronos, pai e filho, presos numa luta perpétua a partir da qual o cosmos foi criado. Ricardo se perguntava se Henrique conhecia o final de todas aquelas lendas — o filho, no auge do poder, invariavelmente derrotava e castrava o arrogante pai. O velho deve dar lugar ao novo — essa era a lei do Céu e da Terra.

O rei Henrique claudicava ao seguir em frente, a perna esquerda suportando o peso renegado pelo joelho direito, cada vez mais atacado pela artrite. O monarca de cabelos grisalhos acomodou-se no trono, recusando-se visivelmente a olhar para o filho e a retornar seu cumprimento indiferente. Mal ocultando seu desagrado, o velho irascível supervisionou os nobres, que se mantinham em atenção formal à sua chegada.

— Ah, prossigam. Estou velho demais para toda essa agitação — disse, a voz rouca, porém ainda cheia de autoridade.

A música se elevou novamente e os nobres, homens e mulheres de educação fidalga e corações cruéis, desfilaram em frente ao trono. Uma rápida mesura, e os casais voltaram para a pista de dança. Ricardo voltou-se para o teto, evitando encontrar o olhar de algum bajulador que entrara na fila na esperança de algum benefício. A presença do pai sempre arrefecia seu entusiasmo, da mesma forma que uma nevasca nas montanhas escocesas reduzia os lagos azul-safira a gelo.

Uma porta lateral do salão de baile, confeccionada em bronze e prata, se abriu, e o mau humor de Ricardo se transformou em raiva declarada. A odiada silhueta de seu irmão mais jovem, João, surgiu emoldurada pela cúpula arredondada. O rapaz não era esperado de volta de sua missão à Espanha antes da semana seguinte. A música parou de novo, e um murmúrio espalhou-se entre os presentes quando o príncipe de cabelos escuros entrou, seguido por um séquito de cavaleiros, todos empoeirados e desgrenhados da longa jornada a cavalo. A comitiva dirigiu-se ao estrado real, diante do qual João e seus soldados se curvaram numa reverência.

— Meu filho — disse o rei. — As nuvens se dissipam diante de um homem idoso e lhe dão esperança sempre que é abençoado com a sua presença.

Ricardo notou, humilhado, que o semblante de Henrique se transformara e transparecia satisfação e afeto. João era o filho predileto há anos, posição que conquistara por meio do servilismo e palavras melífluas. Enquanto Ricardo jamais deixara de dizer o que pensava e de questionar as políticas quase sempre extremamente cautelosas do pai, João parecia se contentar em elogiar o velho tolo sem dar importância ao reino.

— Fico feliz de estar diante de sua glória sagrada, querido pai, depois de semanas na companhia de infiéis impuros — disse João. O príncipe fora enviado para supervisionar as transações comerciais com os invasores mouros que dominavam a maior parte da Ibéria. Ricardo achava que era seu dever como príncipe herdeiro praticar a diplomacia com os pagãos, mas Henrique não aceitara a ideia, declarando que sua natureza impulsiva terminaria levando a Inglaterra aos apuros de uma guerra contra a Espanha árabe em vez de abrir o comércio de Córdova à cerâmica galesa. Os franceses haviam evitado a invasão muçulmana àquela mesma cidade de Tours quatrocentos anos antes, e Henrique declarou não querer correr o risco de o filho arranjar um novo pretexto para os mouros iniciarem uma segunda *jihad*. Aos olhos de Ricardo, no entanto, a decisão era baseada menos em seus alegados fracassos como diplomata e mais nos esforços do pai para elevar a posição de João entre os nobres.

O príncipe de cabelos castanhos sorriu para o pai e para Joana, mas evitou olhar para o irmão mais velho. Deu um passo à frente e entregou ao pai um pergaminho pesado, que o homem idoso desdobrou com certa dificuldade.

— Tenho boas notícias, pai — disse ele. — Nossos emissários se mantiveram firmes contra os infiéis na mesa de negociação, e garantimos um acordo que trará muito ouro para os cofres de nossos comerciantes.

Henrique examinou o documento com atenção, e depois sorriu, orgulhoso do filho.

— Discutiremos os detalhes de sua viagem a Córdova e as garantias que obteve para o nosso povo amanhã — retrucou o rei. — Esta é uma noite de música e dança. Convido você e seus homens a tomarem vinho e se alegrarem na companhia de nossos cortesãos e amigos.

O homem idoso voltou-se para os nobres ali reunidos.

— Dedico os festejos da noite a João e seus bravos cavaleiros, que fizeram uma longa viagem até os domínios de nossos inimigos e retornaram com as bênçãos da amizade e do comércio. — Henrique ergueu um cálice reluzente num brinde ao filho bem-sucedido.

Sua fala foi recebida com os aplausos dos presentes, os quais facilmente abafaram o bufar de desprezo de Ricardo. O príncipe herdeiro sabia que o homem idoso se iludia ao pensar que poderia haver paz com os sarracenos. Os invasores de pele escura podiam se paramentar com as mais caras sedas e ornamentos, mas sempre seriam vira-latas do deserto. Ele conhecia um pouco da religião deles e a considerava ofensiva e claramente absurda.

Quando ainda criança, um padre lhe dissera que Satã reveste de verdade as suas mentiras, a fim de corromper os homens, atraindo-os para seu serviço. A religião dos infiéis era um excelente exemplo. Eles afirmavam adorar a Deus, mas, ao mesmo tempo, negavam a autenticidade da Bíblia Sagrada. Diziam até mesmo acreditar que Jesus Cristo era o Messias, porém negavam Sua divindade e até Sua crucificação. E tudo baseado na palavra de um iletrado que cuidava de camelos. Ricardo não tinha dúvida de que Maomé era a Besta da profecia, enviado para testar a bravura do povo de Deus. Embora o orgulho cego de seu pai o fizesse acreditar nos tratados com aqueles hereges, Ricardo sabia que abrir as portas ao comércio serviria apenas para encorajar os demônios a espalhar ainda mais a pestilência no seio da cristandade.

João sentou-se ao lado dele no estrado, fazendo um movimento indiferente de cabeça para cumprimentar o irmão mais velho. Ricardo foi tomado pela raiva. Os menestréis recomeçaram a tocar, e os presentes voltaram à pista de dança para celebrar o retorno exitoso do jovem príncipe. O olhar de Ricardo cruzou com o da alva Jolie novamente, forçando-o a desviar a atenção daquela situação. Levantou-se e atravessou o salão decidido, curvando-se com elegância diante da moça surpresa. Ouviu-se um murmúrio entre os bisbilhoteiros, exatamente como ele pretendia. A moça era, sem dúvida, de posição inferior à dele, mas serviria para ajudá-lo a causar um *frisson* que desviaria a atenção da corte da chegada inesperada de seu irmão João. E Ricardo sabia que o pai ficaria irritadíssimo com essa violação da etiqueta entre príncipes; provocar seu mau humor era apenas uma bonificação extra.

Jolie tomou a mão que ele lhe estendera, enrubescendo diante do lisonjeiro convite para uma dança com o príncipe herdeiro. Ricardo a conduziu pelo braço ciente do olhar fulminante do pai que o seguia pela pista de dança. Uma passagem se abriu de imediato entre os cortesãos, ansiosos por darem ao príncipe bastante espaço para dançar com a radiante filha de um nobre de posição inferior. Ele girou com ela nos braços, embora a música fosse mais adequada para passos mais formais. Depois de alguns instantes de hesitação geral, outros pares começaram a se formar. Era sempre melhor seguir a realeza, mesmo o príncipe tendo quebrado a tradição. Os músicos rapidamente adaptaram-se, alterando a agudeza dos cromornos curvados, das charamelas de palhetas duplas e dos timbales, para se ajustarem aos passos mais alegres e informais que naquele instante ressoavam pelo salão de baile.

Ricardo puxou Jolie contra si, sussurrou trivialidades e mentiras principescas em seu ouvido. Sentiu a empolgação da moça aumentar e sabia que, se quisesse, poderia relaxar em seus braços antes do nascer do sol. Não sentia desejo por ela, mas se decidisse ter algo com a moça, sabia que teria de se explicar com o pai no dia seguinte pelo escândalo que se seguiria. Ricardo sentiu os olhares de todo o salão recaírem sobre ele e se esforçou a ignorá-los. Aprendera que a única maneira de manter a sanidade na corte era viver o momento. As consequências que se danassem. Esse pensamento talvez tenha feito com que agisse da maneira como agiu logo depois que o mensageiro papal entrou de forma inesperada no salão real com notícias que mudariam a vida de todos eles, na verdade, de toda a história, para sempre.

7

— Esse garoto ainda vai causar a minha morte — disse o rei Henrique. — E a do meu reino. — O líder idoso observava, com crescente irritação, Ricardo dançar a noite toda com Jolie. Conhecia o pai da moça, um homenzinho desprezível e obsequioso, e não estava disposto a se desculpar por seu caprichoso filho diante de gente bem inferior a ele. Haveria reações de choque e tristeza por parte dos pais quando soubessem que a filha perdera a inocência nas mãos de um jovem concupiscente (embora o rei achasse que os dias de virgindade de Jolie fossem uma lembrança havia muito esquecida). Haveria as exigências inevitáveis de compensação por essa mancha no nome da família. Contudo, isso era preferível aos boatos doentios espalhados pelos inimigos sobre a preferência secreta de Ricardo por rapazes. E seria melhor para o legado dos angevinos se seu filho esvaziasse os cofres do reino por meio de indiscrições românticas do que por sonhos tolos de conquista.

À medida que a ampulheta de sua vida se esvaziava, Henrique tornava-se mais intolerante ao exibicionismo de Ricardo. Não tinha ilusões quanto às ambições do filho e à sua temerária crença no destino. O rapaz ruivo se denominara "Coração de Leão" após algumas vitórias no campo de batalha, e o nome espalhara-se rapidamente por todo o reino, junto a suas histórias de bravura e astúcia. Henrique tinha de admitir, mesmo a contragosto, que a reputação do filho não fora conquistada injustamente — a coragem do rapaz nos combates beirava a genialidade. Mas, na verdade, o rei temia que a destreza de Ricardo com a espada algum dia viesse a gerar mais histórias de tragédia do que de bravura. Henrique sabia que o belo filho tinha um grande número de seguidores entre as massas, que viam nos cabelos de fogo e em seu porte régio uma vaga lembrança pagã de Apolo. Mas se o rapaz viesse a subir ao trono da Inglaterra, ele teria de se desvencilhar de toda essa pretensão antes de lançar o reino em alguma aventura infeliz para promover o próprio mito.

— Posso fazer uma pergunta, pai? — A voz de Joana fez com que ele afastasse os pensamentos que o preocupavam.

— Pergunte, minha filhinha, e tudo será esclarecido. — Ele amava muito aquela moça, aquela visão de suave perfeição. Muitas vezes achava difícil acreditar que ela tivesse resultado de uma união sem amor com uma mulher vingativa e odiosa.

— Por que o senhor é tão duro com ele? — Por alguma razão inexplicável, sua querida Joana tinha uma ligação com Ricardo e sempre se manifestava em defesa do rapaz. Henrique lembrava-se de como ela havia chorado, em criança, quando João e Ricardo saíram para caçar um lobo que aterrorizava a zona rural do País de Gales. Quando os rapazes voltaram orgulhosos, carregando a carcaça cinzenta do monstro, ela chorou pelo animal morto como se ele fosse um bichinho de estimação querido.

Joana era bondosa com todos, e isso tanto era a origem de seu poder como seu pior defeito. Essa tendência de ver o melhor nos outros, mesmo quando não havia nada de fato para ser visto, a levara aos braços de Edmundo, um bêbado e libertino que prometera abandonar a vida devassa por ela. Henrique sabia que essas promessas eram quebradas com a mesma facilidade com que eram feitas e não teve escolha senão se opor. Claro, o fato de Henrique alimentar um ódio mortal pelo pai de Edmundo facilitou sua tomada de decisão. Jamais negara nada à filha, e assim recaiu entre os dois uma sombra que nunca mais foi totalmente removida. Sob a alegação de estar com o coração partido, Edmundo logo em seguida saiu de casa para sarar as feridas. Henrique não tinha dúvidas de que pouco depois Joana receberia notícias dos diversos casos amorosos do rapaz com mulheres da zona rural francesa, caso o tolo não tivesse se envolvido numa briga que o levasse à morte, em alguma das tavernas perto de Nice. Mas, da maneira como tudo acontecera, ela sempre se lembraria de Edmundo como seu único e verdadeiro amor, e de seu pai como o monstro que os separara por toda a eternidade.

De qualquer forma, era uma pergunta justa. Por que ele não era menos severo com o filho, o herdeiro do trono, quando o heroísmo dele era comentado por todo o reino? Qual o motivo daquele enorme abismo entre os dois homens? A verdade era que, se Henrique fosse forçado a examinar com atenção a desavença entre os dois, ele se descobriria olhando não para o filho, mas para um espelho obscuro. No orgulho e na vaidade, em sua fundamental insegurança, Ricardo era ele próprio.

Henrique aprendera da forma mais difícil as verdadeiras responsabilidades dos reis, e essa descoberta o fazia sentir-se vazio e solitário. O trono era uma prisão. O palácio, um zoológico repleto de aristocratas insignificantes e dóceis; as infindáveis intrigas são a única coisa permanente num mundo em constante mudança. A longa jornada interior, de príncipe aventureiro para rei severo, o deixara esgotado, mais do que qualquer batalha que ele jamais travara contra os homens. O Profeta dos sarracenos, dizia-se, certa vez afirmou que a maior batalha na vida, a maior *jihad*, era contra si mesmo. Henrique aprendera que às vezes os heréticos conheciam a verdadeira natureza humana melhor do que os virtuosos, que pontificavam com presunção sobre princípios, firmes na própria hipocrisia.

Esses, no entanto, eram pensamentos que ele jamais poderia manifestar em palavras, nem mesmo à sua querida filha, cuja existência era uma prova de que devia haver uma centelha de virtude correndo em suas veias.

Ah, ele estava envelhecendo, pois não conseguia controlar os devaneios, nem mesmo em sua própria mente. A filha lhe fizera uma pergunta. Uma resposta padrão seria suficiente.

— Procuro proteger Ricardo dos nobres — respondeu depois de um longo tempo. — Quando sentem o cheiro de fraqueza, eles atacam. Se Ricardo não consegue ser um homem, então, ele não será um rei. Acordará um dia com uma espada cravada no peito, e os carinhos das mulheres serão esquecidos.

Joana olhava para ele de forma estranha. Seus olhos azuis da cor do mar pareciam penetrar mais em seu ser do que as ávidas garras de Azrael. Bem, talvez fosse por isso que ele ainda estivesse vivo, para grande surpresa de seus médicos. O anjo procurava uma alma para arrancar do corpo exaurido, mas Henrique duvidava que ainda tivesse uma, após todos aqueles anos no trono. Porém, se tivesse, aquela moça saberia onde estava escondida e, sem dúvida, manteria seu segredo.

— De fato, Ricardo é ainda muito jovem — ponderou ela. — E talvez temerário. Mas se sairia melhor se o senhor demonstrasse confiança nele em vez de estar sempre humilhando-o. Muitos homens se tornam o reflexo das expectativas dos pais.

De quem a filha herdara tanta sabedoria? Certamente não da mãe, uma *banshee*. E ele não se considerava um homem dotado de *insight*. Qualquer sabedoria que Henrique tivesse adquirido fora conquistada por meio das lições cruéis do destino e da loucura. Mas havia em Joana um brilho que se originava em algum lugar além de sua linhagem.

— Minha querida, às vezes acho que a Inglaterra seria mais bem servida se eu deixasse de lado tanto Ricardo quanto João e colocasse a coroa da sucessão em sua cabeça — observou. No fundo acreditava naquilo. O pensamento lhe havia passado pela mente em alguns momentos solitários de desespero em relação a seu legado, mas sabia que a nação não estava preparada para aceitar que uma mulher exercesse abertamente tal poder. Principalmente quando todos sabiam que, de qualquer forma, eram as mulheres da corte que de fato controlavam o reino através dos sussurros secretos da intriga.

Joana riu, a primeira expressão de contentamento que ele ouvia da filha há muito tempo. Os olhos de Henrique brilharam diante do som esquecido.

— Fique com a coroa, meu pai. Eu abdicaria na mesma hora. O poder não exerce nenhuma atração sobre mim. — Ela fez uma pausa, e o riso em seus olhos desapareceu. — Eu não sou a minha mãe.

Henrique sentiu o sangue subir à menção de Leonor de Aquitânia, a mulher que partilhara sua cama, lhe sussurrara doces palavras de amor sob as cobertas, enquanto conspirava para derrubá-lo. A rainha traiçoeira fora presa havia 14 anos, após esforços frustrados para orquestrar um golpe. Ele basicamente havia criado os filhos sem a mãe. Talvez não fosse surpreendente, as coisas não terem dado muito certo.

O pensamento, entretanto, foi afastado de sua mente e esquecido quando a força inescapável da história interferiu, para virar seu mundo de cabeça para baixo uma última vez. As pesadas portas do salão abriram-se sem a menor cerimônia e a música parou subitamente. Por um instante, a visão de Henrique foi bloqueada pela multidão, mas ele viu João levantar-se da cadeira sobre o estrado, os olhos espelhando preocupação. Os nobres abriram passagem para o trono. Henrique avistou alguém cuja presença o encheu de pavor.

À porta, encontrava-se um italiano de túnica de veludo preto e vermelho, decorada com a insígnia papal. Um mensageiro do Vaticano que chegara sem avisar. Pela expressão sombria do homem barbado, Henrique concluiu que ele trazia más notícias.

O mensageiro atravessou o comprido salão com a tranquilidade e a confiança de um homem que não se intimidava na presença de reis. Ele passava seus dias na companhia do Vigário de Cristo. Nenhum governante terreno poderia abalar o coração de um homem que vivia no seio do Reino dos Céus. O enviado parou diante do estrado real e fez uma ligeira reverência.

— Majestade, trago uma mensagem de Roma. Do Santo Padre — comunicou o homem, num tom frio e severo. O mensageiro dispensara o protocolo de longas apresentações formais e louvores ao Todo-Poderoso e pretendia ir direto às notícias que trazia. Ouviu-se murmúrios nervosos de preocupação entre os nobres, e um clamor crescente de temor e especulação ameaçava abafar o que quer que aquele homem tivesse atravessado a Europa para comunicar.

Henrique levantou-se com dificuldade, e Joana apoiou suavemente uma das mãos sobre o braço do pai, ajudando-o a equilibrar-se enquanto ele se punha diante daquele anunciador da tempestade. Henrique ergueu uma das mãos e, de repente, era mais do que apenas um velho senil. Era o rei da Inglaterra novamente de fato e de direito.

— Silêncio! — Seu comando ríspido ressoou entre a multidão como um chicote, e os senhores nobres puseram-se em estado de atenção. — Transmita a sua mensagem, Arauto do Vaticano. A nação aguarda sua palavra.

O homem de túnica hesitou, como se tivesse dificuldade de encontrar as palavras certas. Ou como se não pudesse acreditar que fosse o portador daquela mensagem, que ele havia sido incumbido de transmitir.

— Sua Santidade, o Sumo Pontífice de Roma, envia as bênçãos de Cristo a Henrique, senhor dos angevinos — disse o mensageiro, pausando por apenas mais um instante. — É com grande pesar e tristeza que comunico a queda de Jerusalém nas mãos dos sarracenos...

Se o mensageiro disse qualquer outra palavra, Henrique não a escutou. O tumulto que teve origem no salão de banquetes era como o estrondo de cascos de cavalos conduzidos à batalha. Henrique sabia que a imagem que lhe veio à mente quando tentava restabelecer a ordem era mais do que uma provável premonição de dias negros. O rei pegou seu bastão de marfim, presente de um embaixador de algum país selvagem do norte da África, homem que havia muito esquecido. Bateu com ele, com ímpeto, no carvalho do estrado até conseguir restabelecer um pouco a ordem. Ao passar a vista pelos semblantes indignados dos nobres, Henrique viu, do outro lado do salão, os olhos de Ricardo fixos nos seus. Havia algo na expressão do rapaz que o preocupou, um misto de raiva amarga e firme determinação que o homem idoso jamais vira.

À medida que os clamores se reduziram a murmúrios de terror e desespero, Henrique sentiu as pernas fraquejarem. Não devido ao horror da notícia, mas à deterioração da idade. Voltou a sentar-se, e Joana instintivamente passou um braço protetor ao redor de seus ombros.

— Que notícias traz do rei Guy e de Reinaldo de Chatillon? — Seus pensamentos voaram automaticamente para os compatriotas e camaradas cristãos, embora ele achasse que esta última descrição fosse uma lisonja desnecessária para Reinaldo, um assassino de coração empedernido, Reinaldo. Henrique conhecera o cruel francês ainda na infância e ficara contente ao saber que ele havia decidido partir e servir ao reino de Jerusalém. Era melhor ter um homem como esse criando o caos numa terra distante do que causando devastação no próprio país.

— O rei Guy foi deposto, mas permanece vivo, como prisioneiro, à mercê do demônio Saladino. — O mensageiro fez outra pausa, como se nem mesmo ele conseguisse transmitir as más notícias. — Reinaldo, sinto muito dizer, retornou ao nosso Senhor como um mártir.

Mais lamentos foram ouvidos entre os presentes, em particular de primos e outros parentes de Reinaldo que fingiam estar horrorizados com a notícia da sua morte. Henrique sabia que aqueles mesmos membros da família de Reinaldo que demonstravam tristeza naquele momento estariam secretamente se regozijando à noite, quando começariam a redistribuir as terras dele entre si.

— Esse era um fim há muito esperado — disse o rei. — Guy era um fraco e Reinaldo, um monstro. Homens como esses não tinham condições de manter a Terra Santa com as bênçãos de Deus.

Aí está. Ele falara a verdade em voz alta. Quando soube que estava morrendo, Henrique prometeu a si mesmo dizer sempre o que pensava a partir daquele dia, pois não tinha nada mais a ganhar com as mentiras sutis pelas quais os homens se mantinham no trono. Contudo, anos de prática de prevaricação diplomática haviam sido difíceis de apagar, até aquele instante. A notícia que o mensageiro trouxera representava um momento decisivo para sua nação. Ele sabia o que o papa queria. Outra guerra santa. E, por Deus, Henrique lhe negaria o pedido. Se tivesse de ofender a suscetibilidade de todos na corte para poupar seu povo dessa loucura, ele o faria. E o primeiro passo era falar a verdade, mesmo que os mais eminentes da nação se opusessem.

E eles se opuseram. O murmúrio que se espalhou pela multidão ali reunida era como o silvo de uma cobra que percebe estar num território novo e precisa reavaliar sua estratégia de caça. Os olhos de Henrique iam de João a Joana. Eles estavam obviamente confusos com a condenação inesperada de seu parente martirizado, mas ficariam ao lado do pai. Então ele escutou uma voz no meio da multidão que fez seu sangue ferver.

— Pai, é claro que Deus não pode abençoar a tomada do lugar onde Cristo morreu pelos bárbaros. — Era Ricardo desafiando-o diante de todos os nobres. Ele viu aqueles senhores olharem ora para o pai, ora para o filho, e os murmúrios aumentarem. Na verdade, aquela noite tomava a forma de um incrível drama, muito mais divertido do que o que normalmente ocorria durante os lotados bailes palacianos. Henrique precisava conter aquele fogo antes que se espalhasse.

— Esses bárbaros, como são chamados, nos sobrepujaram — disse, sua voz idosa ainda soando com autoridade. — Como certamente seu irmão João constatou por si próprio, as escolas de Córdova deixariam envergonhados os maiores estudiosos das cortes cristãs. E nós somos os únicos culpados por isso.

O olhar de Henrique perscrutou todos os nobres. Para eles, suas palavras soavam vazias. Mas o que se podia esperar de um bando de iletrados inatos, que não queriam admitir que os muçulmanos haviam ultrapassado, e muito, a Europa em cultura e ciência? Era mais fácil condená-los como infiéis e bárbaros do que encarar o fracasso e a estagnação no interior das próprias sociedades. Henrique duvidava de que conseguiria tocar seus corações, mas não permitiria que ilusões e arrogância arrastassem seu povo empobrecido para um confronto com a civilização mais avançada da terra.

Infelizmente, como sempre, seu filho não partilhava de sua visão.

— É óbvio que um rei da Inglaterra não se humilharia diante do coração negro de Saladino — disse Ricardo, sabendo que estava atingindo os sentimentos mais secretos dos homens presentes naquela sala. O rapaz adorava ser o centro das atenções, mesmo que fosse por rebelião declarada.

— Fique no seu lugar, garoto, ou sua cabeça vai servir de adorno sobre a minha lareira — disse Henrique, seu tom sugerindo que não estava para brincadeiras nem exagerando. Todos os sussurros de insatisfação que podiam ainda ser ouvidos foram imediatamente silenciados.

Mas o desafio parecia dar mais ânimo a Ricardo, o que deixou Henrique ainda mais irado.

— Sou apenas um humilde servo — observou. — Mesmo assim, até um servo sabe qual é o seu dever quando o Senhor o chama. — Com isso, o orgulhoso Coração de Leão pulou sobre uma mesa polida, as mãos estendidas. Os nobres acercaram-se dele, contagiados pela paixão do rapaz. Henrique viu que até mesmo o mensageiro do Vaticano parecia encantado com aquela representação.

— Ó senhores da Inglaterra e da França, me escutem — exclamou seu impetuoso filho. — Eu juro diante de todos aqui reunidos na corte dos angevinos que os responsáveis por esse ato não sairão impunes. Os infiéis não haverão de manchar a terra sagrada na qual Cristo jaz. Estou pronto para levar a espada de volta à Terra Santa, para limpar nossa querida Jerusalém da peste sarracena. — Ricardo fez uma pausa e então pronunciou as exatas palavras que Henrique procurara suprimir logo que ouviu as notícias. As palavras que condenariam sua nação ao fracasso e ao sofrimento. — Em nome de Deus, e do meu querido pai, eu declaro que vou liderar a próxima Cruzada!

Um aplauso entusiasmado se difundiu entre os presentes como uma língua de fogo. Henrique viu o olhar do mensageiro papal e notou o triunfo em seu rosto. Ele retornaria ao Santo Padre com notícias animadoras. Os nobres da Inglaterra e da França estavam dispostos a apoiar o papa, apesar da resistência do próprio rei, e isso fortaleceria o poder do Vaticano ao lidar com outros soberanos intransigentes. Poderia levar meses, mas toda a Europa se mobilizaria para a guerra comandada pela Igreja. Henrique sabia que aqueles homens que se diziam servos de Deus amavam matar os outros e roubar suas propriedades enquanto se declaravam inocentes.

Ele morreria em breve, e essa questão estaria fora de suas mãos. Entretanto, não conseguia desviar o olhar do filho, que se deleitava com o entusiasmo do grupo ali presente. O rapaz aprenderia da maneira mais difícil, como fora seu caso.

— É um tolo — resmungou para ninguém em particular.

— Ele só está querendo agradá-lo — a filha apressou-se em responder. Até o fim, Henrique sabia que Joana não falaria mal do irmão.

— O que Ricardo quer mesmo é me envergonhar diante da corte — declarou, com um tom que não admitia nenhum argumento por parte da filha. — Tomar o meu trono, enquanto eu ainda o ocupo. Mas ele não vai levar nenhum homem por esse caminho da loucura até eu dar meu último suspiro.

Joana virou-se, tendo plena consciência de que não havia muito o que fazer pelo irmão, que não teve a prudência de se conter diante do trono. Levantou-se rapidamente, pedindo licença para se afastar do estrado real e da ferida pustulenta que era a sua família.

Enquanto os nobres congratulavam Ricardo por sua coragem e comemoravam a empolgante perspectiva de uma nova Cruzada, o rei dirigiu o olhar ao quieto João, sentado ali perto. O rapaz tinha uma natureza taciturna, muito diferente do espírito gregário do irmão. Ele praticamente não disse nada, preferindo escutar com atenção e analisar sua posição. Henrique sabia que João era, de muitas formas, mais parecido com a mãe do que com Ricardo, que não fazia rodeios. Leonor era mais perigosa quando em silêncio, pois sua mente trabalhava construindo teias muito intricadas, das quais ninguém conseguia escapar. No meio de toda a excitação, João não dissera uma palavra sequer. Era óbvio que ele analisava os acontecimentos do dia com rapidez, procurando uma forma de transformá-los em benefício próprio. Henrique admirava o rapaz e, muitas vezes, achava que ele daria um bom rei, mas os nobres preferiam o radiante e extravagante Ricardo. João não havia ainda desenvolvido uma base de apoio que o fortalecesse para tomar a posição do irmão no trono. Porém, agora, mais do que nunca, Henrique sabia que a questão da sucessão teria de ser estabelecida. O mundo estava num rápido processo de mudança, e a Inglaterra precisava de uma mão firme para conduzir o país durante a tempestade que se aproximava. Henrique olhou João nos olhos, sua voz se reduzindo a um sussurro suave.

— Meu filho, hoje temos muito o que conversar sobre o futuro do reino, se estiver disposto a escutar os pensamentos de um velho.

João empertigou-se na cadeira, os olhos bem abertos, como se fosse, por fim, escutar as palavras que esperara por muitos anos. O que não estava longe da verdade.

— Estou pronto, pai.

8

Jerusalém – 1189 d.C.

— O coração do mundo? É muito mais o coração de um esgoto — bufou Miriam.

Sua tia Rebeca lhe lançou um olhar repreensivo, mas Miriam o ignorou. Como sempre.

A moça não estava impressionada. Toda a sua vida escutara histórias maravilhosas sobre a glória de Jerusalém, uma cidade pavimentada com ouro e diamantes, que ali haviam sido colocados pelos anjos para Salomão, lugar onde o céu noturno resplandecia com a luminosidade de 100 mil santos. Tudo isso era lixo. Literalmente, pensava ela, enquanto sua carruagem seguia por uma das ruas velhas e sujas do bairro cristão. Ela sabia que os francos não se davam aos rituais de higiene, mas as pilhas de lixo e excremento de camelos que cobriam o calçamento lhe deram ânsia de vômito. Seu tio a teria provocado, chamando-a de esnobe. Nem todas as cidades podiam ser conservadas como o Cairo. Talvez fosse verdade, mas quando a carruagem dobrou uma esquina e passou por uma nuvem pesada de moscas, Miriam se viu ansiando pelos jardins cobertos do Egito.

Entretanto, ela sabia que a topografia e a necessidade exerciam um papel no clima austero e sombrio da cidade. Construída sobre um monte próximo ao deserto, Jerusalém havia começado como uma cidadela militar nos tempos dos jebuseus. Não fora originalmente planejada para ser uma cidade habitada, nem era dotada das características naturais próprias para receber uma população grande e permanente. Ela notara, em sua viagem de caravana ao norte, que as vilas nas proximidades eram repletas de nascentes, mas que Jerusalém, em si, era árida. Fiel às suas origens como fortaleza cananeia, a cidade era cercada por muros de pedra e argamassa, acessível apenas por meio de uma série de portões de ferro estrategicamente localizados. Quando se aproximou dos muros sinistros, ela notou que havia poucas árvores fora do perímetro imponente da cidade. O terreno desolado fora da Cidade Santa lembrava mais os ermos do Sinai do que os campos luxuriantes que ela encontrara em viagem pela Palestina.

Dentro dos muros da cidade, o vazio gritante persistia. As ruas eram pavimentadas com pedaços de pedras cinzentas. Os montes mais baixos haviam sido escavados durante séculos e aplainados. O condutor da caravana, um homenzinho em geral muito calado, um pobre infeliz com o rosto coberto de verrugas, mencionara que as ruas haviam sido estruturadas de modo a afunilar a água das chuvas que vinham do alto e deixar toda a cidade limpa. Infelizmente, pelos sentidos aguçados de Miriam, havia chovido pouco durante aquela estação.

Ainda assim, de acordo com o que Maimônides lhe escrevera, as coisas haviam melhorado muito na cidade de Deus durante os últimos dois anos. Ela não queria sequer imaginar como tudo funcionava antes de o sultão esmagar os bárbaros e devolver Jerusalém aos Filhos de Abraão. Miriam sabia muito bem que os francos eram como os saqueadores da antiga Canaã, que haviam enfrentado Josué assim que ele pôs os pés na Terra Santa.

Quando era criança, seus mestres a ensinaram que os francos haviam atacado os Escolhidos como uma forma de punição pelos pecados do povo, por ele ter deixado de aderir à Lei. O que, para ela, era um monte de bosta de cavalo, semelhante à pilha fétida que a carruagem esmagava naquele exato momento. Miriam não sabia ao certo se acreditava num ser divino, mas se houvesse um, ela não podia supor que ele considerasse o massacre de milhares de inocentes um castigo justo por faltas leves de fracos mortais. Não, seu povo se apegava a essas ideias porque lhe faziam sentir que Deus estaria sempre do seu lado, embora sua triste história parecesse indicar o contrário. Era melhor crer num Deus irascível que, a despeito de tudo, tomava conta de seu povo, do que ter que enfrentar o terrível vazio do cosmos sozinho.

— Você está muito quieta, querida. — A tia de Miriam, Rebeca, inclinou-se e colocou uma mão ossuda sobre a perna dela. — Você está bem? Quer um pouco d'água? Está quente demais hoje. Seu tio me disse que é assim no verão, mas eu nunca imaginei que ele estivesse falando sério. Sempre exagerando, você sabe como ele é...

Miriam sorriu para a mulher idosa que fora para ela uma mãe, irmã e conselheira por quase uma década. Era impossível dizer alguma coisa quando Rebeca começava a falar. Seu tio Maimônides era conhecido pelo grande talento como orador, mas até ele se calava na presença de sua loquaz esposa.

— Eu estou bem, tia Rebeca — Miriam conseguiu dizer rapidamente, num raro momento em que sua guardiã idosa parou para respirar. — Só estou tentando entender o que se passa à minha volta. — Uma ventania súbita lhe afastou o fino véu da cabeça, e Miriam deixou que os cabelos cor de ébano voassem ao vento por alguns segundos. Ela adorava sentir o ar seco do verão sobre suas madeixas cacheadas. Logo percebeu os olhares cobiçosos dos homens nas ruas e decidiu seguir os costumes, apesar de achar aquilo bastante desconfortável. Ajeitou o véu azul-claro na cabeça de novo, mas achou que ainda atraía a atenção. Talvez fossem seus olhos de um verde-mar brilhante, incomum para aquela região. Ou, mais provavelmente, os seios exuberantes, os quais o véu nunca conseguia proteger bem contra os olhares masculinos. Irritada, puxou o véu mais para cima do tórax e olhou na direção oposta à daqueles tolos.

— Nunca pensei que viveria para ver este dia — disse Rebeca. — Fazer uma oração à sombra do Muro, olhar para as pedras que ainda brilham com a luz da Shekinah. Mas eu não devia ficar admirada. A vida é cheia de maravilhas como essa. A mão de Hashem nos impulsiona diariamente em direção ao nosso destino, mas só Ele sabe o que nos acontecerá amanhã. As mudanças da sorte, o destino das nações, tudo isso é parte da dança jubilosa que Ele realiza com Seu povo.

Miriam não tinha certeza se concordava, mas respeitava a fé da tia. Anos antes, ela acreditara no Deus de seu povo com a inocente aceitação de uma criança. Então os francos estupraram e mataram sua mãe diante dos seus olhos. Desde então, acreditar em qualquer coisa se tornou muito difícil para ela.

— Ainda estamos longe da casa do tio? — perguntou Miriam, para desviar os pensamentos da direção que eles estavam tomando.

— Na verdade, tenho uma surpresa para você. Não vamos para a casa dele, pelo menos não agora — respondeu Rebeca.

Miriam olhou espantada para ela. Estava cansada da viagem, sem qualquer disposição para dar uma volta pela cidade naquele momento.

— Seu tio providenciou um encontro nosso com o sultão, para nos dar as boas-vindas a Jerusalém — completou Rebeca, os olhos brilhando com a empolgação da notoriedade. Até mesmo uns poucos instantes com Saladino seriam suficientes para ela passar meses se vangloriando entre as matronas de seu pequeno círculo de amizade.

O sultão. Bom, isso seria, de fato, interessante. Ela nunca fora apresentada a Saladino, mas era impossível escapar à sua sombra. Miriam passara a última década no Cairo, onde esse homem era mencionado em todas as conversas. Diariamente, ela escutava histórias de cavalheirismo e bravura. Para os muçulmanos, ele lembrava o tempo glorioso do Profeta e dos Califas Bem Guiados. Para os judeus, ele era o salvador de seu povo, o novo Ciro enviado por Deus para conduzir o povo dispersado de volta a Jerusalém.

Seu tio trabalhava há muito tempo para o sultão como seu médico e conselheiro pessoal, porém Maimônides sempre tivera o cuidado de manter a família longe da corte. Apesar do amor que o povo lhe demonstrava, Saladino ainda tinha muitos inimigos entre a aristocracia egípcia, principalmente entre aqueles associados ao antigo regime fatímida que o sultão havia deposto. O fato de seu tio estar disposto a trazer sua família para o círculo íntimo indicava que Saladino se sentia mais seguro como governante de Jerusalém. Aqui, eles estariam protegidos das intrigas do Cairo.

A carruagem dobrou uma esquina, dirigindo-se à parte sudeste da cidade, e Miriam de repente achou que estivesse entrando num domínio totalmente diferente. As ruas eram limpíssimas e repletas de canteiros de rosas, tulipas, orquídeas e lírios, fulgurantes como um arco-íris dos mitos das terras desoladas do norte. A praça era iluminada pelo brilho refletido na grande Cúpula que cobria a Pedra do Moriá. Ela escutou a tia suspirar quando a carruagem passou pelo muro grandioso, diante do qual um grande número de judeus recém-chegados orava, inclinando-se num ritual que havia sido brutalmente interrompido durante o século de reinado dos francos. Miriam sabia que Rebeca gostaria de pedir ao condutor para se deter um momento diante do local sagrado. Mas não se podia deixar o sultão esperando. Haveria tempo para reverências ao poder celeste após prestarem-se os devidos respeitos àquele que reinava na terra.

A carruagem acelerou colina acima em direção aos reluzentes minaretes do palácio do sultão. Originalmente construído pelos Omíadas nos primórdios do islã, o prédio fora devastado por um terremoto e depois sofrera outras depredações e descasos sob o domínio dos cruzados. Seu tio escrevera dizendo que Saladino dera início a um ambicioso projeto para devolver ao palácio a sua antiga glória. Embora os trabalhos de restauração ainda continuassem em andamento, Miriam ficou impressionada com o que viu. O palácio cobria uma área de cerca de 2.300 metros quadrados e era cercado por um muro protetor de 3 metros de espessura, construído com tijolos grandes e bem-acabados, semelhantes às pedras que Miriam vira no Muro de Herodes. Ela viu que dois portões principais, um voltado para o leste e o outro para o oeste, davam acesso ao palácio. Soldados e dignitários entravam e saíam por ali, como abelhas apressadas para cumprir as ordens da rainha. A carruagem delas aproximou-se de um amplo pátio pavimentado no centro do prédio, cercado por fileiras de colunas que sustentavam o teto dos pórticos. Miriam achou ter visto cruzes esculpidas nas colunas, talvez vestígios da época dos cruzados. Não, aqueles desenhos eram semelhantes às antigas cruzes bizantinas que ela vira exibidas nos museus do Egito — provavelmente resquícios da primeira conquista muçulmana da Palestina sob o reinado do califa Umar, quinhentos anos antes.

Seus devaneios sobre arquitetura foram subitamente interrompidos quando escutou seu nome à distância.

— Miriam! Rebeca! — Era seu tio, acenando, agitado, do portão leste. Miriam desceu da carruagem assim que o condutor parou o veículo. Ela correu para os braços do tio e sentiu o calor e a surpreendente energia que ainda pulsava em seus músculos envelhecidos.

— É tão bom vê-lo de novo, tio — disse Miriam, com sinceridade. Ele era mais do que um pai para ela. Era um mentor, em cuja companhia Miriam sentia-se estimulada e revigorada. Desde o instante em que chegara a Jerusalém, sua vida era extremamente enfadonha e solitária. Bom, não tão solitária. Miriam não tinha dificuldade em atrair a companhia dos homens, fato esse que, com grande habilidade, conseguia manter longe do conhecimento da tia. Não queria causar sofrimento à família, apesar de ela própria não temer escândalos. Depois de tudo por que passara, as opiniões da boa sociedade não lhe importavam. E, na verdade, Miriam preferia ser a caçadora no jogo do amor a ser a vítima. Mas seus amantes nunca eram intelectualmente estimulantes, e ela ansiava pelas conversas e debates enriquecedores que travara com o tio ao longo dos anos.

Rebeca aproximou-se de Maimônides, e um sorriu para o outro, sem uma palavra sequer. Ele acariciou a face da esposa, mas não disse nada. Nem precisava. Não havia necessidade de demonstrações públicas de afeto entre seus tios, embora eles não se vissem fazia quase dois anos. Independentemente das ideias egípcias tradicionais de decoro, Miriam sabia que a relação entre ambos era muito mais profunda do que tais demonstrações poderiam revelar.

— Por Hashem, como você cresceu! — O tio olhava para ela mais uma vez, maravilhado. Então percebeu que outros homens no pátio também a admiravam, mas com expressões bem diferentes, e franziu o cenho diante da blusa justa dela, típica do Cairo, muito pouco coberta por um véu rebelde. — Precisamos arranjar túnicas mais adequadas para você, minha querida. Jerusalém não é o Egito.

Miriam revirou os olhos e estava a ponto de protestar quando um gongo soou alto no interior do palácio. Ao entrar, conduzindo as duas mulheres mais importantes de sua vida, Maimônides disse:

— O sultão está prestes a iniciar as audiências judiciais e espera a presença de vocês.

9

O silêncio se fez sentir na Corte de Justiça, quando Saladino entrou e assumiu seu lugar de juiz. O recinto, de cerca de 15 metros de comprimento e 10 de largura, resplandecia com o mármore e as pedras calcárias recém-colocados, as paredes cobertas por novos murais de flores e figuras geométricas — os motivos preferidos da arte islâmica, que haviam sido restituídos à decoração do palácio após a profanação dos cruzados. O domínio franco na Palestina fora uma aberração, e Saladino estava determinado a apagar todas as lembranças desse breve, porém amargo, interlúdio.

Miriam observou o sultão com atenção quando ele sentou-se em seu imponente trono, com leões esculpidos em ouro no apoio das mãos e almofadas vermelhas no assento. Janelas em arco haviam sido colocadas no teto alto de forma precisa, de modo a fazer o sol do meio-dia incidir diretamente sobre o trono, iluminando Saladino e conferindo-lhe uma aura quase divina, como no tempo dos faraós. Ele examinou seus súditos com um ar confiante, que espelhava mais força interior do que orgulho. Seus traços eram fortes, o nariz aquilino e a pele mais clara do que a de seus súditos árabes e judeus. Ela lembrou-se então de que ele não era um membro dos semitas. Saladino era um curdo das Montanhas do Cáucaso, nascido de longa linhagem de guerreiros nômades, que haviam servido como mercenários aos vários nobres do califado. Ele era, portanto, o mais improvável dos reis, um servo que se tornara senhor. Mas ela viu em seus olhos penetrantes que parecia emanar do âmago de seu ser, uma nobreza que o fazia parecer mais digno de portar o cetro do que os filhos de muitos aristocratas de sangue "puro". Então aqueles olhos castanhos insondáveis recaíram sobre ela.

Fora sua imaginação, ou ele havia esboçado uma reação? Miriam estava acostumada a olhares luxuriosos e a assobios desde cedo, quando seus seios começaram a desabrochar, mas ficou espantada com a intensidade do olhar do sultão. Por um instante, teve a impressão de que já o conhecia. Ou, talvez mais precisamente, que *viria* a conhecê-lo. Olhando para trás, Miriam perceberia que há momentos na vida em que o destino age, quando os caminhos divergentes dos mortais são unidos por uma força maior do que eles próprios. Quando as pessoas que escrevem juntas uma história complexa são, em primeiro lugar, unidas pela mão da sorte. Nesses momentos, os sentidos ficam mais aguçados, um calafrio percorre a espinha, enquanto o hálito de Deus se derrama sobre a alma, aspergindo suavemente o coração com os tremores da premonição.

O sultão voltou-se para Maimônides, que estava ao lado de Miriam, e sorriu calorosamente.

— Meu amigo, ouvi dizer que traz boas notícias — disse.

— Minha família chegou do Cairo hoje, *sayyidi*. Poderia me conceder a honra de apresentá-la ao senhor? — perguntou Maimônides.

— É claro que sim. — O olhar de Saladino incidiu rapidamente sobre Miriam mais uma vez, e ela sentiu o mesmo tremor.

Quando Maimônides se apressou em conduzir Rebeca para perto do trono, ajudando a mulher idosa a se abaixar e tocar as sandálias do sultão, Miriam percebeu que seu tio estava ansioso para finalizar as apresentações e levar sua família para longe dali. Embora em Jerusalém Saladino estivesse protegido das grandes intrigas do Cairo, o velho homem lhe dissera que ciúmes mesquinhos ainda eram frequentes entre os nobres em seu círculo íntimo. Maimônides era judeu e estava acostumado a ter rivais entre aqueles que gozavam da companhia do sultão, os quais se ofendiam até mesmo diante da mínima honraria conferida a ele.

Isso ficara muito claro para ela antes mesmo de entrar no salão real. Depois do abraço rápido, mas afetuoso, do tio, Miriam fora instruída sobre as regras de decoro da corte, de forma a se preparar para o encontro com o homem mais poderoso da terra. Não fora ideia do rabino apresentar a esposa e a sobrinha a seu senhor, mas Saladino havia insistido. Maimônides não teve escolha senão preparar sua família e orar para que a provação terminasse rapidamente.

E agora ela compreendia o porquê. No momento em que sua tia fazia uma reverência ao sultão, ela percebeu olhares de desagrado e perplexidade entre alguns dos nobres adornados com turbantes. Na visão deles, o respeito de Saladino pelas pessoas de religiões inferiores era uma necessidade política para preservar a paz entre o povo. No entanto, eles claramente não viam razão para que essas atenções fossem dispensadas a intrusos judeus dentro da própria corte real.

Quando Rebeca se afastou e Miriam tomou seu lugar para reverenciar o governante, a moça sentiu os olhares dos presentes incidirem violentamente sobre ela. Miriam sabia que os homens a achavam bonita, com sua cabeleira cor de ébano e olhos verdes brilhantes da cor do mar. Ela não procurava atenção, mas sabia que podia usá-la em seu proveito quando a recebia.

— E essa, *sayyidi*, é Miriam, minha sobrinha. Ela é como uma filha para Rebeca e para mim. Desde criança, Miriam sempre quis conhecer Jerusalém, e a sua nobreza tornou isso possível, finalmente. — Maimônides era bastante respeitoso diante de seu senhor. Saladino fez um breve aceno com a cabeça, os olhos fixos na admirável figura envolta em *chiffon* azul, que fazia uma mesura diante dele.

— Então vou providenciar para que conheça a cidade adequadamente — disse Saladino.

Miriam ergueu a cabeça, e os olhos dela cruzaram-se com os de Saladino.

— O sultão me honra com sua bondade.

— Da mesma forma que você honra esta corte com sua beleza.

Um murmúrio espalhou-se entre os presentes, um misto de surpresa e desconforto. As mulheres raramente falavam na presença do sultão, e a tensão no diálogo entre os dois foi sentida por todos no salão. Maimônides mexeu-se, incomodado.

— *Sayyidi*, minha sobrinha está cansada da viagem. Vou levá-la para casa.

Saladino e Miriam mantinham os olhares fixos um no outro. Ela achou ter visto algo nos olhos dele. Seria um teste? Um desafio? Ou algo mais? Como ela sempre fazia, mesmo que se arrependesse depois, decidiu tentar a sorte.

— Mas, tio, essa não é a hora do julgamento? Ouvi falar sobre a grande sabedoria de nosso sultão e gostaria de ver como ele conduz seus casos. — Ela fez uma pausa. — Se isso for do seu agrado, *sayyidi*.

Ela viu o tio ficar pálido, e escutou um murmúrio maledicente entre os cortesãos. Deixe que fiquem escandalizados, pensou. Miriam passara a vida inteira confrontando os limites que a sociedade tentava lhe impor, tanto como mulher quanto como judia. Falar com tamanha convicção diante de Saladino faria a maioria dos homens tremer de medo da morte. Mas a moça não temia a morte. Perdera o medo, e muito mais, anos antes, no deserto, numa estrada próxima ao Sinai.

Saladino, por sua vez, parecia se divertir, até mesmo se encantar, com a coragem dela.

— Isso me agradaria bastante, jovem Miriam. — Ele virou-se para um de seus guardas e lhe fez um sinal. — Traga o primeiro caso.

Miriam afastou-se agradecida e voltou à companhia dos tios, que estavam boquiabertos. Ela sabia que os chocava constantemente com sua coragem, mas ela era assim mesmo. Era assim que devia ser.

As portas esculpidas em prata que davam para a Corte de Justiça abriram-se, e Miriam viu, espantada, uma mulher aterrorizada arrastada por um guarda, seguida de um homem orgulhoso, vestido com uma túnica finamente bordada com uma faixa roxa, que indicava nobreza. Miriam imaginou que ele devia ser o acusador. A mulher estava pálida e era muito magra, seus cabelos castanho-escuros estavam banhados de suor, e seus olhos, vermelhos de lágrimas. Ela não parecia capaz de cometer crime algum pelo qual precisasse ser trazida à presença do sultão.

Miriam olhou para Saladino e viu a perplexidade estampada em seu rosto. O sultão seguia claramente a mesma linha de pensamento. Ele voltou-se para seu circunspecto vizir, o cádi Al-Fadil, que se encontrava num sofá decorado à sua direita, as costas rígidas como uma flecha, uma aura de orgulho aristocrático recaindo sobre ele como um halo. Al-Fadil examinava um pergaminho com detalhes do caso da mulher.

— Quem é ela e qual foi o crime que cometeu? — O tom de voz de Saladino era severo e firme.

Al-Fadil fechou o pergaminho e olhou para seu senhor.

— O nome da prisioneira é Zaynab bint Aqeel. Ela é a esposa de um comerciante de tapetes de Belém, Yunus ibn Waraqa. — A voz do vizir era estridente e anasalada, irritante aos ouvidos de Miriam. Al-Fadil fez um aceno de reconhecimento para o homem ricamente vestido que se encontrava ali presente. — Ela é acusada de adultério com um escravo abissínio.

.Zaynab abaixou a cabeça envergonhada. Miriam sentiu os terríveis olhares dirigidos à mulher humilhada como se fossem adagas enfiadas no próprio coração.

— Onde está esse escravo? — perguntou Saladino abruptamente, indo direto ao ponto. Seus olhos permaneceram fixos na mulher, que tremia.

— O marido o matou, quando encontrou o bruto na cama com ela — disse o vizir.

— Muito conveniente. Há alguma outra testemunha?

— Só o marido, *sayyidi*, mas Ibn Waraqa é um homem altamente respeitado na cidade. A palavra dele...

— Apenas ela não tem nenhum peso. O Corão Sagrado exige quatro testemunhas para o crime de adultério.

Miriam estava surpresa. Tinha um bom conhecimento da lei islâmica e sabia que os ideais do Corão eram em geral louvados nos tribunais, mas poucas vezes aplicados, principalmente no que dizia respeito aos direitos das mulheres. A exigência de quatro testemunhas ao ato de *zina*, adultério ou fornicação, fora incorporada ao Corão depois de um escândalo envolvendo a esposa predileta de Maomé, a impetuosa Aisha. Quando a jovem se perdeu no deserto, depois que uma caravana que retornava a Medina a deixou para trás por engano, um belo soldado a encontrou vagando sozinha e decidiu ajudá-la. O homem acompanhou a Mãe dos Fiéis de volta ao oásis que servia como capital dos mulçumanos, onde ela foi recebida com desprezo e maledicências. Rivais maliciosos, invejosos da devoção que Maomé demonstrava àquela bela e orgulhosa moça, disseminaram boatos de que ela estava tendo um caso com seu salvador.

O escândalo ameaçou dissolver a comunidade religiosa nascente, ou *Ummah*, até que afinal o Profeta recebeu uma Revelação de Alá isentando sua esposa de culpa e exigindo que todas as acusações de *zina* fossem sustentadas pelo depoimento de quatro testemunhas do ato sexual em si. A exigência tinha como objetivo proteger a honra das mulheres, e foi especialmente importante, considerando-se a punição em caso de condenação — o espancamento público, ou mesmo o apedrejamento até a morte, dependendo da jurisprudência, ou *fiqh*, adotada. Miriam respeitava a intenção das leis do Corão, mas sabia que na prática eram convenientemente ignoradas ou mal aplicadas pelos homens que buscavam controlar as mulheres. O fato de que Saladino seguia um mandamento de 550 anos era surpreendente para aqueles dias.

A surpresa dela foi partilhada pelos cortesãos, bem como pelo suposto marido traído. O mercador de tapetes deu um passo à frente para fazer valer seu argumento.

— *Sayyidi*, eu juro por Alá que eu...

— Eu não lhe dei permissão para falar! — Os olhos de Saladino estavam lívidos, e o marido rapidamente recuou, abaixando a cabeça para indicar sua submissão imediata.

Saladino se dirigiu à moça trêmula, que estava de joelhos, prostrada diante do trono.

— Mulher, levante-se. Olhe para mim — ordenou.

A moça imediatamente obedeceu, abalada; suas pernas pareciam querer ceder sob seu peso a qualquer momento. Ela fez um esforço para erguer a cabeça, mas não conseguiu encarar o sultão.

— Zaynab bint Aqeel, a acusação feita a você é verdadeira?

As lágrimas escorriam-lhe pelas faces, porém, ela nada dizia. Do local onde Miriam se encontrava, ela via a parte posterior do pescoço da acusada. Sua fúria aumentou. Havia uma nítida cicatriz, aparentemente recente, devido à descoloração, que descia pelo pescoço e desaparecia dentro da túnica avermelhada. A indignação de Miriam atingiu seu ápice, e ela voltou-se para dizer algo ao ouvido do tio, que permanecera passivo durante o desenrolar do drama.

— Veja o que fizeram com ela.

Maimônides gesticulou desesperado para que ela ficasse em silêncio, mas era tarde demais. O vizir os viu e estava claramente chocado com a audácia da jovem judia.

— Como se atreve a falar durante o julgamento do sultão? — Miriam ficou espantada com a admoestação, e sentiu as faces arderem. Houve uma comoção entre os presentes. Tamanha imprudência e desrespeito pelo decoro da corte nunca fora visto antes, especialmente vindo de uma infiel.

— *Sayyidi*, ela é jovem... ignorante dos protocolos da corte. Suplico seu perdão pelas indiscrições típicas da juventude. — Maimônides falou rapidamente, esperando apagar o incêndio antes que causasse maiores danos.

Miriam percebeu que Saladino olhava novamente para ela. Mas ele parecia mais entretido do que zangado. Retorceu o canto da boca, quase como se contivesse um sorriso.

— Não tenha medo. Estou interessado em ouvir o que tem a dizer sobre este caso, jovem Miriam — disse o sultão.

Miriam foi tomada de surpresa por um instante. Em seguida, olhou mais uma vez para a pobre criatura que tremia no centro da sala e decidiu dizer o que pensava.

— *Sayyidi*, os guardas costumam bater nas mulheres? Olhe o que fizeram nas costas dela.

Enquanto os cortesãos ficavam boquiabertos com aquela afronta, Maimônides escondia o rosto nas mãos. Miriam sabia o que ele estava pensando. Até sua loquaz Rebeca sabia a hora e o lugar para soltar a língua, e permanecera num silêncio rigoroso. Mas sua sobrinha era uma lástima. Continuaria cavando a própria cova até que fosse grande o suficiente para caber a família inteira. Miriam deveria ter se sentido intimidada com a crescente hostilidade na Corte de Justiça, porém, de alguma maneira, sentia-se segura, uma vez que Saladino parecia disposto a ser indulgente. Ela aprendera que os homens são bastante tolerantes com uma mulher quando são dominados por sua beleza. Esperava que isso fosse verdade naquele dia também.

De qualquer forma, as palavras de Miriam surtiram o efeito desejado. Saladino levantou-se do trono e se dirigiu à prisioneira. Zaynab permaneceu paralisada, sem saber como reagir quando o sultão se aproximou. As mãos ásperas dele, desgastadas pelas batalhas e pela vida no deserto, examinaram o pescoço da moça. Ao ver a cicatriz, obviamente causada por uma chicotada, o sultão abriu o fecho da túnica dela, revelando a parte superior de suas costas.

Miriam teve de conter a ânsia de vômito. Os ombros de Zaynab estavam profundamente marcados por cicatrizes, a pele retorcida crescia como podia em torno dos ferimentos. Após seu penoso segredo ser por fim revelado ao mundo, Zaynab não conseguiu conter os soluços.

Miriam observou o rosto de Saladino se transformar, passar da sobriedade do juiz para a indignação do guerreiro. O sultão virou-se para o guarda que escoltara a prisioneira. O homem era bem mais alto do que ele, mas deu um passo atrás diante da intensidade do olhar de seu senhor, o espesso bigode castanho tremendo com o nervosismo.

— Você fez isso? — O tom de Saladino era frio, a voz baixa, quase um sussurro. Miriam sentiu um calafrio percorrer seu corpo. Havia mais ameaça naquele tom suave do que ela jamais percebera no clamor de um homem raivoso.

— Não, *sayyidi*. Eu juro por Alá que eu não bateria numa mulher — respondeu o guarda.

Saladino olhou com atenção para o rosto do homem por um longo tempo, como se mapeasse a alma dele pelos seus contornos. Voltou-se então para Zaynab.

— Quem fez isso com você?

O choro de Zaynab se intensificou, fazendo-a tremer violentamente, uma das mãos cobrindo a boca.

— Responda a seu sultão!

— Meu... meu marido... com um chicote para cavalos. — A voz dela estava sufocada, suas palavras abafadas pelo pranto, mas elas atingiram fundo o coração de Miriam. Não era preciso ser como Simbá e viajar para ilhas místicas para encontrar monstros. Eles se faziam presentes todos os dias, por trás de cada rosto.

Saladino examinou as cicatrizes com cuidado antes de fechar a túnica da prisioneira e esconder do mundo a vergonha da moça.

— Alguns desses ferimentos não são recentes. Você foi açoitada antes desse suposto incidente com o escravo?

Zaynab não tinha mais forças para falar, mas conseguiu confirmar com um leve aceno de cabeça. Saladino voltou-se para Yunus ibn Waraqa, a "vítima" do crime que agora era o alvo da ira do juiz.

— Diga-me, comerciante de tapetes. Um bastião da sociedade espanca a esposa como se ela fosse uma mula?

Ibn Waraqa ficou lívido. Não era dessa forma que ele esperava que as coisas acontecessem.

— Eu simplesmente procuro discipliná-la uma vez ou outra. É direito meu.

Miriam teve uma súbita vontade de arrancar-lhe os olhos das órbitas.

— Entendo. — Saladino retornou ao trono, a rispidez de volta ao seu tom de voz. — Ponderei sobre a questão que se apresenta diante de nós. Como você não apresentou as quatro testemunhas exigidas pelo Corão para substanciar suas alegações, declaro Zaynab bint Aqeel inocente do crime de adultério.

Houve um murmúrio de surpresa na corte, mas um olhar mortal do vizir silenciou todos os sussurros.

— E, de acordo com o Livro Divino, declaro o acusador, Yunus ibn Waraqa, culpado do crime de levantar falso testemunho contra a honra de uma mulher casta. Sua sentença será oitenta chibatadas. Com um chicote para cavalos.

Yunus protestou em voz alta, mas foi logo contido pelos guardas e arrastado para fora do recinto, deixando todos perplexos. Miriam estava tão surpresa quanto os demais. A penalidade no Corão pela não apresentação das testemunhas requeridas em um caso de *zina* também fora instituída em resposta ao escândalo que envolveu Aisha. Um incentivo final para proteger a reputação das mulheres vítimas dos bisbilhoteiros e dos que querem se livrar de suas esposas para vantagem própria. Mas a lei havia sido deixada de lado ao longo dos séculos, à medida que o valor da honra de uma mulher decaiu com os caprichos da cultura e do tempo.

Naquele momento, ela compreendeu por que Saladino conquistara a lealdade de seus súditos. Ele era um exemplo vivo da justiça e do caráter moral que Maomé e seus Companheiros demonstraram. Os muçulmanos sempre falavam de uma era de ouro, dos dias dos Califas Bem Guiados, como se fosse uma época passada a ser louvada. Com Saladino, essa era dourada estava viva e admiravelmente presente.

Zaynab parecia aturdida demais com os acontecimentos do dia para esboçar qualquer reação. Ela se apresentara ali achando que seria condenada à morte como criminosa, sem esperar a compaixão devida à vítima. A mulher maltratada conseguiu finalmente erguer a cabeça e enfrentar o olhar de Saladino, como se procurasse confirmar que não havia sido submetida a nenhuma brincadeira cruel a ser revelada no momento da execução. Saladino olhou para ela e sorriu.

— Providenciarei o seu divórcio, se você quiser, e uma viagem segura para que retorne à casa de seus pais — declarou o sultão.

Zaynab ajoelhou-se e encostou a cabeça no chão.

— Serei para sempre sua serva leal — disse.

Saladino levantou-se do trono novamente e aproximou-se da mulher prostrada. Pôs um braço em torno dos ombros dela e a ajudou a se erguer.

— Basta servir a Alá. Espero que deixe o passado para trás, e que, algum dia, encontre um verdadeiro amor. Não há momento mais grandioso na vida do que quando se encontra o companheiro do próprio coração.

Um guarda tomou a mão agradecida de Zaynab e conduziu-a para fora da Corte de Justiça. A mulher voltou seu olhar para Miriam quando passou por ela, mas não disse nada. Não era necessário. Miriam inclinou levemente a cabeça em sinal de reconhecimento da gratidão silenciosa de Zaynab.

— Então, meu amigo, está satisfeito com a maneira como conduzi este caso? — Saladino estava de volta ao seu trono e dirigiu-se a Maimônides, que guardava um silêncio sepulcral, desejoso de que a sobrinha não trouxesse mais vergonha à sua família.

— O sultão é sábio e misericordioso. Particularmente nos assuntos do coração — observou o rabino.

— Acho que as mulheres do harém discordariam disso.

Risos nervosos eclodiram no salão com a piada autodepreciativa do sultão. Miriam percebeu que era, mais uma vez, objeto da análise de Saladino.

— E a senhorita? Achou justo o julgamento do sultão?

Miriam ergueu a cabeça, orgulhosa. Se os mexeriqueiros da corte quisessem falar dela, que falassem. Estava determinada a preservar sua dignidade sob uma centena de olhares invejosos.

— O sultão é tudo o que meu tio proclamou, e mais.

— Então, bem-vinda a Jerusalém. Espero que prestigie nossa Corte de Justiça novamente. E que preste atenção às palavras que eu disse hoje. Uma mulher com sua beleza e intelecto encontrará muitos pretendentes na cidade de Deus, então, escolha com sabedoria. — Ele fez uma pausa, e fitou-a nos olhos. — Não há momento melhor na vida do que quando se encontra o companheiro do próprio coração.

O sultão levantou-se do trono, e todos se curvaram em reverência enquanto ele deixava o recinto. Ao erguer a cabeça, Miriam sentiu o braço do tio sobre o dela, apertando-o com força.

— Há muita coisa sobre a corte que você desconhece, criança — disse ele, num sussurro raivoso. — Muitos inimigos se escondem nas sombras. É melhor não se expor de novo.

Com isso, Maimônides apressou-se em conduzir Miriam e a esposa, Rebeca — que permanecera em um silêncio mortificado durante todo o espetáculo da moça — para fora das portas prateadas da Corte de Justiça. Ao sair, Miriam percebeu os olhares sombrios dos cortesãos, vindos de todos os lados, recaírem sobre ela. Pelo canto dos olhos, observou os sussurros furtivos e os dedos apontados em sua direção. Voltou-se para os presentes e arqueou a sobrancelha em atitude desafiadora. Os sussurros silenciaram sob a intensidade de seu olhar.

Com um sorriso suave nos lábios, a moça deu as costas aos presentes e seguiu o tio para a região central do palácio.

10

Tours – 1189 d.C.

— Então é assim que um rei morre — disse Ricardo baixinho, olhando para o rosto envelhecido do pai, que vagava entre o sono e a eternidade. — Como todo mundo. Com frio e medo.

Ricardo sempre achou que a morte do pai seria um momento de liberdade, no qual ele finalmente conseguiria abrir as asas e alçar voo para longe do legado do velho. Mas agora, ao se ver diante de Henrique, ele estava surpreso com a torrente de emoções que a iminente morte do rei desencadeara. Talvez, de certa forma, o Coração de Leão nunca tivesse acreditado que o pai morreria.

O velho era orgulhoso e irascível, como os touros de raça nos estábulos reais, e, por teimosia, havia se apegado à vida pelos últimos dois anos, apesar das previsões em contrário de todos os médicos da corte.

No entanto, todas as peças têm um último ato, e o drama do plantageneta Henrique chegara ao final. Quando menino, Ricardo havia idolatrado o pai, e imaginara que o grande e poderoso guerreiro teria um fim que seria cantado por gerações, como as cantigas dos gregos e dos normandos. Mas não fora assim. Ele morreria como todos os homens comuns, tremendo na cama, alimentando um coração cheio de arrependimentos. Ricardo olhou para a figura murcha e trêmula ali deitada, os olhos vidrados pelo delírio, e sentiu os primeiros sinais de piedade em anos. Ao ver a eternamente leal Joana enxugando a fronte ensopada do pai, Ricardo concluiu que Henrique, mesmo não tendo o heroísmo majestoso da morte de Odin, no Ragnarok, ao menos morreria na companhia de alguém que o amava. Talvez, no final, isso fosse tudo o que um homem pudesse vir a desejar.

A porta do pequeno quarto revestido de pedras se abriu e um guarda corpulento deixou entrar a pessoa por quem o príncipe vinha esperando desde o início da noite, alguém que não entrava no palácio há 16 anos. Ricardo voltou-se para Leonor de Aquitânia, sua mãe. Não era a primeira vez que a via em todos aqueles anos, claro. Ele a visitara regularmente nos vários castelos, em Chinon e na Inglaterra, onde ela fora mantida prisioneira, mas não conseguira garantir sua liberdade até aquele dia. Os carcereiros haviam sido informados da morte iminente de Henrique, e rapidamente obedeceram à ordem do príncipe herdeiro, que se tornaria seu senhor soberano pela manhã.

Leonor surgiu orgulhosa e parou, firme, diante do filho. Os cabelos cor de mel agora estavam permeados de fios prateados e ela exibia um pequeno anel de esmeralda. Ricardo aproximou-se para abraçá-la. Quando criança, sempre fora fascinado pelo vigor de aço dos braços da mãe, que se pareciam mais com os de um soldado veterano do que com os de uma aristocrata mimada. A vontade férrea ainda estava presente em sua disposição, mas Ricardo percebeu um tremor no corpo dela, uma torrente de emoção que mantinha presa dentro de si. O príncipe admirava sua permanente calma em meio a crises. Ela resistira com paciência à humilhação do exílio durante anos, tendo dedicado seu tempo preparando o filho para reivindicar a herança que lhe cabia por direito. Ricardo sabia que o apoio que recebia entre os nobres era em grande parte resultado do incansável poder de persuasão da mãe por trás das grades da prisão. Henrique uma vez observara irado que o intenso movimento de cortesãos que visitavam Leonor em Chinon fazia a fortaleza parecer mais um mercado do que uma prisão. E tinha razão. Pois Chinon se tornara um bazar de intrigas, que mantivera os planos de Henrique para o reino em permanente observação. Ela era uma mulher diferente de todas as outras, e Ricardo a adorava. Esse talvez fosse o motivo de sua indiferença para com o sexo feminino. Ele jamais conhecera uma mulher cuja inteligência e coragem fossem comparáveis às de sua mãe. E Ricardo duvidava que viesse algum dia a conhecer.

— Obrigada, meu filho — agradeceu Leonor, alisando-lhe os cabelos louros, tão semelhantes aos dela, como fazia quando ele era criança e lhe trazia um buquê de flores frescas, colhidas nos jardins do palácio.

— Estou feliz pela senhora finalmente estar conosco, mãe — disse ele. — Já faz muito tempo. — Ao acompanhar Leonor à cama onde o pai se encontrava, à beira da morte, os olhos de Ricardo cruzaram-se com os de Joana. Ela lançou um olhar frio a Leonor antes de voltar novamente a atenção para o rei. Joana havia se recusado a acompanhar Ricardo em suas viagens a Chinon, dizendo que não queria qualquer contato com sua mãe traiçoeira. Ricardo esperava que a morte do pai levasse a uma reconciliação entre as duas mulheres que ele mais amava neste mundo, mas viu que as feridas das duas precisariam de muito mais tempo para serem curadas. Talvez nunca chegassem a se curar.

Leonor ignorou a filha ao sentar-se ao lado do homem idoso. A respiração dele era irregular, às vezes lenta e ritmada, logo interrompida por um forte acesso de tosse e uma falta de ar desesperadora para respirar. Os olhos do rei estavam fechados, pois entrava e saía do estado de inconsciência, mas abriram-se quando a malquista esposa sentou-se ao seu lado. Ele olhou para a mulher por um longo tempo, possivelmente sem saber se ela estava de fato ali ou se era outra alucinação produzida pela mente febril. Confuso, Henrique olhou em torno dos aposentos reais. Os médicos haviam ordenado que a luminosidade fosse reduzida. Não que houvesse muita coisa para ser vista. Toda a tapeçaria, com cenas floridas de caça, unicórnios e sátiros brincalhões, fora removida das frias paredes de pedra. Até mesmo os tapetes de pele de urso haviam sido retirados. Henrique tornara-se mais austero, ou talvez mais louco, em seus últimos dias, e os servos simplesmente obedeciam a suas ríspidas solicitações sem questionarem os motivos. As únicas fontes de iluminação no quarto vinham de uma lua fraca, refletida no parapeito da janela, na parede leste, e de uma única vela tremeluzente, apoiada num suporte de carvalho próximo à cama. A chama fraca servia apenas para lançar uma sombra lúgubre sobre as pessoas que haviam estado no centro do grande drama da vida do rei. Os olhos dele recaíram sobre Joana, vestida com uma túnica preta que pressagiava o luto, e depois, sobre Ricardo, cujas feições comumente pálidas pareciam ainda mais brancas sob a luz bruxuleante.

— Os abutres estão afinal me circulando — vociferou o rei. — Não temam, vocês se banquetearão com a minha carcaça antes do nascer do sol.

— Você está delirando. — Leonor foi direto ao ponto, como sempre.

O idoso sorriu para ela, mas não havia afeto em sua expressão. Os dentes dele estavam amarelados e quebrados, e um hálito fétido emanou de seus lábios abertos.

— Talvez — retrucou ele. — E como você voltou do exílio, minha cara esposa? Eu achei que tivesse me livrado de você para sempre.

Leonor olhou para Ricardo. Henrique fez um aceno com a cabeça, sem demonstrar surpresa.

— Claro. Seu querido filho a resgatou — disse. — Ele ainda mama no seu peito também?

Henrique de repente tossiu com violência, cuspindo gotas de sangue em seu camisão já bastante manchado. Leonor fez um gesto, enojada, quando Joana limpou os lábios enrugados do velho. A filha lançou um olhar fulminante à mãe antes de se voltar novamente para Henrique.

— Não fale, pai — pediu ela. — O senhor precisa poupar energia.

— Não preciso mais — replicou Henrique, sua voz rouca e fraca. — Mas estou contente de pelo menos ter você aqui. De tudo no meu reino, eu só amei você, minha filha.

Ele dirigiu essas palavras a ela, mas seu olhar recaía sobre Ricardo. O príncipe sentiu sincelos penetrarem seu peito. Então era assim que seria, até o fim.

— Nesse caso, vou garantir a ela um lugar de honra no meu reino — disse Ricardo, tentando conter a amargura em sua voz. Ele queria dizer alguma coisa que magoasse o velho pai, mas não conseguiu. Era estranho como não conseguia lembrar-se de nenhuma das crueldades motivadas pelo orgulho que durante anos imaginara dizer a seu pai.

— Você é muito presunçoso, mocinho — disse o idoso. Ele olhou à sua volta novamente, seus olhos focados por um instante. — Onde está João?

Ricardo sentiu o coração gelar. Até mesmo nos instantes finais, Henrique só se importava com sua querida Joana e o bajulador João.

— Meu irmão foi chamado por um mensageiro — comunicou Ricardo. — O cavalo dele o trará de volta na hora certa.

— O tempo é um luxo, e eu estou pobre — disse o rei. Os olhos de Henrique recaíram sobre o soldado de ombros largos que se mantinha à porta, numa atitude respeitosa, à distância da família real. O homem usava uma finíssima couraça esculpida sobre uma cota de malha forjada para a elite da Guarda Real. O monarca moribundo ergueu um dedo ossudo e apontou para o soldado. — Você! Venha cá. Preciso de uma testemunha.

O guarda estava claramente assustado com a súbita atenção do rei, mas aproximou-se, submisso. Quando ele passou perto da chama da vela, Ricardo percebeu que era apenas um garoto, nervoso e admirado de estar na presença de pessoas tão notáveis.

— O que você está fazendo? — Leonor conhecia o marido melhor do que ninguém, e Ricardo percebeu no rosto dela um sinal de alerta. Algo estava prestes a acontecer.

— Eu, Henrique, rei da Inglaterra, proclamo, em meu último suspiro, meu testamento ao nosso povo — declarou. — Quando João retornar à corte, ele será coroado o próximo rei da Inglaterra.

O pouco de cor que restava no rosto de Ricardo desapareceu, mas logo em seguida afluiu de volta numa torrente de indignação.

— O que está dizendo? — Ricardo estava apenas parcialmente consciente de que sua mão se apoiava sobre a espada, mas o guarda viu o gesto e empalideceu. O jovem fora treinado para servir no campo de batalha contra os inimigos da Inglaterra. Mas não estava preparado para ficar no centro de uma disputa familiar em torno da sucessão.

— Eu lhe dei um presente, Ricardo... a liberdade — disse o rei, após outro violento acesso de tosse. — Vá, divirta-se com as mulheres e viva uma vida sem preocupações. A coroa não será um peso sobre sua cabeça.

Leonor ficou de pé de um salto, seu autocontrole esquecido. Suas mãos apertavam um pingente de rubi que tinha a forma de um dragão alado, como se estivesse se contendo para não avançar sobre o pescoço do rei e estrangulá-lo. Ricardo se perguntava se os próprios olhos estavam inflamados com o mesmo veneno que viu nos dela.

— Você não pode repudiá-lo!

— Minha vontade é lei — disse o rei, declarando uma verdade simples e definitiva.

— Eu me arrependo do dia em que conheci você.

— Eu também, minha querida. — Subitamente, a tosse de Henrique se intensificou e o corpo todo foi abalado por espasmos desesperadores. Ricardo deu as costas ao pai, lutando para conter as lágrimas de ódio e frustração diante dessa inesperada perda do trono por um capricho de um tolo delirante. Não conseguia admitir que pelo menos algumas lágrimas não se originavam apenas de seu orgulho ferido. As lágrimas de uma criança que um dia vira o pai como um deus que não cometia injustiças, que era invencível. Imortal.

— Joana, pegue a minha mão — pediu Henrique, por fim, sua voz quase inaudível. A moça em prantos segurou a mão trêmula do pai, sentiu-o apertá-la pela última vez. Henrique estremeceu, e depois ficou inerte.

Joana chorou de tristeza, seus gritos cortando o silêncio mortal dominante no pequeno quarto, que exalava um fedor nauseante de decomposição e morte. Leonor ignorou a filha, seu olhar frio fixo no guarda anônimo a quem foram confiadas as chaves do reino.

O toque agudo de um trompete soou em algum lugar abaixo deles. Ricardo estava apenas vagamente consciente das lágrimas que lhe escorriam pelas faces. Como que entorpecido, foi até a janela e olhou para fora. Um cavaleiro vestido com uma capa passou veloz pelos portões uns 30 metros abaixo enquanto as sentinelas reais anunciavam a chegada com suas trombetas.

Ricardo percebeu que o guarda, a testemunha do decreto final de seu pai, permanecia ali, nervoso. O rapaz estava por demais envolvido e claramente não tinha o menor desejo de mergulhar na fossa de intrigas da corte.

— O príncipe João chegou — disse o guarda idiota, tentando ser prestativo e afirmando o óbvio. — Devo buscá-lo, meu senhor?

— Ele sabe chegar aqui sozinho. — Sem nenhum aviso, Ricardo agarrou o jovem soldado e atirou-o pela janela para a morte. Os gritos aterrorizados do rapaz cessaram abruptamente quando ele caiu em cima das pedras com uma pancada ensurdecedora. Ricardo ergueu a cabeça e virou-se, sem se preocupar em ver as outras sentinelas correrem para onde estava o corpo do guarda.

O príncipe assassino viu sua mãe fazer um aceno de aprovação com a cabeça. Naquele instante, ele provara ser o homem que ela havia criado, aquele que garantiria com as próprias mãos seu direito divino. Ricardo sentiu uma onda de orgulho se juntar ao misto de emoções que corriam em suas veias naquela noite. Então ele viu o terrível olhar acusatório no semblante de Joana e sentiu sua raiva aumentar. Ele não precisava da censura da irmã. Não admitiria mais isso. De ninguém. Ele era agora o rei da Inglaterra.

— Nem uma palavra, Joana — admoestou ele. Sua voz era afiada como uma navalha; havia nela uma rispidez jamais usada com sua querida irmã. Mas naquela noite ele não tinha escolha. — Quanto a esta questão, todos os que ficarem no meu caminho serão derrotados.

Os olhos de Joana faiscaram. Ela ficou obviamente abalada com a ameaça implícita, mas Ricardo não podia se deixar levar pelo amor que tinha à irmã. A estabilidade da nação estava em jogo. Ele não podia permitir uma guerra civil pela disputa do trono. Ricardo sabia que João vinha trabalhando para conquistar o apoio dos nobres durante os últimos dois anos. Mesmo que as últimas palavras de seu pai não fossem reveladas à nação, haveria aqueles que tentariam levar adiante a causa de João nos meses vindouros. As brigas e as suspeitas da corte angevina ainda poderiam resultar numa disputa familiar, a menos que Ricardo conseguisse unificar o povo sob seu comando rapidamente. E ele sabia que a melhor maneira de unificar um reino era desviar as contendas internas para o exterior, para além das fronteiras. O Coração de Leão percebeu num instante que não tinha escolha. A guerra era a única forma de preservar o trono da Inglaterra.

A pesada porta de ferro do quarto se abriu e João entrou, apressado. Seus olhos captaram tudo de imediato. A presença inesperada de sua mãe exilada, o ódio ainda quente no rosto de Ricardo. O medo e a confusão no semblante de Joana. E o silêncio pacífico de seu pai. O que quer que João estivesse pensando sobre o estranho quadro, ele manteve para si. O príncipe de cabelos escuros ajoelhou-se ao lado do corpo de Henrique e verificou seu pescoço em busca da pulsação, antes de encarar o irmão.

— Eu vim o mais depressa que pude — disse João, sua voz firme, indecifrável.

Ricardo olhou o irmão mais novo nos olhos.

— As últimas palavras dele foram sobre você, meu irmão.

— Conte-me.

— Ele disse que queria que você estivesse aqui, mas sabia que honraria sua memória servindo seu novo rei com bravura. — Ricardo observou o irmão com atenção. O Coração de Leão sempre fora um bom mentiroso e ganhara muitas apostas mantendo o rosto impassível, mas o prêmio nunca fora tão alto como agora.

João estreitou o olhar. Observou o rosto frio da mãe, como o de uma estátua, e depois os olhos vermelhos da irmã. Mas eles não revelavam nada que traísse as palavras do irmão. Por fim, devagar, como se fizesse força contra a pressão do próprio orgulho, o príncipe João curvou-se diante de Ricardo, Coração de Leão, rei da Inglaterra e da França, senhor dos angevinos.

— O rei está morto. Vida longa ao rei.

Ricardo prendeu a respiração por um momento. Enfim conseguira. O destino do povo encontrava-se em suas mãos.

— Meu irmão, vou precisar de sua ajuda agora, mais do que nunca — disse. — Antes de morrer, nosso pai me pediu para satisfazer sua última vontade. Realizar uma nova Cruzada em seu nome e libertar a querida Jerusalém das garras dos pagãos.

João ergueu a cabeça e fitou o irmão. Teria Ricardo percebido um olhar um tanto zombeteiro e frio?

— Reunirei os senhores do povo — afirmou João, a voz impassível, sem trair seus verdadeiros pensamentos. — Juntos tomaremos a Terra Santa dos sarracenos. — Ele fez uma pausa. — Por nosso pai.

Ricardo sentiu um calafrio percorrer a espinha. Seu irmão aquiescia muito facilmente. Ricardo estava preparado para uma resistência apaixonada, mas João parecia estar cedendo sem nenhum sinal de luta. Como se, de alguma forma, tudo estivesse acontecendo da maneira que ele queria. Um pensamento espontâneo e importuno lhe veio à mente. Havia algo nos olhos escuros de João que amedrontava o novo rei; era como se Ricardo estivesse espiando o coração de uma aranha que aguardava, com paciência, a presa cair na armadilha que fora preparada anos antes. O rei afastou a imagem perturbadora da mente e olhou para o cadáver de Henrique. Esta aventura seria sua grande vingança contra o pai. Conduzir uma guerra em nome do homem que a ela se opusera durante toda a vida. Talvez houvesse poesia e justiça no mundo, afinal.

— Sim. Por nosso pai — completou o rei da Inglaterra.

11

Apesar do desagrado inicial, Miriam começava a desenvolver uma afinidade com a Cidade Santa. Isso era algo surpreendente, considerando-se que sua visita, até então, estava sendo permeada de escândalos e boatos entre os palacianos. Sua tia Rebeca ficara indignada com seu comportamento, impróprio para uma moça, diante do sultão. Maimônides fora menos contundente em suas admoestações, e mais objetivo. Ela era nova na cidade, e a vida na corte podia ser perigosa para aqueles que não conheciam os limites do decoro social. Isso era especialmente verdadeiro para uma bela mulher que havia claramente despertado o interesse do sultão. As intrigas no harém eram muito mais sutis — e muito mais mortais — do que qualquer guerra travada abertamente pelos homens. No campo de batalha, o rabino a alertara, os homens conheciam seus aliados e seus inimigos. No harém, os inimigos quase nunca eram óbvios, e em geral, eram mais cruéis.

Miriam levou a sério as palavras do tio. Fora solitária durante a maior parte da vida, sempre evitando a companhia de outras mulheres exatamente por essa razão. Privadas do poder externo exercido pelos homens na sociedade, elas se viam forçadas a lançar mão de jogos mentais cruéis para garantir o controle nos bastidores. O fato de Miriam ser dotada de uma beleza extraordinária a tornara não só o centro das atenções entre as moças de seu círculo familiar, como objeto de muita inveja. Ela rapidamente aprendera que poucas mulheres eram confiáveis e preferia a companhia dos homens sempre que possível. Entretanto, esse tipo de interação era raro, uma vez que a cultura de segregação por gêneros era uma norma tanto na sociedade judaica como na muçulmana. Embora tivesse conseguido algumas escapadas noturnas com pretendentes enamorados e tivesse desfrutado da maravilhosa entrega nos braços de ávidos amantes, ainda assim, sentia um vazio. Nenhum dos homens jamais desafiara sua mente, algo que ela valorizava mais do que os atrativos da carne. Miriam havia, portanto, encontrado consolo na companhia dos livros de seu tio e em sua solitária busca por conhecimento.

Foi essa busca que a levou pelas ruas malcuidadas do *souk*, ou mercado, de Jerusalém, naquela sexta-feira à tarde, tendo a seu lado um jovem guarda palaciano. Maimônides insistira em que ela fosse acompanhada por um dos soldados do sultão, caso estivesse planejando sair do bairro judeu recém-restaurado, onde eles estavam alojados. A contragosto, ela concordara em ter um guarda-costas, mas recusara-se a atender ao pedido do tio de usar um dos véus muçulmanos quando estivesse fora de casa. Usaria o lenço egípcio; qualquer outra coisa mais restritiva estava fora de cogitação.

Miriam percebeu tardiamente que seu orgulho fora uma tolice. Nunca sentira tantos olhares voltados para ela como quando caminhava pelo mercado.

Uma judia de olhos verdes, de túnicas egípcias, era uma visão estranha em Jerusalém, e toda aquela atenção rapidamente se tornou importuna. Miriam viu diversos homens repulsivos que pareciam prontos a abordá-la até seus olhares recaírem sobre Zaheer, seu guarda-costas. O soldado curdo, de cabelos castanho-claros e músculos torneados, parecia disposto a uma briga, e ela percebeu que a mão dele raramente deixava o punho de sua cimitarra.

Entretanto, ignorando os olhares dos habitantes locais, ela achou a caminhada pela cidade de Jerusalém revigorante. O sol brilhava, e o cheiro de excremento animal pareceu mais tolerável naquele dia. O bazar principal não era tão grande quanto o do Cairo, mas exibia uma variedade maior de produtos. As precárias barracas estavam repletas de frutas diversas e guloseimas. Mulheres de véu pechinchavam ardorosamente com os enfastiados mercadores o preço dos marmelos e das passas de cores incomuns, beterrabas douradas e vermelhas, bem como bananas importadas da Índia, laranjas, maçãs, queijos e também um suprimento infindável de pinhões. Miriam provou do mel produzido pelas abelhas locais, e seu delicioso e inebriante sabor foi para ela uma agradável surpresa. Os francos haviam mantido o comércio com sua terra natal na Europa, e ela encontrou alguns produtos ainda à venda. A elaborada cerâmica francesa e as joias italianas lhe despertaram um interesse particular. Não que os bárbaros tivessem artigos mais sofisticados do que os produzidos no califado. Mas mesmo em seu design rudimentar, via os primórdios de um despertar cultural entre os infiéis. Talvez o século de contato com a civilização árabe viesse a servir de catalisador para revitalizar essas sociedades estagnadas. Era possível, considerou, mas não esperava nenhuma renascença europeia enquanto vivesse.

Miriam estava menos interessada nos estandes de quinquilharias do que nos vendedores de livros. Zaheer permanecia respeitosamente a seu lado, enquanto ela entrava em várias lojas e folheava manuscritos empoeirados e pergaminhos em árabe, grego e francês. A moça sentiu pena do jovem guarda — era versada em várias línguas, mas duvidava que ele conseguisse ler a própria. Miriam o viu examinar exemplares pesados, balançando a cabeça em sinal de interesse enquanto conferia o conteúdo, alheio ao fato de estar lendo o texto de cabeça para baixo.

O proprietário, um cristão que claudicava de uma perna e tinha um tique constrangedor, também notou o erro do guarda, mas nada disse. Embora fosse raro uma mulher entrar em sua loja, nunca se ouvira falar em um soldado que lesse. Miriam percebeu que ele estava ansioso para ver o estranho casal fora dali.

Com pena do comerciante nervoso, ela lhe pagou vários dinares por um texto árabe de *A república* de Platão e deixou a loja. O guarda-costas a acompanhou, deixando para trás o incompreensível pergaminho que fingia examinar.

Miriam ergueu a vista ao chamado do *muezin*, que ressoava pelas ruas da cidade. Era a hora da Asr, a oração da tarde, e viu muçulmanos de turbante apressarem-se em direção ao Haram al-Sharif. Desde a libertação de Jerusalém das mãos dos francos, tanto os muçulmanos como os judeus assistiam com regularidade às cerimônias em seus respectivos locais de oração. A perda da Cúpula da Rocha e do Muro das Lamentações durante noventa anos fez esses fiéis voltarem a valorizar as bênçãos espirituais, um tanto esquecidas por seus antepassados. Miriam sabia que o sol se poria em poucas horas e queria voltar a tempo de acender as velas do Sabá com a tia. Embora não tivesse certeza se acreditava no Deus da Aliança, os comoventes rituais de seu povo ainda lhe causavam emoção.

— Precisamos voltar — disse ela ao guarda. Zaheer assentiu com a cabeça e a conduziu por entre o labirinto de estandes que exibiam romãs e tâmaras. Saíram em uma praça de pedras logo depois do mercado, onde a carruagem dela estava parada. Ao se aproximar do coche de madeira, Miriam viu um pedinte encapuzado nas imediações. As roupas surradas eram as de um leproso, e ela conteve uma reação automática de repulsa.

— Um dinar para um velho, senhora? — A voz do pedinte era rachada, suas feições obscurecidas pelo capuz. Ela ficou satisfeita de não ter de ver o rosto devastado pela doença, e então, de imediato, sentiu-se um tanto culpada pelo pensamento.

Zaheer adiantou-se, a mão sobre a espada, pronto para afastar o mendigo escondido sob o capuz. Ver o guarda analfabeto reagir a sua aversão malcontida aumentou o sentimento de vergonha de Miriam.

— Não, está tudo bem — disse ela, procurando algumas moedas na bolsa.

Zaheer procurou contê-la pousando uma das mãos sobre ela. Miriam recuou quando a palma áspera do rapaz arranhou sua pele.

— Deixe que morra com os cães. Ele é sujo.

Miriam livrou-se da mão do guarda, irritada por ele tê-la tocado e aborrecida por ter desejado se afastar do miserável também.

— O cheiro dele é melhor do que o seu — respondeu ela, e imediatamente se arrependeu da observação. O rapaz fora atencioso com ela, e ela o recompensava com uma língua ferina. Então, para sua surpresa, o leproso riu.

— A senhora é esperta como uma raposa. E bela como uma *houri* do Paraíso — observou o pedinte. Miriam ficou paralisada. A voz não era mais rachada e soou inquietantemente familiar. Zaheer deu um passo à frente antes que ela pudesse impedi-lo, a espada em punho e dirigida ao leproso.

— Dobre a língua antes que fique sem ela. A moça é uma hóspede do sultão — vociferou ele, sua voz sugerindo que aquele era o último aviso que recebia.

— Eu sei — respondeu o leproso.

Antes que ele tivesse tempo de reagir, o pedinte ficou de pé com um pulo e segurou firme o braço do guarda que empunhava a espada. Num rápido movimento, torceu a mão de Zaheer na altura do punho. O guarda foi tomado de surpresa e gritou de dor, deixando a espada cair e ajoelhando-se quando o homem encapuzado aplicou maior pressão.

O grito de Miriam ficou preso na garganta quando o capuz do pedinte caiu, revelando Saladino.

Zaheer pareceu ainda mais perplexo, mas logo colocou em prática seu treinamento militar. Ele permaneceu ajoelhado, abaixou a cabeça, e parou de lutar.

— *Sayyidi*, não o reconheci — disse o soldado. Saladino soltou a mão do rapaz, mas Zaheer manteve sua postura submissa.

— Era essa a intenção. Dê-me um instante com a minha hóspede — exigiu o sultão.

O guarda se curvou, depois levantou-se e recuou. Os olhos de Saladino voltaram-se para Miriam, que, assustada, lembrou-se tardiamente da mesura num gesto desajeitado.

— Não precisa disso. Assim destruirá meu disfarce. Uma moça não se curva diante de um leproso — comentou ele.

— Não entendo.

Saladino olhou para o portão de bronze da entrada de um jardim não muito distante de onde se encontrava a carruagem.

— Caminhe comigo que eu explico.

12

Miriam olhou à sua volta e viu que estavam sozinhos. Ela esperava que a praça ao lado do mercado estivesse muito movimentada naquela hora do dia, e lhe ocorreu que o sultão dera um jeito de fazê-la ficar convenientemente vazia. Olhou para o rosto de Saladino, mas não viu sinal de ameaça, apesar de quê, se ele quisesse lhe causar algum mal, não haveria muito o que ela pudesse fazer.

Miriam acompanhou o sultão ao interior do jardim e ficou maravilhada com o que viu. Era como se tivesse entrado num mundo totalmente diferente. Ao seguir pelos caminhos perfeitamente pavimentados e ladeados de rosas, as queridas flores nativas da Palestina, ela imaginou que estava tendo uma visão do Éden, de onde, segundo as fábulas, acreditava-se que os homens haviam surgido.

O jardim era calçado com pedras, uma estrutura que parecia ter permanecido intacta desde os dias de Herodes. Próximo a um grupo de videiras, ela viu uma gruta de pedra rachada, escavada na terra, os restos de uma antiga prensa de vinho. Uma pequena queda d'água artificial, que caía de um muro velho, chamou a sua atenção para um laguinho na base. A água era cristalina, e ela viu um cardume de peixes com manchas azuis e vermelhas nadando suavemente sob o sol da tarde entre juncos e lírios.

Saladino notou a expressão maravilhada no rosto dela e sorriu. Inclinou-se embaixo de uma árvore de tronco grosso com botões cor-de-rosa, a qual Miriam nunca vira antes, e em seguida abaixou-se para colher uma rosa branca do gramado. Para surpresa da moça, o sultão estendeu o braço e colocou a flor em seu cabelo. Ela sentiu uma centelha atravessar seu corpo quando as mãos dele afastaram um cacho de cabelo que lhe caíra sobre os olhos. Miriam não sabia exatamente o que sentira, mas estava disposta a descobrir.

— Diga-me, jovem Miriam, quem é o homem mais poderoso no mundo islâmico?

— Essa é uma pergunta capciosa.

As sobrancelhas de Saladino arquearam-se diante da resposta imediata, mas pareceu satisfeito.

— Eu sei. Mas, de toda forma, seja condescendente comigo.

Miriam deu as costas a ele para olhar para a Cúpula da Rocha, que brilhava sob a luz do sol da tarde.

— Se eu fosse muçulmana, teria que dizer que é o califa de Bagdá, por medo de cometer uma blasfêmia.

— Mas você é judia. Blasfeme à vontade. — Ele estava claramente divertindo-se com aquilo.

Miriam virou-se de frente para ele, e os olhos dos dois se encontraram. Ao fitar aqueles poços escuros, ela teve a estranha sensação de estar olhando para uma alma tão antiga quanto o firmamento.

— Bom, então, como uma herege e uma estudante de política, eu diria que é o sultão.

— Por quê?

— O senhor unificou sozinho o Egito e a Síria depois de um século de guerra civil. E, contrariando as expectativas, derrotou os francos. — De repente, Miriam se sentiu muito pequena. Ela fora uma moça orgulhosa durante toda a sua vida; sentia que havia sido destinada a ser mais do que apenas a esposa de um rabino e mãe de uma ninhada de crianças barulhentas, o destino que sua tia esperava para ela. Mas agora, na presença do sultão, ela se achava uma tola. Quem era ela para brincar com um homem daquela estatura? Muito tempo depois de seus ossos serem reduzidos a poeira, o nome dele ainda seria reverenciado nos lábios de milhões.

Saladino fez um gesto com a mão, ignorando o elogio da moça.

— Pode até ser verdade. Mas tudo isso foi um acidente da história — disse. Ela não via sinal de falsa modéstia em sua voz.

— Acho difícil de acreditar. — Foi tudo o que ela conseguiu dizer em resposta.

O semblante de Saladino ficou sério naquele momento, o brilho eterno de seus olhos ainda mais intenso.

— Somos todos escravos da história, Miriam. É um rio que homem nenhum pode conter. Não podemos nadar contra sua correnteza. Na verdade, nos afogamos nela.

Houve um momento de silêncio desconfortável entre os dois. Miriam por fim falou, esperando afastar os pensamentos do sultão do peso esmagador do próprio legado.

— O senhor ainda não me disse por que o homem mais poderoso do mundo anda vestido de leproso.

Um sorriso voltou ao rosto de Saladino, e o encanto foi quebrado.

— Um líder não pode conhecer as necessidades de seu povo do topo de uma torre. Mas há outros motivos hoje.

— Como por exemplo?

Saladino desviou o olhar da Cúpula e voltou-se para a cidadela, cujas torres eram visíveis até do jardim.

— O palácio é uma jaula dourada. Eu não poderia desfrutar da companhia de uma mulher bonita sem que houvesse comentários.

Saladino aproximou-se de Miriam. Enfiou a mão no bolso da túnica e retirou de lá um colar de safiras. O pingente tinha a forma da Roca, a ave mítica de

As mil e uma noites, as asas abertas num desafio orgulhoso. Os olhos de Miriam esbugalharam-se diante de uma visão tão inesperada, e se empertigou, surpresa, enquanto ele colocava a joia em torno de seu pescoço, prendendo-a com um fecho delicado.

— Um presente. Para lhe dar as boas-vindas à nossa cidade.

Tudo estava indo rápido demais para ela.

— É deslumbrante... não posso aceitá-lo.

Mas Saladino não admitia recusa.

— Bobagem. Além disso, o brilho da joia se perde diante do seu.

As admoestações do tio ecoaram em sua mente. Ela não estava preparada para entrar naquele jogo.

— Tenho que ir para casa. Meu tio está no bazar comprando suprimentos para o Sabá. Ele vai voltar logo.

— Não durante a próxima hora pelo menos. É o que os meus espiões me dizem — replicou ele. Saladino a examinou de perto, talvez percebendo seu desconforto. Afastou-se um pouco, dando-lhe espaço para respirar, e olhou para as fileiras de tulipas que se encontravam embaixo de um limoeiro.

— O que acha do jardim?

Miriam ficou agradecida pela pausa naquele jogo amoroso.

— É lindo!

No rosto de Saladino surgiu um olhar estranho, como se lhe voltasse à mente uma lembrança suprimida havia muito tempo.

— Não é nada, se comparado ao oásis em Ascalon.

Miriam sentiu um calafrio lhe percorrer a espinha quando ela própria foi tomada por lembranças indesejáveis.

— Ao lado do Sinai? — Fingiu ignorância. Era melhor assim.

Saladino assentiu.

— Passei a maior parte da minha vida no Cairo e em Damasco. As joias do califado. Mas não há nada em todo o mundo que se compare aos jardins de Ascalon — completou.

Miriam tentou não olhar para trás, mas não conseguia evitar as lembranças. Tinha 11 anos quando a caravana em que estava parou em Ascalon. Os jardins eram, de fato, como nenhum outro que ela jamais vira. Lembrou-se do dia em que colheu girassóis do deserto e os deu de presente à mãe, Raquel. Sua mãe tinha um deles nos cabelos quando o soldado franco a atacou...

Não. Chega de lembranças. Miriam se viu removendo a flor que Saladino havia colocado em sua trança.

— O sultão me surpreende. Eu não sabia que guerreiros sentiam prazer nas coisas que crescem da terra — disse ela, afastando os próprios pensamentos.

Saladino continuava melancólico.

— Eu amei a minha primeira namorada embaixo de uma palmeira em Ascalon numa noite de lua cheia. Aquele sempre vai ser um lugar especial.

Outras mulheres teriam enrubescido diante de uma revelação tão íntima, mas ela apenas o observava de perto.

— Parece que o senhor ainda a ama.

Saladino olhou para ela e sorriu. Se percebeu que ela havia retirado a flor dos cabelos, não disse nada.

— Ela era muito bonita. — Haveria um tom provocativo naquelas palavras? Miriam sentiu uma súbita onda de irritação lhe subir ao peito.

— Não vê nada mais do que a beleza de uma mulher, *sayyidi*? — Ela havia esperado que ele fosse realmente sofisticado como pareceu inicialmente, mas mostrava ser como qualquer outro homem quando se tratava de certos assuntos.

Saladino aproximou-se de Miriam, talvez um pouco demais. Passou uma das mãos pelo seu rosto, o que lhe fez disparar o coração.

— Levo uma vida difícil, Miriam, cheia de guerras e julgamentos. A beleza me conforta.

Miriam recuou um pouco. O estranho formigamento tomava conta dela novamente e começava a assustá-la. Mas ela riu, esperando abrandar a tempestade que crescia em seu interior.

— E quando ela envelhecer e virar uma ameixa seca? A beleza ainda vai lhe confortar?

Saladino inclinou-se para a frente, como se quisesse lhe contar um segredo de estado.

— Então encontrarei consolo no riso dela.

Miriam sentia-se fatalmente atraída por ele. Como uma mariposa pela chama.

— *Sayyidi*...

Ele inclinou-se, como se para beijá-la. Ela sentiu o coração acelerar. Então, de forma inesperada, ele recuou.

— Fiquei impressionado com a sua coragem no outro dia. Poucos se atrevem a falar abertamente na minha presença.

Miriam enrubesceu. Estava confusa com aquele jogo, e confusão inevitavelmente lhe despertava orgulho e raiva. Não era uma camponesa ignorante, com quem ele pudesse brincar.

— Não foi seu Profeta que disse que a maior *jihad* é falar a verdade diante de um rei?

Saladino voltou-se para ela, surpreso com a citação que ela fizera de um dos tradicionais ensinamentos proféticos transmitidos oralmente, ou *hadith*. Poucas pessoas, exceto os intelectuais religiosos das *madrassas*, eram fluentes nas milhares de citações de Maomé. Ele, sem dúvida, não esperava esse conhecimento de uma jovem judia.

— Você não para de me surpreender — observou ele. Ela notou que sua admiração parecia real.

— Minha tia me deu uma boa educação — replicou ela, sem conseguir esconder a arrogância na voz.

De repente, mais uma vez, Saladino aproximou-se dela. Miriam sentiu o calor do corpo dele quando o sultão segurou sua mão.

— E criou uma bela moça também — disse ele.

Droga! Miriam sentiu a irritação se transformar em desejo mais uma vez. Na presença dele, ela se sentia estranhamente impotente, uma sensação que tanto a aterrorizava quanto a revigorava.

— Lá vem a beleza outra vez. — Foi tudo que ela conseguiu dizer antes de ele se inclinar e beijá-la. Miriam quis resistir, mas sentiu-se inexoravelmente atraída pelo destino daquele homem. Ninguém pode nadar contra o rio da história, ele dissera. Ou da paixão.

O beijo deles foi longo e profundo e, por um instante, o tempo parou. Não foi a primeira vez, claro, que Miriam fora beijada. Sua tia ficaria horrorizada se soubesse como a moça era experiente nas questões do coração. E do corpo. Mas havia algo primordial no abraço de Saladino, uma urgência que a fazia perder o fôlego, como se estivesse saltando da queda d'água do jardim para um rio que fluía em direção ao poço das almas...

Miriam desvencilhou-se, como alguém que se afoga e consegue subir à superfície na esperança de um último suspiro. Queria continuar beijando-o, entregando-se à ferocidade da paixão dele, e isso foi o que a assustou.

Saladino olhava para ela, a cor se intensificando em seu rosto curdo pálido. Qualquer que tenha sido a força que a atingiu, o havia alcançado também.

— O que acha de fazer parte de meu harém?

Aquilo era demais para uma tarde tranquila de verão. Era preciso por um fim àquilo, antes que a loucura a consumisse.

— Acho que não sou digna.

— E se eu disser que você é?

Miriam se forçou a encará-lo. Era como se estivesse olhando diretamente para o sol. Mas não recuou.

— Mas, *sayyidi*, já é casado com quatro das mulheres mais bonitas do califado. Pelo que eu saiba, sua religião não lhe permite mais nenhuma.

Saladino pausou, seus olhos examinando o rosto dela com atenção.

— É verdade, mas você não precisa ser minha esposa para partilhar a minha cama.

Aquelas palavras cortaram-na como uma navalha, e ela foi tomada por um ódio que era inteiramente impróprio a um súdito diante de um rei. Miriam afastou-se, e dessa vez ele não a seguiu.

— Meu tio disse que o senhor é um governante sábio e não um tirano. Posso então falar livremente, como fiz na corte?

Saladino sorriu, a expressão indecifrável, mesmo para os olhos sagazes dela. Estaria assinando a própria sentença de morte com aquelas palavras?

— Claro que sim. Eu estou cercado de bajuladores. É renovador ouvir a verdade.

Ela respirou fundo, e seguiu em frente.

— Não nego que a ideia de ficar com o senhor é uma proposta tentadora — disse ela. — Mas sou uma mulher livre. Não vou me trancar no harém de homem nenhum como uma concubina. Nem mesmo na rica prisão do sultão.

Pronto. Fora dito, finalmente.

Saladino quedou-se paralisado, os olhos fixos nos dela.

— Você é mesmo corajosa. Nenhuma mulher jamais falou assim comigo.

Ela sentiu algo atingi-la na boca do estômago. De repente, sumiram todas as fantasias infantis de seduzir príncipes e fugir com eles montada em cavalos brancos para castelos distantes. Ela confrontara o homem mais poderoso da terra, havia recusado sua proposta. Agora conheceria a verdadeira natureza do poder de Saladino.

— Então, o meu tio estava errado? Minha cabeça vai ser pendurada nos muros do palácio hoje à noite? — Isso foi tudo o que ela conseguiu dizer. Se tivesse que morrer, então Miriam queria que seu carrasco lhe dissesse isso na cara.

Saladino não falou nada por um instante, e depois caiu na risada. Não era o som frio, sem humor de um homem insultado buscando cobrir a ferida com o orgulho. Não, era o riso franco de um adulto que fora derrotado num jogo por uma criança querida.

— Admiro sua coragem, Miriam — disse ele. — Se vier para mim, será de livre e espontânea vontade, e não forçada pela ponta de uma espada. A paz esteja com você, filha de Isaac.

Então, sem nenhuma outra palavra, o homem mais poderoso da terra virou-se e saiu do jardim, deixando-a lidar com a torrente de emoções que lhe feria a alma numa cálida tarde de julho em Jerusalém. Quando Miriam acalmou a respiração e seguiu o caminho em direção à carruagem que a conduziria de volta para casa para o jantar do Sabá, ela não percebeu o homem encapuzado que a observava das sombras do jardim.

13

A sultana estava nua numa banheira com acabamento em mármore e cheia de água quente, sua pele imaculada cor de oliva brilhando, enquanto uma concubina africana musculosa massageava seus ombros com mirra e óleos perfumados. Não havia janelas na casa de banhos, mas o recinto era bem iluminado por uma série de lâmpadas de cristal trabalhadas numa caligrafia árabe perfeita, dispostas em semicírculo em torno da banheira.

— Quem é essa moça? — Yasmeen bint Nur al-Din perguntou com uma fúria cega. Os olhos grandes e amendoados, herança de sua linhagem persa, fulminavam como o sol inclemente do deserto.

O magro eunuco de cabelos avermelhados e rosto sardento, um armênio chamado Estaphan, comunicou cuidadosamente as notícias do encontro de Saladino com Miriam.

— Uma sobrinha de Maimônides, chegada recentemente do Cairo — disse Estaphan, a voz mais aguda do que de costume. Essa não era uma tarefa agradável, e sua constituição, em geral nervosa, quase não conseguia suportar o estresse do dever. Estaphan tinha, claro, conduzido uma minuciosa e discreta investigação antes de se aproximar de sua ama, e descobrira a identidade da moça que ele espionara no jardim com o sultão. Yasmeen esperava informações detalhadas sobre qualquer novo acontecimento na corte, e, quando ficava insatisfeita, os transmissores de notícias incompletas sofriam um infeliz acidente nos cantos escuros do harém.

— Uma judia? — O tom de Yasmeen revelava um misto de indignação e incredulidade. Ela fez um gesto para que a concubina parasse. A beldade africana deu um passo atrás, quando Yasmeen se voltou para o mensageiro da má notícia. A água da banheira se revolvia e ondulava, como o redemoinho de emoções de sua nobre e bela ocupante.

— Sim, sultana — disse o eunuco, a voz trêmula. Talvez ele não devesse ter sido tão diligente em sua investigação.

— E ela recusou o meu marido? Deve ser louca.

— Sem dúvida. — Estaphan descobrira que concordar com as pessoas poderosas raramente lhe trazia problemas.

Yasmeen saiu do banho quente. Como de hábito, Estaphan desviou a vista, embora, com seu membro destruído, a visão das curvas perfeitas da sultana não representasse ameaça alguma. Sua ama pegou um pano de linho e cobriu os seios fartos enquanto a concubina africana começava a pentear seus cabelos negros com um pente de marfim.

Yasmeen olhava para o teto, como sempre fazia quando começava a elaborar um plano. Olhou direto para os arcos pintados com afrescos a uns 6 metros de altura, porém sua mente estava concentrada demais para prestar atenção aos magníficos murais de flores do campo, com pétalas incrustadas de rubis e safiras. De qualquer forma, ela já vira arte muito mais bela no palácio de seu pai, em Damasco, e os estilos rústicos do Levante Mediterrâneo não a impressionavam muito. Sua mente voltava-se inteiramente para outras questões naquele momento.

A chegada de uma moça bonita no círculo de seu marido a forçava a reexaminar as mil e uma estratégias que planejara para manter o harém e a corte sob seu controle. Num certo nível, até gostava das mudanças imprevistas da sorte, que, inevitavelmente, a desafiavam. Como o marido, ela se cansava das vitórias fáceis.

— É provável que essa moça seja apenas um capricho passageiro — disse a sultana. — Ainda assim, quero que fique de olho nela. Se os dois se encontrarem de novo, espero saber dos detalhes na mesma hora.

— Às suas ordens, minha senhora. — O eunuco se prostrou diante da rainha.

Com um aceno de mão, ela despediu Estaphan, que se apressou em se levantar e desaparecer, agradecido por ter saído da audiência sem perder nenhuma outra parte do corpo. Yasmeen voltou sua atenção para Mihret, sua sedutora criada abissínia. A moça aproximou-se discretamente, como uma pantera, e começou a massagear os ombros tensos da sultana. Mihret sempre sabia exatamente do que ela precisava.

— Eu conheço meu marido. Ele é uma verdadeira criança. Se lhe negam um brinquedo, aí é que ele se esforça para tê-lo — disse a sultana.

Mihret afastou uma mecha de cachos trançados de Yasmeen e fitou a sultana nos olhos de forma tão corajosa que surpreenderia qualquer observador. Era um crime para qualquer pessoa, exceto Saladino, olhar diretamente para as belas feições da sultana. Mas Mihret e Yasmeen eram culpadas de crimes bem maiores do que apenas não aderir à etiqueta da corte, crimes dos quais o sultão jamais poderia ter conhecimento.

— Você parece preocupada com essa judia — observou Mihret com o tom suave de que a sultana tanto gostava. Yasmeen muitas vezes achava que essa concubina, com dedos delicados e coxas elegantes, a conhecia melhor do que qualquer outra pessoa, inclusive ela própria. A sultana acostumara-se a uma vida solitária, a um eu particular que ela era incapaz de partilhar com os outros, principalmente com o marido, quase sempre ausente. Mas isso havia mudado quando Saladino comprou a beldade núbia em um mercado de escravos em Alexandria e a deu de presente de aniversário de casamento à esposa. A inteligência da moça lhe proporcionava horas de conversa animada. E seu toque suave havia despertado em Yasmeen sensações que ela já se achava incapaz de sentir.

— Só estou intrigada — disse a sultana. — Nenhuma mulher jamais recusou Salah al-Din ibn Ayyub. Exceto uma.

— Quem? — Mihret mantinha um tom infantil, que Yasmeen sabia ser apenas uma fachada, mas que a satisfazia bastante. Intelectualmente, a moça de pele cor de ébano era sua igual, mas nunca esquecia os agrados sutis, as atitudes diárias para fingir ignorância, que permitiam à nobre senhora sentir-se superior por ter mais conhecimento.

— Eu, claro. É por isso que já fui a esposa predileta. Um guerreiro se engrandece no desafio.

Por um momento, Yasmeen se viu novamente caminhando com o pai no jardim de Damasco. O pomar, repleto de laranjas, jasmins e limões, brilhava à luz do sol poente. Por trás de uma fileira de álamos avistava-se a cúpula da grandiosa mesquita omíada, onde, quinhentos anos antes, Muawiya se proclamara califa em oposição às reivindicações de Ali, o genro do Profeta. Acima dos altos muros de mármore, ela vira o monumental relógio, mais alto do que um homem, os ponteiros circundados de falcões de bronze que tocavam as horas. Os sinos repicavam à medida que o sol se punha, e o relógio reluzia sob a luz bruxuleante de lâmpadas carmesins. Era a última noite do Ramadan, e ela se aventurara fora de casa para ver a lua nova, que assinalaria o início do Festival do Eid.

Ao vasculhar o horizonte a leste, ela teve a sutil sensação que frequentemente toca a alma quando se é observada de longe. A princesa síria virou-se e viu pela primeira vez o impetuoso general que um dia roubaria seu coração e o reino de seu pai. Ela resistira aos encantos de Saladino por mais tempo do que havia achado possível, mas ele fora impulsionado pela busca do inatingível. Durante meses, Saladino seguiria seus passos como uma sombra, cobrindo-a de novas joias adquiridas em suas conquistas, ou de poemas de uma alma apaixonada. Finalmente ela cedera e o tomara em seus braços durante uma noite enluarada, numa praia de areia branca como o açúcar, próxima ao rio Barada, que tinha a cor do ouro. Nunca se sentira tão viva como quando o coração dele bateu junto ao dela naquela noite, os lábios dele grudados à sua pele trêmula como se sugasse a sua própria força vital.

Não. Chega de recordações. Como os grandes mestres sufistas haviam ensinado a seus discípulos nos *khanaqahs*, o passado era uma ilusão, como uma miragem do deserto que tentava aqueles que haviam se desviado do caminho da sabedoria e se perdido na confusão eterna e na perda. Tudo o que existia era o *agora* onipresente. E a paixão que um dia unira Saladino a Yasmeen já não existia mais.

— Você teme que essa judia tenha planos em relação ao sultanato — comentou Mihret. Era uma afirmação, não uma pergunta. Yasmeen retornou do seu devaneio. Isto era ela agora, seu momento solitário no presente. O palácio, uma prisão de luxo, e uma escrava de seios fartos e fala suave, que servia como a única companheira verdadeira na vida.

— Não seja ridícula — disse Yasmeen, fechando o livro de suas lembranças indesejáveis. — As ambições dela a levarão apenas para uma cama embaixo da terra.

Mihret sorriu e inclinou-se para a frente.

— Nenhuma mulher pode competir com você.

Yasmeen lidaria com essa judia na ocasião oportuna. No momento, tinha outras questões mais urgentes para resolver. Deixou de lado o peso do trono durante aquela noite e beijou os lábios macios da escrava.

14

Lyon, França — 1190 d.C.

Como Deus no livro do Gênesis, Ricardo Coração de Leão olhou para sua obra e ficou satisfeito. Ele estava às margens do rio Ródano, na França, supervisionando o grandioso exército que fora ali reunido, vindo de todas as partes da Europa. Vinte mil homens haviam atendido ao chamado de Ricardo para participar de uma nova Cruzada. Eles haviam abandonado seus campos e lares para participar desse empreendimento sagrado. Claro, Ricardo sabia que muitos de seus soldados não tinham grandes motivações espirituais para participar da campanha. O exército era formado por homens jovens a quem foram negadas heranças em favor de irmãos mais velhos e que buscavam reivindicar a terra e a riqueza por meio de conquistas. Ricardo também podia garantir que muitos eram criminosos que haviam escapado da punição em seus vilarejos natais e esperavam retornar como heróis absolvidos da culpa por terem lutado numa guerra santa. Entretanto, pouco importava a Coração de Leão quem esses homens haviam sido até então. Aristocratas ou ladrões insignificantes, estavam todos unidos agora sob a bandeira de uma causa gloriosa.

Por meio de muitas negociações diplomáticas supervisionadas pelo Santo Padre, em Roma, Ricardo conseguira que os relutantes reis da Europa se alinhassem à sua visão grandiosa. Naquele momento, ali, fora da maravilhosa cidade de Lyon, os exércitos de Coração de Leão e os de seu velho companheiro de escândalos, o rei Felipe Augusto de Paris, haviam se reunido para atravessarem juntos o enorme rio. O primeiro passo numa longa e fatídica jornada em direção à Terra Santa e ao Paraíso.

O próprio mundo parecia pronto para essa grandiosa aventura. O céu parecia um perfeito dossel azul sobre ele, o sol ascendendo ao zênite numa saudação divina a seu grandioso empreendimento. O Ródano rugia diante do poderoso anfitrião, como se, do centro da terra, aplaudisse sua bravura. Os montes franceses ao redor eram luxuriantes e cheios de vida, prometendo prosperidade e abundância àqueles que cruzassem seus caminhos para a glória de Cristo. Até os pássaros, os alegres gaios e sabiás, pareciam cantar as vitórias que estavam por vir.

Era uma boa ocasião para um discurso. Cavalgando em direção ao meio da ponte de madeira maciça que cortava o Ródano, Ricardo ergueu sua espada, e o silêncio recaiu sobre a multidão de guerreiros santos.

— Meus irmãos no corpo de Cristo, me escutem! — disse. — Hoje, embarcamos numa missão sagrada que só pode terminar de uma forma. Libertaremos Jerusalém das mãos dos pagãos e, com o sangue deles, santificaremos o sepulcro de nosso Senhor!

A multidão explodiu num aplauso entusiasmado. As palavras de Ricardo anunciavam que aqueles homens, muitos dos quais nunca haviam deixado seus pitorescos vilarejos e fazendas, estavam prestes a partir para uma terra distante, numa grande aventura. No fim, retornariam a seus lares como heróis. Seus netos ficariam maravilhados com suas histórias sobre a crueldade das hordas bárbaras que confrontaram, e sobre a bravura dos servos de Cristo perante os exércitos de Lúcifer.

Ricardo, como sempre, extraiu força dos aplausos da multidão. Nunca se sentia tão vivo como quando atraía a atenção de seus súditos.

— Haverá desafios — continuou, sua voz adotando um tom solene. — Alguns de vocês morrerão antes mesmo de colocarmos os pés na Palestina. Os hereges nos aguardam em terra, e o mar é traiçoeiro por natureza. Aqueles que temem o caminho que teremos de enfrentar devem voltar para suas fazendas agora.

O rei fez uma pausa para causar um efeito dramático. Funcionou. Os homens entreolharam-se e viram que não havia sinal de desistência em nenhum deles. Isso lhes fortaleceu o senso de solidariedade, a unidade em um só propósito. Estavam juntos naquela empreitada até a morte, embora a maioria não acreditasse realmente que poderia de fato morrer no campo de batalha. A morte era sempre um espectro que assombrava os inimigos, nunca a si próprio. Satisfeito, Ricardo prosseguiu.

— Tenho orgulho de ser um de vocês, e terei orgulho de lutar ao seu lado. Em nome do Pai, do Filho e do Espírito Santo... a Jerusalém!

Um clamor estrondoso de aprovação ecoou entre eles. O som foi multiplicado por dez quando chegou ao outro lado do rio, e 20 mil homens ergueram suas espadas em saudação.

A Jerusalém! Ao Paraíso! Morte aos infiéis! Em frente para a glória de Deus!

Ricardo sentiu uma forte emoção diante da grandiosidade da cena. Joana sempre dissera que ele era levado com facilidade pela pompa e pelo glamour, mas que assim fosse. Aquele era um acontecimento célebre a ser lido com deleite nos livros de história, nos séculos vindouros. Ele o saborearia até o final.

Ricardo atravessou a extensa ponte a galope, enquanto as aclamações continuavam atrás dele. Pôde ouvir o estrondoso som de passos quando o exército começou a jornada para juntar-se a ele. Milhares de bravos soldados da Bretanha, de Champagne, Languedoc e Burgúndia caminhavam com seus compatriotas da Inglaterra e da Aquitânia, atravessando o rio Ródano em direção a seu destino.

Ao atingir a margem leste, Ricardo foi recebido por um contingente dos melhores cavaleiros do exército, que curvaram a cabeça diante de seu comandante. Coração de Leão ficou satisfeito de ver entre eles William Chinon, o cavaleiro mais honrado de seu reino. Se Ricardo se via como o lendário Artur, William era, sem dúvida, seu Lancelot. De cabelos castanhos flutuantes, olhos cinzentos sagazes e feições perfeitas, William era querido entre as mulheres, mas não parecia corresponder ao interesse delas. Seu belo rosto refletia sempre estoicismo em relação ao dever, fato que fazia Ricardo zombar dele com carinho. Mas de nada adiantava. William nunca iria mudar. E, na verdade, sua estabilidade, sua dedicação inabalável, era um bem inestimável para o trono. O rei aproximou-se de William e lhe segurou o braço. William sorriu educadamente, como era de seu feitio, mas Ricardo percebeu um ar de preocupação nos olhos do amigo.

Nos últimos meses, o cavaleiro recomendara fortemente que Ricardo não embarcasse nessa aventura militar. Ele sempre respeitava a vontade de seu rei e nunca trazia a público essas discordâncias, mas não deixava de expressar sua opinião. William considerava aquela Cruzada audaciosa e temerária. Apesar de servir ao propósito imediato de Ricardo de desviar a atenção dos nobres da efervescente disputa pelo trono, na visão do cavaleiro, ela não tinha condições de ser sustentada. As forças muçulmanas eram muito superiores aos exércitos europeus em armas, recursos e habilidades táticas, argumentara ele. Os cristãos de Jerusalém só haviam conseguido contê-los durante os últimos cem anos em razão das constantes lutas fratricidas dos muçulmanos, e não por alguma vantagem militar inerente. Agora, com a liderança inspiradora de Saladino, os infiéis estavam, uma vez mais, unificados.

Ricardo tolerou o máximo possível ouvir aquele disparate, mas, por fim, silenciou seu principal cavaleiro. O grupo insignificante que controlara Jerusalém durante os últimos noventa anos havia se tornado complacente e míope, retrucou o rei. Aqueles nobres haviam deixado de lado sua responsabilidade e a missão sagrada, dando preferência ao vinho e às intrigas da corte em detrimento do dever para com a Cruz. Mas Ricardo não permitiria a repetição dos erros da história. A poderosa força que ele conduzia, talvez o maior exército jamais reunido na Europa desde a época de César e Pompeu, destruiria as hordas sarracenas como se fossem insetos quando marchassem em direção a Jerusalém.

Ele não tinha a menor dúvida. A menor. Pois Ricardo acreditava no destino. Em *seu* destino. Como os heróis dos grandes mitos, Perseu e Jasão, ele triunfaria sobre todos os que atravessassem seu caminho.

Ricardo deu as costas ao amigo para receber o exército que lentamente se aproximava, vindo do outro lado do rio. O rei era um apreciador do desenho revolucionário dessas novas estruturas. A ponte fora construída sob medida com colunas projetadas para fora, em formato triangular, conhecidas como quebra-mares. Elas ficavam na parte superior, com as pontas voltadas para o rio, e serviam para proteger a estrutura da força da correnteza e do impacto de árvores e outros objetos trazidos pela água. Na parte superior das colunas, foram colocadas proteções para pedestres, que se estendiam ao longo da ponte. A construção era sustentada por arcos largos, conectados a pilares de rocha e ferro, enterrados no leito do rio, um feito de engenharia extraordinário, considerando-se a força da poderosa correnteza do Ródano. A ponte tinha aproximadamente 6 metros de largura e cerca de 150 metros de comprimento da margem esquerda à margem direita do rio, e era ainda sustentada por abóbadas cilíndricas onde o peso principal era apoiado sobre vigas de pedra.

Centenas de homens, a pé e a cavalo, já se encontravam na metade do grande rio, seguindo com passos firmes e confiantes sobre essa maravilha da Europa moderna. Seus estandartes coloridos, dourados e verdes, tremulavam ao vento com uma fé que vinha da graça divina. Eles prosseguiam de cabeça erguida, cantando canções de alegria e vitória.

— Olhe para eles, William — exclamou o rei. — Que orgulho! Que disciplina! É um bom augúrio para a Cruzada.

William, contudo, não se convenceu tão facilmente.

— Seu pai insistia em que um homem não procurasse augúrios, a menos que estivesse pressagiando a ruína — retrucou o cavaleiro.

A face de Ricardo escureceu à lembrança do falecido rei Henrique. Será que ele jamais se libertaria da sombra do velho?

— Meu pai era um tolo.

— Talvez. — William deu de ombros. Qualquer outra pessoa tremeria por questionar o rei tão diretamente, em especial com relação a seus julgamentos sobre sua própria família. Mas William era sempre franco, mesmo que suas opiniões embaraçassem o rei. E o jovem monarca o respeitava, com relutância, por isso. Todos os governantes precisavam de um homem que não os reverenciasse eternamente, um homem que falasse a verdade, mesmo que ela fosse desagradável.

Embora Ricardo preferisse que seu amigo lhe permitisse gozar daquele momento de glória, mesmo não concordando com a campanha que tinham diante de si.

Ricardo deu as costas para William e sorriu para os regimentos que se aproximavam. Havia acabado de erguer uma das mãos para saudá-los quando ocorreu um desastre.

De início Ricardo pensou que fosse apenas mais um som entre os barulhos caóticos que se ouviam durante a marcha de um exército, mas então se tornou mais alto e distinto. Um ruído de rachadura, de algo arrebentando, congelou seu sangue nas veias.

E então, sem aviso prévio, a ponte por sobre o Ródano ruiu.

As pilastras centrais que serviam de suporte à antiga passagem haviam sido forçadas além da capacidade sob o impacto dos passos dos homens encouraçados, multidão jamais imaginada por aqueles que projetaram a ponte. Quando os suportes em arco despencaram, centenas de homens e cavalos caíram no rio caudaloso. Ricardo viu, horrorizado e impotente, seus soldados caírem direto na correnteza. Os cavalos escoiceavam e relinchavam, mas logo eram levados pela água, assim como os homens que não sabiam nadar ou estavam vestidos com armaduras pesadas.

— Meu Deus! — Foi tudo o que Ricardo conseguiu dizer, sua mente recusando-se a acreditar na devastação que seus olhos registravam.

William observava o redemoinho de homens e animais se afogando com uma expressão de triste inevitabilidade, como se já esperasse por aquilo.

— Creio, meu senhor, que já recebeu o seu augúrio.

Ricardo lançou um olhar fulminante a seu cavaleiro. Não seria derrotado, não tão facilmente. Saltou do cavalo e com rapidez retirou a armadura. William e os outros cavaleiros seguiram seu exemplo. Ricardo mergulhou no rio e nadou até os corpos agitados. A correnteza era mais forte do que ele, e o rei se viu dominado por ela. Engoliu água suja de lama do leito do rio e, por um terrível instante, achou que seu destino seria se afogar com seus homens e terminar nas profundezas de Netuno. Com determinação, ergueu a cabeça acima da superfície e respirou. Ricardo sentiu a abençoada provocação da raiva em seu coração, e seu furor transformou-se em desafio ao rio traiçoeiro. Com um grito furioso e amargurado, o Coração de Leão lutou contra a forte correnteza, e estendeu os braços para um soldado que boiava de rosto para baixo no meio do caos.

O rei agarrou o homem, um aldeão já velho que usava uma armadura enferrujada, provavelmente uma peça herdada de alguma guerra esquecida, declarada por seu avô contra os escoceses. Enquanto o homem lutava para respirar, Ricardo o arrastava para a margem do rio. Ele depôs o velho homem sobre um monte de grama, mas era tarde demais. Seu corpo estava desgastado pelos anos de labuta no campo, e ele não conseguiu sobreviver ao choque da queda no rio gelado. Ricardo conteve as lágrimas de frustração quando o bravo camponês que havia deixado seu lar para segui-lo o fitou com um olhar moribundo.

— A Jerusalém, meu rei... — O homem expeliu água enquanto dava seu último suspiro. Gentilmente, Ricardo estendeu uma das mãos e fechou os olhos do homem morto.

O rei ergueu a vista com inflexível determinação à medida que seus homens puxavam para um local seguro muitos dos que haviam sido abraçados pelo rio letal, enquanto outros desapareciam para sempre no abismo. Os olhos do rei queimavam de ódio diante da injustiça do ocorrido, mas seu coração se endureceu. Ele não retornaria. Não podia.

Alguém — ele não se lembrava quem — uma vez lhe dissera que Deus gostava de ironias. Talvez a Divindade achasse graça na ironia daquela tragédia que manchava o início de sua missão sagrada. Ricardo, na verdade, não sabia que tipo de Deus faria um mundo tão falho e imperfeito como este em que o homem se encontrava. Um mundo em que sofrimentos e injustiças convivem ao lado da alegria e da beleza, em que os gritos de homens agonizantes se misturam aos cantos dos pássaros que voam no céu. Mas de uma coisa Ricardo tinha certeza. Seu destino não seria mudado por mortes nem desastres. E, em algum lugar em sua alma, o jovem rei sabia que só o encontraria quando enfrentasse o homem que havia trazido vergonha e morte ao seio da cristandade. Quando Ricardo Coração de Leão estivesse diante de Saladino no campo de batalha, o mundo finalmente viria a conhecer a verdadeira natureza de Deus e do homem.

15

Maimônides aguardava nervoso do lado de fora do gabinete de Saladino. Os gêmeos egípcios, eternamente presentes, encontravam-se postados à porta de ferro entalhado, um de cada lado, as brutais cimitarras em punho como sempre, prontas para serem usadas. Maimônides lembrava-se vagamente do nome deles, Hakeem e Saleem, o último um pouco mais alto e mais musculoso do que o irmão quase idêntico. Embora Saladino o tratasse como qualquer um de seus conselheiros, o rabino nunca conquistara a confiança daqueles guardas, apesar de seus muitos anos de serviço.

— Qual é o assunto que deseja tratar com o sultão? — ceceou o mais alto dos dois, seu tom sugerindo que, para ele, o judeu não passava de um peticionário anônimo em busca de acesso não autorizado ao chefe de Estado.

— É um assunto particular — respondeu Maimônides de forma incisiva. Os gêmeos permaneceram impassíveis.

— O sultão não pode atender — disse o mais baixo. Com isso os dois homens ignoraram o rabino e olharam direto para a frente.

Maimônides hesitou, e em seguida decidiu que não valia a pena insistir. O que tinha para dizer podia esperar. Quando se afastou dos guarda-costas, vestidos com suas túnicas pretas, ele até sentiu uma onda de alívio lhe subindo ao peito. Na verdade, estava apavorado por ter de falar com Saladino sobre a questão que o preocupava. Havia, afinal, limites de etiqueta entre um sultão e um conselheiro menor, mesmo que Saladino geralmente dispensasse as formalidades do poder. Maimônides não gostava de testar a paciência e o orgulho de seu senhor, muito menos com base em rumores da corte.

Quando estava prestes a fazer o caminho de volta pelo corredor de mármore muito bem-iluminado e dirigir-se à ala pública do palácio, a porta do gabinete se abriu e Saladino apareceu.

— Ah, achei ter ouvido a sua voz. — O sultão sorria e parecia extraordinariamente jovem naquela tarde. Maimônides se contraiu, adivinhando a razão para o ótimo humor do amigo. Talvez não pudesse mesmo adiar mais a conversa.

Ele virou-se para Saladino e lhe fez uma mesura.

— Posso tomar um pouco do seu tempo, *sayyidi*? — Maimônides tentou parecer casual, mas sua voz saiu um pouco aguda.

Saladino olhou para ele com atenção, e seu sorriso se desvaneceu um pouco.

— Claro — disse ele, depois de uma pausa. — Entre, e conversamos.

Maimônides passou energicamente pelos gêmeos musculosos, que permaneciam firmes em seus postos, seus rostos sérios sem sinal de desculpas por lhe terem negado passagem poucos minutos antes.

Maimônides entrou com Saladino no gabinete, e em seguida os guardas fecharam a porta de ferro. O recinto era espaçoso, mas com poucos móveis, de acordo com o estilo minimalista de Saladino. As paredes eram de pedras calcárias brilhantes, e, em sua maior parte, nuas, exceto por uma tapeçaria grande do lado oposto às janelas em arcos, que tinham vista para o jardim do palácio.

Confeccionada à mão em tons marcantes de azul-turquesa, vermelho e verde, a tapeçaria representava a fabulosa Viagem Noturna, na qual o Profeta islâmico, Maomé, teria voado de Meca a Jerusalém, montado em seu famoso corcel alado, o Buraq, e, em seguida, ascendido até o Sétimo Céu. Suntuosamente desenhado no estilo fluido dos mestres persas contemporâneos, o painel mostrava o Profeta recoberto com um véu, de acordo com a rígida proibição do uso de imagens humanas compartilhada pelas religiões semíticas. O Profeta pairava glorioso nas esferas celestiais, acompanhado de Gabriel e de um grupo de anjos, todos imberbes e, aos olhos do rabino, claramente chineses em aparência. Maimônides ficou particularmente impressionado com os detalhes do Buraq, sobre o qual o Profeta se encontrava — o corpo de leão, as asas de águias e a cabeça de uma linda mulher. Como estudioso de religião, Maimônides sabia que as lendas muçulmanas sobre o Buraq eram muito semelhantes às dos serafins que guardavam a Arca da Aliança. Como cidadão egípcio, não podia deixar de notar a semelhança entre as fábulas judaicas e muçulmanas e a da gigantesca Esfinge que montava guarda nas Pirâmides. Eram essas impressionantes analogias entre as religiões e as culturas ao longo de milhares de anos que o haviam convencido de que a fé em Deus, apesar de expressa numa infinidade de maneiras, era fundamentalmente a mesma no mundo inteiro.

— É linda, não é? — A voz suave de Saladino tirou o rabino de suas reflexões. — Pertencia a meu sogro, Nur al-Din. Talvez seja a peça mais valiosa de sua coleção pessoal em Damasco. Ele me deu como presente de casamento.

A menção ao casamento do sultão com a belíssima e terrivelmente letal princesa Yasmeen fez Maimônides voltar por completo ao presente. Ele teria de abordar suas preocupações agora, e arriscar despertar a ira de Saladino. A alternativa, deixar a situação ser levada à sua inevitável e cruel conclusão nas mãos da sultana, era perturbadora demais para ser considerada. Maimônides voltou o olhar diretamente para Saladino, mas, ainda assim, não conseguia achar as palavras.

— O que o traz aqui, meu amigo? — Saladino olhava para ele com atenção. Não sorria mais, só observava seu conselheiro com a mesma intensidade e concentração que dedicava aos mensageiros que chegavam com notícias inesperadas e potencialmente problemáticas.

— É uma questão delicada, *sayyidi.* — Maimônides percebeu que estava transpirando. O rosto de Saladino era uma máscara, impossível de ser decifrado.

— Você tem toda a liberdade para falar. Em inúmeras vezes você me salvou a vida. — Havia um sinal de paciência forçada na voz de Saladino. O sultão tinha uma compreensão intuitiva da natureza humana, e era provável que tivesse percebido que Maimônides planejava cruzar as fronteiras aceitáveis que separavam senhor e servo. O rabino respirou profundamente, esperando que aquele não fosse seu último suspiro.

— Fiquei sabendo que está interessado em minha sobrinha, *sayyidi.* — Pronto. Conseguiu falar.

Qualquer que fosse a reação que Maimônides esperava, ele estava despreparado para a explosão de riso que se seguiu. O sultão jogou a cabeça para trás e gargalhou, como se tivesse acabado de ouvir uma das histórias indecentes de Sherazade em *As mil e uma noites.* Maimônides se viu enrubescer de vergonha, e, em seguida, de irritação. O sultão conteve a hilaridade para lhe fazer uma pergunta.

— Você desaprova, meu velho amigo?

Maimônides sabia que precisava ser cuidadoso.

— Não há na terra homem mais grandioso do que o senhor, meu sultão — continuou o rabino com cautela. — Eu só acho que Miriam é a simples sobrinha de um rabino, que não é digna...

O sultão o interrompeu.

— Não é isso que o preocupa. — Seu rosto de repente ficou sério de novo, e Maimônides sentiu um calafrio lhe percorrer a espinha. — Diga o que tem em mente ou vá embora.

A imagem de Miriam atravessou a mente do rabino naquele instante. Não de Miriam como era hoje — bela, impetuosa e altiva. Mas da menina que de alguma forma escapara do assassinato cruel de seus pais nas mãos de saqueadores francos. Ele a viu descendo devagar do lombo de um camelo do beduíno que a encontrara sozinha no deserto. Os cabelos ressecados e desgrenhados, o rosto duro e impassível. Mas era dos olhos que ele se lembrava com maior clareza. Eles não piscavam, miravam fixo à frente, parecendo mortos e incrivelmente vivos ao mesmo tempo. Levaria semanas para ela voltar a falar. Meses para rir e brincar como uma criança normal. Ele nunca descobriu o que ela vira e o que passara durante aquela provação e tinha certeza de que não queria saber, mas havia prometido que Miriam jamais sofreria outra vez. Ele tratara a sobrinha como uma rainha; lhe dera segurança e conforto. E mais amor do que imaginara ser capaz de dar. Porém, agora sua preciosa menina se encontrava à beira de um abismo, olhando para baixo, para um poço sem fundo de lágrimas e traição. Se caísse ali, ele nunca mais seria capaz de trazê-la de volta. Apesar de sua sobrinha querida ter conseguido sobreviver no deserto inclemente, ele sabia que ela não resistiria à ira de uma sultana ciumenta e vingativa, cujo coração vazio fazia os ermos do Sinai parecerem os montes verdejantes do Éden.

— É a sultana Yasmeen — disse Maimônides com uma súbita coragem. — Perdoe-me, *sayyidi*, mas temo por Miriam, caso a sultana se ofenda com as suas intenções.

Saladino fitou seu conselheiro por um longo tempo. O único som ali era o da respiração pesada do homem idoso. Como o imperador romano Justiniano em tempos passados, Maimônides havia atravessado um rio e incendiado os barcos. Não havia mais retorno. Ele se inserira na intriga brutal da política da corte, falara contra a sultana, e seu tempo de vida agora era incerto. Mas se era para morrer, que fosse protegendo Miriam, e não sucumbindo à inevitável degradação da idade.

Então Saladino deu um sorriso sincero e cordial, e foi como se o sol tivesse surgido de trás de uma nuvem escura.

— Não precisa se preocupar, meu velho amigo — declarou Saladino, os dentes brancos como o marfim brilhando sob o sorriso. — Sua ousada sobrinha me recusou com muito boa educação. Tenho certeza de que os espiões da sultana já a puseram a par da situação.

Maimônides de repente se sentiu como um tolo. A cor que lhe havia fugido das faces durante o confronto com seu senhor retornou num fluxo de constrangimento, e ele se sentiu um pouco tonto. Miriam lhe dissera na cara que não havia nada entre ela e o sultão, apesar de todos os rumores maliciosos na corte, e ele resolveu não acreditar nela. Era óbvio que ele sabia que a sobrinha nem sempre era sincera a respeito de seus assuntos particulares — ele ouvira muitos comentários no Cairo sobre a vida privada dela para achar que aquilo fosse apenas insinuação maldosa — mas fora rápido demais em suas próprias conclusões.

O sultão pôs uma mão amiga sobre o ombro de seu conselheiro.

— Admiro sua coragem, rabino — disse ele. — Essa parece ser uma qualidade que está no sangue de sua família.

— Sinto muito, *sayyidi*. — Maimônides queria encerrar a audiência rapidamente e se recolher ao próprio gabinete, onde podia esquecer a crueldade das intrigas da corte e mergulhar no mundo seguro dos livros.

— Não precisa se desculpar — afirmou Saladino. O sultão olhou para ele com atenção, e depois acrescentou as palavras que Maimônides guardaria com carinho pelo resto de sua vida. — Se, no fundo do seu coração, ainda não sabe disso, deixe-me dizer em voz alta. Você é uma pessoa muito querida, rabino. Quando jovem, eu me apoiava nos ombros de meu pai, Ayyub, em busca de orientação moral num mundo cruel, que parecia não ter regras. Desde que ele retornou para Alá, dependo de você para obter esse conforto espiritual. Não mude nunca, meu amigo.

Maimônides sorriu e a vergonha e o nervosismo se dissiparam como o orvalho matinal ao ser tocado pelos cálidos raios de sol. Saladino era mesmo diferente de todos os homens que habitaram esta Terra desde os dias dos mitos e das fábulas. Num mundo em que os reis governavam com um poder absoluto e sentiam prazer em torturar seus súditos pelas mínimas faltas, ali estava um sultão que aceitava a censura vinda de seus servos com equanimidade e bom humor. Numa época em que a religião era fundada em ódio e divisão, ali estava um muçulmano que abraçava um judeu como irmão. Em seu íntimo, Maimônides agradecia a Deus por conceder a Saladino o domínio sobre a Terra Santa. Com Saladino, um homem dotado de tamanha dignidade e força para liderá-los, os Filhos de Abraão — judeus, cristãos e muçulmanos — podiam finalmente trabalhar juntos para criar um mundo construído sobre a justiça e a paz, a começar pela cidade sagrada de Jerusalém. Talvez, assim como os Profetas haviam previsto, a vitória do Bem sobre o Mal estivesse, por fim, ao alcance das mãos.

Mas Deus apressara-se em lembrar o homem idoso de Seu gosto pela ironia. Enquanto esses grandiosos pensamentos cruzavam a mente do rabino, ele foi distraído pelo som de batidas insistentes na janela.

O sultão virou-se e caminhou até o parapeito da janela em arco, dez andares acima dos jardins bem-irrigados lá embaixo. Abriu as venezianas de carvalho entalhado e deixou entrar um pombo com pintas marrons e brancas. Maimônides de imediato reconheceu a ave como um dos pombos-correio treinados, que traziam mensagens importantes para o sultão de todas as partes do califado. Um pequeno tubo de ferro havia sido amarrado em uma das pernas da ave, e Saladino o removeu com cautela. Com uma das mãos, alisou as penas do pombo, e com a outra abriu o tubo. Cuidadosamente, retirou de lá um pedaço de pergaminho que se encontrava amarrado no seu interior.

O sol desapareceu por trás de uma pesada nuvem por um instante, enquanto Saladino lia a mensagem, arqueando as sobrancelhas. Maimônides sentiu um formigamento no corpo, uma tensão que não experimentava desde o dia da gloriosa e improvável vitória em Hattin. Porém, dessa vez, o sentimento era claramente obscuro e agourento. Ele sentiu o estômago se retorcer. Soube naquele momento que estava prestes a testemunhar a história novamente, mas tinha a nítida sensação de que ela seria repleta de horror e de perdas.

Finalmente, Saladino ergueu a vista do bilhete. Sorriu para seu médico idoso, mas não havia alegria em sua expressão.

— Parece que temos coisas mais importantes do que os ciúmes no harém com que nos preocupar.

— O que está acontecendo, *sayyidi*?

Saladino afastou-se dele e caminhou até a janela aberta. Olhou além dos jardins, para a esplanada de Haram al-Sharif, no Monte do Templo. A Cúpula da Rocha erguia-se imponente contra o céu de Jerusalém, símbolo de uma civilização que, ao contrário do que se esperava, fora regenerada e reivindicada pelos Filhos de Abraão das hordas infiéis, que a haviam profanado. Maimônides sabia que Saladino considerava a libertação da Cúpula e a restituição de Jerusalém ao controle dos muçulmanos seu único objetivo na vida. Desde a vitória, ele via frequentemente seu senhor olhar ansioso para a mesquita, como uma criança que olha para sua querida mãe após muitos anos de separação forçada. Ele viu aquela alegria nos olhos negros de Saladino de novo, mas dessa vez misturada a uma tristeza profunda.

— Um jovem tolo, chamado Ricardo, está conduzindo um exército de francos para retomar nossas terras — disse Saladino friamente. — As notícias que vêm da Europa dizem que esses cruzados estão agora saqueando a caminho da Sicília. De lá, vão vir para nossos litorais.

Não. Por favor, Deus. Não outra vez.

Maimônides estava com dificuldades para pensar. Uma onda de náusea lhe subiu ao estômago e ele lutou para não vomitar sobre o chão de mármore imaculado do gabinete do sultão.

Saladino notou o mal-estar do rabino e sorriu pesaroso. Afastou-se da janela e dirigiu-se às portas de ferro do gabinete.

— Perdoe-me amigo, mas tenho muito o que considerar. — Com isso, atravessou as portas e seguiu pelo corredor, os dois corpulentos guardas seguindo-lhe os passos.

Maimônides foi deixado sozinho para refletir sobre as terríveis notícias. Uma nova Cruzada. Milhares de ignorantes, vermes cheios de ódio vindos dos cortiços da Europa logo estariam à sua porta novamente. Homens que não tinham respeito a Deus nem a uma lei moral. Monstros que eram capazes de assar crianças vivas para o jantar. Eles estavam a caminho de Jerusalém para tomá-la de volta. E o mundo nunca mais seria o mesmo.

16

Porto de Messina, Sicília — 1191 d.C.

Sir William Chinon era um homem de Deus, ou pelo menos aspirava ser. Sozinho, no topo de um monte na Sicília, o cavaleiro, amargurado, meditava sobre como às vezes as realidades brutais do serviço a um trono terreno tornavam difícil seguir os mandamentos do Pai Celestial. Sabia que Cristo ordenara dar a César o que é de César, porém, no entender de William, o direito divino dos reis não deveria anular o código moral das sagradas escrituras. O cavaleiro acreditava com fervor que o Reino dos Céus se encontrava dentro do coração do homem e poderia se manifestar na Terra da mesma forma que nos domínios angelicais. Infelizmente, ele era o único que pensava assim na corte de seu amigo, o rei Ricardo. O jovem governante parecia inseguro demais em seu trono recém-conquistado para prestar atenção a falas sobre alcançar um "caminho mais elevado" no governo, e seus ouvidos estavam cheios das intrigas e maquinações de cortesãos mesquinhos. William era uma voz solitária de moderação numa administração de lobos, e se viu arrastado pela força irrefreável do orgulho e do poder que o conduzira àquele lugar.

Ele sempre quisera conhecer a Sicília, a joia do Mediterrâneo, mas não daquela maneira. William estava no topo de um promontório vicejante com vista para a Baía de Messina, que servia então de anfitriã para a maior loucura do rei. O porto, de um verde cristalino, era habitualmente o lar de incontáveis barcos de pesca pitorescos e embarcações mercantes de grande porte que faziam o comércio com o mundo pagão ao sul e à leste. Os navios particulares, força vital da economia siciliana, que enfeitavam o porto com um arco-íris de estandartes vindos de todo o mundo conhecido, não eram vistos em lugar algum agora. Na verdade, quase não se via a baía, coberta que estava com os navios de guerra dos cruzados, que se estendiam desde a costa até o nebuloso horizonte.

Mais de duzentas naus formavam a paisagem marítima, como uma onda de liquens negros. Os galeões dos cruzados eram navios com dois mastros e velas vermelhas com cruzes douradas. Os *dromons* eram uma evolução dos antigos trirremes do Império Romano. Com mais de 45 metros de comprimento e duas fileiras de remos de 15 metros, semelhantes às embarcações vikings, eles eram conduzidos pelos marinheiros mais vigorosos da cristandade. Cada *dromon* fora recém-equipado com um pesado tubo localizado na proa, do qual emanava uma substância flamejante misteriosa que os marinheiros respeitosamente denominavam "fogo líquido". Dizia-se que o explosivo fora desenvolvido na China, mas pouco era conhecido sobre sua origem e composição, até mesmo por William, uma vez que os comerciantes italianos mantinham a fórmula trancada a sete chaves. Acreditava-se que os árabes tinham acesso ao raro fogo líquido, e seu monopólio nas rotas comerciais para a Ásia havia, durante décadas, frustrado os esforços europeus para utilizar essa extraordinária tecnologia militar. Contudo, anos de um brilhante trabalho de espionagem haviam permitido aos agentes secretos bizantinos e italianos obter um pouco do material explosivo de tribos turcomanas da parte leste da Anatólia. Embora o suprimento de fogo líquido fosse limitado, William sabia que qualquer vantagem, por menor que fosse, era significativa quando se tratava de confrontar uma civilização tão avançada do ponto de vista militar como a dos muçulmanos.

Os *dromons* eram mais austeros e eficientes do que as elegantes embarcações *buzzo* da vizinha Veneza. Esses galeões, com porões extras e um projeto arrojado em forma de lua crescente, impunham-se sobre os navios menores. Eram bonitos, porém muito menos manuseáveis nas batalhas navais. Por isso, localizavam-se na parte posterior e central da armada, servindo de postos de comando para os líderes da expedição. William sabia que os generais francos e seus patronos aristocratas preferiam se reclinar à vontade e dar as ordens a partir da segurança de seus *buzzos* luxuosos. Os homens comuns nos *dromons* e nos pequenos barcos de um mastro eram enviados para enfrentar a morte ou um destino pior nas mãos dos capitães sarracenos. Era assim a injustiça do poder, imutável desde os tempos de Caim e Abel.

William observava um bando de gaivotas circular nas docas lotadas abaixo. Ele invejava os pássaros — uma vida livre, recebendo seu sustento do Senhor, como diziam as escrituras. O cavaleiro era fluente em latim e lera a Bíblia muitas vezes na quietude de seu gabinete, longe dos padres, que, ciumentos, mantinham para si a interpretação das Sagradas Escrituras. Ele gostaria que mais fiéis lessem o livro por si sós e que não repetissem sem pensar as doutrinas da Igreja. Claro, nisso ele era um verdadeiro solitário, pois a maioria de seus camaradas mal conseguia ler no próprio idioma, menos ainda na língua estrangeira da Revelação. E ele sabia que a Igreja Romana tinha um interesse mesquinho em manter o povo ignorante. Se um homem comum lesse de fato e absorvesse as palavras do Senhor, tudo se acabaria. As tradicionais estruturas e relações de poder do mundo — clérigos e leigos, senhores e servos, maridos e mulheres, pais e filhos, e talvez até mesmo crentes e hereges — se tornariam confusas com o poder libertário dos ensinamentos simples de Cristo. O amor era o antídoto do poder, e os poderosos fariam o possível para suprimir a chama do amor, assim como fizeram em Gólgota, mil anos antes.

As amargas reflexões do cavaleiro foram interrompidas pela chegada de Ricardo. William não vira o rei tão alegre desde antes daquele dia desastroso no Ródano meses antes.

Ricardo deu uma batidinha amigável no ombro do cavaleiro e olhou de cima do morro para a armada lá embaixo.

— Essa é uma cena que até mesmo o seu pessimismo não pode manchar — disse Ricardo, a voz cheia de um orgulho e uma confiança não partilhados por William.

— A marcha é longa, meu senhor — replicou o cavaleiro com a habitual franqueza. — Já há muito sangue nas mãos de nossos soldados, e nenhuma gota é dos pagãos.

A expressão de Ricardo fechou-se por um instante. William sabia que havia tocado num ponto crítico. Depois do caos no Ródano, Ricardo reunira sua tropa ainda abalada para a viagem ao litoral. O caminho longo e exaustivo através da zona rural francesa havia transformado rapidamente o exército de servos e rufiões, já pouco disciplinado, num bando de ladrões e saqueadores cruéis. William havia observado, horrorizado e impotente, os homens sob seu comando pessoal destruírem vilas e mais vilas, pilhando e saqueando seus confrades cristãos, atacando as moças e maltratando os idosos. William executava pessoalmente seis criminosos em suas tropas por tais atrocidades até Ricardo admoestá-lo a conter a espada vingadora antes que os soldados se rebelassem.

— Esses homens, em sua maioria, são servos ignorantes que procuram uma chance para saquear e estuprar — alegou Ricardo, com uma forçada indiferença. — O que aconteceu já era esperado. Não podemos mudar a natureza deles, mas podemos dirigir essa brutalidade contra os sarracenos.

William fez um gesto de desprezo. Ele sabia que homens como aqueles não podiam receber as bênçãos de Cristo necessárias à vitória. Se esses soldados não eram capazes de tratar os camaradas cristãos com humanidade, como poderiam combater um inimigo com base nos princípios de uma guerra justa?

— Há regras, meu senhor, mesmo na guerra.

Ricardo lançou-lhe um olhar frio e o sorriso desapareceu.

— É verdade — disse o rei calmamente. — E elas são feitas pelos vitoriosos.

Com isso, Ricardo Coração de Leão deu meia-volta e deixou o amigo William no topo do monte. O cavaleiro observou seu suserano descer o morro com determinação em direção ao cais de madeira abaixo, de onde supervisionaria os preparativos para o estágio seguinte de sua loucura. Eles atacariam e conquistariam seus camaradas cristãos que guardavam a entrada da terra dos hereges e cujo líder tinha o compromisso de manter a paz com as hordas infiéis.

Chipre seria a primeira verdadeira batalha da Cruzada.

17

Impaciente, Al-Adil bateu com o punho na mesa lustrosa de carvalho, virando um cálice cheio de neve derretida e derramando-a no colo de um dos generais do sultão. A vítima involuntária da fúria de Al-Adil foi um beduíno hejazi já grisalho, de face marcada por uma longa cicatriz que se iniciava na órbita ocular esquerda, vazia, e descia pela face. Ele contraiu o músculo de seu olho bom quando o líquido lhe gelou a virilha, mas não reclamou. Era uma péssima ideia levantar a voz contra o impetuoso irmão de Saladino, cujo temperamento era tão lendário quanto a paciência do sultão.

— Minhas fontes garantem que os navios francos estão a poucos dias daqui, na costa de Chipre — disse ele, a voz rouca elevando-se acima do tom de discussão que imperava entre os membros do conselho de guerra. Doze dos homens mais poderosos da terra encontravam-se à mesa oblonga entalhada, uma relíquia seljúcida que restara do sultanato anterior às Cruzadas de Jerusalém. O salão particular, no interior do palácio reconstruído por Saladino, estava trancado e era guardado por norte-africanos, com seus véus azuis e sabres em punho. Nenhuma janela brilhava naquele recinto, o aposento mais escondido do palácio, onde os segredos de Estado podiam ser discutidos abertamente. A única luz que iluminava o salão secreto vinha de três tochas estrategicamente colocadas em formação triangular em torno da mesa de reuniões.

— Quais fontes, se me permite perguntar? — A voz estridente do grão-vizir, o cádi Al-Fadil, foi o primeiro som a penetrar a onda de choque que havia subitamente tomado conta do recinto.

— Não, não permito — retrucou Al-Adil, mal contendo a fúria. — Quando você se der ao trabalho de se aventurar fora de seu gabinete perfumado e lutar nas linhas de frente de um campo de batalha, então poderá perguntar o que quiser, cádi.

Saladino estava na cabeceira da mesa turca ornamentada e prestava atenção à conversa entre o irmão e seu primeiro-ministro com um leve sorriso.

— Fale mais sobre o que dizem as suas fontes, meu irmão. — O sultão inclinou-se para a frente, passando a mão suavemente por seus cachos negros, um gesto nervoso que o irmão conhecia bem desde criança. E Al-Adil percebeu também o leve tremor na mão de Saladino quando ele tomou um gole de água num cálice de prata. Seu irmão estava muito tenso, como jamais vira, embora o sultão escondesse sua ansiedade com maestria da maioria de seus súditos. Mas ele conhecia Saladino melhor do que ninguém. Amava-o com mais paixão e de forma mais genuína do que todos os bajuladores da corte reunidos, e para isso não precisava mitificar Saladino. Não, seu irmão era um homem de verdade, com os medos e as inseguranças de qualquer outro. Al-Adil sabia que a informação da iminente invasão dos cruzados o atingira profundamente, trazendo à tona as incertezas e dúvidas contra as quais o grande sultão lutava desde que embarcou na missão de sua vida, a de retomar Jerusalém. Saladino estava tão temeroso quanto seus subalternos, e apenas o irmão percebeu essa tempestade interior.

— Minhas *fontes fidedignas* — disse ele com ênfase — me informam que esse rei Ricardo se juntou, na ilha da Sicília, a tropas italianas enviadas pelo papa. De lá, os francos partiram para Chipre com uma frota superior a duzentos navios. — Em seu íntimo, Al-Adil tinha esperança de que a informação que ele obtivera dos comerciantes venezianos fosse bastante exagerada. Preferia passar a vergonha de comunicar algo impreciso do que permitir que o povo fosse tomado de surpresa por uma ameaça de tal magnitude.

Um suspiro coletivo se fez ouvir no salão ornado com colunas, onde estava sendo realizada a reunião secreta. A informação não chegara ainda ao conhecimento público, embora Al-Adil soubesse que era apenas uma questão de tempo até que os segredos do conselho fossem noticiados e distorcidos por toda a Palestina. E a onda de terror que cobriu aqueles patéticos cortesãos se espalharia entre o povo.

— O que está dizendo é impossível — replicou o cádi, embora a incerteza tivesse tornado sua voz trêmula. — Os bárbaros estão divididos, assim como estavam os fiéis antes de o grande sultão nos unificar. Eles não têm a habilidade organizacional ou a força de vontade coletiva para embarcar numa expedição militar dessa escala.

Saladino sorriu, mas Al-Adil sabia que não havia alegria no coração do irmão.

— Eu gostaria que isso fosse verdade, meu amigo — disse o sultão, a voz calma e tranquilizante, como um pai que fala com um filho angustiado. — Entretanto, eu ouvi dizer que esse Coração de Leão é um inimigo carismático e inteligente, capaz de sensibilizar os corações dos homens para a sua causa. E ele tem as bênçãos do Pontífice de Roma, muito mais respeitado pelos infiéis do que os eruditos do nosso povo pelos fiéis.

O cádi Al-Fadil, ele próprio um respeitado estudioso da teologia e jurisprudência islâmicas, contraiu a face com o insulto velado. Al-Adil não conteve um risinho diante do mal-estar do vizir.

— Mas, *sayyidi*, as notícias desse ataque a Chipre são problemáticas — disse o cádi, tentando reconquistar a credibilidade perante os outros cortesãos sem irritar seu senhor. — Sabemos que esses fanáticos não têm amigos entre os cipriotas, a menos que Comneno tenha quebrado seu compromisso conosco.

Al-Adil também andara preocupado com a ideia de que Isaac Comneno, o assim chamado imperador de Chipre, estivesse auxiliando os invasores. Comneno era cristão e um dos pretendentes ao trono imperial de Bizâncio, porém não tinha afinidade alguma com os criminosos cruéis da Europa. Sempre fora um homem prático que buscara preservar e fortalecer as relações comerciais com o mundo muçulmano, as quais fizeram sua ilha-nação prosperar. Se os cruzados estavam trabalhando com Comneno, a ameaça era exponencialmente maior, pois assinalaria a união de Bizâncio com o oeste contra o califado.

— Talvez os francos não estejam em busca da ajuda de Chipre. — Foi Maimônides quem falou naquele momento, e o sangue subiu às faces de Al-Adil. Sentado à esquerda do sultão, o rabino inclinou-se para a frente, apoiando as mãos unidas sobre a mesa.

— O que está sugerindo, judeu? — bufou o cádi. Al-Adil sabia que o vizir menosprezava o rabino ainda mais do que ele, se isso fosse de fato possível.

Maimônides ignorou o desprezo no tom de Al-Fadil e voltou a atenção para o sultão, dirigindo-se diretamente a seu senhor como se não houvesse ninguém mais no recinto.

— Chipre guarda a rota marítima para a Palestina — disse o rabino. — Uma nova guerra no Levante mediterrâneo destruiria o fluxo de comércio por toda a ilha, e Comneno seria forçado a intervir. Não é provável que ele fique ao lado de seus companheiros cristãos depois da amarga experiência com o rei Guy e aquele demônio Reinaldo. Talvez os francos estejam se preparando para eliminar um potencial rival e um renegado em vez de estar à procura de um aliado.

Al-Adil rosnou. O judeu tinha razão naquele ponto e, a contragosto, teve de admitir. Comneno, um governante culto e refinado, não era o tipo de homem que se associasse a saqueadores, cujas táticas brutais destruiriam o recém-restaurado fluxo de mercadorias e ouro do califado para seus cofres. E seus navios de guerra representariam uma séria ameaça aos cruzados, caso ele mantivesse a aliança com os muçulmanos, seus ricos parceiros comerciais. Os exércitos de Ricardo ficariam encurralados na Palestina entre as forças de Saladino e os galeões cipriotas que bloqueavam a costa. Um ataque de duas frentes, uma por terra e outra por mar, sufocaria as forças invasoras e esmagaria a Cruzada antes mesmo de ela começar. Fazia sentido a estratégia do Coração de Leão de eliminar um rival de lealdade duvidosa antes de pôr os pés na Terra Santa.

Al-Adil não tinha dúvidas de que logo teria chegado a essa conclusão, mas estava profundamente irritado pelo fato de um médico sem nenhum treinamento em estratégia militar apresentar essa teoria antes de todos os grandes generais. Para agravar a situação, os outros conselheiros aquiesceram abertamente.

— Eu concordo com o rabino, *sayyidi* — disse o general caolho sentado à direita de Al-Adil. — Isaac Comneno lutará até o último homem antes de permitir que esses saqueadores pilhem a sua ilha e a usem como posto para uma invasão.

O sultão entrelaçou os dedos das mãos, sua mente acelerada enquanto ele considerava as várias estratégias.

— Se Chipre for atacada, podemos oferecer apoio a Comneno? — Saladino voltou-se para Junayd al-Askari, um de seus comandantes navais, um homem baixo e calvo, com um sinal de nascença proeminente na face direita.

Al-Askari pensou por um instante, e em seguida balançou a cabeça.

— Se as informações de Al-Adil forem verdadeiras, nossos navios chegariam tarde demais para mudar o resultado de qualquer batalha — sentenciou em seu característico tom anasalado. — E correríamos o risco de os cipriotas considerarem nossos esforços como um pretexto para expandir o califado até o Mediterrâneo. Os navios de guerra muçulmanos não seriam recebidos no litoral deles com o mesmo entusiasmo que as embarcações comerciais vindas de Alexandria. Na pior das hipóteses, nós os assustaríamos a ponto de eles entrarem numa aliança com os francos, que é exatamente o que queremos impedir.

Saladino examinou as expressões de seus outros conselheiros. Seus olhos recaíram sobre Al-Adil que, com um ar sinistro, assentiu com a cabeça.

— Então parece que devemos deixar a sorte de Chipre nas mãos de Alá — concluiu por fim o sultão. — Vamos orar para que nosso amigo Isaac Comneno seja capaz de resistir aos seus irmãos francos.

Saladino voltou a atenção para Keukburi, o comandante egípcio de ombros largos que planejara o golpe que encerrara o califado fatímida sem derramamento de sangue.

— Embora esperemos que essa Cruzada seja frustrada antes que os francos cheguem à nossa costa, devemos agir na suposição de que Chipre cairá. — Saladino fez uma pausa, e depois se empertigou na cadeira, a cabeça erguida com dignidade. — Preparem os soldados e a população para a invasão.

O tom confiante de Saladino não conseguiu evitar o tremor que se espalhou pelo salão. Al-Adil olhou para os conselheiros covardes com desprezo. Ele passara a vida inteira no campo de batalha e, na verdade, se cansara de uma vida tranquila nos jardins ensombreados de Jerusalém.

Saladino levantou-se, seguido pelos conselheiros, prontos a enfrentar o dever. Ao se voltar para deixar o recinto, o sultão parou e dirigiu-se a seus comandantes.

— Chipre será a primeira batalha de muitas nesta nova *jihad.* — Ele sorriu com um ar reflexivo. — Pessoalmente, estou ansioso por isso. Vamos ver que tipo de homem é esse Ricardo ao lidar com seus colegas cristãos.

18

A batalha de Nicósia, Chipre — 1191 d.C.

Ricardo Coração de Leão observou a devastação que causara e sorriu. Chipre estava em chamas, os morros, antes cor de esmeralda, estavam agora cobertos de nuvens de fumaça e cinzas no ar. A batalha seguia feroz no vale abaixo, mas o resultado era óbvio. Os cavaleiros de Ricardo subjugariam os cipriotas. Era apenas uma questão de tempo.

Os navios dele haviam chegado uma semana antes, cobrindo a Baía de Amathus como um tapete de ferro e aço. Depois de uma longa viagem atravessando um mar traiçoeiro e tempestuoso, as galés com duas fileiras de remos bloqueavam o sol poente à medida que se aproximavam da ilha. A ameaça cruzada superava visivelmente a célebre frota de guerra cipriota. Ricardo permanecera na proa do navio de comando, observando com satisfação quando seus *dromons* cercaram a baía e os navios de guerra bizantinos. Exceto por uma breve saraivada de flechas trocadas por arqueiros nervosos em ambos os lados, um silêncio sepulcral pairou sobre o porto, ao sul, enquanto os cipriotas viam o horizonte escurecer com o desfile, aparentemente infindável, de navios francos.

Ricardo havia, obviamente, enviado uma mensagem a Isaac Comneno a respeito de sua iminente chegada. E deixara claro que esperava que os cipriotas se juntassem aos irmãos cristãos na guerra santa. Mas o rei da Inglaterra já sabia qual seria a posição de Comneno. Ele era um traidor, mais interessado no comércio com os infiéis do que em submetê-los. Isso era exatamente o que Ricardo esperava. No momento em que Isaac se visse obrigado a mostrar sua verdadeira face à comunidade cristã, no instante em que traísse a causa sagrada quando ela mais precisasse dele, Ricardo não teria outra escolha senão remover esse pretendente ao trono bizantino de seu posto avançado na ilha. E nesse processo, seus homens por fim testariam sua bravura no campo de batalha contra as forças leais cipriotas altamente treinadas. Na verdade, Ricardo provavelmente teria encontrado um pretexto para declarar guerra contra Chipre, mesmo se Comneno tivesse concordado em apoiar a Cruzada. Seus homens haviam se mostrado excelentes ladrões e saqueadores diante de camponeses italianos desarmados, mas ele precisava lhes ensinar a se submeter à disciplina para enfrentar um inimigo bem armado e comprometido com uma causa.

Quando Comneno, de forma previsível, enviou mensageiros com presentes como cálices de ouro e belas mulheres nativas, mas não demonstrou compromisso algum com a expedição militar, Ricardo não perdeu tempo em declarar Chipre um inimigo de Cristo. Os soldados investiram com gritos eufóricos dos galeões atracados, iniciando ali sua primeira batalha com o entusiasmo ingênuo dos soldados jovens. Não havendo nenhum exército furioso à espera nas cidades costeiras desertas, Ricardo percebeu que seria necessária toda a sua habilidade como líder para evitar que seus homens saqueassem as vilas desabitadas e se mantivessem concentrados na marcha em direção ao norte, para Nicósia. Seu amigo William se mostrara indispensável em motivar as tropas rebeldes e ajudar Ricardo a manter-se controlado na longa caminhada através dos vales luxuriantes do interior de Chipre.

No quinto dia da marcha, os cruzados atravessaram um riacho de tom avermelhado e descobriram que dali era possível enxergar os gigantescos muros de pedra da capital brilhando à distância, aparentemente desguarnecidos. Ricardo ficou receoso, mas não tinha escolha senão seguir em frente. À medida que se aproximaram das torres de sentinelas da fortaleza, que pareciam igualmente desguarnecidas, o exército de Chipre, que se espalhara e se escondera nos montes ao redor, atacou pela retaguarda. Essa investida inesperada deixou alguns de seus homens em pânico, e Ricardo deu ordens aos arqueiros para dispararem contra vários desertores que foram vistos se entregando às tropas cipriotas. Ricardo sabia que, quando um soldado não tinha outra opção além de combater o inimigo ou morrer pelas mãos das próprias tropas, ele se lembrava de que lado estava.

A batalha seguiu sem muito sucesso nos estágios iniciais. Ricardo observava, com um alarme crescente, a infantaria cipriota formar uma parede de lanceiros para conter a ofensiva dos cruzados, enquanto os arqueiros, escondidos por trás dos montes que circundavam a cidade, dizimavam seus homens com uma saraivada de flechas. William e alguns de seus melhores cavaleiros romperam a massa principal do exército franco e lançaram-se numa missão estratégica de caça ao inimigo, esperando eliminar os arqueiros invisíveis antes que o moral dos soldados caísse ainda mais.

Frustrado com a timidez e a confusão de suas tropas diante da resistência bizantina, Ricardo percebeu que não podia ficar apenas observando a agitação dos homens frente ao ataque cipriota. Ignorando os gritos de advertência de seus generais, o rei montou de um salto em seu corcel branco reluzente e atirou-se com ímpeto pelo vale rochoso, indo diretamente ao centro das forças de Isaac. Com o estandarte do leão dourado de sua família na mão esquerda e uma brutal espada de folha larga na direita, Ricardo alcançou de imediato o desejado efeito de seu ataque isolado, e possivelmente louco, sobre o inimigo. As tropas dos cruzados o seguiram de forma instintiva, dando gritos de guerra guturais e pedindo a ajuda de Cristo para destruir os traidores. Os cipriotas, por sua vez, ficaram confusos com a investida suicida e sem precedentes do rei inimigo contra suas forças. Os homens de frente da infantaria cipriota, usando cotas azuis e brancas e portando alabardas, hesitaram tempo demais, deixando o corcel do rei aproximar-se com ímpeto. Não viveram o suficiente para se arrepender desse lapso momentâneo. A espada de Ricardo lhes arrancou as cabeças com a mesma facilidade com que se fatiam pães franceses. Seu cavalo pisoteou a multidão perplexa, como se estivesse enfurecido por aqueles homenzinhos atreverem-se a ficar no caminho do rei da Inglaterra.

Incentivados pela coragem do monarca e seguindo os seus passos, os soldados cruzados entraram na batalha com uma fúria sanguinária. Quando seus homens transpuseram as linhas de defesa cipriotas, Ricardo, esquivando-se de uma saraivada de lanças, flechas e dardos letais, galopou de volta à caótica tenda de comando, no topo de um monte de onde se avistava a fortaleza de Nicósia. Enquanto os homens se digladiavam e caíam agonizantes, cobrindo aquele vale verdejante, Ricardo dava ordens para que se ateasse fogo no interior da ilha. Na ausência de vento favorável, a fumaça densa cegaria não apenas as tropas inimigas mas também o exército franco. Porém, Ricardo sabia que a visão daqueles montes vicejantes desaparecendo sob labaredas que se espalhavam rapidamente feriria o moral dos cipriotas.

Ao observar a batalha abaixo, Ricardo sentiu o coração acelerar de orgulho ao ver seu disparatado exército de vassalos investir contra a unidade bizantina. A sorte na batalha mudara de lado, e regimentos inteiros de nativos da ilha, protegidos por armaduras pesadas, fugiam de volta para os bosques nos morros. Ele conseguira o impossível — mais uma vez.

Então Ricardo viu algo inesperado que o fez soltar uma gargalhada. Talvez rumores de sua louca investida no calor da batalha tivessem se espalhado entre as fileiras cipriotas. Talvez o inimigo esperasse conquistar igual apoio para retomar o controle na batalha. Qualquer que fosse a razão, a luta logo cessaria. Pois surgiu, no meio de um combate sangrento, o próprio Isaac Comneno, imperador de Chipre. Vestido com uma armadura reluzente, feita de bronze e aço, a cabeça coberta com um elmo de estilo romano, semelhante ao usado por seus antepassados imperiais, Isaac avançou em seu imponente corcel árabe (um presente, sem dúvida, dos aliados sarracenos). As tropas cipriotas tentavam abrir passagem para seu líder, uma tarefa fenomenal considerando-se a devastação que cobria o campo de batalha.

Ricardo havia estado com Isaac Comneno apenas uma vez. Antes de assumir o trono da ilha-nação, Comneno fora um ambicioso aristocrata que visitara a Europa Ocidental na tentativa de restabelecer os vínculos entre os ramos divergentes da Igreja Cristã. Sua mensagem de reconciliação entre as igrejas latina e grega fora inicialmente bem-recebida pelas cortes da Itália e da França, mas sua política concomitante de manter vínculos com as hordas muçulmanas rapidamente fez com que o Vaticano o pressionasse. Unir-se a Isaac Comneno tornou-se um anátema para os aristocratas que queriam manter os agentes do Santo Padre fora dos próprios negócios. Apenas o pai iconoclasta de Ricardo o recebera de braços abertos como um homem que representava o "futuro da cristandade".

Ricardo, que se opusera à audiência por questão de princípios, sentiu uma antipatia imediata por Isaac quando o conheceu. As feições arrogantes e contraídas e a voz desdenhosa, como quem se considerava um representante do mundo civilizado em viagem de turismo a uma terra bárbara, fizeram Ricardo, de imediato, querer liquidá-lo.

Ao olhar agora aquele homem orgulhoso, com traços de falcão, atravessando o cenário devastado, Ricardo levou a mão ao punho ornado de pedras preciosas de sua espada de folha larga. Talvez ele, enfim, viesse a fazer justamente isso. E mais.

Com um repentino som de entusiasmo jovial, o rei Ricardo esporeou seu cavalo novamente em direção à tempestade lá embaixo. Ignorou os gemidos de homens agonizantes à sua volta e cavalgou campo adentro. Um dos cavaleiros de William, um rapazola chamado Louis, viu o rei se pondo outra vez em situação de risco e logo o acompanhou.

A fumaça cedeu por um instante, e Ricardo pôde ver Comneno com nitidez. Ele estava montado em seu cavalo a uns 30 metros de distância, tendo apenas um arqueiro barbado a seu lado. Instintivamente, os homens nas laterais abriram caminho entre os oponentes, desejando não estarem próximos daquele duelo mortal entre reis.

Ricardo sorria. Era essa a realização de sua vida. A oportunidade de lutar contra um homem que, pelo menos, se dizia seu igual, e derrotá-lo numa batalha diante de seus soldados. Ricardo puxou a espada e apontou-a para o adversário num desafio formal. Comneno a princípio não se moveu, e um sorriso malicioso surgiu em sua face esquelética queimada de sol. Em seguida, ergueu uma das mãos como se fizesse um sinal para alguém. O arqueiro cipriota ao seu lado se moveu como um raio.

Ricardo ouviu o silvo de uma flecha atravessando o campo. Mal desviou a cabeça, sentiu o ar frio de outro projétil passar por seu ouvido. A raiva fez o sangue lhe subir à face. Então Comneno era um covarde, sem disposição para enfrentá-lo como um homem; protegia-se por trás de seus subordinados. Ricardo empinou seu cavalo em sinal de desafio, pronto a avançar em direção a seus inimigos traiçoeiros. Imaginou-se arrancando a cabeça do arqueiro transgressor com as próprias mãos antes de enfiar a espada no dito imperador.

Um grito de surpresa vindo de trás fez Ricardo virar-se involuntariamente. Seu fiel Louis fora atingido pela flecha que lhe fora destinada. Era um ferimento leve — a arma estava enfiada em seu antebraço esquerdo e não penetrara em profundidade graças à armadura pesada do cavaleiro. Mas Louis, que era talvez o homem mais resistente na guarda de William, estava gritando como se estivesse pegando fogo. Paralisado, Ricardo observava com horror seu cavaleiro entrar em convulsão e soltar uma espuma branca grossa pela boca. Quando Louis caiu do cavalo e ficou inerte, Ricardo percebeu a verdade.

Comneno estava usando flechas envenenadas.

— Covarde! — berrou Ricardo num ímpeto de raiva. — Enfrente-me como um homem! — A Igreja desaprovava o uso de flechas envenenadas, pois considerava-o desumano, e os guerreiros cristãos só usariam táticas tão extremas nas circunstâncias mais desesperadoras, contra os adversários mais cruéis. Atacar o rei da Inglaterra, enviado numa missão sagrada pelo próprio Vigário de Cristo, com esse artifício, era mais que um insulto.

Comneno, entretanto, parecia não se importar que sua honra fosse manchada de forma tão declarada. Conseguira, era óbvio, deter seu adversário, e parecia decidido a cortar o mal pela raiz de qualquer forma que se fizesse necessária antes que a ilha paradisíaca fosse reduzida a escombros e cinzas. Ricardo esquivou-se instintivamente quando outra saraivada de flechas atravessou a cortina de fumaça e passou a seu lado atingindo e matando de imediato um soldado cruzado que havia acabado de degolar de forma triunfante uma sentinela cipriota. Ricardo mal conseguia enxergar Isaac e o desprezível arqueiro através da nuvem densa de fumaça que cobria a planície como um nevoeiro fantasmagórico. Até mesmo com a pobre visibilidade, Ricardo sabia que o soldado de Isaac era um arqueiro treinado que não erraria uma terceira vez.

Retrocedendo ainda mais com seu cavalo para dentro da nuvem de fumaça, Ricardo embainhou a espada. Olhou em torno para o incêndio em que se transformara o campo de batalha e viu o corpo de um de seus cavaleiros pendendo inerte sobre um cavalo cansado e confuso. O infeliz ainda possuía uma longa lança de ponta afiada, a qual segurava na rigidez da morte. Ricardo aproximou-se dele e, com um movimento brusco, arrancou a arma da mão do camarada morto. Em seguida, fez o inesperado. Em vez de retornar à segurança de seu pavilhão de comando nos morros acima, Ricardo Coração de Leão disparou montado em seu corcel para enfrentar a morte com honra.

O jovem rei atravessou a cortina de fumaça como uma águia rompendo os ares através de nuvens pesadas, a lança empunhada na direção de Comneno. O perplexo imperador puxou a rédeas com força, tentando forçar seu cavalo árabe a recuar subitamente. O assassino a serviço de Isaac lançou uma nova saraivada de flechas envenenadas das quais Ricardo se esquivou devido à intensidade de sua fúria. Ao perceber que o rei não seria dissuadido de sua retaliação, o arqueiro adiantou-se em sua montaria e ergueu o escudo de ferro para proteger seu suserano.

A lança de Ricardo atravessou as defesas do homem derrubando o arqueiro do cavalo. Porém, aquele momento de distração servira a seu propósito. Isaac Comneno havia desaparecido em meio à cavalaria cipriota, que avançava contra o rei solitário. Ricardo hesitou por um instante, tempo suficiente para atingir o pescoço do arqueiro traidor, antes de retornar para a linha de defesa dos cruzados.

Ainda tremendo pelo desejo de vingança que corria em suas veias, Ricardo passou por seus comandantes então aliviados, que pareciam admirados por ele ter retornado vivo dessa segunda investida suicida no campo de batalha. Ele desceu do cavalo, deixando-o com um pajem magro, que se apressou em verificar se o corcel real tinha algum ferimento. Retirando o elmo bruscamente, Ricardo respirou fundo para se acalmar. Mas o ar estava acre, cheirando a sangue e morte, e isso intensificou sua raiva. O rei passou depressa por um par de sentinelas nervosas e entrou no pavilhão vermelho que lhe servia de base móvel de operações. E então parou de repente.

No lugar do grupo usual de generais e aristocratas insignificantes à procura de atenção, ele se viu fitando uma moça de beleza extraordinária. Os olhos cor de violeta eram delicadamente amendoados, os cabelos castanhos presos por laços de seda numa longa série de tranças entrelaçadas. Ela seria ainda mais bonita se sua fisionomia não expressasse desdém, um desprezo total que, por um instante, fez Ricardo lembrar-se da careta instintiva da mãe sempre que o nome de seu pai era mencionado numa conversa.

Ao lado dela estava sentada uma moça que parecia aterrorizada e que, sem dúvida, estivera chorando. Os cabelos castanhos sem vida estavam cobertos por um xale avermelhado. E por trás das duas, o que era ainda mais inesperado, encontrava-se Sir William, que parecia extremamente constrangido por estar acompanhando aquelas mulheres no auge de uma batalha. Um dos soldados de William, um cavaleiro baixo e troncudo, chamado Baldwin Qualquer Coisa, parecia menos envergonhado na presença delas. Ele olhava para a moça de olhos violeta com declarada avidez, fato de que ela estava ciente, mas que fez o possível para ignorar.

— O que significa isso? — Ricardo estava cansado e tenso demais por sua investida mortal para perder tempo.

William tossiu envergonhado. Era óbvio que ele desejava estar longe dali naquele momento.

— Meus soldados conseguiram invadir a tenda de comando do inimigo — disse William, o tom indicando que lamentava a extensão do sucesso deles. — Encontraram essas moças lá dentro e as trouxeram como prisioneiras.

— Por mais bonitas que elas possam ser, William, no futuro talvez você deva orientar seus homens a trazerem um general ou alguém útil, que sirva de elemento de negociação. — Ricardo balançou a cabeça, exausto. Seriam todos incompetentes nessa missão? O rei caminhou até a mesa de carvalho entalhada, que trazia a insígnia de um leão pronto para o ataque, e, de uma jarra de cristal, serviu-se de água morna numa tigela de prata. Bebeu em goles grandes, e depois jogou o restante da água no rosto sujo de fuligem.

— Meu senhor, ela diz ser a filha de Isaac Comneno — disse William, após um instante de hesitação. Ricardo virou-se e viu que ele olhava para a moça bonita com feições altivas. Bom, esse *era* um feito interessante. A outra mulher, obviamente sua criada, estava a ponto de desmaiar. Ricardo ignorou o desconforto da moça assustada e dirigiu-se a sua ama. Segurou o rosto da jovem com a mão direita, passando um dedo pelas maçãs de seu rosto. Sim, ele conseguia ver a semelhança com o homem que ele quase matara poucos minutos antes.

— Como você se chama?

A moça afastou o rosto do toque de Ricardo.

— Roxana, princesa de Chipre — respondeu, ficando de pé. Era quase da mesma altura de Ricardo, e inclinou-se perigosamente em sua direção. — Meu pai irá atrás de você se qualquer coisa acontecer a mim.

O rei sorriu, fitando-a diretamente nos olhos, e viu um leve sinal de medo oculto por trás do orgulho. Considerando-se as circunstâncias, ela estava suportando tudo aquilo muito bem, sem dúvida, se comparada a sua criada chorona. Ricardo admirou a coragem da moça — pelo menos seu traiçoeiro pai a educara com um espírito forte. Se fosse Joana nessa situação difícil, ele teria esperado a mesma dignidade. Sabia também que seu pai teria feito qualquer coisa para libertar a filha do cativeiro caso ela estivesse nas mãos do inimigo.

— Estou contando com isso — replicou Ricardo. Ele virou-se para William. — Por favor, acompanhe a Srta. Roxana para aposentos mais apropriados. Acredito que a permanência dela aqui será breve.

William dirigiu o olhar para a moça chorona, mas Ricardo abanou de leve a cabeça. William ficou pálido, mas fez uma reverência e segurou Roxana pelo braço para levá-la dali. A princesa não arredou um passo, seus olhos fixos na criada.

— Não vou para lugar nenhum sem Louisa.

Ricardo voltou-se para Roxana, pondo sua máscara mais cortês.

— Não precisamos dela — disse. — Sua dama de companhia vai ser imediatamente levada de volta ao acampamento do seu pai.

Uma expressão de alívio atravessou o rosto de Louisa, mas a princesa não parecia convencida. William a puxou com gentileza, e ela por fim afastou-se. Ricardo viu que William evitou olhar para a aia enquanto conduzia a princesa para fora do pavilhão de comando.

Louisa caiu de joelhos diante do rei e lhe beijou a mão.

— Obrigada, meu senhor. — Sua voz aguda e confusa. — Farei tudo para que o imperador tome conhecimento de sua compaixão.

Ricardo a ignorou e dirigiu-se a Baldwin, sua voz baixa e fria.

— Pode aproveitar a companhia da moça até o sol se pôr — disse. — Quando estiver satisfeito, envie a cabeça dela de volta para Isaac informando que o mesmo acontecerá a Roxana a menos que ele se renda até o dia clarear.

Baldwin assentiu, seus olhos vidrados na moça, que tremia no chão, o rosto pálido de incredulidade. Ricardo não olhou para a infeliz Louisa quando deixou o pavilhão com toda a naturalidade, mas os gritos dela o seguiram, elevando-se acima dos lamentos miseráveis que emanavam do campo de batalha abaixo.

19

Sir William encontrava-se nos limites do acampamento dos cruzados. Seus olhos seguiram a meia-lua que subia ao céu, mas que logo desapareceu numa névoa de cinzas que se estendia por todo o vale. Sentia como se o peito tivesse sido esmagado por um repulsivo torniquete, usado por torturadores italianos. Ao mesmo tempo seus ombros se encurvavam sob o peso da culpa e da vergonha.

Claro, ele sabia que Ricardo pretendia usar a pobre criada como exemplo para exercer pressão sobre Isaac. Parte dele havia ficado agradecido por seu senhor tê-lo mandado acompanhar a orgulhosa Roxana, deixando o trabalho sujo para homens mais dados a essas ocupações. E compreendia as razões de Estado por trás das ações cruéis do rei. A batalha já havia durado um tempo longo demais. Centenas de cristãos já haviam sido mortos pelos próprios irmãos. Muitos morreriam antes que, enfim, a lógica superior dos números pesasse de forma conclusiva em favor de Ricardo. Isaac Comneno era um homem orgulhoso que preferia ver toda a ilha ser consumida pelo fogo a fazer um acordo com os inimigos. Ricardo precisava agir de forma decisiva e encerrar de vez o conflito. Assim os guerreiros poderiam voltar sua atenção para a verdadeira meta — a libertação da Terra Santa.

A captura de Roxana fora providencial, mas era provável que Isaac hesitasse enquanto achasse que a filha estava protegida pelo código real de honra. Apenas um ato drástico, como a execução de Louisa, enviaria a inequívoca mensagem de que Ricardo faria o que fosse necessário para subjugar os cipriotas rebeldes. Era uma tarefa sórdida e brutal, mais apropriada a um açougueiro do que a um rei, mas William sabia que a morte de uma mulher não podia ter o mesmo peso que a morte de milhares de homens.

Qualquer que fosse a justificativa, seu estômago ainda se revolvia ao pensar nos instantes finais da criada — presa sob o gordo e sebento Baldwin, sabendo que cada minuto de violação significaria mais um minuto de vida.

A lua apareceu novamente e dessa vez iluminou o vale o suficiente para mostrar uma lenta procissão que se dirigia ao campo dos cruzados. Um Isaac de semblante sombrio cavalgava ao lado de vários de seus guardas e de um padre trajando uma indumentária preta da Igreja oriental. A vinda deles era esperada. Uma hora antes havia chegado a notícia de que Comneno se encontraria com Ricardo e aceitaria uma trégua. William rezava em silêncio, pedindo a Cristo que concedesse a Louisa a paz e o amor eternos em troca do trágico papel que ela havia sido forçada a desempenhar no jogo dos reis.

Comneno aproximou-se de William, que ergueu o visor de seu elmo e curvou a cabeça.

— A sua companhia é uma honra para nós, imperador — disse William. Ele se sentiu ridículo por manter uma fachada cortês após os eventos do dia, mas não tinha muita escolha.

— Leve-me até a minha filha — replicou Isaac, a voz controlada e firme. William, entretanto, percebeu o tremor na face do orgulhoso cipriota quando ele conteve a tempestade de emoções que ferviam em seu interior. Com um breve aceno de cabeça, William deu a volta em seu cavalo e conduziu o grupo do imperador ao pavilhão de comando. Ele podia sentir os olhos do padre de barba grisalha nele, mas não conseguia encarar o homem.

William desmontou do cavalo e estendeu uma das mãos a Comneno, que a segurou com uma firmeza de aço enquanto descia de seu corcel árabe. O restante da delegação bizantina o seguiu. Uma guarda pessoal estava disposta à entrada do centro de comando de Ricardo, cavaleiros com suas mais finas cotas, empunhando espadas adornadas com pedras preciosas. Eles formavam um corredor através do qual o grupo passou com rapidez.

Lá dentro, William viu Ricardo reclinado numa almofada de veludo, bebendo vinho em um cálice brilhante. Um grupo dos conselheiros mais íntimos do rei, com túnicas formais coloridas, dispunha-se atrás dele. Um fogo intenso queimava no centro do pavilhão, a fumaça espiralando-se e escapando através de um orifício cortado no tecido, 15 metros acima. Um porco assado pendia de um espeto sobre as chamas, e seu cheiro forte tomava conta do recinto. Em frente a Ricardo, estava Roxana, de olhos vermelhos e as feições esculturais agora frias de ódio. Ela viu o pai, mas não se moveu, as lágrimas subindo-lhe aos olhos. William sabia que Roxana se culpava pela capitulação do pai, mas não viu reprovação no semblante de Isaac. Apenas um profundo alívio ao ver a filha ilesa, e um sentimento de resignação.

Ricardo percebeu a troca de olhares entre pai e filha. Sorriu e ficou de pé, curvando-se com esmero diante de seu adversário. O homem que poucas horas antes tentara envenená-lo.

— O imperador nos agracia com sua presença — disse Ricardo, um leve sarcasmo perceptível nos lábios.

Isaac encarou-o, ombros eretos, cabeça erguida com orgulho.

— Liberte minha filha — respondeu simplesmente. — Pode pedir o que quiser. Meu reino. Só não a machuque.

Ricardo deu uma boa risada.

— É um negociador fraco aquele que oferece tudo o que possui na primeira rodada — replicou o rei. Deu as costas ao imperador e tomou outro gole de seu cálice. Com os movimentos teatrais, exagerados, Ricardo sentou-se na sua almofada, apoiando os pés de forma arrogante sobre a mesa entalhada de carvalho. — Mas vou atender ao seu pedido. Você entrega Chipre aos meus homens, e sua filha será libertada.

O imperador não hesitou.

— Fechado, então.

Ricardo olhou para ele por um longo tempo, o rosto impassível.

— Mas você declarou guerra aos Plantageneta. Não poderá ficar livre. — Ricardo observou de perto a reação de Isaac Comneno, porém o homem manteve uma atitude estoica, como se já esperasse por isso.

— Eu vou com você — respondeu ele, sem sinal de arrependimento ou vergonha na voz. William desejou ter a mesma dignidade, caso um dia fosse capturado e ficasse à mercê dos sarracenos.

— Não! — Roxana levantou-se de um salto e foi para o lado do pai. Ele abraçou a filha devagar, manteve-a nos braços por um longo tempo, e depois lhe enxugou as lágrimas, antes de se voltar para Ricardo.

— Eu só tenho um pedido, de rei para rei — afirmou Isaac. — Preserve a minha dignidade. Um governante não pode ser visto por seu povo em correntes de ferro.

Ricardo olhou para ele com atenção. William percebeu um vislumbre de compaixão no semblante do jovem rei. Nesse instante, o monarca viu os sorrisos maliciosos nos rostos de seus conselheiros insolentes. Esses homens, que fazia muito tempo viam Isaac Comneno como um traidor, em vista de sua proposta de paz com os muçulmanos, deliciavam-se ao vê-lo suplicar migalhas de indulgência. Diante da expressão provocativa e implacável de seus cortesãos, o semblante de Ricardo endureceu. William desviou a vista, ciente de que seu senhor não se sentia seguro o bastante no poder para ser benevolente com seus inimigos, e com os deles todos.

— Tem razão, Isaac Comneno — disse Ricardo, por fim. — Para você, vou mandar forjar correntes de prata. Mas você ficará preso a correntes, meu imperador.

Isaac deu de ombros, como se já previsse aquilo, porém, de forma inesperada, sua filha aproximou-se de Ricardo e cuspiu-lhe no rosto.

— Você é um monstro — disse Roxana, a voz cheia de veneno.

Os guardas de Ricardo adiantaram-se, as espadas em punho, para responder ao insulto, mas o rei ergueu uma das mãos para que eles parassem. Ricardo enxugou o cuspe do rosto.

— Devia dizer à sua filha que ela é uma moça de muita sorte — comentou Ricardo, sua voz se tornando perigosamente tranquila. — Rezo para que ela não faça mais nada que dê um fim a essa onda de sorte.

Isaac empalideceu e pôs uma das mãos no ombro de Roxana para refreá-la. Ela recuou, a fúria ainda estampada em seu rosto, quando Ricardo fez um aceno de cabeça para seus guardas. Homens corpulentos entraram no recinto para prender o governante de Chipre, agora deposto. Comneno não resistiu ao ser retirado do pavilhão, sua cabeça baixa para não ter que olhar para os próprios soldados que o haviam acompanhado em sua jornada final como imperador. Roxana, chorosa e derrotada; olhou para cada um dos homens no recinto com rancor. Seu olhar fixou-se em Ricardo antes de ela se virar e seguir o pai.

William não olhou para a moça quando ela passou rapidamente por ele. A batalha do Chipre estava encerrada. Por isso, ele estava agradecido. Porém não tinha ânimo para comemorar, o que sabia que seus cavaleiros estariam fazendo assim que a notícia da rendição de Isaac se espalhasse pelo acampamento dos cruzados.

— Meu senhor, posso ser dispensado? — William sentiu a voz, em geral firme, fraquejar de forma incomum, e percebeu que lutava contra as lágrimas. Viu Ricardo olhar para ele e, por um instante, o rei severo desapareceu e foi substituído pelo amigo de infância.

— Claro, Sir William — disse Ricardo, voltando-se para o padre grego e o restante do grupo cipriota. — Tenho muito o que discutir com esses bons homens do Chipre para garantir uma transferência rápida e estável do poder. Assim que restaurarmos a paz nesta linda ilha, voltaremos a nossa atenção à causa que une todos os cristãos...

Sob um luar esfumaçado, William deixou o recinto para não ter de ouvir o restante daquela fala cansativa.

20

Miriam estava ao lado dos muros de Jerusalém, admirando a aura vermelha brilhante que encobria o céu ocidental. O sol se pusera horas antes, mas não eram os últimos raios de um corpo celeste sonolento que brilhavam com tanta intensidade agora. Não, não havia absolutamente nada de celestial naquela fonte de luz. À medida que a luminosidade bruxuleante se intensificava no horizonte, Miriam se convencia de que o fim estava próximo.

Lembrou-se da história que o tio lhe contara quando era criança. A lenda de que o fim do mundo seria previsto pelo surgimento do sol no oeste. Miriam havia descartado essas profecias como histórias contadas por seu povo para assustar as crianças que se recusavam teimosamente a fazer suas orações. Agora compreendia que havia uma grande verdade nas premonições sussurradas sobre sua nação. Pois o fim do mundo recaía de fato sobre eles.

Os cruzados haviam chegado. Ela sentia o cheiro do exército deles, corpos enfermos vindos de longe; o odor da barbárie transportado facilmente pelo vento. O horizonte estava em chamas, com a luz de 10 mil tochas obliterando as estrelas, como se as próprias constelações fugissem diante de um inimigo tão cruel.

Da torre de guarda abandonada, Miriam observava o caos abaixo. Centenas de homens encontravam-se dentro dos muros da cidade, protegendo os portões entrincheirados, com suas cimitarras erguidas nas mãos trêmulas. Não demoraria muito até que as hordas francas atravessassem as últimas defesas da cidade e se deparassem com os poucos soldados muçulmanos sobreviventes, que carregavam, sem firmeza, o peso da história sobre os ombros.

Do outro lado do muro, ela via arqueiros espalhados nos parapeitos, preparando-se para lançar projéteis com pontas afiadas sobre o mar de cruzados que cobria a planície abaixo. Miriam observava os exímios atiradores usando turbantes mergulharem suas flechas em nafta e acendê-las, numa tentativa desesperada de infligir o máximo dano possível aos invasores fortemente armados. O Profeta muçulmano proibira terminantemente o uso de fogo como arma, uma vez que apenas Alá tinha o direito de punir com as chamas do Inferno. Mas o comandante mufti dera aos soldados uma *fatwa* de última hora, permitindo a defesa da Terra Santa por qualquer meio que fosse necessário. O homem idoso então se trancou na Cúpula da Rocha, preparando-se para o massacre inevitável.

Miriam podia ver os cruzados claramente agora, a guarda avançada do inimigo a uns 30 metros das muralhas de pedras calcárias da cidade. Eles usavam túnicas longas, vermelhas e brancas, ornadas com a Cruz, e muitos montavam corcéis ferozes, que pareciam ainda mais irados do que seus donos. Os elmos polidos brilhavam sob a luz das tochas na medida em que se aproximavam de Jerusalém, com os corações enegrecidos pelo fogo do desvario e do ódio. A moça sentiu tremores ao perceber que o ódio cego daqueles homens penetrava o ar carregado de fumaça como um redemoinho de adagas. Aqueles brutos eram piores do que animais, pois mesmo as bestas só atacavam para saciar a fome. A fome dos francos, no entanto, não poderia jamais ser aplacada, pois provinha de um vazio insondável, onde, algum dia, estiveram suas almas. Não importava o quanto matassem e consumissem; eles permaneceriam eternamente insaciáveis.

Os arqueiros muçulmanos lançaram as flechas ardentes, centelhas atravessando o céu como vaga-lumes enfurecidos. Os projéteis atingiam homens e animais e faziam ressoar gritos de agonia e morte vindos de baixo. Miriam sabia que uma vez iniciados os lamentos, eles continuariam até nenhum outro som penetrar o ouvido ou atingir o coração.

A chuva de fogo, entretanto, não detinha os exércitos de condenados. Logo que as linhas de frente caíam diante da desesperada barreira da artilharia, elas eram rapidamente substituídas por novas fileiras de soldados encouraçados. Como uma infestação de pragas, os francos avançavam, irracionais criaturas noturnas, concentradas num único objetivo — os portões de Jerusalém. Por mais de 450 anos, os filhos de Cristo haviam suportado a vergonha do domínio muçulmano sobre a Cidade Santa, que testemunhara a Paixão e a Ressurreição. Agora finalmente eles tomariam as pedras sagradas das mãos dos infiéis e purificariam as ruas com o sangue deles. Miriam sabia que homens assim jamais recuariam. Dotados de ouvidos repletos de promessas vazias do Paraíso, esses guerreiros sagrados seguiriam inabaláveis ao encontro da morte, tudo em nome de sua causa. Sob o inexorável arroubo desse fanatismo, as forças muçulmanas exauridas cederiam e capitulariam. Então, tudo estaria perdido.

Por trás dos muros da cidade, a loucura se abrandava; a calmaria típica de uma expectativa assustadora pairava sobre Jerusalém, o silêncio aterrador que encobre os céus antes de se desencadear uma tempestade. As mulheres e as crianças desapareceram das ruas e esconderam-se em abrigos improvisados embaixo de mesquitas, igrejas e casas de pedra. Os poucos judeus que ainda se encontravam na cidade se refugiaram na sinagoga principal, a oeste do Muro de Herodes, rezando por uma libertação que, como sempre, não aconteceria.

O tempo se desacelerou quando o mundo entrou no ritmo regular da guerra e da morte. Nesse instante, Miriam viu o aríete e teve certeza de que a batalha chegara ao final; o massacre estava prestes a começar. Um tronco imenso de carvalho preto guarnecido com estacas de aço, foi erguido sobre uma plataforma de 15 metros que se deslocava numa sequência infindável de rodas maciças

— uma centopeia gigantesca evadida das entranhas do Inferno. A seção frontal havia sido recoberta de alcatrão e rapidamente incendiada pelos cruzados. Colunas de fumaça cinzenta subiam aos céus, desafiadoras, e Miriam podia sentir o calor intolerável da tora incandescente, 30 metros abaixo dela, chamuscar seus cabelos.

BUM. Os muros estrondaram quando o aríete se chocou contra os portões de ferro. BUM. Repetidas vezes, como os passos de um dragão ressurgido de mitos do passado. Confiante. Determinado. Paciente. Convicto do resultado. BUM.

Os velhos portões cederam, dobrados como um pergaminho nas mãos de um escriba frustrado. O metal gemia como um animal torturado preso numa armadilha letal. O terrível BUM do aríete parou e foi substituído por um som ainda mais assustador. O ressoar cruel de botas encouraçadas sobre o calçamento de pedras, bastante similar ao ruído enlouquecedor do ataque de uma nuvem de gafanhotos. Os francos haviam atravessado o limiar, e finalmente a devastação pairava sobre os habitantes da cidade.

Miriam observava impotente as hordas bárbaras invadirem as ruas de Jerusalém. Os poucos soldados muçulmanos sobreviventes dentro dos muros da cidade reagiam com bravura, lançando-se com ímpeto contra a primeira onda das tropas inimigas a romper os muros. Mas foram mortos instantaneamente; cabeças e outros membros voaram em várias direções. Ao ver a carnificina lá embaixo, Miriam lembrou-se dos momentos de terror no Livro do Êxodo quando o Anjo da Morte atravessou o Egito, levando a vida de todos os primogênitos que apareciam em seu caminho. Como um vento tenebroso que extinguia o fogo das almas dos homens, o anjo estava mais uma vez em atividade naquela noite desoladora.

Os francos estavam em toda parte, as armaduras reluzindo com os reflexos de mil fogueiras que haviam sido ateadas por toda a Cidade Santa. Com uma eficiência brutal e concentrada, os cruzados derrubaram todas as portas, vasculharam todas as casas procurando sinais de vida. E quando a achavam, tiravam-na. Imagens terríveis, como ela jamais imaginara possíveis, marcaram sua mente. Crianças atiravam-se dos telhados, mulheres eram empaladas em lanças, seus corpos violados até mesmo depois de seus últimos suspiros. Soldados enfurecidos agitavam-se num oceano vermelho, à medida que as ruas se cobriam de sangue.

Os gritos de milhares de pessoas ecoaram pelas ruas da cidade e se transformaram numa corrente estrondosa de desespero, um vórtice da Geena desencadeado nos sentidos sobrecarregados de Miriam. Penetraram em sua mente, sua alma. Ela estava sendo puxada para dentro da tempestade, perdida para sempre num turbilhão de terror e agonia...

MIRIAM ACORDOU COM UM sobressalto. Seu coração batia tão forte que ela achou que iria explodir. Respirou fundo, tentando acalmar-se e manter o controle. Estava em casa, em segurança, na parte afluente do quarteirão judaico reconstruído. Os lilases e os limões no pequeno jardim ao lado da janela exalavam um perfume suave. Não havia batalha, nem devastação. À sua volta, Jerusalém dormia profundamente, os horrores que assolavam seus habitantes, uma lembrança esquecida. Por enquanto.

Ela saiu da cama e jogou um xale sobre os ombros nus. O chão de pedra era duro e frio sob seus pés. Deixou o quarto em silêncio e seguiu pelo corredor para verificar como estavam seus tios.

Maimônides dormia um sono profundo, a esposa Rebeca encolhida a seu lado, roncando alto. Olhando para eles, ali juntos, Miriam sentia-se calma. Segura. Maimônides era o centro do mundo para sua tia, e Rebeca era, para ele, a Pedra do Moriá. Enquanto o tio movia-se constantemente na cama, Rebeca permanecia imóvel. Miriam sorriu diante da cena. Sua querida tia sempre dormira como uma mulher em seu túmulo, inabalável, indiferente ao mundo à sua volta. Miriam tinha certeza de que se os francos sitiassem a cidade outra vez, Rebeca continuaria adormecida durante a devastação e o horror, como um bebê em seu berço. Por baixo das cobertas, num mundo de sonhos bons e lembranças agradáveis, ela seria poupada do pior. E por isso, a sobrinha era eternamente grata.

Miriam deveria tê-los deixado dormir em paz e ter voltado para a cama, mas sentia-se inclinada a permanecer ali. Gostava de ver os dois juntos, porque, na verdade, os invejava. Eles tinham uma ligação profunda, inseparável. Ela nunca experimentara um vínculo como aquele com outro ser humano.

Pelo menos não até conhecer Saladino.

Desde aquele encontro secreto no jardim, ela vira o sultão apenas na corte, nunca em particular. Porém, ele, de forma discreta, lhe enviava mensagens pessoais, entregues todos os dias por um dos seus guarda-costas de ar sombrio. Eram, em geral, apenas algumas linhas, e nunca continham palavras que revelassem seus sentimentos. Normalmente as cartas não passavam de comentários simples sobre os acontecimentos do dia, histórias de sua vida na corte, algumas bem-humoradas, outras obscuras. Pequenos relatos que demonstravam sua visão de mundo do alto do trono. Para qualquer leitor casual (ou espião que viesse a interceptar as mensagens), elas pareceriam simples reflexões sobre a política de Jerusalém e as fraquezas da alta sociedade.

Miriam, no entanto, sabia que aquelas notas eram mais do que aparentavam ser. Eram o símbolo mais poderoso dos sentimentos do sultão por ela. Saladino era um homem profundamente reservado, que criara um véu de mistério em torno de seus pensamentos mais íntimos. Esse véu seria levantado apenas por aqueles em quem confiava acima de todos os outros. Ela só o imaginava partilhando opiniões pessoais com poucas pessoas. Seu irmão, Al-Adil. Seu vizir, o cádi Al-Fadil. O tio dela. E, no passado, talvez sua mulher, a sultana.

Yasmeen. Miriam a vira de passagem algumas vezes na corte. A sultana sempre estava presente nas cerimônias importantes, como um banquete em honra do novo embaixador do califa em Jerusalém. O rosto estava sempre encoberto por um véu de seda, que escondia do mundo a sua famosa beleza. Era impossível ver claramente os olhos de Yasmeen através daquele tecido translúcido, mas todas as vezes em que Miriam esteve no mesmo ambiente que a consorte de Saladino, teve a certeza de que os olhos da sultana estavam cravados nela. E Miriam podia sentir a raiva e o ódio neles.

Ela procurou afastar esse pensamento. Deixou o quarto do tio e foi devagar até a cozinha pegar um copo de água. Sentia a garganta arranhar, como se tivesse sido exposta às areias do Deserto do Sinai, que atravessara quando criança. O deserto que havia consumido sua inocência e lhe revelado a verdadeira maldade oculta por trás da Cruz. Maldade que, naquele momento, reunia forças para outro ataque.

Já havia chegado a notícia da vitória dos francos em Chipre. Com a queda de Isaac Comneno e a conquista dos bizantinos, os cruzados velejavam em direção à costa da Palestina. As hordas bárbaras poriam os pés no solo sagrado do reino de Abraão a qualquer momento. Seu tio lhe suplicara que ela fugisse para o Cairo, para se proteger desse perigo iminente. Mas Miriam recusara. Se os exércitos de Cristo entrassem em Jerusalém novamente, ficaria ao lado do povo que ela amava.

Seu tio. Sua tia. E seu sultão.

Miriam pôs o copo de volta e retornou ao seu quartinho. Ao deitar-se, recordou algumas cenas de seu pesadelo e estremeceu. Fora tão vívido, tão real. Era como se tivesse sido transportada no tempo para testemunhar a conquista de Jerusalém um século antes, da mesma forma como os muçulmanos acreditavam que Maomé fora transportado em sua Viagem Noturna através dos céus, onde tempo e espaço perdiam o sentido.

Mas por quê? Seu tio certamente diria que ela tivera uma visão enviada por Deus. Miriam não tinha certeza se acreditava nessas coisas. Mas se sonhos eram de fato mensagens de um domínio superior, qual seria o propósito da visão que tivera? Prepará-la para o que estava por vir? Ou mostrar-lhe que uma maldade como aquela não aconteceria uma segunda vez? Entretanto, considerando-se a deplorável história de seu povo, ela duvidava que fosse a segunda opção.

Ao adormecer de novo, outra imagem lhe cruzou a mente. Uma visão da sultana observando-a do outro lado do salão do trono. Miriam teve mais um sonho preocupante: viu Yasmeen levantar o véu. Por um segundo, vislumbrou o rosto da sultana. Mas em vez da beleza escultural de que tanto se falava, viu o semblante aterrador de uma velha, encarquilhado e decrépito, sorrindo sedenta para ela.

Era a face da morte.

21

A embarcação de suprimentos ficou presa numa cortina de forte nevoeiro, vinda do mar. Como o hálito raivoso da serpente mítica que acreditava-se cingir o mundo, a névoa avisava: "Voltem, marinheiros tolos, antes de entrarem nos domínios do terror." Samir ibn Arif conhecia todas as lendas, desde os fantásticos relatos das batalhas de Simbá com monstros marinhos a rumores sobre grandes terras além do horizonte ocidental, onde o ouro fluía como mel. Descartara todas as histórias como produtos da imaginação. Mas ao ver as impenetráveis nuvens diante de si — as Brumas do Demônio, como os marinheiros as chamavam — ele se perguntou se as advertências antigas não teriam de fato um fundo de verdade.

Samir era o capitão da *Nur al-Bahr*, a Luz do Rio, nome que, naquele momento, ele gostaria que fosse literal. Seus homens estavam no convés da galé de 15 metros de comprimento, construída com o mais fino cedro do Líbano, segurando lamparinas com os braços estendidos como se fossem oferendas aos espíritos que assombravam o oceano.

Samir se arrependeu pela milésima vez de ter concordado em aceitar aquele empreendimento temerário. Não era um militar, e seu navio não estava equipado para enfrentar uma batalha naval. Essa foi exatamente a razão pela qual o representante do sultão em Alexandria escolhera a *Nur al-Bahr* para transportar uma carga clandestina de armas transpondo pequenos enclaves francos que permaneceram na costa norte da Palestina. Sediados nas imediações da cidade sitiada de Acre, os invasores cristãos eram os últimos que restavam do antigo reino de Jerusalém. Eram homens fanáticos e loucos, dispostos a morrer antes de entregarem o último bastião da cristandade na Terra Santa. Embora Saladino tivesse dominado o restante da costa no ano anterior, as batalhas que travara com o forte regimento dos cruzados fora de Acre mostraram-se inconclusivas. Dizia-se que o sultão planejava uma ofensiva maciça para eliminar aqueles irritantes remanescentes do antigo regime, mas a notícia de uma nova Cruzada o forçara a voltar a atenção para outro lugar. Deixados sozinhos em Acre por algum tempo, os francos haviam ficado mais destemidos e piratearam duas embarcações de suprimento nas seis semanas anteriores, forçando Saladino a conceber um estratagema alternativo para manter o envio de armas entre seus exércitos no Egito e em Jerusalém.

As explicações melífluas de que seu navio seria ignorado pelos francos devido aos emblemas comerciais não convenceram Samir. Mas o agente do sultão lhe oferecera uma fortuna em dinares de ouro, quantia suficiente para pagar as dívidas deixadas por seu pai, um homem alegre e de bom coração que, entretanto, fora um péssimo negociante. E ainda lhe restaria o bastante para garantir um casamento com Sanaa, seu amor de infância. Assim, ele concordara com aquele plano insano.

A fim de disfarçar o navio, a vela triangular, *lateen*, usada exclusivamente por navios muçulmanos, foi substituída pelo tecido quadrado usado pelos navios mercantes bizantinos, e uma bandeira cipriota verde e dourada foi erguida no mastro principal. Os homens retiraram seus turbantes e substituíram as pantalonas árabes pelas calças folgadas usadas pelos marinheiros do norte. Os porões de carga, normalmente repletos de produtos domésticos como tapetes persas e utensílios de marfim importados da Abissínia, estavam agora cheios de uma grande variedade de armas: cimitarras de pontas afiadas, dardos maiores do que a altura média dos homens, armaduras laminadas unidas por pequenas peças metálicas, arcos de carvalho, aljavas com flechas de plumas pretas e machados com a capacidade de abrir o crânio humano com a mesma facilidade com que uma faca corta pão.

O espião de Saladino, um sírio franzino de bigode longo e curvo, provocara Samir dizendo que, caso os francos, de fato, decidissem atacar seu navio, ele teria todos os recursos necessários para se defender. Ele não era dado a piadas, mas não se atrevera a retrucar ao homenzinho. Conhecia bastante as maquinações de Estado para saber que aquele homem, aparentemente insignificante, era um assassino altamente treinado, escolhido por sua aparência comum para servir ao sultão nas questões mais importantes de espionagem. Samir tinha consciência da reputação de Saladino, de seu comportamento honroso e misericordioso para com seus súditos, mas não estava disposto a testar o quanto sua filosofia fora aceita pelos homens treinados para fazer o trabalho sujo.

As duas primeiras noites da viagem haviam sido sossegadas, o mar calmo, um vento favorável guiando-os em direção à costa da Palestina, num ritmo tranquilo. Porém, na manhã do segundo dia, ele fora acordado pelo repicar desesperado dos sinos de advertência. Samir teve de correr para o convés usando apenas sua veste de dormir e portando uma pequena espada presa à mão trêmula. Seu imediato, Khalil ibn Musa, um escravo libertado do Chifre da África, encontrava-se ao lado do sino, apontando um dedo longo para o horizonte. Uma escuna aproximava-se rapidamente, com uma bandeira vermelha oscilando num único mastro.

Era uma patrulha franca com não mais de vinte homens armados a bordo, mas Samir sabia que outras não deveriam estar muito longe. Os francos haviam aprendido com os muçulmanos a usar pombos para levar mensagens dos navios à costa, e a ameaça teria de ser neutralizada antes de os cruzados conseguirem informar seus camaradas em Acre.

Antes de Samir embarcar, sua amada Sanaa lhe sugerira um ardil absurdo a ser usado numa situação semelhante à que ele enfrentava agora. Ela fora inteiramente contra sua decisão de se envolver num empreendimento militar, mas uma vez que ficara claro que ele não mudaria de ideia, Sanaa o fizera prometer que levaria a bordo um cercado de porcos, e os soltaria no convés caso um navio franco se aproximasse. Samir odiava os repugnantes animais, impuros diante de Alá, e seus homens reclamaram da presença deles ali, afirmando ser um pecado que impediria a proteção dos anjos. Mas ele compreendera o motivo. Nenhuma embarcação muçulmana jamais transportaria uma carga tão vil, e a visão de porcos no convés poderia servir de disfarce para desviar a atenção dos simplórios francos.

Samir fizera sinal para que o robusto Khalil soltasse os animais impuros. As criaturas imundas e monstruosas correram pelo convés grunhindo, e Samir teve de se conter para não vomitar quando um dos porcos passou raspando por ele e defecou em um de seus pés. Porém, extraordinariamente, o plano de Sanaa funcionara. A escuna ficara a uns 30 metros de distância do navio mercante, e ele pôde ver uma sentinela examinando sua embarcação do topo do mastro único. O franco parecia ter uma lente de aumento — uma provável aquisição de um dos navios de suprimentos de Saladino, confiscado algumas semanas antes — e quando viu os porcos no convés, fez um sinal para seus homens abaixo. A escuna desacelerou e desviou a rota, aparentemente convicta de que a galé era um barco mercante indo para o norte em direção a Bizâncio. A assustada tripulação de Samir suspirou de alívio em uníssono quando a escuna seguiu seu caminho, e depois se queixou em voz alta da tarefa de ter de capturar os porcos soltos, que espalhavam o caos por todo o convés.

Então, na quarta noite, ao seguirem devagar para o norte, próximo aos perigosos rochedos que indicavam a fronteira entre a Palestina e o Líbano, a temperatura despencou, e o oceano cobriu-se com uma névoa densa e gelada. Para Samir, era como se as próprias nuvens de chuva houvessem descido sobre o navio, e a fraca visibilidade o forçou a ordenar aos remadores no convés inferior que parassem, desacelerando a embarcação à lentidão de uma lesma, naquela noite de estranha calmaria. Os homens no convés portavam lanternas, mas não conseguiam penetrar o véu pesado que os encobria. Samir, porém, esperava que pequenos raios de luz fossem suficientes para atravessar aquela neblina e servir de aviso a outros barcos presos nas Brumas do Demônio. Uma colisão nessas condições, tão longe da costa, e em tempo tão adverso, seria catastrófica.

O imediato dirigiu-se a Samir, que se encontrava ao lado do leme, naquele momento sem utilidade. Khalil era 15 anos mais velho do que seu capitão, mas aparentava ser duas vezes mais idoso. Do pouco que ele falara sobre seu passado, Samir sabia que Khalil tivera uma vida difícil. Criado numa fazenda no Iêmen, o garoto fora capturado num ataque de bandidos, que dizimara quase toda a sua vila. Alto e forte para sua idade, Khalil foi vendido como escravo a um comerciante que navegava com regularidade entre o Chifre da África e a Índia transportando especiarias. Samir, cujas viagens não iam além dos postos comerciais do Mediterrâneo oriental, sempre ficava fascinado com as histórias de Khalil sobre suas aventuras na Índia. Tigres e elefantes existiam em grande quantidade nessas histórias, como também várias beldades que o homem dizia ter levado para a cama no caminho.

A sorte de Khalil mudou de novo quando o navio mercante naufragou na costa do Ceilão sete anos antes. Embora Khalil, um excelente nadador, pudesse ter aproveitado a oportunidade para escapar, como fizeram outros escravos, ele resgatou seu dono do mar revolto e o salvou. Agradecido pela lealdade dele, seu senhor o libertou e lhe deu ouro suficiente para começar uma nova vida. O iemenita de cabelos encrespados viajou para Alexandria, onde encontrou o pai de Samir, que o contratou como comissário da *Nur al-Bahr*.

— Os homens acreditam que um *djim* desencadeou esse tempo ruim sobre nós — disse Khalil, cuspindo sumo de bétele alaranjado no convés. — Tolos. — Khalil era um homem que não tinha muita tolerância para contos de fada. Tivera uma vida dura e sobrevivera por aceitar a realidade e moldá-la em benefício próprio.

— Não rejeite as superstições deles tão rápido assim, meu amigo — rebateu Samir, apoiando uma das mãos sobre os ombros musculosos do homem. — Meu estômago me diz que algum infortúnio nos espreita por trás desta neblina.

Samir virou-se para examinar outra vez o nevoeiro, como se desejasse que as cortinas se abrissem e revelassem o horror secreto que estavam escondendo. Então o mar acedeu, e o pior pesadelo do capitão se tornou realidade.

Como um falcão avançando em direção a sua presa, a proa de um gigantesco *dromon* cruzado irrompeu através da névoa a cerca de 15 metros de distância. A embarcação direcionava seu curso à *Nur al-Bahr*. Samir escutou o sino de bronze soar no convés, seus repiques frenéticos misturados aos gritos de terror dos marinheiros. Mas a nau militar não diminuiu a velocidade.

— Que Alá seja misericordioso conosco! — exclamou Samir, sentindo uma ânsia de vômito lhe subir pelo estômago e chegar à garganta. Khalil imediatamente correu em busca de sua espada, advertindo os marinheiros apavorados a se armarem e defenderem o navio. Samir, porém, não se moveu. Sabia que o fim estava próximo. O jovem se admirou quando percebeu que, ao ter a visão da morte, inflexível e inescapável, a mente se desvia para as coisas pequenas da vida, que ele jamais teria a chance de vivenciar novamente. O desabrochar das flores nas calçadas em frente à sua casa em Alexandria, na primavera. As discussões das crianças combatendo com espadas de madeira no parque local para ver quem seria o franco mau daquela vez. O cheiro da torta de espinafre de sua mãe vindo da cozinha ao sol poente, encerrando o jejum diário do Ramadan. O sabor dos lábios de Sanaa, úmidos e doces como frutas silvestres, trêmulos contra os seus.

Sanaa. Samir percebeu que jamais teria a chance de tomá-la nos braços, de amá-la, de acariciar aquele corpo doce e suave, como fantasiara desde pequeno. De cuidar de uma criança no berço, fruto da paixão deles. Sanaa sempre fora uma moça respeitável, recusando-se até mesmo a lhe dar as mãos antes que o compromisso deles fosse oficializado. Ela lhe acenara na noite anterior ao embarque naquela viagem louca, e ele guardaria na memória aquele beijo doce quando viajasse sobre a *Sirat*, a ponte que conduziria à outra vida. Embora aqueles que fossem mortos na *jihad* recebessem a garantia de setenta virgens para serem iniciados nas artes do amor, ele fizera a promessa silenciosa à sua alma de esperar por Sanaa, mesmo que essa espera se prolongasse até o Dia da Ressurreição.

Uma lembrança nítida do rosto dela, dos ângulos e contornos perfeitos, preencheu seu olhar interior no momento em que uma flecha ardente atravessou o mar e o atingiu em cheio no peito.

22

Ricardo observava deliciado de seu posto de comando no *dromon* seus arqueiros lançarem uma saraivada de flechas incandescentes sobre o navio mercante a menos de 10 metros de distância. O rei instintivamente pôs as mãos nos ouvidos, enquanto vários homens carregavam um tubo longo na proa do navio. Um estrondo como o de um trovão ecoou através das águas quando os cruzados lançaram seu infame "fogo grego". Uma linha de fogo azul explodiu e atingiu a vela do barco menor, transformando-o, de imediato, num fogaréu e consumindo os estandartes cipriotas forjados.

A frota de Ricardo estava a menos de 2 quilômetros da costa da Palestina, e ele sabia que qualquer embarcação nas proximidades pertencia ou aos sarracenos ou a seus aliados. Embora o navio portasse a bandeira de Chipre, Ricardo passara tempo suficiente naquela ilha miserável para reconhecer que seu formato era substancialmente diferente do das outras embarcações mercantes bizantinas. E um olhar rápido pela tez morena dos marinheiros, que, desesperados, procuravam proteção contra o ataque dos cruzados, era confirmação suficiente de que, independentemente de quem fossem, aqueles homens eram diferentes de seu povo e, portanto, alvos legítimos.

Pequenas fogueiras espalhavam-se pelo navio mercante quando o *dromon* emparelhou com ele, mas Ricardo notou a forma como os infiéis haviam coberto boa parte do convés com couro cru, que parecia estar desviando a maioria de suas flechas embebidas em nafta, e até mesmo as centelhas do fogo grego. Ele ordenaria a seus homens que lhe trouxessem um pouco desse material — os sarracenos tinham, sem dúvida, algumas defesas pouco comuns que precisavam ser examinadas com atenção.

Ricardo ergueu a mão direita, fazendo um sinal, e vários de seus soldados passaram para a outra embarcação utilizando cordas. Em pouco tempo, estavam a bordo, empenhados num combate corpo a corpo com os infelizes marinheiros, que haviam sido os primeiros a saudar a chegada de Ricardo nas águas da Terra Santa.

O rei viu seus guerreiros armados golpeando os marinheiros no convés do navio inimigo, a maioria tendo desistido da luta e se prostrado de joelhos, suplicando clemência. Mas Ricardo lhes havia instruído a não ter compaixão — ele não tinha recursos nem paciência para lidar com prisioneiros de guerra nesse estágio da campanha.

A embarcação mercante começou a se mover à medida que os remadores, na parte inferior, retornavam agitados aos seus postos, na esperança de escapar da morte iminente. Ao ver que a galé começava a se afastar, Ricardo virou-se, gritando para William do outro lado do convés.

— Lance os mergulhadores! — A voz de Ricardo era quase inaudível em meio aos gritos da batalha naval, mas William anuiu com a cabeça. O cavaleiro se aproximou de um grupo dos melhores marinheiros de Ricardo, os quais tiraram suas vestimentas, ficando apenas com a roupa de baixo. Esses homens estavam segurando cordas grossas e longas e, ao sinal de William, pularam de dois em dois nas águas do Mediterrâneo.

Ricardo planejara a estratégia dias antes, quando falavam sobre possíveis maneiras de inutilizar qualquer navio sarraceno que viessem a encontrar, sem afundar as valiosas naus. Os mergulhadores nadariam por baixo do navio inimigo e amarrariam o leme, desabilitando sua movimentação de forma a manter a embarcação atracada temporariamente. Logo que a batalha se encerrasse, as amarras poderiam ser soltas e o navio seria usado pela frota dos cruzados. Era uma ideia engenhosa, mas que envolvia um alto risco. Se o navio muçulmano ganhasse velocidade ou efetuasse uma rápida mudança de curso durante a batalha, haveria uma grande chance de os mergulhadores serem esmagados até a morte sob o movimento repentino do leme. William não estava convencido da eficácia da ideia, mas acedera à vontade do rei. Seus cavaleiros haviam aprendido por experiência que a intuição e a criatividade de Ricardo no jogo da guerra beiravam à genialidade, e era melhor acreditar que sua visão era mais ampla do que a deles.

A embarcação de suprimentos que casualmente atravessara seu caminho naquela noite oferecia uma oportunidade perfeita para testar o plano. Ricardo cravou os olhos no fundo, mas não viu sinal de seus mergulhadores no mar revolto abaixo. Seu amigo William suspirou, conformando-se em perder um grupo treinado de marujos com o plano louco do rei. Ricardo resistiu alguns minutos que pareceram se estender pela eternidade. Por fim, frustrado, o rei ergueu uma das mãos, pronto para indicar ao saxão imundo posicionado ao leme de seu navio de comando que perseguisse a galé, que estava a ponto de escapar. Porém, o navio mercante oscilou e tombou. Ele viu os remadores sarracenos tentando, desesperados, fazê-lo seguir em frente, mas a embarcação começou a girar descontroladamente na água. Ricardo abriu um sorriso ao ver os mergulhadores subirem à superfície e nadarem em direção ao *dromon*, enquanto seus companheiros no convés acenavam para eles, congratulando-os. Funcionara. E sua reputação como um homem que operava milagres na tempestade da guerra havia sido comprovada mais uma vez diante de seus homens.

A primeira batalha naval dos cruzados estava efetivamente encerrada. Ricardo esperava que o resto da guerra prosseguisse com a mesma suavidade, mas em seu íntimo sabia que Saladino não era um inimigo tão fácil de derrotar como um grupo de marinheiros desajeitados, perdidos no nevoeiro.

O SOL NASCENTE ATRAVESSAVA a névoa como uma adaga em chamas. Ricardo permanecia em seu posto de comando e respirava o ar frio da manhã, ainda ácido da fumaça de madeira e carne queimadas. A captura do navio de suprimentos sarraceno fora uma vitória maior do que ele a princípio imaginara. Quando seus soldados arrombaram o cadeado do porão, surpreenderam-se com a descoberta de uma gigantesca quantidade de armas egípcias, obviamente destinadas a reabastecer as tropas de Saladino na Terra Santa. O que começara como um mero exercício bélico com o objetivo de treinar seus soldados para a longa guerra que os aguardava transformara-se numa magnífica pilhagem dos recursos adversários.

Ao observar o disco vermelho do sol matinal flutuar sobre os montes verdes da Palestina que decoravam o horizonte, Ricardo sentiu uma emoção crescente no peito. Embora nunca tivesse estado na Terra Santa, sentia-se como Odisseu retornando a Ítaca após uma eternidade no exílio. Mais do que nunca, ele sabia que aquela Cruzada era seu destino, a aventura que seria para sempre inscrita ao lado de seu nome nos anais da história.

Ele sentiu, mais do que viu, William se aproximar e então voltou-se para seu cavaleiro predileto.

— Os homens finalmente derramaram sangue pagão — disse o rei. — Está satisfeito?

William deu de ombros.

— Não sinto satisfação na guerra. É um dever, não uma paixão.

Ricardo fez um ar de indignação e decidiu mudar de assunto para evitar que seu amigo recomeçasse os sermões.

— Conseguimos recuperar alguma arma dos sarracenos antes de o navio afundar? — Embora ele tivesse ordenado a seus soldados que capturassem o navio intacto, os marujos infiéis decidiram inundar o casco quando ficou claro que não teriam condições de escapar.

— Algumas espadas, lanças e coisas assim. Distribuímos as armas dos sarracenos entre os soldados dos navios de comando, senhor — respondeu William em seu tom direto habitual. — E todos os marinheiros infiéis foram executados, exceto um.

— Por que ele foi poupado? — perguntou Ricardo com um tom de voz aborrecido, virando-se para observar a costa, que rapidamente se tornava mais nítida. Ele conseguia ver as espumas das ondas ao se quebrarem nas barreiras de recifes, a cerca de 300 metros de distância.

— Ele era o imediato da embarcação — disse William, seguindo o olhar de seu senhor, focado no local de destino. — Aparentemente o homem fala um pouco de francês e árabe. Pode ser útil como tradutor.

Ricardo considerou isso por um instante. Sabia que a barreira da língua seria um ponto crítico quando entrasse em contato com as forças muçulmanas. E exigisse rendição.

— Podemos confiar nele? — A última coisa de que Ricardo precisava era um muçulmano cativo fornecendo informação falsa sob a desculpa de prestar serviços linguísticos.

— O imediato jurou perante Alá que nos prestará serviço confiável em troca de sua vida.

Ricardo riu.

— Promessas feitas em nome de falsos deuses têm pouco valor neste mundo ou no outro — retrucou o rei.

— Para mim, a questão não é se o deus daquele que faz a promessa é real, meu senhor. O que importa é que o homem crê nele. — A voz de William permanecia paciente, embora Ricardo percebesse a exasperação do cavaleiro com o ceticismo de seu senhor.

As areias brancas da costa brilhavam sob a luz do sol. Ricardo viu um grande acampamento montado próximo à praia. Bandeiras vermelhas com cruzes douradas oscilavam no topo dos pavilhões principais. Ah, então aqueles homens de sorte ainda estavam lá.

— Parece que nossos irmãos permanecem no controle da costa norte — observou Ricardo bastante satisfeito. Ele ouvira falar que alguns cavaleiros francos haviam conseguido sobreviver à invasão de Saladino e montaram um acampamento fora de Acre, mas não tinha dado muito crédito às notícias. Pela extensão do conjunto de tendas, contudo, parecia q uma parte significativa das forças do rei Guy havia, de fato, escapado. Se lhe restava alguma dúvida sobre uma vitória rápida, ela desaparecera. Com aquelas tropas, acostumadas a lutar contra os sarracenos naquele terreno, e o seu próprio exército, Ricardo conseguiria varrer Saladino para os latões de lixo da história. Isso, obviamente, se aqueles valentes francos aceitassem sua liderança e visão, e não recomeçassem a insignificante luta interna que causara a derrota do rei Guy.

William parecia ter pensamentos semelhantes.

— Vou preparar um grupo para desembarque e descobrir quem está no comando — disse o cavaleiro. — E também avaliar a disposição deles de cooperar com nossas tropas.

Ao virar-se para ir embora, Ricardo colocou uma das mãos sobre seus ombros para fazê-lo parar.

— Esses homens viveram junto aos bárbaros durante anos. Eles, sem dúvida, têm tradutores suficientes — observou o rei.

William concordou com um gesto de cabeça.

— Então vou ordenar a execução do prisioneiro — disse ele, a voz denunciando um leve tom de lamento.

— Ainda não — replicou Ricardo. — Embora eu não confie na intermediação de um sarraceno entre nós e Saladino, também não conheço nossos irmãos do litoral. Pode manter o imediato vivo e aprender a língua dele, se quiser. Eu prefiro que meus comandantes sejam capazes de conversar com os infiéis diretamente, se a ocasião se apresentar.

William sorriu diante da magnanimidade de seu senhor. O navio oscilou quando as âncoras foram soltas para evitar uma colisão com a barreira de recifes. Ricardo e William perceberam que a praia estava coberta de soldados surpresos, olhando para a inacreditável frota de guerra enviada por Deus em seu auxílio. Alguns se prostraram de joelhos e choraram; outros apenas permaneceram onde estavam, as mãos erguidas em orações de agradecimento. Era, sem dúvida, um momento de grande emoção.

Quando se espalhou pelo acampamento sitiado a notícia da chegada milagrosa de navios vindos do ocidente, trompetes e cornetas soaram pela praia, dando as boas-vindas ao rei vitorioso e a suas legiões. Agora eles formariam uma aliança que garantiria a tomada de Jerusalém dos infiéis.

— A Terra Santa aguarda meu rei — disse William. — Sua promessa a seu pai foi cumprida.

À menção de Henrique, Ricardo sentiu uma nuvem encobrir o crescente entusiasmo em seu coração.

— Ainda não — retrucou ele, o sorriso desaparecendo. — Só quando eu tiver nas mãos a cabeça de Saladino.

23

Conrado de Montferrat, herdeiro do subjugado reino de Jerusalém, olhava com emoções conflitantes para a gigantesca frota, que se estendia até o horizonte ocidental. Os rumores de que seus irmãos na Europa haviam congregado os melhores contingentes para uma nova Cruzada despertara necessárias e ansiadas esperanças em suas tropas sitiadas durante meses. Porém, agora que haviam chegado, uma força militar muito maior do que ele poderia ter imaginado, disposta em centenas de embarcações portando bandeiras de todas as grandes nações do papado, sentiu um calafrio atravessar o coração. Uma invasão dessa escala fora orquestrada, sem dúvida, por homens de grande coragem e habilidades políticas. Líderes assim, Conrado sabia, tinham ambições que quase nunca respeitavam os direitos daqueles que se propunham a defender.

Conrado obviamente não podia revelar esses receios a seus homens, que se regozijavam diante do milagre que Deus lhes concedera em sua hora mais tenebrosa. Durante quase dois anos, esses guerreiros dedicados, os último que restaram do exército franco que Saladino destruíra em Hattin, haviam permanecido firmes, contrariando todas as expectativas. Os infiéis os haviam empurrado do centro da Palestina para as margens do mar. As tropas iniciais, de uma força de aproximadamente 15 mil homens, foram reduzidas a um terço, resultado da fome, da doença e de incontáveis investidas infligidas pelas hordas sarracenas. Aqueles que permaneciam a seu lado agora eram os soldados de Cristo mais vigorosos e dedicados, porém, Conrado sabia que era apenas uma questão de tempo até que as forças combinadas do Egito e Síria atacassem seu acampamento nos arredores de Acre, eliminando a última lembrança do domínio cristão sobre a Palestina.

Portanto, a chegada das forças ocidentais era vista por seus soldados exauridos como um maná enviado dos céus. Vinte mil homens vestidos com as mais finas armaduras e portando as mais recentes armas da França e Itália — um exército de anjos surgindo do mar para reivindicar a Terra Santa para seu legítimo rei cristão, Conrado de Montferrat. O aristocrata sabia que a maioria de seus servidores, fervorosamente leais, não havia considerado a possibilidade de os comandantes daquela extraordinária força de resgate terem ideias próprias quanto a quem deveria portar aquele título.

Conrado passou a mão pela cicatriz que tinha no lado esquerdo do rosto, como geralmente fazia quando estava absorto em seus pensamentos. A linha vermelha denteada ia de sua pálpebra inferior até 2 centímetros e meio acima dos lábios, como se ele tivesse chorado tanto num determinado dia que as lágrimas haviam feito um sulco permanente em seu rosto. Seus homens contavam várias histórias de sua coragem na batalha contra os infiéis, e todos supunham que ele tivesse adquirido aquela cicatriz numa fuga brava contra um poderoso inimigo. A verdade era um pouco mais embaraçosa, por isso ele não se esforçava para contradizer as suposições do povo.

O rei de Jerusalém saiu de sua tenda de comando gasta, cujos adornos vermelhos estavam desbotados pela ação do sol e do vento e apresentavam um tom róseo. Sua base de operações não era mais um pavilhão de cerimônias majestoso, apenas para tempos de batalha. Porque a batalha deixara de ser um acontecimento de grande importância que definia um momento breve, mas glorioso na vida de um homem jovem. Tornara-se uma rotina regular e lúgubre na vida diária.

Ele se viu pondo uma das mãos no bolso e tirando de lá um colar de jade que costumava sentir entre os dedos quando estava perdido em pensamentos. Um amuleto octogonal pendia de um cordão de contas reluzentes. Se alguém tivesse se detido para examinar com atenção, teria ficado surpreso ao ver várias letras inscritas em hebraico no jade. Era uma lembrança de muitos anos, arrancado do pescoço de uma mulher que lhe dera a honra de ser a primeira infiel que ele matara pessoalmente ao chegar na Terra Santa. Era uma linda ruiva que tivera a má sorte de ser capturada num ataque dos cruzados a uma caravana que viajava nas imediações do Sinai. Aquela aventura fora um rito de passagem, e ele guardara o amuleto durante anos para recordá-lo de seu propósito sagrado — livrar a Terra Santa dos mestiços pagãos e seus aliados assassinos de Cristo. A cicatriz no rosto era uma lembrança bastante infeliz dos acontecimentos daquele dia, mas servia também como um lembrete necessário do preço que um fiel deve pagar pela glória do triunfo.

Ao caminhar pelo acampamento envolto em fumaça, a terra enlameada coberta de lixo e excremento humano, Conrado passou a mão pelos cachos prematuramente grisalhos e lembrou-se do que o trouxera àquelas terras. O senhor de Montferrat fora educado nos mais ricos palácios da Itália e teve todas as suas vontades satisfeitas, as criadas cheias de vida do castelo de seu pai sempre prontas e dispostas a lhe satisfazer os mais íntimos desejos. Porém, viveu na opulência inevitavelmente acarreta saciedade e tédio, motivando o desejo juvenil de liberdade e aventura.

Contra as admoestações acaloradas do pai, ou talvez por causa delas, Conrado deixara os bosques ensombreados do palácio e decidira juntar-se aos seus homens na Palestina. Levado por sonhos de conquista e guerras gloriosas contra os infiéis, o jovem marquês de Montferrat chegara a Jerusalém depois de ganhar experiência em pequenas batalhas entre os irmãos cristãos em Bizâncio e as hordas turcas que se apossaram das terras que lhes pertenciam. Ficara horrorizado ao ver a apatia e o derrotismo presentes no regime negligente do rei Balduíno e de Guy de Lusignan. Em lugar de uma vida cheia de atos heróicos contra as hordas bárbaras, Conrado descobrira que as únicas guerras em que seus companheiros aristocratas estavam interessados eram entre eles mesmos.

Como aristocrata estrangeiro, o marquês visitou as famílias mais proeminentes e rapidamente tomou conhecimento do grau de deterioração da situação política. Conrado percebera que a maioria dos nobres belicosos de Jerusalém era incompetente e representava um risco à sobrevivência do Estado. Apenas Reinaldo de Kerak tinha a força de vontade e a determinação inabalável necessárias para enfrentar a crescente ameaça muçulmana. Conrado prontamente se aliara ao cavaleiro orgulhoso, a despeito das advertências do rei Balduíno e da desconfiança dos nobres menos importantes, e havia até mesmo participado de alguns de seus bravos ataques contra as caravanas de infiéis. Foi na primeira dessas expedições com Reinaldo que ele ganhara aquela cicatriz no rosto, embora não tivesse sido pelas mãos de alguém que ele pudesse considerar um adversário à altura.

Procurando afastar aquela lembrança embaraçosa da mente, Conrado refletiu acerca de sua aliança com o senhor de Kerak. Sabia que os partidários de Reinaldo eram poucos, principalmente depois do audacioso ataque a Meca e Medina, mas Conrado havia ignorado as opiniões dos pessimistas da corte. As famílias de elite de Jerusalém não sabiam apreciar a paixão e o empenho de Reinaldo e não percebiam que apenas uma demonstração consistente de força e coragem deteria as hordas de infiéis. Frustrado com os constantes conflitos entre os nobres, Conrado previra o desastre muito antes de seus rivais na corte. E fizera preparativos para o dia que esperava que nunca chegasse, mas que parecia ser inevitável.

Ao pisar em cima de um rato morto coberto de formigas e andar orgulhoso para dar as boas-vindas aos recém-chegados à praia, Conrado pensou em como sua vida havia mudado em tão pouco tempo. O aristocrata passara grande parte da última década vendo sua posição se desintegrar, de nobre mal-acostumado com o fausto das mansões de Jerusalém a refugiado desesperado, líder de um bando desorganizado de guerreiros sobreviventes, vivendo nas mais primitivas condições. Como ele sentia falta do calor de sua cama de plumas, segura por trás de paredes de pedra impenetráveis, com a fragrância dos lilases perfumando a brisa cálida de verão! Agora sentia apenas o fedor da morte e da decomposição. A incidência de tifo reduzira-se recentemente, depois de matar mais setenta homens, mas o odor dos corpos assolados pela doença ainda pairava sobre o acampamento militar como uma nuvem fétida.

Com a queda do reino de Jerusalém e a captura do rei Guy, os nobres sobreviventes haviam se rendido a Saladino em troca de uma saída segura da Palestina. O sultão ficara satisfeito em deixá-los partir, sabendo que executar os cativos proeminentes criaria mártires e provocaria uma retaliação imediata de seus parentes na Europa. O exílio das principais famílias cujas maquinações haviam derrubado o governo cruzado seria muito mais eficaz para suprimir qualquer resistência que ainda houvesse no seio da população cristã de Jerusalém. Com todos os líderes fugindo rapidamente para a segurança de seus lares ancestrais no Ocidente, o povo cristão não teria como se congregar e organizar uma resistência à ocupação muçulmana.

Conrado fora um dos que tiveram sorte. Ele estava numa missão diplomática em Bizâncio quando Jerusalém capitulara. A notícia da derrota de Guy em Hattin ainda não havia chegado a Constantinopla quando ele embarcou num navio de peregrinos que ia em direção a Acre. Conrado jamais se esqueceria do silêncio sinistro com que a pequena embarcação fora recebida, repleta de gregos assustados que haviam gastado suas economias de uma vida inteira numa viagem à Cidade Santa, no momento em que atracou no porto abandonado. Não havia sinos para recebê-los, nem sinal algum de atividade humana. Ele desembarcara com a terrível premonição de que sua vida jamais seria a mesma. Por fim, num passo displicente, surgiu um cavaleiro sarraceno para receber os recém-chegados, os quais, por causa da bandeira cipriota neutra, ele supusera ser comerciantes amigos. Conrado ficara estupefato ao ver o infiel de turbante caminhando descontraído pela praia e percebeu o que havia acontecido. O fato de o árabe ingênuo não ter notado sua real identidade fez Conrado entender a verdadeira situação. A Palestina havia caído, e o rei Guy estava preso em Damasco. Jerusalém ainda permanecia sitiada, mas o infiel alardeara confiante que a cidade se renderia em duas semanas. Isso deixava apenas a fortaleza de Tiro, pertencente aos cristãos libaneses, livre do domínio de Saladino.

Talvez fosse algo na conduta de Conrado, talvez ele não tivesse conseguido disfarçar seu verdadeiro horror às notícias, mas o soldado de barbas crespas ficou desconfiado e logo soou o alarme contra o navio "mercante". Conrado quase não conseguiu retornar vivo à embarcação e ordenar ao perplexo capitão que se apressasse em direção a Tiro antes que fossem capturados e escravizados pelos infiéis que haviam ocupado a Terra Santa.

A chegada de Conrado a Tiro foi o início de uma campanha longa e dolorosa para reverter a perda devastadora que seu povo sofrera nas mãos dos infiéis. O marquês havia se recusado a aceitar a ignomínia da derrota e da expulsão. Indignado com o assassinato brutal de seu amigo Reinaldo pelas mãos de Saladino, ele jurara vingança. No entanto, os oficiais exaustos e desesperados em Tiro estavam dispostos a iniciar os preparativos para a rendição da cidade aos muçulmanos. Percebendo que o povo precisava de algo para uni-los, de um novo líder para inspirá-los, Conrado casou-se forçosamente com Isabela, irmã de Sibila, esposa do rei deposto, Guy. Com vínculos sanguíneos lhe garantindo o trono, Conrado se proclamou o novo rei de Jerusalém, dando aos homens uma indicação, desesperada e necessária, de que haveria uma mudança de curso.

E, por algum tempo, houve. Conrado inspirou as tropas sobreviventes de cruzados a resistir ao cerco prolongado que o exército de Saladino mantinha sobre Tiro. Quando chegou o inverno implacável, forçando o sultão a interromper o cerco, Conrado já havia montado uma expedição ousada para retomar Acre. E lá ele se viu encurralado entre as forças impiedosas do sobrinho do sultão, Taqi al-Din, e o mar insondável.

Após uma série de batalhas e derrotas, seus homens ficaram exauridos. Conrado sabia que as reclamações haviam começado, e ele precisava elevar o moral decaído de sua companhia antes que sua nominal realeza terminasse numa revolta sangrenta.

Portanto, a chegada do exército franco deveria ser o bálsamo necessário para curar as esperanças feridas de seus homens. Porém, quando ele foi acordado naquela manhã por seu nervoso e falante escudeiro e em seguida levado para ver o assombroso número de navios de guerra atracados no porto, foi tomado pelo pânico. Não conseguia livrar-se do sentimento de que esse novo grupo de cruzados não era nem de salvadores, nem de aliados, mas de conquistadores para quem as reivindicações de um único nobre pesavam pouco diante das ambições de seu comandante.

Ao deixar o acampamento e caminhar pelas areias cinzentas da praia, o rei de Jerusalém viu, afinal, o comandante. O barco a remo de Ricardo acabara de atracar, transportando o rei angevino e seu general, William Chinon, a quem Conrado fora apresentado mais cedo naquela manhã como parte de uma primeira delegação. Ricardo pisou confiante no solo da Terra Santa. Conrado não via o rapaz há uma década, desde sua última visita à corte em Londres, em uma missão para o pai. Ricardo fora um jovem impetuoso que não parecia ter o perfil necessário para suceder o majestoso rei Henrique. Na verdade, pelo que se lembrava, o homem idoso se declarara aborrecido com as fanfarrices do filho imaturo. Conrado se perguntava o quanto o jovem rei, sobre cujos ombros seu destino agora repousava, havia mudado durante aqueles anos. Se é que havia mudado.

O talento do rapaz para o drama permanecia evidente. Ricardo ajoelhou-se rapidamente e apanhou um punhado de areia, beijando-a de maneira exagerada, e seus cortesãos fizeram o mesmo. Ah, quanta reverência à Terra Santa, pensou Conrado com aversão. A acolhedora terra dos cristãos, que desempenhava um papel mítico nas histórias infantis contadas na Europa. Conrado se perguntava quanto tempo levaria para aquele jovem aprender a obscura verdade, que aquela terra não era nem sagrada, nem hospitaleira, muito menos para os cristãos.

Conrado ergueu a cabeça, tentando manter um senso de dignidade, enquanto caminhava em direção aos recém-chegados, mas tinha consciência de suas roupas rasgadas e manchadas, e do contraste gritante com o manto de seda impecável que adornava os ombros de Ricardo. Percebeu que o outro notara também a diferença e sorrira com malícia. Cretino.

O pajem de Conrado, o esquelético Jean Coudert, deu um passo à frente de acordo com o protocolo, fazendo uma longa mesura diante do rei. Conrado sabia que, de acordo com o código da aristocracia, Ricardo e ele eram iguais. Mas, do ponto de vista prático, não havia dúvidas para os presentes de que Ricardo lhe era superior. Por enquanto.

— Lorde Ricardo, quero apresentar-lhe o rei Conrado de Jerusalém, senhor de Montferrat e enviado do Vigário de Cristo para a Terra Santa. — Coudert falou em seu habitual francês floreado, a voz trêmula como um sinal de humildade treinada. Ricardo, porém, nem se dignou a olhar para o pajem, ou para Conrado. Virou a cabeça para a esquerda, depois para a direita, os olhos seguindo a agitada movimentação dos homens de Conrado, que se apressavam em deixar as tendas para ver seu glorioso salvador.

Ricardo viu os soldados desgrenhados e sujos e a fileira de tendas militares que cobria a praia e seguia terra adentro por cerca de 300 metros, em direção aos montes rochosos que serviam como o verdadeiro limite entre o território dos francos e o dos infiéis. À distância, as torres de pedra de Acre reluziam sob o sol do meio-dia; bandeiras cor de esmeralda, decoradas com a odiada lua crescente dourada do exército muçulmano, oscilavam no topo das pequenas torres. Para Conrado e seus homens, os estandartes flutuando ao vento eram uma constante e dolorosa lembrança de seu fracasso em tomar a fortaleza das mãos dos sarracenos, como também de sua existência humilhante como refugiados na própria terra.

Era um símbolo que também não passara despercebido ao recém-chegado rei. Ricardo balançou a cabeça e suspirou, como um pai que expressa decepção com um filho incompetente. O desdém sutil deixou Conrado cheio de ódio. Em seguida, o rei da Inglaterra estendeu uma das mãos ao rei de Jerusalém.

— Estou impressionado com seu acampamento, lorde Conrado, e mais ainda ao ver que o reino derrotado de Jerusalém ainda mantém um pretendente ao trono — disse ele, segurando firme a mão relutante de Conrado pelo pulso. — Há quanto tempo estão resistindo aos sarracenos? — O tom de escárnio sugeria incredulidade por aquele bando de bufões ter sobrevivido à invasão de Saladino, e, ainda mais, sob a liderança de Conrado.

Conrado respirou fundo antes de responder ao jovem arrogante. Sabia que seus homens estavam observando e esperavam que ele fizesse uma aliança com os recém-chegados. Sabia também que precisava conter a raiva, uma vez que provavelmente seria morto se despertasse a ira de Ricardo. A reputação de brutalidade do jovem regente atravessara os mares bem antes de sua chegada.

— Dezoito meses — respondeu Conrado, inflando o peito de orgulho. Sim, fora um milagre eles terem resistido tanto tempo, com o território infestado pelas hordas de Saladino e sua retaguarda bloqueada pelo mar. Mas a resistência deles era um sinal da coragem e tenacidade de seus homens, e ele queria ter certeza de que o recém-chegado compreendia que ele estava na companhia dos soldados mais valentes da cristandade. — Os infiéis controlam as cidades, mas nós dominamos a costa. Minhas tropas formam um contingente de apenas 10 mil homens, mas conseguimos deter os sarracenos, apesar de eles serem muito mais numerosos.

Ricardo fitava Conrado nos olhos, sem pestanejar, como uma águia concentrada em sua presa. Em seguida, falou em voz alta, como se para garantir que suas palavras chegassem aos ouvidos dos soldados de Conrado que se aglomeravam nas proximidades.

— Surpreendente! Esses soldados são verdadeiros leões entre os homens. Eles serão membros valiosos do meu exército. — Conrado ouviu murmúrios de satisfação entre os soldados que, atrás dele, demonstravam admiração. Cada vez mais irritado, sabendo o que Ricardo representava para aquela multidão, ele procurou asseverar sua autoridade sobre aqueles homens.

— Eles são realmente corajosos, e eu tenho orgulho de ter esses homens a meu serviço, como os heróis que defenderam Carlos Martel na batalha de Poitiers — disse Conrado, no mesmo tom de voz de Ricardo. Ele sabia que estava indo longe demais ao se comparar com o Martelo de Deus, que conseguira bloquear a expansão muçulmana na França quatrocentos anos antes. Porém, em hipótese alguma ele deixaria aquele garoto assumir o controle de seu exército com pouco mais do que um discurso astucioso.

Ricardo sorriu, mas não havia bom humor ou amizade em sua expressão.

— Martel foi bem-sucedido em expulsar os infiéis do seio da cristandade, não em encurralar seus homens contra o mar — observou.

Conrado enrubesceu, lutando para controlar seu ódio.

— Um revés temporário — retrucou ele, sem a convicção que gostaria de ter. — Mas com seu apoio, não tenho dúvidas de que conseguirei expulsar os idólatras de nossa terra.

Ricardo coçou a face e desviou o olhar casualmente, como se já estivesse entediado com a conversa.

— Se você e seu senhor, Guy, tivessem mantido Jerusalém, não precisariam do meu apoio.

Conrado sentiu uma palpitação na têmpora.

— Guy era um tolo chorão — sentenciou ele. — Verá que eu serei um verdadeiro rei, de acordo com o direito divino de minha família.

Ricardo deu um passo à frente, seu rosto próximo ao de Conrado, os olhos fixos no homem mais velho do que ele com uma intensidade mortal.

— Os reis se fazem pelas ações, Conrado, não por palavras. Nem mesmo as de Deus.

Os ânimos de Conrado ameaçaram explodir, quando lembrou-se. Os olhos azuis e frios que ele fitava agora pertenciam ao mesmo garoto errante que ele vira diversas vezes ser asperamente repreendido pelo rei Henrique.

— Isso é muito profundo, Ricardo — disse ele, um sorriso frio abrindo-se em seus lábios. — Eu me lembro de seu pai lhe dizendo algo parecido. Mais de uma vez, se não me engano. E menos carinhosamente.

Ricardo relaxou a expressão controlada por um instante, e Conrado viu a verdadeira face dele, a de um assassino cruel, manifestar-se em seus traços esculturais. Ele sabia que suas palavras haviam penetrado as partes vulneráveis do dragão. E se perguntava se seu reino, como rei nominal de Jerusalém, estava prestes a terminar sob a espada vingativa de um monarca insultado.

E então a criança petulante e cheia de vontades desapareceu, dando lugar à imagem do estadista calmo e composto. Ricardo deu as costas a Conrado, como se tivesse perdido tempo demais conversando com alguém que não passava de um rei autoproclamado. Virou-se para o pajem trêmulo de Conrado, que presenciara o embate tenso entre tronos com um indisfarçado terror.

— Traga-me seu melhor arauto, alguém que fale a língua dos pagãos — ordenou Ricardo. — Tenho uma mensagem para enviar ao infiel Saladino.

Voltando-se para William, que permanecera passivo durante o diálogo acalorado, Ricardo abaixou a voz, mas Conrado ainda assim ouviu suas palavras.

— Você vai acompanhar o arauto — anunciou o rei. — E traga o marinheiro capturado para confirmar o que ele diz. Quero que esteja a par de cada palavra dita na companhia dos infiéis.

Conrado deu um passo à frente para protestar. Era um insulto sugerir que seus arautos traduzissem erroneamente ou ocultassem qualquer coisa dos irmãos cristãos. Mas algo no olhar frio de Ricardo o fez retornar. Arrogante e impetuoso, Coração de Leão era afinal a única esperança que restava a Conrado. Por enquanto, precisava da ajuda daquele homem. Ricardo o encarou de novo, como se estivesse fazendo uma reflexão tardia.

— Meus homens estão cansados de uma longa e árdua viagem — comunicou ele. — Talvez pudesse organizar um banquete para dar as boas-vindas a seus irmãos à Terra Santa.

Então, sem esperar resposta, Ricardo caminhou em direção à multidão de observadores curiosos, os quais, empolgados, lhe estendiam as mãos.

— Será uma honra — replicou Conrado num tom irritado, enquanto observava Ricardo abraçar seus soldados como se eles lhe pertencessem. Conrado viu o reflexo de alegria nos olhos daqueles homens, como se Coração de Leão fosse o próprio Cristo que veio para conduzi-los à vitória e ao Paraíso. Toda a atenção deles estava no valente recém-chegado, coberto com um esplêndido manto vermelho. Conrado, seu único comandante durante os dias mais tenebrosos da guerra, fora esquecido num instante.

Ele retornou ao acampamento vagarosamente. *Seu* acampamento. Ao olhar para as tendas desgastadas pelo tempo que se erguiam ao redor, à brisa do mar, ele se obrigou a readquirir o controle de suas emoções. Sim, por enquanto ele precisava de Coração de Leão. Porém, quando Saladino fosse derrotado, haveria tempo mais do que suficiente para fazer com que o jovem monarca sofresse um acidente infeliz.

24

Maimônides olhou com certa ansiedade para os três homens enviados pelo rei conhecido como Coração de Leão, cujos navios haviam sido avistados no litoral Palestino quatro dias antes. Os espiões de Al-Adil haviam reportado mais de duzentos navios ancorados nas praias do norte, com um contingente de 15 mil a 25 mil homens, que desembarcaram para se juntarem ao contingente sitiado nos arredores de Acre. Nos últimos dias, o sultão enviara mensageiros a todas as cidades da Terra Santa, convocando todos os crentes capacitados para alistarem-se no exército, mas demoraria algumas semanas até que as forças muçulmanas estivessem preparadas para enfrentar os invasores. E a ordem na região desintegrava-se rapidamente. A monotonia da expectativa nervosa que cobrira Jerusalém nos últimos meses explodira em histeria e caos.

E então chegaram os mensageiros. Portando o odiado estandarte franco, a cruz dourada contra o fundo vermelho que Maimônides esperava jamais voltar a ver, os três homens cavalgaram até Jerusalém desarmados. Os arqueiros de Saladino, nervosos, os teriam eliminado na chegada aos portões da cidade, mas eles vestiam túnicas azuis de diplomatas, e a lei do sultão proibia que fossem atacados. Maimônides vira um deles antes — um mensageiro chamado Walter Algernon, homem de cabelos cor de palha e sardas espalhadas pela face corada. Walter era um emissário do aristocrata franco fugitivo, Conrado, que recusara a anistia generosa de Saladino e se reunira aos remanescentes de Acre. Durante os últimos 18 meses, as forças de Saladino enfrentaram os homens de Conrado em várias batalhas inconclusivas, mas os conflitos se transformaram numa trégua tácita quando ambos os lados exauriram suas forças com o impasse. Walter havia servido como enviado de Conrado e principal negociador durantes esses meses, e se tornara uma figura familiar, embora pouco bem-vinda, na corte. Nascido e criado numa aldeia à margem do rio Jordão, próxima aos limites entre as terras dos cruzados e a Síria muçulmana, sua língua nativa era o árabe, e ele se mostrara um intermediário confiável, conquistando o respeito de Saladino.

Os outros dois homens que estavam com ele, no entanto, eram desconhecidos. Um deles era obviamente um soldado da brigada europeia que acabara de desembarcar. Alto, com longos cabelos pretos e olhos tristes, ele se assemelhava muito aos ícones de Jesus de Nazaré expostos nas igrejas de Jerusalém. Enquanto Walter parecia nervoso e inquieto no centro do grande salão (o emissário nunca fora cercado por soldados fortemente armados ao transmitir as mensagens de Conrado no passado), o europeu mantinha absoluta calma diante da morte em potencial. Ele permanecia com o olhar fixo no trono vazio, esperando com paciência.

Maimônides ficou intrigado. Embora o recém-chegado nunca tivesse estado na presença de árabes, nem visitado um salão tão suntuoso como aquele, decorado com afrescos e desenhos geométricos que deveriam lhe parecer muito estranhos, ele estava indiferente a tudo à sua volta, exceto à sua missão. Desde o momento em que foi conduzido ao salão pelos guarda-costas gêmeos de Saladino, o homem não dissera uma única palavra. No entanto, Maimônides não notou nem arrogância nem agressividade, traços característicos do povo dele. Em vez disso, o europeu irradiava calma e serenidade.

O terceiro arauto, se é que podia ser chamado assim, era o mais incomum de todos. De pele tão escura como um couro queimado pelo sol, cabelos encaracolados, nariz curvo proeminente, e um par de brincos dourados que pesavam bastante em suas orelhas, o homem era nitidamente um abissínio ou um iemenita. Era também, sem sombra de dúvida, um escravo, e se mantinha cerca de 1 metro atrás do europeu, de cabeça baixa e braços cruzados à frente do corpo. Era óbvio que o escravo negro estava amedrontado, e Maimônides se perguntava por que ele fora trazido numa missão de tamanha importância diplomática.

A enorme porta de prata que dava para o salão se abriu, quebrando o silêncio com um pesado ruído metálico e desviando todos os outros pensamentos da mente do rabino. Um guarda robusto com o rosto coberto de tatuagens circulares ergueu uma trombeta de marfim, feita de uma presa de elefante africano, e fez soar o instrumento, anunciando a chegada do sultão.

Saladino entrou, e todos os presentes ajoelharam-se, exceto a guarda de honra, bem como Walter e o europeu. O escravo, por sua vez, encontrava-se prostrado no chão quando o sultão passou por ele, dirigindo um olhar de relance àquela figura inesperada antes de sentar-se no trono com braços esculpidos em forma de leão. Naquele momento, um pajem calvo, ao lado do trono, ergueu um bastão de prata, onde se via esculpido um desenho de folhas e flores espiraladas, e em seguida bateu com ele três vezes no chão. Ao sinal, todos ficaram de pé. Os cruzados, então, prontamente curvaram-se até a cintura diante do sultão. As formalidades de protocolo finalizadas, Saladino voltou a atenção para o assistente de Conrado.

— Seja sempre bem-vindo à minha corte, Sir Walter — disse o sultão em árabe. — Vejo que trouxe colegas. Faça o favor de apresentá-los.

Enquanto Saladino falava, Maimônides notou que o escravo sussurrava nervoso aos ouvidos do europeu desconhecido. Ele era obviamente um tradutor, o que parecia estranho, uma vez que Walter seria bastante capaz de realizar essa tarefa para seu camarada. O rabino viu as sobrancelhas escuras de Saladino erguerem-se quando ele pensou em algo semelhante.

Walter ignorou os sussurros do escravo e falou em voz alta, em árabe.

— Nós nos sentimos honrados com a sua hospitalidade, como sempre, grande sultão — declarou ele, em seu tom de voz agudo, quase feminino. — Por favor, deixe-me apresentar Sir William Chinon, recém-chegado das terras inglesas, que se encontram nas longínquas regiões do sol poente.

Os olhares de Saladino e de William cruzaram-se por um longo tempo. O sultão parecia estudar atentamente o jovem cavaleiro, como se tentasse avaliar as profundezas de sua alma.

— Seja bem-vindo, em nome de Deus, à terra de Abraão, Sir William — disse o sultão, em seu melhor francês.

O jovem homem ficou boquiaberto, e Maimônides viu o leve esboço de um sorriso nas feições de Walter. Os cortesãos, pouco familiarizados com a língua dos infiéis, agitaram-se nervosos. O rabino, que era bem versado no idioma dos bárbaros, compreendeu as palavras do sultão sem esforço, mas ficou estarrecido ao ver Saladino honrar um mero mensageiro dirigindo-se a ele em sua língua materna.

Porém, o homem chamado William rapidamente se recuperou da surpresa e curvou a cabeça sem dizer nada. Saladino voltou a atenção para o escravo, sua curiosidade despertada.

— E quem é esse? — perguntou ele a Walter, voltando a falar em árabe.

Walter tentou, sem sucesso, ocultar seu desagrado.

— É um escravo insignificante — respondeu ele. Então, hesitando um pouco, declarou o óbvio. — Ele veio a serviço de Sir William como tradutor secundário.

Saladino sorriu com genuína satisfação.

— Vejo que o nível de confiança entre os francos não melhorou muito com o passar do tempo.

Ouviram-se risos diante do comentário do sultão.

Os olhos de Saladino percorreram o rosto triste, porém digno, do escravo e voltaram-se para os arautos.

— Suponho que trazem uma mensagem de meu velho amigo Conrado — disse ele.

Walter mexeu-se, um pouco nervoso.

— A mensagem é, na verdade, do líder da recém-chegada expedição dos francos nessas terras abençoadas, como, com certeza, já deve ser do seu conhecimento, meu senhor.

Maimônides viu o rosto de Saladino se contrair. Então era isso — a primeira comunicação oficial do líder das tropas invasoras.

— Prossiga.

Walter enfiou a mão na túnica de veludo preto e retirou de lá um pergaminho selado com cera, com a imagem de um leão banhado pela luz do sol nascente. O mensageiro desenrolou o documento devagar. Pigarreou e passou a recitá-lo.

— De Ricardo, rei da Inglaterra, para Saladino, sultão dos sarracenos. Saudações, e que a paz de Deus esteja convosco...

— Uma paz endossada por espadas. — Foi Al-Adil quem falou, suas palavras cuspidas como veneno de cobra.

— Silêncio! — Saladino raramente repreendia o irmão em público, e os cortesãos encolheram-se face à explosão incomum. Al-Adil curvou a cabeça, desculpando-se.

— Por favor, continue — pediu o sultão a Walter.

O arauto fez um sinal afirmativo com a cabeça e leu em voz alta.

— Nossas nações estão à beira de um conflito árduo e desnecessário. Histórias sobre sua compaixão chegaram até os salões de Londres. Eu lhe imploro que evite essa guerra, que trará apenas sofrimento aos inocentes. Eu o convido a visitar meu acampamento em Acre, onde será tratado com a maior dignidade.

Walter parou, como se estivesse tendo dificuldade para completar a mensagem. Respirando fundo, terminou rapidamente.

— E lá poderemos combinar uma rendição pacífica de suas forças como dois homens dignos.

Houve um momento de absoluto silêncio, tão profundo que Maimônides pensou que ouvira as ondas do mar para além do horizonte. Então o salão irrompeu em gritos indignados dos cortesãos e generais. O rabino olhou para o sultão, que parecia manter o controle diante do insultante comunicado oficial, mas pôde perceber que seus olhos ardiam com uma raiva que ele mal conseguia conter.

O irmão de Saladino, como era de se esperar, não tinha tanto autocontrole.

— Devíamos mandar de volta o escalpo desse arauto num prato como resposta.

Diante dessas palavras, Walter empalideceu, e Maimônides pensou que o homem ia desmaiar. Embora não fosse hábito de Saladino maltratar os mensageiros, essa prática tinha uma tradição antiga e respeitada naquela parte do mundo.

O rabino viu que o recém-chegado, William, observava o sultão com atenção, como se julgando seu inimigo pelas reações dele àquela proposta ofensiva.

Saladino deixou a confusão reinar por certo tempo e depois fez sinal ao seu pajem, que bateu diversas vezes no chão de mármore com seu bastão de prata para restabelecer a ordem no salão. Com essas pancadas, o piso quebrou-se, formando no chão uma imagem parecida com uma teia de aranha, e o ambiente voltou ao silêncio.

Saladino voltou-se para os presentes, seus olhos observando cada um deles, como se desejoso de lhes transmitir a calma que dele emanava.

— Calma, meus irmãos — disse com tranquilidade. — Somente as cabeças frias prevalecerão num momento como este.

O sultão virou-se para Maimônides.

— O que nossos espiões descobriram sobre esse Ricardo?

O rabino sentiu todos os olhares surpresos repousarem sobre ele, alguns, inclusive o de Al-Adil, raivosos. O sultão passara a confiar no julgamento de Maimônides em questões de Estado tanto quanto em assuntos médicos. Mas a recente solicitação para que o judeu entrevistasse os espiões de Al-Adil e chegasse a uma conclusão independente sobre o perigo apresentado por esse novo conquistador fora, no mínimo, incomum. E lhe garantiu a hostilidade dos homens que eram responsáveis pela análise da inteligência na corte. Saladino havia desconsiderado as preocupações de Maimônides sobre sua capacidade para a tarefa, dizendo que um médico que cuidava do corpo dos homens era a melhor pessoa para diagnosticar o estado de suas almas.

— O rei angevino, que se intitula Coração de Leão, é jovem e impetuoso — disse ele, esperando ter feito uma avaliação precisa. — Os homens dele o amam e, ao mesmo tempo, o temem.

Maimônides viu o escravo iemenita sussurrar rapidamente ao ouvido de William. O rosto do recém-chegado endureceu, e ele lançou um olhar frio ao rabino.

— Ele é um homem digno?

— Quanto a isso, eu posso atestar, glorioso sultão. — Foi William Chinon quem falou, em francês. Houve um ruído no recinto enquanto os cortesãos estarrecidos se entreolhavam, tentando decifrar as palavras do infiel.

Saladino sorriu para ele, como um pai se divertindo com o entusiasmo do filho.

— É muito bondoso, Sir William — replicou ele em francês, o que contribuiu ainda mais para a frustração dos nobres árabes. — Mas vou examinar a questão a partir de fontes menos interessadas.

William fez uma reverência com a cabeça, e depois voltou a atenção para o assustado Maimônides, pouco à vontade, que havia sido um dos únicos homens ali a entender a breve troca de palavras.

— Os homens dele têm uma reputação amedrontadora — continuou o médico, que fez uma pausa, percebendo que William, o aparentemente servil seguidor do desprezível Ricardo, não gostaria das palavras que diria em seguida. — Eles saquearam e pilharam ao longo de toda a Europa. Aldeias inteiras foram destruídas. Eles têm todas as marcas dos bárbaros rudes que invadiram a Terra Santa como uma praga há cem anos.

Embora aquele rigoroso julgamento público dos cruzados lhe houvesse conferido o respeito, se não a admiração, de muitos dos nobres no salão, William ficou, com razão, indignado.

— Eu quero deixar o meu protesto aqui... — gritou ele em francês.

Al-Adil levantou-se, ao lado do pajem de Saladino, que, nervoso, afastou-se para o lado.

— Fale de novo sem ser solicitado, e eu arranco a sua língua. — Suas palavras foram ditas com certa dificuldade num francês primitivo e eram desprovidas do sotaque sofisticado da fala treinada de Saladino. Mas foram igualmente eficazes.

Maimônides viu Walter tremer e com uma das mãos tentar conter William, que apenas fitou Al-Adil de cenho franzido.

As reclamações na corte tinham se transformado em um sussurro regular, à medida que os poucos cortesãos que falavam francês tentavam traduzir para os colegas. Saladino fez um sinal ao seu pajem para que usasse o bastão a fim de restabelecer o silêncio, mas não antes de se virar para o irmão. Maimônides estava perto o suficiente para escutar.

— Se voltar a desrespeitar um convidado, meu irmão, eu arranco não só a sua língua como também os seus olhos e ouvidos.

Al-Adil sentou-se, o rosto vermelho de vergonha. Alguns dos membros da corte ficaram chocados ao ver o gigantesco curdo ser repreendido tão asperamente pelo irmão. Porém, para a maioria ficara claro que Saladino estava sendo sábio ao lidar com a situação da forma mais delicada possível. A chegada das tropas infiéis ao litoral era uma realidade que não podia ser resolvida com ameaças e ódio. As forças bárbaras de Ricardo Coração de Leão só poderiam ser combatidas pela determinação e controle férreos que o sultão sempre demonstrara em momentos de crise. E essa era a maior crise enfrentada por qualquer um deles durante toda a vida.

— Por favor, perdoe os modos de meu irmão; eles ainda cheiram ao deserto selvagem — disse Saladino em árabe. — Eu tenho uma resposta para o seu rei, se fizerem o favor de transmiti-la.

Walter, claramente satisfeito por Saladino ter retomado o controle, apesar do furor das emoções que circulavam ao seu redor, retirou de seu manto um pergaminho em branco e uma pena para anotar a resposta do sultão à mensagem de Ricardo.

25

William leu o conteúdo da carta de Saladino pela terceira vez. Suspirou e entregou o bilhete de volta a Walter, cuja responsabilidade era transmitir os comunicados formais entre os monarcas. Não era um papel que William invejasse. Os enviados encarregados dessas mensagens eram, em geral, vítimas da ira imprópria de seus líderes.

O cavaleiro voltou-se para o ocidente e se permitiu um momento de tranquilidade, enquanto observava as fogueiras na base dos francos, à distância. Em um dos caminhos rochosos no topo dos montes que circundavam o acampamento do exército, William olhou para baixo, para a onda de tendas agitadas pela brisa do mar, à luz da lua cheia. Seu cavalo estava exausto da viagem de volta de Jerusalém, uma sensação que ele partilhava com seu fiel animal. Pelo menos a viagem de volta, que levara três dias e três noites, ocorrera sem incidentes, e ele era grato ao nobre sultão muçulmano por ter oferecido generosamente uma guarda de honra para acompanhá-los até Acre. Os sombrios soldados árabes, com os mantos e os turbantes coloridos de sua companhia, estavam obviamente insatisfeitos com a vergonhosa tarefa de escoltar o inimigo até sua base de operações, mas haviam acedido ao comando de seu líder.

Atravessar a Palestina com uma tropa armada portando o estandarte com a águia de Saladino era muito mais conveniente do que fora sua viagem inicial de ida a Jerusalém. William e os outros haviam feito o percurso embrenhando-se pelo campo à noite, usando túnicas marrons de camponeses como disfarce e escondendo-se das patrulhas muçulmanas nos montes, que muito provavelmente os teriam executado como espiões a despeito dos documentos diplomáticos. A tranquila viagem de volta sob o calor do sol havia permitido a William apreciar a Terra Santa em toda a sua beleza. O ar recendia a tâmaras e mel, e as árvores resplandeciam com reluzentes laranjas, figos arroxeados e azeitonas. Havia uma suavidade na brisa, uma paz adormecida que encobria a história sangrenta que aquela terra suportara por milhares de anos.

Enquanto a viagem inicial em território inimigo consistira em cavalgadas rápidas e às escondidas por estradas secundárias durante a noite, a volta propiciara uma jornada mais vagarosa. Isso se dera em parte ao burro lento e genioso que fora solicitado pelos homens do sultão para puxar uma carroça com dois baús de carvalho repletos de ouro e esmeraldas. As caixas continham presentes e tesouros enviados por Saladino para Ricardo, um gesto incomum para um homem que se comunicava com um inimigo ferrenho, em vias de uma guerra. Se William, por sua vez, ficara bem impressionado com a prodigalidade do sultão, Walter considerara o ato de generosidade um estratagema cuidadosamente calculado com o objetivo de sinalizar a confiança inabalável de Saladino de que Ricardo jamais representaria uma ameaça a Jerusalém.

Se não tivesse conhecido o líder inimigo pessoalmente, William também seria inclinado a concordar. Mas o cavaleiro observara o senhor dos sarracenos com atenção na corte. Vira o ódio e o medo estampados nos olhos dos nobres de tez escura, trajando túnicas importadas, os cabelos cobertos com turbantes de filigranas de pratas, mas não tivera essa mesma impressão do sultão. O rei infiel revelava uma aura que parecia indicar nobreza. Ao observar o sultão defender a honra de seus convidados diante de hostis cortesãos, os olhos expressando indignação com a grosseria dirigida aos mensageiros, William teve um estranho sentimento de familiaridade. Era como se ele visse por um instante um espírito semelhante ao seu. Mas o homem era um infiel incrédulo — como isso seria possível?

O jovem cavaleiro afastou da mente a pergunta perturbadora e concentrou a atenção na paisagem campestre e verdejante à sua volta. William Chinon sempre pretendera fazer uma peregrinação à Terra Santa, mas nunca pensara em entrar nela como guerreiro. Deus aparentemente tinha planos diferentes para ele. Depois que atravessou os montes verdejantes próximos a Belém, terra natal do Senhor, William se perguntou o que restaria da beleza prístina da terra, uma vez encerrado o conflito. Muito pouco, suspeitava ele.

Independentemente de quem fosse o vencedor, os bosques floridos que se espalhavam pela paisagem não existiriam mais. O fogo e a peste devastariam as singulares cidades de pedras que seu grupo estava atravessando na viagem em direção ao norte. Muitos dos habitantes curiosos, que haviam saído de casa para ver os forasteiros passarem, em pouco tempo estariam mortos. Tal era a natureza cruel do mundo, imutável desde os dias de Caim e Abel.

A viagem se dera num silêncio coletivo. Os guardas muçulmanos barbados não se atreviam a falar quando estavam próximos dos francos, exceto em um tom muito baixo, temerosos de deixar escapar alguma informação que pudesse ser usada pelo inimigo numa guerra que agora parecia inevitável. E seu colega Walter não dissera uma única palavra desde que atravessaram os gigantescos portões de ferro de Jerusalém, apesar dos esforços de William para envolvê-lo numa conversa educada. Porém, depois de alguns comentários sobre o clima e outros assuntos irrelevantes serem ignorados, William decidiu não insistir mais. Era óbvio que Walter confiava menos nele do que na escolta de Saladino.

E talvez com razão. William sabia que Conrado de Montferrat se julgava o herdeiro legítimo do trono de Jerusalém, e considerava as tropas de Ricardo um mero apoio enviado pelo papado em seu nome. Era óbvio que o orgulhoso rei da Inglaterra tinha uma visão muito diferente da situação, e era inevitável que os dois líderes viessem a entrar em conflito. William desejava com fervor que o desentendimento entre eles fosse resolvido e encerrado, pois, pelo que vira das defesas muçulmanas em torno de Jerusalém, com suas torres fortemente armadas e trincheiras circulares de 15 metros de largura, a guerra já seria bastante difícil com uma força cruzada unida. Uma disputa interna entre os reis, nesse estágio, conduziria a uma repetição da vergonhosa derrota que levara Guy ao exílio e Reinaldo ao Inferno. E se William não conseguira sequer conquistar a confiança de um simples pajem, ele se perguntava como os reis poderiam chegar a um acordo.

William fora mais bem-sucedido com o escravo Khalil. O marinheiro resgatado tinha plena consciência de que sua vida havia sido salva pela intervenção dele e fizera um juramento de lealdade ao jovem cavaleiro perante Alá. Desde que Ricardo entregara o único sobrevivente da *Nur al-Bahr* aos cuidados de William, o iemenita de voz melodiosa e olhos tristes havia passado várias horas por dia ensinando o novo senhor a língua nativa da terra. William vira na jornada ao coração da Palestina a oportunidade perfeita para treinar mais o seu árabe. Embora estivesse longe de ser fluente, ele conseguia pelo menos fazer algumas saudações, como o habitual *assalaamu 'alikum* (a paz esteja convosco), e conhecia as palavras básicas para descrever o ambiente: *as-samaa* significava céu, *al-ard*, terra, *an-naar*, fogo, etc. O que William achava mais interessante em suas lições era a profundidade com que a fé religiosa estava enraizada na língua do árabes. Sempre que Khalil falava do futuro, mesmo para fazer afirmações óbvias como o fato de que iriam chegar a Acre no dia seguinte, ele acrescentava a frase *insha'Allah*, se Deus quiser. Aparentemente, esse era um mandamento direto do Livro Sagrado dos muçulmanos para lembrar aos homens que eles estavam sempre na presença do Divino, e que nem mesmo o acontecimento mais insignificante da vida diária poderia proceder sem a permissão de Alá. Havia algo espiritualmente profundo nessa visão onipresente de Deus, e ver uma fé tão intensa em homens que, segundo ele ouvira dizer, eram selvagens ignorantes o deixara intrigado. Ele decidiu conhecer mais acerca desses infiéis e suas crenças. Talvez o aprendizado da língua avançasse ao ponto de ele chegar a ler o Corão, da mesma forma como, por esforço próprio, se tornara versado na Bíblia Latina.

As aulas de idioma que William tinha com Khalil despertaram olhares desconfiados das tropas barbadas muçulmanas que, de vez em quando, quebravam o silêncio com risadas e gritos ao ouvirem certas frases do jovem cavaleiro, que, no início, Khalil relutara em traduzir por serem obviamente vulgares. Isso divertia muito William. Ele se lembrava da época em que estudou italiano com um amigo de infância, cuja mãe era uma distinta senhora de Roma. As primeiras coisas que Antony, um garoto de cabelos cacheados, lhe ensinara foram os mais vis impropérios que conhecia. Talvez esse desejo de espalhar obscenidades em todas as suas formas linguísticas mais elaboradas fosse uma característica primordial do ser humano.

A amizade crescente entre ele e o escravo negro também provocou olhares críticos do arrogante Walter. O enviado de Conrado mal conseguiu disfarçar sua aversão quando soube que William serviria como representante de Ricardo perante Saladino e que levaria ao seu lado um muçulmano cativo como cotradutor. A utilização dos serviços de um infiel era mais do que um insulto, porém, o arauto sardento ficara obviamente aterrorizado com a chegada recente de Ricardo e mantivera-se calado. Isso, no entanto, não evitou que ele lançasse olhares raivosos sempre que o cavaleiro conversava com o selvagem de cabelos crespos. William se perguntava se a irritação de Walter era pela presença de Khalil na missão ou pelo grande e surpreendente domínio que o escravo tinha do francês. Mas claro que não era de se estranhar que um marinheiro mercante, cuja profissão requeria interação com homens de diversas nacionalidades, falasse a língua deles. William, no entanto, admitia ser peculiar escutar o francês saindo dos lábios de um infiel negro.

Porém, a conversa entre eles diminuíra e logo foi interrompida quando a viagem estava próxima ao fim. Os campos verdejantes da Palestina central desapareciam, substituídos pela terra dura e cinzenta do litoral. As oliveiras frondosas davam lugar a uns poucos pés de acácia cobertos de espinhos pontiagudos. Eles haviam chegado às fronteiras desoladas da Terra Santa, e William sentia o coração pesado ao lembrar que seu povo fora expulso de um mundo tão belo e fértil e se refugiara nos ermos estéreis que circundavam Acre.

Eles alcançaram as muralhas gigantescas da fortaleza de Acre ao pôr do sol do terceiro dia. Seus acompanhantes os haviam conduzido até um caminho escuro no sopé dos montes, entregaram a cada homem um cantil com água e, em seguida, sem nenhuma palavra, deram meia-volta e seguiram em direção ao posto avançado muçulmano. O burro genioso virou-se instintivamente para ir atrás de seus donos árabes, mas tanto William como Khalil puxaram as rédeas de couro até que o intratável animal cedeu e começou a trotar sobre o caminho de pedregulhos. Ao subirem a encosta, William parou um momento para olhar as torres escuras da fortaleza que já fora o orgulho do exército cristão. Suas muralhas erguiam-se acima dos montes, cada uma das janelas em arco tinha o interior iluminado por fogueiras e lâmpadas a óleo, como se encerrassem o próprio sol. O bastião de pedra, com torres e crenas elevadas, fora projetado para se assemelhar aos castelos de fronteira que cobriam a paisagem francesa. As muralhas de blocos de pedras de cantaria cinzentas e pretas eram recortadas em seteiras e ameias em forma de cruz para os arqueiros, e toras firmes serviam de estrutura às paliçadas, plataformas de madeira das quais os projéteis podiam ser lançados sobre qualquer força ofensiva. Numa terra de domos e telhados inclinados, o bastião era a primeira arquitetura familiar que William vira. E agora pertencia ao inimigo.

A fortaleza impenetrável fora construída para repelir ataques vindos tanto do mar quanto da terra, e Walter, num dos raros momentos em que se dignara a falar, mencionou que os depósitos haviam sido supridos com quantidade suficiente de grãos e água proveniente de um poço interno para sustentar um cerco durante dois anos. Quando as forças derrotadas dos cruzados escaparam de Jerusalém e fugiram das investidas de Saladino ao sul e ao leste, a fortaleza de Acre fora um local óbvio de refúgio. Ali, os generais sobreviventes do exército cristão esperavam resistir com relativa segurança e conforto até que as tropas de apoio fossem despachadas pelo governo papal para reverter a invasão bárbara.

Infelizmente, quando Conrado e seus soldados chegaram da fortaleza de Tiro, os comandantes francos, covardes e corruptos, já haviam entregado o bastião de Acre aos infiéis. Havia rumores de que Saladino pagara aos cristãos de Acre o peso deles em ouro e pedras preciosas em troca de sua traição à causa, e que agora eles viviam em Damasco como seus hóspedes de honra.

Qualquer que fosse a veracidade dessa história, a incontestável realidade era que a fortaleza fora abandonada por suas tropas e se encontrava nas mãos dos sarracenos quando o recém-proclamado rei de Jerusalém chegou. A força militar de Conrado fora totalmente incapaz de expulsar os infiéis e havia sido empurrada pelas unidades muçulmanas para os montes ocidentais, até que ficou encurralada contra o mar sombrio.

Quando o sol desapareceu por trás daquele mesmo oceano além dos montes, William observou o piscar das luzes do assentamento árabe nas cercanias, que fora estabelecido sob a vigilante proteção da fortaleza. A cidadela muçulmana vinha se expandindo de forma inexorável durante os últimos 18 meses, e as tropas francas acuadas haviam sido forçadas a recuar. À distância, o suave aroma de cordeiro assado e espinafre emanava das casas de milhares de colonos árabes, que deviam naquele instante estar sentando-se para o jantar. O cheiro fez o estômago de William roncar — ele vinha subsistindo com tiras de carne de bode seca e outras pequenas rações pelos últimos três dias. Uma noite antes de deixarem Jerusalém, Saladino os convidara para um banquete com os nobres da corte, mas Walter havia educadamente recusado o convite. Os arautos entenderam que, apesar da hospitalidade do sultão, eles seriam convidados indesejados aos olhos dos cortesãos. A missão deles era transmitir a resposta de Saladino a seus comandantes em Acre o mais rápido possível, apesar de William ter se arrependido secretamente de não ter provado da cozinha real. Embora fosse um homem ascético em muitos níveis, o cavaleiro tinha uma fraqueza pela boa mesa. E ele raramente havia tido o prazer de uma refeição bem-preparada desde que deixara a Europa meses antes.

William desviou a atenção de Acre e seguiu Walter, ambos conduzindo cuidadosamente seus cavalos e o infeliz burro ao longo do caminho pedregoso. Suas tochas forneciam apenas a luz suficiente para enfrentar o terreno traiçoeiro à medida que o sol se punha e Vênus fazia sua aparição nos céus. A cidade de tendas abaixo deles brilhava com as chamas vermelhas de centenas de fogueiras quando eles se aproximaram das primeiras sentinelas dos cruzados no topo do monte. Ao reconhecerem os estandartes carmesins e os mantos diplomáticos, os guardas abaixaram seus arcos e saudaram os arautos enquanto eles desciam em direção ao desgastado pavilhão de comando onde Ricardo e Conrado esperavam.

WILLIAM FICOU ABALADO QUANDO viu Ricardo. Sentado numa almofada roxa de veludo no centro da tenda, enquanto Conrado se mostrava melindrado ao seu lado, e o líder francês, Felipe Augusto, e os comandantes de ambas as forças andavam pelo recinto, o rei da Inglaterra revelava uma palidez mortal. Gotas de suor lhe desciam pela testa, embora o roto pavilhão de comando já estivesse gelado com a brisa da noite, que penetrava através dos rasgões do tecido. Seu senhor estava visivelmente doente, mas como podia ter contraído uma doença em tão pouco tempo? Eles estavam na Palestina fazia 15 dias, e William estivera fora de Acre por menos de uma semana.

Os dois arautos curvaram-se diante de seus respectivos senhores. Khalil não estava presente; encontrava-se à espera, na tenda de William, vigiado por uma forte guarda de soldados de Conrado. No momento em que eles se ergueram, um grupo de soldados italianos musculosos, exalando um nítido fedor de mijo de camelo, carregava os baús de tesouros que Saladino enviara pelos emissários. Ao avistar as caixas reluzentes, repletas de gemas e metais preciosos, Conrado deu um passo à frente, seus olhos brilhando. William ignorou-o e olhou para Ricardo, que parecia ter dificuldades em manter os olhos abertos.

— Meu senhor, é bom estar de volta à companhia de fiéis. Que a graça de Deus seja derramada sobre Vossa Majestade e a causa cristã! — saudou William automaticamente, mas seu coração não estava ali, nos protocolos da saudação. Ele queria mandar os outros homens saírem, para cuidar de seu senhor doente.

Ricardo deu um sorriso fraco de boas-vindas para o amigo. Tossiu forte e então ergueu a mão, apontando para Walter com o indicador um pouco trêmulo.

— Você... Qualquer que seja seu nome... Tem uma resposta do inimigo?

Walter ficou levemente irritado com o tom rude do monarca. Olhou então para Conrado, que fez um leve sinal com a cabeça, como se sugerindo que o arauto fosse condescendente com o arrogante recém-chegado. Empertigando-se com orgulho, Walter tirou um pergaminho de um bolso do manto empoeirado. Quebrou o selo do documento devagar, como se aquilo fosse uma tarefa laboriosa, desdobrou a carta contendo a resposta de Saladino à corajosa exigência de rendição de Ricardo. Pigarreou e leu em voz alta.

— O infiel responde: "De Saladino, comandante dos fiéis, ao rei Ricardo da Inglaterra. A paz esteja com você. Embora me sinta honrado com o bondoso convite, sinto muito ter de decliná-lo. Não é conveniente que reis se encontrem antes de a paz ser obtida. Mas convido-o à nossa terra com um pequeno presente."

Walter fez um sinal para os guardas, enquanto torcia o nariz por causa do mau cheiro que emanava das armaduras enferrujadas deles. Os homens aproximaram-se e abriram primeiro o maior dos dois baús. Houve diversos suspiros dos surpresos soldados, e William achou ter visto o ganancioso Conrado começar a babar. O baú estava repleto de moedas de ouro de todas as partes do império muçulmano. Dirrãs do Egito marcados com os nomes da família de Saladino, dinares sólidos exibindo o selo de lua crescente do califa de Bagdá, e estranhas moedas cunhadas no leste, algumas aparentemente vindas de lugares tão distantes quanto a Índia. William percebeu a expressão de incredulidade nos rostos dos generais francos. Saladino inexplicavelmente lhes dera riqueza suficiente para recrutar centenas de mercenários, comprar uma grande quantidade de armas de comerciantes de Chipre, ou adquirir mais navios para fortalecer seu bloqueio à costa palestina. Aquilo não fazia sentido. A menos que Saladino possuísse armazenada uma quantidade de riquezas ainda maior, de forma que as próprias forças estivessem ainda mais bem-equipadas e preparadas para a guerra vindoura.

Em seguida, os guardas abriram o menor dos dois baús, embora com certa dificuldade. Estava selado com uma resina incomum, semelhante a cola. Quando eles finalmente conseguiram abri-la, viram que continha uma caixa menor feita de um metal prateado dotado de uma qualidade que nenhum deles jamais vira. Depois que os cadeados do compartimento interior foram abertos, os cruzados presenciaram algo que fez ainda menos sentido do que a fortuna em ouro que lhes fora doada por um inimigo não arrependido. O recipiente interno estava cheio de uma substância branca estranha, pulverizada, que brilhava sob a luz da lâmpada. Todos ali sabiam o que era — mas parecia impossível. Era *neve*. De alguma forma, sob o sol palestino escaldante, durante vários dias, a caixa misteriosa havia preservado a substância congelada. Quem eram aqueles muçulmanos? Feiticeiros? Demônios? Ou talvez algo ainda mais aterrorizante — simples homens, mas possuidores de uma riqueza inimaginável e uma tecnologia incompreensível?

Nervoso e ciente de que todos os olhos recaíam novamente sobre ele, mas agora revelavam confusão e agitação, Walter continuou a ler a resposta de Saladino.

— "Quero que recebam este pequeno presente em ouro dos tesouros do califado, bem como a neve das montanhas da minha terra natal no Cáucaso. Espero que ela esfrie sua fronte neste clima de calor excessivo..." — Walter ergueu a vista para seu senhor, Conrado, e contraiu os músculos da face como se em sinal de desculpas. A afirmação de que aquela caixa mágica podia conservar a neve depois de uma viagem de meses era absurda e irritante, e o arauto claramente não estava à vontade transmitindo a estranha informação. Pôs em seguida a mão no bolso e tirou de lá um pequeno frasco roxo, decorado com diamantes e com uma tampa de prata. Passou-o para Conrado, mas Ricardo estendeu uma das mãos e interveio. O rei da Inglaterra, com as mãos trêmulas da doença que o havia acometido, conseguiu abri-lo e cheirar o conteúdo enquanto Walter continuava lendo.

"... É uma bebida originária da Palestina, de que podem desfrutar. É chamada de *sharbat*" — leu Walter, e depois se calou. Respirando fundo, terminou a leitura do pergaminho. — "Que tenham uma agradável estada em nossas terras. Sinto muito que seja tão breve."

Ricardo jogou o frasco para o lado sem beber o líquido estranho, que todos no recinto acharam estar envenenado. O frasco rolou sobre o chão enlameado do pavilhão e espalhou uma mancha cor de sangue na terra seca. Visivelmente juntando suas forças, o jovem rei levantou-se e voltou a atenção para William, que percebeu a fúria em seus olhos vermelhos.

— Ele está zombando de mim...

William não sabia o que dizer a seu senhor, mas decidiu que sua prioridade seria acalmá-lo e conduzi-lo para a cama, onde um médico poderia lhe prestar assistência. Que pessoas são essas? Por que não haviam chamado um médico ainda?

— Eu não acho que seja essa a intenção dele, meu senhor — disse William devagar, aproximando-se do rei enfermo. — Pelo que percebi, ele parece ser um homem honrado.

Conrado de Montferrat, que finalmente conseguira afastar o olhar do tesouro diante dele, riu. Foi um som gutural terrível, que transmitia incredulidade e desdém.

— Pagãos não têm honra — observou ele, virando-se para se dirigir a seus comandantes, que automaticamente expressaram sua anuência. William sentiu o sangue subir à face e falou antes que a censura da sabedoria o contivesse.

— Conheça o seu inimigo, senhor, pelo que ele é, não pelo que gostaria que fosse — disse William, o olhar frio em conformidade com sua voz. — Não pode derrotar o que não conhece.

Conrado deu um passo à frente, indignado, e por um instante William se arrependeu de sua incapacidade de conter a língua. Aquele homem, pelo menos em teoria, era seu superior, e nem mesmo Ricardo poderia poupar seu cavaleiro das consequências de insultar alguém de tal nível.

Porém, se Conrado e William estavam destinados a entrar em conflito, não seria naquela noite. A sorte interveio, e a atenção de todos os presentes desviou-se do confronto entre os aristocratas e se dirigiu ao progressivo agravamento da condição do monarca. Ricardo havia caminhado até o baú menor e estava passando as mãos pela neve numa espécie de torpor quando suas pernas cederam e ele caiu de joelhos.

— Meu senhor! — Imediatamente William pôs-se a seu lado, maldizendo-se por ter perdido tempo discutindo com um arrogante pretendente ao trono, enquanto seu senhor estava visivelmente doente e necessitava de cuidados. Diante do olhar perplexo dos comandantes, William ajoelhou-se e ajudou Ricardo a apoiar-se em seu corpo. O rei caiu sem forças nos braços de William, e ele sabia que seu senhor havia desmaiado. O cavaleiro passou uma das mãos sobre a fronte molhada de suor do rei.

— Ele está queimando em febre — atestou William, erguendo a vista em desespero à procura de ajuda. Mas ninguém se moveu. O olhar de Conrado cruzou com o seu, e por um segundo William pensou ter visto um leve sorriso nos lábios do suposto rei. Foi uma expressão que fez seu sangue ferver de raiva. Que tipo de homens eram aqueles francos, que se regozijavam com a desgraça de seus irmãos cristãos, seus libertadores?

— É tifo — constatou Conrado, dando as costas a William como se entediado. — Perdemos muitos homens. Os dias de seu rei podem ser contados numa das mãos. — Ele voltou a atenção para o baú que continha o ouro muçulmano e examinou uma peça hexagonal ornada em alto relevo com a escrita árabe e vários símbolos geométricos.

William sentiu Ricardo se mexer e voltou-se imediatamente para ajudar seu senhor.

— Meu senhor, consegue falar? — As pupilas do rei focalizaram William e ele deu um débil sorriso.

— Ajude-me a ficar de pé — grasnou Ricardo. William lançou um olhar severo aos soldados inertes, que olhavam para o desventurado Coração de Leão, e seu ar reprovador conseguiu despertar um senso de dever naqueles homens. Dois dos comandantes mais jovens se aproximaram e ajudaram William a erguer o rei e conduzi-lo a uma cama com almofadas na extremidade do pavilhão de comando. O cavaleiro auxiliou Ricardo a deitar-se, sua mão apoiando a cabeça do rei.

Ricardo tossiu violentamente, expelindo um muco viscoso e esverdeado, e William foi obrigado a recuar, temendo contrair a doença. O cavaleiro voltou-se para um dos homens que o haviam ajudado, um exilado de Bersebá de cabeleira basta, que exibia uma barba com fios tingidos de hena vermelha.

— Vá buscar um médico! — Ele praticamente gritou na cara do jovem franco. O soldado de cabelos espessos virou-se com ar de dúvida para Conrado, que retrucou, exasperado.

— Nossos médicos não têm cura para essa doença.

William escutou um som estridente assustador, como cascas de nozes trituradas contra o chão de mármore, vindo de Ricardo. Virou-se, esperando o pior, e percebeu então que o rei desatara a rir como um lunático.

— A vida é uma piada — rosnou Ricardo. — Eu atravessei o mundo em busca de uma batalha para morrer em cima de uma cama...

William deu um passo atrás e ajoelhou-se ao lado de seu senhor. Segurou a mão trêmula e ardente de Ricardo.

— Não sob meus cuidados, senhor.

Então levantou-se e, com um último olhar fulminante ao grupo de nobres, que permanecia impassível diante do sofrimento de seu amigo, o jovem cavaleiro, enfurecido, deixou o pavilhão e se dirigiu à sua tenda. Embora o céu estivesse coberto de estrelas brilhantes e a maioria dos soldados no acampamento já estivesse dormindo, perdida em seus sonhos agitados, não haveria descanso para William Chinon naquela noite.

Afastando do caminho os guardas que estavam à entrada de sua tenda de listras vermelhas e brancas, William entrou de forma abrupta e achou o homem que procurava. O escravo Khalil estava pacientemente sentado no chão, os braços algemados, embora William tivesse dado ordens aos guardas para que o deixassem livre.

Praguejando em voz baixa, William chamou um dos guardas e exigiu que soltasse o escravo. Quando o galês malcheiroso e de dentes estragados obedeceu, William o dispensou. Logo que o soldado saiu, ele virou-se para Khalil, que permanecera impassível durante toda aquela cena.

— Meu senhor está com tifo, a doença que se espalhou por Acre. O que sabe sobre cuidados médicos? — perguntou ele em francês, tentando em vão ocultar o desespero na voz. O homem de cabelos crespos e pele queimada do sol olhou para William por um instante e depois respondeu.

— Eu sei somente o que é necessário para sobreviver no mar — respondeu Khalil num francês aceitável, se não perfeito. — Como curar enjoo e vômito causados pelo movimento das ondas. Como controlar a diarreia provocada por água contaminada. Sei até mesmo como estancar o sangramento de um pé dilacerado pelo ataque de um tubarão. Mas a doença que afeta o seu povo não é do meu mundo. A origem dela está no interior do deserto, onde a água não encontra refúgio. Seus aliados são as criaturas vis e furtivas da terra que espalham a pestilência na calada da noite.

— Mas existe uma cura? — perguntou William, pouco interessado nas respostas poéticas do escravo.

Khalil deu de ombros.

— Ouvi dizer, numa das paradas de comércio em Alexandria, que os médicos do Egito descobriram um remédio que salvou muitas vidas da praga há quatro anos — observou ele. — E também que as escolas de medicina do Cairo agora ensinam os médicos a curar a doença com facilidade.

William desanimou, sentindo-se derrotado. Egito! A distância entre Acre e Cairo era quase igual ao intervalo entre a Terra e a Lua, exceto que uma viagem pelas esferas celestiais seria menos perigosa para um franco cristão do que uma jornada pelos domínios dos fanáticos beduínos do Sinai.

— Então o meu rei vai morrer — desabafou, depois de um longo e doloroso silêncio. Sentiu-se vazio por dentro. Falhara com seu senhor, mesmo antes de a guerra começar.

Khalil olhou para William como se uma ideia lhe surgisse, vinda da alma de seu senhor.

— Talvez exista uma maneira, mas terá que engolir seu orgulho.

William olhou para ele surpreso e em seguida levantou-se, o rosto enrijecido pela determinação.

— O orgulho não tem valor para mim, uma vez que eu daria a própria vida por meu rei — disse o cavaleiro.

Khalil riu, um riso alto e estridente que contrastava com sua voz normalmente melodiosa.

— Quando seus irmãos cristãos souberem o que fez, meu senhor, eles vão exigir mesmo essa troca.

26

Maimônides caminhou rapidamente pelo corredor de piso de mármore do palácio, o coração disparado. Fora acordado de seu sono profundo por batidas fortes na porta sólida de cedro da modesta casa de sua família, no bairro reservado aos judeus. As pancadas acordaram até mesmo sua amada esposa, Rebeca, que gritou assustada. Maimônides vestiu um robe velho listrado e dirigiu-se descalço à sala principal. Era mais de meia-noite, e sua imaginação dava voltas com pensamentos sombrios sobre a identidade e o intuito do visitante. Ele não foi o único a ter medo. Miriam ficou à porta com sua camisola de algodão fino, segurando um cutelo amolado que Rebeca usava para preparar seu prato predileto de cordeiro, pronta para desfechar um golpe no intruso que ameaçava a santidade de seu lar. Havia uma intensidade nos olhos dela que ele vira uma única vez, há muitos anos, e que o deixou alarmado.

Enquanto as batidas aumentavam em frequência e intensidade, Maimônides se aproximou com cuidado e pôs uma das mãos no ombro de Miriam. Ela pulou assustada, e houve um momento aterrador em que ele achou que ela o atingiria no peito com o facão de cozinha. Mas o reconhecimento se deu numa rapidez misericordiosa, e ele foi poupado da morte, ao menos pelas mãos da sobrinha. Ele apenas se perguntava se o insistente visitante completaria essa tarefa.

Quando Maimônides, por fim, entreabriu a porta, viu ali os odiosos gêmeos de sua vida diária na corte, os dois brutos egípcios que serviam como guarda-costas pessoais de Saladino. A presença deles àquela hora da noite em sua casa só podia significar notícias graves.

— O sultão? — Foi Miriam quem falou, e Maimônides viu em sua expressão alarmada que ela compartilhava de seus pensamentos. Talvez Saladino estivesse gravemente enfermo, o que parecia improvável, uma vez que demonstrara estar em excelente estado de saúde mais cedo no começo da noite, ou talvez houvesse sofrido algum acidente. Ou, ainda, talvez tivesse sido envenenado por um dos muitos cortesãos invejosos em Jerusalém.

Os gêmeos ignoraram a moça e se voltaram para Maimônides, dizendo-lhe apenas que a presença dele era solicitada no palácio imediatamente. Os soldados impacientes lhe deram tempo somente para cobrir-se com um manto escuro, que Rebeca havia tecido há pouco tempo para mantê-lo aquecido durante as caminhadas diárias na manhã fria até o palácio. Enquanto amarrava o pequeno fecho de madeira em torno do pescoço, Maimônides viu os irmãos gêmeos lançarem olhares cobiçosos a Miriam, vestida à vontade. Em vez de ficar intimidada com a presença daqueles guerreiros brutamontes, sua sobrinha permaneceu numa atitude desafiadora, encarando-os, sua mão ainda no cutelo. Ela deixou o recinto somente quando Rebeca, assustada, a puxou, literalmente, para o quarto. Qualquer que fosse a loucura que se desencadeara naquela noite, nenhum deles queria que a obstinada Miriam fosse atraída para seu vórtice.

Maimônides deixou os guardas de lado e atrasou-se um instante à procura de sua maleta médica de couro, porém, o mais alto dos dois balançou a cabeça negativamente de forma sinistra. Ela não seria necessária naquela noite. O rabino sentiu o sangue lhe fugir da face. Talvez o sultão já estivesse morto, e Maimônides tivesse sido chamado somente para ser testemunha de sua morte. Por mais tola que parecesse, a ideia de que Saladino pudesse vir a morrer nunca, de fato, passara pela cabeça do rabino. O sultão havia sido uma parte tão integrante de sua vida por tantos anos que ele não podia imaginar o amigo morto, assim como seria impossível acreditar que o sol não viesse a nascer no dia seguinte.

Os guardas conduziram o médico para fora, onde dois corcéis negros esperavam pacientemente. O gêmeo mais baixo, que se chamava Hakeem, colocou Maimônides sobre a cela de um dos cavalos sem a menor cerimônia e depois também montou no animal. O rabino foi forçado a segurar na cintura de Hakeem enquanto os dois irmãos galopavam como um raio em direção ao palácio. Apesar das diversas tentativas do rabino de obter alguma informação, os soldados permaneceram em silêncio. Maimônides continuou falando, somente para manter a mente concentrada em alguma coisa que não fosse aquela corrida louca pelas ruas calçadas de Jerusalém.

Embora a cidade parecesse morta, e houvesse apenas a claridade vinda das constelações acima, os guardas escolheram um caminho estranho e aleatório, passando pelo mercado e pelo bairro cristão, como se estivessem tentando confundir alguém que pudesse querer segui-los. Esse pensamento deixou Maimônides preocupado.

Agora, porém, eles estavam no saguão do palácio quase sem luz, exceto por algumas velas espalhadas que lançavam sombras estranhas e agourentas. Tentando acalmar a respiração, Maimônides caminhou com certa dificuldade até a entrada do salão onde Saladino realizava suas assembleias. O mais alto dos gêmeos, Saleem, abriu as gigantescas portas de prata que davam para o recinto. Maimônides se surpreendeu quando, por fim, viu quem o esperava no grandioso salão. Ficou confuso. Qual a razão daquele encontro?

Reunidos no centro do salão encontravam-se alguns membros da família de Saladino e seus mais importantes conselheiros, enquanto o sultão permanecia em seu trono com um ar tenso. Al-Adil destacava-se entre todos, a habitual carranca mais séria do que de costume. Ao lado dele estava o cádi Al-Fadil, com uma túnica marrom pouco atraente no lugar dos trajes finos com acabamento em ouro que ele sempre usava. O ministro supremo parecia ter sido arrancado da cama também. A seu lado, estava Keukburi, homem de expressão sempre tristonha, o brilhante comandante egípcio a quem Saladino creditava o sucesso da derrubada da dinastia fatímida no Cairo, realizada com pouco derramamento de sangue.

E ao lado de Keukburi encontrava-se alguém que Maimônides não esperava ver em Jerusalém. Taqi al-Din, o lendário sobrinho do sultão, havia retornado da árdua tarefa de liderar pequenos combates contra o acampamento dos cruzados fora de Acre. De uma beleza extraordinária, usando uma barba aparada e fina que terminava num cavanhaque mais longo, dizia-se que Taqi al-Din combinava o que havia de melhor nos dois filhos de Ayyub. Sua bravura na batalha e total desprezo pela morte se equiparavam à reputação de coragem de Al-Adil, mas herdara do tio o senso de controle e diplomacia em questões de Estado. Havia muitos no reino que esperavam que Saladino deixasse de lado seus próprios filhos, Al-Afdal e Al-Zahir, e passasse o sultanato para Taqi al-Din, e os cortesãos esforçavam-se por conquistar a simpatia do rapaz. O guerreiro, por sua vez, não fazia segredos de suas ambições. Durante meses tentara convencer Saladino a lhe permitir liderar uma expedição para conquistar as terras a oeste do Egito e submeter os sultões da dinastia almôade do Magrebe à bandeira aiúbida. Porém, a notícia de uma iminente invasão dos francos fez com que esses planos fossem descartados, e Taqi al-Din foi encarregado, junto a setecentos de seus melhores cavaleiros, a dar apoio à fortaleza de Acre. Ele era a primeira defesa contra as recém-chegadas hordas europeias, e apenas uma questão muito séria para o sultanato o forçaria a abandonar seu posto.

Quando Maimônides entrou no ambiente pouco iluminado, viu dois homens com túnicas escuras, os rostos ocultos por trás da sombra dos capuzes, virarem-se para ele. À aproximação do médico, os homens retiraram os capuzes e revelaram sua identidade. Maimônides perdeu o fôlego. Era o jovem cavaleiro cruzado William Chinon, que viera como arauto de Ricardo poucos dias antes. A seu lado estava o escravo iemenita, de cabelos espessos e brincos de ouro, que aparentemente lhe servia de intérprete. Sentindo todos os olhos sobre si quando se curvou diante do sultão, o rabino teve a nítida impressão de que essa reunião secreta com o inimigo tinha algo a ver com ele. Maimônides olhou hesitante para Saladino. O sultão esboçou um leve sorriso e depois voltou a atenção para o cavaleiro cristão.

— Seus homens sabem que está aqui? — Saladino falou em árabe, o tom de voz cuidadoso, seus olhos observando de perto o rosto de William sob a luz tremeluzente da tocha.

— Apenas alguns em quem confio — respondeu William em francês, depois que o intérprete traduziu para ele as palavras do sultão. Saladino esperou educadamente que o iemenita repetisse em árabe o que dissera seu senhor em consideração aos outros cortesãos, embora ele e Maimônides conseguissem entender a fala do cavaleiro.

— Qual é a gravidade do estado de saúde? — perguntou Saladino, seus olhos voltando-se para o médico.

— Ele está vivo, mas não consegue abrir os olhos — respondeu William, depois de hesitar um instante. Os fatos começaram a se tornar claros para Maimônides. Coração de Leão estava doente, provavelmente com a doença que assolara o acampamento dos francos: tifo.

Al-Adil riu com desdém.

— Parece que Alá tomou conta de Coração de Leão por nós. — Olhou com sarcasmo para William, que se mantinha com a expressão impassível. — Acredito que esteja aqui para negociar com nosso sultão a rendição de seu deplorável bando de mercenários.

Maimônides viu os olhos de William faiscarem mesmo antes de ouvir a tradução. O tom de Al-Adil falava por si só. Mas antes que William pudesse dar uma resposta inapropriada ao gigante de mau gênio, Taqi al-Din se adiantou.

— Sir William veio me procurar em Acre com uma bandeira de trégua — disse o rapaz com firmeza, a voz ríspida. — Ele está sob a minha proteção, tio, e não vou permitir que seja desrespeitado.

Al-Adil mostrou indignação, mas percebeu o olhar de advertência do irmão e recuou, blasfemando contra os francos. William respirou fundo e encarou o sultão.

— Não tenho nenhuma autoridade para fazer negociações que cessem as hostilidades entre nossos povos — disse ele. — Eu vim aqui para falar não como inimigo, mas como um cavaleiro que se coloca à mercê do grande sultão.

Aquilo era inesperado. Maimônides percebeu a troca de olhares de incredulidade entre os cortesãos e a expressão de profunda desconfiança no rosto de Al-Adil. Saladino era o único que parecia imperturbável. Recostou-se, os dedos em riste, como sempre fazia antes de tomar uma decisão em questões complexas. Após uma longa pausa na qual o único som no recinto era o zumbido de mosquitos, Saladino dirigiu-se ao cavaleiro, em voz neutra, sua expressão impossível de interpretar.

— Em que posso lhe servir, Sir William?

O cavaleiro ergueu a cabeça com orgulho.

— Eu fiz o juramento de proteger o rei, mas me sinto incapaz de ajudá-lo agora — disse ele, a voz indicando arrependimento por ter de lançar mão desse humilhante último recurso. — Nossos médicos não conseguem curar essa doença, mas ouvi dizer que os seus são mais adiantados.

— Está brincando? — vociferou Al-Adil. — Por que o sultão ajudaria seu maior inimigo?

O olhar de William cruzou com o de Saladino, que não se alterou.

— Porque é sabido que o cavalheirismo de Saladino não conhece fronteiras — respondeu ele. — Não posso acreditar que um homem honrado como o sultão deixaria um rei cair por motivo tão mesquinho.

Saladino sorriu de forma cortês, e em seguida virou-se para seu amigo, o rabino.

— O que tem a dizer, Maimônides?

O homem idoso ficou perplexo. Servira como conselheiro de Saladino em muitas questões de Estado, mas nenhuma tão importante quanto aquela. O que quer que ele dissesse agora a seu amigo poderia mudar o curso da história. Esse não era um peso que Maimônides queria carregar, nem tampouco um que pudesse evitar. O rabino sabia qual era a resposta correta, mesmo que fosse contra seu instinto de sobrevivência. Em seu íntimo, ele secretamente havia desejado que um infortúnio como esse recaísse sobre os recém-chegados invasores, uma crise que degolaria a cobra antes que ela viesse a estrangular Jerusalém. E o Deus da ironia o havia escutado, somente para deixá-lo na posição de desfazer a realidade pela qual ele orara.

— Eu sou médico e não posso permitir que nenhum homem morra de uma enfermidade que tenha cura — respondeu Maimônides depois de um longo tempo, a voz carregada de arrependimento. — Mas há uma questão maior em jogo do que meus ideais.

Saladino demonstrou surpresa.

— Diga qual é.

— Caso o rei franco venha a morrer, seus homens ficarão sem um líder e entrarão em desespero numa terra estranha — replicou o homem idoso. — Sem ele, vamos ter milhares de saqueadores encolerizados em nosso litoral e nenhum senhor para contê-los.

— Entendo — disse Saladino, seu tom de voz firme e controlado, sem dar nenhuma indicação de qual seria sua posição naquela questão. — Meu irmão, o que você tem a dizer sobre o assunto?

Al-Adil passou a mão pela barba, puxando os fios com força, como se estivesse prestes a dizer algo a contragosto.

— Pelo menos uma vez o judeu demonstra sabedoria — disse ele, para grande surpresa do rabino. — Embora eu não tenha simpatia para com esse franco, não podemos negociar a paz com um cadáver.

Saladino virou-se para cada um de seus cortesãos. O cádi Al-Fadil concordou com relutância. Taqi al-Din anuiu com a cabeça, mas não disse nada.

— Então a questão está resolvida — concluiu Saladino. Voltou a atenção de novo para o médico. — Maimônides, acompanhe Sir William como meu embaixador ao angevino e veja o que pode fazer por nosso adversário.

William expirou forte, como se tivesse esquecido de respirar por alguns segundos. Ele obviamente não esperava que o sultão concordasse com tão pouca resistência.

— O sultão é um verdadeiro cavalheiro — disse, fazendo uma longa mesura. — Talvez em outro tempo e lugar eu tivesse a honra de chamá-lo de senhor.

Saladino sorriu, e dessa vez não era um mero gesto de polidez.

— Honra seria a minha de chamá-lo de súdito — retrucou. — Qualquer homem que arrisque a vida e o orgulho para salvar seu senhor segue o Caminho da Retidão do Profeta Sagrado, que a paz esteja com ele, mesmo que leve a marca de um infiel.

William não sabia como aceitar o elogio, mas curvou-se novamente de forma cerimoniosa. Assustou-se quando Saladino falou de novo, dessa vez em francês, o tom da voz de repente frio.

— Sir William, leve uma mensagem ao seu senhor quando ele acordar.

Os cortesãos olharam para o intérprete iemenita, mas a expressão dura de Saladino indicava ao escravo que mantivesse essa parte da conversa privada.

— Que mensagem, sultão? — perguntou William com cautela, notando a súbita mudança no ar.

— Diga ao seu Ricardo que vou poupá-lo de morrer como um cão doente — disse Saladino em voz baixa. — Mas não hesitarei em lhe conceder uma morte honrosa no campo de batalha, caso ele insista em manter essa guerra.

William empalideceu, mas fez um gesto com a cabeça demonstrando sua compreensão. Saladino levantou-se e deixou o salão sem dizer mais nada. Todos os olhos recaíram sobre o recém-nomeado embaixador do sultão junto aos francos. O homem sobre cujos ombros idosos repousava então o futuro da guerra.

— Vá buscar seus remédios, rabino — disse Taqi al-Din. — Partiremos antes do amanhecer.

27

Miriam não estava disposta a receber um não. Estivera sentada ao lado da tia, que não escondia o pavor, preocupada durante horas até que o som de um muezim distante anunciou a primeira luz do dia e a hora da oração do *fajr*. O ruído estrondoso de um tropel de cavalos a fez correr até uma janela pequena e ver os misteriosos guardas gêmeos que viraram suas vidas de cabeça para baixo aproximarem-se do portão de sua residência. Maimônides, parecendo cansado e agitado, desmontou do cavalo e seguiu apressado pela entrada calçada da casa em direção à porta. Miriam ficou preocupada ao notar que os dois soldados, que permaneceram montados em seus corcéis negros como a meia-noite, estavam acompanhados de diversos cavaleiros. Um deles era belo, de barba elegante, com a armadura laminada usada na linha de frente por soldados que enfrentavam a escória constituída pelo restante dos francos. Os outros dois eram mais sinistros, usando túnicas pretas, seus rostos cobertos por capuzes. Quem quer que fossem essas pessoas, ela os queria distantes de sua família o mais rápido possível.

Maimônides entrou em casa apressado, beijou-a na face e abraçou a esposa rapidamente antes de pegar sua maleta médica. Apesar das perguntas ansiosas e insistentes delas, ele respondia apenas que estava tudo bem, que era uma pequena emergência médica a que ele precisava atender, e pediu que elas voltassem para a cama. Somente quando escutou Rebeca chorar de medo, algo que a esposa determinada raramente fazia, fraquejou. Com os olhos brilhando de lágrimas, ele contou às mulheres o suficiente para deixá-las aterrorizadas. Estava sendo enviado ao acampamento inimigo para salvar a vida do rei bárbaro.

Rebeca gritou com ele, chamando-o de tolo por aceitar uma missão como essa, a de salvar a vida de um inimigo de seu povo. Ele respondeu com firmeza que não tinha escolha.

— É a vontade do sultão — disse, como se apenas isso fosse suficiente para justificar um plano mal-orientado para salvar o líder dos francos assassinos.

— Então o sultão é um louco! — gritou Rebeca, sem conseguir se conter. Uma mortalha caíra sobre seu lar. Maimônides olhou para ela estarrecido, e depois, de relance, viu pela janela seus acompanhantes impacientes. Eles sempre evitavam encará-lo. Aparentemente não haviam escutado a explosão traiçoeira de Rebeca, ou haviam decidido ignorá-la dada a urgência da missão.

Maimônides voltou-se mais uma vez para a esposa, e eles se abraçaram por um longo tempo, suas lágrimas juntando-se às dela. Em seguida, Rebeca correu para o quarto e bateu a porta, deixando que Miriam ajudasse o tio a colocar os frascos de remédio necessários na maleta de couro. E o convencesse a deixar que o acompanhasse nessa viagem suicida para as entranhas do Leviatã.

— Isso está fora de questão — disse ele mais uma vez.

— Se eu fosse homem, você não protestaria — retrucou a moça com raiva, depois de ver que uma súplica melosa não surtia efeito.

Maimônides pegou uma faca longa e afiada que ele mantinha para cirurgias e a colocou com cuidado em seu estojo especial dentro da maleta médica.

— Você tem razão — disse ele, sem olhá-la nos olhos.

— Você precisa de minha ajuda — insistiu ela, tentando conter a fúria. Ele era teimoso demais!

— Tolice. — Maimônides continuou colocando na maleta delicados frascos de cristal, com unguentos curativos e cânfora.

Miriam pôs a mão de forma afetuosa sobre o braço do tio, tentando falar em um tom suave.

— Tio, o senhor vai entrar numa toca de lobos. Não vá sozinho.

— Os francos não vão me fazer mal — afirmou ele, embora ela não tivesse percebido convicção na voz dele.

Miriam respirou fundo, sabendo que estava a ponto de abordar um assunto incômodo.

— Tem andado doente — disse ela. — Se suas mãos tremerem, eles vão achar que está querendo matar o rei deles.

Ele puxou o braço de forma brusca, os olhos faiscando pelo orgulho ferido. Maimônides dirigiu-se apressado a um velho baú de cedro num canto da sala e tirou de lá uma tigela de vidro pesada para misturar os remédios. No momento em que a ergueu para levá-la até a maleta desgastada, Miriam viu o esforço no rosto do tio, que lutava contra a artrite agravada nos últimos meses.

— Minha mão está tão firme... — A mão fraquejou e ele deixou a tigela cair. Ela quebrou-se em mil fragmentos contra o piso de pedra de sua casa.

Traído pelo próprio corpo enquanto falava, Maimônides ajoelhou-se para limpar os estilhaços do chão, a cabeça baixa de vergonha e raiva. Miriam agachou-se ao seu lado e, sem uma palavra, varreu os fragmentos de vidro para dentro de um cesto de cardo usado como lixeira. Embora ele evitasse olhar para ela, a moça viu as lágrimas subirem aos olhos do tio, e isso lhe partiu o coração. Como ela amava aquele homem! Arrependeu-se de tê-lo magoado, de ter posto sal nas feridas de sua alma, mas sabia que não tinha escolha. Não o deixaria enfrentar os francos sozinho. Seu tio era um homem de Deus que não conhecia as profundezas do mal oculto nos corações dos sórdidos invasores europeus. Miriam, entretanto, vira o mal de perto na estrada que atravessava o Sinai. Os francos não respeitavam idade nem sabedoria, e caso esse rei Ricardo morresse, como provavelmente aconteceria, eles não pensariam duas vezes em soltar sua ira contra um frágil idoso. Miriam não fora capaz de proteger seus pais daqueles bárbaros; mas não permitiria que lhe tirassem Maimônides também.

Ela inclinou-se e tomou nas mãos o rosto do tio, assim como ele fazia com ela quando era criança e queria confortá-la quando estava triste. Ele, enfim, fitou-a nos olhos e viu lágrimas escorrendo pela face dela também.

— Tio, por favor. Você me treinou na arte da cura, preparando-me para este dia. Não deixe que seu orgulho me impeça de fazer a coisa certa por você. E por seu paciente.

Maimônides olhou para os cacos de vidro em suas mãos trêmulas.

— Tudo o que um homem tem é o seu orgulho — disse ele com voz suave.

Miriam pegou a mão dele e apertou-a contra a sua.

— Você ainda tem o seu orgulho — replicou ela. — E o meu junto ao seu.

Maimônides abraçou-a por um longo tempo.

— Fique perto de mim, minha querida — pediu ele. — Não vou perder nenhum outro ente querido para os francos.

Miriam sorriu para ele. Não deixou que ele percebesse o pânico crescente que tomava conta de seu coração ao pensar que iria enfrentar o inimigo outra vez.

28

Miriam tentou tapar o nariz com os dedos, mas o odor rançoso do acampamento dos cruzados já tomara conta dela e ameaçava fazê-la vomitar, num estilo impróprio a uma moça. A cidade de tendas que servia de acampamento-base para os 30 mil soldados francos tinha o aspecto e o cheiro de um ninho crescente de baratas. Com um horror maldisfarçado, Miriam cravou os olhos na aglomeração de bárbaros desgrenhados e manchados de saliva e sangue, que arrastavam-se de forma desordenada pela costa rochosa de Acre.

Ela ignorou os olhares desagradáveis dos guardas de Saladino, que consideravam a presença de uma mulher numa missão tão perigosa era não somente temerária, mas também um prenúncio de má sorte. Ela fizera a viagem numa égua, que fora buscada às pressas nos estábulos do sultão depois que Taqi al-Din fracassara na tentativa de fazer o tio dela mudar de ideia a respeito de levá-la consigo. O sobrinho do sultão praguejara, ameaçara e tentara persuadir Maimônides, mas se vira diante de um homem cuja obstinação era irritantemente inabalável. Ele só aquiesceu depois que um dos homens de capa, que deixara Miriam surpresa ao descobrir que era um franco de cabelos longos, suplicou para que o jovem soldado se apressasse. O homem, cujo nome parecia ser William, falara em francês, e seu companheiro, também de capa, lembrava um africano (ou um árabe de tez muito escura, ela não tinha certeza), traduziu suas palavras para Taqi al-Din. Maimônides havia ensinado a Miriam muitas das línguas dos bárbaros, mas francês era a sua preferida. Era melodioso e fluente, como sua língua nativa, o árabe. Porém, ela permaneceu em silêncio, não querendo deixar que o inimigo percebesse que entendia com perfeição a língua dele, embora seu tio conversasse livremente com o cavaleiro em francês. Ela preferia assim. Os homens convictos de que não eram compreendidos inevitavelmente baixavam a guarda e falavam demais na presença do inimigo.

Quando o heterogêneo e improvável grupo de viajantes — árabes, francos e judeus — se preparava para partir, Taqi al-Din mandou que todos vestissem túnicas escuras de camponeses para ocultar suas identidades. Além disso, exigiu que Miriam cobrisse o rosto por completo com um véu. Ela estava a ponto de protestar quando viu nos olhos do tio que não receberia seu apoio naquela questão. Resmungando, suportou a indignidade e cobriu a boca com um tecido fino escuro. A cavalaria então partiu de Jerusalém pelo portão norte. Taqi al-Din e William cavalgavam à frente, o intérprete negro sempre ao lado do cavaleiro, com Miriam e Maimônides seguindo-os de perto, junto aos dois guarda-costas gêmeos do sultão, que protegiam a retaguarda.

A viagem até Acre normalmente levava três dias, mas Taqi al-Din insistira para que eles pegassem uma estrada periférica, menos procurada pelos viajantes. Ao primeiro sinal de que alguém se aproximava, fosse uma guarnição de patrulha rotineira de Saladino, fosse um camponês sozinho montado num burro, o sobrinho do sultão ordenava que eles se refugiassem atrás das árvores, de blocos de pedras, de qualquer coisa que os ocultasse, enquanto ele e um dos guarda-costas egípcios saíam para investigar. Invariavelmente, não havia ameaças, e eles podiam continuar depois que os intrusos seguiam seu caminho. Taqi al-Din manteve sua estratégia de precaução, apesar dos argumentos de William de que eles estavam perdendo um tempo precioso. Miriam reclamou uma vez com o tio da situação, mas ele aconselhou paciência — os exércitos de guerra estavam se reunindo e não havia maneira de saber quando os francos enviariam suas primeiras missões de reconhecimento ao território muçulmano. Maimônides lembrara a ela que, pelo que eles sabiam, Coração de Leão já estaria morto, e os assassinos francos sem um líder, estariam a caminho, aos milhares, para saquear e pilhar a terra. Esse não era um pensamento consolador.

Porém, a viagem transcorrera sem incidentes. Miriam passara os dias escutando com atenção as conversas de William com Taqi al-Din. Os diálogos, em geral, eram sobre histórias pessoais e a cultura de suas respectivas terras natais, mas ambos os homens sempre evitavam falar sobre qualquer coisa que pudesse resultar em vantagem tática para o outro, caso suas nações entrassem em guerra. Ela percebeu que era mais uma competição para se engrandecer, como sempre ocorria entre os homens, cada um exaltando seus feitos e a coragem de seu povo. Mas ela era versada em linguagem corporal e nos segredos escondidos por trás das vozes de tenor dos homens, e, por isso, ignorava o teor da conversa e analisava o caráter de cada um pela maneira como eles falavam.

Taqi al-Din correspondia ao que diziam dele — orgulhoso, impetuoso e confiante. Parecia convicto de que realizava uma missão para Alá, bem semelhante ao seu respeitado tio, e de que desempenharia um papel crucial em empurrar o bando sórdido de cruzados para o mar, para sempre. William parecia se divertir com o grandioso senso de destino do rapaz, como se tivesse conhecido homens assim nas próprias tropas, os quais eram inevitavelmente submissos a forças bem maiores do que seu senso de importância. Miriam achava o cavaleiro enigmático. William não se adequava à imagem que ela fazia (nem correspondia à sua dolorosa experiência) da rudeza franca. Na verdade, aquele homem de feições esculturais lhe lembrava alguns rapazes bem-educados do Cairo com quem ela flertara durante anos. Dotado de uma educação surpreendentemente refinada (ela ficara chocada ao ouvi-lo fazer referência a Aristóteles) e de modos decentes, William Chinon quebrara todos os merecidos estereótipos dos bárbaros sórdidos que lhe vinham à mente desde aquele terrível dia em Ascalon.

Porém, agora, ali, em meio àquelas hordas de francos desasseados, ela percebia que o belo cavaleiro era uma exceção. Uma rara exceção. Eles haviam chegado às cercanias de Acre no meio da quarta noite de viagem. Taqi al-Din e os irmãos egípcios os escoltaram até a encosta do monte além da fortaleza e da cidadela armadas que marcavam os limites do domínio muçulmano. Dali em diante, eles seguiriam por conta própria. Nervosa, Miriam olhou para o tio e viu que ele estava tão preocupado quanto ela. William lhes jurara, pelo sangue de Cristo, que protegeria a vida deles com a própria quando entrassem no acampamento dos cruzados, mas quando atravessaram os montes e olharam para baixo, para a vasta cidade de tendas que se estendia até o distante oceano, ela percebeu que o juramento dele fora vazio. Se os francos quisessem lhes fazer mal, eles certamente morreriam. Ou pior.

Os guardas cristãos haviam surgido no desfiladeiro como fantasmas trazidos pelo vento de seus esconderijos atrás das árvores, suas bestas apontando para os recém-chegados. Mas baixaram as armas assim que o rosto de William ficou nítido sob a luz amarelada da lua minguante, que surgia por cima dos montes. Os homens olharam surpresos para os visitantes, mas não fizeram perguntas a seu comandante.

Ela segurou a mão trêmula do tio quando William avançou a passos largos no meio da multidão de soldados atônitos, a cabeça erguida com a confiança do comando. E ao atravessarem o mar de guerreiros inimigos, vestidos com sobretudos amplos decorados com a Cruz por cima de pesadas couraças de malha, ela viu que os homens, de fato, afastaram-se, abrindo caminho para o cavaleiro e seus estranhos convidados. Porém, embora fosse óbvio que eles reconhecessem a autoridade de William e que nenhum fez menção de lhes incomodar, todos os olhares no acampamento, injetados de sangue, estavam fixos nos recém-chegados. Nela. Pela primeira vez, ficara agradecida pelo véu que cobria seu rosto e as túnicas folgadas que escondiam suas amplas curvas. No entanto, apesar de ter deixado à vista através do *niqab* apenas seus olhos verdes e a fronte, ela podia sentir o terrível desejo nos homens. Eles estavam sem a companhia de mulheres fazia meses, e a mera presença dela lhes despertava instintos animalescos.

Era ao mesmo tempo repugnante e aterrador. E lhe trazia lembranças tenebrosas, que desde criança Miriam procurara esquecer. Ela sentiu um aperto na garganta e esforçou-se para respirar. O suor lhe pingava dos cabelos, e seu coração disparou. Quando os sons deploráveis do acampamento inimigo se fecharam à sua volta como uma prisão, ela entrou em desespero e desejou voltar para casa. Cometera um terrível engano. Sentiu as lágrimas lhe subirem aos olhos. Miriam não era, na verdade, a mulher que fingia ser na segurança da casa do tio — orgulhosa, destemida, invencível. Agora, diante do perigo real, era, uma vez mais, uma criança assustada, a mesma garota amedrontada que presenciara, impotente, sua mãe ser jogada ao chão por um franco enlouquecido, o pênis dele surgindo de forma obscena, como um punhal, à medida que as calças de sua armadura caíam abaixo dos joelhos, de aspecto viscoso. Ela já não conseguia manter o controle da situação, assim como naquele dia horrendo em que viu...

NÃO.

Miriam freou seus pensamentos com uma determinação brutal. Com incrível força de vontade, recuperou o controle novamente. Não havia passado. Não havia terríveis violações, nem torturas, nem mortes. Havia apenas o presente. E, naquele momento, seu tio precisava de uma protetora competente e corajosa, não uma moça chorona, tomada pelas lembranças de acontecimentos do passado.

Miriam bloqueou todas as outras imagens e sensações. O acampamento caótico do exército, de aspecto, sons e odores asquerosos, desapareceu de sua mente. Focou a atenção apenas em sua missão, como uma lente que capta a distante luz do sol num único e inevitável raio de luz. Ela fixou o olhar à frente, segurando firme a mão do tio, enquanto seu guardião, William, os conduzia a um pavilhão vermelho e grande. A tenda era gigantesca, erguendo-se quase 15 metros acima deles, mas o tecido que a cobria estava sujo e desgastado. Na entrada principal, ela viu dois guardas de expressões rígidas, empunhando espadas de folha larga em uma das mãos e lanças de 2,5 metros na outra. Ela notou que eles vestiam couraças desbotadas, como as dos guerreiros francos nativos, em contraste com os peitorais lustrosos usados por William e os recém-chegados da Europa.

Miriam concluiu que esses homens eram parte do contingente refugiado em Acre, e que eram leais àquele a quem, durante a longa viagem, William se referia como Conrado. Pelo pouco que conseguira captar das conversas secretas entre William e Taqi al-Din, Miriam deduzira que Conrado ainda não havia aceitado a autoridade de Coração de Leão sobre as tropas do oriente e do ocidente. Entretanto, se esses homens obedeciam a Conrado, parecia improvável que eles viessem a aprovar o estratagema de William.

Miriam estava certa. Houve um momento, longo e incômodo, em que os guardas examinaram os visitantes recém-chegados, seus olhos escuros inspecionando-os com um misto de incredulidade e suspeita. Não pareciam impressionados nem intimidados com William, que, ela percebeu, era seu superior.

— Afastem-se — disse por fim William, quando ficou óbvio que eles não estavam dispostos a abrir caminho.

Um dos guardas, um italiano alto de pele bronzeada e bigode longo e curvo, deu um passo à frente. Ficou cara a cara com William, seus olhos castanhos fixos no rosto do cavaleiro. Seu companheiro, um homem mais baixo, de tez pálida e barba preta cerrada, manteve o ar sério, concentrado nos convidados de William.

— Por que trouxe pagãos para o santuário dos fiéis? — A voz do soldado era baixa, mas de um tom surdo, como o de um tigre preparando-se para rugir.

William enfrentou o olhar do italiano, sem nenhuma expressão de medo, porém Miriam viu que a mão dele já estava no punho da espada.

— Eles são curandeiros — respondeu William, articulando cada sílaba como se estivesse falando com um imbecil. — Fui buscá-los para cuidarem do rei.

— Ninguém pode fazer mais nada por Coração de Leão — retrucou o guarda, seu tom sugerindo indiferença à sorte de Ricardo. Ele olhou com desprezo para Khalil, o intérprete negro, antes de voltar a atenção para William. — Recebi ordens do rei Conrado para não deixar ninguém passar, a não ser um padre para administrar a extrema unção.

— O rei não precisará disso, meu amigo — disse William, sua voz suave, porém mortal. — Mas você sim, se continuar barrando minha entrada.

O guarda italiano riu desdenhosamente.

— Está esquecendo seu lugar, Sir William — disse o guerreiro bronzeado, acrescentando um tom de mofa ao título do nobre. — Não está nos salões luxuosos de Londres ou Tours, onde sua palavra diante dos cavaleiros mimados de Anjou é mensagem divina. É um hóspede do rei Conrado em seus domínios, e ameaçar seus homens lhe trará apenas um enterro rápido embaixo das areias de Acre.

O italiano olhou para seu companheiro barbado em busca de apoio. O homem fez um mero aceno de cabeça concordando, seus olhos fixos em Miriam e seu tio.

William considerou as palavras do guarda por um longo tempo, depois fez um gesto de concordância com a cabeça e recuou. Curvou-se como se estivesse se desculpando por uma embaraçosa gafe durante um banquete, e virou-se para seus protegidos judeus atrás de si.

— Perdoe-me — sussurrou ao ouvido de Miriam em seu árabe rudimentar. Antes que ela pudesse compreender suas palavras, ele se inclinou e retirou o véu do rosto da moça. Os cachos negros longos soltaram-se sob a brisa do mar, seu rosto pálido de medo e confusão, o luar realçando suas nítidas e assustadas feições.

Por um segundo, o olhar do guarda recaiu involuntariamente sobre o belo rosto de Miriam e fixou-se por um tempo um pouco longo demais em seus olhos cor de esmeralda. Esse fora seu erro. William de súbito virou-se, sua espada arrancada da bainha como um raio.

Antes que o guarda ou seu companheiro mais baixo conseguissem reagir, com um único golpe, William partiu a lança do homem, como uma folha que desliza na corrente de um rio sereno. Com o mesmo movimento, fez um corte profundo na manopla direita do guarda italiano, arrancando-lhe a mão na altura do pulso. O soldado gritou como um animal selvagem sendo torturado na armadilha de um caçador cruel. Quando o italiano caiu de joelhos, seu companheiro barbado lançou-se com ferocidade contra William com sua espada. O cavaleiro inclinou o pescoço para trás, escapando por pouco da lâmina afiada que almejava decapitá-lo.

Vendo seu senhor em perigo, o escravo iemenita apressou-se em sua direção. Desarmado, usou o próprio corpo para proteger William. Com um chute forte no joelho, Khalil jogou longe o atacante e, ao mesmo tempo, pegou a lança que o guarda deixara cair. Honrando a proibição imposta aos escravos de portarem armas, Khalil imediatamente passou a lança comprida para William. O guarda barbado tentou empunhar a espada de novo, mas William espetou o braço do soldado com a ponta mortal da lança.

Miriam puxou Maimônides para trás o máximo possível, afastando-o dos cristãos que duelavam. Como aqueles homens podiam ser aliados? Eram todos loucos! Pela conduta gentil de William durante a viagem, ela fora levada a achar que talvez tivesse julgado mal o povo franco, e que pudesse haver homens sábios e amantes da paz entre eles. Porém, ali, observando o cavaleiro charmoso repentinamente acabar com a vida de seus inimigos com uma eficiência cruel, percebeu que eles todos partilhavam o mesmo sangue, embora alguns ocultassem suas verdadeiras naturezas melhor do que outros. Esses cristãos eram todos animais.

Miriam queria correr, escapar daquela corja de lunáticos. Preferia enfrentar os montes escuros e infestados de leopardos que circundavam o acampamento a passar mais um minuto naquele covil de demônios. Porém, no mesmo instante em que ela se virou, puxando o tio contra si, viu que estavam cercados. Centenas de Cruzados saíam de suas tendas ao ouvirem a comoção em torno do pavilhão de comando. E ela estava diante deles com o rosto e os cabelos descobertos. Nua, para todos os efeitos.

Os homens caminhavam em sua direção, os braços imundos estendidos à sua procura, como os *djins* de seus pesadelos infantis, monstros sem rosto que se escondiam embaixo de sua cama, esperando para puxá-la num abraço que esmagaria sua alma enquanto ela mergulharia nas profundezas ardentes embaixo da terra...

— NÃO!

Era a voz de William. Ela pressentiu quando ele se lançou entre ela e a turba voraz tomada pela lascívia. A espada dele ainda estava coberta do sangue de seus irmãos cristãos e brilhava com um fulgor vermelho sob o luar. Ela o viu jogar algo no chão à sua frente, e se sentiu desfalecer quando percebeu o que era. A mão arrancada do guarda italiano, os dedos ainda se mexendo em espasmos assombrosos.

— Aquele que levantar a mão contra eles a perderá — declarou William. — Eles estão sob a proteção da Casa de Chinon.

Miriam viu os homens recuarem, quase como se tivessem sido impulsionados por algo mais do que a voz inflamada de William. Era como se uma força invisível de anjos tivesse surgido para proteger os judeus da turba furiosa com suas asas. Ela sabia que os muçulmanos adoravam contos assim, e, de fato, o Profeta deles usara essas imagens poderosas para inspirar muitas vitórias no campo de batalha, mas ela sempre as considerara mera ilusão. Talvez ela tivesse rejeitado rápido demais o mundo invisível, tomando-o como um fragmento da imaginação. Qualquer que tivesse sido a fonte da calma súbita que descera sobre a praia tempestuosa de Acre naquele momento, Miriam agradecia a ela com veemência do fundo de seu coração descompassado.

Sem nenhuma outra palavra, William virou-se e se apressou em levá-los para dentro da tenda vermelha, os guardas ainda caídos no chão, chorando seus ferimentos, como se fossem crianças. Miriam forçou-se a ignorar a poça de sangue que cobria a entrada, ao seguir Maimônides para dentro do pavilhão real.

O interior era esparsamente mobiliado, embora o chão de areia houvesse sido coberto com tapetes de pele de urso. Um homem encontrava-se deitado numa cama de campanha simples, feita de cordas entrelaçadas. Seus cabelos estavam emaranhados por causa do suor, mas ainda refletiam um brilho vermelho dourado, como as cores do firmamento quando o sol desaparecia sob o mar. Seus olhos estavam fechados, e ele não parecia ter percebido a presença dos visitantes, mas ela achava que ele não estava dormindo, pois tremia violentamente.

Então aquele era o grande Ricardo de Aquitânia, conhecido como o *Coeur de Lion* por franceses iludidos, e como assassino cruel pelo restante do mundo civilizado. Ela não conseguiu disfarçar um momento de satisfação e desprezo diante da visão patética do homem que havia chegado com a intenção de aniquilar seu povo e expulsá-lo da Terra Santa. Lançou um olhar a Maimônides, mas não conseguiu interpretar sua expressão. Ele parecia totalmente absorto na tarefa que tinha em mãos, examinando o rei moribundo enquanto procurava os unguentos em sua maleta. Seu tio era um homem tão piedoso que ela duvidava que pensamentos maus de vingança surgissem em seu coração. Estava bem assim — ela podia ter pensamentos sombrios pelos dois.

— O que significa isso?!

Miriam virou-se em direção à voz estrondosa atrás de si. Um homem de cabelos grisalhos e uma horrível cicatriz na face esquerda encontrava-se à entrada da tenda. Três soldados gigantescos usando couraça de malhas prateadas, suas cabeças cobertas por barretes de anéis entrelaçados na cabeça, postavam-se atrás dele, suas bestas letais apontadas diretamente para Maimônides e sua sobrinha.

William deu um passo à frente e se postou entre os arqueiros e seus alvos.

— Eles são curandeiros, lorde Conrado — disse William, a voz controlada, sem revelar medo. — Tenho o dever de salvar o meu rei.

Então aquele era o infame Conrado, rival de Ricardo na lealdade das forças dos cruzados. Miriam observou-o de perto enquanto ele, de punhos fechados, se aproximava de William. O olhar da moça deteve-se na cicatriz vermelha embaixo do olho esquerdo dele. Sentiu um forte peso no estômago. Havia nele algo extremamente familiar. Sua intuição lhe dizia que vira aquele homem uma vez antes, mas não conseguia lembrar-se quando. Ou, mais precisamente, uma parte dela não queria lembrar.

Conrado parecia uma nuvem carregada de eletricidade prestes a desencadear uma tempestade de injúria na face estoica de William. Então Miriam o viu olhar para seu tio de relance e empalidecer por completo. Quando ela percebeu para onde ele dirigia o olhar, o mesmo aconteceu com ela.

Maimônides havia tirado a pesada veste de camponês ao entrar no pavilhão, para ter mais mobilidade ao examinar seu paciente real. Ele usava uma túnica simples com calças folgadas por baixo, em nada diferente das roupas de um homem do campo ou um comerciante de repolhos no mercado. Porém, por alguma razão extremamente incompreensível, temerária, insensata, ele também usava um amuleto de bronze simples no pescoço. Com a forma da Estrela de Davi.

Miriam teve ímpetos de estrangular Maimônides ela mesma. Não podia imaginar o que o fizera trazer um adorno tão óbvio, que os identificava como o povo mais odiado pelos francos, mais odiado até mesmo do que os muçulmanos. Os judeus.

— Ele é... ele... — Conrado parecia totalmente perplexo, incapaz de articular as palavras. Então a tempestade se desencadeou, e ele desembainhou sua espada. — Como se atreve a trazer esse Judas aqui? Responda!

Mesmo quando a situação parecia conduzir às profundezas de Geena, William ficou ainda mais calmo, sua voz adotando um tom suave.

— Ainda não é o rei de Jerusalém, meu senhor — disse ele, aparentemente sem temer incitar a ira de Conrado ainda mais com o insulto. — Não aos olhos dos meus homens, que, devo lhe lembrar, formam um grupo duas vezes maior do que suas tropas já exauridas. Ricardo é o meu senhor e o deles, e enquanto o meu senhor respirar, eu respondo apenas a ele.

Havia algo perigoso sob a aparente calma de William, uma fúria glacial que Miriam vira liberar-se momentos antes contra os infelizes guardas que se puseram em seu caminho. Talvez Conrado tivesse percebido isso também, porque recuou. Mas permaneceu com a espada em punho, e William não fez nenhum movimento para se armar. Ainda.

Conrado olhou para Miriam por um instante, e ela sentiu um tremor lhe subir pela espinha. Havia algo muito familiar a respeito daqueles terríveis olhos cinzentos. Ele, porém, desviou a vista e olhou para o tio dela novamente. Em meio a toda a comoção, Maimônides continuou seu trabalho, tirando da maleta alguns frascos e medicamentos específicos. Todas as dúvidas e medos haviam desaparecido. Ele estava fazendo o que sabia fazer melhor. Era um médico diante de um paciente, e nenhum homem interferiria em seu dever sagrado.

Conrado aproximou-se de Maimônides, sua espada ainda erguida. Miriam sentiu o coração na garganta. Notou que a mão de William dirigia-se para o punho de sua espada.

Conrado examinou Maimônides com um misto de curiosidade e repugnância.

— Onde encontrou esse judeu que se diz curandeiro?

Os olhos de Miriam suplicaram a William para inventar uma história, qualquer história que pudesse preservar a vida de seu tio.

— Ele é o médico pessoal do sultão — respondeu o cavaleiro, como se sua ligação com o odiado rei dos infiéis fosse uma questão de pequena importância.

Conrado se virou para encarar William, seu rosto disforme de incredulidade e indignação.

— Você acha que Saladino enviaria um médico e não um assassino?

William avançou um pouco e pôs a mão com firmeza sobre o braço de Conrado que empunhava a espada. Os arqueiros ficaram tensos, aprontando-se para disparar suas armas se o cavaleiro ameaçasse a vida de seu rei.

— Se esse homem for um assassino, o rei morrerá — disse ele devagar, seus olhos fixos no rosto de Conrado. — E se ele for de fato um médico e você o matar, o rei também morrerá. Então qual o mal de deixar que ele continue o trabalho?

Talvez Conrado tivesse percebido o tom sombrio por trás da aparente calma de William, pois abaixou a arma e colocou-a na bainha. Caminhou de volta para onde estavam seus arqueiros, que não sabiam se deveriam abaixar suas bestas. O ar pesado recendendo a sangue e perigo ainda não deixara a tenda real. Conrado voltou-se para William de novo.

— Ricardo não viverá para ver o dia amanhecer. Então eu serei o comandante da Cruzada.

Wiliam deu de ombros, como se não desse a menor importância.

— Talvez.

— Saiba que eu enterrarei você na mesma cova de seu rei presunçoso.

William foi postar-se ao lado de seu soberano gravemente enfermo. Tocou o braço de Ricardo e apertou com gentileza sua mão trêmula.

— Se o rei morrer hoje à noite, eu mesmo cavo esse túmulo — replicou ele.

Não sabendo o que responder, Conrado lançou novamente um olhar frio a Miriam antes de deixar a tenda de forma brusca, seus arqueiros seguindo com rapidez os passos do suposto rei.

William pôs uma mão encorajadora sobre o ombro do rabino, e depois olhou para Miriam com um sorriso. O fogo da ira desaparecera, e seu rosto parecia agora magro e extenuado.

— Por favor, desculpem essa falta de cavalheirismo — disse William, e Khalil traduziu.

Maimônides riu, um riso gutural que finalmente deixou Miriam à vontade. Enquanto ele risse assim, com satisfação e alegria, ela se sentiria segura, mesmo num antro de escorpiões.

— Não se preocupe — respondeu seu tio a William em francês. — A reputação de patife de Conrado é conhecida.

Miriam aproximou-se do rei moribundo. Passou a mão pela testa dele. Era como se tocasse numa brasa viva.

— A febre o está consumindo — disse ela em francês, antes de poder se conter.

William olhou para ela alarmado ao perceber que aquela mulher havia entendido tudo que ele dissera nos últimos quatro dias. Ela notou que o intérprete, Khalil, sorria para ela como se não estivesse, de maneira alguma, surpreso.

Mas o franco era, sem dúvida, um cavalheiro. Sem fazer nenhuma referência à grosseria de ter escondido dele suas habilidades linguísticas, ele continuou a falar com ela em sua língua nativa.

— Conseguem salvá-lo?

— Meu tio é conhecido pelos judeus e muçulmanos como um homem que opera milagres.

Maimônides olhou para ela como um pai que se sente tanto orgulhoso como envergonhado por ser o receptor da devoção incondicional de uma filha.

— Deus opera milagres, não eu — observou ele, piedosamente. — Se for a vontade de Deus, Sir William, seu rei será restituído à vida neste mundo. — Então sua voz se tornou sombria. — Quando Ele vai decidir o que será dessa vida, no entanto, só depende d'Ele.

Maimônides ergueu uma pequena tigela de madeira, que substituíra a grande que fora esmagada por seu orgulho no início daquela viagem. Colocou água na tigela e começou a misturar ervas com gotas de um tônico viscoso preto.

Miriam inclinou-se para a frente e passou uma toalha molhada pela fronte de Ricardo. Embora sem saber o que a levara a fazer aquilo, ela inclinou-se e sussurrou ao ouvido do homem inconsciente.

— Não nos deixe ainda, Vossa Majestade.

29

Ricardo Coração de Leão encontrava-se no centro de Jerusalém como seu conquistador. Diante dele espalhavam-se os flamejantes restos do que fora a majestosa Cúpula da Rocha, seu domo brilhante estilhaçado. Uma fumaça preta espessa saía do edifício do templo pagão devastado e subia em direção ao céu avermelhado.

Ricardo deu um passo à frente e observou a justa devastação que ele causara. Acima dele, os céus encrespavam-se com nuvens tempestuosas e estrondavam com trovões e relâmpagos que riscavam a Terra, trazendo um castigo imediato aos ímpios.

Ao seguir em frente, ele escutou um terrível estalido sob seus pés e olhou para baixo. A plataforma de pedra calcária sobre a qual as mesquitas pagãs se apoiavam estava agora repleta de corpos, e ele pisara nos ossos expostos de um homem. Era difícil dizer se o infeliz fora amigo ou inimigo, uma vez que o corpo e as roupas haviam sido incinerados, o odor de carne tostada recendendo de seus restos queimados. Ricardo tentou evitar pisar em outros cadáveres, mas era impossível. Não havia 1 centímetro de chão limpo visível sob o mar de membros, cabeças e torsos decepados.

Ele fora o responsável por isso. De alguma forma, em seu íntimo sabia que todos aqueles homens estavam mortos por causa dele. Suas vidas foram o preço da vitória. Contudo, a sensação de triunfo não preenchia o terrível vazio que parecia envolver seu coração. Vira homens mortos antes, espalhados pelo campo de batalha, os corpos ensopados de sangue e urina. Mas não se sentira vazio como agora. O plantageneta Ricardo jamais permitira que emoções de remorso ou culpa o perseguissem após um dia de massacre. Então por que esses sentimentos o perturbavam agora, no momento dessa grandiosa realização? Jerusalém era sua! O nome de Ricardo Coração de Leão seria inscrito na história ao lado dos de Alexandre da Macedônia, Júlio César e Carlos Martel. Ele queria gritar aos céus inflamados que provara o poder e a glória de Cristo no mundo, mas nenhum som saía de seus lábios ressecados.

Ricardo virou-se para apreciar Jerusalém do coração do monte Sião. Mas não via nada. Um muro de fogo e fumaça sulfúrea encobria a cidade. Ricardo achou que via rostos nas nuvens negras que subiam aos céus. Os rostos dos condenados, as almas que ele enviara ao esquecimento em sua busca pelo poder supremo. O vento subia e ele achou que ouvia as vozes deles chamando seu nome, convidando-o a juntar-se a eles nas profundezas putrefatas do Hades.

— Eu lhe disse que era loucura — falou uma voz assustadora de algum lugar atrás dele.

Ricardo sabia quem era. Não quis virar-se para enfrentá-lo. A ideia de ver a origem daquela voz terrível de novo, repleta como sempre de vergonha e constrangimento, era demais para ele. No entanto, qualquer que fosse o poder que o levara até ali, esse poder desconhecia a misericórdia. Ricardo se sentiu dando meia-volta contra sua vontade para enfrentar o homem que ele amava e odiava mais do que qualquer outro no mundo.

Seu pai, Henrique, estava atrás dele, vestido com uma mortalha cinzenta, lágrimas escorrendo-lhe pela face.

— Você queria que eu fosse um homem forjado na batalha. — A voz de Ricardo soou vazia, distante.

Henrique fez que não com a cabeça. Seus olhos estavam vermelhos de tristeza. Ricardo queria lhe dar as costas, mas suas pernas pareciam imóveis, presas àquele lugar, como se fossem de bronze.

— Um homem de verdade escolhe suas batalhas — replicou Henrique. — Não deixa que elas o escolham.

— Eu vou salvar a Terra Santa — disse Ricardo.

Henrique olhou à sua volta, para a carnificina diante deles, incrédulo.

— Destruindo-a?

Que ele se danasse! Por que não ficava embaixo da terra, alimentando os vermes como os outros mortos? Por que ele tinha de retornar para torturar o filho, esfregar sal nas feridas abertas de sua alma jovem?

— Se necessário for — respondeu Ricardo friamente. — Eu sou um guerreiro.

As palavras de seu pai lhe voltaram à memória. *O trono é para homens de verdade que experimentaram o furor da batalha e da morte. Não para crianças com lanças de brinquedo.* Essas haviam sido as palavras de Henrique. A culpa de tudo isso, de ele ter escolhido esse caminho escuro e asqueroso para Jerusalém, era de seu pai. Sem dúvida, o mundo inteiro e todos os anjos do céu sabiam disso!

Ricardo queria se absolver, livrar sua alma dos terríveis grilhões do sangue e da culpa, mas os gritos da cidade em chamas ainda lhe atravessavam a mente. Henrique olhava para ele, não mais com horror, mas com algo pior, uma expressão que atingiu Ricardo como uma lança afiada penetrando suas entranhas. Piedade.

— Venha, deixe-me mostrar-lhe um guerreiro de verdade — disse Henrique. Ele deslizou por sobre os corpos que forravam o pátio devastado da Cúpula, passando por eles como se estivesse patinhando em uma poça. Ricardo se viu seguindo-o contra sua vontade, cada passo esmagando o rosto ou o braço de um guerreiro caído sob ele. Cada corpo que ele pisava lhe fazia subir pela espinha um tremor de repulsa. Não a repulsa natural do vivo pelo morto. Mas algo mais horripilante. A cada passo, ele sentia o sofrimento da morte deles. O medo que lhes correra nas veias quando Azrael se aproximou para arrancar as almas de seus corpos. O Anjo da Morte, como um artista orgulhoso, sempre adquiria uma forma diferente, nunca se repetindo. Para uns, ele chegava como uma flecha que penetra o olho amedrontado do condenado. Para outros, como o golpe de uma espada curva desferido na jugular. Ou como um raio de fogo que consumia a carne do homem, cada nervo sentindo distintamente a lenta agonia.

Por favor, Deus, acabe com isso! Ricardo esperava desesperadamente que uma das múltiplas torturas que ele estava sendo forçado a tolerar o levasse também, libertando sua alma do corpo atormentado. Mas a tortura continuava à medida que as botas de seu traje de guerreiro chapinhavam pelo rio de sangue que corria na rua principal de Jerusalém. Ele sabia, desde o momento em que entrou no mar de morte, que aquele não era nem o sangue de mártires cristãos, nem o dos guerreiros infiéis. Era o sangue de mulheres e crianças, de inocentes, cujos clamores por misericórdia haviam sido ignorados no frenesi da batalha. E isso o queimava como água fervente, enquanto suas pernas o forçavam a atravessar os muros destruídos da cidade e seguir para os montes flamejantes logo adiante.

Então, de repente, tão rapidamente como o havia invadido, a agonia sumiu. Ele não sentia dor, nem horror. O espaço celeste acima dele ficou escuro quando o sol desapareceu num eclipse. Mas um único raio de luz desceu dos céus, iluminando a magnífica cena diante de seus olhos.

Eles estavam no topo de um monte. Embora nunca tivesse ido até ali antes, Ricardo sabia exatamente onde eles estavam.

Gólgota. Três homens encontravam-se crucificados diante dele. Os dois laterais pareciam mortos fazia tempo, os abutres banqueteando-se na carne dos olhos e do crânio. Mas um pequeno grupo juntara-se em frente ao homem torturado que estava no centro. Ricardo olhou com reverência e admiração para a figura emaciada, a cabeça ensopada de sangue caída sob o peso de um coroa de espinhos.

CRISTO.

— É por Ele que eu luto — disse Ricardo.

Henrique olhou para ele com um misto de compaixão e resignação.

— Você não pode lutar por Ele, meu filho. Ele já venceu.

Uma névoa passou entre o pai e o filho e, quando ela se dissipou, o rei Henrique havia desaparecido. Ricardo se viu caminhando para o local da Crucificação. Lágrimas encheram seus olhos ao ver os lastimosos discípulos curvarem-se em reverência ao seu senhor agonizante. Um centurião romano alto, brandindo uma lança assustadora os empurrava para trás à força, exceto por uma mulher, que estava sentada no chão, oscilando para frente e para trás como se estivesse em oração. Os cabelos dela estavam cobertos por um véu azul brilhante, e embora ele não visse seu rosto, no íntimo, Ricardo sabia quem ela era.

Maria. A Virgem Santa chorava pelo filho agonizante, e seus lamentos cortaram o coração de Ricardo como se ele tivesse sido atingido por uma adaga. O rei da Inglaterra se viu ajoelhando-se respeitosamente diante da figura do próprio Cristo.

— Meu Senhor, por favor, me ajude — disse Ricardo, num rasgo de imaginação febril. — Curaste o cego e o leproso. Eu deixei a minha casa em busca da Tua glória. E é por Ti que morro agora.

O vento soprou pesarosamente. E então a figura na Cruz começou a se mexer.

— Não, meu filho — disse Cristo com voz suave. — Sou Eu que morro por ti.

A figura ergueu a cabeça, e Ricardo viu o rosto barbado banhado em sangue. Um terror glacial repentino tomou conta de seu coração. Aquele não era seu Senhor, Jesus de Nazaré. Embora não conhecesse o homem pessoalmente, bastava um olhar para aqueles olhos escuros de ancião para que a verdade fosse revelada.

A figura na Cruz era Saladino.

Ricardo ficou horrorizado diante daquela visão obscena, blasfematória, e foi puxado para o lado pelo rápido centurião. O soldado romano deu um passo à frente e, com um golpe brutal, enfiou a lança fundo na lateral do corpo de Saladino. Enquanto o sultão gritava em agonia, o centurião virou-se para o jovem rei, um sorriso assustador congelado em seu rosto dourado.

O centurião era Ricardo.

Ricardo gritou. Tentou fugir, mas seus olhos não se desviavam da cena aterradora. Nesse instante, um dos discípulos que se curvaram diante de Cristo virou-se para ele, seu rosto revelando uma paz estranha, cheia de perdão.

Ricardo reconheceu o homem de imediato e quis lhe pedir ajuda, mas era tarde demais. Com um estrondo profundo, a terra tremeu, e o chão embaixo dele se abriu. Ele estava caindo de costas, sendo sugado para um vórtice flamejante que irrompera das entranhas do Inferno. À medida que despencava nas profundezas da escuridão total, ele viu a Virgem Maria se virar e olhar para ele lá de cima, e o rosto dela refletia uma luz mais esplendorosa do que mil sóis.

Era a mulher mais bonita que ele já vira. Seus cabelos pretos cacheados ficaram à vista quando uma rajada de vento empurrou para trás seu lenço azul. Os olhos, verde-esmeralda como as águas do mar, olhavam para Ricardo lá embaixo com uma tristeza etérea, à medida que ele era puxado cada vez mais para o vazio.

— Mãe Santa... por favor, me perdoe... — O grito de Ricardo ecoou quando a escuridão o engoliu...

Ricardo acordou com um sobressalto. Não estava preso dentro de um lago de fogo, nem cravado sob as garras de um demônio. Mas estava no Inferno, de qualquer forma. Ele olhou à sua volta e viu o tecido rasgado do pavilhão de comando que indicava seu retorno do mundo dos mortos para um domínio quase tão indesejável — a costa implacável de Acre.

Percebeu a luz do sol entrando pelas frestas do tecido e sentiu os olhos arderem. O rei piscou e tentou levantar-se, mas seus joelhos enfraquecidos resistiram com teimosia. Suas mãos apalparam o cobertor de lã molhado de suor que o cobria dos pés ao pescoço. Sentiu-se como um homem que fora dado erroneamente como morto e que despertara no meio do processo de embalsamamento. Ergueu-se um pouco até a cintura, mas foi tomado por um enjoo repentino. Mal conseguira se virar para o lado da cama quando uma explosão de vômito irrompeu de seu estômago.

Ao ouvir que o rei passava mal, uma moça vestida de azul dirigiu-se para o seu lado. Ele não sabia o nome dela, mas era como se já a tivesse visto antes. Os cachos pretos estavam visíveis sob um véu leve, seus olhos verde-mar fixaram-se nele com preocupação. Ela inclinou-se e ajudou o rei enfermo a deitar-se novamente, evitando com cuidado a poça de vômito no chão.

— Devagar, Vossa Majestade — disse ela com um sotaque francês estranho. — Ainda está convalescendo.

Confuso, Ricardo olhou para aquele anjo azul. Então se lembrou. O sonho... será que fora um sonho mesmo?

— Você é a Virgem? — A voz dele soou rouca, como a de um velho acometido de uma enfermidade da garganta.

A moça bonita, com as maçãs do rosto pronunciadas, olhou para ele surpresa, como se talvez tivesse entendido mal a pergunta. Ele viu então o rosto pálido dela enrubescer.

— Um cavalheiro não faz uma pergunta dessas a uma moça, senhor.

Ricardo Coração de Leão, rei da Inglaterra e da França, chefe da Terceira Cruzada, sentiu-se como um tolo idiota.

— Não, quer dizer... Quem é você?

A moça trouxe um cálice de prata com água fria. Levou-o aos lábios dele, e o rei deu um pequeno gole. Sentiu a garganta queimar e conseguiu tomar apenas pequenos goles de cada vez.

— Uma curandeira — respondeu ela, com um sotaque estranho.

Ricardo examinou o rosto suave de Miriam e percebeu inteligência e vigor em seus olhos. Ela não passava de uma menina, mas havia sabedoria naquele olhar. E tristeza.

— Eu já vi você antes — argumentou ele, no momento em que as imagens intensas de seu pesadelo desapareciam de sua memória.

— Eu duvido, majestade — disse ela com suavidade.

Ricardo sentiu as forças retornarem no instante em que fitou aqueles olhos cristalinos. E sentiu um rubor incomum nas faces que não era causado pela febre.

— Sua beleza é tanta que seria impossível não lembrar que a conheço — respondeu ele, sem poder se conter. Aquilo soou absurdo. Ricardo tinha pouca paciência com a maioria das mulheres e, em geral, achava aviltante elogiar o coração feminino. No entanto, era a pura verdade, embora não conseguisse explicar por quê. O anjo azul jogou a cabeça para trás e deu uma boa risada. Era um som magnífico, como o barulho suave da água de Les Cascades Du Hérisson, uma cachoeira que o deixara maravilhado em sua juventude.

— Vê-se claramente que está se sentindo melhor — disse ela, com um sorriso alegre que fisgou o coração de Ricardo.

30

O sol cálido da tarde desaparecera sob o mar, e o crepúsculo tomava seu lugar. Haviam se passado vários dias desde o despertar de Ricardo, e ele já podia se sentar no leito, os músculos da cintura e das coxas readquirindo vigor. Ele observava impassível enquanto Maimônides se aproximava de sua cama com uma tigela de um caldo quente. Mesmo de longe, cheirava a vinagre e cânfora, e o rei lutava contra a náusea.

Nos últimos dias, Ricardo tomara conhecimento do que havia acontecido. William convocara o médico de barba grisalha — e sua bela sobrinha — para vir em seu auxílio no momento em que sua alma se preparava para se libertar das amarras terrestres. Sua vida fora salva não por um aliado, mas por um assassino de Cristo que estava a serviço de seu inimigo declarado. Ricardo teria gargalhado, um riso repleto de ironia, mas preferiu evitar outro acesso de tosse.

O rei dissera apenas algumas palavras àquele rabino que tivera sua vida nas mãos, porém entendia que pelo menos um gesto de gratidão era necessário. Maimônides colocara a tigela com o caldo fervente sobre um apoio de madeira ao lado da cama e virava-se para deixar o local quando Ricardo estendeu o braço e segurou, sem muita firmeza, o manto cinzento do médico.

O rabino voltou-se para encarar o rei, mas antes de dizer qualquer coisa, dois visitantes apareceram à porta e se aproximaram. William, muito satisfeito, entrou esboçando um sorriso brilhante, que parecia muito estranho em suas feições estoicas. Ao lado dele encontrava-se Conrado, que estava, sem sombra de dúvida, menos entusiasmado com o inesperado retorno de seu rival do túmulo.

— Está melhorando rapidamente, meu senhor. É mesmo um milagre de Deus — comentou William. O rei sorriu para ele com suavidade, e depois voltou sua atenção para o infiel ao seu lado.

— Meu vassalo me disse que eu lhe devo a minha vida — falou Ricardo, a voz forçada, porém não mais rouca.

— Não a mim, mas ao meu senhor, Saladino — replicou o homem. — Ele é um homem honrado, até para com os inimigos.

Os olhos de Conrado faiscaram.

— Cuidado, Vossa Majestade — disse ele num tom de voz que soou muito semelhante ao sibilo de uma cobra. — O judeu está tentando mudar sua decisão de combater o pagão com palavras melífluas.

William avançou para se colocar entre o senhor de Montferrat e o médico.

— Perdoe-o, rabino — pediu o cavaleiro. — O senhor fala de honra, um conceito que lorde Conrado desconhece.

As feições de Conrado adquiriram um aspecto assassino, mas Ricardo ergueu a mão em advertência. O nobre parecia um cão raivoso, sendo contido apenas pela mais fina das correntes.

— Eu estou em dívida com seu senhor — disse o jovem rei. — Diga a ele que lhe mostrarei minha misericórdia quando Jerusalém for tomada. A vida dele será poupada, embora ele passe a viver com algemas de ouro.

Maimônides empertigou-se com orgulho, uma manobra obviamente difícil para suas costas levemente corcundas.

— Eu creio que ele preferiria morrer.

Conrado riu com grosseria.

— Então nós ficaremos felizes em satisfazer o desejo dele — retrucou o senhor de Montferrat.

A fúria de William diante da grosseria de Conrado para com o hóspede era evidente, e Ricardo decidiu mudar de assunto antes que os dois homens acabassem se desafiando para um duelo. Ele hesitou e, em seguida, fez a pergunta que não lhe saía da mente.

— Onde está a Srta. Miriam? — perguntou o rei, para surpresa de todos.

Nervoso, Maimônides ficou agitado.

— Minha sobrinha foi satisfazer uma necessidade fisiológica — respondeu ele, desconfortável. — O corpo das mulheres não é bem-adaptado ao calor do deserto.

Ricardo deu um leve sorriso para si mesmo. Necessidade fisiológica, hein? Talvez. Mas esperava que a moça estivesse fazendo algo totalmente diferente naquele momento. Algo que o ajudaria a virar o curso da guerra, antes mesmo que uma única flecha fosse disparada.

Ricardo Coração de Leão havia pressagiado a chegada do inferno em sua visão, e faria o possível para que a devastação que testemunhara não viesse a ocorrer. E a única forma de garantir isso seria derrotar Saladino antes que o exército dos cruzados fosse forçado a cercar Jerusalém.

Se lera a alma dela adequadamente nos últimos dias e dispusera as peças de xadrez de forma correta no tabuleiro, a judia de olhos verdes estaria prestes a causar a queda de seu senhor, o sultão.

31

Miriam seguiu o rude guarda francês por entre o emaranhado de tendas desbotadas, construídas com lona de listras vermelhas, e passou por abrigos mais primitivos feitos de pele de camelos e bodes. Estava ciente das centenas de olhos masculinos que recaíam sobre ela quando atravessou o campo dos cruzados. Cobrira-se por completo com o véu beduíno preto e a túnica persa folgada, conhecida como *burka*, e agradecia a proteção que a veste lhe proporcionava. O guarda sisudo, indicado por William após a dramática chegada deles no início da semana, rosnava para os espectadores através de uma barba marrom desleixada. Empunhava a espada de folha larga à sua frente, pronto para atacar caso a concupiscência de algum soldado o levasse a fazer um movimento incauto.

Porém, eles não foram molestados. A informação de que a mulher infiel ajudara a salvar a vida do rei Ricardo espalhara-se pelo acampamento, e nenhum homem, pelo menos entre aqueles que desembarcaram com Coração de Leão, arriscaria a própria honra pondo a mão nela.

O sol havia desaparecido fazia tempo sob as águas ocidentais quando eles chegaram à tenda grande imunda que servia como uma das latrinas principais na base militar. O pavilhão era feito de um tecido pesado preto e sustentado por postes grossos de madeira, infestados de insetos repulsivos. Miriam esperava do lado de fora enquanto o guarda enfiava a cabeça lá dentro para ver se havia algum soldado fazendo suas necessidades. Colocou a mão direita embaixo do véu e fechou o nariz para evitar o fedor insuportável que recendia de dentro das fossas.

A uma pequena distração do guarda, Miriam dirigiu a atenção para uma tenda de listras azuis, não muito longe, as bordas de tecido oscilando de forma sinistra sob a brisa do mar. A tenda encontrava-se desprotegida, e não havia sinal algum de soldados nas imediações. Embora o guarda francês não soubesse, aquela tenda azul era seu real destino naquela noite.

O soldado retornou para a entrada do recinto que servia de latrina. Parecia inteiramente alheio aos odores fétidos que permeavam a área. Talvez seu nariz estivesse acostumado ao fedor, pois a própria armadura suada emanava um cheiro bastante semelhante.

— Ande rápido, judia — vociferou ele. — Esvazie seu intestino e depois vá embora daqui.

O soldado retomou seu posto do lado de fora da tenda, as pernas plantadas no chão, sua arma pronta para interceptar algum intruso. Miriam fez um gesto afirmativo com a cabeça e entrou, puxando uma cortina rota para fechar a entrada. Aquela fora uma adição recente, que William, envergonhado, providenciara para que ela tivesse privacidade, mas naquela noite serviria a outro propósito.

O interior da tenda era quase negro, com apenas uns poucos raios do tênue luar que penetravam pelos pequenos rasgos do pano no teto. Mal dava para enxergar as fileiras de fossas que haviam sido escavadas e que serviam para depositar os dejetos dos soldados. Miriam levantou sua túnica e caminhou com cuidado em torno dos buracos feitos na terra. Ouviu ruídos de algo se movendo dentro das fossas e sabia que elas estavam infestadas de baratas, besouros e outros insetos.

Embora tentasse ser cautelosa, sentiu a sandália de madeira mergulhar num monte repugnante de fezes, que algum soldado bêbado havia deixado no chão entre os buracos. Ela mordeu a língua para conter um tremor, enquanto erguia o pé e o esfregava rapidamente contra a terra seca na esperança de limpar a maior parte da matéria fecal que sujara seus dedos.

Após conseguir atravessar a tenda das latrinas, Miriam achou o que procurava — um pequeno rasgo no tecido, no lado mais distante da tenda, que ela própria havia feito com as unhas afiadas na noite anterior. Puxou-o com os dedos, fazendo uma abertura grande o suficiente para pôr a cabeça para fora e olhar à sua volta. Ninguém à vista.

Era o que esperava. Durante os últimos dias, Miriam observara o acampamento com cuidado e sabia a rotina rígida seguida pelos comandantes militares. Meia hora depois do pôr do sol, os soldados reuniam-se no centro da praia ao redor de fogueiras para comer e se solidarizar, cantando canções que glorificavam expedições passadas e as conquistas futuras contra os malévolos sarracenos. Ela conseguia escutar o som de milhares de vozes que iam do litoral até o sopé dos montes, onde aquela latrina específica estava localizada. Aquele era o momento certo.

Respirando fundo e recitando em voz baixa uma oração a um Deus que ela não tinha certeza se a escutaria, Miriam dobrou os joelhos e se esgueirou pela abertura da tenda. Logo que saiu, olhou para a direita e para a esquerda, mas não viu ninguém. Com o coração disparado, correu em direção à tenda solitária que observara mais cedo. Pelo canto do olho, viu a sentinela postada firmemente do lado de fora da tenda das latrinas, de costas para ela. Sabia que o guarda poderia virar a cabeça a qualquer instante e vê-la. Miriam apressou-se, ciente de que talvez não vivesse tempo suficiente para apresentar uma das desculpas que preparara, caso fosse descoberta andando sozinha pelo acampamento.

Por meio de cuidadosa observação, Miriam descobrira que a tenda servia de local de encontro a Ricardo e aos generais de Conrado. Ela vira William e outros comandantes do alto escalão se reunirem ali, aparentemente para discutir questões estratégicas, e tinha grandes esperanças de encontrar algo lá dentro que pudesse ajudar a causa de seu povo.

Ao se aproximar da pequena abertura da tenda, Miriam ficou paralisada. Viu uma luz fraca brilhando logo depois do portal, e então escutou algo que fez seu coração acelerar. Vozes! Sentiu o sangue fugir-lhe do rosto. Nos últimos dias, Miriam notara que a tenda estava sempre vazia na hora da refeição noturna, quando os comandantes se juntavam a seus soldados para comer e caminhar entre eles em sinal de camaradagem. Mas naquela noite, aparentemente, alguns haviam se atrasado e continuavam arquitetando seus planos infindáveis contra o sultanato.

O medo a deixou imóvel, quando escutou vozes se aproximando. No instante em que a sombra de um deles recaiu sobre o limiar da porta, seu instinto de sobrevivência veio à tona. Como uma mosca tentando se livrar do fio viscoso da seiva de uma árvore, ela recuou e se escondeu por trás da lateral da tenda ao avistar dois homens. Um deles, Miriam vira com William algumas vezes; era um oficial de alta patente do exército de Ricardo, cabelos louros e sem barba, nariz bulboso proeminente num rosto avermelhado. O outro tinha a pele muito queimada de longa exposição ao sol e usava um espesso bigode ruivo. Ela deduziu que era um dos soldados de Conrado e, pelo seu aspecto, provavelmente um nativo da Palestina, descendente de um dos saqueadores que haviam invadido o país um século antes.

Os homens discutiam aos brados, mas Miriam estava concentrada em evitar ser descoberta e não se preocupou com o conteúdo do debate. Recostou-se na tenda, ciente de que sua túnica escura fazia um contraste gritante com o tecido de listras claras que cobria a tenda. Se eles olhassem um pouco mais para a direita, ela seria descoberta e certamente seria morta ali mesmo, como espiã.

O que, obviamente, ela estava tentando ser, pelo menos dessa única vez. Mas percebeu, bastante agitada, que nesse jogo ela era pior do que uma novata — era uma tola. Miriam lera muitas histórias em livros de aventura que comprara nos mercados do Cairo. Porém, diferentemente dos maravilhosos contos das façanhas de Ali Baba, nenhum pássaro mágico ou gênio zeloso viria em seu auxílio agora. E sua impetuosidade estava prestes a lhe causar uma morte muito dolorosa.

Entretanto, de forma extraordinária, os homens permaneceram absortos em seus estratagemas e maquinações. Logo depois, ela viu seus contornos desaparecerem à distância enquanto se juntavam aos outros soldados para um banquete de porco selvagem impuro e outras comidas francas asquerosas. Aliviada, porém ainda consciente do perigo e da importância de sua missão, Miriam olhou para o outro lado da planície rochosa em direção à tenda das latrinas, ainda visível a 30 metros. O guarda permanecia em seu posto, mas ela sabia que o estômago dele começaria a roncar em breve ao sentir o aroma de carne cozida no ar. O franco não demonstrara ser um homem muito paciente.

Miriam entrou na tenda. Era, como parecera de seu exterior, um pavilhão pequeno com pouca mobília. Uma mesa retangular de cedro ficava próxima à entrada, e havia cadeiras espalhadas pelo recinto, algumas com pernas quebradas. Uma lâmpada de bronze pendia de uma corda presa a um poste esburacado, que ficava no centro da tenda e servia de esteio.

Miriam caminhou devagar até a mesa e ficou paralisada, o coração disparando outra vez. Disposta sobre a superfície plana e polida encontrava-se uma coleção atordoante de documentos militares numa variedade de línguas. Ela reconheceu as escritas francesa e italiana, porém outras pareciam ser de um alfabeto rebuscado que ela achava que fosse uma forma de grego bizantino. Um mapa longo em pergaminho estava aberto sobre a mesa, exibindo as fronteiras da Palestina, Síria e Egito com relativa precisão. O mapa estava marcado com espinhos coloridos que, ela supunha, representavam as estimativas dos cruzados sobre as forças inimigas e suas localizações.

Miriam sentiu um misto de júbilo e pânico crescer em seu coração. Havia muitas informações ali, todas elas fornecendo pistas fundamentais dos planos militares dos francos. Mas ela não era um soldado e não tinha ideia do seu verdadeiro valor. E o tempo corria contra ela.

Sabendo que havia contado com a sorte por um tempo longo demais, Miriam resolveu pegar algo, qualquer coisa que pudesse levar de volta para os generais de Saladino que parecesse ter algum valor estratégico. Seus olhos recaíram sobre um monte de pergaminhos em francês e sentiu a agitação se transformar em espanto. Não tinha tempo para ler o documento em sua totalidade, mas um breve olhar lhe disse o que ela precisava saber.

Apanhou os documentos e fez um rolo, que guardou dentro de sua longa *burka*. Voltando com cuidado para a entrada, examinou o exterior. Ainda não havia sinal de outros soldados, porém viu que o guarda na tenda das latrinas andava para a frente e para trás, impaciente. Quando ele se virou de costas por um instante, Miriam saiu depressa daquele pavilhão e correu para os fundos da tenda das latrinas. Enquanto voava como o vento em direção às fossas, que agora pareciam mais agradáveis do que os jardins do Paraíso, ela percebeu que ria sob o véu como uma criança.

32

Maimônides andava com cuidado nas areias de Acre. Tentava evitar que o sedimento cinzento daquela região costeira entrasse em suas sandálias de couro, mas não estava obtendo sucesso algum. Quando jovem, ele não teria se importado muito com as pedrinhas arranhando a sola de seus pés. Entretanto, agora, até mesmo esses pequenos arranhões poderiam inflamar seus músculos cansados.

Contraindo o rosto com a crescente irritação causada pelos pequenos grãos, ele ergueu a vista e olhou para William a seu lado. Nos últimos dias, Maimônides viera a conhecer melhor esse rapaz e achava que ele não correspondia de forma alguma ao que esperava de um guerreiro inimigo. William não era cruel, nem arrogante. Parecia ser um apreciador da leitura, e citava de cor a Bíblia, bem como os filósofos gregos clássicos. Isso era de fato surpreendente, considerando-se que a maioria dos soldados francos mal conseguia se expressar de forma adequada, e menos ainda ler e escrever.

Em William, o rabino conseguia vislumbrar uma esperança para a cristandade. Se homens como esse, que valorizavam mais o conhecimento e a paz entre as tribos de Adão do que a conquista e o domínio, pudessem se exprimir livremente e tocar os corações de seus irmãos com suas palavras, haveria esperança para o futuro da Europa. Porém, Maimônides tinha dúvidas. Os dias áureos do Ocidente haviam passado, e era pouco provável que pessoas como Aristóteles e Sócrates surgissem novamente naquelas regiões distantes e sombrias.

Maimônides tropeçou numa pedra afiada, grande demais para penetrar nas pequenas aberturas de suas sandálias, e William o segurou pelo braço para que não caísse. O homem mais velho sorriu agradecido, e o cavaleiro aceitou o agradecimento com um gesto de cabeça. Eles não falaram muito durante essa caminhada em direção à praia, onde a confraternização noturna se encontrava em plena atividade. Maimônides e Miriam não tinham permissão para comer com os soldados cruzados, com o que os dois estavam perfeitamente de acordo, e faziam suas refeições juntos numa tenda de armazenagem com pouca iluminação (e muita vigilância), que também lhes servia de hospedagem no acampamento dos infiéis. Mas aquela noite era provavelmente a última na companhia dos francos, e William havia se oferecido para buscar o rabino em suas acomodações apertadas e levá-lo para longe dos olhares vigilantes dos guardas de Conrado.

Ali na praia, com a melodia da arrebentação das ondas ecoando em seus ouvidos, o rabino se sentia quase em paz. O que, obviamente, era uma ilusão. Maimônides conseguira salvar a vida do rei inimigo, mas supunha que Ricardo retribuiria o favor com sangue e ferro. Era evidente que o jovem rei via a completa destruição de seus inimigos como a única forma de apagar a desonra da dívida de vida que contraíra. Era o custo do orgulho ferido, claro, o que não era surpreendente. Orgulho era o primeiríssimo pecado, anterior até mesmo ao homem, e se manifestou quando Lúcifer se recusou a aceitar a Autoridade do Único. Foi o orgulho que exilou Adão para esta terra abominável, cheia de tristeza profunda e, ao mesmo tempo, de terrível beleza. O orgulho estava na essência do homem, corria em suas veias mais espesso e vigoroso do que o próprio sangue.

Maimônides parou ao ver adiante o guarda que William enviara para escoltar Miriam. O homem de barba castanha andava para a frente e para trás claramente irritado diante da oscilante tenda negra, que, Maimônides sabia, marcava as fossas da latrina. Sua sobrinha ainda estava lá? Alarmado, sentiu um aperto no peito. Talvez Miriam estivesse doente, tivesse contraído um dos muitos males que pareciam assolar o acampamento com frequência.

William também avistou o homem e apressou-se em sua direção. O guarda, que não notara ainda as presenças de William e de Maimônides, foi a passos largos até a cortina que mantinha a privacidade da moça, obviamente pretendendo abri-la para investigar sua longa ausência.

— Já teve tempo suficiente aí dentro, judia! — gritou ele ao segurar a barreira improvisada. Vendo-o fazer aquilo, Maimônides sentiu raiva e vergonha lhe subirem ao peito. Não queria ver a sobrinha humilhada por aquele homem grosseiro e fedorento, mas sentia-se impotente para intervir.

Não foi preciso. William avançou para o guarda e agarrou-o com mão firme.

— O que acha que está fazendo? — O tom de William era gélido. A ameaça na voz do cavaleiro assustou o soldado.

— Meu senhor, a judia está demorando — disse ele com voz trêmula. — Eu tive medo de que ela estivesse tramando...

De forma tão rápida que nem mesmo Maimônides havia percebido, William esbofeteou o homem com a mão direita, ainda protegida por uma lustrosa manopla.

— Enquanto está agachada sobre um buraco? Você me dá asco.

O canto da boca do guarda sangrava, mas ele não fez o mínimo movimento para se defender de um segundo golpe.

— Meu senhor...

William agarrou o homem aterrorizado pelo manto vermelho sujo.

— Mais uma palavra e eu faço você defecar em público, diante de todo o exército. Agora, vá embora daqui!

O guarda, envergonhado, curvou-se fazendo uma reverência diante de William. Estava tão abalado pelo incidente que se curvou até mesmo diante de Maimônides, esquecendo que o homem era um infiel e um inimigo. Em seguida, apressou-se em direção às fogueiras, onde, provavelmente, encontraria companheiros mais solidários.

Balançando a cabeça de um lado para o outro, William observou o guarda afastar-se. Virou-se então para o rabino a seu lado.

— Peço desculpas, rabino — disse ele com voz suave. — É uma vergonha chamar esses homens de cristãos.

Maimônides fitou os olhos cinzentos do rapaz, que mostravam uma maturidade e uma retidão de caráter muito além de sua idade. Decidiu que era hora de explorar um mistério que pesava em sua alma desde que passou a ver William como amigo, e não como inimigo. E, talvez, estando ali sozinho, longe dos ouvidos de seus companheiros francos, o cavaleiro respondesse com sinceridade.

— Posso ousar lhe fazer uma pergunta pessoal, Sir William?

O cavaleiro pareceu assustado com o pedido. Fixou os olhos no rosto bondoso do rabino por um longo tempo antes de responder.

— Salvou a vida do meu senhor, rabino — atestou William. — Pergunte e lhe responderei.

— O senhor é um homem decente. Por que está participando desta guerra?

Era uma pergunta simples, é verdade, porém Maimônides sabia que a resposta era bem mais complexa, e que o cavaleiro não poderia responder tão facilmente.

O rapaz manteve-se altivo por um instante, os cabelos castanhos longos esvoaçantes à brisa noturna. E então seus ombros curvaram-se, como se estivesse segurando uma carga pesada por um tempo longo demais.

— Posso lhe responder em caráter sigiloso? Como um homem de honra para outro?

Maimônides fez que sim.

— A guerra é inevitável — disse William, sua voz pesarosa. — Mas é minha responsabilidade assegurar que o meu povo permaneça fiel aos melhores ensinamentos de Cristo, mesmo em meio a sangue e morte.

O rabino fez um gesto de compreensão. Escutara o sultão ensinar às tropas a obediência rígida à *sharia* islâmica, antes de entrarem na batalha. O Corão proibia o massacre de civis, mulheres, crianças e idosos. Desautorizava a destruição de árvores e o envenenamento de fontes de água. No instante em que um combatente inimigo proclamasse o *shahadah*, testemunho de fé, *la ilaha Il-Allah, Muhammadun rasul-Allah* (não há divindade além de Alá e Maomé é Seu Mensageiro), o adversário se tornava um muçulmano e não podia ser morto. Na prática, essas regras eram deixadas de lado no calor da batalha, mas o rabino prezava o fato de ainda haver no mundo homens que buscavam evitar os horrores dos massacres seguindo preceitos morais. No entanto, era uma lástima que essas regras fossem sequer necessárias.

— Entristece-me ver que tantas mortes sejam perpetradas em nome de Deus — completou Maimônides.

Os olhos de William faiscaram e por um instante o rabino pensou que o cavaleiro houvesse se ofendido de alguma forma. Mas William parecia inflamado com a paixão de suas convicções, e não com o calor da raiva.

— Esse conflito não é em nome de Cristo ou de Alá — sentenciou ele, a voz elevando-se, como se para proclamar a verdade dolorosa de modo a ser levada pelos ventos marítimos aos quatro cantos do mundo. — É em nome da riqueza e do poder. Em nome de uma civilização que um dia foi o centro do mundo e agora está reduzida à periferia, humilhada e empobrecida.

Maimônides ficou surpreso com a profundidade da percepção do rapaz. Imaginava que nenhum franco, por mais educado e reflexivo que fosse, viesse a admitir a realidade vergonhosa por trás de um conflito que se dizia estar sob o manto sagrado de Cristo. E sentiu compaixão por William. Como deve ter sido difícil conhecer a terrível verdade e ainda assim ser forçado, pelos laços da honra, a dar prosseguimento a um objetivo tão cruel!

— Deve ser difícil para os filhos dos romanos ver um bando de condutores de camelos governar a Terra — disse o rabino solidário. E, sim, ele compreendia de fato. Embora tivesse sido criado na companhia de árabes toda a sua vida e tivesse sido aceito nos mais íntimos círculos do poder muçulmano como aliado, Maimônides seria sempre um estranho. Era um judeu, que vivia em Jerusalém como hóspede de outro povo, não como um filho legítimo que viera montar sua tenda nas terras sagradas de seu pai Abraão. Ao ver a glória do poder muçulmano, quer na majestosa corte de Córdova, quer nos minaretes elevados do Cairo, quer na brilhante Cúpula, que se erguia sobre o que havia sido um dia o Templo Judaico, Maimônides sempre se lembrava de sua posição como mero forasteiro num mundo governado por homens de uma tribo diferente, de um credo diferente.

Vivendo sempre à sombra do Profeta muçulmano, ele fora forçado a aceitar que os dias de força e poder dos judeus haviam terminado fazia muito tempo. Seu povo um dia governara essa terra onde ele se encontrava agora, desde o mar esmeralda até as águas brilhantes do Jordão, e além. O reino de Davi e Salomão fora um domínio magnífico de poder e glória no mundo antigo, disputando com a grandeza dos xás da Pérsia, a majestade dos faraós. E se fora para sempre.

Seu povo viajaria pelo mundo até o fim dos tempos como errantes solitários, desprezados, perseguidos no ocidente cristão e desprezados, porém tolerados de má vontade nas terras do islã.

Sim, ele sabia como era viver lamentando um tempo perdido, dias de vitória e nobreza. E, embora ainda odiasse os francos, ele entendia que essa guerra cruel se originava num sentimento de humilhação e perda. O orgulho corria em abundância nas veias dos homens. Inclusive nas suas.

— Talvez chegue o dia em que o Ocidente se torne poderoso outra vez, e os árabes lutem para restabelecer sua glória perdida — disse William simplesmente.

Maimônides sorriu. Apesar de toda a sua sabedoria, o cavaleiro era apenas um jovem.

— Pode sempre sonhar, meu amigo. Pode sempre sonhar. — Não, a era dos cristãos chegara ao fim, assim como os dias dos judeus estavam encerrados fazia muito tempo nos anais da história. As chamas do islã irromperam dos desertos vazios da Arábia como uma tempestade de areia, varrendo tudo pelo caminho. Durante quase seiscentos anos, os filhos de Ismael haviam sido imbatíveis, e ainda não demonstravam sinais de que haviam perdido seu extraordinário vigor diante da conquista e da expansão. Mesmo agora, enfrentando a invasão dos francos no seio de seu território, eles, no final, seriam vitoriosos, embora, provavelmente, por um preço muito alto. Disso Maimônides tinha certeza. Deus havia prometido a Ismael uma grande nação junto a seus primos de sangue, filhos de Isaac, e o Senhor nunca faltara com Sua palavra para com os Filhos de Abraão.

As reflexões do rabino foram interrompidas pela súbita saída de Miriam de dentro da tenda das latrinas. Surpresa, ela olhou para os dois homens, mas conseguiu dar um sorriso tímido.

— Aí está você! — exclamou o rabino. — Eu já começava a me preocupar.

Ao olhar para ela com atenção, ele ficou instantaneamente preocupado. Seu suor era intenso e a respiração, ofegante. Talvez ela tivesse, de fato, contraído tifo. Ele precisava levá-la logo para seus aposentos e examiná-la.

Miriam riu, sua voz um pouco estridente e tensa.

— Foi só um caso incômodo de diarreia, tio. — Ela contraiu os músculos da face de leve ao ver o olhar envergonhado do homem idoso. A moça realmente precisava aprender a selecionar o tópico das conversas na companhia dos homens.

Mas William sorriu para ela e fez uma mesura como se reverenciasse uma rainha, não uma moça vulgar, com os modos de um comerciante beduíno de cavalos.

— Então, por fim, temos algo em comum, senhorita.

Alarmado, Maimônides viu o rosto da sobrinha tomado pelo rubor, e seu coração disparou quando os olhares dela e do belo e jovem cavaleiro se cruzaram. Tomando a mão de Miriam na sua, ele puxou-a, afastando-a de William, e seguiu pelo caminho arenoso de volta ao acampamento.

Eles deixariam aquele lugar insano no dia seguinte. Deus fosse louvado!

33

Ricardo estava forte o suficiente agora para caminhar, embora tivesse escolhido sentar-se na cadeira real reluzente, que fora trazida recentemente de um de seus navios de comando, atracado no porto de Acre. Ele deslizou a mão pelo veludo purpúreo, sentiu a suavidade nos dedos com um suspiro de prazer. Tinha a sensação de que seus sentidos estavam mais aguçados desde seu retorno dos domínios sombrios da morte, ou talvez ele estivesse apenas mais atento às pequenas alegrias da vida, ao chegar tão perto de perder a sua. Um soldado com o rosto muito marcado e somente metade do nariz, resultado de um antigo ferimento causado por uma flecha, entrou na tenda de mobília esparsa. Curvando-se em reverência ao seu rei ressurrecto, o guarda deu as notícias que Ricardo aguardara durante toda a manhã.

— Os judeus já foram embora? — perguntou o rei.

— Sim, majestade.

Ricardo fez um gesto afirmativo com a cabeça e suspirou aliviado. Achara incômoda a presença do médico e de sua encantadora sobrinha, mas por razões diferentes. O rabino representava para Ricardo a lembrança humilhante de ter sido salvo pelas mãos de infiéis, e era bom que o homem idoso tivesse partido. Porém, quanto à moça, a questão era diferente. Havia algo na presença dela que fazia seu coração bater mais rápido. Miriam era muito atraente, mas era sua inteligência e sua língua afiada que o intrigavam. Em todos esses anos, ele jamais conhecera uma mulher que parecesse tão pouco impressionada com o sexo masculino. Não, isso não era verdade. Ele conhecera outra mulher que se conduzia com essa mesma intrepidez e dignidade em meio ao poder dos homens. Sua mãe, Leonor. Nos raros momentos de reflexão sobre o assunto, Ricardo suspeitava de que seu desprezo generalizado pelo sexo oposto fora herdado de Leonor, que não tinha a menor paciência com a frivolidade e a fraqueza de seu gênero. Com ela, Ricardo aprendera a amar e admirar as qualidades que as outras mulheres temiam desenvolver — força, coragem, discernimento. Nenhum homem se igualava a ela, nem mesmo o próprio marido. O rei Henrique conseguiu derrotá-la na batalha e aprisioná-la, mas não conseguiu subjugar seu espírito indomável.

Fora esse mesmo fogo que o surpreendera na jovem judia. Ele a observara com atenção e ficara verdadeiramente fascinado com sua rapidez de raciocínio e astuto senso de humor. Ela lhe dera a impressão de ser o tipo de mulher com quem um homem poderia fazer amor e depois ficar deitado a seu lado discutindo questões de Estado e intrigas da corte. Ele alimentava esses pensamentos sempre que ela o banhava à noite. Permanecia deitado na cama despido exceto por um pano sobre os órgãos genitais, e ela enxaguava seu corpo suado e sujo com um retalho umedecido. Miriam obviamente sabia que os homens a subestimavam por causa de seu gênero e sua religião, mas Ricardo percebeu que em vez de se sentir insultada, ela gostava de cultivar esse ar de desentendida. Isso fazia com que se sentisse superior aos homens à sua volta, permitia manipulá-los e controlá-los sem jamais revelar às marionetes quem verdadeiramente as comandava. Nesse particular, ela era muito parecida com Leonor. Ricardo vira a semelhança em seu sorriso faceiro e palavras elogiosas, que amansavam até mesmo aqueles em suas tropas que nutriam o ódio mais virulento contra os judeus. Quer Saladino houvesse enviado Miriam com esse propósito em mente ou não, a ajudante do curandeiro obviamente via seu papel como o de uma espiã informal, que tentaria levar de volta a seu senhor informações suficientes para mudar o resultado da guerra. Era pura ilusão infantil, mas Ricardo decidira usar isso em vantagem própria.

— E a moça? Tem certeza de que ela está de posse dos planos?

O guarda se empertigou, como se ofendido por sua palavra ter sido colocada em dúvida.

— Fizemos como mandou, senhor.

Ricardo suspirou. Por um lado, ele ficara muito satisfeito com o fato de a bela judia ter caído tão facilmente em sua armadilha. Ao vê-la fingir que não escutava seus homens quando eles falavam em voz baixa sobre as estratégias militares da iminente invasão, ele decidira testar sua intuição. Ricardo instruíra os guardas a levá-la regularmente às proximidades de um dos pavilhões onde normalmente seus comandantes faziam reuniões e a deixar escapar informações sobre a existência de planos cruciais de guerra naquela tenda, para despertar o apetite da moça. Como esperado, ela encontrara tempo para se infiltrar no local e roubar alguns dos planos forjados, que ele ordenara que fossem deixados lá exatamente com esse propósito. Agora, ela estava retornando para perto dos inimigos dele com documentos que, se tudo desse certo, dariam orientações erradas aos sarracenos acerca de suas verdadeiras intenções.

Funcionara perfeitamente bem, mas Ricardo se decepcionara com Miriam. Sua mãe não teria caído tão facilmente nesse ardil.

Suas emoções conflitantes deviam estar claras em seu semblante, pois o guarda observou surpreso.

— Parece insatisfeito, meu senhor.

— Compreendo por que Saladino a usaria como espiã — disse Ricardo, embora não estivesse totalmente convencido de que a moça agisse sob as ordens do sultão. — Mas eu esperava mais dele.

Ou Ricardo havia esperado mais *dela*? A mulher que salvara sua vida, que libertara sua alma das garras da morte, por fim o usara e traíra logo que teve oportunidade. Era um pensamento que o fizera sentir-se sozinho, mesmo entre 30 mil homens leais.

O guarda suspirou profundamente.

— Saladino é um pagão, meu senhor. Qualquer homem que se utilize da simulação de uma mulher para vencer uma guerra não é um homem honrado.

Sem dúvida, pensou Ricardo com certo desconforto. Muito verdadeiro.

34

Miriam aguardava na antecâmara decorada. Olhou para o chão de mármore preto, onde uma série de formas geométricas havia sido inscrita em tinta prateada. Estrelas de oito pontas interconectadas com hexagramas e dodecaedros, em cujos centros segmentados havia círculos de flores de laranjeira e rosas desenhados. Ao seu redor, as paredes estavam cobertas com tapeçarias persas luxuosas exibindo cenas do *Shahnameh*, o grande épico da história da realeza iraniana que sintetizava lendas, mitos e fatos que se espalharam durante milhares de anos de tradição oral. Tecidas em linhas vermelhas, verdes-esmeralda e alaranjadas, as tapeçarias exibiam cenas de caça destacando grandes reis da região, homens como Ciro, Dario e Xerxes, que fundaram uma civilização que tivera vida mais longa do que a dos gregos e a dos faraós. O nobre guerreiro Rustam, sentado em seu valente corcel Rakush, combatia um dragão de escamas, enquanto moças choravam lágrimas de ouro a seus pés, agradecendo-lhe profusamente por ter-lhes salvo a vida mais uma vez.

As mulheres eram sempre resgatadas pelo heroísmo de homens bravos e confiantes nessas histórias, pensou Miriam. Desde criança, quisera inverter as coisas e tecer uma história na qual as moças salvavam os guerreiros tolos de seus desatinos autodestrutivos. Talvez fosse isso que a motivara a arriscar a própria vida e conseguir o que nenhum dos espiões treinados de Saladino havia conseguido — roubar os planos de guerra de Ricardo embaixo de seu nariz.

Ela mantivera os pergaminhos escondidos entre os seios durante toda a viagem de volta a Jerusalém. William os acompanhara somente até os montes de Acre, onde eles encontraram Taqi al-Din e uma guarda de honra que os conduzia de volta a Saladino. O cavaleiro franco fora educado e gentil com Miriam e seu tio até o final, e ela se sentira um pouco triste na despedida.

William lhe mostrara que nem todos os francos eram monstros, mesmo que sua experiência no acampamento tivesse reafirmado que, em sua maioria, eles de fato o eram. Enquanto refletia sobre o curso da guerra iminente, Miriam tivera um terrível pressentimento de que seus esforços secretos para ajudar Saladino poderiam levar à morte de William. Derrotar os francos fora uma força primordial em seu coração, mas agora que o inimigo tinha pelo menos uma face humana, ela se surpreendera com o crescente arrependimento que sentia quando o belo rapaz de olhos tristonhos deu meia-volta para descer a montanha em direção à cidade de tendas. Mas ela expulsara a dúvida da mente. William escolhera lutar do lado do mal, e qualquer que fosse a sorte que recaísse sobre ele, era o produto da própria vontade.

Durante a longa viagem de volta, Miriam ficara estranhamente silenciosa. Até quando o tio falava com ela sobre sua impressão da força militar dos francos e as chances de montar uma investida firme a partir de Acre, ela apenas o escutara e não expressara opiniões. Maimônides ficou surpreso com o ar distante da sobrinha e examinara com frequência sua testa à procura de sinais de tifo. Ela adorava falar sobre política e estratégia militar, tudo o que não deveria interessar uma moça e, agora que ele procurava despertar esse interesse, ela se mantinha distante.

Foi somente quando eles chegaram dentro dos limites de Jerusalém que ela contou seu segredo ao rabino. Maimônides estava prestes a mandá-la de volta para casa, onde Rebeca, aliviada, os esperava, quando ela lhe revelou o que havia feito. O tio, no início, não entendeu bem suas palavras. Então ela tirou os documentos de dentro de sua túnica azul de lã e viu o rosto envelhecido do tio ficar lívido.

Sem saber o que fazer, Maimônides passou o material para Taqi al-Din quando chegaram nas proximidades dos muros do palácio de Saladino. O jovem comandante leu o material com uma expressão de completo choque e perplexidade e, admirado, ergueu os olhos para encarar Miriam, sem crer no que via. A despeito dos protestos do rabino, o sobrinho de Saladino mandou que Miriam fosse levada ao salão diplomático sozinha, enquanto ele próprio falava com o sultão sobre essa surpreendente revelação.

Os guardas egípcios de Saladino, sempre a postos, conduziram Miriam para dentro e fecharam a porta de forma funesta. Depois de esperar diligentemente durante uma hora, Miriam começava a sentir-se como uma prisioneira, em vez de uma heroína do reino. Todos os tipos de pensamentos sombrios lhe surgiram à mente. Talvez os homens da corte estivessem tão envergonhados por sua ousada espionagem que estivessem tentando detê-la, com medo de um escândalo público. Ou talvez ela houvesse violado ingenuamente algum código árabe obscuro de honra militar que proibisse a espionagem de um inimigo em período de trégua. Talvez o sultão fosse obrigado a puni-la por ter posto em dúvida sua reputação de homem honesto.

Miriam ouviu a porta ser destrancada e seu coração disparou. Ergueu a vista e ficou surpresa de ver o próprio sultão à porta.

Miriam quase perdeu o fôlego. Saladino estava muito diferente de quando o vira pela última vez, vários meses antes, nos jardins ensombreados nas cercanias de Jerusalém. Parecia dez anos mais velho. Seus olhos. Aqueles poços escuros que ela vira iluminados pela paixão e pelo desejo agora pareciam apagados e apreensivos. Os ombros estavam levemente curvados, como se um terrível peso fizesse pressão sobre eles. Sorriu para ela, mas o sorriso revelava tristeza e exaustão. Miriam se perguntava se ele havia dormido desde que os navios de Ricardo atracaram na região costeira de Acre.

Ela se deu conta de que fitava de forma indelicada o homem mais poderoso da terra, e logo desviou a vista, curvando-se de maneira desajeitada. Saladino aproximou-se e, para sua surpresa, tomou sua mão na dele.

— Sua mensagem me pegou de surpresa — disse ele. — Mas foi a surpresa mais agradável que tive nesses últimos tempos. — Saladino apertava os dedos dela com força, quase como se temeroso de que eles desaparecessem. Ela ergueu a vista e o encarou. Miriam viu na tristeza dele, sentida em seu toque, a necessidade profunda de se comunicar com ela, com alguém. E de repente percebeu como um líder devia sentir-se verdadeiramente sozinho durante um período de grande tumulto.

— *Sayyidi*... — Miriam não sabia o que dizer quando aquela estranha eletricidade surgiu entre eles outra vez. Forçou-se a se concentrar e falar. — Sei que agi sem sua autorização, mas não pude deixar passar a oportunidade.

Saladino soltou-lhe a mão, mas seus olhos mantiveram-se fixos nos dela. Ele pôs a mão no bolso da túnica de veludo preto e tirou de lá vários pergaminhos. Ela imediatamente reconheceu os documentos, os planos secretos que furtara da tenda dos cruzados. Então Taqi al-Din havia de fato levado o assunto às mais elevadas esferas. Mas então, por que Saladino parecia mais constrangido do que entusiasmado? Talvez porque fora uma simples mulher, ainda por cima uma judia, que tivera a coragem de fazer o que nenhum de seus espiões brilhantemente treinados fora capaz de conseguir? Ela sentiu uma súbita raiva diante dessa ideia. Miriam tentou manter a cabeça erguida com dignidade. Saladino deveria ficar orgulhoso dela por tal demonstração de altivez diante da morte quase certa. Então por que achava que ele a olhava como se ela fosse uma criança desobediente que ele buscava disciplinar?

— Esses documentos são extraordinários — disse o sultão devagar, como se escolhesse as palavras com cuidado. — O que temos aqui seria fundamental para nossa defesa de Jerusalém...

Ele fez uma pausa. Miriam sentiu-se uma prisioneira condenada à espera do golpe da espada.

— ... se não fossem uma óbvia falsificação.

Miriam deu um passo atrás, como se ele lhe houvesse esbofeteado.

— Eu não entendo. — Foi tudo o que ela conseguiu dizer. Sentiu o estômago revirar e uma onda de náusea lhe subiu à garganta.

Saladino sorriu constrangido.

— Este documento se destina a discutir algumas das estratégias de Ricardo para a conquista da Palestina — continuou o sultão. — Mas eu creio que ele os deixou lá de propósito, para você encontrar.

— Não é possível — retrucou ela com obstinação, esperando acreditar nas próprias palavras. — Ele estava à beira da morte.

— Ele sabia que você tinha conhecimento daquela tenda de comando onde os generais se reuniam?

Miriam tentou lembrar-se. Por fim, fez um tímido gesto afirmativo com a cabeça, confirmando.

— Os comandantes dele falaram sobre isso na minha presença, mas pareciam sempre me ignorar.

— Temo que ele saiba que poucos dos que trabalham para o seu adversário deixariam passar a oportunidade de roubar segredos naquelas circunstâncias e se preparou para essa possibilidade — disse Saladino. Ele fez uma pausa. — Seria o que eu teria feito também.

Miriam sentiu o rubor na face quando entendeu a verdadeira situação. Todo o tempo ela tratara o rei franco como um rapazola inexperiente e ignorante. Em seu íntimo, rira por ele ter sido tão facilmente manipulado por ela. No entanto, fora Ricardo quem a fizera de boba o tempo todo.

Saladino olhou-a nos olhos outra vez. Em vez de ridicularizá-la por ter tido a pretensão de roubar planos de guerra, ele parecia admirá-la, e isso a surpreendeu.

— Não tenha medo — pediu o sultão. — Meus generais estudarão esses documentos para verificar minhas suspeitas. Pode ser que sejamos capazes de deduzir a verdadeira estratégia do Coração de Leão a partir das mentiras que ele nos apresentou.

— Eu me sinto uma tola. — O tom mais áspero de Miriam, usado somente com aqueles por quem ela nutria desprezo, virara-se agora contra ela mesma.

O sultão segurou sua mão novamente, e dessa vez com suavidade. Ela sentiu de novo a estranha animação em seu coração, o êxtase maravilhoso que a presença dele produzia.

— Você teve muita coragem. Colocou em risco sua vida pelo bem do sultão. Mas por quê?

Era um pergunta que ela se fizera nos últimos dias, desde que eles deixaram o acampamento inimigo. Não sabia de fato a resposta até aquele momento.

— Tem sido bondoso para com o meu povo — respondeu Miriam. — Eu temo que, se os francos vencerem, eles nos matem como fizeram seus antepassados.

A boca de Saladino curvou-se em firme determinação. O fogo frio estava de volta aos seus olhos.

— Não deixarei que isso aconteça. Os Filhos de Abraão permanecerão unidos na Palestina, Miriam. Para sempre.

Ao dizer isso, Saladino aproximou-se dela. Miriam tentou evitar que a tensão crescente entre os dois turvasse seus pensamentos, mas isso era um verdadeiro desafio.

— Espero que assim que os francos forem derrotados, nossos povos não se voltem um contra o outro em busca de um novo inimigo.

Saladino sorriu, como se ela fosse uma criança expressando o medo de que o sol não despontasse no dia seguinte. Os árabes e os judeus haviam sido irmãos por quase quinhentos anos. Haviam trabalhado juntos sem cessar para expandir a influência civilizadora do califado e combater as hordas ignorantes da Europa. Como poderia ser diferente?

— Não consigo imaginar que isso venha a acontecer — observou ele. Saladino estava mais próximo dela agora. Miriam podia quase sentir o hálito quente dele em seus lábios. E eles formigaram, proporcionando-lhe grande deleite.

— Então não me acha louca por ter feito uma tentativa desastrada de agir como espiã? — Ela tentava lutar, mas o corpo dele atraía o seu como um ímã.

— Ah, eu não tenho dúvida de que você é louca — disse ele, sua voz baixinha, quase inaudível. — Mas eu também enlouqueci.

Saladino beijou Miriam, e dessa vez, ela não resistiu.

35

Miriam estremeceu quando os lábios de Saladino acariciaram seu pescoço. Isso não pode estar acontecendo, gritou sua mente. Mas seu corpo não lhe deu atenção. Todas as dúvidas e todo o medo desapareceram quando Saladino a tomou nos braços. Ela se viu deitada sobre as almofadas de seda da cama do sultão. Sentiu-se desaparecer naquele mundo novo e abrangente que era ele.

As mãos dele tremeram ao desatar as roupas íntimas de linho dela. Miriam passou um dedo pelo tórax do sultão e sentiu a linha de uma cicatriz que se iniciava logo acima do coração e descia até o umbigo. Saladino sentiu um tremor, como se o ferimento, que já devia ter muito anos, estivesse agora aberto de novo sob aquele toque sedoso.

Eles não falaram, como se ambos soubessem que as palavras poderiam, de alguma forma, destruir o sonho, desfazer a ilusão de que eles estavam, de fato, juntos ali. Os únicos sons que saíam de seus lábios eram suspiros, suaves interrupções da respiração, quando seus corpos fluíam juntos, sem esforço.

Ela passou a mão pelos cabelos negros cacheados dele enquanto ele beijava seu pescoço e depois os ombros. Em seguida, seus seios. Saladino afagou suas curvas suaves com vagar, languidamente. Passou um dedo por seus mamilos róseos, segurou-os com as palmas das mãos, enquanto eles enrijeciam de excitação.

A respiração de Miriam pareceu interromper-se quando ele se inclinou e beijou seus seios. Um fogo lhe subiu pela espinha no momento em que a língua dele traçou círculos úmidos contra sua carne. Ele se grudou a ela como uma criança, em busca de conforto e ternura. Ela passou os braços em torno de seus ombros, puxando-o contra si, enquanto lágrimas lhe enchiam os olhos. Ela percebeu a necessidade dele, extrema, ardente, e desejava intensamente se entregar por completo. Corpo, alma e tudo o que existisse além.

As costas dela se arquearam enquanto ela se precipitava contra ele. Os músculos férreos das pernas de Saladino a prendiam, mas ela lutava para ir ao seu encontro. O corpo dela clamava por ele agora. Ela sentiu a virilidade dele roçar entre suas coxas e deixou escapar um grito.

Saladino beijou-a mais uma vez, um beijo longo e profundo. Passou as mãos pelo rosto dela, contornando-lhe a face como um cego que a via pela primeira vez através daquele toque. Ela sentiu as próprias mãos deslizarem pelos músculos fortes das costas dele, pelas coxas. Por vezes, passava por um ferimento antigo, o que o deixava tenso. Em seguida, relaxava com um excitado gemido.

Ela lhe mordeu o lábio inferior com suavidade e sentiu o coração dele bater contra o seu. Seu peito estava pressionado contra o tórax dele, e Miriam não sabia mais onde ela terminava e ele começava.

Então, à medida que o ritmo de seu amor crescia num intenso frenesi, ela enroscou as pernas em torno dos quadris dele, prendendo-o. Ele erguia-se e lançava-se contra seu corpo, e naquele momento, era um guerreiro novamente. Vigoroso, forte, incontrolável. Ela conteve um grito entre os dentes quando ele penetrou seu órgão úmido, em chamas, sua carne mais íntima envolvendo-o e grudando-se a ele como se não quisesse deixá-lo sair nunca mais.

O fogo se intensificou em seus corações acelerados. O próprio sangue se inflamara com o prazer da união proibida. Eles estavam juntos, enlaçados num vazio do qual se originara o princípio e o fim; o *eu* e o *tu* perderam todo o sentido.

ESTAPHAN MANTEVE-SE DO LADO de fora dos aposentos privados do sultão, situado no interior do palácio. Afastou-se da porta, devagar. Já vira e escutara o bastante para relatar à sua senhora. O eunuco passara os últimos meses examinando com discrição tudo o que dizia respeito à judia, e, embora nunca lhe tivesse dirigido uma palavra sequer, passara a admirar sua determinação e coragem. Miriam logo ganhara na corte a reputação de uma moça perigosamente brilhante e independente, porém irradiava uma bondade e simpatia genuínas, que Estaphan achava agradáveis.

Ele ficara satisfeito ao dizer à sultana que Saladino parecia se manter à distância. Yasmeen logo se cansara da ausência de novidades e deixara o assunto de lado. Foi nessa ocasião que a moça viajou com Maimônides para cuidar do rei infiel, e Estaphan se entristeceu secretamente, temeroso de que ela não retornasse.

Entretanto, Miriam não só voltara incólume, como aparentemente causara certa comoção nos altos escalões da corte. Ele tentara descobrir a exata natureza das atividades dela, mas percebeu que havia fatos que permaneciam ocultos, até mesmo diante de suas magistrais investigações. O que quer que a moça tivesse feito, falava-se dela com admiração nas reuniões secretas da nobreza.

Mas então ele viu o sultão sair com ela de seu gabinete e subirem juntos as escadas privadas. Estaphan sabia que a passagem escura por onde os dois seguiram ia dar num único lugar, protegido e fora da visão de todos, exceto uns poucos que conheciam os segredos do palácio. Estaphan seguiu-os em silêncio, rezando para, milagrosamente, não descobrir o que, é claro, ele sabia que iria descobrir.

Ele não teria escolha senão relatar aquele fato infeliz à sultana. Ela estava muito paranoica, e ele não tinha dúvidas de que os espiões dela eram seguidos por outros espiões. A verdade viria à tona e, se não saísse primeiro da língua dele, ela a arrancaria de sua boca com uma faca.

Estaphan lastimava a tarefa que se impunha a ele, mas cumpriria seu dever. E a encantadora Miriam morreria.

36

Mihret notou que um tom de vermelho vivo tomava conta de sua senhora quando ela escutou o relato de Estaphan. O trêmulo eunuco floreou as informações com uma pletora de desculpas, o que serviu apenas para deixar Yasmeen mais furiosa. Por um instante Mihret achou que a sultana iria pegar uma das muitas adagas escondidas em seus aposentos e enfiá-la no coração do infeliz eunuco. Isso teria sido lastimável, considerou a sensual núbia, uma vez que desenvolvera uma grande afeição pelo homenzinho naqueles últimos anos. Ele se mostrara um bom ouvinte, que guardava suas confidências quando ela precisava de um amigo. E, apesar de sua desventurada mutilação, surpreendentemente se tornara um perito em lhe dar prazer quando ela se enfadava com o toque suave e fragrante de sua senhora.

Estaphan, contudo, escapou naquele dia, senão por outra razão, pela necessidade premente de informações que a sultana tinha, necessidade que sobrepujava sua ira cega. Yasmeen mandou o eunuco conduzir uma investigação mais completa sobre a vida da judia. Precisava de todos os detalhes possíveis se quisesse eliminar sua rival sem levantar suspeitas. E causando o maior sofrimento.

Estaphan fez uma rápida mesura e saiu depressa dos aposentos privados, deixando Yasmeen sozinha com Mihret. A sultana vestia uma túnica longa e vaporosa, que Saladino importara recentemente da China por meio dos contatos comerciais em Tashkent. Confeccionada com a mais fina seda vermelha e forrada de rico brocado, a túnica tinha camadas em cores vivas que giravam em torno da sultana como um arco-íris flutuante. Mihret percebeu pelos suaves e hirtos mamilos escuros de Yasmeen, visíveis através do tecido, que ela não usava nada por baixo. Apesar da gravidade do assunto, e do humor assassino da rainha, Mihret ficou excitada.

No entanto, se quisesse explorar esse lado, precisava acalmar sua senhora. Não muito, claro — a raiva levava facilmente a uma extraordinária paixão —, apenas o bastante para que a sultana procurasse um relaxamento diante da frustração reprimida, o que a concubina estava mais do que disposta a providenciar.

— Ela é só um capricho passageiro, minha senhora — alegou Mihret com voz suave. — Ele logo voltará para a sua cama.

Yasmeen girou, os punhos fechados. Parecia insultada e envergonhada ao mesmo tempo. Mihret sabia que essa podia ser uma combinação letal em sua senhora, e decidiu prosseguir com cuidado.

— Eu não me importo se ele não tocar mais em mim! — gritou Yasmeen, como uma criança petulante que nega a importância de um brinquedo quebrado do qual gosta muito. — Os carinhos do sultão não despertam mais nada em meu corpo.

Mihret conhecia a amante muito bem para saber que isso não era verdade. Embora não tivesse dúvidas de que Yasmeen gostava dos suaves prazeres do toque de uma mulher, introduzidos por ela em sua vida, a concubina não tinha ilusões sobre quem realmente possuía o coração de sua senhora.

Yasmeen bint Nur al-Din amava Saladino ibn Ayyub mais do que qualquer coisa no mundo. Sua alma era obcecada por aquele homem, e cada instante que ela passava em sua sombra fenomenal a enchia de prazer. Mihret sabia que, por mais que a sultana quisesse se enganar, ela cairia de joelhos e choraria aos pés de Saladino se achasse que haveria uma maneira de reacender a chama que um dia consumiu o coração dos dois. Na verdade, a concubina sentia compaixão por sua senhora. A sultana perdera o marido muitos anos antes dessa relação amorosa com a judia ou com qualquer uma de suas outras conquistas. A primeira de todas as amantes de Saladino sempre fora Jerusalém, e a *jihad* para conquistar a Terra Santa despertara nele uma sede muito maior e mais urgente do que qualquer fonte de amor humano poderia saciar.

— Não pode achar que essa judia tenha ambições de tomar o seu lugar no trono. — Mihret escolheu as palavras com cautela, fazendo com que Yasmeen se enganasse, acreditando que a única ameaça que pairava sobre ela era a presunção da moça à posição de poder.

Yasmeen tensionou os músculos e se acalmou um pouco, a mente obviamente começando a trabalhar no que precisava ser feito.

— Ela é astuta, como todo o seu povo — disse, a voz de repente tranquila e rígida como o gelo. — Mas é uma novata jogando contra uma mestra.

— Como vai lidar com ela? Se o sultão descobrir...

As sobrancelhas de Yasmeen, feitas com perfeição, ergueram-se em sinal de desafio.

— Pensa que eu sou ingênua? — sibilou ela, como uma cobra.

Mihret fingiu encolher-se diante da explosão que ela cuidadosamente provocara. A núbia demonstrou tristeza, fingindo medo diante da ira da sultana, enrolando uma mecha dos longos cabelos cacheados em torno do dedo indicador direito. Essa era uma manobra planejada, que, ela sabia, sempre despertava o desejo de sua senhora.

Yasmeen respirou fundo para se acalmar. Com aquela última explosão, por fim conseguira aplacar e controlar a raiva, como um touro num cercado de aço. Mihret sabia que sua rainha estava pronta para se concentrar e fazer o que era preciso ser feito sem excessiva agressividade nem riscos temerários. Missão cumprida, pensou Mihret, com um sorriso interior. Agora estava na hora de colher a recompensa.

— Desculpe — disse a sultana, estendendo o braço para tomar a mão tingida de hena de Mihret na sua. — Você é a única coisa na minha vida que importa.

Mihret aproximou-se da sultana e beijou-a nos lábios.

— E você é o centro do meu universo.

O rosto de Yasmeen foi tomado pelo rubor, não da raiva que nutria pelo marido, mas pelo desejo que sentia pela criada. Ela conduziu a bela e alta africana pela mão de volta à cama, onde passariam uma noite agradável sob os suaves afagos dos lençóis de veludo e línguas úmidas.

— Venha, vamos deixar de lado as intrigas do palácio — disse Yasmeen desamarrando a faixa de sua túnica. Os seios perfeitamente arredondados soltaram-se e Mihret acariciou-os, desfrutando o prazer de sentir os mamilos dela se enrijecerem sob a palma de sua mão. — Hoje é noite de lua cheia, e os grilos cantam ao amor.

37

Ricardo supervisionava o caos da batalha de seu posto nos montes, na periferia de Acre. Assim que se recuperou por completo, o rei da Inglaterra não perdeu tempo e concentrou as forças combinadas dos cruzados e dos francos nativos numa investida completa contra a fortaleza dos infiéis. Depois de conduzir longas discussões com os generais de Conrado sobre suas tentativas infrutíferas de cerco, Ricardo consultara William e seu aliado de longa data, o rei Felipe Augusto da França. A estratégia final que surgiu desses debates era tanto audaciosa quanto inusitada e, como tal, provavelmente pegaria os complacentes sarracenos desprevenidos.

Até o momento, havia funcionado. Ricardo ordenara a construção de uma série de armas de cerco especializadas. Diante dos protestos de Conrado de que as torres tradicionalmente usadas para cerco haviam se mostrado inúteis contra as muralhas fortificadas de Acre, Ricardo se concentrou em desenvolver uma variedade de armas. Por si sós esses dispositivos provavelmente teriam pouco impacto sobre as barreiras defensivas da cidade, mas Ricardo esperava que, combinados, eles fossem letais. Seu primeiro foco era desenvolver uma série de fundas, conhecidas como lançadoras de projéteis, confeccionadas com couro e peles cruas, as quais seriam usadas para lançar pedras quase tão grandes quanto a altura de um homem contra os gigantescos portões da cidade reforçados com aço. Os soldados encontraram essas pedras espalhadas pelos montes nos limites entre o acampamento franco e o exército muçulmano. Grupos de trinta a quarenta homens trabalharam 24 horas para carregar as carroças de madeira com as pedras gigantescas, transportá-las para o outro lado das precárias encostas e descer até as catapultas já prontas para recebê-las.

Ricardo ordenara que construíssem várias trincheiras, que aos poucos invadiam as muralhas de Acre, enquanto os cruzados investiam contra os portões da cidade. Tentativas anteriores de escavar por baixo dos muros haviam fracassado, por causa da constante saraivada de flechas que caía sobre os soldados francos que se aproximassem demais da fortaleza. Portanto, Coração de Leão havia mandado construir uma barreira de terra nas cercanias do acampamento franco. A barreira tinha uma parede fortificada na parte dianteira e era cercada por torres de pedras arredondadas, cujo objetivo era desviar os projéteis arremessados por soldados árabes, escondidos por trás dos muros fortificados da cidade. Usando a barreira como escudo, seus homens escavaram uma trincheira longa que diariamente se aproximava mais de Acre. Quando as flechas embebidas em nafta não conseguiram mais conter o lento progresso da barreira, os sarracenos foram forçados a revelar sua arma secreta. No quinto dia do cerco, eles lançaram uma descarga de fogo grego sobre os homens que cavavam as trincheiras. As chamas explodiam de tubos colocados no topo das defesas de Acre, como o bafo de um dragão furioso. A terra verde nos arredores da cidade costeira foi reduzida a cinzas, e diversas oliveiras tornaram-se entulhos fumacentos. A barreira, porém, resistiu ao ataque, aproximando-se cada vez mais de seu alvo com o ritmo letárgico de uma aranha que sabe que a vítima está presa na teia e não tem como escapar.

Ricardo ficou satisfeito de ter agido com base na suposição de que os sarracenos possuíam o fogo grego, e, por isso, fortalecera a defesa de seus homens. Suas reservas do miraculoso explosivo bizantino eram limitadas, e ele preferiu não usá-las contra as indestrutíveis muralhas. Mas saber que o inimigo provavelmente possuía um grande suprimento da substância inflamável era uma informação essencial para seus estrategistas. E tornava a captura da cidade e dos suprimentos dessas armas ainda mais importante. Ricardo esperava que, depois da batalha, sobrassem armas suficientes do arsenal muçulmano para serem usadas contra os infiéis nas lutas mais difíceis que, com certeza, aconteceriam assim que os cruzados penetrassem o interior da Terra Santa.

E isso parecia muito mais uma realidade inevitável do que a almejada fantasia de um guerreiro. Embora os defensores muçulmanos estivessem concentrados nos ataques das catapultas de Ricardo e no perigo que as muralhas corriam com a escavação do terreno pelos soldados francos, eles foram distraídos pelos esforços regulares dos soldados de Ricardo para escalar os muros. Usando todas as técnicas disponíveis, os francos atacavam as barreiras de pedra por todos os lados. Torres de madeira e escadas eram usadas nas escaladas. Alguns dos homens mais destemidos tentaram até mesmo subir os muros usando cordas, apesar de se colocarem na mira direta das flechas e dardos sarracenos lançados de cima.

Os esforços combinados alcançavam exatamente o que Ricardo esperava. Ele estava confundindo e cansando os adversários. Embora eles conseguissem lidar com as táticas de cerco individualmente com relativa facilidade, o ataque incessante, com ameaças distintas e imprevisíveis, começava a enfraquecer o moral.

Quando os soldados que cavavam as trincheiras estavam a uma distância de 30 metros dos muros de Acre, na segunda semana do cerco, os sarracenos viram que não tinham escolha. Abriram os portões rapidamente para permitir que centenas de soldados avançassem para o campo na esperança de eliminar os escavadores antes que eles conseguissem atingir seu alvo. Ricardo havia antecipado esse ataque e camuflara quinhentos homens de suas tropas dentro da longa trincheira. Os agressores muçulmanos foram recebidos com uma saraivada de setas de bestas vindas dos intestinos da terra. Muitos morreram sem sequer ter visto o rosto de seus assassinos.

Com o exército muçulmano agora empenhado no ataque direto aos seus soldados, Ricardo enviou William para o campo de batalha com um contingente de seus melhores cavaleiros. O choque entre espadas e cimitarras foi um som bem-vindo aos ouvidos do rei. Ele estava entediado com a abordagem metódica e lenta que sabia ser vital para o sucesso do cerco, e sentira o sangue ferver de empolgação ao ver seus bravos soldados lutando contra os pagãos num combate corpo a corpo.

Ricardo estava no topo do morro, testemunhando o momento de seu triunfo iminente. As primeiras investidas haviam terminado em impasses, mas ele percebeu que isso estava prestes a mudar. Apesar dos contínuos ataques dos sarracenos contra as barreiras fortemente protegidas, os escavadores, por fim, chegaram ao muro, desbastando cada vez mais sua fundação. Não demoraria muito até que eles escavassem o suficiente para tornar a base vulnerável e criar uma passagem.

Os muçulmanos, claro, também perceberam isso, e lançaram sua maior ofensiva na batalha que já durava 15 dias. De dentro dos muros da cidade e dos acampamentos muçulmanos nas proximidades ao leste, surgiu uma força de 3 mil sarracenos muito bem armados e encouraçados, liderada por mais de seiscentos homens montados. Essa tropa maciça, que havia sido reforçada durante os últimos dias por batalhões enviados de Jerusalém, desceu sobre a planície fora da cidade de Acre como um exército de ratos lançando-se famintos sobre uma carcaça ainda fresca. Os homens eram liderados pelo sobrinho de Saladino, Taqi al-Din, um dos infiéis que haviam ajudado William em sua vergonhosa, mas necessária, missão para salvar a vida de Ricardo. O rei enviara uma mensagem por intermédio de um arauto a Taqi al-Din, comunicando que estava disposto a levar em consideração seu ato cavalheiresco de vir em seu socorro e a poupar seus soldados se ele se rendesse. O arauto retornara pálido, com a mensagem de Ricardo pregada à mão com uma adaga.

Ricardo observava Taqi al-Din agora de seu posto de comando no topo dos montes de Acre. O jovem de turbante vermelho era valente, sem dúvida, porém um pouco negligente em sua decisão de participar diretamente da batalha, mas Ricardo entendia sua motivação. O próprio rei entrava em combate quando era necessário levantar o moral de seus soldados. Os homens, ele descobrira, se dispõem mais a morrer por você, caso se mostre disposto a morrer por eles. E a presença de Taqi al-Din no campo exercia, sem sombra de dúvida, um efeito dramático sobre os soldados muçulmanos. Ele parecia avançar sem hesitar, seguindo direto para os escudos da infantaria de Ricardo, arrancando cabeças com um único golpe de sua espada curva. Aquele guerreiro de túnica vermelha com uma espada que parecia incontrolável causava pânico onde quer que passasse montado em seu corcel cinzento. Embora devesse ter sido derrubado por uma enxurrada de setas curtas disparadas sobre ele, Taqi al-Din parecia protegido por uma força invisível. Parecia inteiramente alheio às flechas e aos outros projéteis que voavam em sua direção, vindos de todos os lados, e Ricardo notara que a aparente invencibilidade do guerreiro alimentava a coragem dos muçulmanos e a covardia de seus soldados. O rei sabia que os mitos eram mais poderosos do que os fatos, e não podia permitir que a fama do sobrinho de Saladino crescesse ainda mais naquele dia.

No momento em que Ricardo colocava na cintura sua espada longa presa a um cinto de couro, William se aproximou em seu corcel, a face ensanguentada e preta da fuligem que cobria o campo de batalha como uma névoa densa.

— Seus cavaleiros estão preparados? — perguntou o rei sem erguer a vista enquanto vestia um elmo e uma cota de malha.

William viu Ricardo apertar as tiras de sua couraça brilhante, obviamente entendendo quais eram as intenções do rei.

— Eles esperaram a vida inteira por este momento.

Conrado apareceu de repente montando um cavalo branco muito bem-tratado, que Ricardo imaginou que nunca havia entrado num campo de batalha. E decidiu ignorar o nobre pomposo que persistia em sua ilusão de reinado.

— Logo que Acre sucumbir, teremos uma base segura da qual lançar a última investida de nossa campanha — disse Ricardo a William, que também parecia ignorar o marquês de Montferrat.

— Não será tão fácil — sibilou Conrado. — Não subestime a resistência dos sarracenos.

Ricardo suspirou, forçando-se a controlar seu temperamento. Gostasse ou não, Conrado ainda detinha a lealdade das tropas francas nativas, que constituíam metade do exército. Não havia nada que ele desejasse mais do que enfiar a espada no coração do irritante pretendente ali mesmo, mas não estava disposto a enfrentar as consequências. Pelo menos não naquele momento.

— Você está sempre pronto para o fracasso, Conrado — comentou Ricardo com desdém. — Relaxe e veja como um angevino conduz a batalha.

Com isso, Ricardo apressou-se em direção ao próprio corcel e, de um salto, montou na sela num movimento calculado. Fez um sinal com a cabeça para William, que levou uma corneta aos lábios e emitiu um som estrondoso, que, apesar do ruído contínuo da batalha abaixo, ecoou pelos montes. O som ecoaria pelo campo ensanguentado e penetraria os corações de seus corajosos homens. E eles saberiam que seu rei logo estaria entre eles.

O som da corneta foi seguido pelo estampido de cascos, quando quinhentos dos melhores cavaleiros de William dispararam pela passagem e eclodiram dos montes, investindo contra as hordas muçulmanas abaixo.

Era uma visão espetacular. Os corcéis revestidos de armaduras avançavam como uma enxurrada direto para o centro da batalha, os cavalos pisoteando todos que se encontravam em seu caminho, independentemente do lado em que lutavam. Esses homens tinham uma única meta — confrontar os lendários cavaleiros de Taqi al-Din e esmagá-los, enterrando-os em covas de lama diante da vista de ambos os exércitos. Essa investida inexorável contra corpos e armas foi recebida com terror e pânico, e rapidamente desencadeou a fúria de seus adversários de turbantes. As duas cavalarias encontraram-se no centro do campo de batalha num redemoinho de agonia e morte.

Enquanto Ricardo observava, orgulhoso, a carnificina abaixo, Conrado gritava indignado.

— Aqueles são nossos melhores cavaleiros, e você os enviou para o sacrifício como soldados de infantaria! — Sua voz ficava cada vez mais aguda ao nível da histeria. — Se eles forem massacrados, nós sofreremos uma perda que pode significar o fim desta campanha.

— Não devia subestimar meus homens — vociferou Ricardo entre os dentes.

Então ele viu o que estava esperando. Houve uma enorme explosão na base da fortaleza de Acre, onde os escavadores continuavam seus esforços com bravura. Eles haviam claramente aberto passagem pela fundação e usado o limitado estoque de fogo grego de Ricardo para derrubar a barreira pela base. E funcionara! Com um terrível tremor, uma parte do muro ruiu, fazendo com que os arqueiros sarracenos que se encontravam no topo despencassem de uma altura de 30 metros e morressem. Blocos de pedras caíram como gotas de chuva colossais sobre os guerreiros abaixo, matando tanto os infiéis como muitos dos soldados de Ricardo. Mas a perda era aceitável. Quando a fumaça e a poeira se dissiparam na estrutura desmoronada, Ricardo viu um grupo de seus soldados invadindo o perímetro da cidade através da abertura.

Ricardo podia ter relaxado e observado o que agora era uma vitória inevitável, mas o fogo da conquista que corria em seu sangue o forçava a agir. Mesmo à distância, ele via o guerreiro de vermelho, Taqi al-Din, continuar na defesa desesperada da cidade caída, recusando-se a bater em retirada, e ele não podia ser ofuscado pela coragem de um infiel.

Ricardo, com uma expressão jubilosa, voltou-se para William, que presenciava boquiaberto a devastação abaixo, sem demonstrar nem alegria, nem tristeza. Guerra, seu amigo lhe dissera um dia, é um dever, não uma paixão. Ricardo sabia que William lutara com nobreza e sem descanso nas linhas de frente durante vários dias. Não o forçaria a arriscar a vida outra vez, quando era desnecessário e a vitória estava garantida. Porém, achou que era sua obrigação dar ao cavaleiro a opção.

— Está pronto para morrer por Deus? — perguntou ele a William.

— Estou — respondeu o cavaleiro com total serenidade.

— Então, venha. Vamos mostrar aos sarracenos a bravura dos reis.

Conrado observou fixamente os dois comandantes quando seus cavalos dispararam na descida do monte, para longe da segurança do centro de comando e direto para o centro da batalha.

— Aonde vocês vão? — gritou Conrado, perplexo. — Isso é uma loucura.

De fato, era uma loucura, mas Ricardo desfrutou cada instante dela. Ele investiu contra a massa de soldados infiéis como um falcão descendo sobre sua presa. Sua espada brilhante ficou instantaneamente coberta do sangue dos inimigos. À sua volta, homens lutavam com coragem, enfrentando os adversários num combate corpo a corpo. Machados, lanças e adagas, todas essas armas estavam sendo usadas, e os guerreiros mais desvairados, os olhos vermelhos da sede de sangue, continuavam atacando os adversários com unhas e dentes, mesmo quando se encontravam totalmente desarmados. Era primitivo e glorioso, e Ricardo se sentiu mais vivo no centro de uma luta de ódio, sangue e fogo do que jamais se sentira no abrigo seguro do trono.

Ricardo brandiu sua espada de folha larga e sentiu a lâmina penetrar em metal e carne. A arma rasgou os tendões de um adversário de tez escura e lhe dilacerou a traqueia. O rei viu a expressão de horror nos olhos do inimigo, antes de sua cabeça se separar do torso e desaparecer sob os cascos de um cavalo. O sangue esguichou como uma fonte do que restou do pescoço do árabe, e Ricardo foi banhado pelo líquido quente. Soldados árabes viram o rei coberto de sangue e vísceras, os olhos em fogo pela loucura da morte, e tentaram fugir de seu ataque. De nada adiantou. A sede de sangue tomara conta de Ricardo e o transformara num redemoinho mortal.

Ele queria encontrar Taqi al-Din e enfrentar o comandante muçulmano num combate direto, porém, na massa de soldados à sua volta, era impossível localizar o guerreiro de túnica vermelha. Isso não importava. Cada um dos infiéis menos importantes que ele despachasse para o Inferno naquele dia receberia o ímpeto de seu furor, e isso o satisfazia.

Então Ricardo escutou um grito em árabe que se alastrava entre as tropas guerreiras. Não precisou de um tradutor para entender que o grito era de retirada. Os muçulmanos sabiam que Acre estava perdida, e não fazia sentido sacrificar os soldados na defesa de uma cidade que agora fervilhava com os homens de Ricardo, que haviam cruzado a abertura do muro. O rei conseguiu decepar mais algumas cabeças e membros dos infiéis que batiam em retirada, antes que todo o exército de Taqi al-Din revertesse seu curso e saísse destruindo as encostas dos montes orientais de onde havia descido.

Ricardo viu os cavaleiros de William perseguindo o inimigo e teria se juntado a eles se não precisasse de todos os seus homens concentrados na capitulação de Acre e na eliminação de qualquer resistência que houvesse dentro da cidade. O rei mandou William convocar suas tropas, e nesse mesmo instante viu surgir o guerreiro de túnica vermelha, Taqi al-Din, no topo do monte, observando a perda da cidade com vergonha e ódio. E então, o sobrinho de Saladino desapareceu.

Ricardo dirigiu o olhar para a cidade de Acre dominada. Durante 18 meses, seus predecessores haviam sido incapazes de expulsar os invasores do deserto dessa cidade costeira verdejante que já fora o orgulho da cristandade. E ele realizou a tarefa em apenas algumas semanas.

Ao ver a densa coluna de fumaça que se erguia por trás dos muros, agora ineficazes, de Acre, Ricardo sabia que era apenas uma questão de tempo até que ele libertasse Jerusalém das mãos de Saladino.

Montado em seu cavalo e encharcado do sangue de seus adversários derrotados, Ricardo deu meia-volta e saiu esmagando montanhas de corpos e membros decepados, dirigindo-se à segurança da tenda nos montes ocidentais. Dali, ele coordenaria a rendição da cidade, mas precisava debater com seus generais sobre os recursos necessários para ocupar com sucesso e reconstruir a fortaleza danificada. Suas tropas não teriam mais de acampar do lado de fora, em regiões ermas, cercadas por invasores muçulmanos. Com a queda de Acre, Ricardo havia adquirido uma nova base de operações bem-provida, a partir da qual a Cruzada se tornaria uma guerra de conquistas, que ele conduziria ao coração da Terra Santa. Ao próprio Saladino.

Quando cavalgou até o pavilhão de comando, onde foi recebido com os aplausos e as felicitações de seus generais e do leal rei Felipe Augusto, Ricardo viu Conrado com o rosto pálido, olhando para a cidade conquistada abaixo sem acreditar no que via.

— Quero apresentar-lhe, lorde Conrado, a cidade de Acre — comunicou Ricardo, não fazendo o menor esforço para esconder o escárnio na voz. — O primeiro domínio no novo reino de Jerusalém.

Ele não especificou, claro, quem seria o rei desse domínio.

38

Al-Adil teve vontade de levantar-se de seu assento ao lado de Saladino e arrancar a cabeça daquele arauto dissimulado com as próprias mãos. Mas conseguiu se conter para evitar que o irmão se ofendesse com um desrespeito como esse a um visitante. Mesmo que o homem fosse um mentiroso sórdido.

As palavras de Walter ainda pairavam sobre o trono como uma nuvem. Ninguém acreditou nele. Ninguém queria acreditar nele.

— Acre retornou para o seio de Cristo. Meu senhor o convida a se entregar e poupar sofrimento à Cidade Santa.

Atônito, Saladino continuou a olhar para o mensageiro, como se não conseguisse entender como Walter tivera o atrevimento de ir à sua presença dizer-lhe uma mentira tão deslavada. Eles haviam recebido informações regulares de Taqi al-Din, que conduzira a defesa da cidade, e não havia indicação de que a situação em Acre tivesse piorado radicalmente nos últimos dias. Os comunicados continham informações sobre os esforços renovados de Ricardo para sitiar a cidade, mas indicavam que os comandantes muçulmanos viam isso apenas como um aborrecimento, o preço por manter os cruzados encurralados contra o mar. Os soldados de Taqi al-Din haviam confrontado 10 mil cruzados acampados na praia por quase 18 meses. Como aquele homem insignificante que servia de porta-voz dos infiéis esperava que Saladino acreditasse que seus melhores guerreiros haviam sido derrotados por completo sem nenhum aviso?

Al-Adil não conseguiu mais calar-se diante desses delírios.

— É impossível. O jovem rei não poderia ter avançado assim tão rápido — disse ele com veemência, como se esperasse que a convicção de seu tom tornasse suas palavras verdadeiras.

Walter Algernon sorriu com ar de solidariedade.

— Posso garantir que testemunhei, eu mesmo, a batalha.

Ele enfiou a mão no bolso da túnica e retirou de lá um medalhão de prata, do tamanho da mão de um homem com os dedos estendidos. Al-Adil sentiu o estômago pesar e a cabeça girar ao mesmo tempo. Mesmo estando do outro lado do salão, ele reconhecia o amuleto.

Um guarda musculoso arrancou o medalhão das mãos do arauto e levou-o para o sultão. Saladino examinou o objeto com atenção, como se procurasse indícios de falsificação. Em um lado havia uma águia-real gravada, o símbolo pessoal de Saladino, e, no outro, a inscrição dos versos prediletos do sultão do Corão Sagrado, proclamando que a morada do justo era em "jardins sob os quais fluem rios". Finalmente ele ergueu a cabeça e falou com austera aceitação.

— O símbolo da cidade. Então é verdade.

Suas palavras foram seguidas por uma explosão de incredulidade, indignação e desespero. Al-Adil observava o irmão, que permanecia imóvel, o medalhão ainda preso à sua mão direita. Pela primeira vez, Saladino não fez nada para acalmar o grupo agitado, deixando-os expressar coletivamente todas as emoções pessoais que ele não se permitia revelar.

Al-Adil lembrou-se de que o próprio Saladino ordenara que o selo fosse cunhado por ocasião da conquista de Acre durante a tomada inicial da Palestina. O sultão dera o selo de presente a seu enviado de confiança, o general egípcio Karakush, que ele nomeara como governador da cidade. Karakush havia pendurado o selo diretamente sobre seu trono na mansão do governador, no centro da cidade. Uma cidade que agora estava nas mãos dos bárbaros.

Al-Adil sentiu-se tomado por uma onda de náuseas ao pensar na segunda tragédia que pairava sobre a corte. Nenhuma notícia havia chegado de Taqi al-Din há dias. Parecia agora que seu heroico sobrinho morrera protegendo a cidade, junto a quase todos os seus homens, os cavaleiros mais valiosos do reino. O exército muçulmano perdera uma de suas figuras mais respeitadas e uma tropa de seus melhores soldados. O abalo no moral seria imensurável.

Walter tentou falar outra vez, mas sua voz foi abafada pelo som de vozes alteradas que ecoavam por todo o salão. Ele calou-se e esperou com paciência, como se tivesse todo o tempo do mundo agora que as primeiras defesas da

Palestina haviam sido rompidas. Saladino o observava com olhos apertados, como se tentasse interpretar sua linguagem corporal, antes de, por fim, gritar para que um auxiliar restabelecesse a ordem. Após diversas batidas do bastão do criado no chão de mármore, o ruído finalmente se reduziu a um murmúrio de reclamações e o arauto pôde voltar a falar.

— Meu senhor manda dizer que não esqueceu sua bondade ao enviar um médico para ajudá-lo — disse Walter. — E diz que não será maltratado caso se renda.

Todos os olhares voltaram-se para Saladino. Agora que Acre sucumbira, a ameaça a Jerusalém se tornara iminente. Todos os cortesãos sabiam que, diante das circunstâncias, negociar termos não estava fora do leque de possibilidades do sultão.

Saladino virou-se para o irmão, e depois para o grupo de dignitários ali reunidos. Sua expressão estava impassível. Al-Adil sabia que se o sultão buscasse apoio entre os membros covardes de seu séquito, ele se decepcionaria. A maioria provavelmente já fazia planos de uma rápida fuga para Damasco. Foi nesse instante que o curdo gigantesco percebeu como a posição do irmão era realmente solitária. Al-Adil vira Saladino recrutar uma plebe inexperiente, e, sob sua liderança, conquistar vitórias incríveis, primeiro contra o califa fatímida no Cairo, e depois contra os até então invencíveis francos de Jerusalém. E conseguira isso sem o apoio dos maquinadores com títulos honoríficos que inundaram a corte depois de sua vitória. E agora, com a possibilidade de uma virada da sorte em vista, esses aliados nos bons momentos muito provavelmente o abandonariam para salvarem a própria pele. O sultão estivera sozinho no início da jornada, e estava sozinho de novo agora que ela parecia chegar a um final.

Se Saladino estava ciente desse isolamento em seu coração, ele preferiu não demonstrá-lo. O sultão permaneceu empertigado, as sobrancelhas arqueadas ao olhar com intensidade dentro dos olhos do arauto, que demonstrava excessiva confiança. Quando falou, sua voz soou mais calma e relaxada do que Al-Adil jamais ouvira, mas ele percebeu que era a calma aterradora que precedia uma tempestade.

— Diga ao seu rei que eu não descansarei enquanto os francos miseráveis não forem expulsos da Palestina para sempre.

Naquele instante Al-Adil soube que o irmão lutaria até a morte para proteger a Cidade Santa.

As palavras de Saladino pareceram abalar as almas dos homens assustados à sua volta, e vários dos nobres irromperam em aclamações e gritos desafiadores.

Mas a maioria permaneceu silenciosa, obviamente avaliando se o que seu senhor dizia era viável ou apenas uma esperança fantasiosa.

O arauto, por sua vez, permaneceu inabalável diante do olhar mortal do sultão.

— Meu senhor tem mais uma mensagem.

Saladino ergueu os dedos, dispondo-os à frente do rosto. Olhou com atenção para o mensageiro pálido.

— Fale, então.

Até Al-Adil detectou um leve sinal de hesitação por parte de Walter para transmitir a última mensagem. O homem, porém, pigarreou e prosseguiu falando.

— Nossos soldados mantêm 3 mil dos bons cidadãos de Acre como hóspedes.

Aquilo era totalmente inacreditável.

— Você quer dizer, reféns — vociferou Al-Adil, ignorando as sutilezas da linguagem diplomática.

O arauto ignorou aquelas palavras e manteve toda a sua atenção no sultão, como se estivesse analisando rapidamente a melhor maneira de proceder com as notícias delicadas que trazia.

— Numa guerra é difícil garantir o conforto e a segurança dos hóspedes — continuou Walter, como se justificando uma verdade óbvia, mas dolorosa. — Estamos numa terra estrangeira com recursos limitados.

Ah, então era essa a questão. Al-Adil permitiu que um pouco de esperança penetrasse em seu coração. Se esse Coração de Leão era um homem cuja alma era dominada pela ganância e não pela fé, então seria possível lidar com ele. A perspectiva de uma boa compensação poderia ser suficiente para evitar uma invasão sangrenta e destrutiva.

Saladino parecia estar pensando o mesmo.

— Seu senhor deseja um resgate. Pode dizer quanto.

O arauto retirou do bolso da capa azul um pergaminho enrolado. Abriu lentamente o documento, o qual Al-Adil supunha conter as instruções por escrito. O homem sem dúvida sabia a quantia de cor, mas essa atitude permitiu que abaixasse a vista e não encarasse o sultão enquanto fazia a exorbitante exigência.

— Cem mil besantes de ouro.

Se Al-Adil tivesse dúvidas quanto a ter escutado o franco corretamente, elas logo se dissiparam no tumulto da incredulidade coletiva. Até Saladino parecia estupefato.

— Como não consegue tomar o sultanato à força, Ricardo quer esvaziar o nosso tesouro.

O arauto tentou um sorriso breve e envergonhado, para indicar que era apenas um mensageiro.

— Meu senhor pede que não demore a atender o seu pedido — continuou Walter rapidamente, de novo olhando sem necessidade para suas instruções, a fim de manter a vista baixa. — Ele não poderá garantir a segurança dos hóspedes por mais de uma semana.

Al-Adil ferveu de raiva. Sua mão estava firmemente agarrada ao punho da espada. Precisou de todo o seu autocontrole para não decapitar o pomposo mensageiro e mandar sua cabeça de volta como resposta adequada ao desprezível rei da Inglaterra.

E para surpresa de Al-Adil, ele não foi o único em sua demonstração de furor. Seu irmão parecia finalmente ter se libertado de seu calculado ar de distanciamento, cultivado durante décadas de diplomacia. O sultão levantou-se de seu trono, os punhos cerrados ao lado do corpo, e o salão inteiro ficou em silêncio. O arauto pareceu realmente assustado pela primeira vez.

Quando Saladino falou, o estadista educado e emocionalmente controlado desapareceu. Sua voz estrondou com a fúria do sangue do guerreiro curdo.

— Seu rei é um filho da puta comedor de porco — disse ele fumegando. — Eu devia ter deixado que morresse.

E sem nenhuma outra palavra, sem mesmo um olhar à assembleia de cortesãos chocados, o sultão deu meia-volta e deixou num ímpeto o tribunal.

39

Miriam observava Saladino andar de um lado para o outro no quarto, a cabeça curvada em profunda reflexão. Ele contorceu um músculo da face esquerda como sempre fazia quando tentava controlar as emoções selvagens que tomavam conta de sua alma. Quando a realidade da guerra em curso se tornou clara, seu tique nervoso ficou mais perceptível.

Os dois estavam na câmara privada do sultão, escondida nos recônditos do palácio. Não havia janelas, e a única luz que incidia sobre eles naquela noite vinha de uma única vela tremeluzente.

Miriam passava cada vez mais tempo com o sultão no quarto secreto dele, mas não da forma que imaginara. Sim, eles haviam desfrutado de algumas noites de paixão desde seu primeiro encontro amoroso, mas ela se via fazendo mais o papel de ouvinte solidária do que o de amante voluptuosa. Muitas vezes era acordada no meio da noite, com leves batidas na janela, por Zaheer, o guarda curdo que Saladino designara para acompanhá-la logo que chegou a Jerusalém. O infeliz jovem tinha agora a incumbência de levá-la com discrição a Saladino para seus encontros amorosos. Ele se sentia visivelmente incomodado com a tarefa e nunca ia até a porta da frente. Preferia ficar embaixo da janela dela e jogar pedrinhas no vidro para indicar sua chegada. Miriam rapidamente se vestia com uma túnica e saía na ponta dos pés, embora soubesse que tanto seu tio quanto sua tia já haviam deduzido o que estava acontecendo. Ela não sabia por que se mantinha tão reservada, mas, no fundo, achava que era provavelmente devido a seu antigo senso de decoro cairota.

Maimônides e Rebeca nunca disseram uma única palavra sobre os desaparecimentos noturnos da sobrinha, embora ela soubesse que os dois estavam envergonhados e bastante apreensivos a respeito de seu caso amoroso com o sultão. Apesar de o tio tê-la admoestado a permanecer longe da cama de Saladino após os flertes iniciais, ele parecia ter percebido que não havia muito que pudesse fazer para deter a sobrinha teimosa agora que as coisas haviam tomado seu próprio rumo. E ela não tinha dúvidas de que ele temia a ira de Saladino caso viesse a intervir. Saber que o homem que ela amava como pai vivia com medo mortal do homem em cujos braços ela dormia a perturbava muito, mas Miriam não sabia o que fazer para solucionar a situação. Então fingia que nada estava acontecendo, e que não havia nuvem alguma de terror e intriga pairando sobre a casinha simples no bairro judaico.

Na verdade, ela mesma estava assustada. Miriam sabia que os boatos haviam começado a se espalhar, a despeito da discrição deles, e pensar na possibilidade de a notícia de seu romance com Saladino chegar aos ouvidos da despótica sultana a enchia de pavor. Ao longo daquele ano em Jerusalém, ela ouvira inúmeras histórias sobre a crueldade implacável de Yasmeen contra as rivais que disputavam o coração de Saladino. Embora esperasse que fossem meros boatos espalhados por mulheres entediadas, ela não acalentava a ideia de fazer uma inimiga como aquela.

Normalmente, a ameaça de ser descoberta lhe assomava à mente durante os encontros, mas naquela noite, a tragédia da situação em Acre desviou seu pensamento de todas as outras preocupações. Ela tomara conhecimento da derrota das forças de Taqi al-Din e da terrível situação dos reféns em Acre por meio de Maimônides. Era difícil acreditar que apenas poucas semanas antes ela estivera, de fato, no seio do exército dos cruzados, ajudando na recuperação da saúde do homem que agora retribuía a cortesia do sultão com guerra e terror.

Saladino não lhe dirigira nenhuma palavra desde que ela chegara. Miriam sabia muito bem deixá-lo sozinho quando ele estava absorto em considerações, mas achava o silêncio absoluto opressivo e enervante. Mexia-se pouco à vontade na cadeira de madeira de espaldar duro, situada em frente à cama macia forrada de seda, que provavelmente permaneceria intacta naquela noite. Sua intuição lhe dizia que estava ali para servir de conselheira e confidente, não como amante.

Por fim, Saladino parou de caminhar e olhou para ela. De repente, pareceu velho e cansado, a luz em seus olhos extinta por completo.

— Eu soube hoje à noite o que aconteceu com Taqi al-Din — disse ele devagar.

Miriam ficou tensa. Ela sabia que o rapaz que a escoltara até o acampamento franco era mais próximo a Saladino do que seus próprios filhos. A morte do rapaz seria um golpe arrasador para ele, e ela se perguntava se acharia as palavras corretas de condolência para aliviar sua tristeza.

— O que aconteceu? — Foi tudo o que ela conseguiu dizer.

Saladino falava com hesitação, como se não acreditasse que seu mundo tivesse virado de cabeça para baixo assim tão de repente.

— Ele sobreviveu à queda de Acre, mas fugiu.

Miriam ficou boquiaberta.

— Eu não entendo.

— Taqi al-Din se culpou pela perda da cidade e a captura de seus residentes — explicou Saladino com amargura. — Fui informado de que ele conduziu o regimento de cavalaria sobrevivente para o norte, em direção ao Cáucaso.

— Mas ele não o abandonaria, não quando mais precisa dele!

— O sangue dos Ayyub corre em suas veias — disse o sultão. — Ele ficou envergonhado demais e não teve coragem de me enfrentar. Meu sobrinho deve estar se sentindo tão desonrado que foi à terra de meus antepassados para se penitenciar diante de seus túmulos. Eu só espero que os espíritos deles o aconselhem a retornar, pois a meus olhos não há nada o que perdoar. Até se Jerusalém sucumbisse diante dele, eu ofereceria a minha vida para salvá-lo na mesma hora.

Miriam estava sem palavras. Aquele estranho mundo dos guerreiros das montanhas, com seus códigos de honra incompreensíveis, era algo além de sua experiência. Incapaz de entender a deserção do mais valoroso general de Saladino no pior momento possível, ela tentou direcionar a conversa para Coração de Leão, cujo espírito venal ela pelo menos conseguia compreender.

— E quanto ao rei Ricardo? Vai atender às exigências dele?

O sultão suspirou.

— Não tenho muita escolha. Três mil vidas estão em risco.

— Mas 100 mil besantes... eu jamais imaginei uma quantia dessas!

Saladino sentou-se na beirada da cama, mas não deu indicação de que quisesse Miriam a seu lado.

— Enviei uma mensagem ao califa de Bagdá pedindo fundos e o apoio de seu exército, mas não tenho esperanças.

Sua atitude fazia sentido, mas ela não entendia por que ele estava tão pessimista. Bagdá possuía um tesouro que fazia os cofres da Síria e do Egito parecerem a carteira de um indigente, e o califa era, pelo menos nominalmente, o líder supremo de todo o mundo muçulmano, incluindo a Palestina. Ela achava que ele disporia os recursos com presteza para evitar que a Terra Santa sucumbisse assim tão rápido depois de sua milagrosa libertação.

— Mas certamente o Comandante dos Fiéis não abandonará você — disse ela, tentando instilar esperança no coração dele.

Saladino levou as mãos à cabeça, como se fosse um homem que tivesse corrido toda a sua vida até descobrir que a estrada terminava num inútil beco sem saída.

— O califa me menospreza mais do que odeia os francos — observou o sultão. — Ele me vê como uma ameaça direta a seu trono.

Era óbvio que Miriam conhecia o receio de Bagdá em relação ao poder e prestígio de Saladino, mas não podia imaginar que rivalidades mesquinhas pudessem impedir a unificação contra uma ameaça muito maior apresentada pelos invasores bárbaros.

— Ele não deixaria Jerusalém sucumbir somente para subjugá-lo — comentou ela, mas as palavras começavam a lhe soar vazias.

Saladino passou as mãos pelos cabelos. Ela viu vários fios brancos em lugares onde, semanas antes, brilhavam apenas fios pretos.

— Você já viu um viciado em *khat*, Miriam?

Aquela era uma pergunta estranha, mas ela sabia que o sultão muitas vezes usava figuras de linguagem durante suas conversas particulares.

— Já — respondeu a moça, relembrando-se de um dia no mercado antes de o sultão se disfarçar para cortejá-la. — No mercado. São como mendigos com olhos mortos.

Saladino concordou com um gesto de cabeça.

— Uma vez fui solicitado a julgar o caso de uma mulher que tinha matado o próprio filho sob o efeito do *khat* — comentou ele, a voz trêmula como se a lembrança do incidente ainda lhe causasse sofrimento. — Ele tinha tentado salvar a mãe, destruindo seu estoque da droga. Por vingança, ela cortou a garganta do filho.

— Meu Deus! — exclamou Miriam, sinceramente horrorizada. Ela viu os olhos do sultão brilharem de lágrimas e sentiu o corpo estremecer. Nunca vira Saladino chorar. Ele mantinha um autocontrole perfeito, ciente da impressão que causava nas outras pessoas e da responsabilidade solene pelo posto que exercia. Era óbvio que os acontecimentos dos últimos dias o levaram a uma vulnerabilidade intensa. Essa cena a deixou estarrecida.

Ela levantou-se e foi para o lado dele, abraçou-o e o deixou recostar a cabeça em seu ombro, como uma criança machucada. Envolveu-o com carinho, na esperança de transferir para ele toda a força que possuía. Não queria que ele desmoronasse; não seria capaz de suportar isso. Se ele não aguentava o impacto desses terríveis acontecimentos, como os demais conseguiriam manter o controle?

O tremor de Saladino diminuiu quando ela alisou seus cabelos, e ele readquiriu a compostura. Finalmente olhou para ela, o rosto não mais contorcido pela emoção. A represa fora fechada de novo, a ilusão da calma indiferente restituída.

— O poder é como o *khat*, Miriam — disse ele com a voz serena que muita vezes usava quando desempenhava o papel de professor. — Uma vez que você o experimenta, sempre quer mais, até ser consumido por ele. Pode-se matar até os entes queridos, se eles ficarem em seu caminho. Assim é o califa.

Miriam passou a mão pela face dele. Ela viu que o tique nervoso desaparecera.

— Eu odeio o mundo dos homens, com suas guerras e jogos de poder.

Pela primeira vez depois de muito tempo, um sorriso apareceu no rosto de Saladino.

— Você está começando a parecer com a sultana — comentou ele. — Mas eu suspeito de que ela não ame os homens por outra razão.

Então, para seu espanto, ele deu uma gargalhada. Um som agudo frenético, que ressoou como um estrondo de trovão, anunciando o fim de uma seca avassaladora.

Miriam se viu contagiada pelo riso, perplexa por ele fazer referência aberta aos rumores da predileção de sua esposa pelas escravas. Era difícil acreditar que aquele era o mesmo homem que poucos minutos antes parecia à beira de um colapso, o terrível peso do mundo esmagando seus ombros.

Na maioria dos homens, Miriam teria achado essa mudança de humor tão drástica e repentina uma indicação preocupante de instabilidade. Talvez até um ataque de loucura. Mas ela estava tão contente em ver a alegria novamente nas feições de Saladino que afastou o pensamento como um mosquito importuno.

Não demoraria muito, entretanto, para o pensamento retornar. E, dessa vez, não seria tão fácil descartá-lo.

40

Ricardo examinou o mensageiro de turbante cinzento com interesse. Ele acabara de chegar a Acre, junto com uma comitiva de guardas árabes musculosos que carregavam vários baús de ferro que ele supunha conter o resgate exigido pela vida dos residentes da cidade. O mensageiro de Saladino vestia uma túnica branca esvoaçante de listras verdes verticais, e sua barba ondulada tinha um tom vermelho artificial, que parecia ser o resultado de alguma tintura. Os guardas por trás dele permaneceram em posição de sentido, os baús aos pés deles, enquanto o representante do sultão fazia uma mesura com um floreio exagerado da mão.

Ricardo encontrava-se numa fortaleza de pedra que pertencera ao governador de Saladino, Karakush, e que agora estava alojado numa cela sem janelas, acorrentado à parede num cômodo reservado a criminosos comuns e ladrões de gado. O rei não tinha dúvidas de que as acomodações do ex-governador não eram tão boas quanto o salão executivo que ele agora usava como base de operações. A sala era decorada com luxo, com candelabros reluzentes acima, imponentes tapetes de veludo abaixo, e as paredes cobertas com uma rica tapeçaria e murais que mostravam as batalhas sarracenas contra os francos. Embora não fosse bem o salão do trono de Londres, o recinto era uma sede mais digna para o conquistador da Palestina do que uma tenda enlameada no meio de uma praia pedregosa.

Ao lado de Ricardo estava William, vestido com sua melhor armadura, como convinha a um agente diplomático de sua importância. Seu rival, Conrado, por outro lado, estava num péssimo humor, num canto da sala, com uma túnica empoeirada e envolto num manto avermelhado. O marquês de Montferrat achava a diplomacia inútil e não via a necessidade de usar sua melhor veste diante dos subordinados de seu inimigo, independentemente do protocolo tradicional. Para Ricardo, pouco importava se Conrado estava presente, ou mesmo se ele preferia ficar despido numa audiência com o emissário de Saladino. O rei enfim chegara à conclusão de que valia mais a pena ignorar por completo a presença do arrogante nobre. Havia um número suficiente de cortesãos e generais presentes no salão, o que lhe permitia ignorar o homenzinho sem parecer especialmente rude.

A única pessoa ausente da reunião do alto escalão de Ricardo era o rei Felipe de Paris, que infelizmente fora acometido da mesma doença que quase matara Coração de Leão semanas antes. Apesar de Felipe estar se recuperando lentamente, sua comitiva sugerira que o rei francês já desempenhara seu honrado papel na conquista da Terra Santa. Com a queda de Acre e a iminente marcha de Ricardo para Jerusalém, era provável que Felipe retornasse à Europa dentro de 15 dias. O que, para Ricardo, era o ideal. Apesar de Felipe ter sido um aliado fiel nos últimos meses durante sua longa viagem por mar e terra, Ricardo não almejava compartilhar o glorioso título de Conquistador de Jerusalém com ninguém. Seria melhor que Felipe retornasse e o deixasse sozinho para se concentrar na realização de seu destino, que agora lhe parecia claramente ao seu alcance. E também serviria para encerrar as piadas secretas que, ele sabia, seus homens faziam sobre os dois. Havia ocasiões em que Ricardo achava que seus flertes de juventude com o príncipe Felipe o perseguiriam por toda a eternidade.

Depois que o embaixador terminou uma longa saudação num francês extraordinariamente fluente, Ricardo foi direto ao assunto.

— Seu senhor concordou com a minha solicitação?

O arauto de Saladino fez um gesto com a cabeça para seu séquito, e os soldados árabes destrancaram e abriram os baús. As caixas estavam cheias de dinares de ouro reluzentes, esculpidos com a caligrafia árabe que, segundo Ricardo fora informado, exibia versos blasfematórios do livro sagrado dos infiéis. Não importava. Quando as moedas fossem derretidas na forja e refinadas em lingotes, todos os traços do sacrilégio pagão desapareceriam.

Todavia, enquanto seus comandantes admiravam o maravilhoso prêmio, extorquido dos cofres do inimigo, Ricardo sabia que a soma apresentada não correspondia nem de perto aos 100 mil que ele exigira. Essa quantia fora determinada a partir de estimativas do tesouro de Saladino, obtidas sob coerção do infeliz ex-governador de Acre.

O arauto curvou-se num ato de contrição diplomática que confirmava as suspeitas de Ricardo de que a quantia estava aquém do resgate esperado.

— O sultão sente muito não ter sido possível ainda arrecadar na totalidade uma soma tão vultosa — disse o arauto com seu sotaque anasalado peculiar. — Mas em sinal de boa vontade, ele envia esse tesouro, que equivale a um décimo do que Vossa Majestade solicitou em seu último comunicado oficial.

Ricardo olhou para os cortesãos, que quase salivavam diante do ouro. Ele percebeu que todos estavam bastante satisfeitos com o que havia sido ofertado, e o desprezo fez sua bile subir. Era essa ganância e essa visão de curto prazo que causaram a destruição do antigo reinado dos cruzados. Ricardo sabia que, para o novo regime se mover com ímpeto contra os invasores muçulmanos, ele teria de mostrar, tanto aos homens de Saladino como aos seus, que era um homem que não voltava atrás em sua palavra.

— Agradeço a generosidade de seu sultão, mas meus termos foram bem claros. Essa quantia irrisória não será suficiente — disse Ricardo, observando a expressão de desapontamento do arauto ao ver que a esperança de conseguir uma negociação estava perdida. O rei fez um gesto para seus guardas fortemente armados, que se posicionaram em frente à delegação muçulmana. — Peço licença por um instante, senhor embaixador. Quero consultar meus conselheiros.

O emissário de turbante curvou a cabeça. Ele e seus soldados foram conduzidos para uma pequena antessala. Quando a porta de carvalho se fechou, Ricardo virou-se, seus olhos incidindo sobre William.

— Permita que pelo menos libertemos as mulheres e as crianças dentre os prisioneiros — disse William com sua integridade habitual. — Devíamos retribuir a boa-fé dele com a nossa.

Conrado cuspiu uma folha de bétele que mastigava aos pés de William.

— Os infiéis não têm fé — vociferou ele. — Esse é o significado da palavra.

Ricardo observava com certo deleite William lutar para controlar a raiva.

— Lorde Conrado, estou surpreso com a amplitude da sua erudição — sibilou William. — Sabe ler e escrever também?

— Eu vou escrever seu nome numa lápide um dia!

Bravo! Pelo menos uma vez, Conrado conseguira se sair com uma resposta digna ao cavaleiro-chefe do rei. Mas, independentemente de quanto aquilo o divertia, Ricardo sabia que tinha de encerrar aquelas agressões e retornar ao problema que tinha em mãos.

— Chega! — exclamou ele, e os dois homens pararam de se fuzilar com os olhos e voltaram a atenção para o rei. Conrado foi o primeiro a falar.

— Majestade, nós mal começamos essa campanha. É preciso ter firmeza agora, ou os pagãos vão ficar mais ousados.

Claro, isso era exatamente o que Ricardo queria fazer, mas achava irritante ter de receber esse conselho de uma lesma como Conrado, e não de seus melhores conselheiros.

— E matar milhares de inocentes em troca de um resgate impossível? — A indignação de William, embora expressa com óbvia paixão, era definitivamente a visão da minoria ali. Ricardo olhou para cada um dos cortesãos, que se mexiam irrequietos em seus lugares. Era claro que eles não queriam ser vistos como aqueles que apoiavam o arrogante Conrado em vez de um dos homens de Ricardo, mas ele sabia onde seus corações se encontravam.

— Não há inocentes entre os infiéis — disse Conrado, dando voz às opiniões não expressas dos demais conselheiros no salão.

William parecia espantado com a maneira impiedosa, apesar de popular, de Conrado lidar com os sarracenos.

— Você é um monstro.

Conrado deu de ombros, como se indiferente ao rótulo.

— Eu procuro apenas poupar os soldados de Cristo de um banho de sangue ainda maior — retrucou ele. Conrado voltou toda a sua atenção para o rei. — Se espalharmos o terror pelos corações dos sarracenos, eles se curvarão sem nenhuma luta.

Um murmúrio de aprovação atravessou os presentes. O desespero começava a ficar aparente no rosto de William ao ver que a maré de opiniões parecia virar-se contra ele.

— Reinaldo de Kerak pensava como você, e ele foi responsável pela queda de Jerusalém.

Conrado ficou vermelho como uma beterraba com a menção de seu antigo aliado e mentor.

— Reinaldo não tinha a seu dispor milhares das melhores tropas da Europa! — gritou o aristocrata. — Vossa Majestade, está na hora de revelar sua decisão.

Um rei deve ser temido antes de ser amado. — Ele fez uma pausa. — Seu pai sabia disso.

Ah, um toque sutil, pensou Ricardo. Era óbvio que o marquês ainda acreditava que podia manipular o coração do rei com referências comoventes a seu falecido pai. Mas Ricardo não mais achava que estivesse mergulhando na sombra de Henrique. Desde que retornara de sua luta contra a morte, o coração dele sentia-se extraordinariamente livre. Ele sabia que seu legado dependia dele próprio, e não importava se o resultado agradaria ou enfureceria um espírito morto. A rápida vitória de Ricardo em Acre solidificara a crença de que seu nome se sobreporia ao de seu pai nos anais da história. Ele se tornaria Alexandre, e seu pai não muito mais do que Felipe da Macedônia, uma ligeira referência na história de seu filho.

Ricardo já tomara sua decisão sobre o assunto, e agora que dera a chance de visões discordantes serem expressas e silenciadas, ele sabia que precisava agir.

— Uma guerra não pode ser ganha com afabilidades — disse Ricardo. Ele sabia que não podia olhar para William ao dar a palavra final que julgava necessária. — Como o inimigo nos mandou apenas dez por cento do resgate esperado, da mesma forma pouparemos um décimo dos cativos, incluindo seus líderes e homens ricos. — Ele fez uma pausa. — Os outros reféns serão executados.

WILLIAM PRESENCIOU O MASSACRE totalmente horrorizado. Uma enorme trincheira fora escavada do lado de fora dos muros recém-reconstruídos de Acre. Prisioneiros acorrentados e aterrorizados foram dispostos numa longa fileira e forçados a se ajoelhar lado a lado, enquanto os soldados cruzados caminhavam metodicamente ao longo da trincheira, decapitando os reféns com machados de lâminas duplas. As cabeças decepadas caíam dentro da trincheira abaixo, seguidas dos corpos com espasmos involuntários, que eram chutados para dentro do buraco logo após a execução. E então a fileira seguinte era trazida, chorando de horror, até que seus gritos cessavam de forma abrupta.

No total, 2.700 homens, mulheres e crianças encontrariam o criador naquele dia.

O cavaleiro nunca vira nada igual. Não imaginava que seus irmãos em Cristo fossem capazes de tamanha crueldade. Só podia ser um pesadelo medonho, do qual ele acordaria a qualquer instante, gritando no meio da noite. Mas não. Os gritos que ele ouviu à sua volta não eram seus. Eram lamentos femininos de cortar o coração e os berros das crianças.

Mulheres e crianças.

Uma oração brotou de seu coração despedaçado e explodiu de seus lábios, voando em desespero para o Céu. William não sabia se Deus podia escutá-lo em meio aos clamores de tanto sofrimento. Mas era tudo que sua pobre alma tinha para oferecer.

Ó Cristo, meu amado Senhor, salva-nos de nós mesmos...

41

O *ódio e o medo se misturam perigosamente no coração dos homens.*

Esse era outro dos dizeres sábios de seu pai. E o rabino aprendera a veracidade desse aforismo depois de muitos anos cuidando de vítimas da guerra e da violência. Todos os conflitos humanos partiam fundamentalmente dessas duas emoções, o ódio e o medo, unidos de maneira dolorosa e forçados a dançar conforme a sinistra e infindável melodia tocada na flauta da Morte.

E a dança continuava diante de seus olhos mais uma vez, consumindo os corações e as almas dos cidadãos aterrorizados de Jerusalém. A notícia do massacre em Acre espalhou-se pela Palestina como um incêndio incontrolável, que agora ameaçava consumir a frágil harmonia que Saladino havia construído no reino nos últimos dois anos.

Maimônides estava montado numa égua de pintas cinzentas que lhe fora dada por ordens expressas do sultão. Ele se acomodava de forma desconfortável na sela de couro, mas escondia seus resmungos ao máximo, sabendo bem que Al-Adil o observava como um falcão. O irmão de Saladino reunira os melhores cavaleiros da guarda de Jerusalém e agora esperava a chegada do sultão para conduzir a expedição.

O grupo convocado às pressas encontrava-se nos portões ocidentais do palácio, e de sua posição no topo do monte Moriá, o rabino via a extensão da devastação. Nuvens de fumaça encobriam os céus de Jerusalém, resultado de dezenas de fogueiras que agora se espalhavam pelo bairro cristão.

Quando o emissário, extremamente pálido, retornou com a notícia da atrocidade monstruosa perpetrada pelas tropas de Ricardo, horror que ele fora forçado a presenciar, Saladino não teve como conter uma reação imediata. Os jovens haviam afluído às ruas de Jerusalém, à procura de alguém, qualquer um, em quem se vingar daquele crime.

As lojas e igrejas católicas foram as primeiras a serem incendiadas. De imediato, a multidão atacava qualquer pessoa que mesmo vagamente parecesse carregar o sangue franco. Os que tinham mais sorte eram espancados e dados como mortos. Outros eram apedrejados até seus rostos se tornarem irreconhecíveis. Alguns cristãos eram empalados com lanças improvisadas ou pregados a postes de madeira em sinal de escárnio à sua Crucificação sagrada. Os menos afortunados eram ensopados de óleo e seus corpos, incendiados.

Os revoltosos não demonstravam misericórdia nem pelas crianças, nem pelos idosos. Quando a notícia da desordem violenta chegou ao bairro judeu, Maimônides e Miriam correram para proteger as pessoas, qualquer uma, da ira cega da multidão. A primeira vítima que encontraram foi um homem idoso que havia sido esquartejado, uma cruz entalhada em seu peito com uma cimitarra. Em seguida, viram uma mulher cujos olhos haviam sido extraídos com uma adaga. Depois, uma criança agonizante, que não conseguia sequer lamentar seu sofrimento, pois a língua lhe fora arrancada.

Maimônides vira coisas semelhantes na guerra, mas nunca entre os inocentes. E nunca pelas mãos de seus irmãos árabes. Aqueles eram crimes hediondos, que, ele supunha, somente os francos bárbaros eram capazes de cometer.

Ele e Miriam seguiram em meio àquele furor o quanto puderam, mas logo ficou claro que não conseguiriam alcançar o centro da rebelião sem a proteção dos guardas de Saladino. De alguma forma, em meio à desordem e ao derramamento de sangue, eles haviam conseguido chegar aos portões do palácio, onde as tropas atordoadas tentavam conter a onda de residentes que fugiam da devastação à sua volta. Os soldados de turbantes empurraram-nos para trás com lanças de pontas afiadas, até que um dos guardas pessoais de Saladino pareceu ter reconhecido Miriam e conduziu os dois para dentro. Maimônides não se surpreendeu. Ele sabia, é claro, do que existia entre o sultão e sua sobrinha, e embora jamais aprovasse o relacionamento, dessa vez ficou agradecido pelo acesso ao palácio que a relação entre os dois lhe havia proporcionado.

Entretanto, logo que entraram no complexo, Miriam foi levada rapidamente por um dos guardas gêmeos egípcios de Saladino, apesar de seus gritos de protesto. Maimônides foi informado de que o sultão queria que ela fosse conduzida em segurança para fora da cidade revoltosa, enquanto ele enfrentava a tarefa sangrenta de restabelecer a ordem. Maimônides suplicara a um dos guardas estoicos que providenciasse transporte para Rebeca também, e finalmente o gigante chamado Saleem rosnou em aquiescência. A esposa do rabino havia se trancado dentro de casa e, embora a revolta não tivesse ainda se espalhado pelo bairro judeu, Maimônides sabia que a sede de sangue, quando despertada, não conhecia fronteiras.

O rabino permaneceu tenso no interior do palácio, olhando do alto de uma janela em arco para o caos lá embaixo. Permaneceu num silêncio melancólico pelo que pareceram horas, ignorado pelos muitos criados e ministros de menor importância, que corriam de um lado para o outro, desesperados, tentando parecer úteis enquanto a cidade pegava fogo. O sultão não estava presente, e por um instante Maimônides se perguntou se ele também não teria escapado para a segurança das montanhas, além dos portões de Damasco. Nesse instante, uma mão pesada segurou pelo ombro, e ele se viu face a face com Al-Adil, que de forma austera avisou que o sultão o aguardava para se juntar a ele nos esforços para restabelecer a ordem no bairro cristão.

Maimônides então esperou ali, admirando o sol poente competir com os tons vermelhos do mercado em chamas por sua atenção. Ele sabia que o massacre dos cristãos era um golpe terrível para Saladino, tanto como rei, quanto como homem. O sultão prometera a seus súditos cristãos que não repetiria as atrocidades dos cruzados. No entanto, pelo que o rabino presenciara naquela tarde, os muçulmanos revoltosos imitavam de maneira extraordinária o próprio povo que eles desprezavam. Eram agora criminosos condenados pela própria fé, tendo abandonado os ensinamentos do Corão de proteger os inocentes e controlar a sede de vingança.

Porém, na verdade, o rabino sabia que os rebeldes não pensavam mais em termos de Deus, nem de religião. Eram como homens possuídos, levados pelo medo da morte a matar qualquer um que pudesse um dia fazer a eles o que os francos haviam feito a seus irmãos em Acre. Não havia mais certo ou errado, nem os argumentos ponderados dos religiosos eruditos. O terror era um tipo próprio de loucura e nem a razão, nem a fé poderiam iluminar as regiões mais tenebrosas da alma humana.

Enquanto pensava sobre isso, os portões do palácio se abriram, e o Defensor da Fé saiu montado em seu poderoso corcel negro. Saladino vestia os trajes de batalha em toda a sua realeza e usava a mesma armadura laminada que usara naquele dia fatal em Hattin. Era evidente em seu olhar inflamado que ele estava ali para declarar uma nova *jihad*, e que o Deus caprichoso e irônico do rabino o escolhera como aquele que lutaria contra seus confrades muçulmanos em defesa dos cristãos infiéis.

Sem nenhuma palavra dirigida a seus homens, o sultão saiu em disparada, montado em Al-Qudsiyyah, seu premiado corcel árabe, e o grupo o seguiu. Eles atravessaram as ruas de Jerusalém, e os arqueiros de Saladino não hesitavam em eliminar todos os revoltosos que tinham a infelicidade de cruzar seu caminho enquanto se dirigiam ao olho do furacão, seguindo pelas ruas calçadas e cobertas de sangue.

Maimônides viu para onde iam. Erguendo-se acima das construções vizinhas com seu imponente domo, o qual perdia apenas para a grandiosa cúpula que cobria a Sakhra no Monte do Templo, o santuário era o local mais sagrado da cristandade. A Igreja do Santo Sepulcro, onde os cristãos acreditavam que seu "Messias" fora sepultado após uma morte vergonhosa e imprevisível nas mãos dos centuriões romanos. Maimônides sempre olhara com desagrado para a tumba, que lhe fazia lembrar os milhares de anos da terrível perseguição que seus irmãos haviam sofrido pela suposta cumplicidade na morte de Jesus.

Naquele dia, porém, não havia rancor em seu coração. Enquanto os cavalos seguiam pelas ruas em direção ao edifício sagrado, Maimônides sentia apenas solidariedade e tristeza com a sorte daqueles que, agora, eram vítimas da terrível loucura que seu povo havia suportado constantemente em todo o mundo.

Ao dobrarem uma esquina, Maimônides viu um enorme grupo de pessoas armadas e raivosas portando tochas e ferramentas agrícolas que haviam sido transformadas em armas — ancinhos, tesouras de jardinagem, enxadas com lâminas afiadas, brutas, mas tão eficientes como qualquer espada de soldado quando usadas com a finalidade de matar outros homens.

Os desordeiros estavam sendo contidos por um pequeno contingente dos soldados de Saladino, que pareciam confusos e nervosos. Era óbvio que não estavam acostumados a lutar contra seus irmãos muçulmanos em defesa dos infiéis. Saladino conduziu seu cavalo direto para o portão principal do edifício de pedras, mas nem mesmo os estrondos dos cascos, prestes a matá-los esmagados, persuadiu a multidão enfurecida a se afastar.

— Abram caminho para o sultão, ou, por Alá, vocês morrerão! — A voz retumbante e o olhar fulminante de Al-Adil foram o suficiente para aterrorizar a turba irada, que se apressou em sair da frente no exato momento em que o grupo de Saladino se aproximou deles.

Saladino desmontou do cavalo e correu em direção aos antigos degraus rachados que conduziam ao portão de ferro do Sepulcro. Do lado de fora, cercado por vários soldados armados com lanças e arcos, estava um homem de barba grisalha, de túnica preta e chapéu cônico. Correntes de prata pendiam de seu pescoço, e ele usava uma enorme cruz, incrustada com rubis de valor inestimável. Era Heráclio, o patriarca latino de Jerusalém e o último remanescente da elite poderosa do reino cruzado de Jerusalém. O patriarca, a contragosto, concordara em entregar a cidade dois anos antes, com a condição de permanecer em sua posição como pastor dos cristãos que escolhessem viver sob o regime de Saladino. Ele nunca fora muito amigável com o sultão, mas era óbvio para todos que os dois homens precisavam um do outro a fim de manter a paz entre as comunidades religiosas em Jerusalém. Uma paz que agora estava destruída, possivelmente de forma irremediável.

Saladino caminhou em direção ao líder cristão e deixou a multidão rebelde perplexa ao curvar-se e beijar-lhe a mão.

— Reverendo, eles o machucaram?

O patriarca fez que não com a cabeça. Sua arrogância habitual e indiferente desaparecera e havia um terror genuíno em seus olhos.

— Estão todos tomados pela loucura — disse ele. — Se pela graça de Cristo o sultão não tivesse chegado...

A expressão de Saladino se enrijeceu. Ele virou-se e falou alto o suficiente para que todos o escutassem.

— Nenhum mal lhe acontecerá enquanto eu estiver vivo.

Maimônides observou espantado o sultão tomar a mão direita do patriarca na sua e erguê-la diante da multidão. Naquele instante, os anos de desconfiança e inimizade entre os dois homens desapareceram, e eles pareciam velhos amigos, satisfeitos na companhia um do outro.

— Em nome de Alá, o Clemente, o Misericordioso — proclamou o sultão —, declaro os cristãos de Jerusalém meus irmãos. Qualquer homem que levantar a mão contra um cristão será tratado como se tivesse atacado o próprio sultão.

Um murmúrio de perplexidade espalhou-se entre a multidão. Alguns dos possíveis incendiários recuaram, abaixaram suas tochas em relutante submissão ao líder. Porém, um rapaz de cabelos castanhos e rosto sardento foi para a frente da multidão. Seus olhos estavam inflamados de justo ódio.

— Claro que você é irmão dele — gritou o jovem de forma impensada. — Você defende os infiéis e permite que os francos matem os fiéis. Você não é irmão dos mártires!

Naquele instante, a agitação cessou. Ninguém se atrevia a falar assim com Saladino há anos. Houve um momento de completo silêncio, no qual a única coisa que Maimônides ouvia eram os batimentos fortes do próprio coração.

Então Saladino reagiu com uma eficiência cruel e aterradora. O sultão tirou da bainha uma adaga com incrustações de esmeraldas e lançou-a diretamente contra o rebelde afrontoso. Horrorizado, o rapaz viu o punho da arma se projetando do meio de seu tórax e caiu de joelhos com um suspiro reprimido.

Uma mulher obesa de lenço vermelho, que obviamente era a mãe do jovem infeliz, deu um grito aterrador. Correu para o lado do rapaz morto e apoiou a cabeça dele em seu colo, um pranto tão desolador que até Maimônides, cuja prática médica o acostumara a suportar a dor do luto, achou difícil conter as lágrimas. Ele olhou para Saladino, cuja face permaneceu uma máscara férrea.

— Qualquer um que questione o sultão terá o mesmo destino — determinou ele, a voz firme e indiferente à tragédia que ele mesmo causara. Maimônides, porém, viu que os olhos de Saladino estavam marejados. — Eu sei que lamentam o destino de nossos irmãos em Acre. Eu também lamento. Mas estes homens não são responsáveis pelo que aconteceu.

O sultão fez um sinal com a cabeça para seus cavaleiros, que ergueram seus arcos e flechas, prontos para atacar qualquer um que repetisse a loucura do rapaz. Os manifestantes começaram a recuar, afastando-se da igreja. Uma onda de pavor sobrepujou as chamas da vingança que ainda lhe inflamavam os corações. Porém, uma pessoa deu um passo à frente. Uma mulher idosa, vestindo uma *abaya* preta disforme, pôs uma das mãos no ombro da mãe enlutada, antes de virar o rosto enrugado e encarar o sultão.

— Vai me matar também por eu falar?

Saladino olhou para ela com atenção, e então fez sinal a seus arqueiros para deixá-la em paz.

— Não, mãe. Diga o que está em seu coração.

— Eu vivi muitos anos nesta terra e vi inúmeros homens morrerem nas mãos desses francos — disse ela. — Só há uma maneira de responder a esses animais. Sangue pede sangue.

Saladino foi tomado de surpresa pelas palavras cruéis emitidas por alguém que parecia uma afável matrona.

— Mãe, eu sinto muito que tenha visto tantas mortes — respondeu ele devagar, como se tentasse encontrar as palavras certas. — Mas em todos os seus anos, não aprendeu que o sangue nunca dá trégua?

A mulher idosa não pareceu convencida e voltou toda a atenção à mãe sofredora, abraçando-a e sussurrando palavras de apoio a seu ouvido. A mulher de lenço na cabeça ergueu os olhos finalmente, seus olhos vermelhos espelhando um ódio contido pelo grande libertador de Jerusalém, um homem que para ela seria sempre lembrado como o assassino de seu filho.

Saladino desviou a vista do olhar inclemente da mulher. Pôs a mão no cinto e, com delicadeza, jogou no chão uma carteira que, Maimônides podia garantir, deveria conter mais ouro do que o rapaz morto e sua mãe jamais teriam visto em toda a sua vida.

— Providencie um enterro decente para ele — disse Saladino. E, pela primeira vez naquele terrível dia caótico, sua voz fraquejou.

42

A sultana teve ímpetos de estrangular a judia com as próprias mãos, mas sabia que um ato assim tão brutal seria totalmente inapropriado para uma mulher de seu status. Seus espiões haviam acompanhado o desabrochar da relação amorosa nas últimas semanas, ao ponto de relatarem que Saladino agora parecia passar quase todas as noites nos braços daquela vadia. Era óbvio que aquele não era um mero namoro, uma paixão sem importância que arrebatara o sultão e que logo o abandonaria. A moça ameaçava tomar o lugar de Yasmeen não somente na cama do governante, mas ao lado do trono.

Não. Ela não permitiria que isso acontecesse.

Yasmeen voltou a atenção para o soldado nervoso que estava diante dela. Ela esforçava-se para lembrar o nome dele.

Zaheer. Sim, era esse.

Seu eunuco leal, Estaphan, havia desempenhado o papel dele com competência, coletando informações tanto sobre Miriam como sobre outros na corte que pudessem ser úteis aos seus planos. Quando tomou conhecimento de que havia um soldado curdo que o sultão escalara como guarda pessoal de Miriam, Yasmeen fez investigações mais detalhadas. E então atingiu o rico veio de ouro que vinha tentando encontrar.

A voz da sultana soou após um longo silêncio.

— Você deve estar querendo saber por que eu o chamei aqui. — Não era uma pergunta, e sim uma afirmação categórica, uma leitura da alma do homem.

— Sim, majestade. — O rapaz permaneceu com o olhar baixo, e ela gostou de perceber o tremor de medo na voz dele.

— Eu estou sabendo dos seus sentimentos pela judia.

O que quer que o soldado esguio esperasse daquela audiência, obviamente não era aquilo. Assustado, ele quebrou o protocolo e ergueu a cabeça para olhar para Yasmeen, chocado, as faces vermelhas perdendo toda a cor. A sultana usava um véu de seda translúcido, então, tecnicamente, ele não infringira a lei. Se tivesse de fato olhado para as feições da sultana, teria sido condenado à morte. Lembrando-se disso, o rapaz desviou o olhar novamente.

— Não fique surpreso — disse ela, sorrindo diante da perplexidade dele. — Poucas coisas acontecem dentro do palácio que escapam à minha atenção. Particularmente no que se refere aos assuntos do coração.

Zaheer abaixou a cabeça outra vez, sem saber o que dizer. Ela persistiu.

— Não tenha medo. Pode falar abertamente.

Não sabendo mais o que fazer diante dessa estranha circunstância, o guerreiro curdo falou sem restrições, como era o hábito entre seu povo.

— A beleza dela é como o nascer do sol sobre um lago cristalino.

Yasmeen sentiu uma raiva súbita, embora soubesse que o pobre rapaz apenas obedecia a seu comando.

— Aparentemente o sultão também pensa assim — comentou ela, sem conseguir disfarçar o rancor na voz.

Zaheer não escondia mais o seu terror.

— Eu não tive escolha, minha senhora — gaguejou ele. — O sultão ordenou que eu...

— Essa não é a questão — interrompeu ela. — Sua lealdade e discrição são louváveis.

Zaheer pareceu terrivelmente confuso, mas fez um leve gesto de assentimento com a cabeça. Nervoso, fixou o olhar no chão de mármore. Yasmeen deslizou os dedos pela diáfana túnica de seda que cobria com leveza sua pele macia, enquanto punha seu plano em ação.

— Mas, bem, isso não pode continuar assim — disse ela. — A relação entre eles vai contra os interesses do sultanato. A notícia de que meu marido está tendo um caso com uma infiel causaria inquietação entre os súditos mais devotos. O próprio califa de Bagdá seria forçado a intervir.

O guarda endireitou os ombros e ergueu a cabeça, embora tivesse o cuidado de olhar para um ponto na parede por sobre os ombros da sultana.

— O que quer que eu faça, minha senhora?

A sultana enfiou a mão entre as dobras de sua túnica e retirou de lá um frasco de cristal contendo um líquido transparente.

— No harém de meu pai em Damasco, no passado, as mulheres aperfeiçoaram um elixir que tem o poder de conquistar o coração de qualquer homem... ou mulher, se for o caso.

Ela ergueu a poção diante do curdo, que tentou pegá-la, com muito cuidado para que seus dedos não tocassem na mão proibida da sultana. Ele olhava para o frasco com uma admiração supersticiosa.

— Mas por que Vossa Majestade quer que eu faça isso?

— Você tem sido um servo fiel para meu marido há anos. Considere isso uma recompensa justa.

O guarda mexeu-se pouco à vontade.

— Mas se o sultão descobrir...

— Ele não vai descobrir — observou ela de imediato.

O tom perigoso na voz da sultana fez Zaheer dar um passo involuntário para trás.

— Quando eu devo agir?

Yasmeen sorriu. Assim estava bem melhor.

— Hoje à noite. E amanhã a judia terá esquecido o sultão. O único homem que ela terá em mente será você.

43

Zaheer sentiu a tensão crescer no peito enquanto esperava à porta pesada de carvalho, em frente ao quarto do sultão. Ele não sabia ao certo por que estava ali. Seria apenas porque temia desobedecer às ordens da sultana? Ou porque alguma parte dele realmente desejava fazer aquilo?

Zaheer servia como guarda-costas e protetor de Miriam fazia meses. Ele era um dos poucos homens que podiam passar algum tempo com ela sob a rígida segregação de gêneros da corte. Além, é claro, do sultão.

O jovem soldado sempre reverenciara Saladino. O homem era uma lenda viva, uma fonte de orgulho não somente para os árabes e muçulmanos que comandava, mas também para os membros das tribos curdas que eram seus irmãos. A incrível sequência de vitórias de Saladino e seu espírito nobre haviam elevado a posição do povo curdo aos olhos de toda a *Ummah*. Eles não eram mais montanheses rudes que serviam como humildes mercenários nos exércitos dos fiéis. Haviam sido elevados à posição de tribo sagrada, como acontecera com o clã coraixita do Profeta antes deles, cuja coragem, intrepidez e probidade eram tidas como um exemplo brilhante do que havia de melhor na comunidade islâmica. E tudo se devia a um único homem.

As histórias de heroísmo de Saladino deixaram o coração jovem de Zaheer repleto de entusiasmo e aspirações, e o fizeram abandonar sua casa e sua família, bem como a vida de pastor de cabras nas Montanhas do Cáucaso, para se integrar à *jihad* contra os francos. Isso fora quatro anos antes. E, por sua firme determinação e bravura nas batalhas, o rapaz caíra nas graças de seus comandantes sírios, subindo de posição com regularidade até conseguir o ápice do sucesso no exército — fazer parte da comitiva do próprio sultão.

Zaheer lutara para conter as lágrimas quando conheceu pessoalmente o famoso guerreiro. O homem era tudo o que ele imaginara — bondoso, honrado e justo. O Saladino de carne e osso tornou-se, naquele instante, mais um mito do que fora até então, quando era apenas um nome reverenciado nos lábios do povo comum.

E então Zaheer descobrira, nos últimos meses, para sua decepção, que o sultão era, afinal, um homem. O jovem soldado ficara abalado ao descobrir que Saladino mantinha um caso amoroso, uma paixão imprópria, com uma moça que tinha a metade da sua idade. Uma moça que, o rapaz se dera conta, também assombrava seus sonhos à noite.

Miriam era diferente de todas as moças que ele conhecera. Mas Zaheer admitia que sua experiência com as mulheres era um tanto limitada. Sim, ele desfrutara de alguns encontros com moças dos vilarejos impressionadas com sua posição de guarda pessoal do sultão. Mas nunca encontrara uma mulher cuja mente lhe despertasse maior interesse do que o corpo. Sem dúvida, Miriam fora dotada de uma cota generosa de atributos físicos. Porém, durante os momentos de suas saídas secretas do palácio, quando ela conversava com ele, o rapaz descobrira que a capacidade de percepção e a rapidez mental da moça o excitavam mais do que quaisquer dos olhares que lançava às escondidas às suas curvas voluptuosas.

Claro, Miriam tinha uma posição bem acima da sua, mesmo sendo uma infiel. Vinha de uma família proeminente do Povo do Livro. Seu tio era amigo e conselheiro íntimo do sultão, bem como um líder religioso de sua comunidade. E, sem sombra de dúvida, ela tinha um nível educacional muito mais elevado do que o seu. Miriam provavelmente falava mais línguas do que Zaheer acreditava existir, e as visitas regulares que ela fazia aos vendedores de livros no mercado eram para ele uma lembrança humilhante de sua falta de instrução.

Durante todo o tempo que eles haviam passado juntos, ela provavelmente nunca admirara suas feições jovens e jamais o olhara como a um homem, menos ainda um parceiro a sua altura. O pensamento o deixou furioso. Furioso com Deus por ter lhe reservado um destino tão miserável, que o condenava a presenciar para sempre o luxo e o privilégio das classes superiores. Furioso consigo mesmo por sua fraqueza de caráter, que o acorrentava a um papel servil, quando deveria ter a coragem de tomar o mundo com as próprias mãos, como fizera Saladino. E, por fim, furioso com Miriam, por entrar em sua vida e fazê-lo perceber que, não importava o quanto ele subisse na hierarquia da corte, ele seria sempre apenas um montanhês sujo e sem instrução.

Usando sua raiva justa como escudo para mantê-lo concentrado na tarefa que tinha à frente, Zaheer ergueu o punho cerrado e bateu forte na porta de madeira polida.

— É Zaheer, minha senhora.

Houve uma pausa, e então a voz suave de Miriam veio de dentro do recinto com uma única palavra.

— Entre.

Zaheer abriu a porta e entrou. Miriam estava sentada numa cadeira de encosto de veludo, escovando seus cachos exuberantes. Usava uma túnica de seda preta, coberta de flores brancas e vermelhas brilhantes — um mimo recente do sultão. Uma das pernas dela, esbelta e lisa, estava visível através de uma fenda na veste, mostrando músculos bem-torneados da panturrilha ao joelho. Zaheer ficou imediatamente excitado, e toda e qualquer hesitação desapareceu com a onda súbita de desejo.

— Perdoe minha intrusão. Eu trago uma mensagem do sultão.

Miriam continuou olhando-se no espelho de prata diante dela, seus olhos nunca se erguendo para recebê-lo.

— Diga.

Zaheer lembrou-se das instruções específicas dadas por sua senhora, Yasmeen.

— O sultão quer que vá jantar com ele hoje, em seus aposentos particulares.

Diante daquilo, Miriam ergueu a vista, as feições esculturais revelando surpresa. Zaheer sabia que, desde o início da guerra, Saladino quase sempre jantava com seus generais. Na verdade, era raro o momento do dia em que ele não estava discutindo estratégias militares. A sultana, que tinha uma percepção profunda da natureza humana, explicara a Zaheer que seria necessária uma ocasião especial para Saladino abandonar as questões de Estado urgentes para fazer uma refeição tranquila com a moça. Obviamente, a judia chegara à conclusão esperada. O sultão queria estreitar os laços entre eles, constatação que deixaria a moça muito ansiosa, considerou Zaheer com ciúmes.

— É melhor então eu me aprontar — disse ela.

Chegara a hora. A hora da verdade. Ao admirar a beleza suave do rosto dela, sabendo que mesmo quando a moça olhava em sua direção, ela não o via, tendo em mente apenas a lembrança do sultão, Zaheer tomou coragem para cumprir sua tarefa.

— Ele também mandou um presente — disse o guarda. Ele retirou de sua túnica de couro o frasco transparente que a sultana lhe dera. Miriam pegou o frasco. Quando os dedos longos da moça tocaram-lhe as mãos ásperas, Zaheer sentiu um tremor lhe percorrer a espinha.

— O que é isso?

— Sorbet da Armênia — apressou-se em dizer o jovem curdo. — Ele quer que experimente. Se gostar, vai pedir mais para o jantar.

Miriam olhou para ele por um instante com uma expressão indecifrável. Ele sentiu o estômago se contrair de medo. Teria levantado alguma suspeita? Será que ela recusaria a bebida e depois contaria o incidente ao sultão? Se Saladino descobrisse a verdade, era provável que Zaheer sofresse uma punição tão dolorosa que a morte seria um alívio desejado.

Mas seus medos revelaram-se infundados. Ela de repente ficou ruborizada e sorriu para ele envergonhada. Zaheer instintivamente percebeu que, naquele instante, ela de fato o notara pela primeira vez. Sim, ele a acompanhara durante muitas noites e mantivera guarda em frente aos aposentos particulares do sultão, enquanto seus ouvidos queimavam com os ruídos do ato de amor dos dois. Mas de repente ocorreu a Zaheer que Miriam não se permitira admitir que ele conhecia a verdadeira natureza de seus encontros com o sultão.

Ela olhou para o guarda rapidamente, e em seguida bebeu o líquido do frasco. Zaheer prendeu a respiração.

— Gostou?

Miriam contraiu o nariz como se experimentasse um sabor inesperado.

— É um pouco doce para o meu gosto — disse ela, pondo de lado o frasco vazio. Levantou-se e se dirigiu à cama, que exibia uma série de belas túnicas. — Agora espere do lado de fora, enquanto eu troco de roupa.

Zaheer não sabia o que fazer. Teria a poção do amor funcionado? Se sim, por que ela estava dispensando-o como a um criado, em vez de abraçá-lo com desejo? Teria sido isso algum tipo de zombaria? Uma peça que a sultana lhe pregara? Será que ele passaria a ser motivo de riso no harém?

Enquanto sua mente disparava com imagens de sua iminente humilhação, ele viu Miriam parar ao se aproximar da cama. Ela colocou a mão sobre o estômago como se sentisse dor, e então apoiou-se numa das colunas esculpidas para não cair.

— Está se sentindo bem, minha senhora? — Ele ficou de fato preocupado, e cenas terríveis lhe vieram à mente. Teria a sultana mentido para ele? Seria a "poção do amor", na verdade, veneno? Zaheer ficou pálido ao pensar que poderia ser responsável pela morte de Miriam.

Ela voltou-se para ele, o rosto alterado. Desequilibrou-se, e Zaheer segurou-a pelos ombros.

— Só um pouco tonta — disse Miriam, a voz estranhamente distante. — Deve ser o calor.

Zaheer não sabia mais o que fazer para manter a farsa.

— Devo levar ao sultão suas desculpas?

Miriam abanou a cabeça. Seus olhos perderam o foco.

— Não, eu vou melhorar...

E com isso, ela desmaiou nos braços de Zaheer. Ele apressou-se a levá-la, agora inerte, para a cama e verificar-lhe a veia do pescoço. O pulso estava regular, e o corpo não apresentava as convulsões que Zaheer fora treinado a reconhecer em vítimas de envenenamento.

Deitou-a na cama forrada de seda e afrouxou-lhe a túnica para garantir que ela conseguisse respirar. A roupa de seda deslizou para o lado, revelando as curvas suaves dos seios de Miriam. Zaheer de súbito sentiu um desejo irresistível, com um misto de ansiedade e alegria. Ele sabia que o sultão estaria num conselho de guerra até tarde naquela noite. E ele estava ali, sozinho com a moça mais bonita que ele jamais vira.

Zaheer não sabia se a poção do amor da sultana havia funcionado, nem se importava mais com isso. A excitação despertada em seu corpo era tudo em que ele conseguia pensar. Lentamente abriu a túnica da moça e prendeu a respiração ao ver pela primeira vez seus mamilos róseos salientes.

Sentindo-se como uma criança deixada sozinha no mercado repleto de doces, Zaheer inclinou-se e beijou os lábios adormecidos de Miriam, enquanto seus dedos acariciavam-lhe os seios. Mesmo que ela acordasse ainda amando apenas Saladino, Zaheer não se importava. A sultana lhe dera seu presente, e ele desfrutaria cada segundo.

44

Havia muitas tarefas agradáveis que o grão-vizir, braço direito do sultão, era solicitado a realizar. Esta não era uma delas.

O cádi Al-Fadil afastou-se da porta dos aposentos particulares de Saladino sentindo o coração disparar. Não da excitação pueril ao espiar atos carnais primitivos por uma brecha na porta de madeira, mas da percepção assustadora do que deveria fazer em seguida.

Normalmente o cádi manteria a discrição, sem mencionar nada a ninguém. Afinal, havia coisas muito mais prementes para se resolver à medida que a guerra com os francos se intensificava. Esses episódios grotescos deveriam ser a última coisa na mente do sultão, ou de seu primeiro-ministro.

Entretanto, infelizmente a situação entre Saladino e a judia havia chegado a um ponto em que ele não tinha alternativa senão intervir. Como muitos na corte, Al-Fadil estava ciente do caso constrangedor entre o sultão e a sobrinha de Maimônides. Normalmente, histórias de aventuras sexuais de reis eram assunto para divertidas fofocas entre os nobres, mas dessa vez a informação havia causado perplexidade e pavor entre todos os membros da corte. Saladino sempre havia apresentado uma moral exemplar e, embora quase todos os nobres de menor importância em Jerusalém encontrassem com frequência uma moça (ou ocasionalmente um rapaz) por diversão, a ideia de que seu sultão se deixasse levar por desejos semelhantes era incompreensível para os cortesãos.

Saladino havia adquirido uma aura lendária de devoção e santidade, que estimulava seus exércitos a realizar o impossível. Aos olhos de seus homens, ele era o último exemplo brilhante de um tempo passado, quando os Califas Bem

Guiados ainda viviam na terra e havia homens que mantinham o poder sem o menor sinal de corrupção. Porém, agora, com Jerusalém uma vez mais ameaçada pelas hordas francas, quando o povo precisava desesperadamente acreditar no mito da perfeição do sultão, a ilusão fora estilhaçada.

Al-Fadil conhecia o homem fazia anos, mas não tivera coragem de se dirigir ao sultão com suas preocupações. Seu receio era que aquele caso com a moça abalasse a reputação de Saladino no reino no exato momento em que ele precisava unir todo o povo para uma defesa unificada. Ele sabia que não era o único a pensar assim. Até o tio da moça, por quem Al-Fadil em geral tinha pouca consideração, parecia sentir-se mal com a situação, embora sua inquietação se concentrasse claramente nas possíveis repercussões que o caso poderia trazer para sua sobrinha. Típico de um judeu, pensou Al-Fadil amargamente. Aqueles que se consideravam o "Povo Escolhido" sempre viam tudo no universo através de lentes autocentradas, como se o destino de uma prostituta tola tivesse alguma importância diante das necessidades de todo um império. Entretanto, nem mesmo Maimônides conseguia abordar aquele assunto com o sultão.

Saladino, porém, conhecia bem o coração dos homens, mesmo quando eles se esforçavam ao máximo para esconder seus pensamentos mais íntimos. E, numa noite, Al-Fadil assustou-se quando o sultão mandou chamá-lo ao seu gabinete e exigiu que ele manifestasse sua opinião sobre a questão que envolvia a moça.

Al-Fadil ficou aterrorizado e perplexo por seu senhor ter percebido sua hostilidade contra a judia, apesar dos esforços para não expressar seus pensamentos, exceto a alguns conselheiros confiáveis. Forçou-se, porém, a olhar o sultão nos olhos e lhe dizer o que ele não queria ouvir. O cádi era especialista nas leis islâmicas e sabia que o Profeta Sagrado considerava a coragem de falar ao rei uma verdade indesejável a maior *jihad* de todas. Ele orgulhava-se por ter, durante todos aqueles anos, dado ao seu senhor conselhos diretos, mesmo quando eles causavam desconforto.

E o sultão sempre lhe dera atenção, quer quanto às punições dadas a aliados covardes que haviam traído Saladino no campo de batalha, quer quanto à concessão de perdão a inimigos por conveniência política, como fizera quando o sultão substituiu o califa fatímida por um governo sunita no Cairo. O cádi Al-Fadil ascendera à sua posição de grão-vizir exatamente porque o sultão podia contar com ele para manter a máquina do Estado em funcionamento.

O homem idoso caminhava devagar pelo corredor mal-iluminado, puxando os fios de uma barba perfeita, a cabeça baixa devido à gravidade da situação. Ele faria como sempre fez: diria a verdade. Claro, já havia informado Saladino dessa exata possibilidade. Aquela moça o usava por mero interesse em sua riqueza e poder, como as mulheres jovens sempre faziam com homens mais velhos que se deitavam em suas camas. Mas ele não se vangloriava de ter razão em relação àquela moça presunçosa. Porque seu senhor, era óbvio, nutria sentimentos profundos pela judia. O sultão chegara até a lhe perguntar se seria politicamente viável se divorciar de uma de suas mulheres para se casar com a moça. Al-Fadil lhe dissera que um ato desses abalaria os muçulmanos comuns, muitos dos quais ainda se ressentiam de sua amizade com os judeus. Com as forças de Coração de Leão a postos para lançar um ataque maciço a partir de seu bastião em Acre, a última coisa de que o sultão precisava era uma controvérsia em torno de suas questões particulares.

Saladino demonstrara ter entendido e não abordara mais o assunto. Mas também não evitara a moça, como o primeiro-ministro havia sugerido. Ao contrário, à medida que as nuvens da guerra se escureciam, o sultão parecia buscar cada vez mais consolo na companhia dela. Al-Fadil sabia que o sultão se sentia confortado na presença de Miriam, e a notícia de sua traição, com nada menos do que um soldado comum, dilaceraria seu coração.

Ele teria esquecido o assunto, se não tivesse sido trazido a seu conhecimento por alguém que, ele sabia, revelaria a verdade através de outros meios caso Al-Fadil mantivesse o segredo.

A sultana lhe contara sobre o encontro amoroso da moça com o jovem curdo, sem dúvida descoberto por seu exército de espiões, que pareciam se esconder em todos os cantos do palácio. Ela o enviara para constatar a verdade com os próprios olhos, com um acordo tácito de que o sultão deveria tomar conhecimento da traição da amante. A sultana afirmara estar motivada não por ciúmes, mas por preocupação com questões do Estado. Se a judia era uma traidora, então todas as informações que ela obtivera por meio de Saladino poderiam ter sido facilmente passadas adiante para grupos menos amigáveis.

A despeito dos motivos da sultana, a situação era clara. Miriam havia traído Saladino, e a verdade deveria ser trazida à tona antes que um desastre viesse a acontecer.

NERVOSO, O CÁDI AL-FADIL ergueu os olhos do chão. Ele acabara de contar a Saladino o que havia presenciado, porém o sultão ficou sem palavras pelo que pareceu uma eternidade.

Eles estavam sozinhos no gabinete particular de seu senhor. Al-Fadil interrompera uma sessão estratégica, na qual Saladino, Al-Adil e os generais de altas patentes debruçavam-se sobre mapas e mantinham uma discussão acalorada sobre qual deveria ser o próximo passo do inimigo. O primeiro-ministro chamara seu senhor para um ambiente mais calmo e reservado e relatara a história em poucas frases truncadas e nervosas, que foram recebidas em absoluto silêncio.

Olhando para a expressão de seu senhor, Al-Fadil viu que os olhos escuros do sultão faiscavam com um ímpeto assassino. O cádi se perguntava se havia cometido um erro de cálculo grave. Talvez tivesse superestimado os vínculos de amizade e lealdade entre ele e seu senhor, e agora pagaria com a pena máxima.

— Eu sei que está gostando dessa judia, *sayyidi*... mas ela não é diferente dos outros... a traição está no sangue...

Saladino levantou-se do assento simples de madeira que mantinha em seu gabinete, e Al-Fadil recuou como se evitasse um golpe.

— Se estiver errado, arrancarei seus olhos com minhas próprias mãos.

O vizir empalideceu. Ele escutara o sultão usar aquele tom de voz em raras ocasiões, e o resultado nunca fora positivo.

— Eu juro por Alá! Neste exato instante ela está nos braços de um guarda do palácio.

Saladino agarrou-o pelos ombros e olhou dentro de seus olhos em busca de algum sinal de intriga. Em seguida, empurrou Al-Fadil para o lado, como se estivesse chutando um vira-latas.

— Vou investigar por mim mesmo — respondeu ele, sua voz gélida como a neve da montanha. — Dê uma boa olhada à sua volta, meu amigo. Esta sala pode ser a última coisa que verá na vida.

45

Miriam caminhava através de uma bruma espessa, iluminada por uma fosforescência esverdeada e doentia. Mas não via lua nem estrelas na escuridão que pudessem servir como fontes de luz tênue. Ela não estava sozinha, disso tinha certeza. Havia criaturas ocultas na névoa, seres terríveis que sabiam tudo sobre ela, e dos quais não conseguiria escapar. De vez em quando, percebia *flashes* de movimento pelo canto do olho, mas sempre que se virava, via apenas ondas de nuvens que cobriam o vasto vazio.

Ela queria gritar, clamar por ajuda, mas temia atrair os demônios que, ela sabia, estavam à sua procura. E então, viu a garotinha. Com um vestido azul-claro que lhe parecia assustadoramente familiar, a menina estava sozinha, as mãos estendidas acenando para que ela se aproximasse.

Miriam não queria ir, mas sentia as pernas serem puxadas por uma força invisível, como se ela fosse uma marionete. Sim, lembrava-se agora — adorava marionetes quando era uma criança de longas tranças negras e olhos verdes grandes, igualzinha à menina que agora a chamava... a menina que, em seu pávido coração, sabia *ser* ela.

À medida que ela deslizava, a bruma se desvanecia, e o fantasma que era ela quando criança apontava para um terrível quadro, o qual Miriam trancara nos recônditos sombrios de sua alma. Mas agora ele havia sido libertado.

Por favor, não! Sua mente gritava, mas nenhum som lhe saía pela garganta. Não queria ver aquilo de novo. Porém, não tinha escolha. Miriam sabia que estava condenada a reviver aquela visão por toda a vida, e se sua alma de fato houvesse sobrevivido à morte, aquele seria o Inferno que a aguardava no abraço da eternidade.

Sua bela mãe estava no chão, esperneando e gritando, enquanto um homem alto a mantinha presa com uma mão brutal. A veste dele era de um metal brilhante, mas ele removera uma chapa que cobria seu órgão sexual. Seu pênis incircuncidado, inchado e roxo estava ereto como uma lança de carne, pronto a infligir um mal aterrador.

Então sua mãe a viu pelo canto do olho e parou de lutar. Entregou-se completamente ao ímpeto bestial do homem raivoso de barba ondulada. Miriam sabia que ela fizera isso para salvar a vida da filha. Se o cavaleiro olhasse para cima e um pouco para a esquerda, ele veria a menina de tranças bonitas, escondida embaixo de uma carruagem tombada. Sua mãe estava lhe dando a chance de correr, de escapar em meio à tempestade de areia uivante que caíra sobre eles logo em seguida ao ataque dos francos. No entanto, agora também, como naquela ocasião, ela não conseguia se mover.

Miriam viu através das lágrimas o franco espancar sua mãe, violentá-la e em seguida espancá-la novamente. O sangue escorria pelas coxas da mulher e formava uma poça em torno de seus joelhos. Mas ela permanecia no chão, entregue ao terrível destino, a sina das mulheres capturadas na guerra.

Então, depois que derramou sua semente virulenta, o homem levantou-se, seu órgão ensopado do sangue de sua mãe. Com uma das mãos, arrancou do pescoço dela à força um colar de jade que continha o tetragrama, as quatro letras hebraicas que representavam o impronunciável nome de Deus. Por convicção religiosa, ela evitava usar joias como adorno, mas sempre usava aquele colar. Fora um presente de casamento de seu querido irmão Maimônides, e Miriam não se lembrava de tê-lo visto em outro lugar senão próximo ao coração dela. Miriam teve ímpetos de gritar, de protestar furiosa contra a profanação do corpo e da alma de sua mãe, mas nenhum som lhe saía da boca.

Em seguida, o homem tirou da bainha uma adaga, inclinou-se e cortou o pescoço de sua mãe.

Por favor, pare. Ó Deus de meu povo. Por favor, impeça isso.

O grito que ficara preso em sua garganta finalmente saiu e se projetou acima da cacofonia miserável que permeava a caravana devastada. O homem ergueu a cabeça, uma expressão de tédio no rosto, e então ela o viu. Porém, ele não era mais jovem. Envelhecera diante de seus olhos, e fios grisalhos entremeavam sua barba e cabelos crespos. Sim, ele ainda era o homem que violentara e matara sua mãe, mas era também outra pessoa. Um homem que ela vira outra vez, e recentemente.

O homem a viu e um terrível sorriso lhe cobriu o rosto. Ele começou a andar em direção a Miriam, seu pênis sangrento projetando-se de forma obscena, já desejoso de mais uma conquista.

Ela gritou...

MIRIAM DESPERTOU DE UM pesadelo e se viu em outro.

Ela estava deitada nua na cama do sultão, mas o homem ao seu lado não era Saladino.

Não. Ela ainda estava sonhando. Aquilo não podia estar acontecendo.

O jovem soldado curdo, que ela carinhosamente tratava como se fosse um irmãozinho, estava junto a ela, a cabeça recostada sobre os travesseiros. Zaheer se mexeu e abriu os olhos. E então sorriu, o mesmo sorriso tímido que ela tanto admirava, mas que agora lhe causava uma repulsa que vinha do âmago de sua alma.

Ela deu um salto como se um relâmpago tivesse atingido sua cama.

— Hashem me proteja!

E, fiel à Sua natureza, o Deus da ironia respondeu a sua súplica amedrontada. A porta do quarto foi de súbito aberta, mas em vez do anjo de asas azuis, Miguel, vingador de seu povo e protetor dos inocentes, ela se viu fitando os olhos incrédulos de Saladino.

Zaheer deu um pulo da cama como se estivesse em chamas. Mas o sultão entrou e, com um golpe brutal de sua cimitarra, lançou a cabeça do infeliz rapaz para o outro lado do quarto.

Miriam gritou. E gritou. Ela achou que jamais pararia de gritar até que a Terra se estilhaçasse e caísse no esquecimento sob as plangentes vibrações de seu horror.

E então o sultão virou-se para ela, os olhos cheios de um fogo insano que era mais assustador do que qualquer coisa que ela jamais presenciara. Mais aterrador até do que a brutalidade cruel dos francos quando eles mataram sua família diante de seus olhos. Mas os francos eram monstros — essa era a natureza deles. Ver o homem que ela amava, o único homem essencialmente bom que ela conhecera, transformar-se num demônio sedento de sangue — isso era mais do que seu coração podia suportar.

Enquanto ela tentava cobrir seus seios com os lençóis agora sujos de sangue, Saladino caminhou devagar em direção a ela, como um golem néscio das histórias que seu povo contava às crianças. Um monstro sem alma que existia apenas para realizar sua missão de vingança e de morte.

— Você teve a coragem de me trair! — A voz dele soou rouca e grossa, como o rugido de um leão. Seus olhos refletiam fúria e loucura. O Saladino que ela conhecera havia desaparecido, e diante dela se encontrava um *ifrit* vindo das entranhas de Geena.

— *Sayyidi*, por favor me escute...

Nesse instante, ele a atingiu de punho fechado. Miriam caiu de costas na cama, sentindo o calor férreo do sangue em sua boca.

— Sua fala melosa não vai poupá-la hoje.

Saladino lançou-se irado contra ela, erguendo sua cimitarra adornada de pedras preciosas no punho. Miriam não conseguia respirar. Não que isso importasse, uma vez que ela nunca mais respiraria.

E então ela viu lágrimas escorrendo dos olhos dele. Os lagos negros transbordavam de tristeza, e o sultão não fazia esforço para contê-las. E naqueles olhos cintilantes, ela viu Saladino novamente. Não o demônio possuído, pronto para vingar sua honra. E sim o homem que ela amava mais do que qualquer outra pessoa no mundo. Ele ainda estava ali, lutando para se libertar, para controlar a besta que temporariamente tomara conta de sua alma.

Miriam levantou-se da cama e pôs o pé no chão de mármore. Ergueu a cabeça para receber o golpe com dignidade, seus olhos cravados nos dele.

— Onde estão suas testemunhas? — Sua voz estava extremamente calma. Era como se ela estivesse possuída por algo mais, uma força maior do que ela própria. Uma contraparte do espírito negro que tomara conta da alma de seu amado.

— O quê? — Ele soou hesitante, confuso.

— Seu Corão diz que é preciso quatro testemunhas para o crime de fornicação.

Saladino a encarou, incrédulo. Ela percebia o conflito no rosto dele, enquanto sua fúria incontrolável lutava contra a fé poderosa que constituía o âmago de seu ser.

— Você se atreve a citar o Livro Sagrado, sua...

Miriam se inclinou, aproximando-se do rosto de Saladino.

— Infiel? Judia? Assassina de Cristo? Vamos, diga!

Por fim, Saladino abaixou sua espada. Ela viu a verdadeira natureza dele triunfar, as feições atormentadas de vergonha e horror pelo que esteve prestes a fazer Ele deu as costas a ela e caiu sobre a cama, o rosto enterrado nas mãos.

Miriam se inclinou, abraçou o corpo trêmulo de Saladino e repetiu as palavras que ainda importavam para ela.

— Eu amo você.

E realmente amava. Porém, após os acontecimentos daquela noite, não sabia se seu amor ainda significaria alguma coisa. Saladino soltou-se dos braços dela e levantou-se. Deixou o quarto devagar sem olhar para trás, passando em silêncio por sobre o corpo decapitado do rapaz que a drogara e violentara. Ele fechou a porta ao sair, e ela sentiu o coração saltar na garganta ao escutar o ruído amedrontador da tranca.

46

Miriam permanecia sentada na cela solitária, os pensamentos torturantes voltando sem cessar para a sua traição. O cubículo não tinha janelas, e ela não conseguia acompanhar a passagem do tempo. Porém, considerando que a comida era trazida em intervalos regulares pelos austeros guardas, ela devia estar presa ali fazia pouco mais de cinco dias. Não tinha direito a visitas e não sabia o que se passava no mundo exterior.

Todo aquele tempo ela achara que conhecia o coração de Saladino. Ela se convencera de que ele não era um mero déspota tribal que reinava por paixão, e sim um homem que seguia um código de honra. Como fora tola! Agora, cada vez que a porta se abria, ela se preparava para a chegada de seu carrasco. Esse seria o castigo justo para uma moça que se deixara levar por fantasias e ilusões românticas. Miriam sempre se orgulhara de sua força de vontade e de seu compromisso com uma vida racional em lugar dos romances infantis tão comuns para as outras moças de sua idade. E, agora, como as infindáveis mulheres idiotas antes dela, de Eva a Helena de Troia, ela permitira que seu coração governasse sua mente, e esse fora um erro que, merecidamente, lhe custaria a vida.

No exato momento em que permitia que o desespero ocupasse os últimos espaços disponíveis em sua alma, a pesada porta de ferro de sua cela se abriu. E como o sol que surge da desoladora escuridão de um eclipse, entrou Maimônides.

Ela nunca o vira tão envelhecido, as costas curvadas com o terrível peso da preocupação, que agora se tornara ainda maior pela vergonha que ela causara. Ah, como ela se desprezava! Não por ter se apaixonado por um homem que se mostrara um tirano cruel. Não por ter se tornado vítima das fantasias depravadas de um jovem soldado. Mas por ter causado sofrimento à vida do mais doce e angelical dos homens.

A princípio, Miriam não se moveu; a vergonha e a tristeza deixaram-na plantada onde estava. Mas ele estendeu os braços, assim como fazia quando ela era criança, e o poço de emoções que se agitava dentro dela transbordou.

— Tio! — A palavra brotou de seus lábios ressecados de forma espontânea. Era a primeira palavra que ela pronunciava em voz alta desde que fora trancada naquele buraco escuro. Ela saltou do catre de fibras, única peça de mobília em sua cela, e jogou-se nos braços dele, abraçando-o.

Ele envolveu o corpo trêmulo da sobrinha por um longo tempo, depois ergueu o rosto dela e enxugou as lágrimas havia muito reprimidas.

— Você foi maltratada?

Ela tentou respirar para se acalmar.

— Não — respondeu ela, não querendo causar mais preocupações além de todo o tormento que ele, com certeza, já estava suportando. — Eu sou bem-alimentada e tratada com delicadeza, mas continuo sendo uma prisioneira.

Maimônides assentiu, seu rosto revelando fadiga. Ele parecia não ter dormido desde que ela fora aprisionada. E então, por nenhuma razão que conseguisse entender, ela pensou em Saladino e não conteve a pergunta.

— Como está o sultão?

Maimônides olhou fixamente para ela, tomado de total surpresa.

— Como pode pensar nesse homem, quando ele cometeu essa injustiça com você?

Mas ela sabia por quê. Era a verdade que estava sempre presente, logo abaixo da superfície de rancor e mágoa que tomava conta de seu coração. De alguma forma, estando na presença do tio, a tempestade foi interrompida, e ela, por fim, conseguia pensar com clareza.

— Ele foi enganado. — Miriam sabia que tudo o que havia ocorrido, a terrível tragédia dos últimos dias, fora causado pelas maquinações de uma mulher movida pelo ciúme.

Maimônides abanou a cabeça numa combinação de tristeza e resignação.

— Minha querida, eu avisei que as intrigas do harém são mais cruéis do que todas as manobras planejadas pelos francos nesta guerra.

Sim. E muito mais mortais, Miriam percebera.

— Eu vou ser executada? — Era muito estranho ouvir essas palavras saindo dos próprios lábios. Mas ela precisava saber a verdade. Precisava se preparar para o inevitável.

— Não.

Não foi Maimônides quem falou naquele instante. Foi o sultão.

Saladino estava à porta da cela, seu rosto triste como ela jamais vira. Miriam não conseguia olhar para ele. A própria mágoa era grande demais, ainda muito viva.

Maimônides virou-se para enfrentar o velho amigo, uma fúria justa espelhada em seu olhar.

— Traiu sua honra, Ibn Ayyub. Eu pensei que o conhecia.

Vindo de outra pessoa, esse desrespeito para com o sultão provavelmente teria resultado em morte imediata. Mas Saladino não se alterou, nem demonstrou sinal de estar ofendido.

— E ainda conhece — retrucou ele. Sua expressão tinha um ar de súplica que Miriam nunca vira antes, como se estivesse pedindo ao velho amigo um momento de compreensão para que ele pudesse tentar justificar o imperdoável. — Esse era o único lugar de onde eu podia velar por Miriam e garantir que ficasse protegida contra os inimigos dela na corte. Miriam foi mantida aqui para a proteção dela, até que eu investigasse esse incidente.

— E o que descobriu em suas investigações? — Miriam conseguira falar de novo, mas continuava sem poder fitá-lo.

Saladino suspirou.

— Eu suspeitava da mão da sultana e estava certo.

Havia algo no tom de voz dele que fez Miriam erguer a vista. Havia um terrível vazio em seus olhos, como se ele tivesse se purgado de todas as emoções que o impedissem de lidar com essa situação.

— O que vai acontecer com ela? — Miriam não tinha ideia de por que se preocupava, considerando-se a terrível armadilha que a mulher preparara para ela. Mas talvez porque entendesse a sultana e suas funestas motivações. Afinal, ambas tinham uma coisa em comum. Ambas amavam o mesmo homem. Apesar dos defeitos e fraquezas dele, as duas o amavam.

Saladino olhou para o chão.

— A questão já foi resolvida — respondeu ele, e parou. Então, como se forçasse as palavras a saírem de sua boca, continuou: — Ela e a amante foram executadas hoje de manhã por seus crimes abomináveis.

Miriam sentiu o coração gelar. Aquilo era uma loucura. Tudo aquilo. Ela viu o ar de total incredulidade no rosto do tio, e imaginou que seu rosto também revelasse a mesma expressão. Yasmeen bint Nur al-Din, a mulher mais poderosa da terra, estava morta. E por causa dela. Miriam de repente sentiu ânsias de vômito.

— O amor não é crime, *sayyidi*. — Lágrimas de horror lhe assomavam aos olhos. Isso tudo era demais para ela.

— Para reis e sultões, é sim.

Maimônides o interrompeu, sua mente obviamente focalizada em uma única coisa: o destino de Miriam no desdobramento desse terrível drama.

— O que vai acontecer com a minha sobrinha?

Saladino ergueu a cabeça e olhou diretamente para ela.

— Ela fez muitos inimigos no reino. É melhor que vá embora.

Então era assim que tudo terminava. Ela viveria, mas seria forçada a permanecer no exílio. Comparada à sorte da sultana, ela praticamente recebia a oferta de um baú de dinares de ouros como prêmio por seu relacionamento ilícito. Então, por que sentia um vazio tão grande diante da ideia de deixar aquele desprezível ninho de escorpiões conhecido como Jerusalém?

— É isso o que você quer?

Saladino empertigou-se, seus ombros erguidos. A parte difícil terminara. Tudo o que precisava ser dito fora dito.

— Eu quero que você permaneça viva, e isso não vai acontecer se ficar ao alcance do harém.

Maimônides tomou as mãos de Miriam nas suas. Ela percebeu o alívio no rosto enrugado do tio misturado a novas preocupações.

— Ela é uma moça solteira. Para onde pode ir em tempos de guerra?

— Já providenciei uma escolta militar para acompanhá-la até o Cairo — disse Saladino, voltando a atenção para Miriam. — Assim que a guerra acabar, vou me juntar a você lá, se ainda quiser ficar comigo.

Miriam viu a expressão de horror no rosto do tio. A última coisa que ele queria era um relacionamento entre a sobrinha e o sultão. E, na verdade, ela estava arrasada. A terrível experiência por que passara assustara profundamente seu coração. Ela não aguentaria passar por isso uma segunda vez. Miriam hesitou antes de responder, olhando nos olhos castanhos comoventes de Saladino. Então tomou sua decisão.

— Eu esperarei por você — disse ela, para o óbvio desespero do rabino. — Mas sob uma condição.

— Diga qual é.

Miriam respirou fundo.

— Eu não serei mais sua concubina, nem seu divertimento — disse ela, sem olhar para o rosto do tio, que sem dúvida deveria estar vermelho de vergonha diante das palavras dela. — Se quiser voltar à minha cama, será como meu marido.

Saladino sorriu e abaixou a cabeça.

— Eu não faria de maneira diferente. — O sultão tomou as mãos dela nas suas e beijou-a suavemente. — Vá com Deus, filha de Isaac.

Ela abraçou Saladino, sentindo o coração dele bater contra seu peito. Maimônides virou-se de costas, instintivamente deixando a cela da prisão para permitir que os dois tivessem alguns minutos para se despedirem.

Miriam abraçou Saladino com ardor. Não sabia se voltaria a vê-lo algum dia, e desejou que eles tivessem mais tempo para dizer tudo o que estava contido dentro de seus corações. Mas, ah, ela aprendera que os dois eram escravos do destino. Sua sorte, como talvez sempre soubera, seria encontrada no abrigo e na segurança do Cairo, longe da loucura da guerra e do ódio pungente das almas das mulheres. E a sorte de Saladino, para o bem ou para o mal, seria encontrada no campo de batalha.

Ela se viu recitando uma oração silenciosa para qualquer Deus ou força que comandasse aquele vale de lágrimas. *Por favor, lhe dê forças para fazer o que for preciso. Para enfrentar o mal que neste instante surge no horizonte.*

47

Conrado de Montferrat olhava com ar de total incredulidade para a carnificina que se espalhava pelo campo de batalha. Os corpos de mais de 7 mil infiéis cobriam a terra, alastrando-se do rio manchado de sangue até os confins escuros da floresta que marcava os limites da cidade costeira de Arsuf.

Durante as últimas horas, testemunhara o que, para ele, seria lembrado como a vitória decisiva das Cruzadas. E, com relutância, admitia a si mesmo que o crédito se dava principalmente a Ricardo.

Coração de Leão estudara com cuidado o terreno da reconquistada cidade de Acre e decidira que um ataque direto a Jerusalém seria impossível. As forças de Saladino, aos milhares, circundavam todo o interior. Ele, portanto, planejou uma estratégia para conquistar a costa, relativamente pouco defendida. Sem o acesso ao mar e com os portos de suprimento do Egito bloqueados, o império de Saladino seria, de fato, reduzido à metade. O que Ricardo procurava, em essência, era encurralar os infiéis contra o deserto, assim como eles haviam encurralado as forças de Conrado contra o mar.

O primeiro alvo importante nos planos de Coração de Leão era a fortaleza costeira de Arsuf, situada diretamente a noroeste de Jerusalém. As forças cruzadas combinadas haviam partido em toda a sua magnificência, apoiadas por uma frota de navios de guerra atracados próximos à costa, que protegia seus passos rumo ao sul. Eles derrotaram facilmente as fracas defesas da cidadela em Cesareia e prosseguiram passando pelo que mais tarde veio a ser chamado de "Mar Morto", a cerca de 2 quilômetros ao sul do porto. Ali, a cavalaria de Saladino havia lançado uma série de ataques provocativos em seu flanco esquerdo, ataques esses que mais encolerizaram os francos do que causaram algum prejuízo substancial. O próprio rio fora camuflado por uma teia elaborada de juncos e caniços, e uns 12 cavalos caíram e se afogaram antes que o estratagema fosse descoberto.

Entretanto, essas defesas eram pateticamente fracas, e os cruzados haviam adquirido uma confiança cada vez maior de que conseguiriam cobrir toda a extensão da costa sem muita resistência. O moral do exército estava alto durante a marcha para o sul. Cinco batalhões, consistindo em quase 20 mil homens, avançavam orgulhosos, cantando com alegria e confiança. Os cavaleiros templários lideravam o avanço, seguidos pelos angevinos e bretões de Ricardo e pelos normandos e franceses. A retaguarda era protegida pelos célebres hospitalários, sobreviventes do terrível massacre em Hattin e sedentos de vingança. Mas não haviam visto nenhum sinal de tropas muçulmanas significativas durante todo o percurso, e os soldados pilharam e saquearam impunemente os vilarejos ao longo da costa.

Ricardo orgulhava-se, declarando que o exército infiel provavelmente desertara para a Síria e a Mesopotâmia após a notícia de sua incrível vitória em Acre. Conrado, porém, o aconselhara a não subestimar Saladino. Ele pressentia, com crescente temor, que a tranquilidade nas estradas do litoral não era senão a calma que sempre precede a tempestade.

E ele tinha razão. Quando o exército dos cruzados avançou através dos jardins de oliveiras que constituíam os limites de Arsuf, Saladino revelou sua surpresa. Uma força sarracena de mais de 30 mil homens surgiu nos montes e avançou violentamente em direção ao leste da cidade.

As forças de Saladino haviam atacado pela retaguarda, procurando se posicionar entre os hospitalários e o corpo principal do exército. Os guerreiros sagrados foram forçados a recuar, disparando suas bestas contra os atacantes, enquanto Ricardo dava ordens aos soldados na linha de frente para prosseguirem a marcha em direção a Arsuf. O rei determinara que os hospitalários permanecessem onde estavam, defendendo a retaguarda, e ignorassem a tentação de desobedecer às ordens e avançar contra a onda da cavalaria muçulmana, que seguia firme, eliminando-os por trás. Foi uma fonte de satisfação ver que o treinamento dos soldados os fazia obedecer ao que, para Conrado, pareciam ordens suicidas. Os hospitalários mantiveram suas posições, e o restante do exército pôde então se aproximar de Arsuf.

A partir dali, Ricardo virou o jogo contra os agressores. Sem nenhum aviso, todo o exército deu meia-volta e lançou uma ofensiva direta contra o coração das forças muçulmanas. Os cavaleiros franceses investiram pelos interstícios da infantaria sarracena e dizimaram as alas central e esquerda do exército inimigo. Os bravos cruzados atiraram-se numa onda de fúria contra homens e cavalos, esmagando tudo o que se encontrava em seu caminho. Coração de Leão, exibindo sua habitual insanidade na batalha, ficara à frente da ofensiva. Sua espada reluzente e seu total destemor face às hordas muçulmanas inspiraram uma inimaginável paixão em seus homens, e o terror no inimigo.

Com as alas central e esquerda destruídas em menos de uma hora de embates sangrentos, os guerreiros muçulmanos sobreviventes retiraram-se em fuga para a segurança dos montes, deixando seus mortos para trás. Percebendo a perseguição aos infiéis em seus territórios melhor defendidos levaria os cruzados da vitória a uma derrota esmagadora, Ricardo refreou seus ansiosos soldados, declarando que todos os homens estariam livres para se apoderar do butim dos mortos e ficar com tudo o que conseguissem carregar, no lugar de receber apenas uma cota fixa, estabelecida por seus comandantes. Conrado teve que reconhecer o mérito do rapaz — ele entendia bem seus homens. Embora a sede por sangue sarraceno fosse intensa, a avidez pelos espólios de guerra era ainda mais forte.

Então Conrado ficou ali, abanando a cabeça, estupefato, enquanto milhares dos seus soldados se abaixavam sobre os corpos dos mortos, coletando espadas, ouro e quaisquer objetos de valor que encontrassem. De vez em quando, um de seus homens descobria um sarraceno ainda vivo, atordoado no campo ou fingindo estar morto, na esperança de escapar ao anoitecer. O ardil era, claro, rapidamente detectado, e o infiel, eliminado.

Conrado ergueu a cabeça e viu Ricardo e seu sempre presente cavaleiro William cavalgando em sua direção. Ricardo deu um sorriso largo ao supervisionar a devastação causada ao inimigo, apesar de eles terem sido cercados por uma tropa que excedia a sua em número. William, por outro lado, permanecia sério e triste, como de hábito. Conrado havia notado que, embora continuasse fiel a seu senhor, o cavaleiro de cabelos escuros se tornara mais taciturno e distante desde a execução dos cativos em Acre. O marquês de Montferrat se perguntava mais uma vez o que aquele homem, que se prendia a ideais tolos, fazia em meio a uma guerra que, por necessidade, teria de ser sangrenta e cruel. Talvez a razão para a eterna melancolia do rapaz fosse o fato de ele estar fazendo a si mesmo aquela pergunta.

— O comandante muçulmano em Arsuf está preparado para se render — comunicou William, em tom de voz melancólico e desanimado com aquela incrível e improvável vitória. — Os portões da cidade serão abertos antes do anoitecer.

Conrado decidiu que não podia mais tolerar uma pessoa tão amargurada como William. Ainda sentindo a maravilhosa exaltação da vitória, voltou-se para Ricardo que, pelo menos, estava num estado de espírito semelhante ao seu.

— Com a conquista de Arsuf, a costa nos pertence — disse Conrado. — A queda de Jerusalém em nossas mãos é apenas uma questão de tempo.

Ricardo deu de ombros, com indiferença.

— Eu não festejo uma vitória até que ela esteja consumada.

Conrado olhou para o leste. A Cidade Santa estava a apenas um dia a cavalo de sua nova base de operações. Era uma boa ocasião para esclarecer algumas questões antes que o cerco a Jerusalém começasse.

— Com Jerusalém despontando no horizonte, acho que já é hora de iniciarmos nossas discussões.

Ricardo franziu o cenho, surpreso.

— A respeito de quê?

Conrado sentiu de repente as primeiras inquietações consumirem a alegria da vitória em seu coração.

— Da administração do novo reino — respondeu ele. — Como herdeiro do trono de Guy, é minha responsabilidade garantir a estabilidade do regime.

Para a perplexidade e indignação de Conrado, Ricardo inclinou a cabeça para trás e deu uma gargalhada.

— Ah, sim, eu esqueci que estava falando com o rei de Jerusalém.

Conrado sentiu o rubor inflamar-lhe o rosto.

— Atreve-se a zombar de mim?

Ricardo não olhou para ele. Em vez disso, manteve a vista no mar de soldados que pilhavam os corpos do inimigo.

— Como eu já disse, os reinos não são conquistados com palavras, mas com ações. Suas forças não conseguirão capturar o trono sem os meus soldados.

Conrado sentiu como se todos os pesadelos que ele havia suprimido secretamente se tornassem realidade diante dele no mundo real.

— O que quer dizer?

Ricardo, por fim, dignou-se a olhar para ele. Havia mais desprezo naquele olhar do que em qualquer ato de carnificina que ele presenciara na guerra naquele dia.

— Haverá um rei em Jerusalém, Conrado, mas ele não será nomeado por um comitê — anunciou Ricardo com orgulho. — Ele conquistará a cidade com as próprias mãos.

Com isso, o rei da Inglaterra afastou-se em seu cavalo, deixando Conrado boquiaberto em pleno campo de batalha. E então o olhar do marquês voltou-se para William, e sua ira chegou ao extremo. Pela primeira vez em muitos dias, o cavaleiro sorria. Ria da traição de Ricardo à causa sagrada. Da humilhação de Conrado.

Rindo, William de Chinon seguiu seu senhor, enquanto Conrado olhava encolerizado e impotente para os corpos espalhados por toda a costa. *Ele* era o rei da Terra Santa. E se Ricardo Coração de Leão estava querendo roubar-lhe o reino, logo saberia que Conrado de Montferrat era um homem que não seria tripudiado facilmente.

48

Miriam estava sentada de maneira desconfortável na carruagem coberta, montada sobre as costas de um camelo. O palanquim de madeira era pequeno e estava abarrotado, e as cortinas vermelhas e verdes que cobriam o compartimento não conseguiam evitar a entrada de areia e insetos. O próprio camelo movia-se em balanços bruscos e ruidosos que lhe causavam ânsia de vômito, como se ela estivesse viajando no mar durante dias.

Ela se despedira de Jerusalém e dos confortos da corte fazia quatro dias, mas era como se já houvesse se passado um ano. Sua escolta militar seguia uma rota tortuosa rumo ao Sinai, através das terras áridas do Negev. Eles haviam sido informados de que os cruzados seguiam sua marcha pela costa, e uma viagem mais direta passando por Ascalon seria um convite a problemas. Mas para ela era melhor assim. Miriam não queria voltar a ver aquele oásis miserável onde seus pais haviam sido mortos.

Entretanto, ela achou o caminho através das dunas estéreis deprimente. A escolta agregara-se a uma caravana de comerciantes beduínos dois dias antes, e ela fora advertida pelo capitão da guarda a se manter dentro do palanquim pelo resto da viagem. Embora os soldados tivessem sido escolhidos a dedo pelo sultão e estivessem dispostos a morrer para protegê-la, as tribos ignorantes, em cuja companhia eles agora se encontravam, não estavam acostumadas a viajar com mulheres e poderiam se mostrar incontroláveis.

Ela ficara furiosa com a advertência, embora feita com a melhor das intenções. Seriam todos os homens escravos de seus pênis? Tinha a impressão de que toda a história humana girava em torno dos homens e sua busca insaciável pelo orgasmo. Talvez não fosse surpreendente que o islã, com sua usual natureza prática, se prestasse a prometer a gratificação sexual eterna àqueles que morressem no campo de batalha. Parecia que os primeiros muçulmanos haviam entendido não haver motivação maior para os homens do que a oportunidade de derramarem seu sêmen.

Talvez fosse por isso que mulheres inteligentes como a sultana se voltassem para o próprio gênero em busca de companheirismo e gratificação. Miriam não ficara chocada ao saber das tendências de sua rival recém-falecida. Ela conhecera algumas moças no Cairo, tanto judias como muçulmanas, que achavam o suave toque feminino mais reconfortante do que a força brutal, gutural e febril que acompanhava o amor nos braços de um homem. Miriam se distraía pensando que, se ela e Saladino não pudessem voltar a estar juntos de verdade, como era provável, ela algum dia se entregaria à alguma criada solidária. Seguramente, a ideia de que viesse a estar nos braços de qualquer outro homem lhe parecia inadmissível. Depois da tórrida paixão pelo sultão, ela duvidava de que qualquer outro homem jamais viesse a preencher o vazio em seu coração.

As sombrias divagações sobre seus dias futuros como mulher solteira foram abruptamente interrompidos por gritos. Ignorando as rígidas ordens do capitão, ela abriu a cortina e olhou para as areias ofuscantes. Tudo o que pôde ver foi a longa fila de camelos e cavalos que se estendia através do deserto, deixando uma trilha breve de pegadas que logo desapareciam com o movimento das dunas.

Então seus olhos seguiram na direção apontada com agitação por um rapaz beduíno de gorro roxo. À distância, por trás de duas enormes dunas que pareciam montanhas de ouro, ela viu uma linha de poeira subindo no horizonte. Sentiu o coração acelerar. Talvez fosse apenas uma tempestade de areia, uma das muitas que surgiam inesperadamente e se alastravam pelo deserto como um fogo purificador. Ou talvez...

Um dos soldados do sultão, através de lentes especiais, olhou diretamente para a coluna de poeira que parecia se aproximar a cada segundo. Então proferiu as exatas palavras que ela esperava não escutar.

— Cavalos!

A caravana irrompeu numa azáfama defensiva quando os homens começaram a desembainhar as cimitarras e preparar os arcos. Miriam tentava desesperadamente se convencer de que era apenas uma precaução. Eles ainda se encontravam dentro dos limites do território do sultão. Na pior das hipóteses, seria um grupo de bandidos que vira a caravana como uma presa fácil. Aqueles saqueadores não estariam preparados para enfrentar cinquenta dos soldados mais bem-treinados de Saladino. Ela não se permitiria contemplar nenhuma outra possibilidade.

No entanto, o Deus da ironia não deixaria passar uma oportunidade maravilhosa assim tão facilmente. A sentinela que observava através da luneta a rápida aproximação dos cavalos à distância logo conseguiria identificar seus surpresos convidados. Miriam sentiu o estômago revirar quando o guarda ergueu o punho para soar o alarme.

— Eles trazem a Cruz! São os francos!

Os guardas do sultão imediatamente iniciaram a ação. Os cavaleiros circundaram a caravana com homens voltados para fora, as flechas prontas para o ataque. A cavalaria dos francos descia as áridas dunas de areia como um enxame de escaravelhos, cujos ninhos haviam sido perturbados indevidamente. Os soldados estavam sendo recebidos com uma saraivada de setas por todos os lados, mas continuavam se aproximando.

Espiando de um canto da cortina protetora de seu palanquim, Miriam via com incredulidade o deserto silencioso se transformar numa tempestade de agonia e morte. Para cada um de seus guardas havia quatro soldados francos, porém, eles lutavam com bravura. Flechas distantes rapidamente cederam lugar a um combate corpo a corpo com cimitarras, clavas e alabardas. Mas de nada adiantava. As dunas douradas eram logo cobertas por poças vermelhas de sangue e entranhas à medida que os homens de Saladino voltavam ao seu Criador. A batalha foi encerrada em questão de minutos.

Percebendo que não tinham saída, os comerciantes beduínos caíram de joelhos diante do regimento franco. Ela escutou um dos homens, um velho xeique enrugado que parecia ser o chefe da tribo, gritar algo para os cruzados que se aproximavam. Ele apontava na direção do camelo.

Seu coração afundou diante da terrível constatação. Sua presença fora revelada. Ao primeiro sinal de problema, Miriam havia puxado uma adaga de um compartimento escondido em uma de suas bolsas. Ela segurou a arma com força ao ouvir os cavalos aproximarem-se de seu aterrorizado camelo. Não tinha esperança de escapar — eles estavam no meio do vasto Negev, nos limites do desolado Sinai. Não havia para onde fugir. Porém, a fuga não era a única saída daquela difícil situação, e ela jurara a si mesma que nunca seria capturada por um cruzado. Eles não teriam o prazer de fazer com ela o que haviam feito com sua mãe.

A cortina foi aberta e Miriam se viu face a face com um cavaleiro de barba negra e olhos azuis, dentes arreganhados. Sem se permitir a chance de pensar, ela desferiu um golpe com sua arma no olho esquerdo do homem. O berro dele foi ensurdecedor, como o som gutural de uma mulher agonizante em meio a um parto sofrido. O franco cego caiu do cavalo.

Miriam conseguiu arrancar a faca ensanguentada do globo ocular do soldado antes que ele despencasse. Ela disse a si mesma que tinha de fazer aquilo agora, antes de perder a coragem. Ergueu a adaga e apontou-a direto para o seu coração, pedindo ao Deus de seu povo para lhe dar a coragem de seguir o caminho dos mártires de Masada.

Ela nunca descobriu se realmente teria feito isso. Naquele instante, o camelo sobre o qual se encontrava foi atingido por uma saraivada de flechas, o palanquim cedeu. A adaga caiu de sua mão, e Miriam foi jogada para fora da carruagem. Ela bateu com força contra a terra arenosa e rolou pela duna cinzenta. Tentou agarrar-se a alguma coisa, mas somente a areia vazia lhe escorria entre os dedos.

Ela despencava e gritava em desespero. Caía nas cavernas de Hades, passando pelos portões de Perséfone e Cérbero, em direção ao esquecimento inefável, enquanto a escuridão a engolia...

49

Ricardo ficou perplexo quando foi informado do sucesso sem precedentes da investida do grupo. A expedição fora enviada da nova base de operações dos cruzados em Arsuf em direção ao coração da Palestina para testar a extensão das defesas de Saladino. Eles haviam penetrado com êxito ao sul até o Negev, sem enfrentar grande resistência. Aparentemente o sultão havia distribuído a maior parte de sua tropa em torno de Jerusalém depois da derrota humilhante em Arsuf, deixando as passagens ao sul relativamente desprotegidas. O que era justamente o que Coração de Leão desejara.

E então chegou a notícia de que o grupo havia capturado um membro do séquito de Saladino, e Ricardo ficara eufórico. De acordo com o beduíno que se rendera aos soldados francos, a moça era a predileta do harém do sultão e estava sendo enviada para o Egito para ser protegida (claro que Saladino ainda não sabia que o Egito estava prestes a perder sua posição como refúgio seguro durante a guerra, mas em pouco tempo descobriria). A captura dessa amante era como um maná dos céus. Embora Saladino tenha hesitado em pagar um resgate astronômico por milhares de súditos anônimos em Acre, ele seria muito mais complacente em se tratando de um membro de seu círculo íntimo, especialmente alguém que compartilhava a cama dele. Essa era a natureza de todos os homens — eles moveriam os céus e a Terra para proteger seus entes queridos, mas raramente ergueriam um dedo para salvar um estranho, mesmo que estivesse ligado a ele por todas as leis de Deus e dos homens.

Ricardo assobiava de contentamento com a notícia do prêmio inesperado ao entrar no pavilhão de comando para confrontar a vadia que abrira as pernas para o infiel. Mas quando a prisioneira foi levada à sua presença, amarrada e sangrando, ele ficou boquiaberto. Era a belíssima judia, a mesma moça que cuidara de sua saúde quando sua alma parecia determinada a partir deste mundo. Ele pensara muito na moça nos momentos em que conseguira alguma privacidade, mas não esperava vê-la de novo. Nem saber que os serviços dela se estendiam até a cama do sultão.

Ao ver a moça de cabelos negros longos ajoelhada diante dele, as mãos amarradas com cordas ásperas, o rosto muito machucado, ele se surpreendeu com a onda súbita de raiva que lhe inundou o coração. Disse a si mesmo que era a justa indignação pelo tratamento rude dado a uma moça de ascendência ilustre. Não admitiria em seu íntimo, a não ser num pequeno recanto de seu coração, que em sua fúria havia um traço de ciúme ao pensar que ela estivera nos braços de Saladino. Na verdade, Ricardo tinha tão pouca experiência em relação ao ciúme romântico que provavelmente não reconheceria esse sentimento mesmo que suas garras tivessem dilacerado seu coração.

— Solte-a! — gritou ele para o capitão templário que havia trazido a cativa à sua presença. — Vá buscar água para a moça.

Extremamente ansioso, o soldado que esperara ganhar os favores de seu rei demonstrou surpresa diante da cólera de Ricardo. Mas apressou-se em fazer uma reverência e passou a cumprir as ordens. Com um rápido golpe de sua faca, o bretão suado cortou as cordas que prendiam os pulsos da moça e em seguida entregou a ela um copo fino que apanhou numa pequena mesa à esquerda de Ricardo.

Miriam tomou nas mãos trêmulas a taça de prata e bebeu com sofreguidão. Ricardo sentiu sua raiva aumentar ao ver o desespero da moça e precisou de todo o seu autocontrole para não decapitar o templário ali mesmo. O soldado aparentemente percebeu que a captura de uma das mulheres da corte de Saladino não fora o triunfo que ele gostaria que fosse, e deixou a tenda, curvando-se diversas vezes em sinal de desculpa, embora não soubesse que crime cometera.

Coração de Leão manteve o olhar fixo na moça, cujo rosto ficara gravado em sua mente no exato momento em que ele despertara da febre. Mesmo com o olho machucado e a face arranhada, a beleza dela permanecia etérea.

— Peço desculpas, senhorita — disse ele, estendendo a mão para ajudá-la a levantar-se. — Meus soldados são uns brutos.

Miriam o observou por um longo tempo. Ele percebeu o medo e a confusão em seus olhos cor de esmeralda.

— Lembra-se de mim? — perguntou ela com um sotaque francês estranho, que Ricardo achou extremamente sedutor.

Ele deu um sorriso afável. Mais do que ela sabia.

— Como eu poderia esquecer? Você salvou a minha vida, Miriam.

A judia conseguiu ficar de pé, mas Ricardo percebeu que aquele esforço lhe causava dor. Ele fora informado de que a moça caíra do camelo e se machucara durante o ataque à caravana. Mas se ele descobrisse que algum daqueles ferimentos fora causado por seus homens, haveria uma terrível punição.

Miriam empertigou-se e olhou nos olhos de Ricardo com o máximo de dignidade que conseguia ter naquelas circunstâncias.

— Então talvez possa retribuir o favor.

Ricardo sabia que ela o julgava um assassino e um bárbaro. Talvez seu julgamento não fosse de todo injusto. Mas esperava ser capaz de mostrar-lhe outra faceta de sua alma.

— Nenhum mal vai acontecer a você — disse ele com uma mesura que esperava ser um galanteio, mas que provavelmente foi visto pela moça como uma encenação desnecessária. — Eu juro em nome de Cristo.

As pernas de Miriam fraquejaram, e ela apoiou-se numa cadeira de madeira que estava ao lado da mesa. Sua voz, no entanto, manteve-se forte e confiante.

— Deixe-me ir.

Ah, se ao menos as coisas fossem fáceis — no amor e na guerra.

— Isso não será possível, senhorita — disse ele. — Embora seja uma enfermeira maravilhosa, é uma péssima espiã.

Miriam empalideceu.

— Eu não sei o que quer dizer.

Ricardo deu às costas aos protestos da moça e olhou para fora da tenda. O pavilhão havia sido montado fora dos muros de Arsuf, no meio de um jardim de oliveiras que estava sendo devastado por dezenas de seus soldados, que cavavam uma nova trincheira defensiva em torno da cidade.

— Eu creio que sabe. Mas isso já é passado.

Ele sentiu Miriam se aproximar dele por trás. Ela pôs uma mão cautelosa no ombro dele. Atitude bastante corajosa para uma cativa, mas Ricardo conhecia o jogo dela.

— Por favor, deixe-me mandar notícias para a minha família em Jerusalém. — A voz dela se elevara uma oitava e tomara um tom especialmente feminino. Miriam tentava, sem sombra de dúvida, manipulá-lo com uma exibição de desamparo feminino. Ele se perguntava se ela usava essas artimanhas com o sultão.

Ricardo mordeu o lábio, sentindo a raiva e o ciúme surgirem de novo.

— E para o seu amante, Saladino?

Miriam não respondeu. Ricardo voltou-se para fitá-la. O rosto da moça enrijecera e seus olhos agora estavam gélidos como a neve. Não era o olhar de surpresa diante do ridículo daquela insinuação. Era o olhar de aço de uma mulher insultada pela descortesia de um homem que se intrometia em seus assuntos pessoais. Ah, então *era* verdade.

Bom, pelo menos isso explicaria os estranhos rumores que seus espiões haviam ouvido entre os cativos beduínos sobre o tumulto na corte de Saladino.

— O reino inteiro anda espalhando a notícia de uma moça misteriosa que causou a queda da sultana — disse Ricardo. — Devo dizer que não esperava que a astuta fosse a mesma moça que cuidou de mim com tanto carinho e me trouxe de volta do mundo dos mortos.

Miriam hesitou, mas então ele viu o controle retornar ao rosto da moça. Ela deveria estar com medo dele, de toda aquela situação, mas a judia tinha um autocontrole extraordinário e manteve a compostura.

— Se está ciente da minha relação com o sultão, então deveria saber que ele ficará furioso quando tomar conhecimento disso.

Ricardo riu, embora sem ironia. A natureza impetuosa dela não mudara desde que deixara o acampamento meses antes. Se tinha havido alguma mudança, as escapadas românticas com o sultão pareciam tê-la deixado ainda mais destemida.

— Eu espero que fique — disse Ricardo com sinceridade. — Homens raivosos, em especial os apaixonados, raramente pensam com clareza. Numa guerra, um inimigo distraído é derrotado com facilidade.

A máscara de indiferença altiva de Miriam caiu por um segundo, e ele viu os olhos dela faiscarem de ódio. Ricardo não tinha intenção de entregar uma cativa tão singular, independentemente do valor do resgate, e a mente rápida da moça havia obviamente percebido a realidade. Coração de Leão se perguntava se, movida pela raiva, ela teria coragem de atacá-lo, mas Miriam se controlou de forma louvável. Ao menos um pouco.

— Venha, vamos providenciar alojamento para você durante sua estada conosco — comunicou Ricardo, segurando-a pelo braço. Ao ver que Miriam não se mexia, ele olhou para ela com um sorriso frio. — Eu sei que viveu entre bárbaros por um longo tempo, mas de onde eu venho, considera-se uma grande ofensa causar qualquer inconveniência aos anfitriões. Espero que se lembre disso.

A resistência de Miriam desapareceu, e ela o acompanhou para fora do pavilhão. Ricardo a viu lançar um rápido olhar por todo o acampamento e os arredores enquanto a conduzia aos portões de Arsuf e à cela de prisão que a aguardava dentro da cidade. Ele sabia que ela tentava reter todas as informações possíveis de uma só vez, na esperança de planejar uma maneira de escapar daquela situação complicada.

Coração de Leão suprimiu um sorriso. Tinha curiosidade de saber quantas vezes, e por meio de quantos artifícios, ela tentaria escapar nos meses seguintes. Ou quantas tentativas infrutíferas de resgate o apaixonado Saladino faria. Bom, Ricardo teria de se preparar para todas elas. Obviamente não tinha intenção de molestar a moça, mas o sultão não precisaria saber disso. De qualquer forma, qualquer preocupação que Saladino tivesse com o bem-estar de Miriam logo seria sobrepujada pela nova crise que Ricardo em breve desencadearia entre os sarracenos. A surpresa que levaria à queda não apenas de Jerusalém, mas de todo o império muçulmano.

50

Maimônides encontrava-se no conselho de guerra em seu habitual assento à esquerda do cádi Al-Fadil. Com um comportamento pouco característico, o vizir vinha tratando-o de forma atenciosa nos últimos dias, mas sua civilidade forçada servia apenas para intensificar a raiva do rabino. Maimônides desejava pôr sobre os ombros dos cortesãos toda a responsabilidade pela terrível série dos infortúnios que aconteceram a sua querida sobrinha. Se o delator lamurioso não a tivesse denunciado ao sultão, ela provavelmente estaria segura em Jerusalém. Porém, em momentos de lucidez, quando seu rancor e desespero se abrandavam por tempo suficiente para ele refletir com justiça, o rabino se conscientizava de que o homem idoso era apenas um pião inconsciente num jogo sem escrúpulos praticado pela falecida sultana.

Na verdade, ele sabia quem era, em suma, o responsável. Miriam havia ignorado seus fervorosos conselhos e optado por seguir seu coração jovem, em direção a uma calamidade previsível. Porém, na verdade, o erro não fora dela de fato. A responsabilidade recaía exclusivamente nos ombros de um homem. O homem que agora se encontrava na cabeceira da mesa entalhada, com ar de cansaço e derrota.

Era o sultão que Maimônides culpava acima de tudo. Miriam era apenas uma criança, que desconhecia o caminho perigoso pelo qual seu suposto amigo a conduzira. O estômago do rabino revirou ao pensar que o homem antes estimado por ele acima de todos os outros havia seguido um caminho temerário com uma moça jovem o suficiente para ser sua filha.

Maimônides tentara deixar a corte e retornar ao Egito com Miriam. Não tinha nenhum desejo de permanecer a serviço do trono, a despeito de toda a sua glória e prestígio mundanos. Tudo o que ele queria era passar o restante de seus dias reclinado em seu calmo jardim no Cairo, lendo os mais recentes livros sobre medicina e finalizando sua grande obra sobre a fé judaica, *O guia dos perplexos*. E queria também ajudar sua adorável sobrinha a superar a situação desoladora em que se encontrara, e junto à esposa, Rebeca, e ao casamenteiro local, esforçar-se para encontrar um parceiro ideal para Miriam, um companheiro que curasse as feridas de seu coração juvenil.

No entanto, Saladino recusara seu pedido de afastamento, citando a necessidade premente de conselhos lúcidos à medida que o curso da guerra contra os francos se agravava. As preocupações de Maimônides não se voltavam mais nem para os cruzados nem para os muçulmanos, presos em sua eterna luta pela conquista de Jerusalém, cidade judaica que não pertencia a nenhum desses impostores. Que aquelas novas heresias que haviam quebrado os vínculos com a fé original deles consumissem suas energias enquanto destruíam uns aos outros! Talvez quando eles fossem derrotados e reduzidos a pó, os Filhos de Israel pudessem recuperar o que de direito lhes pertencia.

Maimônides, porém, mantivera seus pensamentos amargurados para si mesmo e curvara-se às ordens do sultão. O comportamento de Saladino tornara-se cada vez mais errático desde que as vitórias dos francos ameaçaram lhe destroçar o trabalho de uma vida, e a sua decisão brutal e incomum de executar a sultana provocara um estremecimento em todos os cortesãos. Não que Maimônides tivesse alguma simpatia pela implacável rainha, mas o incidente deixara claro para todos que Saladino havia atingido tamanha sobrecarga emocional que a vida de qualquer um que o ofendesse correria sério perigo. Pelo bem da esposa e da sobrinha, que já haviam sofrido demais desde que ele tolamente as trouxera para Jerusalém, Maimônides teve que conter a língua e permanecer ao lado do sultão, sendo, para isso, remunerado. Pelo menos Miriam estaria segura, longe daquele asilo de loucos.

E então seu mundo fora estilhaçado uma segunda vez. Quando recebeu a notícia da captura de Miriam, seu coração despencou nas profundezas de Geena. Rebeca, que chorara durante dias quando a sobrinha foi mantida prisioneira em consequência do estratagema da sultana, desmaiou com a notícia. Agora se recusava a sair da cama, e Maimônides a via definhar em seu desespero, recusando a maioria dos alimentos que lhe eram oferecidos e sobrevivendo à base de migalhas e água. Rebeca perdera a vontade de viver, e todas as manhãs ele tinha a terrível sensação de que acordaria ao lado do corpo frio e rígido da esposa. Ele não conseguia imaginar a vida sem aquelas duas mulheres. Elas eram os pilares que lhe haviam sustentado o corpo e o espírito por tantos anos. Um mundo sem Miriam e Rebeca não valia a pena ser vivido. O rabino sabia que o suicídio era proibido pela Lei, mas não se importava mais com as regras áridas e insensíveis de um Deus que enviava tanto sofrimento ao mundo, e depois forçava seus escravos atônitos a permanecer e sofrer como prisioneiros.

Enquanto Maimônides oscilava no limiar da sanidade, o sultão recebia a notícia da captura de Miriam de forma estoica. Se a moça não fosse sangue do seu sangue, talvez o rabino tivesse sido mais benevolente. A notícia da queda de Arsuf espalhou-se pelo reino. Os francos dominavam a região costeira, e era provável que mais navios europeus estivessem a caminho. Aos olhos de outros, o destino de uma mulher não podia ser aferido na balança da guerra. Porém, no coração do rabino, nada era mais importante naquele conflito fadado à derrota do que a vida preciosa da sobrinha. E o fato de Saladino aparentemente não pensar da mesma forma aumentou ainda mais o descontentamento com seu senhor.

Com o olhar vago, Maimônides parecia alheio a mais uma discussão sobre assuntos de estratégias militares entre o bombástico Al-Adil e o irmão.

— Os francos provavelmente atacarão pelo norte com a ajuda de seus aliados em Tiro — disse Al-Adil. — De sua posição vantajosa em Arsuf, eles são como uma adaga apontada para o coração do sultanato. Jerusalém *será* o próximo alvo deles. Vamos ter que dobrar o número de nossos soldados nos arredores da cidade. E se for preciso, convocar todos os meninos acima de 10 anos dos vilarejos na Palestina.

Saladino ergueu as mãos e posicionou os dedos em frente ao rosto, como sempre fazia quando refletia.

— O que você está dizendo é lógico, mas o Coração de Leão é astuto — retorquiu o sultão, e todos prestavam atenção, exceto Maimônides. — Eu acho que ele está planejando algo muito diferente.

Al-Adil hesitou e depois lançou um olhar ao taciturno rabino.

— A estratégia que eu descrevi está de acordo com os documentos roubados por aquela judia.

Um silêncio desconfortável instalou-se na sala do conselho.

Maimônides sentiu a raiva lhe subir ao peito diante da alusão desdenhosa à sobrinha, feita por aquele curdo grosseiro. Ele estava prestes a dizer algo imprudente quando, para sua surpresa, o sultão falou.

— O nome dela é Miriam, irmão. Só se refira a ela com o maior respeito, se quiser permanecer vivo.

O tom de Saladino era mordaz, e seu rosto, frio. Naquele instante, Maimônides percebeu a mudança no semblante cuidadosamente estudado do sultão. O olhar de Saladino encontrou o seu, e sim, havia uma angústia verdadeira diante da lembrança da heroína trágica que virara sua vida de cabeça para baixo. As feridas do rabino eram ainda muito profundas para conceder o perdão, mas por um breve instante, ele percebeu um vislumbre de seu velho amigo.

— Eu peço desculpas, meu irmão — disse Al-Adil, e pela primeira vez na lembrança de todos, ele, de fato, pareceu contrito. — A Srta. Miriam foi corajosa ao roubar os planos deles, um ato de coragem que sem dúvida será lembrado tanto pelos muçulmanos como pelos judeus por muitas gerações. — Ele calou-se, reverenciou Maimônides e depois continuou seu discurso veemente sobre estratégia militar. — Até aqui, as ações deles seguiram os documentos ao pé da letra. Honraremos a memória dela usando a informação que ela conseguiu com sua sabedoria.

Maimônides sentiu um pouco de ressentimento diante da sugestão de Al-Adil de que não havia esperança de resgate para Miriam, mas percebeu que o homem declarava apenas o que todos já acreditavam em seu íntimo. Incluindo o próprio Maimônides.

Saladino lançou um último olhar para seu conselheiro rabino e depois apressou-se em retomar o debate em pauta.

— Isso é o que me incomoda — disse ele. — Mesmo que Coração de Leão não tenha falsificado as informações, a essa altura ele já deve saber que temos esses documentos em mãos. Um homem sábio teria alterado o seu curso. No entanto, ele parece estar seguindo à risca um planejamento que, ele sabe muito bem, é conhecido por nós.

Al-Adil rosnou.

— Ele é um franco. Eles pensam com o traseiro.

Houve uma risada nervosa geral, que serviu para liberar a tensão acumulada nos últimos instantes.

Saladino considerou a observação por um longo tempo, depois abaixou as mãos, deixando-as na lateral do corpo, como sempre fazia ao tomar uma decisão final.

— Eu aumentarei a guarda em torno de Jerusalém em cinquenta por cento, mas quero soldados suficientes preparados caso Ricardo tente nos surpreender em algum outro lugar.

Al-Adil viu que outros argumentos não seriam tolerados. Abaixou a cabeça em aceitação.

— Faremos o que ordenou.

Saladino ficou de pé, seguido por todos os demais na sala. Maimônides não fez qualquer esforço para se levantar com a respeitável pressa que seus colegas demonstraram, mas enfim se pôs de pé.

— Retomem seus hábitos com alegria no coração, meus amigos — disse Saladino inesperadamente. — Nós estamos longe de ser derrotados. Na verdade, acredito que Alá tem algumas surpresas reservadas para nossos confiantes adversários.

Os cortesãos e generais assentiram e, um a um, deixaram o recinto.

— Fique, rabino.

Maimônides se surpreendeu ao ouvir o sultão dirigir-se a ele. Saladino lhe falara apenas umas poucas palavras desde que chegou a notícia da captura de Miriam. Al-Adil e o cádi Al-Fadil olharam para o médico idoso no instante em que ele parou e virou-se.

Quando os dois estavam sozinhos, o sultão aproximou-se de seu distante conselheiro. Pôs uma das mãos firmes sobre o ombro do homem idoso, mas Maimônides, inconscientemente, esquivou-se do contato íntimo, que agora parecia tão estranho e inapropriado.

— Eu não a esqueci, meu amigo — informou Saladino com a voz suave e trêmula de emoção. — Um mensageiro será enviado a Ricardo para negociar a libertação dela. — O sultão fez uma pausa. — Eu sei de todo o sofrimento por que sua família tem passado... por que Miriam tem passado... foi erro meu, e, por Alá, eu assumo essa responsabilidade até o Dia do Juízo.

Maimônides se forçou a olhar nos olhos de seu senhor. Naquele instante o véu foi levantado, e o rabino viu tristeza, arrependimento e vergonha naqueles poços negros. E a terrível angústia em seu coração começou a ceder. Saber que aquele homem poderoso e altivo admitia os próprios erros era o primeiro passo para reatar o elo partido entre eles. Maimônides duvidava de que aquela amizade um dia voltasse a ser como antes, mas, sem dúvida, seria melhor assim. Talvez, quando Miriam estivesse segura, de volta à sua cama, eles retomassem a amizade, não como soberano e súdito, mas como dois homens mortais que viam o que de melhor e pior havia em ambos.

E, naquele instante, observando o sultão assumir a responsabilidade pela terrível sorte de uma moça inocente, o rabino sabia o que teria de fazer.

— Deixe que eu vá.

Saladino não pareceu surpreso com o pedido, mas olhou com atenção para o rosto enrugado do rabino antes de responder.

— Eu temo por sua saúde.

Claro que a ideia era absurda. Enviar um homem idoso, de mãos trêmulas e cujo coração poderia parar a qualquer momento em uma missão diplomática tão delicada era loucura. Ainda assim, Maimônides tinha a convicção de que era a única pessoa que poderia aceitar aquela difícil tarefa.

— Minha saúde só vai piorar, se algum mal acontecer a Miriam — retrucou ele. Era a pura verdade.

Saladino hesitou, mas terminou concordando.

— Vá, então, e que o Deus de Moisés esteja com você!

Com isso, o sultão deu as costas a seu conselheiro idoso. O homem que um dia fora o mais poderoso governante do mundo civilizado deixou o recinto lentamente, os ombros curvados sob a terrível carga do mundo. Uma carga que ficava mais pesada a cada dia, até que, no final, o forçaria, e a todo o sultanato, a cair de joelhos.

51

Miriam estava acostumando-se a passar a vida trancafiada em prisões. Pelo menos a cela na qual se encontrava era mais bem-mobiliada do que aquela em que fora abandonada por uma semana, enquanto Saladino procedia ao expurgo mortal de seu harém. Ricardo a trancara num dos opulentos quartos do castelo que servira de residência para o governador de Arsuf. A cama estava forrada com uma colcha macia, feita de pele de cervos. As paredes de pedra eram decoradas com tapeçarias delicadas, da época em que a cidadela servira, durante cem anos, como posto do exército franco. Embora ela não sentisse o menor vínculo emocional com as luxuosas imagens da Madona segurando o Cristo menino, examinar o fino trabalho artístico lhe dava, no mínimo, algo com que se ocupar, enquanto era mantida na companhia do inimigo.

Pelo menos havia uma janela na cela. Os cruzados não se preocuparam em colocar barras na moldura em arco, supondo que uma queda de 15 metros de altura desencorajaria qualquer tentativa de fuga. Claro que nenhum deles sabia que Miriam estava disposta a escolher a fuga derradeira, se as condições de seu cativeiro piorassem, ou se viesse a sofrer qualquer tipo de violência nas mãos dos bárbaros. Ela ainda se arrependia do fracasso de sua primeira tentativa de suicídio, quando a caravana caiu nas garras dessas bestas humanas.

Pela janela, Miriam admirava o sol desaparecer no horizonte, revestindo o mar com um tom pastel. Logo abaixo, ela via legiões do exército de cruzados finalizando seus monótonos exercícios e sessões de treinamento. Os homens haviam guardado seus dardos e clavas e seguiam em direção a um edifício de tijolos, que ela supunha ser o refeitório pelos odores desagradáveis que impregnavam o ar todas as noites àquela hora. Talvez o sultão não devesse se preocupar. Mesmo que os cruzados fossem capazes de direcionar seu ataque ao interior, a partir de Arsuf, e vencer as barreiras defensivas que Saladino havia erguido em torno de Jerusalém, eles, mais cedo ou mais tarde, seriam vítimas do próprio caldo venenoso, que parecia ser a única fonte de alimento dos soldados.

No exato momento em que o pensamento a fazia torcer o nariz, a porta do quarto se abriu e dois soldados entraram com sua refeição usual, uma tigela quente com uma sopa repulsiva. Ela pensou consigo mesma que, embora as acomodações no cárcere do sultão fossem um tanto austeras em comparação com aquela cela, a comida era extraordinariamente melhor. Talvez houvesse algum significado oculto nisso — a simplicidade do sultão escondia um coração de ouro, enquanto os esforços dos francos para demonstrar civilidade jamais alterariam o fato de que os europeus eram rufiões sem nenhuma sofisticação.

Os guardas que Ricardo designara para vigiá-la eram italianos, um de Roma e o outro de uma cidade-Estado chamada Veneza. Ela descobrira isso escutando as conversas deles às escondidas durante as últimas noites. Aparentemente, eles não sabiam que ela entendia o italiano básico, um fato que Miriam ocultara de seus captores. Ela sempre fora fascinada por línguas e se orgulhava de sua capacidade de ler e falar vários dos idiomas dos bárbaros. Seu tio, que tinha um conhecimento limitado à língua principal dos Cruzados, o francês, nunca entendera seu desejo de estudar o idioma dos infiéis. Mas, ao mesmo tempo, ele não passara pela brutal experiência de fugir de uma horda de francos raivosos, que assassinou e pilhou uma caravana inofensiva de comerciantes e agrediu uma adolescente fugitiva com palavras que não faziam sentido, mas que eram repetidas centenas de vezes em seus pesadelos. Ela esperava que, ao dominar a língua deles, pudesse silenciar aqueles gritos incompreensíveis e tenebrosos que a perseguiam em seu sono.

Embora suas habilidades linguísticas não tivessem reduzido o terror gélido de seus sonhos, elas lhe prestaram uma ajuda extraordinária durante o cativeiro. Miriam descobrira muitas informações a partir das conversar dos homens ao seu redor, que desconheciam sua fluência em italiano e inglês, incluindo a disposição do acampamento e a localização dos guardas nos vários pontos da cidadela — informações que seriam vitais caso ela efetivamente elaborasse um plano de fuga. Ela também tomou ciência das complicações diárias que o exército invasor enfrentava ao tentar vencer a resistência dos habitantes dos vilarejos nas áreas que circundavam o litoral. Apesar de os francos aparentarem uma confiança extraordinária em seu domínio sobre o território conquistado, a fala nervosa deles traía suas bravatas exageradas e sua pose descabida.

Miriam virou-se para observar os guardas que lhe traziam o jantar. Ambos eram altos e magros. O de cabelos castanhos deixara crescer a barba fazia pouco tempo, aparentemente para ocultar uma erupção na pele, que surgira em sua face em consequência de alguma doença do deserto não diagnosticada. O outro, um louro de cabelos cacheados e orelhas que se sobressaíam num ângulo engraçado, aproximou-se com a bandeja de madeira, carregando o caldo asqueroso que era servido como café da manhã, almoço e jantar.

Miriam sentou-se na cama e fez uma careta quando o guarda pôs a bandeja a seu lado. Os soldados afastaram-se e ficaram à porta, dando-lhe apenas um pouco de privacidade enquanto ela fechava o nariz e tomava o repulsivo mingau com uma colher de madeira. Ela percebeu que eles a observavam, como sempre, desnudando-a mentalmente. Miriam não se importava, desde que aquelas fantasias permanecessem trancadas na mente deles. Ricardo deixara claro que seus homens tinham ordens de não tocar nela, embora essas ordens não pudessem controlar suas imaginações pervertidas.

O homem louro virou-se para o colega com a erupção na pele e falou em italiano.

— Eu estava conversando com um dos homens que serviam no regimento de Guy em Jerusalém, um sobrevivente de Hattin, e ele disse que as mulheres judias são verdadeiros animais na cama.

Miriam fez um esforço para não reagir. Era o ritual noturno de degradação, que se tornava ainda mais atraente na imaginação daqueles idiotas por eles crerem que ela não os entendia. Todas as noites ela suportava aquela conversa lasciva enquanto comia, recusando-se a dar sinais de que a compreendia. Ela não ia desistir de sua única vantagem estratégica naquela situação desastrosa por um mero senso tolo de dignidade ou orgulho feminino.

O guarda de cabelos castanhos passou uma das mãos sobre a barba incipiente e descuidada, coçando as bolhas da afecção cutânea. Miriam desejava que aquilo o mantivesse acordado durante toda a noite com coceiras incômodas.

— Acha que o rei teve alguma coisa com ela?

— Não, mas ouvi dizer que uma dessas noites ele vai aparecer para provar os dotes dela.

Miriam lutou para continuar comendo, apesar das garras geladas que começavam a apertar sua garganta. A moça suspeitara de que Ricardo se sentia atraído por ela. Mas, para um assassino e bárbaro, até o momento ele permanecera extraordinariamente cortês. Ela não sabia o que seria capaz de fazer caso ele tentasse violentá-la. Fixou o olhar na janela e em sua queda mortal, quando então percebeu que os homens haviam interrompido a conversa e a observavam com curiosidade.

Droga! Ela baixara a guarda. Miriam não sabia bem com havia deixado transparecer o sinal revelador, mas era óbvio que seu corpo se tensionara ao pensar em Ricardo aproveitando-se dela. Ergueu a vista e falou em francês, uma língua que eles sabiam que ela entendia.

— É muita grosseria falar numa língua estrangeira entre as pessoas que não entendem o idioma — disse ela, falando devagar, fingindo desconforto com os sons incomuns. — Já suportei o desrespeito de vocês tempo demais. Talvez eu deva levar esse assunto ao rei. Ele é um verdadeiro cavalheiro, ao contrário de vocês que são uns brutos.

Funcionou. Os soldados riram da ironia das palavras dela diante da conversa que acabavam de ter. O véu de incompreensão estava de volta ao lugar.

— Ela é impetuosa — disse o guerreiro barbado em italiano, e sorriu com malícia. — Deve ter dado muito prazer a Saladino.

Miriam balançou a cabeça, fingindo frustração diante do insistente desrespeito. Voltou a tomar sua sopa com uma expressão de simulada resignação.

O louro inclinou-se bem próximo ao companheiro, mas ainda assim ela conseguia escutar o que ele dizia.

— Você ouviu? O infiel enviou um mensageiro para negociar a soltura dela. O médico com quem ela veio da última vez.

Miriam piscou, mas continuou comendo de cabeça baixa. Isso era completamente inesperado e foi preciso muito autocontrole para conter uma reação de surpresa. Seu tio estava lá? Talvez o pesadelo estivesse afinal chegando ao fim.

— Aquele velho idiota? Ele parece que vai levar um tombo a qualquer momento — exclamou o guarda de barba. — Vamos realmente entregar a moça sem uma diversãozinha?

Continue comendo, gritava sua mente. *Não erga a vista. Não dê sinal de entender nenhuma palavra.*

— Não se preocupe. Ela não vai a lugar algum — respondeu o louro. — Mas tenho certeza de que o rei vai uni-la de novo ao amante na prisão quando se apoderar de Jerusalém.

Miriam passou a comer mais devagar. Ela tomava pequenas porções de sua comida, na esperança de prolongar a refeição e coletar o máximo de informação possível.

— É uma pena que a conquista de Jerusalém seja adiada por um tempo.

O quê? Ricardo não iria atacar?

— O rei é sábio. — O homem de cabelos cacheados deu de ombros. — Primeiro vamos tomar Ascalon, depois o Cairo. Com o Egito sob nosso controle, deveremos conquistar não somente Jerusalém, mas Damasco e Bagdá.

Ascalon. Ó meu Deus!

Miriam parou de comer. Não conseguiria manter a farsa por muito mais tempo. Precisava encerrá-la antes que fosse traída por alguma reação e os soldados descobrissem como haviam sido manipulados por uma mulher. E precisava de tempo para pensar, para planejar.

Pôs de lado a tigela ainda pela metade e virou-se para o soldado de barba.

— Não consigo comer mais esse esterco de camelo — disse ela em seu francês mal pronunciado. — Agora vão embora e levem esse zurro estranho para longe daqui.

Os soldados riram outra vez, mas obedeceram. Os dois guardas viraram-se e partiram, trancando a porta do quarto. Miriam ficou sozinha e considerou suas alternativas rapidamente.

Ricardo avançaria sobre Ascalon, a porta de entrada para o Sinai, enquanto Saladino concentrava todas as suas forças no interior do país. O Egito estava desprotegido. Se o exército de Ricardo tomasse o oásis, eles poderiam iniciar um ataque devastador sobre o Cairo, o que estilhaçaria o sultanato.

Jerusalém não era mais o objetivo desses novos cruzados, como fora o de seus antepassados. Seus planos eram muito mais ambiciosos. Eles procuravam reverter a humilhante conquista da cristandade, desencadeada quinhentos anos antes, quando os exércitos de Alá conduzidos por Khalid ibn al-Waleed e Amr ibn al-As, atiraram o Império Bizantino na lata de lixo da história. Essa nova classe de guerreiros sagrados estava ciente de que os cristãos jamais dominariam Jerusalém por mais do que alguns anos enquanto a Terra Santa permanecesse circundada por nações mulçumanas hostis. Assim, eles eliminariam a ameaça pela raiz. A conquista da cidade sagrada seria um subproduto inevitável de uma Cruzada feita para destruir o próprio califado.

De repente, Miriam percebeu que Ricardo Coração de Leão não era o rapaz tolo e impetuoso que ela imaginava que fosse. Era um gênio militar com a audácia de virar o mundo de cabeça para baixo. Ricardo era o novo Saladino, exceto que suas vitórias seriam seguidas não pela anistia e reconciliação, e sim, por sangue e vingança. Os muçulmanos seriam destruídos. E seu povo não teria mais aliados, nem protetores, num mundo mais uma vez governado por aqueles que viam em suas faces apenas o sangue de um Deus assassinado.

Todos os pensamentos sobre o próprio infortúnio desapareceram naquele momento, junto ao ressentimento que ainda sentia do sultão pelo desastroso final de seu romance. Tudo o que importava a Miriam naquele momento era prevenir Saladino da ameaça iminente a Ascalon.

Ela se supusera uma espiã e arriscara a própria vida para salvar seu povo dos francos uma vez. O rei a enganara na ocasião e usara contra ela sua ambição e seu espírito aventureiro. Desta vez, porém, Miriam não se deixaria levar pelas manipulações de Ricardo.

Fracassar não era uma opção, pois a própria civilização se encontrava em perigo.

52

Maimônides estava no local que outrora fora o gabinete do governador militar de Arsuf, posto que havia rapidamente passado de um regente franco para um dos representantes de Saladino, e depois voltara mais uma vez aos francos. Tudo isso num período de menos de três anos. Maimônides lembrou-se do sentimento esmagador de vitória que sentira em Hattin e na queda de Jerusalém, quando parecera que os francos haviam sido banidos para sempre daquelas terras. Porém, lá estavam eles de novo, mais fortes e mais vingativos do que nunca. Na verdade, ele acalentara a esperança de que a vitória em Hattin tivesse significado o fim da guerra. Mas fora apenas uma mudança temporária de curso, e, com a regularidade de um relógio, o mal havia se manifestado outra vez para empatar aquela disputa. Talvez fosse sempre assim. Mesmo que Saladino conseguisse impedir essa invasão, haveria apenas um breve intervalo antes que a guerra fosse deflagrada mais uma vez naquela que era paradoxalmente chamada Terra Santa.

Se o rei da Inglaterra percebeu o desconforto sentido pelo rabino por estar de pé por um período de tempo tão longo, ele não pareceu se importar. O rapaz de cabelos dourados, com uma túnica de seda roxa e um manto cor de fogo, o observava com um sorriso tão arrogante que Maimônides desejou poder esquecer seu juramento de nunca causar mal a ninguém. Desde que Miriam fora capturada por aquele fedelho petulante, o rabino se perguntava por que fora amaldiçoado com a tarefa de salvar a vida de Ricardo. As notícias do número de baixas em Acre e Arsuf e os rumores diários das atrocidades dos francos contra os habitantes dos vilarejos litorâneos fizeram Maimônides sentir-se pessoalmente responsável pelo sofrimento de cada uma das vítimas daquela guerra.

O rei parecia perfeitamente à vontade sentado na cadeira de couro e espaldar alto do governador. Ao lado dele encontrava-se a usual comitiva de conselheiros mal-encarados, inclusive o demônio de cicatriz, Conrado. Mas não havia sinal do cruzado que Maimônides aprendera a respeitar. Talvez Sir William estivesse em alguma expedição semelhante à do ataque que havia capturado sua infeliz sobrinha. Ou talvez ele tivesse morrido em uma das batalhas e estivesse enterrado em uma cova anônima na costa. Ele esperava que esse não fosse o caso. A morte de William seria uma perda lastimável para os homens decentes de ambos os lados do conflito. Sem uma voz racional para controlá-los, os francos, sem dúvida, liberariam o que de pior havia em seus corações obscuros.

A porta dourada abriu-se, e os pensamentos amargurados de Maimônides se desvaneceram diante da visão de Miriam. Ela era conduzida por dois homens magros de rostos pálidos, e ele percebeu que ela usava uma túnica azul estranha, coberta de renda branca, que devia seguir o estilo europeu. Pelo menos Ricardo decidira mantê-la bem-vestida, embora o rabino tremesse ao pensar no que ele poderia ter solicitado a Miriam em troca.

Sua sobrinha soltou-se das mãos dos guardas e jogou-se em seus braços. Ele a abraçou e por um instante esqueceu-se de tudo sobre a guerra e a terrível tragédia que os cercava. Ela estava viva, e não parecia ter sido maltratada. Porém Maimônides sabia que algumas formas de violência não deixavam uma cicatriz visível.

— Eles a machucaram? — Sua própria voz lhe soou estranha, e ele então percebeu que era por causa das lágrimas contidas e dos soluços que agora lhe subiam pela garganta.

Miriam olhou para seus captores, e então abriu um sorriso afetado, que Maimônides na mesma hora reconheceu como falso.

— O rei e todos os seus homens têm sido muito educados comigo.

Maimônides viu a expressão de escárnio no rosto de Ricardo e decidiu que bastava de polidez fingida.

— Bom, isso é novidade.

O rei jogou a cabeça para trás e deu uma boa risada.

— Vejo que conserva seu humor cáustico, bom doutor — comentou Ricardo. — Espero que se una à minha equipe médica em meus novos aposentos em Jerusalém.

Maimônides sentiu como se agulhas frias pinicassem seu coração. Os homens de Ricardo deram um sorriso largo ante aquelas palavras confiantes. Todos, exceto Conrado, cuja face pareceu mais tenebrosa e ainda mais diabólica (se isso fosse, de fato, possível) ao ouvir as jactâncias de Ricardo. Talvez as forças dos cruzados não estivessem tão unificadas como todos acreditavam.

— Isso nunca vai acontecer. — Maimônides queria que a audiência terminasse o mais rápido possível para que ele pudesse deixar aquele miserável castelo e levar sua sobrinha de volta em segurança.

— Que pena! — exclamou Ricardo com um ar de indiferença exagerado. — Bom, como pode ver, sua sobrinha está ilesa. Pode dizer a seu senhor que ela se encontra em segurança. Há algo mais que eu possa fazer para ajudá-lo?

Maimônides sentiu o estômago revirar num misto de choque e raiva. Ricardo falava como se não fosse libertar Miriam. O rabino não percorrera esse território hostil, vindo de tão longe, para ser desrespeitado daquela forma.

— O sultão quer saber qual é o valor do resgate — disse. Ele recebera autorização para concordar com uma soma de até 15 mil dinares de ouro, um número extraordinário, que excedia em muito o resgate pago por qualquer um dos nobres francos para libertar seus entes queridos durante a conquista de Jerusalém por Saladino. E Saladino pagaria a quantia da própria fortuna e não com o dinheiro dos cofres já depauperados do tesouro. A disposição do sultão de esvaziar os próprios bolsos contribuíra para reacender a afeição do rabino por aquele homem.

Ricardo reclinou-se em sua poltrona.

— Muito simples, realmente — disse o rei por entre os dentes brilhantes que pareciam claramente ameaçadores. — Se Saladino entregar Jerusalém, eu entregarei a moça.

Maimônides ficou roxo de ódio diante do desplante do rapaz. Miriam permaneceu de forma estoica a seu lado, como se jamais tivesse esperado ser libertada.

— Como pode fazer uma coisa dessas? Ela o assistiu em seu leito de morte!

O sorriso de Ricardo desapareceu e foi substituído por uma expressão cruel.

— É por essa razão que ela é uma hóspede de honra, e não se encontra enterrada sob as dunas de areia do Negev.

Miriam pôs a mão suavemente sobre o braço do tio. Maimônides viu o sinal de advertência nos olhos dela e percebeu que, se passasse dos limites do decoro com aquele jovem perigosamente instável, tanto ela como ele poderiam sofrer as consequências. Porém, Maimônides, tomado pela frustração e o sentimento de derrota, não conteve um último comentário escarnecedor.

— A história se lembrará de você como um tirano, Ricardo de Aquitânia.

Um silêncio sepulcral recaiu sobre o gabinete do governador. Os cortesãos entreolharam-se perplexos. Nenhum homem jamais falara assim de forma tão direta ao rei, principalmente um judeu. Ricardo inclinou-se para a frente e por um instante Maimônides pensou que ele estivesse a ponto de ordenar a execução do afrontoso médico. E, em seguida, como se para convencer Maimônides de sua loucura, ele riu.

— Isso depende de quem vai escrever a história, rabino.

MAIMÔNIDES JÁ ESTAVA NA metade do caminho para Jerusalém quando encontrou a nota que Miriam enfiara no bolso de seu manto. Em um pedaço rasgado de lençol, ela escrevera alguns garranchos com um líquido marrom estranho que cheirava ao longe a lentilhas. Era um poema dirigido a Saladino. Embora as palavras não fizessem sentido para ele, ao ler a nota da sobrinha, Maimônides sentiu na boca do estômago a sensação estranha de que o curso de toda a guerra — o curso da história — estava prestes a mudar.

53

Maimônides estava diante do austero sultão na Corte de Justiça encerrando a narração do ultimato de Ricardo. Saladino suspirou e abanou a cabeça, demonstrando cansaço.

— Era o que eu esperava. Sinto muito, meu amigo — disse o sultão. — Mas não se desespere ainda. Miriam é altamente atrevida. Eu acredito que esse jovem rei terá grande dificuldade em mantê-la trancafiada.

Maimônides tossiu com desconforto.

— Na verdade, eu vi provas do atrevimento dela, *sayyidi*. Mas não sei com que finalidade.

A expectativa fez Saladino erguer as sobrancelhas. Até mesmo Al-Adil, que pouco se importava com o destino de Miriam, mostrou-se interessado.

— O que está dizendo?

Maimônides retirou o pedaço de lençol e entregou-o a Saladino.

— Ela passou isso para mim durante o nosso encontro e não tenho ideia de quando exatamente — disse o rabino, esperando não vir a causar nenhum embaraço a si mesmo nem ao sultão com uma mensagem que poderia ser apenas um poema de amor, escrito por uma moça solitária em seu isolamento.

Surpreso, o sultão olhou para o bilhete. Leu em silêncio uma vez e depois ergueu a cabeça e repetiu as palavras em voz alta, aparentemente não se importando como seriam interpretadas pelos cortesãos.

— O amor é a única coisa pela qual vale a pena lutar. Você uma vez me falou sobre um oásis onde fez amor com uma mulher pela primeira vez. Nosso destino encontra-se à sombra de suas palmeiras.

Houve um murmúrio de surpresa entre os nobres ali presentes, embora Maimônides tenha notado que o cádi Al-Fadil permanecera em silêncio. Ele parecia sentir-se extremamente mal a cada menção que se fazia de Miriam, e, na verdade, o rabino notara que o arrogante vizir sentia vergonha e tristeza por sua responsabilidade no destino da moça. O rabino não o perdoara ainda, mas começava a pensar que talvez seu coração algum dia se abrisse a essa possibilidade. Se a Divindade decidisse trazer Miriam de volta sã e salva, Maimônides imaginava que poderia perdoar todos aqueles contritos traidores.

A mensagem estranha, com a franca alusão ao romance controverso do sultão, provocou mais do que meros olhares na direção do rabino. Os murmúrios sugeriam que mesmo que Maimônides um dia estivesse disposto a perdoar os inimigos de Miriam na corte, o sentimento provavelmente não seria mútuo. Ele concentrou a mente e voltou sua atenção para a mensagem.

— Minha sobrinha não é dada a poesias, meu senhor. Ela correu o risco de sofrer uma séria punição ao me passar isso. O que significa?

Saladino olhou primeiro para Al-Adil, depois para o cádi Al-Fadil e então voltou-se para Maimônides. Pela primeira vez em meses, o rabino viu uma luz brilhar nos olhos do sultão. Uma expressão de admiração e alegria. Considerando-se a precariedade da situação com a iminente invasão de Jerusalém pelos cruzados, a expressão de Saladino parecia inadequada, beirando a loucura.

— Eu estava errado a respeito de Miriam. Ela é uma verdadeira espiã. — Saladino levantou-se do trono dourado e virou-se para Al-Adil, que parecia completamente perplexo com o comportamento do sultão.

— Meu irmão, convoque o conselho de guerra — ordenou Saladino, com uma voz que parecia tão animada quanto a de uma criança ao descobrir o local em que a mãe escondera uma caixa de doces. — Ricardo não está a caminho de Jerusalém.

O impacto de suas palavras causou um tumulto entre os presentes. Até Maimônides se perguntava se a pressão sobre o sultão não fora grande demais. Ricardo e os cruzados estavam prontos para um ataque em massa a partir da posição vantajosa em que se encontravam em Arsuf. Isso era óbvio até mesmo para o povo simples, que não tinha experiência em questões militares, e resultara na evacuação espontânea dos vilarejos em torno da Cidade Santa.

— O que está dizendo? — Al-Adil olhou receoso para o irmão, como se achasse que os francos tivessem lançado algum feitiço sobre Saladino. — Qual é então o próximo alvo, se não Jerusalém?

Saladino encarou Maimônides, seus olhos brilhando.

— Ascalon.

E então tudo fez sentido.

54

Maimônides odiava cavalos. Odiava ainda mais camelos, então concordou em viajar na égua malhada de Saladino, que o acompanhara em sua missão fracassada até Ricardo. Os esforços para libertar Miriam haviam fracassado, mas toda a corte estava em grande agitação com as notícias dos planos de Ricardo de invadir o Sinai. Sob o ponto de vista de estratégia militar e espionagem, a missão diplomática do rabino a Arsuf fora um sucesso retumbante. Infelizmente, isso pouco o consolava quando considerava o fato de que sua destemida sobrinha permanecia trancada no antro do demônio. Uma recompensa adequada por seus serviços heroicos, cortesia de um Deus irônico e provocador.

Eles partiram logo depois que Saladino discutiu o assunto com o conselho de guerra. Maimônides conseguira uma hora para passar em casa e tentar desesperadamente explicar à esposa enferma que Miriam estava em segurança, mas que não podia voltar para casa ainda. E então os brutamontes gêmeos do sultão bateram à sua porta, dizendo-lhe que deveria acompanhar Saladino naquela missão.

Ele compreendia a necessidade da presença de um médico experiente durante a árdua viagem através do deserto, porém havia muitos médicos na cidade de Jerusalém. Mais moços, mais fortes, menos sujeitos a um colapso no calor escaldante do Negev. Mas não lhe cabia questionar o sultão, e apesar das súplicas de Rebeca para que ele permanecesse a seu lado, viu-se forçado a participar da resposta cuidadosamente planejada do sultão ao estratagema de Ricardo.

Sem dúvida a necessidade de uma ação imediata era óbvia. Os francos quase os fizeram cair numa emboscada com uma manobra bem-planejada. Ao posicionarem suas forças de modo a sugerir um ataque iminente a Jerusalém, eles haviam forçado os muçulmanos a concentrar todos os seus recursos na defesa da Cidade Santa. Toda a fronteira com o Sinai ao sul estava indefesa. E Ascalon, que ficava na entrada do deserto, era o corredor principal de suprimentos para o Egito. Era necessário dominar a cidade, suas fontes de água e suas tamareiras, para garantir a sobrevivência de um exército em sua longa jornada por aquelas terras áridas, onde seu povo havia recebido a Lei Divina. Se Ascalon caísse, Ricardo poderia usá-la como uma base para entrar na África. Com os recursos do Egito nas mãos dos francos, não somente Jerusalém cairia, mas também todo o califado.

Proteger Ascalon tornara-se de repente o principal foco do exército muçulmano. Seria necessária uma contraofensiva maciça à investida de Ricardo se quisessem evitar um desastre que faria a queda de Acre e de Arsuf parecer pequenos erros militares.

No entanto, em vez de se considerar parte de uma gigantesca força expedicionária capaz de repelir o ataque em Ascalon, Maimônides se espantou ao descobrir que o sultão embarcava com trinta homens apenas. Alguns dos mais habilidosos soldados do exército, com certeza, no entanto, totalmente incapazes de vencer um exército de 30 mil cruzados fanáticos. O rabino concluiu que esses homens haviam sido escolhidos apenas para liderar uma tropa muito maior, que talvez consistisse em recrutas egípcios e sírios que os aguardavam, enquanto eles seguiam para o sul.

Após dias cruzando o ermo deserto do Negev, entretanto, sem sinal algum de um único acampamento beduíno levantado nas despovoadas areias cinzentas, Maimônides começava a se alarmar diante da possibilidade de o sultão ter, de fato, enlouquecido. De ele acreditar que aquela força de ataque insignificante, que consistia em duas dúzias de cavalos e uns poucos camelos, viesse a vencer as poderosas hordas francas. Talvez Saladino achasse que os favores místicos de Alá recairiam sobre eles, como ocorrera com os incrivelmente bem-sucedidos exércitos do Profeta. O rabino havia, era óbvio, lido a respeito das muitas vitórias assombrosas de Maomé e seus Companheiros, em geral contrariando todas as expectativas. Porém nem mesmo o Profeta, até onde ele sabia, ganhara uma batalha na qual houvesse mil homens contra um.

Uma sentinela usando um turbante verde aproximou-se em montaria, vindo de trás de uma gigantesca duna que lhes obscurecera a visão. O soldado galopou até o lado do sultão e lhe disse algumas palavras que foram abafadas pelo vento uivante do Negev. Aparentemente, Saladino entendeu o que ele disse, virou-se e fez um aceno de cabeça para Maimônides, que esporeou sua égua em direção a Saladino. Maimônides contraiu os músculos da face com a repentina disparada do animal, seus quadris queimando do esforço da maldita cavalgada durante dias ininterruptos. Saladino riu ao perceber seu desconforto.

— Meu amigo, parece que o próprio doutor está precisando ser medicado.

Maimônides percebeu os ares de riso de alguns dos homens de Saladino e se forçou a manter a cabeça erguida com dignidade.

— Homens da minha idade sempre aparentam estar doentes, *sayyidi*. Nós nos aproveitamos disso para receber atenção.

Saladino riu de forma amigável, e depois falou em voz alta para que todos no grupo ouvissem.

— Acabei de receber a informação de que Coração de Leão está a dois dias de distância.

Sua voz soou agitada, e ele pareceu empolgado com a notícia da iminente chegada do monstruoso exército. Maimônides mordeu o lábio e resolveu descobrir ao certo se o sultão estava de fato louco, como ele começava a suspeitar.

— Vamos conseguir reforço a tempo?

O sorriso de Saladino desapareceu, e sua expressão tornou-se sombria. Maimônides se espantou ao ver um sinal de tristeza naqueles olhos negros.

— Não vamos precisar de reforços.

Maimônides hesitou, sem saber o que dizer. Nada daquilo fazia sentido. Saladino obviamente viu o conflito em seu rosto, entre o desejo de uma explicação racional para o estranho esquema por eles adotado e o medo de descobrir que não havia nenhuma.

— O "Guia dos Perplexos" parece, ele próprio, perplexo — disse o sultão.

Maimônides respirou fundo.

— Desculpe, *sayyidi*, mas não podemos defender Ascalon com este grupo pequeno.

Nesse instante os cavalos deles atingiram o topo da enorme duna e Maimônides olhou para baixo, para a ilha esmeralda que era Ascalon. Era como se Deus houvesse deixado cair um pedaço do Paraíso para que servisse de ponte entre os infernos gêmeos do Negev e do Sinai. Fileiras brilhantes de palmeiras, enriquecidas com uma grande quantidade de tamareiras, circundavam a cidade. Casas de pedras brancas, reluzentes como o puro mármore, encontravam-se em meio a um gramado primoroso, e eram contornadas por roseiras cuidadas com esmero.

Saladino prendeu a respiração, e Maimônides achou ter visto o brilho de lágrimas em seus olhos ao admirar a cidade que ele, com frequência, dizia ser a mais bela joia de todo o califado.

— Tem razão, meu amigo. Este pequeno grupo não tem condições de proteger Ascalon. — E fez uma pausa. — Lembra-se do bilhete que Miriam me mandou?

Maimônides fez que sim com a cabeça. Como poderia esquecer? Mas percebeu que o sultão nem sequer falava mais com ele. Era como se estivesse dirigindo-se a alguém que o rabino não conseguia ver.

Saladino cavalgou até uma palmeira frondosa ao lado de uma fonte, nas imediações de Ascalon. Os residentes da cidade começavam a surgir de suas casas, talvez pensando que um grupo de mercadores chegara com produtos destinados ao Egito. Os comerciantes eram a força vital da cidade e eles seriam tratados com extrema cortesia. Expectadores curiosos, entre eles crianças que vestiam túnicas de cores vivas e mulheres que usavam o véu beduíno preto, pareciam desconhecer que seu visitante naquele dia não era apenas um dos vendedores de cerâmica habituais. Provavelmente nunca haviam visto o sultão e não acreditariam que um homem tão ilustre se dignasse a visitar aquela cidadezinha do interior. Aquele povo pobre mal sabia que o destino do mundo passava pelas ruas verdejantes e bem cuidadas de seu oásis.

Saladino desmontou do cavalo e ajoelhou-se em frente à palmeira, como se em oração. Não, Maimônides deduziu, não era uma oração. Era como se ele revivesse uma cara lembrança.

— Foi embaixo desta árvore que eu fiz amor pela primeira vez com uma mulher — disse Saladino, passando uma das mãos calejadas pelas batalhas no tronco grosso, como se acariciasse a amante sobre quem falava. — Eu tinha 14 anos. Gostaria de recapturar aquele momento, fazê-lo durar para sempre. Ah, tudo chega ao fim.

Uma terrível premonição atingiu Maimônides na boca do estômago. Ele olhou para os curiosos em volta. As crianças riam do estranho comportamento do visitante. Algumas mulheres levaram seus filhos de volta para casa, obviamente preocupadas com as intenções do visitante louco e daquele grupo fortemente armado.

Maimônides sentiu o aperto no estômago subir e comprimir seu coração.

— Você não pretende salvar Ascalon, não é?

Saladino levantou-se e deu as costas para a palmeira. Havia algo sombrio e assustador em seus olhos.

— Ah, eu vou salvar Ascalon, meu amigo. Destruindo-a.

Saladino retirou um machado do arreio de seu garanhão negro. E sem dizer nenhuma outra palavra, virou-se para a palmeira que carregava as lembranças de sua primeira noite de amor e golpeou-a com uma brutalidade impiedosa e implacável.

Os homens desmontaram de imediato e começaram a correr por todo o oásis. Alguns entraram nas casas dos apavorados residentes, mandando-os sair, enquanto outros se postaram no centro da cidade, erguendo o estandarte de águia do sultão. Não eram bandidos, proclamaram eles, quando beduínos indignados apareceram brandindo cimitarras, mas qualquer homem que interferisse em suas questões seria tratado como tal. Um grupo de arqueiros bem posicionados estava pronto para transformar a ameaça em realidade.

Maimônides observava horrorizado os soldados do sultão destruírem a cidade de Ascalon sistematicamente. Eles derrubaram as árvores e em seguida tocaram fogo nelas. As chamas espalharam-se pelo belo gramado e pelas roseiras e começaram a consumir os telhados de palha das casas. Em questão de minutos todo o oásis se incendiara.

Os olhos do rabino encheram-se de lágrimas quando ele viu alguns soldados de Saladino esvaziando sacos de um pó branco nas nascentes que eram a fonte de vida de Ascalon. O homem que a partir daquele momento pegasse um copo dali logo sentiria a garganta queimar com a cinza letal. O Profeta havia proibido os muçulmanos de queimar árvores e envenenar as fontes, e Saladino sempre aderira com rigidez ao código de guerra islâmico durante os muitos anos de conflito com os francos. Porém, era óbvio que o sultão não via outra saída. Ascalon teria de ser totalmente destruída para forçar Ricardo a abandonar os planos de usá-la como uma base a partir da qual pudesse atacar o Egito.

Essa é a loucura da guerra. A fim de salvar a terra, eles tiveram de destruí-la. Torná-la inútil para os inimigos, que precisavam de Ascalon como um centro de suprimento para a longa e inclemente caminhada pelo Sinai. Com o oásis em chamas, os exércitos de Ricardo seriam forçados a dar meia-volta. Maimônides sabia que, com esse terrível ato de destruição, Cairo fora poupada. Uma cidade, um prístino e belo oásis, num deserto frio e implacável, morreria a fim de que milhares de cidades, do litoral ocidental de Magrebe às terras do sol nascente além da Índia, permanecessem vivas.

Porém, ao olhar para o amigo, que observava a devastação em silêncio, ele se perguntou se algo no próprio Saladino não teria morrido naquele dia.

Com o oásis em chamas à sua volta, Saladino ajoelhou-se pela última vez perante o tronco caído no lugar onde encontrara o amor e a alegria estimulante do toque de uma mulher. E, pela primeira vez em muitos anos de amizade, Maimônides viu lágrimas escorrendo pelas faces de Saladino.

O homem mais poderoso da terra chorou pelo amor perdido e por um mundo no qual a beleza algumas vezes deve ser sacrificada no altar do poder.

55

Ricardo olhava estupefato e incrédulo para a coluna de fumaça que se elevava a uma altura de 300 metros. As únicas nuvens que flutuavam no céu azul-cobalto eram os vapores negros ascendentes das ruínas de Ascalon ainda em chamas.

Coração de Leão sentiu uma terrível combinação de raiva justa e desespero que disputavam a primazia em seu peito. Desembainhou a espada e a jogou na areia do deserto numa demonstração de irritação. A fúria de Ricardo quase explodiu quando ouviu soar às suas costas um riso sarcástico. Ele virou-se para a judia, que cavalgava atrás dele como uma cativa. As mãos de Miriam estavam amarradas, e as pernas, presas ao lado da égua parda que Ricardo providenciara para ela. O rei percebeu, quando aquele riso arrogante ecoou à sua volta, que cometera um erro ao não amordaçar a moça também.

— Seu sultão é louco.

Aquela era uma observação tola, ineficaz, mas foi tudo o que lhe veio à mente diante da descoberta desoladora de que havia sido passado para trás por seu adversário.

Miriam continuava a sorrir, a despeito do ódio mortal estampado no rosto de seu captor.

— É uma advertência, Vossa Majestade — disse ela orgulhosa. — Qualquer homem que destrói aquilo que mais ama para frustrar os planos do inimigo é um homem sem limites.

Ricardo havia suportado desrespeito demais por parte da moça infiel. O cavalheirismo que se danasse. Ele pegou a espada e aproximou-se dela. O sorriso de Miriam desapareceu, mas ele não percebeu qualquer sinal de medo. Não, Miriam parecia mais insultada do que intimidada com a ameaça implícita. Talvez ela reagisse de forma mais adequada se a ameaça fosse explícita.

— Se eu enviasse a sua cabeça numa travessa, talvez ele também visse até onde eu estou disposto a chegar.

A beldade de cabelos negros apenas deu de ombros.

— Eu acho que está superestimando os sentimentos de Saladino por mim. Ele tem muitas mulheres, e provavelmente já me esqueceu há muito tempo.

E então ela piscou para ele. Piscou!

Ricardo viu sua raiva abrandar e o sentimento de estupefação tomar conta dele. Quem era aquela mulher extraordinária que não temia a morte? Ali, diante daquela moça sob o sol escaldante, o calor intensificado pelas chamas que ainda assolavam o despedaçado oásis, o maior rei de toda a Europa sentiu-se totalmente impotente. A única mulher que o fizera sentir-se tão pequeno fora sua mãe, Leonor, nas raras ocasiões em que havia sido censurado por ela quando criança. Sua mãe era capaz de fazer até o mais poderoso dos homens sentir-se insignificante sob seu olhar duro e reprovador. Leonor e Miriam estavam separadas por um abismo de fé e educação maior do que o mundo inteiro, ainda assim, de alguma forma, partilhavam uma característica — a habilidade de reduzir soldados orgulhosos a pouco mais do que crianças envergonhadas com apenas uma pequena inflexão na voz.

— Disso eu duvido, Miriam — retrucou ele, por fim, abaixando definitivamente a espada. Ela enfrentou-o com o olhar, e ele sentiu aquela estranha sensação outra vez. Como se já conhecesse a moça fazia muito tempo, mais tempo talvez do que os anos que vivera nesta terra cruel e dilacerada.

O momento estranho e hipnótico se dissipou com a chegada de William. O cavaleiro cavalgou até o rei, após inspecionar de perto a devastação.

— Senhor, as nascentes foram envenenadas — comunicou ele, em seu tom direto habitual. — Muitos dos nossos homens, ensandecidos pela sede do deserto, mergulharam nelas e pagaram o preço.

A indignação de Ricardo dissipou-se, consumida pela dura realidade das chamas à sua frente. Ele não via razão para se enfurecer e espernear diante de um fato que não podia ser contestado.

— Não temos escolha senão dar meia-volta — constatou ele, com a voz exaurida. — Os soldados não conseguirão atravessar o Sinai sem suprimentos.

Pronto. Era o fim. Um plano brilhantemente elaborado, desenvolvido durante meses de análises e discussões cuidadosas com seus conselheiros, se desfazia em meio à fumaça que agora encobria Ascalon.

Ricardo montou seu garanhão e puxou as rédeas, preparado para dar as costas à vergonha da derrota, quando uma sentinela aproximou-se vinda das dunas de areia. O siciliano sardento estava rubro de agitação e pressa.

— Senhor, vimos um grupo de batedores de Saladino no deserto. Seis homens que se dirigiam ao sul.

Um leve sorriso se estampou no rosto de Ricardo.

— Então o dia não está totalmente perdido — disse o rei. Ele voltou-se para seu cavaleiro predileto, de quem se afastara um pouco desde a carnificina em Acre. Talvez uma pequena expedição de busca desse aos seus homens a oportunidade de liberar um pouco da raiva e frustração causadas pela perda de Ascalon. E um esforço conjunto poderia lhe dar a chance de reatar os vínculos com seu velho amigo. — Venha comigo, William.

Surpreso, o cavaleiro franziu o cenho, mas logo concordou.

— Sim, meu senhor.

Ricardo tomou seu estandarte real, uma bandeira roxa decorada com um leão dourado, de um escudeiro que estava por perto. Acenando com a bandeira a seus cavaleiros templários num sinal para que o acompanhassem, o rei seguiu na direção do deserto em busca de suas presas.

De sua posição vantajosa, escondidos no topo de uma rocha, um grupo de soldados de Saladino observava abaixo as sentinelas que serviam de chamariz. Um pequeno bando dos homens do sultão fora deixado nas imediações de Ascalon, esperando pacientemente pela chegada das legiões de Ricardo. Eles haviam recebido instruções rigorosas — atrair alguns dos cavaleiros da força principal de Ricardo e capturar vivo pelo menos um dos templários. O sultão vinha sofrendo com a perda de informantes confiáveis desde o início da guerra, e ninguém esperava que a judia, uma vez mais, viesse a dar informações significativas.

O estratagema parecia estar funcionando. Uns poucos soldados muçulmanos que se passavam por espiões cavalgavam abertamente pela planície abaixo. Eles já haviam percebido uma sentinela escondida por trás das rochas escarpadas, a oeste. A sentinela logo faria soar o alerta, e um grupo de ataque franco seria enviado para capturar os muçulmanos extraviados. Saladino adivinhara corretamente que seu jovem adversário procuraria aliviar o golpe do fracasso em Ascalon capturando alguns dos homens do sultão que planejara sua humilhante derrota.

Eles só não esperavam o que ocorreu em seguida. Uma nuvem de poeira elevou-se sobre as colinas rochosas a oeste, e os cascos estrondeantes de uma dúzia de cavalos ecoaram pelo vale. O grupo de ataque dos cruzados irrompeu dos montes rochosos e investiu diretamente contra os soldados que serviam de isca.

Do esconderijo acima, um soldado assírio chamado Kamal ibn Abdul Aziz, que fora encarregado daquela missão pelo sultão, pegou uma pequena lente de aumento para obter uma visão melhor da batalha. Os francos perseguiam suas presas, que fingiram surpresa e horror, fugindo em disparada. Esses chamarizes conduziram os indignados cavaleiros cruzados cada vez mais para o interior das dunas de areia.

Kamal se preparava para erguer a mão queimada do sol e sinalizar a emboscada, quando percebeu algo incrível através das lentes.

O homem que liderava o ataque trajava-se como os demais cavaleiros, seu rosto protegido pelo pesado elmo franco. Porém, portava na mão esquerda um estandarte roxo, que oscilava ao vento. O leão rugindo refletia um brilho dourado sob o sol do meio-dia.

Kamal vira aquele estandarte antes. O rapaz fora um dos afortunados sobreviventes do fiasco em Arsuf. Ele presenciara o avanço de um homem em direção à coluna central e os cruzados, em massa, reverteram o curso da batalha e atacaram seus perseguidores. Perplexo, ele percebera que a vitória iminente transformava-se muito rapidamente em derrota, à medida que os francos atacavam seguindo o homem que tinham como um rei e como um deus. Somente Ricardo Coração de Leão portava aquele estandarte na batalha, e os homens que escaparam vivos de Arsuf jamais esqueceriam a terrível visão daquela flâmula tremulante, que precedeu a debandada e o massacre das tropas muçulmanas.

Será que o rei inimigo, o homem mais odiado do mundo, cavalgava agora em direção à armadilha preparada por eles? Kamal não sabia se o cérebro dele sofrera com o implacável calor do deserto, ou se ele estaria de fato prestes a servir de testemunha da história. Em busca de confirmação, o rapaz virou-se para Jahan, um rude soldado da infantaria, do oeste do Irã, que também observava o desenrolar dos acontecimentos abaixo.

— Meus olhos me enganam, ou o próprio Coração de Leão está participando da luta?

Jahan espiou o estandarte através de suas lentes, e então explodiu numa gargalhada, emitindo um som gutural que sucintamente expressava a admiração e a incredulidade de Kamal.

— Ele é corajoso, mas um tolo.

— E também vale uma fortuna — disse Kamal, seus olhos brilhando diante do valor incrível de sua presa. Ele voltou-se para os arqueiros a postos no rochedo atrás dele. Num segundo ele daria o sinal que mudaria o mundo. Porém primeiro teria de transmitir informações à cavalaria oculta por trás dos montes para que concentrassem todos os esforços na captura de um homem.

Saladino lhes pedira para capturar um único soldado que pudesse fornecer informações de valor para a guerra. E, em troca, eles estavam prestes a entregar ao sultão seu maior inimigo, numa travessa de prata.

Kamal viu o olhar faminto de Jahan e sorriu. Eles estavam perto de se tornar os guerreiros mais famosos daquela região.

RICARDO SENTIU O CORAÇÃO acelerar, como sempre ocorria quando estava prestes a eliminar um inimigo na batalha. O cavaleiro fugitivo à sua frente, de turbante e envolto numa capa azul, logo encontraria seu Criador na ponta da lança afiada de Ricardo. Ele arremessou a arma em direção às lâminas arredondadas da armadura do árabe, concentrando-se no ponto fraco que ele sabia existir na dobra logo abaixo do braço esquerdo. Então o inferno se manifestou.

Uma série de cornetas soou pelo vale, e os cavaleiros fugitivos de repente deram meia-volta em seus garanhões para confrontar seus perseguidores. Os cruzados estavam em número maior do que o pequeno grupo de infiéis, na razão de mais de dois para um, e sua ofensiva teria sido um ato suicida se não fosse pela emboscada que se revelou à sua volta.

Mais de trinta homens a cavalo irromperam dos esconderijos por trás de uma série de formações rochosas na base de uma duna de areia gigantesca. Ricardo sentiu todo o sangue lhe escoar da face ao perceber que caíra tolamente numa armadilha. Queria amaldiçoar-se por permitir que a sede de vingança sobrepujasse seu raciocínio estratégico, mas não havia tempo para recriminações. Eles teriam de escapar das forças sarracenas antes que a grande Cruzada terminasse ali, sob uma saraivada de flechas. Ricardo não tinha intenção de morrer naquele vale solitário e ser lembrado nos anais da história como o rei idiota que caíra no truque que era, na verdade, o mais antigo de todos.

Ricardo conseguiu dar uma meia-volta em retirada, enquanto evitava uma investida muçulmana com a força de sua lança. A arma foi cravada profundamente no peito do perseguidor e quebrou-se ao meio enquanto o rei tentava escapar. Os soldados francos tentaram criar um círculo protetor em torno dele, e diversos cavaleiros receberam o impacto da chuva de flechas que eram obviamente dirigidas ao rei.

Uma das flechas escapou através de uma brecha na parede de homens em torno de Ricardo e atingiu seu ombro esquerdo. A ponta denteada penetrou as camadas de aço e de malha e se encravou na carne, parando somente ao encontrar a resistência final em sua clavícula estilhaçada.

Ricardo sentiu o corpo todo em chamas. Era como se os portões do Inferno tivessem se aberto para recebê-lo, e as fagulhas da condenação eterna estivessem correndo por toda a haste da madeira enfiada em seu ombro e fluindo através de seu sangue como um ácido fervente. O rei lutava para manter os olhos abertos, mas sua visão se desvanecia rapidamente dentro de um túnel escuro. As trevas o circundavam, e a luz ofuscante do deserto parecia fugir de seus olhos.

E então uma voz familiar foi ouvida no vazio, e ele voltou a enxergar. William, cavalgando como o vento, estava a seu lado. O cavaleiro o alcançou e tomou o estandarte real que ainda se encontrava na mão de Ricardo. Em seguida, sem olhar para trás sequer por um segundo para seu senhor ferido, William Chinon escapou do anel defensivo que tentava manter o rei em segurança. O cavaleiro ergueu a bandeira ao alto com um riso forte, enquanto os soldados sarracenos o atacavam, vindos de todos os lados.

— Sarracenos tolos, eu sou Ricardo Coração de Leão, senhor de Anjou — gritou William. — Nenhum pagão terá a honra de minha captura hoje.

O cavaleiro seguiu para as dunas de areia em direção oposta ao rei. Os soldados muçulmanos, ansiosos por capturar o homem que eles acreditavam ser o senhor de seus inimigos, o perseguiram em massa.

E então William desapareceu.

Ricardo viu um templário sobrevivente que cavalgava a seu lado saltar de seu garanhão em pleno galope e cair sobre o cavalo dele numa manobra executada com tamanho brilhantismo que o cavaleiro provavelmente jamais seria capaz de repeti-la, mas pela qual ele, sem dúvida, seria respeitado por seus camaradas pelo restante de sua carreira militar. O homem segurou as rédeas do animal e conduziu o rei ferido das terras ermas do Negev para a segurança do exército cruzado, acampado diante do que restara das cinzas de Ascalon.

56

Al-Adil esperava tenso ao lado do irmão. Notícias da captura de Coração de Leão durante a emboscada preparada pelo sultão atravessaram Jerusalém como fogo na mata. O rei estava sendo transportado sob uma pesada guarda para o palácio e aparentemente se recusava a falar com qualquer pessoa exceto o próprio Saladino.

Seu irmão ordenara o fortalecimento da guarda em torno da Terra Santa. Com a captura de seu rei e a frustração dos planos de invadir o Egito, não se sabia de que os cruzados seriam capazes. Muitos dos cortesãos esperavam que o duplo golpe esmagasse por completo o moral dos forasteiros e que eles retornassem aos seus navios e voltassem para casa. Al-Adil, porém, não acreditou nisso nem por um segundo. O resultado mais provável seria um ataque em massa desesperado a Jerusalém. Os fanáticos lançariam todos os seus homens sobre a Cidade Santa numa batalha final decisiva cujo resultado estava longe de ser garantido.

A tensão de um desastre iminente pairava sobre a Corte de Justiça de Saladino, enquanto os nobres se alinhavam com toda a pompa para saudar o rei infiel. Al-Adil sabia que o irmão era obcecado por protocolos, em especial entre os governantes, porém o que ele queria, pessoalmente, era cortar o pescoço do jovem rei que causara tanta devastação a seu povo. O sangue de Acre e Arsuf não podia deixar de ser vingado.

Um gongo soou no salão ao lado e uma explosão de trombetas ecoou de cada um dos parapeitos do castelo. Al-Adil olhou para Saladino, que se mantinha empertigado no trono, o rosto impassível ao pensar que finalmente conheceria seu rival.

As enormes portas de prata do salão foram abertas, e, de imediato, os guardas se perfilaram quando o jovem comandante da tropa da emboscada triunfante, um assírio chamado Kalil ibn Abdul Aziz, entrou orgulhoso. O rapaz já era considerado um dos verdadeiros heróis da guerra, e Al-Adil não tinha dúvidas de que o felizardo receberia os louros por aquela fantástica vitória pelo resto da vida.

Um silêncio sepulcral encobriu os nobres ali presentes quando viram o homem de armadura brilhante acompanhar Kamal. Ele era alto, e sua veste reluzente tinha detalhes em ouro. Todas as cabeças se esticaram para ver o jovem rei, mas as feições dele permaneciam ocultas por trás do pesado elmo.

Kamal fez uma longa mesura diante do sultão e em seguida ergueu a cabeça com a destemida confiança dos jovens que se veem diante da fama.

— *Sayyidi*, tenho a honra de lhe apresentar seu estimado colega, o rei Ricardo Plantageneta, senhor de Anjou, rei da Inglaterra e da França.

Saladino não se moveu. Observava o rival como um falcão. Al-Adil percebeu um estranho olhar no rosto do irmão. Seria satisfação?

O homem de armadura deu um passo à frente e posicionou-se diretamente em frente ao trono. Ele ergueu o elmo e revelou seu rosto.

Era Sir William Chinon, o cavaleiro que servira como emissário de Ricardo a Saladino e pedira ao sultão para salvar a vida de seu senhor.

Um terrível suspiro espalhou-se pelo salão. As cabeças dos nobres iam de William ao sultão e ao rapaz Kamal, que ficara obviamente perplexo diante do choque repentino dos presentes.

E então, para surpresa de Al-Adil, Saladino explodiu numa gargalhada. Não havia sinal de ironia nem de raiva, apenas divertimento ante o ridículo da situação. Al-Adil sentiu a própria indignação evaporar ao ouvir a risada contagiosa do sultão, e contra toda a força de vontade que conseguiu reunir, ele se juntou ao irmão.

Al-Adil percebeu naquele momento que, em meio à guerra e à loucura, às vezes não havia o que fazer senão rir do extremo absurdo da condição humana. Ele riu do confuso Kamal, que ainda achava ter pescado o maior dos peixes do oceano. Sir William permaneceu estoico, a cabeça erguida com orgulho. Por fim, nem mesmo o cavaleiro conteve um sorriso.

— É uma honra encontrá-lo mais uma vez, sultão — disse William, e o silêncio recaiu sobre os presentes. Ele falara em árabe com um sotaque estranho, mas com uma pronúncia aceitável. Era claro que nos últimos meses o rapaz fizera progresso no aprendizado da língua do povo que ele atravessara o mundo para matar.

Saladino fez um sinal com os dedos para um de seus guardas.

— Prepare o melhor quarto do palácio para *sir* William — disse ele. — Logo que tenha descansado, talvez queira se juntar a mim para o jantar.

Em seguida, ele virou-se para o soldado que passara de herói a imbecil em questão de minutos. Kamal parecia aterrorizado enquanto aguardava a sorte do tolo que virara Jerusalém de cabeça para baixo ao capturar o homem errado.

— Proclamo Kamal ibn Abdul Aziz recebedor do prêmio de mil dinares de ouro por sua brilhante captura de William Chinon, um dos maiores guerreiros a compor as forças de nossos adversários. E ele será promovido à posição de meu guarda-costas pessoal.

Houve um murmúrio de surpresa entre os nobres. Al-Adil vociferou. Por ele, o rapaz teria sido espancado diante de todo o exército por ter sido logrado de forma tão idiota. Aparentemente, Kamal esperava que algo nessa linha fosse, na verdade, seu destino, e pareceu muito surpreso com a generosidade do sultão. O rapaz caiu prostrado de joelhos.

— Sua misericórdia não tem limites, *sayyidi.*

Saladino deu um largo sorriso.

— É apenas um pagamento justo — respondeu o sultão. — Você prestou um serviço verdadeiramente inestimável, pelo qual eu serei sempre agradecido. Hoje, você me fez rir, e num mundo carregado de tristezas e mortes, a alegria é um bem precioso.

57

Miriam suturou cuidadosamente o ombro de Ricardo com uma agulha e um fio de seda. A parte difícil terminara. Remover uma flecha enfiada tão profundamente no ombro do rei, enquanto seus soldados desconfiados a observavam à procura do menor indício de intenção mortal, fora o primeiro desafio. Quando, por fim, conseguiu arrancar a ponta afiada do interior das omoplatas, ela teve de enfrentar o problema de estancar o fluxo súbito de sangue. Por um instante, achou que havia rompido uma artéria, e que o Coração de Leão logo seria despachado para a cova. Apesar da satisfação de enviar aquele cão assassino direto ao Inferno, Miriam sabia que sua própria morte se seguiria, e ela não queria dar aos homens de Ricardo o prazer de executá-la.

Fazendo uso de uma algibeira com ervas que preparara para sua viagem ao Cairo, ela conseguira, depois de muito trabalho, estancar a hemorragia, e tinha esperanças de ter detido a infecção. Agora, só restava fechar aquele ferimento.

Durante todo aquele angustiante processo, ela ficou admirada de ver Ricardo se manter consciente. A maioria dos homens teria desfalecido sem resistência para fugir do que deve ter sido uma dor excruciante. Coração de Leão, no entanto, parecia determinado a provar a ela, ou a si mesmo, que era mais forte do que todos os outros homens.

Miriam então conversou com ele o tempo todo, sabendo que o som de sua voz pelo menos o distrairia parcialmente do sofrimento da cirurgia a que estava sendo submetido. Dos resmungos e divagações de Ricardo, ela obtivera informações suficientes para deduzir o que ocorrera. Os homens de Saladino lhes haviam armado uma emboscada, e Sir William se deixara cair numa armadilha que fora preparada para o próprio rei.

— Seus soldados devem amá-lo muito para se deixarem capturar em seu lugar — disse ela enquanto continuava a sutura do longo corte em seu ombro esquerdo.

Ricardo parecia estar melhor, uma vez que as plantas medicinais começavam a fazer efeito. Ele fez sinal para que seus soldados o deixassem. Os homens hesitaram, porém o olhar rápido e severo de seu senhor os fez ir embora. Miriam notou que estava sozinha na tenda particular dele pela primeira vez. A maioria das mulheres se sentiria mal com tanta intimidade, mas ela vinha esperando por essa oportunidade fazia algum tempo. Sua situação fora terrivelmente incerta durante as últimas semanas. E, com a destruição de Ascalon então, não era possível saber o que Ricardo faria, especialmente se ele desconfiasse do papel que ela desempenhara no fracasso de seu grande plano. Ela sabia que havia apenas uma forma de conquistar as graças do rei e conseguir mais tempo precioso para viver.

Era estranho como, para ela, todos os caminhos pareciam retornar a Ascalon. Foi ali, quase 12 anos antes, que a caravana de seus pais havia feito uma parada na longa viagem do Cairo a Damasco. E foi em Ascalon que um grupo de ataque dos francos desceu as dunas de areia para causar o caos. Sua mãe e seu pai pereceram naquele lugar, e por muitos anos ela acreditara que seu próprio espírito morrera com eles. Agora Ascalon estava destruída, e ela procurava conquistar a afeição do rei dos assassinos de seus pais para permanecer viva. Ah, o Deus da ironia em ação uma vez mais.

Ricardo se mexeu enquanto ela continuava seu cuidadoso trabalho com a agulha. Ele olhava fixo para o espaço, claramente pensando em seu amigo e nas torturas terríveis que ele devia estar sofrendo nas mãos de Saladino naquele momento. Miriam sabia, obviamente, que William deveria estar sendo tratado como um convidado de honra de acordo com o código de cavalheirismo do sultão, mas um comportamento tão nobre seria incompreensível para aquele bárbaro. E Miriam achava que a angústia de Ricardo lhe dava a vantagem de que precisava para efetivar seu plano.

— William é um homem digno — disse ele por fim, sua voz revelando tristeza. — Em geral eu discordo dele, mas em meu íntimo sei que ele é a melhor metade de minha alma.

Miriam viu que Ricardo não estava mais se escondendo por trás de sua vaidade e presunção corriqueiras. Era óbvio que a perda do amigo, junto ao humilhante fracasso de seu principal objetivo militar, pesava em seu coração, fazendo com que ele baixasse a guarda cuidadosamente mantida. Miriam esperava tirar vantagem dos sentimentos dele.

— Você sempre me surpreende.

Admirado, Ricardo olhou para ela.

— Por que está dizendo isso?

— Eu ouvi falar que você é impiedoso e cruel, e já vi esse seu lado — disse Miriam, escolhendo as palavras com cuidado. — Mas acho que isso é apenas uma fachada.

Ricardo lhe dirigiu um olhar estranho, como se ela, inconscientemente, tivesse tropeçado em um de seus maiores segredos.

— Você é muito atrevida para uma prisioneira.

Miriam riu, procurando dar a seu riso um tom levemente feminino.

— Eu achava que era uma convidada de honra.

Ricardo sorriu pela primeira vez desde que fora trazido do campo de batalha.

— *Touché.*

Enquanto suturava com cuidado o ferimento dele com a mão direita, Miriam deixava seus longos dedos da mão esquerda massagearem os músculos do ombro dele.

— Ricardo de Aquitânia, por que veio virar o nosso mundo de cabeça para baixo?

Coração de Leão desviou a vista, seu sorriso se desvanecendo.

— É meu dever, como rei da Inglaterra.

Miriam decidiu tentar um estratagema arriscado.

— Seu pai... Henrique era o nome dele, não é?... Dizem que ele era contra esta Cruzada.

Ela sentiu Ricardo se tensionar. O olhar dele se tornou gélido e os ombros se mexeram um pouco, quando a agulha entrou em contato com o ferimento ainda em carne viva.

— Desculpe — disse ela. — A ferida ainda é recente. — Ela deixou a Ricardo a tarefa de interpretar de qual ferida ela estava falando.

O rei estendeu a mão e alisou a pele macia do braço esquerdo de Miriam. Ela se forçou para não se retrair. Era isso, afinal, o que ela esperava que acontecesse.

— Diga, Miriam. Onde você estaria hoje se eu não tivesse desembarcado em sua praia?

— Talvez eu estivesse no harém, em Jerusalém, tramando contra alguma moça nova por quem o sultão se interessasse.

— Você merece mais do que isso.

Miriam deu o último ponto e colocou a agulha e o fio de sutura sobre uma estante de faia ao lado do catre militar que servia de cama ao rei.

— O que mais uma mulher desejaria ser além de rainha? Certamente todos os homens querem se tornar rei.

Ricardo suspirou e ficou de pé. Ele curvou o ombro ferido e estremeceu.

— O trono é uma prisão — respondeu. — Tudo o que um governante faz é esquadrinhado por seus inimigos à procura de um sinal de fraqueza. Cada sono é perturbado pela ideia de que um assassino pode estar à espreita nas sombras do quarto.

Miriam se entregou a uma breve e agradável imagem de um assassino entrando sorrateiramente no quarto de Ricardo enquanto ele dormia. Mas logo afastou o pensamento e continuou a fingir que estava interessada nos pensamentos mais íntimos dele.

— O que teria feito se não tivesse recebido o peso da coroa?

Ricardo voltou-se para ela, os olhos de repente brilhando com intensidade.

— Eu tenho feito essa pergunta a mim mesmo várias vezes, desde que cheguei à Palestina. Talvez eu tivesse sido um pintor.

De todas as coisas que ela esperara como resposta, aquela não era uma delas.

— Vossa Majestade... desenha?

Um sorriso malicioso surgiu no rosto do jovem rei, e ele caminhou até a cama. Sob a colcha de seda, ele retirou um pedaço de pergaminho enrolado e entregou-o a Miriam. Ela pegou a folha e sentou-se na cama intencionalmente. Então desenrolou-a e olhou para o desenho, impressionada.

Era um esboço, feito à mão em tinta azul, do que ela presumia ser a Virgem Maria segurando o Cristo menino no colo. Na verdade, era muito bem feito, porém o que mais chocou Miriam foi a expressão triste da Virgem.

Era o seu rosto.

— É admirável — disse Miriam, tentando não se deixar distrair pelo frio que lhe subia pela espinha.

— Eu só vou mostrar isso a você, a ninguém mais — confidenciou Ricardo, parecendo uma criança feliz por poder, enfim, compartilhar um segredo especial. — Os nobres não querem um rei pintor.

Não, aparentemente eles queriam um assassino implacável, que não poupava sequer mulheres e crianças nas batalhas.

— Eu guardarei seu segredo — disse ela, fingindo um prazer tímido por ter-lhe sido concedido aquele privilégio.

Ricardo sorriu para ela, e Miriam percebeu um sinal de sua habitual arrogância.

— Assim como você guardou segredo de meus planos de guerra?

Miriam ficou tensa. Será que Ricardo sabia que ela era responsável pela queda de Ascalon? Nesse caso, esse jogo que ela vinha praticando estava prestes a acabar muito mal.

Ricardo, no entanto, explodiu numa gargalhada, e ela não percebeu nenhuma crueldade no som daquele riso.

— Não tenha medo. Admirei sua coragem quando você invadiu a tenda de meu general durante sua primeira visita.

Ótimo. Ele ainda se referia ao incidente embaraçoso em que ela caíra na armadilha dele. Ricardo parecia alheio por completo ao fato de que suas habilidades como espiã haviam melhorado consideravelmente desde então.

O rei deu de ombros. Ele sentou-se ao lado dela na cama. Miriam sentiu o coração acelerar. *Mantenha-se concentrada*, ordenou ela a si mesma.

Ricardo pegou o desenho, enrolou o pergaminho e colocou-o de volta em seu esconderijo sob a colcha da cama.

— De qualquer forma, o sultão percebeu o meu ardil. — Ele fez uma pausa e ficou pensativo. — Aparentemente, ele é um especialista em táticas de guerra. Eu supunha que a minha conquista de Ascalon seria a última manobra estratégica que ele preveria. Agora, vou ter que levar em conta sua genialidade em meus planos futuros.

Miriam tocou a mão dele.

— Eu ouvi dizer que a grandeza de um rei é medida por sua capacidade de aprender com os erros, Vossa Majestade.

Ricardo segurou a mão dela e a apertou. Ela forçou um sorriso envergonhado. O aperto de mão dele foi tímido, como se não estivesse acostumado a tocar em uma mulher.

— Me chame de Ricardo. Não ouço meu nome desde que deixei a Inglaterra.

Miriam abaixou a vista, fingindo uma súbita timidez.

— Ricardo, então.

Ele inclinou-se para a frente, seu rosto perigosamente próximo ao dela. Ela viu as faces dele enrubescerem, e os olhos traírem algo que quase se assemelhava ao medo, como se fosse uma criança que temerosamente toca a água com os pés na primeira aula de natação.

— Esta guerra me deixou cansado, Miriam — disse com voz suave. — E sozinho. William era o meu único amigo, e talvez eu não volte a vê-lo.

Ele alisou uma mecha do cabelo dela, e ela não pôde evitar de se retrair. Felizmente, Ricardo interpretou mal a razão de seu desconforto.

— Você o ama, não é?

Miriam tinha de responder com cuidado. Ela se equilibrava sobre uma linha tênue entre sedução e desgraça.

— Amo sim, mas acho que não somos destinados um ao outro.

Ricardo pareceu satisfeito com a resposta. Soou verdadeira, a fez parecer leal e segura de sua vontade, mas, ao mesmo tempo, aberta a outras possibilidades.

— Posso lhe pedir uma coisa, Miriam?

— Pode, sim.

Ricardo acariciou o rosto dela e interpretou o rubor de Miriam como modéstia, não como calor da raiva reprimida.

— Esqueça ele por uma noite.

— Ricardo...

O jovem de cabelos dourados colocou um dedo sobre os lábios dela para evitar os protestos de Miriam. Ela sentiu o tremor da mão dele.

— Estamos os dois longe das pessoas que amamos — disse ele, deixando a voz se reduzir a um sussurro. — Presos num conflito impiedoso. Não sei o que é o amor e um toque carinhoso há uma eternidade. Podemos passar uma noite como um homem e uma mulher, sem o peso da história?

E então Ricardo a beijou.

Ao sentir os braços dele em torno de sua cintura, Miriam se forçou a pensar em Saladino.

COM O ATO NECESSÁRIO realizado e encerrado, Miriam permaneceu na cama de Ricardo olhando para cima, para as dobras da tenda vermelha. Coração de Leão aconchegara-se ao corpo dela, adormecido pela combinação das ervas curativas que ela lhe administrara e a letargia que parece sempre tomar conta do homem após o ato de amor.

Ela tentava se convencer de que não tivera escolha. A única forma de garantir sua sobrevivência como prisioneira era penetrar no coração de Ricardo e se apossar dele. Porém agora que eles haviam atravessado o limiar, ela sabia que sua posição como amante do rei traria outras vantagens. Ele claramente subestimara suas habilidades e sua lealdade como judia a um sultão muçulmano. Esse erro poderia ser usado para dar a sua nação uma vantagem fundamental.

Ela fingiria estar apaixonada pelo solitário Ricardo e se aproveitaria da posição de concubina para conhecer os segredos mais íntimos dos francos. Era não apenas uma forma de proteger sua vida na companhia dos bárbaros, mas também uma oportunidade para ajudar o povo que ela mais amava a enfrentar aqueles impiedosos invasores.

Os muçulmanos acreditavam que o Paraíso se encontrava à sombra das espadas. Mas ela sabia que não era bem assim. Seu povo ficara preso sob as sombras bélicas do Crescente e da Cruz durante séculos, e não havia qualquer jardim eterno aguardando-os, apenas tempestades de areias e águas revoltas. Não que isso importasse. De qualquer forma, Miriam não acreditava mais nessas promessas místicas. Num mundo repleto de traição e morte, o único Paraíso que podia ser encontrado era aquele construído pelas próprias mãos. Ela não contava mais com os caprichos da Divindade para salvá-la. Tomaria a questão nas próprias mãos.

Miriam sabia que seu aviso sobre o ataque a Ascalon mudara a direção da guerra. Isso a deixava profundamente orgulhosa, mesmo que ninguém na história viesse a tomar conhecimento de que os cruzados haviam sofrido uma derrota avassaladora em função das palavras cuidadosamente escolhidas de uma judia anônima. E ela faria todo o possível para empurrar esses monstros de volta para o mar.

No entanto, deitada ali nos braços de um carniceiro, sentindo a semente morna e pegajosa dele infestar seu ventre como um pus venenoso, ela teve de conter o vômito ao pensar no que estava fazendo. Enquanto lutava para aceitar sua escolha, Miriam lembrou-se de sua história predileta da Bíblia. A história de Ester, uma moça judia que se disfarçara de princesa persa e fora para a cama com um rei estrangeiro para salvar seu povo.

Talvez ela fosse a nova Ester, uma heroína que suportara os carinhos do inimigo a fim de realizar o plano de Deus para a salvação dos Escolhidos e seus aliados. Entretanto, o pensamento auspicioso foi contrabalançado com uma repentina e terrível premonição. Não importava o quanto tentasse, ela não conseguia afastar o sentimento de que o caminho que escolhera terminaria apenas num lugar. A morte.

58

Maimônides sentou-se ao lado de William à mesa do sultão. Saladino decidira jantar com o cavaleiro todas as noites pelos últimos 15 dias. Às vezes eram apenas os dois. Outras vezes, ele convidava seus conselheiros seletos a se juntarem a eles. Naquela noite, pela terceira vez, o rabino fora convidado. Nada disso teria sido excepcional, a não ser pelo fato de que Saladino em geral jantava sozinho. Maimônides entendia que o sultão, sempre rodeado de intensa atividade, via a refeição noturna como um momento em sua rotina em que podia se recolher e refletir em silêncio. Pelo menos isso era verdade antes de a guerra começar a consumir todos os momentos de sua programação diária.

A princípio, o médico achou que os jantares regulares de Saladino com William eram somente uma extensão da hospitalidade do sultão para com seu "convidado", no entanto, depois de observar os dois homens entabularem frequentes e animadas discussões tarde da noite, ele concluiu que Saladino havia encontrado no cavaleiro inimigo algo de verdadeiro valor — um intelectual como ele, cuja companhia o revigorava e deleitava.

Essa conclusão era aparentemente compartilhada por Al-Adil, que pegava os *kebabs* de cordeiro no espeto sem muito entusiasmo. Ele olhava para William de vez em quando com um ar aborrecido que se assemelhava à expressão de uma moça enciumada, enquanto o franco entretinha o sultão com histórias sobre seus feitos militares em alguma região bárbara conhecida como País de Gala ou Gales, ou algo parecido.

A mesa do jantar, em um dos salões do palácio, estava repleta dos alimentos cultivados e criados naquela terra. Galinha assada suculenta e mais uma variedade de carnes, que ia de coelho e cordeiro condimentados a uma comida mais comum no deserto — nacos de carne de bode e de camelo. Estes últimos eram separados quase exclusivamente para Al-Adil, que nunca desenvolvera o paladar para uma cozinha mais sofisticada. Maimônides havia seguido o próprio conselho médico e absteve-se de carne vermelha, que ultimamente vinha lhe fazendo mal ao estômago mais do que de costume; em seu lugar, encheu o prato trabalhado em ouro com um aromático ensopado de espinafre, feijão e grão-de-bico e acrescentou uma saudável fatia de pão embebida em azeite de oliva. Ele notou que Saladino parecia perfeitamente satisfeito com sua pequena tigela de sopa de lentilhas. Apesar de toda a orientação médica em contrário, Saladino insistia em permanecer tão frugal na comida quanto seus soldados que guardavam a fronteira contra os francos invasores. Enquanto eles não pudessem voltar para casa e se banquetear com pratos de aves e carnes gordas, ele se negava também todos esses luxos.

Saladino perguntou a William sobre as universidades na Inglaterra e como elas se comparavam a instituições como Al-Azhar no Cairo. O cavaleiro, com um óbvio desconforto, admitiu que o ensino metódico em sua terra natal encontrava-se ainda em seus primórdios. Porém, o franco pareceu muito interessado em conhecer melhor o funcionamento das instituições educacionais do mundo muçulmano. Ele pareceu particularmente intrigado com o sistema islâmico de fundar universidades com o auxílio de doações particulares. Era uma tradição de longa data que os muçulmanos afluentes doassem terras aráveis e concedessem participações nos negócios a essas instituições, fornecendo os fundos necessários para permitir que as escolas existissem independentemente dos caprichos do financiamento do Estado. Al-Azhar crescera e prosperara nos últimos séculos, a despeito das tumultuadas mudanças de governo e da ideologia estatal no Egito durante esse tempo. A universidade fora o melhor centro de estudos islâmicos na época em que o Egito foi dominado pelos imãs xiitas, e permanecia assim apesar de Saladino ter substituído os califas fatímidas por um governo sunita.

Saladino sugeriu que para sair de seu atraso econômico e educacional a Inglaterra precisava de uma universidade particular em moldes semelhantes, que se mantivesse à parte do governo e instruísse os jovens do reino. Talvez, se os europeus passassem a valorizar a educação acima da guerra, como fizeram um dia seus antepassados gregos, eles conseguissem revigorar sua estagnada civilização. William parecia profundamente tocado pela visão de Saladino e disposto a saber mais detalhes sobre Al-Azhar, quando as belas portas de madeira que davam para a sala de jantar se abriram. Um pajem calvo aproximou-se nervoso do sultão. Um silêncio instantâneo se fez no recinto. O sultão não gostava de ser perturbado durante as refeições, a menos que se tratasse de uma emergência.

— O que é?

O pajem olhou para William por um segundo, então prosseguiu.

— *Sayyidi*, chegou aqui um embaixador dos francos.

O sultão franziu o cenho surpreso. Voltou-se para William.

— Estava esperando isso?

William fez que não com a cabeça.

— É regra de meu rei não oferecer resgate por soldados capturados — disse ele, sua voz traindo um misto de pesar e irritação. — Meus homens sabem que se forem feitos prisioneiros, eles serão deixados à sorte merecida por seu descuido.

— Essa é uma política cruel e imprevidente — retorquiu Saladino. Maimônides sabia que, por mais que tentasse, o sultão jamais viria a entender os empedernidos e primitivos francos.

William deu de ombros e sorriu quase se desculpando.

— Talvez. Mas também pode ser por essa razão que seus homens jamais capturaram vivo nenhum de meus soldados para interrogatório.

Al-Adil bateu com seu copo de leite gordo de cabra sobre a mesa.

— Nós capturamos você.

— Eu achei que fosse um convidado, não um cativo.

— Como a minha sobrinha? — Maimônides não conseguiu se conter. William não o olhou nos olhos, e o rabino sentiu-se envergonhado de repente. Aquele homem era um soldado decente e não podia ser responsabilizado pela conduta brutal de seu rei.

Saladino levantou-se e lançou um olhar reprovador tanto a Al-Adil quanto a Maimônides.

— Deixemos essas questões de lado antes de ultrapassarmos o limite das boas maneiras — disse ele com uma voz fria. Em seguida, voltou a atenção para o cavaleiro de cabelos escuros. — Talvez você queira receber seu compatriota e ver quais são as novidades que ele nos traz do nobre rei Ricardo.

QUANDO O GRUPO QUE participara do jantar rapidamente voltou a se reunir no tribunal do sultão, e algumas pessoas eminentes, como o cádi Al-Fadil, foram convocadas em casa a comparecer à inesperada reunião diplomática, o embaixador dos francos foi convidado a entrar. E, incrédulo, o rabino ficou boquiaberto.

Conrado de Montferrat, vestindo uma túnica de capuz e uma capa escura, apresentou-se diante deles. Seu peito inflado afetava orgulho, e, embora seu semblante fosse estoico e impassível, seus olhos pareciam inflamados, sinalizando vergonha e humilhação.

A mão de Al-Adil dirigiu-se rapidamente para a espada, mas um olhar austero do sultão o conteve. Embora fosse óbvio que Saladino não toleraria o assassinato de um emissário em seu tribunal, ele pareceu extremamente surpreso com a presença daquele nobre. Conrado era uma figura ainda mais odiada do que Ricardo, pois era o último remanescente do antigo reino franco e conseguira resistir contra as vitoriosas tropas do sultão por quase dois anos. Enquanto Ricardo não passava de um aventureiro estrangeiro, motivado pela falta de informação e a propaganda política, Conrado era, em seu íntimo, um verdadeiro cruzado. Seu ódio aos muçulmanos era ferrenho e havia sido forjado ao longo de anos de luta junto a fanáticos, como Reinaldo de Kerak. Ele já era adversário de Saladino muito tempo antes da chegada de Ricardo.

Aquilo não fazia sentido para Maimônides. Certamente Conrado sabia que, aos olhos de Saladino, ele era um inimigo ainda maior do que o petulante rei jovem. Na verdade, o sultão oferecera uma enorme soma pela cabeça de Conrado, grande o suficiente para fundar um pequeno principado. Por que esse homem que se dizia o verdadeiro herdeiro de Jerusalém arriscaria uma execução imediata entrando no covil de seu adversário?

Essa reação não foi exclusiva de Maimônides. Sir William deu um passo à frente, o rosto ruborizado pela indignação diante da visão daquele nobre com cachos grisalhos e o rosto marcado por uma cicatriz. O rabino lembrava-se da inimizade que vira entre os homens durante sua visita ao acampamento de Ricardo.

— Isso é um embuste — disse William com a voz trêmula de raiva. — Meu rei não enviaria esse cão para falar em seu nome.

Conrado enfrentou William com um olhar frio e depois voltou-se para o sultão.

— Tem razão, William — respondeu ele, seu tom arrogante estrondando imperiosamente por todo o salão de mármore e marfim. — Eu falo por mim mesmo... — Ele fez uma pausa e acrescentou as palavras que mudariam o curso da guerra. — ... e por minha tropas.

Por um instante, Maimônides pensou que William faria o que Al-Adil havia começado. Embora o cavaleiro não portasse mais uma arma, ele parecia pronto para arrancar o pescoço de Conrado com as próprias mãos.

Saladino piscou diversas vezes, como se tentasse processar o que acabara de ouvir. Continuou a olhar fixo para o rosto de Conrado, como sempre fazia quando tentava avaliar a veracidade nas palavras de um homem. Quando falou, foi com uma lentidão calculada, enfatizando cada sílaba como que para garantir que nada do que dissesse fosse mal interpretado.

— Devo entender que houve rompimento entre você e Ricardo?

Conrado sorriu, mas não havia cordialidade em sua expressão.

— Haverá, se conseguirmos entrar em acordo.

O SOM DO MUEZIM ECOOU pela cidade, vindo da Cúpula da Rocha, quando a primeira luz do dia rompia a escuridão da noite. Maimônides permanecera acordado até tarde participando das discussões acaloradas com Saladino e seus conselheiros mais íntimos. Enquanto Conrado repousava num quarto agradável do palácio, vigiado por homens que haviam sido instruídos a matá-lo ao primeiro sinal de problemas, o rabino e uma dúzia de cortesãos e comandantes militares debatiam os méritos de uma aliança com o traiçoeiro Conrado. Apesar dos protestos vociferantes de Al-Adil, o sultão permitira a Sir William participar da discussão. O cavaleiro conhecia Conrado melhor do que qualquer um naquela sala, e aparentemente o odiava tanto quanto eles. Além disso, era preciso ouvir todas as perspectivas antes de embarcar numa aliança com um homem que fora o mais intransigente de seus inimigos durante anos.

Maimônides lutou para permanecer alerta, mas a exaustão começava a dominá-lo. Tanto seu corpo como sua alma estavam esgotados das intermináveis reviravoltas naquele conflito. Mas, na verdade, ele não devia estar surpreso. O Deus da ironia havia entrado em ação novamente. O golpe de sorte contra o ataque dos francos que eles haviam pedido a Deus chegara na forma de um político sem escrúpulos que estava disposto a trair o próprio povo.

Embora alguns dos homens de Saladino, e até mesmo Sir William, argumentassem que a proposta de Conrado era um provável estratagema para induzir o sultão a cair em alguma execrável armadilha preparada pelo astuto Coração de Leão, o rabino não estava convencido de que isso fosse mais uma das artimanhas de Ricardo. Maimônides deduzira a partir da própria avaliação do caráter de Conrado e da empáfia demonstrada por aquele homem que ele falava sério quando propunha uma aliança contra seus companheiros cristãos. Aparentemente Conrado havia concluído que Ricardo não tinha intenção de colocá-lo no trono de Jerusalém quando a guerra chegasse ao fim. Seus anos de luta contra os muçulmanos, sua obstinada resistência ao poder esmagador das forças de Saladino — apesar da falta de homens e de recursos — sua bravura, tudo havia sido ignorado por aqueles recém-chegados sedentos de poder. Na concepção de Conrado, Ricardo não teria conseguido avançar tanto ao longo da costa da Palestina sem o amargurado sacrifício dele e de suas tropas. E, apesar de toda a sua dedicação à causa dos cruzados, ele fora traído no momento de uma vitória iminente.

Então o marquês de Montferrat parecia achar que a única atitude a ser tomada para corrigir essa injustiça era, por sua vez, trair os traidores. Conrado convidara Saladino a unir forças contra Ricardo, em troca do domínio das cidades costeiras. Se ele não pudesse ser o rei de Jerusalém, então ficaria satisfeito em ser o senhor de Acre.

Claro, Maimônides tinha suas dúvidas em relação a confiar num verme egoísta como Conrado, e nisso ele recebia o apoio de Sir William. Mas o sultão acreditava que eles não tinham muitas opções. Os francos inevitavelmente receberiam mais tropas vindas pelo mar, e onda após onda de forças invasoras terminaria enfraquecendo suas defesas. A menos que os aliados dividissem e destruíssem as forças de Ricardo, a queda de Jerusalém seria inevitável.

Assim, quando os primeiros raios de sol penetraram o céu do alvorecer, Saladino ergueu a mão para sinalizar que tomara sua decisão. O sultão concluíra que um pacto com um demônio seria necessário para destruir outro demônio.

Maimônides olhou para William, que aceitou de forma estoica o pronunciamento de Saladino com um aceno de cabeça. Comovido, o rabino se voltou para o soldado inimigo. Para cada um dos homens no salão, o pacto com Conrado era um mal necessário que poderia levar a uma vitória final gloriosa contra as odiadas forças de Coração de Leão. Entretanto, para William, e somente para ele, era o início de uma terrível tragédia, uma guerra civil na qual cristãos juntavam-se a pagãos para exterminar outros cristãos.

Talvez o jovem não conhecesse a natureza irônica de Deus, mas o rabino via com clareza que aquele era um golpe de mestre do humorista divino. Poucas semanas antes, as forças cristãs pareciam invencíveis. Uma tempestade estava surgindo na região costeira, e parecia querer avançar pelo interior, despedaçando a base das civilizações. Contudo, num clarão inesperado, a tempestade estava prestes a voltar seu furor destrutivo contra si mesma.

Os cruzados cairiam, não na luz fria do Crescente, mas sob o terrível peso esmagador da própria Cruz.

59

Para Ricardo, a chegada inesperada da irmã, Joana, num navio vindo da Inglaterra era uma verdadeira bênção divina. Desde seu fracasso em Ascalon, ele se sentia oprimido pela terrível sensação de que seus sonhos e esperanças se despedaçavam diante de seus olhos. Seus homens haviam retornado a Arsuf e começavam a ficar irrequietos. Um número de vozes cada vez maior clamava por um ataque imediato a Saladino em Jerusalém. Ricardo, porém, sabia que um passo desses resultaria em vantagem direta para Saladino. Claro, seus soldados estavam cansados e ansiosos após meses infindáveis enfurnados numa terra estrangeira. Seus sonhos de conquistar as pirâmides do Egito haviam sido destroçados, e agora os homens mais irascíveis nos alojamentos viam apenas duas opções — lançar uma investida contra a Cidade Santa usando todas as suas forças ou, envergonhados, retirar-se para suas embarcações para uma viagem amargurada de volta ao seu país. Quanto mais Ricardo se demorava na costa da Palestina tentando encontrar uma terceira alternativa que, de fato, fornecesse uma chance real de derrotar Saladino sem arriscar uma total aniquilação de seu exército, mais os homens reclamavam de sua indecisão. Era em ocasiões como essa que Ricardo mais sentia falta de William. O amigo exercia um efeito tranquilizador sobre os soldados, muitos dos quais viam nele as nobres qualidades de bravura e honra que seus camaradas francos haviam sacrificado no altar da conveniência havia muito tempo.

Entretanto, a chegada de um navio exibindo o esvoaçante leão dourado do brasão de sua família animara Ricardo. Talvez os nobres da Inglaterra tivessem recebido informações dos desafios enfrentados por seus conterrâneos nessa Cruzada, e mais reforços estivessem a caminho. Um ato magnânimo desses teria sido, obviamente, pouco característico de seu irmão, João, que era o vice-regente de Coração de Leão em Londres. Então Ricardo ficou frustrado, mas não surpreso, ao ver que o *dromon* velejava sozinho.

Sua tristeza, contudo, dera lugar à alegria ao avistar Joana no pequeno barco a remo que deixou o navio de guerra e atracou nas areias de Arsuf. Ele ignorou todo o protocolo e abraçou calorosamente a irmã de cabelos dourados, que enrubesceu de vergonha com os muitos beijos que o irmão lhe deu na face.

Ela estava mais linda do que nunca, usando um vestido longo decotado, de renda roxa e violeta, que lhe deixava exposta a curva dos seios — provavelmente a última moda em seu país. Mas seu semblante parecia abatido e triste. Ricardo se perguntava por quais dificuldades ela passara sob o domínio rígido de João e a língua ferina da mãe desde que ele embarcara nessa aventura temerária. João se ressentira com o apoio dado por Joana à reivindicação do irmão mais velho ao trono, enquanto Leonor jamais perdoara a filha por ter ficado tão próxima do odiado marido, Henrique. Joana se vira então presa entre as duas figuras mais poderosas do reino, e Ricardo tinha certeza de que o único consolo dela era saber que a mãe e o irmão se odiavam mais do que a desprezavam.

Após uma breve visita à cidadela de Arsuf, Ricardo levou Joana a seus aposentos particulares e passou a maior parte da tarde lhe contando a história de suas amargas experiências na Palestina. Não omitiu sequer seu romance com a cativa Miriam. Desde crianças, eles falavam abertamente um com o outro sobre os mais íntimos detalhes de suas vidas. Miriam tornava-se cada vez mais uma paixão ardente em seu peito. Ele procurara se convencer de que buscava apenas consolo e companhia em meio à solidão da guerra, mas seus sentimentos pela judia estavam se transformando em algo muito mais profundo. Algo que assustava Ricardo.

Joana escutara a história de Ricardo com grande interesse, embora não tivesse gostado da notícia de que a primeira moça a conquistar a atenção do irmão fosse de uma posição tão inferior à dele. E ainda mais uma judia. Ela começou a listar as razões pelas quais ele precisava acabar aquele romance antes que a notícia chegasse aos ouvidos dos nobres. João teria imenso prazer em espalhar histórias de como Ricardo havia traído a causa sagrada relacionando-se com uma assassina de Cristo.

Como se por ação do destino, a discussão deles foi interrompida por uma batida na porta folheada de cipreste de seu quarto. Quando Ricardo foi atender ao visitante, ficou perplexo ao constatar que era Miriam. Com todo o entusiasmo da chegada da irmã, claro, Ricardo esquecera que havia prometido jantar com ela naquela noite.

No instante em que Miriam e Joana se entreolharam, um terrível silêncio recaiu sobre o quarto.

— Miriam, quero lhe apresentar a minha irmã, Joana. Ela acabou de chegar da Inglaterra.

Miriam curvou-se em sua maneira desajeitada habitual, o rosto sério. Joana olhou para ela com um ar de superioridade, o cenho franzido em seguida voltou-se para Ricardo.

— Então essa é a judia que divide a sua cama, meu irmão?

Os olhos de Miriam faiscaram com a quebra de etiqueta de Joana. Ricardo percebeu que precisava manter aquelas duas separadas, antes que uma guerra em particular irrompesse dentro do acampamento sitiado dos cruzados.

— Perdoe a minha irmã — disse ele, com um sorriso sem graça. — Ela é conhecida pela língua ferina.

Miriam deu de ombros como se não desse a mínima importância ao que Joana tinha a dizer.

— Tudo bem — replicou ela, no tom de escárnio que enfurecia e excitava Ricardo quando era usado com ele. — Se uma mulher não fica conhecida por sua beleza, então que fique pela língua.

Aquilo estava fugindo ao controle. Como rei da Inglaterra, ele exigia a obediência de milhares de homens. Sabia como motivar guerreiros a deixar seu país e sacrificar suas vidas em seu nome, com a mera promessa de um "futuro". Porém, o senhor da cristandade aparentemente não tinha como evitar que as duas mulheres que ele amava se digladiassem.

No entanto, para sua surpresa, Joana riu do insulto de Miriam, não com orgulho e desdém, mas com uma verdadeira satisfação.

— Ela é corajosa — disse Joana. — Lembre-se do que eu lhe disse, meu irmão. Se não conseguir subjugar essa mulher, ela vai dominar você, e o trono também.

E então, para a total confusão de Ricardo, Joana e Miriam se entreolharam num repentino entendimento. Talvez até tenham partilhado o sentimento de respeito mútuo. As mulheres não faziam absolutamente o menor sentido para ele.

— Chega dessa conversa — disse ele, perturbado por se sentir deslocado no próprio castelo. — Que notícias nos traz da Inglaterra?

Joana de súbito ficou séria.

— Eu não vou falar sobre isso na frente dessa judia.

Ele achou que Miriam se sentiria insultada, mas a moça não esboçou reação. Talvez ela tenha percebido no tom apreensivo da irmã dele que havia de fato alguns assuntos que, de direito, deveriam ser tratados apenas entre irmãos. Miriam pediu licença sem nenhuma outra palavra e saiu, fechando a porta em seguida.

Ricardo viu a tristeza no semblante de Joana novamente e percebeu que não se devia apenas à fadiga da longa viagem, nem sofrimento pelo melodrama da vida familiar na Inglaterra.

— Qual é o problema? — Ricardo sentou-se em sua cama de veludo macia, e Joana acomodou-se a seu lado.

— O que temíamos está acontecendo — comentou ela, os ombros caídos sob o peso daquelas palavras. — João está mantendo os nobres embaixo das asas dele. Eles reclamam que essa Cruzada está destruindo nossa nação.

Isso não era surpresa para Ricardo. Era natural que seu irmão tentasse desacreditá-lo durante sua longa ausência. Ele já esperava por isso e havia deixado os próprios aliados na corte para acabar com os murmúrios de descontentamento, caso sinais de uma sedição real se tornassem aparentes.

— Então João tomou coragem finalmente — disse ele com um movimento da mão, demonstrando desinteresse. — Era de se esperar.

Joana olhou para ele, perplexa com sua indiferença.

— Você não parece assustado com a ameaça dele ao trono.

— E por que eu deveria estar? — perguntou Ricardo num tom que era um pouco mais áspero do que ele gostaria. Percebeu que começava a se irritar com a irmã. Joana nunca ficara tão facilmente intimidada com as permanentes intrigas da corte durante o reinado de seu pai. Teria ela menos confiança em sua habilidade para abafar os sussurros nos corredores antes que eles se transformassem em rebelião nas ruas?

— João vai esperar mais uns meses — disse Joana calmamente. — Se não conseguir tomar Jerusalém, ele *deporá* você.

Ricardo sentiu uma raiva súbita lhe subir ao peito. Ela demonstrava ter certeza de que ele perderia naquele jogo de xadrez com João. Ricardo não conseguia entender por que sua irmã parecia ter-se resignado àquele desfecho. A menos talvez que alguns de seus aliados tivessem passado para o lado de João...

— Isso é realmente divertido — disse Ricardo quando um pensamento assustador lhe surgiu. Ele embarcara naquela Cruzada não por Cristo, nem pela honra de Roma, mas com o intuito de minar os esforços do irmão para lhe roubar o cetro. Ricardo, no entanto, talvez tivesse calculado muito mal. E agora João podia usar contra ele o fato de que a guerra, que fora de sua total iniciativa, reduzira-se a um frustrado impasse. Se Joana estivesse certa, a Cruzada não o ajudaria a manter a coroa. Ao contrário, enviaria sua cabeça para as mãos de um carrasco sob o comando do recém-coroado rei João.

As últimas palavras de seu pai ainda o assombravam. Talvez João fosse o futuro da Inglaterra. Afinal, durante toda sua vida, Ricardo estivera convicto de que era ele quem conduzia o destino de sua família. Seria a maior das ironias descobrir que servira apenas de trampolim para o destino de João Sem Terra.

Ricardo de repente deu uma gargalhada diante de toda aquela loucura. Voltou-se para a apreensiva irmã com um sorriso cansado.

— Miriam diz que o Deus dela é o senhor da ironia — observou Ricardo. — Se João soubesse quais foram as últimas palavras de nosso pai, ele não esperaria nem mais um dia para se apossar do trono.

Joana levantou-se e colocou uma das mãos de maneira carinhosa sobre o braço do irmão.

— Eu mantive silêncio todos esses meses por lealdade a você. Mas logo a minha vida estará em perigo também.

Se ela procurava palavras que lhe dessem conforto e confiança, ele não estava certo se as teria.

Uma batida forte na porta fez com que encerrassem a aflitiva conversa. Joana levou a mão à garganta, e Ricardo voltou-se quando a porta de madeira se abriu. Vários dos generais de Ricardo estavam atônitos no corredor sombrio em frente aos seus aposentos.

Então chegara a esse ponto? A rebelião recaía sobre ele, não nos salões distantes de Londres e Tours, mas aqui nas trincheiras da Palestina? Ele percebeu que sua mão já estava no punho da espada, seu coração disparado no peito.

— O que significa tudo isso?

Um dos comandantes de Ricardo, um templário da Bretanha chamado Reynier, entrou e rigidamente fez uma mesura, seguido de mais meia dúzia de homens. Ricardo viu que eles estavam desarmados, mas permaneceu tenso. Algo estava bastante errado ali.

— Recebemos péssimas notícias, meu senhor — comunicou Reynier. — Conrado, aquela cobra, quebrou a aliança e fez um acordo de paz com os infiéis. Neste exato momento, os soldados dele estão embarcando em direção a Acre, cidade que eles planejam ocupar somente em nome de Conrado.

Ricardo sentiu como se tivesse sido golpeado no abdômen com uma clava. A guerra não estava mais num impasse. O resultado não estava mais em questão.

Os cruzados haviam perdido.

RICARDO ESPERAVA QUE A reunião estratégica com seus comandantes, convocada às pressas, fosse repleta de protestos e indignação contra a traição de Conrado, e que houvesse clamores por vingança contra os traidores. Em vez disso, seus homens absorveram a notícia num completo silêncio. Todos olhavam para ele com uma expressão vaga de derrota, a qual Ricardo jamais vira nos rostos confiantes dos líderes templários e hospitalários. Somente o semblante de Joana registrava qualquer emoção, e era o detestável olhar de piedade.

— A traição de Conrado nos deixou em uma situação difícil — disse Ricardo, constatando o óbvio, em um esforço desesperado de gerar algum debate entre os silenciosos generais. — Não conseguiremos derrotar os sarracenos com apenas metade de nossos soldados. Que conselho vocês têm para dar?

Aparentemente nenhum. Nenhum dos homens se pronunciou no salão de mármore muito bem iluminado no centro da fortaleza de Arsuf, para onde eles haviam sido convocadas. Ricardo sentiu o ódio lhe subir ao peito.

— Vocês são homens ou crianças assustadas?

Joana, que estava a seu lado, sentada numa cadeira forrada de veludo vermelho, inclinou-se para a frente e falou, sua voz soando como uma mãe tentando desesperadamente ajudar o filho angustiado a aceitar a morte do animal de estimação da família.

— Eles não dão conselhos porque não há nenhum conselho a ser dado, meu irmão. A Cruzada fracassou.

Ao ouvir essas palavras ditas de forma tão direta, diante de todos os seus mais competentes soldados, Ricardo foi tomado pelo desespero. Mas não podia... não aceitaria a derrota assim tão facilmente.

— Eu posso mandar buscar tropas além-mar. — No mesmo instante em que falou, Ricardo sentiu-se ridículo.

— Diante do cenário que eu descrevi, os nobres não concordarão com sua solicitação — disse Joana com a voz suave.

Ricardo bateu com o punho na mesa decorada que pertencera ao governador de Saladino, em Arsuf. A incomum madeira escura de extraordinário acabamento do móvel, que, de tão polida, brilhava como um espelho, lascou-se sob o impacto de sua fúria.

— Então vocês estão dispostos a voltar para suas casas em desonra? Vocês me enojam.

Joana colocou uma das mãos sobre o braço de Ricardo para acalmá-lo. Ele teve ímpetos de soltar-se, mas a suavidade do toque dela exerceu uma influência extraordinária em seu sangue, como sempre acontecia. Houve um momento de absoluto silêncio, e, em seguida, para surpresa de todos, Joana se levantou.

— Pode ser que haja uma solução — disse ela de forma inesperada. Ele olhou para a irmã e viu sua testa se franzir ao pôr a mente rápida em funcionamento. O rei lançou um olhar de desprezo aos rostos cansados de seus soldados.

— É desolador ver que meus bravos cavaleiros ficam mudos e uma mulher precisa orientar o rei.

Um sorriso radiante despontou no rosto de Joana. Era a primeira vez que ele via luz nos olhos da irmã desde seu desembarque naquela manhã.

— Vamos fazer o mesmo que Conrado — disse ela com súbita confiança, como se sua sugestão fosse óbvia. De todas as coisas que ele esperara ouvir como solução para aquele dilema, aquelas palavras não lhe haviam ocorrido.

— O que quer dizer com isso?

Joana voltou-se para os generais, que se empertigavam e demonstravam interesse. Seu entusiasmo amenizava o desespero deles, ainda não entendessem o que ela queria dizer.

— Conrado ofereceu as tropas dele em troca das cidades costeiras. Mas, pelo que você me disse, suas forças estão mais bem equipadas e ainda apresentam uma ameaça aos infiéis.

Ele viu onde ela queria chegar. E era ou loucura, ou extrema genialidade. Talvez ambas.

— Você não está sugerindo...

— Uma trégua. Ofereceremos a Saladino o fim das hostilidades em troca da manutenção do *status quo*.

Na verdade, era uma reviravolta que fazia perfeito sentido.

— Então nós, no lugar de Conrado, manteríamos a região costeira. E quando a situação melhorar na Europa, traremos reforços para esmagar os sarracenos.

Joana abriu um sorriso, o mesmo de sua infância, quando eles brincavam de adivinhações e charadas. Deleitava-se sempre em demasia quando revelava um enigma que passara despercebido ao irmão.

— Exatamente.

Os homens ficaram agitados e expressavam em seus semblantes uma esperança renovada. Da mesma forma que a ideia de fazer uma trégua com Saladino ofendia suas mentes de guerreiros, o pensamento de enfrentar uma força unida de infiéis e seus irmãos cristãos rebeldes era ainda mais desolador. Se Conrado solidificasse sua aliança com os muçulmanos, nenhum deles escaparia vivo dessa terra maldita e ímpia. Mas se arrancassem a bandeira da trégua das mãos daqueles traidores, eles poderiam ganhar tempo e buscar a vingança contra os infiéis no momento oportuno.

Ricardo ficou de pé e abraçou a irmã brilhante, que sozinha reacendera seus espíritos e lhes mostrara uma saída para evitar o abismo mortal que surgia em seu caminho.

— Nosso pai teria ficado orgulhoso de você.

O rosto de Joana se tornou sombrio à menção de Henrique, um ferrenho opositor à Cruzada até o fim da vida.

— Talvez — respondeu ela, sem convicção.

Ricardo virou-se para Reynier, que se levantou para encarar o rei.

— Envie um mensageiro a Saladino com a oferta. — disse Ricardo. — Gostaria de ver a expressão do maldito Conrado ao receber essa notícia.

60

Conrado de Montferrat adquirira um tom de roxo que Maimônides em geral associava às vítimas de afogamento. A reação de Conrado não era realmente estranha, considerando-se a expressão de total surpresa no rosto de todos os cortesãos do sultão ao ouvir a notícia trazida pelo arauto. Walter Algernon chegara oferecendo uma trégua entre Ricardo e Saladino no lugar da que havia sido proposta por Conrado. Estupefato, este passara da cor vermelha à violeta ao ouvir a determinação de Ricardo de que o marquês de Montferrat fosse imediatamente extraditado para ser executado por traição ao trono da Inglaterra.

O único que não parecia de forma alguma surpreso ou perturbado era o próprio Saladino. O sultão reclinou-se em seu trono, as mãos alisando os leões dourados que serviam de apoio aos braços. Maimônides viu se iniciar um sorriso de divertimento nos lábios do sultão.

— Essa é uma oferta intrigante — disse ele após uma pausa dramática.

Conrado passou de roxo a verde. Maimônides realmente esperava que o homem mantivesse seu autocontrole. Se desmaiasse por falta de fluxo de sangue no cérebro, a inevitável tarefa de salvar aquela vida desgraçada recairia sobre o rabino. Era um dever que ele, na verdade, preferia não ser solicitado a realizar naquelas circunstâncias.

— Temos um acordo! — gritou Conrado. Indignado, ele caminhou em direção ao sultão, porém os guardas gêmeos imediatamente bloquearam seu caminho. Eles pareciam esperar que ele desse apenas mais um passo, pois assim teriam uma justificativa para degolar o rato hipócrita ali mesmo.

Saladino olhou para Conrado com olhos apertados.

— Fizemos um acordo, senhor. E é só.

Olhando para as cimitarras empunhadas que pairavam de forma precária sobre seu pescoço, Conrado recuou. Com óbvia dificuldade, o traidor traído respirou fundo para se acalmar. Quando falou novamente, sua voz soou quase razoável, embora uma máscara assassina ainda cobrisse suas feições. A cicatriz sob o olho esquerdo parecia tão vermelha quanto carvão em brasa.

— Ricardo está tentando enganá-lo — disse Conrado. — Ele está simplesmente ganhando tempo para trazer mais tropas pelo mar.

Saladino não conteve um sorriso diante do transtorno do nobre.

— Bom, claro que está — replicou ele, como se os motivos futuros de Ricardo fossem óbvios até mesmo para uma criancinha. Saladino voltou a atenção para o mensageiro. — Meu caro Sir Walter, a única maneira de concordar com essa trégua diante das circunstâncias é tendo alguma garantia.

Isso era inesperado. Um murmúrio espalhou-se entre os cortesãos, e dessa vez Saladino permitiu que eles sussurrassem sem pedir silêncio.

— Garantia, ilustre sultão? — perguntou o arauto, repetindo a palavra em árabe como se não tivesse entendido seu significado.

— Sim. Nosso amigo Conrado está aqui nos lembrando da ameaça de futuras invasões. Espero encerrar esse permanente estado de guerra entre nossas civilizações. A única maneira de tornar isso possível é unificando nossos interesses.

O semblante de Algernon denotava confusão.

— Não estou entendendo. — Ele não era o único. Todos os olhares estavam em Saladino, enquanto a corte observava com ansiedade o sultão conduzir sua nação através de águas duvidosas.

— Soubemos que a irmã do rei, Joana, está visitando nossas terras.

Sir Walter empalideceu. Nem mesmo Maimônides ouvira falar nisso, mas era claro que os métodos do sultão de obter informações sobre os francos haviam melhorado muito desde seu trágico triunfo em Ascalon.

Quando o mensageiro falou de novo, foi com nítida hesitação, sem ter certeza do quanto revelar e do quanto ocultar.

— Sim, a princesa Joana fez uma breve visita ao rei, mas há muito tempo...

— Ela ainda está lá, no acampamento de Arsuf. — O tom frio de Saladino sugeria que ele não toleraria nenhuma mentira do arauto.

— O que a irmã do rei tem a ver com a nossa oferta de trégua?

Aquela era uma pergunta que Maimônides e todos os outros no salão também se faziam.

Os olhos de Saladino brilharam.

— Diga a seu rei que proponho uma trégua em meus próprios termos. Uma trégua de casamento. — Suas palavras causaram um choque imediato. Maimônides olhava para o amigo sem acreditar. Como o sultão podia estar pensando em outra mulher enquanto Miriam ainda definhava como prisioneira de Ricardo?

O rabino viu que o sultão olhava para ele ao dizer as palavras seguintes.

— Eu não falo por mim, Sir Walter. Estou mais do que satisfeito com a bela mulher enviada por Alá para abençoar meu harém. Mas se a princesa Joana concordar em se casar com meu irmão, Al-Adil, nosso povo terá uma família de governantes unificada. A Palestina será então a terra dos fiéis e dos francos, sob um único governo.

O choque gerou entre os nobres uma grande confusão. Maimônides notou que Al-Adil era o mais perplexo de todos. A boca do gigante de cabelos vermelhos abriu-se como se ele fosse falar, mas as palavras não saíam. O sultão propusera o casamento do próprio irmão com a irmã do infiel. Era a maior das insanidades. Maimônides, porém, ao considerar a questão por um segundo, compreendeu que mais que uma loucura, o estratagema era extremamente brilhante.

O arauto pareceu tão surpreso quanto os outros. Embora nervoso, conseguiu responder.

— Eu não posso garantir a resposta do meu rei à vossa... proposta extremamente generosa.

Saladino olhou para Conrado, que obviamente não parecia se importar se o irmão de Saladino viria a se casar com todas as mulheres da corte de Londres. Tudo o que importava ao político inescrupuloso era o terrível fato de o tiro ter saído pela culatra em sua perigosa manobra. Conrado seguira os passos de Judas apenas para se ver preso na teia da própria traição.

— Preocupe-se somente em levar a mensagem a ele — disse o sultão a Algernon. — Eu prefiro as intrigas sutis da política à crueldade da guerra.

61

Ricardo balançou a cabeça sem acreditar nas palavras de Algernon.

— Saladino está mesmo louco.

Envergonhado, o arauto curvou a cabeça, concordando. Os cortesãos de Ricardo, juntos, soltaram uma gargalhada. Em que estaria pensando aquele infiel ao enviar uma contraproposta tão revoltante?

— Não desconsidere a proposta tão rapidamente, meu irmão. — A voz de Joana se fez ouvir no salão de mármore, e o riso parou no mesmo instante.

O rei virou-se para a irmã, o choque estampado em seu rosto bronzeado.

— Você consideraria isso?

Joana ficou de pé e voltou-se para os presentes, que a fitavam como se ela tivesse confessado uma traição. Ela ergueu o queixo numa expressão de desafio.

— Se encerrasse esta guerra cruel, consideraria, sim.

Houve uma explosão de protestos entre os nobres e os cavaleiros. A ideia de conceder a mão de uma mulher da família real em casamento a um pagão era inadmissível, uma violação tanto do cânone divino como do humano.

Ricardo pôs uma das mãos no braço da irmã, em parte para lembrar os cortesãos que ela era sangue do seu sangue e estava sob sua proteção. Ele teria de dissuadi-la daquela loucura antes que fosse vítima da maledicência dos nobres.

— Mas você aceitaria um infiel em sua cama? Trairia sua virtude cristã cedendo à luxúria de um pagão?

Joana virou-se para o irmão, e um sorriso triunfante aflorou em seus lábios.

— Isso não foi impedimento para você.

As palavras dela o atingiram como uma adaga. E ele percebeu que os olhares indignados de seus homens se voltaram constrangidos para o chão. Todos sabiam de seu romance com Miriam, mas nenhum deles se arriscava a comentá-lo em público.

Ricardo olhou para o rosto da irmã e viu a mesma determinação inabalável que ela demonstrou quando se recusou a obedecer às ordens de Henrique de esquecer o amante Edmundo de Glastonbury. Quando Joana tomava uma decisão, ninguém no Céu ou na Terra conseguia dissuadi-la.

— Eu juro que jamais vou ser capaz de entender as mulheres.

Joana riu alegremente, os olhos brilhando diante dos cortesãos escandalizados. Quando seu olhar recaiu sobre eles, cada um dos homens desviou a vista, incapaz de suportar o fogo azul que emanava deles.

— É assim que deve ser. Nosso poder deriva de nosso mistério.

62

Finalmente Conrado encontrou William. O jovem cavaleiro procurara sempre evitá-lo, desde a chegada dele a Jerusalém. Embora ambos estivessem hospedados na mesma ala do palácio de Saladino, mantida sob forte proteção, William, ao que tudo indicava, desviava-se de seu caminho para ter certeza de que não cruzaria com ele. Aos olhos do leal jovem, Conrado traíra seu senhor, Ricardo, um crime imperdoável. Porém o marquês de Montferrat sabia que William ainda era jovem e impetuoso. Jamais tivera uma responsabilidade maior do que garantir que alguns soldados com pouca educação conseguissem retornar vivos do campo de batalha. Quando William carregasse o peso de uma nação sobre os ombros, talvez ele viesse a compreender as difíceis escolhas que um rei precisa fazer diariamente. Assim como a decisão de buscar a ajuda de Saladino surgira depois de muita deliberação e cuidadosa consideração, Conrado também havia sido forçado a passar um bom tempo avaliando suas alternativas após a aparente rejeição de Saladino à trégua entre eles. E agora, com a mente voltada com firmeza para o curso de ação que teria de seguir, precisava falar com William. Talvez a irrefletida lealdade do rapaz ao jovem rei pudesse enfim ser de grande utilidade.

Conrado encontrou William numa sacada do palácio. O cavaleiro apreciava a lua crescente amarelada que pairava sobre as poderosas torres de Jerusalém. Parecia absorto em seus pensamentos, e só esboçou reação quando o nobre já estava atrás dele.

— O que você quer? — O tom de William sugeria que ele, de fato, não dava a mínima importância à resposta de Conrado.

— Apenas conversar com um companheiro de fé — respondeu Conrado, olhando para a brilhante Cúpula da Rocha, que costumava visitar com regularidade enquanto funcionara como igreja. Aquilo fora há apenas quatro anos? Parecia uma vida. — Estou cansado da companhia dos infiéis.

— Isso não o impede de trair o seu rei com eles — retrucou William.

Conrado deu de ombros, preparado para o escárnio do rapaz.

— Ele me traiu.

William deu meia-volta e segurou Conrado pela túnica. Empurrou o nobre contra a parede de pedra calcária, e Conrado teve um momento de completo terror, quando supôs que o cavaleiro indignado o jogaria pela sacada e que ele acabaria morto nas pedras abaixo.

— Se não estivesse sob a proteção do sultão, eu acabaria com você agora mesmo — avisou William com desprezo. E então, como se tivesse sido claro o suficiente, soltou o nobre e lhe deu as costas.

Conrado conseguiu acalmar o coração, que disparara, e dirigiu-se ao cavaleiro em voz alta.

— Fiquei surpreso de você não protestar contra a proposta indecente do sultão.

William voltou-se para ele novamente. Havia conseguido repor a máscara de paciência estoica que em geral usava, embora seus olhos ainda fulminassem de ódio.

— É uma boa ideia — disse William. — Precisamos viver juntos nesta terra. É melhor estarmos unidos do que vivermos atacando uns aos outros.

Então, a propaganda política de Saladino havia encontrado um simpatizante entre os francos. Conrado se perguntava como seu inimigo Ricardo teria se sentido ao saber que seu cavaleiro predileto agora repetia a fala do infiel como se fosse um membro leal da corte de Saladino. Ainda assim, precisava fazer William escutá-lo se quisesse que seu plano tivesse alguma chance de sucesso, depois de tudo o que ocorrera.

— Será que pode deixar de lado seu ódio por mim por um instante para falarmos como irmãos cristãos? — Conrado tentara usar um tom de voz penitente, mas não sabia se havia tido êxito.

William cruzou os braços, mas permaneceu onde estava.

— Meus sentimentos dizem respeito apenas a mim — disse o cavaleiro. — Mas pode falar à vontade.

Conrado respirou fundo.

— Eu reconsiderei meu plano e percebi que tomei uma má decisão. Não podemos fazer um acordo de paz com esses infiéis.

O rosto de William tornou-se sombrio. Aproximou-se de Conrado até que seu rosto ficou a apenas alguns centímetros do dele.

— O que está dizendo?

Conrado se forçou a permanecer concentrado sob o olhar fulminante do cavaleiro.

— Eu vou falar com Ricardo e me oferecer para renunciar ao pacto com Saladino e restabelecer a aliança.

William soltou uma gargalhada.

— Você é mesmo um porco. Quebra os juramentos feitos aos reis assim que os ventos sopram ao contrário.

Conrado não se importava com o que o rapaz pensava dele. Tudo o que importava era que deixasse de lado seu ódio pessoal pelo bem da causa cristã. Sem o apoio de William, seria quase impossível haver uma reconciliação entre os reis cruzados rivais.

— Ricardo escutará você. Você me apoia?

William inclinou-se perigosamente sobre Conrado e cuspiu no rosto dele. Sem nenhuma outra palavra, o cavaleiro voltou-se para o corredor e seguiu apressadamente em direção a seu quarto.

Ao limpar a saliva do rosto, Conrado sentiu os dedos tocarem a terrível cicatriz que tinha na face. Pôs a mão no bolso e retirou de lá o colar de jade que o fazia lembrar constantemente os acontecimentos daquele terrível dia no deserto.

O marquês de Montferrat estava numa encruzilhada. Não poderia voltar para perto de Ricardo sem a ajuda de William. E não poderia prosseguir e enfrentar as forças unificadas de Coração de Leão e Saladino. Após anos de intriga em nome do poder, por fim tecera uma teia tão intrincada da qual ele mesmo não conseguiria escapar.

Sentindo as primeiras alfinetadas do desespero espetarem seu coração, Conrado olhou para o colar de jade que pertencera a uma mulher anônima que ele violentara e matara no deserto, nas imediações de Ascalon. E então, sentindo a raiva ferver em seu coração, atirou longe o amuleto. A pedra fez barulho ao bater no piso de mármore do corredor e desapareceu nas sombras.

O nobre virou-se e andou rapidamente em direção ao quarto, que estava protegido por uma guarda pesada. Precisava terminar de arrumar as malas. Saladino fora condescendente o bastante para lhe permitir uma noite para juntar seus pertences. No dia seguinte, a guarda de honra o acompanharia até o território cristão. Talvez, quando estivesse de volta entre seus soldados, conseguisse encontrar uma saída para aquela confusão.

O nobre derrotado deixou o corredor e não olhou para trás. Não viu uma figura surgir de um lugar escondido nas sombras.

Maimônides abaixou-se e apanhou com as mãos enrugadas o colar de jade. Olhou para as letras em hebraico esculpidas na joia e depois ergueu a vista. Lágrimas de tristeza e fúria escorreram pelas faces do rabino ao olhar na direção do homem traiçoeiro que naquele instante se revelava como o monstro que realmente era.

63

Maimônides terminou de explicar a Saladino o que ouvira. O rabino mantivera a voz cuidadosamente calma e imparcial. Fez o que pôde para ocultar a terrível tempestade que se desencadeava em seu coração ao descobrir que o colar de sua falecida irmã estivera nas mãos de Conrado.

Não havia dúvidas em sua mente de que a joia pertencera a Raquel. O amuleto era singular, gravado numa pedra verdadeira de jade. Ele a adquirira de uma rara caravana comercial chinesa, que havia chegado com muita fanfarra ao Cairo algumas semanas antes do casamento da irmã. Ele próprio gravara as letras sagradas do nome de Deus, *YHVH*, na joia, com a mesma caneta que usara para terminar sua transcrição no pergaminho da Torá, ao fim de seus estudos. Raquel estava usando o colar naquele dia terrível em que os homens de Reinaldo atacaram o grupo com o qual ela viajava. Quando a notícia da morte da irmã chegou ao Cairo, o rabino fez um juramento assustador que sobrepujou até mesmo o que um dia fizera a Hipócrates. Maimônides prometeu que descobriria quem lhe roubara Raquel e que perpetraria contra essa pessoa uma vingança semelhante à de Josué contra os cananeus. E agora, mais de 12 anos depois, o Deus da ironia enviara o assassino para o seu meio, porém, protegido sob o manto da diplomacia. Mas essa proteção desapareceria com bastante rapidez agora que o sultão tomara conhecimento da mais recente traição de Conrado.

O sultão ouviu o relato de Maimônides com um ar grave. O rabino percebeu que os olhos dele estavam avermelhados, mas não por falta de sono, nem pela fadiga normal das atividades do reino. A notícia de uma grande tragédia na família de Ayyub chegara recentemente. O amado sobrinho do sultão, Taqi al-Din, que desaparecera da corte num exílio autoimposto após a queda de Acre, fora acometido de uma febre mortal num acampamento nas imediações da Armênia. A notícia atingiu Saladino e o irmão, Al-Adil, como um raio, e o palácio em Jerusalém ficou envolto em luto. O fato de Taqi al-Din ter concordado em retornar para a corte, sua expiação terminada, e auxiliar o tio a atravessar a crise que se agravava a cada dia serviu apenas para aumentar o sentimento de perda. O sultão encontrava-se emocionalmente arrasado, e, com toda a certeza, aquele não seria o momento apropriado para tratar da traição de Conrado. Porém, Maimônides não conseguiu silenciar os próprios demônios.

Quando o rabino terminou de falar, Saladino fez um movimento afirmativo com a cabeça e deu de ombros. Voltou-se para uma pilha de documentos que ele estava examinando no momento em que, de súbito, Maimônides entrou com a informação dos planos do nobre para restabelecer a aliança com os cruzados.

— Você tinha razão com relação àquela víbora — disse ele, mostrando pouco interesse.

Maimônides ficou confuso com a indiferença do sultão, porém continuou insistindo no assunto.

— Podemos transformar isso em vantagem para nós.

Saladino continuou sua leitura, mas fez um sinal com a mão para que o rabino prosseguisse.

— O que sugere?

Maimônides agradeceu a si mesmo por ter feito uma pequena investigação antes de falar sobre o assunto com Saladino. Estar preparado compensava.

— Conrado já enviou a Ricardo a proposta dele — continuou, aproximando-se mais do sultão. — Meus espiões disseram que os dois combinaram de se encontrar dentro de alguns dias.

Saladino colocou os documentos de lado e encarou o velho médico. Ele não parecia preocupado com a mudança repentina de sua sorte. Mas talvez ele simplesmente já estivesse acostumado a esses revezes. O curso da guerra parecia mudar a cada dia, até mesmo a cada hora.

— Você acha que devemos negociar com Conrado antes desse encontro? — perguntou o sultão com polidez, seu tom sugerindo que acreditava que uma medida dessas seria infrutífera quando se lidava com um traidor contumaz como o marquês de Montferrat.

Maimônides prendeu a respiração. Jamais pronunciara as palavras que lhe vinham agora à ponta da língua. E pediu a Deus para que elas jamais retornassem aos seus lábios.

— Não, *sayyidi*. Devemos matá-lo.

Saladino arregalou os olhos e empalideceu.

— O quê?

As palavras saíam aos turbilhões da boca de Maimônides, como se uma represa de emoções tivesse se rompido em sua alma.

— Vamos acabar de vez com esse rato de duas caras e fazer parecer ter sido um ato de vingança de Ricardo pela traição dele. Com esse crime, os francos se voltarão uns contra os outros, e nós os expulsaremos da Palestina.

Saladino olhava para seu conselheiro em total incredulidade.

— E dizem que você é um homem de Deus. — Seu tom era gentil, quase como se tentasse lembrar a Maimônides quem ele verdadeiramente era.

— Meu povo acredita que Deus nos escolheu para transformar o mundo num lugar melhor. — O rabino falou devagar, tentando esconder o ódio que sentia por Conrado. — Deixar esses bárbaros se fortalecerem de novo não pode ser a vontade d'Ele para a humanidade.

O rosto de Saladino se enrijeceu. Seus olhos refletiam frieza. Era um olhar que Maimônides vira antes no rosto do sultão, quando ele suprimia a raiva. Porém jamais vira aquele olhar dirigido a ele.

— Embora sua sugestão seja admirável, não posso concordar com ela.

O rabino sabia que caminhava na beira de um precipício, mas não podia deixar o assunto se encerrar ali. Em sua mente queimava a lembrança do olhar apavorado de Miriam quando ela retornou como a única sobrevivente da desventurada caravana.

— Por que, meu senhor?

— É desonroso tratar um rei dessa maneira. — Saladino parecia exasperado em ter de se justificar a seu conselheiro.

— Conrado não é um rei; é meramente um pretendente. — O fogo de vingança queimava no coração de Maimônides e removia todo senso de reserva e diplomacia ao lidar com seu senhor.

— Mas Coração de Leão é meu semelhante — disse Saladino, sua voz elevando-se. — Eu não o acusarei falsamente de assassinato.

— *Sayyidi*...

O sultão bateu com o punho na mesa polida, sobre a qual depusera os documentos que estava lendo.

— Eu já deixei clara a minha vontade! — Mas então, ao ver Maimônides se encolher diante de sua fúria, Saladino se acalmou. — Agora me deixe, velho amigo. Preciso me preparar para essa ameaça da reunificação dos francos.

Maimônides curvou-se e deixou o gabinete de Saladino, passando pelos guardas egípcios, que olharam para ele surpresos. Embora não gostassem do rabino, jamais haviam escutado o sultão gritar com o homem idoso. Maimônides os ignorou. Sabia o que pensavam dele e não deu importância. Tinha uma tarefa a cumprir. O rabino sabia que o sultão não o auxiliaria a fazer o que precisava ser feito. Mas havia uma pessoa que poderia ajudá-lo.

64

Maimônides foi conduzido vendado ao que ele presumia ser uma caverna escondida nos montes fora de Jerusalém. Ele se perguntava se o homem de máscara preta que aparecera como num passe de mágica ao lado de sua cama naquela noite planejava matá-lo e abandonar seu corpo nas profundezas da terra como punição adequada para a temeridade de sua proposta. Felizmente,

Rebeca estava em sono profundo e não ouviu seu grito de surpresa quando ele acordou e viu aqueles terríveis olhos amarelados fitando-o por trás da máscara escura. Sem nenhuma palavra, o homem jogou para o assustado rabino seu manto de viagem e fez um sinal para que o acompanhasse para fora da casa, onde se encontrava um cavalo cor de ébano, que parecia um dos que conduziam a carruagem do Hades. Como o mascarado entrara em sua casa — e como sabia qual era o manto que o rabino usava em suas viagens — permanecia um absoluto mistério. Maimônides supunha que presenciaria muitos outros mistérios naquela noite.

O homem disfarçado, que não dissera uma única palavra durante todo o caminho, colocou então as mãos sobre os ombros do rabino, exercendo pressão. Maimônides foi forçado a se ajoelhar, e sentiu o coração palpitar na garganta. Em seguida, sem nenhuma cerimônia, seu guia silencioso lhe retirou a venda dos olhos. Maimônides pestanejou, mas não fez muita diferença. Mesmo sem a venda, não conseguia enxergar quase nada, exceto que estava dentro de uma ampla caverna subterrânea. Ele vivia em Jerusalém já fazia aproximadamente quatro anos e não tinha conhecimento da existência de cavernas grandes assim nos arredores da cidade.

A única fonte de luz naquela imensa câmara vinha de uma lamparina colocada no chão, à sua frente. Uma chama tremulava suavemente, lançando sombras estranhas à sua volta. Era extremamente frio ali embaixo, e estalactites de gelo pendiam logo acima dele, como os dentes de um gigantesco dragão pronto para atacar sua presa.

Fora do círculo de luz projetado pela pequena lâmpada, Maimônides viu o contorno de uma figura vestida de preto e sentada de pernas cruzadas no duro chão de pedra. Percebeu que o homem usava um turbante escuro, porém os contornos do rosto permaneciam encobertos pelas sombras.

Não importava. Maimônides sabia bem quem ele era, embora estivesse impressionado com a rapidez com que o homem chegara a Jerusalém. Fazia apenas um dia que enviara uma mensagem, convocando-o a comparecer à sua presença, por meio de um dos espiões de Saladino que devia a vida ao rabino. Um frio lhe subiu pela espinha. Talvez esse homem estivesse em Jerusalém durante todo o tempo, em vez de estar escondido nas montanhas da Síria, ao leste, como em geral acreditavam aqueles que não se atreviam sequer a pronunciar seu nome em voz alta.

Então, esse era o ponto a que sua sede de vingança o conduzira. À presença de um homem cujos crimes faziam as atrocidades dos cruzados parecerem generosos atos de misericórdia. Se seus entes queridos soubessem que havia entregado a alma ao Demônio, somente por estar no mesmo recinto que esse homem, eles o teriam repudiado. Então que assim o fosse. Ele fizera um juramento. Conrado de Montferrat teria de morrer, porém havia apenas um homem capaz de penetrar as defesas dos cruzados e executar aquele monstruoso aristocrata. E esse homem estava ali, diante dele, numa caverna gelada que Maimônides acreditava levar direto ao Inferno.

Ele se chamava Rashid al-Din Sinan, mas seu nome raramente era pronunciado em voz alta, até mesmo pelos que consideravam sua existência uma fábula espalhada por mulheres idosas para assustar as criancinhas. Em vez disso, ele era conhecido como o Velho da Montanha, um título respeitoso que mascarava seu terrível poder. Sinan era o líder dos guerreiros mais temidos de toda a história humana.

Os Assassinos.

— Eu sinto muito por não termos nos encontrado em condições mais auspiciosas, rabino.

Quando Sinan falou, foi com o sibilo de uma serpente. Pela primeira vez, Maimônides sentiu um enorme medo, que comprimia sua garganta. Preferia não ver o rosto de Sinan depois de escutar aquela voz inumana.

— Agradeço por ter concordado em vir ao meu encontro — disse o rabino, forçando sua mente a manter-se fixa na questão que tinha diante de si. Quanto mais rapidamente ele pudesse encerrar aquilo, mais cedo poderia deixar aquele lugar infernal. Ou assim ele esperava. — Eu sei que meu pedido é bastante estranho.

Sinan inclinou-se para a frente, mas, para alívio do rabino, o rosto dele permaneceu oculto na escuridão.

— Meus companheiros me falaram do seu plano — respondeu ele com a mesma voz aterradora. — Corajoso. Traiçoeiro. O rabino me surpreende. Eu não esperaria que um médico, menos ainda um homem de Deus, urdisse uma trama dessas.

Ouvir o julgamento moral vindo dos lábios do homem mais demoníaco da Terra aumentou o desprezo que Maimônides sentia por si mesmo. Mas não tinha escolha. Duvidava de que fosse deixado sair da caverna vivo, caso decidisse mudar de ideia. De qualquer forma, talvez não conseguisse mesmo sair vivo daquele lugar.

— Até mesmo Lúcifer foi um anjo — observou o rabino em voz baixa.

Sinan riu, um riso de gelar os ossos, como o aço atravessando uma armadura.

— Seu plano tem mérito, mas por que não contratar meus homens para eliminar Ricardo em vez de Conrado, aquela cobra fraca?

Maimônides não queria revelar suas razões pessoais àquele criminoso. De algum modo, a ideia de Sinan vir a saber a respeito de Raquel o deixava apavorado. A partir daquele momento, sua alma estava atada à daquele homem, talvez por toda a eternidade. Não queria que o espírito de Raquel devesse nada a ele no além-túmulo.

— Meu propósito é semear a discórdia entre os francos — alegou ele com cuidado. — A morte de Ricardo seria atribuída a Saladino, e isso apenas alimentaria o fogo da Cruzada.

— Você é realmente sábio — sibilou Sinan. — Está ciente de que o sultão o mataria se soubesse que mandou me chamar?

— Estou. — Maimônides abaixou a cabeça. Sinan parecia decidido a fazê-lo passar vergonha em troca de seu maldito trabalho. Se aquele era o preço da vingança, ele o pagaria de bom grado. Porém, pressentia que o custo do acordo com aquele demônio seria muito maior do que ele poderia imaginar.

— Você sabe por que ele me odeia?

Maimônides não sabia, nem tinha interesse em saber. Só queria combinar os detalhes e ir embora. Mas manteve esse pensamento para si.

— Eu tenho muitas teorias. Talvez você possa me esclarecer.

Sinan respirou pesadamente. Era um som faminto, ofegante, mais enervante do que sua risada.

— Eu sou o único a ter nas mãos a vida do grande Saladino. Não vou aborrecê-lo com detalhes de nossa hostilidade. Basta dizer que uma noite ele acordou com uma faca no pescoço. Ele não podia acreditar que meus homens penetrassem os recônditos sagrados do palácio e conseguissem entrar nos aposentos dele. O grande sultão teve tanto medo que molhou a cama.

Depois de testemunhar a facilidade com que o intruso mascarado havia entrado em seu quarto naquela noite, Maimônides não tinha dúvidas de que Sinan falava a verdade.

— Mesmo assim, você o poupou.

Maimônides de repente percebeu que Sinan ria na escuridão, embora não soubesse por quê, uma vez que o rosto dele permanecia invisível como sempre.

— Pois é. Ele se presta ao meu propósito. Meu auxiliar foi enviado para mostrar a Saladino que ele, como qualquer outro homem na Terra, vive apenas segundo a minha vontade.

Talvez por causa do desejo de lembrar a si mesmo quem realmente era — o homem que sempre fora antes de ser consumido pela necessidade de vingança — o rabino não podia permitir que aquele louco persistisse na ilusão de tal reputação. Aquilo era uma afronta ao Todo-poderoso e a tudo em que Maimônides acreditava.

— Somente Deus tem esse poder. — No mesmo instante em que disse essas palavras, Maimônides se arrependeu. Qual era o sentido de desafiar um assassino maldito cheio de empáfia como ele, a não ser para provocar a própria morte?

Sinan, porém, riu novamente, sem qualquer indicação de ter ficado ofendido.

— Eu concordo.

E então Maimônides entendeu. Os boatos eram realmente verdadeiros. O Velho da Montanha criara o supremo culto de guerreiros, homens que lhe entregavam suas vidas porque acreditavam que ele era Divino. Dizia-se que ele sequestrava rapazes e os levava para sua gruta secreta na montanha, que fora planejada para ser o jardim mais primoroso da Terra. Os jovens eram convencidos de que haviam morrido e estavam no Paraíso. Cercados por magníficos riachos e frutas abundantes, desfrutando a companhia das mulheres mais belas do mundo, vestidas como voluptuosas *houris*, e supridos diariamente com uma dose quase venenosa de haxixe, os rapazes aprendiam que eram os guerreiros angelicais de Sinan. Doutrinados e extremamente obedientes, faziam tudo que ele lhes pedisse. Não temiam a morte, uma vez que acreditavam já estarem mortos e serem, portanto, imortais. Sinan convencera seus homens de que ele era Deus. E ouvindo-o falar, o rabino de repente percebeu que aquele demônio realmente acreditava naquilo.

Sem saber mais o que fazer diante de tamanha loucura, de tão distinta maldade, ele persistiu em sua missão.

— Vai fazer o que eu pedi?

— Vou, sim. Mas precisarei da ajuda de sua sobrinha. Ouvi dizer que ela dorme na cama de Ricardo.

O rabino ficou boquiaberto. Sinan sabia sobre Miriam. E aparentemente estava ciente dos boatos cruéis e improváveis a respeito de seus encontros amorosos com o desprezível rei.

— Eu não tenho como levar essa questão até ela — disse Maimônides quando conseguiu falar de novo. Não queria envolver Miriam naquela insanidade, mas teve um terrível pressentimento de que já era tarde demais.

— Meus homens se encarregarão disso — esclareceu Sinan, sem dar importância à questão.

— Eu não gostaria de envolvê-la nessa história — replicou ele, sem rodeios.

Sinan reclinou-se para trás.

— O que eu sei é que ela aceita os carinhos de Ricardo por se considerar uma espiã a serviço do sultão. Deixe que ela prove sua lealdade.

Tudo isso era novo para o rabino. Mas havia um terrível tom de verdade nas palavras de Sinan. Miriam demonstrara, em mais de uma ocasião, seu desejo de se envolver em espionagem naquela guerra. Se ela dormira com Ricardo, havia sido apenas por essa razão. E Maimônides tinha a estranha sensação de que o assunto estava fora de suas mãos. A curiosidade de Sinan fora despertada, e ele só pararia depois que concluísse o caso da forma que desejava. Miriam seria levada a participar dessa assustadora façanha, com ou sem a aprovação do rabino.

— Eu conheço Miriam — disse ele, por fim. Por alguma razão inexplicável, viu-se incapaz de mentir diante daquele assassino brutal. — Se conseguir se comunicar com ela, ela o ajudará.

Sinan riu satisfeito. Maimônides teve a ligeira impressão de que o Demônio deve ter rido exatamente daquela forma ao ver Adão e Eva comendo o fruto proibido.

— Eu vou precisar do colar de sua irmã.

Maimônides de repente teve vontade de sair correndo, gritando noite afora. Percebeu naquele instante que Sinan era de fato um monstro de outro mundo. Quer fosse através de sussurros do *djim*, *ifrit*, ou de outros demônios do deserto, ou de alguma magia proibida transmitida pelos discípulos de Salomão, era óbvio que o Velho da Montanha tinha acesso a conhecimentos que nenhuma alma mortal poderia ter.

Ainda assim, ele se viu condescendendo. Como se num transe, Maimônides pôs a mão no bolso e tirou de lá o colar. O jade verde brilhou sob o reflexo da luz solitária. Sem querer se aproximar nem 1 milímetro mais de Sinan, ele jogou o colar com cuidado. Sinan o pegou sem esforço, e o rabino se encheu de tristeza ao pensar que aquela criatura agora tinha em mãos as letras sagradas do Tetragrama.

— Excelente. Então tudo o que resta a ser discutido é a minha remuneração.

Maimônides se preparou. Percebeu que independente do que Sinan quisesse, o preço seria alto demais, em muitos níveis.

— Eu sou um homem pobre, mas acharei uma forma de...

Sinan ergueu a mão nas sombras para interrompê-lo.

— Eu não preciso de sua fortuna.

Maimônides prendeu a respiração.

— Então, o que quer?

Sinan ficou de pé, mas não se aproximou do círculo de luz.

— Ouvi dizer que você está quase terminando um tratado sobre a fé judaica. *O guia dos perplexos*, como é conhecido.

Nada mais surpreendia o rabino.

— É verdade. E o que tem o tratado?

— Pela morte de Conrado, eu exijo que providencie uma cópia desse tratado com todas as anotações originais. É só.

O que quer que o rabino tivesse imaginado em seus mais obscuros pensamentos, não estava preparado para isso.

— Por quê?

Quando Sinan falou, sua voz soou estranhamente distante.

— Questões do Divino me interessam mais do que qualquer tesouro mundano. Pode achar difícil de acreditar, rabino, mas eu também estou numa missão sagrada. Eu administro a morte, e na morte, nós verdadeiramente vivenciamos o Divino.

A lamparina tremulou quando ele falou, embora Maimônides não tivesse sentido vento algum, nem pudesse esperar uma brisa nas entranhas da terra. O rabino olhou para a chama por um instante. Quando ergueu os olhos outra vez para o local onde Sinan estivera, empalideceu.

O Velho da Montanha se fora.

65

Miriam adormecera após mais uma odiosa noite de sexo passada com o rei da Inglaterra. Ricardo parecia completamente apaixonado por ela, e Miriam aprimorou suas habilidades de representação durante as últimas semanas para mantê-lo sob a ilusão de que ela compartilhava seus sentimentos. Todas as noites quando ele dormia com a cabeça recostada em seus seios, era preciso toda a sua força de vontade para não lhe dilacerar o pescoço com as próprias mãos. Talvez algum dia ela, de fato, viesse a fazer isso, mas somente depois de ter elaborado um plano de fuga seguro da prisão que era Arsuf.

— Miri...

Miriam abriu os olhos e viu que não estava mais sozinha com o rei. Havia uma mulher ao pé da cama, com uma túnica azul esvoaçante, seu rosto coberto por um véu branco. A estranha mulher estendeu a mão e apontou para ela, e Miriam sentiu um terrível calafrio.

— Miri... — repetiu a mulher, sua voz soando estranha, como se gritasse de uma longa distância. Miriam não era chamada de forma tão carinhosa há mais de 12 anos e sentiu as lágrimas lhe subirem aos olhos. Apenas sua mãe a chamava de Miri.

Atraída por uma força desconhecida, Miriam levantou-se da cama, onde Ricardo ainda dormia. Ela seguiu a mulher porta afora e viu, para sua surpresa, que os guarda-costas do rei, que sempre se postavam à entrada do quarto, dormiam no chão, num sono profundo.

A mulher de rosto encoberto a conduziu pelo corredor. Todos os soldados dormiam, alguns roncando alto. Miriam imaginou que alguém drogara a todos na cidadela com uma fumaça do sono, mas, claro, isso não era possível.

A mulher de rosto velado a conduziu por uma ala do castelo na qual ela nunca recebera permissão para entrar. Depois de descer uma longa escada, ela conduziu Miriam até uma porta de bronze, diante da qual encontravam-se dois guardas armados. Miriam prendeu a respiração ao perceber que eles não dormiam como os outros. Em vez disso, o pescoço deles havia sido cortado e uma poça de sangue se formara em frente à porta. A mulher pulou por cima dos corpos sem nem mesmo abaixar a vista. Ela empurrou a porta, que se abriu com um rangido, e fez sinal para que Miriam a acompanhasse. Miriam passou com cuidado sobre os corpos, levantando a ponta da camisola de linho para não se sujar de sangue.

Lá dentro, ela viu um homem acordado, mas de joelhos, amarrado com uma corda preta que passava em torno da cintura e dos braços, e amordaçado com uma faixa de veludo. Um olhar àquele rosto marcado por uma cicatriz e ela logo percebeu quem era. Conrado de Montferrat, o nobre insidioso que traíra Ricardo e em seguida Saladino.

Miriam vira Conrado apenas em poucas ocasiões, mas sempre que olhava para seu rosto marcado, sentia uma estranha ânsia de vômito, e a sensação retornava naquele momento. Era como se já o tivesse visto antes, há muitos anos, mas, claro, isso era impossível. Não era?

— Você sabe quem ele é, Miri. — A mulher falou pela primeira vez desde que haviam deixado o quarto de Ricardo. E sua voz soava extraordinariamente como a de sua mãe.

— Não, eu...

E então, ela o reconheceu. Ao fixar os olhos na terrível cicatriz na face esquerda dele, lembrou-se. O homem que estuprara e assassinara sua mãe diante de seus olhos. Lembrou-se de como ele a perseguira e a jogara contra as areias do deserto. No momento em que o membro aterrador dele rompeu seu hímen, misturando o sangue de sua mãe com o seu, ela conseguiu estender o braço até a cintura dele e retirar da bainha uma adaga. E então lhe desferiu um golpe, tentando abrir-lhe a garganta, mas conseguiu apenas fazer um corte em seu rosto.

Fez-lhe um corte na face de cima a baixo. Exatamente como aquele no rosto de Conrado.

O homem largou-a, praguejando numa língua que ela não conseguia entender. Miriam correu, o sangue escorrendo por suas coxas. Não se lembrava sequer de como escapara de seus perseguidores ao abandonar a caravana devastada. Subiu uma duna de areia. Desceu outra. Correu para salvar sua vida e, por fim, avistou rochedos sob os quais havia um pequeno buraco. Uma entrada pequena para uma caverna, na qual mal conseguiu entrar. E lá ela se escondeu. Ele fora atrás dela e quase a encontrara em seu esconderijo. Porém, foi protegida por uma tempestade de areia que o forçou a retornar ao local onde estavam os outros soldados. Quando ela finalmente deixou a caverna, seguiu em direção a uma fogueira que a levou de volta ao local da caravana. Uma tribo nômade de beduínos, que se deparara com a carnificina, já havia enterrado seus pais e as outras vítimas. Ela caminhara como uma morta-viva na direção deles, as pernas sujas de sangue seco e areia. Esperava que eles acabassem com sua miséria, matando-a, para que pudesse se juntar a Raquel de novo. Porém, um misericordioso beduíno de barba irregular colocou-a sobre um camelo, lhe deu um cantil com água e a conduziu na longa viagem de volta ao Cairo.

E agora ela estava ali. Frente a frente com o homem que lhe tirara tudo o que tinha. Ele assombrara seus sonhos por mais de uma década, mas ela nunca descobrira o nome dele. Até aquele momento.

Conrado de Montferrat.

A mulher de véu aproximou-se dela, segurando uma faca nas mãos. Miriam reconheceu o cabo decorado com pedras preciosas e o leão gravado na lâmina. Era a adaga pessoal do rei.

— Você sabe o que tem de fazer.

E Miriam fez. Pegou a arma e virou-se para encarar Conrado, que estava apavorado. Ele tremia violentamente; lágrimas escorriam-lhe pelas faces. Miriam sabia que ele chorava não pela mãe dela, nem pelas centenas, pelas milhares de pessoas que matara. Chorava apenas por si mesmo, pelo fim de sua vida de matanças antes de cumprir sua missão de destruição pelo mundo.

Ela não sentiu piedade dele ao aproximar-se com a arma, tampouco hesitação.

Miriam encostou a lâmina no pescoço dele e viu o primeiro fio de sangue escorrer ao contato da lâmina afiada. Ela sentiu algo quente em seus pés e notou que estava em cima de uma poça de urina de Conrado. O grande guerreiro, o homem que se dizia o verdadeiro rei de Jerusalém, urinara nas calças diante da morte.

Miriam cortou-lhe o pescoço.

O sangue esguichou do ferimento como um gêiser. Ela foi atingida por um jato do líquido quente, e sua camisola branca de repente ficou manchada de vermelho. Conrado caiu no chão, seu rosto mergulhando na poça de sua própria urina.

Miriam voltou-se e viu o espectro da mulher estender a mão. Notou que ela segurava algo verde e brilhante entre os dedos. Era o colar predileto de sua mãe.

— Estou orgulhosa de você, Miri — disse a mulher. Miriam deixou a arma cair no chão e pegou o amuleto. Como ela amava o colar da mãe!

Sua satisfação diminuiu quando ergueu a vista. A mulher misteriosa não estava mais à sua frente. Em seu lugar, encontrava-se um homem de túnica e turbante negros como a noite, o rosto velado. Os olhos dele tinham um brilho amarelado, como os de um gato, e ele ria, um riso áspero assustador, que soava como folhas de metal sendo cortadas e lançadas ao longe.

Miriam gritou...

... e se acordou. Estava de volta à cama de Ricardo. O rei, deitado de bruços, permanecia em sono profundo, quando a primeira luz do dia penetrou através das janelas em arco do quarto deles.

Tentando acalmar a terrível palpitação no peito, ela levantou-se da cama para ir buscar um copo de água. E então ficou paralisada. Não estava mais de camisola. Em seu lugar, usava uma túnica azul, e sua pele estava úmida, como se tivesse acabado de limpar o corpo com uma toalha.

Então percebeu que usava algo em torno do pescoço. Com mãos trêmulas, Miriam ergueu o colar e olhou admirada para a pedra de jade e o amuleto octogonal com o nome de Deus inscrito em hebraico.

A vontade que teve foi de gritar por toda a eternidade. Mas o som ficou preso na garganta. Sentiu que ia perder o equilíbrio, mas conseguiu voltar para a cama quando tudo à sua volta escureceu.

A última coisa que viu, enquanto entrava num estado de inconsciência, foi o fogo amarelado e brilhante dos olhos de uma serpente ardendo em sua mente.

66

Miriam estava no gabinete de Ricardo, aterrorizada. Evitava sempre olhar para Joana, a pálida irmã dele, mas percebia cravados nela os olhos daquela mulher, que se encontrava do outro lado da sala de mármore. A notícia do assassinato de Conrado tomara conta da cidadela como uma inundação, e as tensões se intensificavam cada vez mais. Ricardo passara a maior parte da manhã com os oficiais de Conrado, que haviam se unido a seu comandante naquela trágica missão de restabelecer a aliança dos cruzados. Os soldados de Conrado, em sua maioria, haviam se refugiado em Acre, mas a notícia do assassinato de seu líder, ainda sob a proteção de Ricardo, provavelmente já havia sido levada até eles por um pombo-correio. Ela sabia que seria apenas uma questão de tempo até que o choque e a indignação se transformassem em rebelião.

Miriam ainda não acreditava no que havia acontecido, nem em seu aparente papel no assassinato. No entanto, o estranho amuleto, que era igual ao colar de sua mãe, permanecia em seu pescoço. Era algo impossível, mas, por outro lado, lá estava ele. Ela levou a mão até a joia e dedilhou as contas, na esperança de eles terem retornado ao mundo da imaginação, o mesmo lugar estranho onde ela se vira matando Conrado de Montferrat a sangue-frio.

Miriam sempre se orgulhara de sua clareza de ideias. Dava pouca importância à chamada intuição feminina como base de percepção das realidades subjacentes do mundo. A lógica aristotélica, a arte da dedução e da análise, havia sido seu instrumento para examinar os mistérios da vida. Mas, naquele momento, essa abordagem se mostrava totalmente falha. O que vira em seu devaneio, o que fizera... nada poderia ser explicado por meios racionais. E, no entanto, tudo aquilo acontecera. A possibilidade de sua obstinada visão de um mundo ordenado, um mundo sem mágica nem misticismo ser falsa, de certa forma lhe era ainda mais perturbadora do que o fato de ser capaz de matar um homem com tanta tranquilidade.

Claro, se Conrado fosse, de fato, o soldado que havia atacado sua mãe de maneira tão selvagem naquele dia fatídico no Sinai, ela se consideraria eximida de qualquer culpa. Mas duvidava de que os francos fossem igualmente misericordiosos se viessem a descobrir a verdade.

Miriam deixou os pensamentos de lado quando a porta foi aberta abruptamente e Ricardo entrou, seguido de seu conselheiro Reynier. Nunca o vira tão furioso, nem mesmo diante da inesperada destruição de Ascalon. Sentiu um calafrio percorrer a espinha ao perceber que ele tinha a mesma expressão de Saladino quando a flagrou na cama com Zaheer.

— Senhor, precisamos nos preparar — suplicou Reynier. — Os generais de Conrado lançarão suas tropas contra nós. Eles afirmam que Vossa Majestade ordenou a morte do senhor deles.

Ricardo virou-se rudemente para o homem, que temeroso recuou um passo.

— Absurdo!

Reynier hesitou, e em seguida falou sem fitar os olhos raivosos do rei.

— Meu senhor, uma adaga com a insígnia real foi encontrada ao lado dele.

O coração de Miriam disparou. Quando ergueu a vista, viu que Ricardo lhe dirigia um olhar fulminante.

— Isso é coisa de Saladino — disse o rei fora de si. — Ele se diz um homem de honra, mas conspira para nos dividir, cometendo um crime desses.

— Ele não é assim... — respondeu ela, por lealdade instintiva, sem conseguir se conter. Isso foi, claro, um grande erro.

— Silêncio!

De repente, Ricardo avançou contra Miriam. Segurou-a pelo pescoço com uma ferocidade animal. Ela tentou desesperadamente se mover, respirar, mas ele apertava os dedos ao redor de seu pescoço como o torno de um torturador.

— Foi você, não foi? — vociferou ele. — Você me distraiu com seus beijos... o tempo todo tramava contra mim...

Miriam quis gritar, mas o som não saía de seus lábios. Pequenas luzes azuis piscavam diante de seus olhos à medida que seu cérebro sinalizava a desesperada necessidade de oxigênio.

— Você roubou minha adaga real e a entregou aos homens de Saladino. Admita a verdade.

— Vai ser difícil ela admitir a verdade se estiver morta, irmão. — A voz de Joana cortou o ar, afiada como uma faca. Ricardo afrouxou os dedos, e Miriam caiu de joelhos. Seus pulmões sorviam o ar em golpes desesperados.

— Em nome de Deus... — Foi tudo o que ela conseguiu dizer antes de Ricardo chutá-la no estômago, sua bota de couro golpeando-lhe as entranhas.

Ela sentiu que estava perdendo a consciência e lutou com todas as forças para se manter lúcida, apesar das terríveis dores no corpo.

— Não blasfeme! — A voz de Ricardo estrondou pela sala pequena. — Seu povo traiu Deus e O levou à morte. E você tem a audácia...

Ele ergueu a bota para chutar Miriam de novo, e ela sabia que não permaneceria consciente depois de um segundo golpe. De repente, Joana aproximou-se do irmão e pôs uma das mãos sobre seu braço.

— Meu irmão, tenha calma.

Porém, em vez de lhe diminuir a fúria, aquelas palavras pareceram intensificar o desvario de Ricardo.

— Diga-me, Joana, você também fez parte desse complô?

Mesmo em meio à dor excruciante, Miriam estava ciente de que Ricardo havia passado dos limites da fúria e entrara num estado muito pior.

— Você enlouqueceu? — gritou Joana, expressando os pensamentos de Miriam.

Ricardo agarrou Joana com força pelos ombros. A princesa lançou um olhar desesperado ao atônito templário Reynier. Era óbvio que o jovem cavaleiro não sabia o que fazer, então ele desviou o olhar da cena.

— Eu me pergunto por que você estava tão ansiosa para dormir com o infiel — disse Ricardo exaltado, seus olhos ardendo com um brilho azulado. — Talvez tenha estado nos braços dele esse tempo todo.

Joana o esbofeteou. Mas em vez de libertá-lo daquela loucura, a pancada fez com que ele mergulhasse ainda mais na escuridão. Ele revidou o tapa, jogando sua querida irmã de encontro ao chão.

Miriam olhava Ricardo em cima da irmã trêmula com os olhos cheios de lágrimas. A face direita de Joana estava inchada, e um fio de sangue escorria de seus lábios. Em outra ocasião, Miriam teria sentido prazer em presenciar a cadela orgulhosa sendo humilhada pelo homem cruel que ela, com adoração, chamava de irmão. Porém, naquele momento, com o sangue fervendo nas veias por causa da brutalidade de Ricardo, Miriam se solidarizou com a moça aterrorizada.

O rei fez Joana levantar-se com um forte puxão.

— Ricardo, por favor...

— Eu confiei a você as últimas palavras de nosso pai — disse Ricardo enfurecido. — Você contou a João? É por isso que ele criou coragem para me desafiar?

Joana chorava demais para responder. Ricardo empurrou-a para o lado e voltou sua atenção ao petrificado Reynier.

— Envie uma mensagem a todos os generais francos, inclusive aos soldados de Conrado no Acre. Ou eles estão comigo, ou contra mim. Qualquer um que se rebelar, eu matarei com minhas próprias mãos. Assim que eliminarmos todos os traidores, não esperaremos mais.

Ele voltou-se para Miriam, que permanecia estendida no chão, as mãos em cima do estômago dolorido.

— Preste atenção às minhas palavras, judia — disse ele, com uma frieza que era mais assustadora do que o calor de sua fúria. — Jerusalém será nossa. Eu vou deixá-la viver tempo suficiente para ver a cidade em chamas. Então eu mesmo a lançarei ao fogo.

67

Maimônides participava do conselho de guerra em silêncio, enquanto os generais discutiam acaloradamente a situação militar na Palestina, que se deteriorava com rapidez. Embora estivesse em seu lugar de honra habitual, à esquerda do primeiro-ministro, o cádi Al-Fadil, ele se sentia deslocado. Nem mesmo o sultão tentava incluí-lo nas discussões. Na verdade, Saladino nem sequer tomara conhecimento de sua presença.

Desde que a notícia do assassinato de Conrado chegara a Jerusalém, o sultão passara a evitar seu velho amigo. Não trocaram uma palavra nos dias tumultuosos que se seguiram, e quando o rabino tentou entrar no gabinete de Saladino para falar sobre o que se tornava uma óbvia rixa entre os dois, os guardas gêmeos egípcios bloquearam sua passagem. E dessa vez, o sultão não veio em sua defesa.

Talvez isso fosse de se esperar. Saladino não era um tolo, e obviamente deduzira que o rabino estava, de alguma forma, envolvido no plano do assassinato que detonara aquela rebelião entre as forças dos cruzados. Por certo tempo, parecera que a previsão do homem idoso havia se concretizado. As tropas de Ricardo haviam sido forçadas a desistir de seus esforços para conquistar a Palestina a fim de sufocar a revolta dos homens de Conrado. Apesar de ter havido muita comemoração na corte com a notícia dos conflitos internos entre os cruzados, o clima tornou-se mais sombrio quando se espalhou a informação da rápida vitória de Ricardo sobre os rebeldes. O Coração de Leão esmagara os seguidores mais violentos de Conrado em Acre, e em seguida decretara anistia ao restante dos renegados francos. Ricardo conseguira convencer os soldados derrotados de que eles haviam sido enganados pela intriga dos sarracenos e de que o verdadeiro assassino fora o desonesto Saladino. A única forma de vingar a morte de Conrado seria punir o líder dos infiéis.

Tendo garantido o controle unificado das forças cristãs outrora divididas, Ricardo voltou sua atenção para Jerusalém com uma fúria renovada. Convencido de que Saladino havia ordenado o assassinato com o objetivo de denegrir a reputação do rei entre os próprios soldados, Coração de Leão passou a tratar a guerra contra os muçulmanos como uma vingança pessoal. O petulante rapaz parecia ter abandonado sua estratégia cautelosa e planejava um ataque frontal em massa a Jerusalém para vingar sua honra manchada. Maimônides, em seus esforços para destruir a aliança dos cruzados, a fortalecera involuntariamente e expusera a Terra Santa à ira desenfreada de um exército combinado.

No final, as coisas não haviam corrido como ele planejara.

Desde seu encontro fatídico com o misterioso líder dos Assassinos, Maimônides passara a ter assombrosos pesadelos, que o atormentavam com os detalhes do assassinato de Conrado. Os sonhos eram extraordinariamente vívidos, tão reais que ele parecia ter presenciado aqueles acontecimentos de olhos abertos. O marquês de Montferrat estava sempre de joelhos, enquanto uma figura sombria, cuja face Maimônides não conseguia enxergar com clareza, cortava-lhe a garganta. O homem então caía de bruços, com o rosto numa poça da própria urina, o amarelo tingindo-se de vermelho à medida que o sangue se misturava ao mijo.

Todas as noites ele acordava ofegante, o olhar inquieto esquadrinhando o quarto inteiro, como se algo assustador estivesse escondido nas sombras, aguardando-o para levá-lo numa viagem sinistra, parte de um acordo tácito feito com o Velho da Montanha.

Maimônides dissera a si mesmo mil vezes que sua atitude havia sido um grande sacrifício, para o bem de seu povo, e não um ato de vingança pessoal em nome da querida irmã e da sobrinha. Os francos haviam massacrado os judeus sem deixar homem, mulher ou criança vivos, quando entraram em Jerusalém da última vez. Se conquistassem a Palestina, fariam isso novamente. A despeito de seus sonhos vívidos, ele não estivera presente quando Conrado foi morto, e seu coração não sentira tristeza ao receber a notícia da morte dele. Entretanto, todas as noites, pouco antes de acordar com um grito, ele via Conrado, estendido sobre o próprio sangue. Porém, enquanto estava ali, mergulhado em seus fluídos, aquele homem raivoso e amargo que Maimônides conhecera se transformava. Voltava a ser a linda criança que talvez fora um dia, cheia de esperança e alegria. Uma criança que jamais voltaria a brincar deitada sobre uma poça de sangue.

O rabino afastou a imagem da cabeça e se forçou a prestar atenção a Al-Adil, que, com a voz estrondosa de sempre, abafava as discordâncias.

— O fim está perto, escutem o que digo — vociferou ele, seu pulso batendo forte contra o tampo preto da mesa mais uma vez. — Coração de Leão não vai mais brincar de gato e rato. Ele está se preparando para a batalha final, para a qual não temos escolha senão estar preparados. Ou sairemos dela vitoriosos, ou os francos lavarão as ruas de Jerusalém com o nosso sangue.

As pessoas à mesa entreolhavam-se surpresas. Esse pequeno discurso foi o mais próximo à eloquência que o bruto desajeitado já fizera em sua vida.

Maimônides viu o sultão abrir um leve sorriso pela primeira vez naquele dia. Era uma expressão que havia muito tempo não surgia no rosto de Saladino, envelhecido rapidamente durante o último ano. Seus cabelos, que antes eram negros como a noite, apresentavam alguns fios grisalhos, e rugas de preocupação marcavam-lhe a pele em torno dos olhos. Maimônides andava cada vez mais preocupado com os efeitos da guerra sobre aquele homem que um dia parecera invencível e imortal, mas não pudera fazer exames em seu paciente, uma vez que a notícia da morte de Conrado criara um abismo entre eles.

Mesmo enquanto olhava para os vários cortesãos ao acrescentar as próprias ideias à fala do irmão, o sultão nitidamente evitava encontrar o olhar do rabino. Talvez Maimônides jamais voltasse a conquistar a confiança de Saladino, e, se esse fosse de fato o caso, o rabino teria perdido algo muito mais precioso do que sua posição na corte. Maimônides estava ciente de que, embora suas ações pudessem vir a salvar o mundo, elas haviam custado do mais raro e valioso de todos os bens. Um amigo.

— ... de acordo com os nossos espiões nas regiões do interior, os soldados francos estão deixando as cidadelas de Acre e Cesareia em massa — informou o sultão, apontando para um mapa grande da Palestina que fora aberto sobre a mesa diante dos nobres. — Pelo movimento das tropas, parece que eles estão planejando se reunir num ponto central na região costeira antes de avançarem em direção a Jerusalém.

Todos os olhares acompanharam o dedo de Saladino quando ele indicou um ponto que representava um pequeno vilarejo no mapa, ao sul de Arsuf e a noroeste de Ramla. A apenas um dia de marcha para o oeste, a partir de Jerusalém.

— Jaffa — disse Saladino, com a certeza acumuladas ao longo de anos planejando e promovendo guerras. — Jaffa é o lugar de onde eles vão lançar o ataque.

Houve um momento de silêncio assustador à mesa quando todos perceberam a realidade. A guerra estava finalmente chegando até eles.

— Precisamos aumentar as barreiras defensivas em torno de Jerusalém. — Foi Keukburi quem falou, seu rosto triste com um ar mais apreensivo do que nunca.

— Não. — A resposta de Saladino pegou a todos de surpresa. O sultão levantou-se diante de seus homens, ombros eretos, cabeça erguida. Ele não era um homem alto, mas naquele momento, diante de todos, parecia um verdadeiro gigante. — Não vou permitir mais derramamento de sangue dentro da Terra Santa — prosseguiu com firmeza. — Se tivermos que enfrentar o exército de Ricardo, será na planície de Jaffa, não nos escondendo como mulheres dentro de nossas casas.

— Temos reservas substanciais de provisões dentro da cidade, *sayyidi* — argumentou o vizir, Al-Fadil. — Teríamos mais condições de sobreviver ao cerco se permanecêssemos dentro dos muros...

Saladino virou-se para o primeiro-ministro, o rosto cheio de indignação.

— Você não é um soldado, cádi, por isso eu perdoo sua covardia — retrucou ele, com um tom sinistro que poucos conheciam. Al-Fadil apressou-se em curvar-se e apresentar suas amedrontadas desculpas. — Se algum de vocês tivesse estudado a triste história de Jerusalém, saberia que há um espírito do mal que se esconde dentro de suas pedras sagradas. Um espectro que tem sede de morte e de caos. Esse fantasma atrai os imprudentes para que se refugiem dentro de seus muros impenetráveis, de seus portões supostamente invioláveis. E então os trai no instante em que avista um exército invasor.

Maimônides lembrou-se de todas as histórias que ouvira sobre o primeiro ataque dos cruzados a Jerusalém e sabia que as palavras de Saladino eram verdadeiras. Como aqueles homens e mulheres, que se consideravam seguros dentro da cidade de Deus, devem ter se sentido quando os supostamente impenetráveis portões de ferro ruíram e o refúgio sagrado do povo se transformou numa armadilha infernal?

— Meus amigos, se perdermos esta guerra, morreremos como nossos antepassados, em pleno campo e sob céu aberto, não procurando refúgio dentro de cabanas de pedra cobertas pela sombra de muros de argamassa. Se morrermos, o faremos sob o sol escaldante de Jaffa, não sob os minaretes de Jerusalém.

Tendo ficado claras as intenções de Saladino, os generais abaixaram a cabeça e deixaram a mesa do conselho. Havia muito trabalho a fazer, se a maior parte do exército muçulmano tivesse de avançar contra os escudos dos cruzados reunidos em Jaffa.

Ao deixar lentamente o salão de pedras, Maimônides lançou um último olhar ao sultão, que continuou a ignorá-lo. O rabino sentiu um peso de chumbo no peito que não era nem consequência da idade, nem de uma doença. Ele viu com amargura que o coração era em verdade um órgão peculiar. Não doía ao planejar a morte de um homem. Entretanto, sofria de forma inconsolável com a falta de comunicação com outro.

68

O sultão Salah al-Din ibn Ayyub, conhecido pelos francos como Saladino, conquistador do Egito e da Síria e libertador de Jerusalém, tirou os sapatos curvos de madeira ao pisar no solo sagrado de Haram al-Sharif. A imensa plataforma de pedra calcária que se estendia por cerca de 140 mil metros quadrados já fora o local do Templo de Salomão, e agora era o sítio ocupado pelas duas mesquitas mais sagradas fora da Arábia. À direita do sultão encontrava-se a Mesquita de Al-Aqsa, de cúpula prateada, onde o califa Umar orou pela primeira vez ao entrar em Jerusalém quinhentos anos antes. Os cruzados blasfemadores haviam usado o prédio como estábulo para seus cavalos, durante os malditos anos de domínio cristão da Cidade Santa, cobrindo seus veneráveis salões de lixo e excrementos. Porém, até mesmo para os selvagens ignorantes havia sido impossível profanar a magnífica construção que se erguia à sua frente. O majestoso domo da Qubbat as-Sakhra, a Cúpula da Rocha, refletia e amplificava a luz da lua crescente como se brilhasse com um fogo próprio.

Construída pelo califa omíada Abd al-Malik, 69 anos após a fatídica emigração do Profeta de Meca para Medina, custeada por todos os rendimentos dos impostos do Egito por um período de sete anos, a Cúpula tornara-se, sem sombra de dúvida, a mais imponente obra de arquitetura do mundo. A construção octogonal fora revestida de mosaicos nas cores turquesa e esmeralda, onde se encontravam gravadas inscrições do Corão Sagrado. Suas paredes externas eram recobertas de mármore e finalizadas com arcos ornamentados com padrões geométricos dourados que se assemelhavam a estrelas e flores. O domo brilhante erguia-se 30 metros acima da plataforma e estendia-se por quase 20 metros de diâmetro. Oculta no interior da Cúpula, encontrava-se a Sakhra, a rocha sagrada que fora o cume do monte Moriá e o cerne da fé espiritual ardente não somente dos muçulmanos, como também de seus irmãos judeus e cristãos.

A Cúpula da Rocha tornara-se o símbolo por excelência de Jerusalém diante de todo o mundo, e o Haram estava sempre lotado de devotos e peregrinos que vinham dos quatro cantos da Terra para orar no interior do local sagrado. Porém, não naquela noite. A plataforma, cercada de antigas oliveiras, estava totalmente deserta, como a maior parte da cidade abaixo. Com os cruzados marchando firmes em direção ao leste, Jerusalém fora abandonada a seus fantasmas.

Saladino se encontrava ali sozinho naquela noite, mas estava acostumado à solidão. Na maior parte dos seus cinquenta anos caminhando sobre a Terra, ele estivera só. Não no sentido conhecido pelos outros homens. Era óbvio que não; nesse sentido, ele quase não tivera um momento de solidão durante décadas. Sua vida era rodeada, de modo invariável, por uma grande quantidade de soldados, cortesãos, espiões, amigos e inimigos. Às vezes, era quase impossível para alguns requerentes sequer enxergar o rosto de Saladino em meio às massas desordenadas que exigiam sua atenção a cada momento.

Saladino, no entanto, sabia que essas interações eram apenas uma sombra da amizade verdadeira, um frenesi de comunicação superficial motivada pelas realidades do poder, que não garantiam um encontro de mentes, nem tampouco de corações. A esse respeito, nos recônditos silenciosos de sua alma, pelo que podia lembrar, Saladino estivera verdadeiramente sozinho.

Aqui e ali ele vivenciara um momento fugaz de conexão, uma efêmera sensação de entendimento com seus protegidos. Entretanto, Saladino raramente abria seu coração para outros por muito tempo, por medo de que a verdade fosse revelada. A verdade de que o grandioso e invencível sultão era apenas um homem, com temores e fraquezas como qualquer outro.

Em seu círculo de amizade, havia poucas pessoas de quem se tornara íntimo. E sempre que começava a lhes abrir o coração, surgia uma força terrível que se deleitava em sua atormentada solidão e as arrancava de seu peito. Sua amada esposa Yasmeen, por quem se apaixonara quando jovem — Saladino um dia imaginara que, quando as batalhas fossem encerradas e a vitória garantida, ele recostaria a cabeça em seus ombros alvos e confessaria todos os medos e dúvidas que havia sido forçado a ocultar do mundo. Mas as batalhas nunca terminavam, e a vitória continuava a ser uma miragem. E os anos de conquistas que o mantiveram longe de Yasmeen criaram um abismo insondável entre os dois.

Saladino se resignara a ficar sozinho para sempre, mas então a sorte pregara uma grande peça em seu coração. O destino fez aparecer diante dele uma safira cintilante, joia na qual, pelas leis de Deus e dos homens, ele não poderia tocar. Miriam entrara em sua vida como uma inesperada tempestade surgida do mar, derrubando os muros protetores de sua alma com seus olhos verdes e sorriso encantador. Em seus braços, Saladino sentira-se vivo novamente, pela primeira vez em anos, e, durante aquele tempo juntos, esqueceu que havia sido destinado a ser a Espada de Alá na Terra, o líder da *Ummah* muçulmana, e conseguiu tornar-se novamente aquilo que, em seu íntimo, sempre quisera ser — apenas um homem, sem o peso do destino esmagando seu espírito para sempre.

E por esse pecado de adultério com a judia, eles todos pagaram um preço assustador. Miriam havia sido escravizada no acampamento dos infiéis, talvez para sempre. E Yasmeen, ele fora obrigado a matar antes que as maquinações assassinas da mulher desencadeassem uma onda de morte e escândalos, que teria arruinado sua corte enquanto o inimigo avançava contra os portões de Jerusalém. Em um esforço desesperado para preencher o vazio assustador que sentia, ele conseguira destruir as duas únicas mulheres que haviam encontrado o caminho para o seu coração.

Saladino afastou o pensamento antes que a represa do pesar e do arrependimento, construída durante décadas de guerra e traição, se rompesse. O sultão sabia que se aquelas emoções fossem liberadas, ele seria consumido por uma tristeza que sobrepujaria a loucura, e as vidas de 100 mil inocentes na Palestina seriam sacrificadas no altar de sua autopiedade. Ele precisava manter a mente afiada como uma lâmina e o coração duro como o aço damasceno, se quisesse fazer o barco da nação atravessar a tempestade final.

Era por isso que ele estava ali, naquela noite, diante da Cúpula da Rocha, onde o Céu e a Terra se uniam para todo o sempre. Para suplicar a orientação de seu Deus invisível através da névoa impenetrável da história que o envolvia. E pedir Seu perdão por ter conduzido a Cidade Santa, uma vez mais, à beira da calamidade.

Saladino subiu os antigos degraus de pedra que conduziam à Cúpula e passou por baixo dos quatro arcos do Portal das Abluções. Por um breve instante, ele deixou uma das mãos repousar sobre a antiga aldraba de latão que se encontrava na porta ocidental do santuário e, em seguida, entrou devagar.

O interior do domo era iluminado por dezenas de lanternas de cobre que circundavam as paredes. Aqueles que haviam apreciado apenas o exterior do templo ficavam deslumbrados ao descobrir que sua beleza etérea era somente uma sombra da gloriosa arquitetura que se escondia na parte interna. Cada uma das oito paredes da mesquita era revestida de vitrais duas vezes mais altos do que um homem. Os pisos eram forrados com os mais ricos tapetes vermelhos e verdes, importados de lugares distantes como Pérsia e Samarcanda. E o teto era recoberto com ladrilhos de ouro e pedras preciosas, formando padrões intrincados de círculos sobrepostos que pareciam espiralar em direção ao infinito.

No centro do grandioso monumento, diretamente embaixo da Cúpula e circundado por uma tela de madeira de cedro entalhada, encontrava-se a Sakhra. A Pedra de Abraão. Saladino aproximou-se do enorme bloco sagrado, que tinha o formato de uma ferradura — reta como uma flecha numa das extremidades e curva como uma lua crescente na outra. O sultão refletia sobre como era improvável que aquela rocha escarpada tivesse desempenhado um papel central na história da Criação. Para os judeus, ela havia servido de fundação para o Santo dos Santos, o local sagrado onde a Arca da Aliança fora guardada durante centenas de anos. Para os cristãos, era o último vestígio do Templo de Herodes, onde Cristo desafiara os sacerdotes sedentos de poder e os vendilhões. E para os muçulmanos era tudo isso e mais. Dali, o Profeta Maomé ascendera ao Céu em sua lendária Viagem Noturna, jornada mística que culminara com o Mensageiro se ajoelhando diante do Trono de Deus. Dizia-se que o mundo girava em torno da Sakhra, e que o anjo Israfil um dia surgiria sobre esse bloco de pedra calcária e tocaria a trombeta que assinalaria a Ressurreição dos homens e o Juízo Final.

Saladino geralmente seguia os protocolos segundo os quais os fiéis deveriam manter uma respeitosa distância da Pedra, mas naquela noite ele abriu a tela de madeira e abaixou-se para tocar a pedra cinzenta e fria como se para provar a si mesmo que ela era apenas isso — uma pedra como outra qualquer, mas que fora escolhida por Deus para um propósito grandioso. O pensamento de que ele não era diferente da Pedra lhe cruzou a mente. Um homem como outro qualquer, porém destinado pela história a se manter para sempre isolado de seus semelhantes.

— Fico sempre maravilhado, Ó Sakhra, diante dos anais da história — falou o sultão em voz alta, dirigindo-se à pedra sagrada e ao próprio coração. — Tu permaneces aqui desde os tempos de Adão. Testemunhaste o Dilúvio, bem como a ascensão e a queda de impérios. Nosso pai Abraão quase sacrificou seu filho em tua superfície fria. Davi, Salomão, Jesus. Todos eles estiveram aqui, onde me encontro agora. E nosso Profeta Sagrado, Maomé, voou aos céus quando seus pés tocaram tuas pedras sagradas. Entretanto, durante todo esse tempo, nunca falaste a homem nenhum. Que segredos deves ter para compartilhar! Tu finalmente conversarás com um soldado cansado hoje?

A despeito de sua súplica, a Sakhra não escolheu aquele momento para quebrar o silêncio eterno. No entanto, o sultão prosseguiu, seus olhos mergulhando fundo na própria alma, ao mesmo tempo que fitava as fendas ensombreadas da Pedra.

— Eu tenho medo, minha amiga — disse ele, frase que jamais pronunciara em voz alta. — Nunca estive tão assustado como estou hoje. Toda a minha vida tem sido dedicada a lutar contra os francos. Não consigo me lembrar de nada mais que eu tenha desejado. Porém, todas as coisas, pelo menos aquelas que não são feitas de pedra, terão seu fim um dia. Assim também, a minha batalha está chegando a um desfecho.

Saladino olhou para o domo, cerca de 30 metros acima, seus olhos seguindo o majestoso círculo de inscrições do Corão gravadas na folha de ouro que se espiralava em direção ao centro da grandiosa Cúpula. Poucos conseguiam olhar direto para o interior da Cúpula sem cair de joelhos maravilhados. Era como um cego que ao receber o miraculoso dom da visão olhasse diretamente para o sol. Pois era esse o segredo da Qubbat as-Sakhra — sua grande beleza encontrava-se oculta em seu interior. Assim como o espírito humano.

— Vês, não temo a morte, nem a derrota contra os francos — continuou Saladino falando à Presença eterna, que ele sentia permear o templo ao olhar para o hipnótico domo de ouro acima. — Sempre estive preparado para essa possibilidade. Não, Pedra sagrada, eu temo apenas uma coisa.

Saladino abaixou o olhar e caiu de joelhos, ao admitir em voz alta uma verdade que jamais havia enfrentado.

— Quando esta batalha se encerrar, em vitória ou em derrota, a razão para a minha existência terminará também — revelou ele, lutando contra o terrível calafrio que lhe subiu pela espinha ao trazer à superfície seu mais temido demônio. — Tudo depois dessa batalha final está envolto em sombras — disse Saladino, as lágrimas escorrendo-lhe pela face incontrolavelmente. Sua voz ficou embargada com o terrível soluço que pareceu ter estado preso dentro de seu peito durante toda a vida.

— E dessa escuridão, Ó Sakhra, eu tenho medo.

Saladino, o homem mais poderoso da Terra, permaneceu ajoelhado, buscando alento na Força Divina, que ele sabia estar ali com ele naquela noite. Uma quietude envolveu o templo, um silêncio que era mais profundo e intenso do que qualquer outro momento de oração ou introspecção que jamais vivenciara. Ele sentiu os olhos pesarem com um sono que fazia duas noites ele não sentia.

Envolto naquele silêncio, à medida que o véu do sono recaía sobre ele, a arca das lembranças foi enfim aberta. Ele viu sua vida passar diante de si, assim como acredita-se ocorrer aos homens no momento da morte. E, então, a visão se expandiu e o consumiu...

SALADINO CORRIA PELAS RUAS enlameadas de Tikrit como uma criança feliz, enquanto sua bela mãe o chamava com carinho. Era hora do jantar, e ela preparara um ensopado de cordeiro, seu prato preferido. A vida era tão simples ali, sem guerras, sem ódio, apenas as brincadeiras de crianças alegres, que desconheciam o significado da morte e do sofrimento, como também o terrível peso do destino...

Era adolescente e montava um cavalo, segurando sem jeito uma lança na mão direita, quando seu temível pai, Ayyub, o repreendeu por sua falta de destreza. Como Saladino poderia vir a ser um soldado se não conseguia sequer empunhar direito uma lança? O jovem abaixou a cabeça, envergonhado. Tudo o que queria era que seu pai o aceitasse e amasse como ele era. Mas o rapaz sabia que não conquistaria aquele amor enquanto não superasse suas imperfeições e fraquezas. Então, naquele momento, assumiu um propósito: tornar-se o maior guerreiro de todos os tempos. Tornar-se perfeito...

Encontrava-se sobre o corpo ensanguentado do primeiro homem que ele matara em batalha, lutando desesperadamente contra a terrível ânsia de vômito ao olhar para sua espada enfiada no peito da vítima. O jovem morto era um rebelde sírio de cabelos escuros, pouco mais velho que ele, cujo olhar de perplexidade e surpresa fora congelado para sempre em seu semblante. Saladino sentiu a mão do pai em seu ombro, os olhos brilhando de orgulho pela primeira vítima do filho. Esperara a vida inteira por aquela expressão no rosto de Ayyub. Porém, em vez de alegria por ter sido bem-sucedido, sentiu apenas a inquietação do terrível desespero de ver aquele rapaz que, coberto de sangue, havia perecido em suas mãos...

Encontrava-se então sobre os corpos dos milhares que havia dizimado, os restos mortais de soldados e de inimigos empilhados à sua volta num mar de devastação. Aqueles olhos sem vida fitavam-no acusadores: "Veja os custos de seu legado, Grande Sultão. Seu nome será lembrado por toda a eternidade, mas quem se lembrará do nosso sacrifício?" Saladino quis gritar, porém nenhum som lhe saía pela garganta. Ele atravessara o vale de sua existência, e sabia que ela terminava ali, lavada pelo sangue daqueles que tinham dado suas vidas para que ele pudesse cumprir seu terrível destino...

E então a escuridão recaiu sobre a cena macabra, e ele estava sozinho no final de sua jornada.

Mas ele não estava sozinho, e aquele não era o fim.

Uma mulher encontrava-se diante dele agora, seu corpo brilhando com um halo de luz prateada. Era Miriam, resplandecente em seu vestido azul vaporoso e véu de *chiffon*, os cabelos brilhantes como uma seda negra. Os olhos dela refletiam uma luz cor de esmeralda.

— Nós somos escravos da história, Miriam — ouviu-se dizer. — É um rio que nenhum homem pode conter. Não podemos nadar contra sua força. Na verdade, nos afogamos em suas águas revoltas.

E então ela riu, e ele sentiu todo o gelo que se acumulara em seu coração ao longo de décadas derreter num instante.

— E quando você estiver se afogando, meu amor, saiba que estarei lá para socorrê-lo. Sempre. — Miriam estendeu os braços para ele, sua face coberta do perdão divino, convidando-o para um abraço eterno...

O SONHO, SE É QUE HAVIA sido mesmo um sonho, terminou, e os olhos do sultão abriram-se de repente. Ele ainda estava ajoelhado diante da Sakhra, mas o terrível peso que tomara conta de sua alma desaparecera.

Salah al-Din ibn Ayyub ergueu-se, admirado da visão que vivenciara, no instante em que a primeira luz do dia atravessava os brilhantes vitrais da Cúpula da Rocha. Beijou com reverência a pedra cinzenta antes de virar-se de costas para a Sakhra e deixar o santuário antigo. Não sabia se algum dia voltaria a entrar naquele lugar, mas não importava mais.

A Sakhra quebrara seu silêncio eterno naquela noite, e Saladino recebera sua resposta. Havia ainda uma coisa pela qual ele precisava lutar.

69

A Planície de Jaffa – 1192 d.C.

Sir William Chinon montava o corcel cinzento que o servira fielmente desde sua terra natal, no interior do País de Gales, até a Terra Santa, do outro lado do mundo. Ele cavalgava ao lado de Saladino, enquanto o líder muçulmano supervisionava a vastidão de tendas de campanha espalhadas pela planície de Jaffa. Embora o semblante do sultão não deixasse transparecer nenhuma emoção, William não tinha dúvidas de que ele estava impressionado. Ricardo conseguira enfrentar a maior derrota da Cruzada — a morte de Conrado e a resultante guerra civil entre os francos — e transformá-la em força por meio de pura determinação. Os cristãos divididos estavam agora unificados sob um único comandante e concentravam-se na tarefa que os atormentava fazia anos: a derrota final de Saladino. Os pavilhões brancos como a neve, adornados com flâmulas vermelhas, brilhavam em sinal de desafio sob o intenso sol da Palestina, convocando os muçulmanos a lutarem como jamais haviam feito antes.

Quando a maior parte do exército do sultão, um contingente de 30 mil homens, chegou, uma grande batalha entre as tropas já havia ocorrido. A infantaria de Saladino conseguira tomar Jaffa de forma audaciosa, enquanto a frota de Ricardo navegava em direção à praia. A cidadela caíra brevemente nas mãos dos muçulmanos, porém os invasores foram expulsos dois dias depois pela onda de forças cruzadas que chegara pelo mar. William sorrira ao ouvir os relatos de que Ricardo havia pessoalmente retomado Jaffa, liderando o ataque com apenas umas centenas de homens. Os sarracenos ouviram histórias fantásticas sobre a bravura do rei inglês, que enfrentara a batalha contra os defensores da cidadela praticamente com uma espada e uma alabarda. William não ficara surpreso, e foi tomado de ânimo ao saber que seu rei não mudara muito desde que o vira pela última vez, apesar das vicissitudes da guerra.

Ao olhar para o outro lado da planície, em direção a seus compatriotas, William sentiu uma súbita tristeza. Ele passara quase um ano inteiro na benevolente companhia do sultão e nunca fora tratado como prisioneiro. Os muçulmanos lhe haviam demonstrado a mais alta cortesia, e ele passara a respeitar e admirar a cultura e tradição daqueles homens, e até mesmo a religião. Mas ainda era um estrangeiro. Seu lar estava do outro lado daquelas areias, na área destinada aos irmãos cristãos. Ele não sabia se viveria para ver o dia seguinte, mas se fosse morrer em batalha, desejava estar na companhia do próprio povo. William não distinguia mais qual lado servia a Deus e à causa da justiça, nem parecia se preocupar com isso. Tudo o que sabia era que seu lugar era junto de sua nação.

William virou a cabeça para fitar Saladino, observando-o com atenção. Passara a acreditar que o sultão possuía um poder quase místico que lhe permitia ler os corações dos homens, e quando Saladino falou, essa impressão foi mais uma vez confirmada.

— Volte para o seu senhor — disse Saladino com um sorriso gentil. — Ele precisa de você hoje.

William pestanejou. Achava que havia sido levado de Jerusalém junto com o exército para atuar como intérprete ou ser usado para alguma negociação como moeda de troca — os papéis habituais desempenhados por prisioneiros de guerra naquelas circunstâncias —, porém percebeu naquele momento que o plano de Saladino havia sido deixá-lo livre para retornar aos seus.

— O senhor é o mais benevolente dos homens, sultão — respondeu ele, em seu árabe agora perfeito. — Mas saiba que se eu for, e se nos encontrarmos no campo de batalha, não hesitarei em matá-lo.

Saladino fez um gesto de compreensão com a cabeça, impassível diante da advertência do cavaleiro.

— De minha parte também não haverá clemência — retrucou, com a mesma franqueza e boa educação. O sultão observava a azáfama a 300 metros de distância no acampamento dos cruzados, mas para William ele parecia estar olhando bem mais adiante, além dos limites do tempo e do espaço. — Talvez nos encontremos de novo na vida eterna, Sir William. Eu imagino que os homens honrados jantem juntos no Paraíso, independentemente do lado em que eles tenham lutado neste mundo.

William estendeu a mão ao sultão.

— Seria uma honra para mim jantar em sua companhia à mesa do Senhor.

Saladino segurou a mão dele com firmeza. Por um instante, William olhou o inimigo — ou o amigo — nos olhos e depois cavalgou em direção à fileira de tendas brilhantes que era o seu lar.

WILLIAM SENTOU-SE À MESA de Ricardo e tomou um copo de vinho, enquanto o rei sorridente punha a mão sobre seu ombro num gesto de boas-vindas. O cavaleiro ficou bastante impressionado ao ver como o monarca estava diferente. Seu rosto permanecia jovem, as feições bronzeadas pelo sol da Palestina, os cabelos brilhando como ouro vermelho, porém seus olhos haviam envelhecido terrivelmente. O ardor do entusiasmo, que antes neles refulgia, havia sido substituído por uma fria amargura, uma aspereza mais cortante do que qualquer lâmina no arsenal dos cruzados.

— O que tem a me dizer sobre as tropas deles?

William deixou o líquido fresco confortar sua garganta, que se ressecara na longa viagem de Jerusalém até ali sob o sol inclemente. Era a primeira gota de álcool que ele tomava desde sua captura pelos muçulmanos, que abominavam bebidas fermentadas por considerá-las obra do demônio.

— Comparável às nossas. Eles têm mais arqueiros, mas nós levamos vantagem na cavalaria.

Ricardo assentiu com um gesto de cabeça.

— Então, faremos um combate a curta distância em Jaffa para nos beneficiarmos de nossa vantagem.

William terminou o vinho e ficou de pé para encarar seu senhor.

— Eu sempre achei ser mais digno enfrentar o inimigo num combate corpo a corpo do que num cerco à distância.

Ricardo pareceu angustiado e, de repente, fez lembrar, de forma extraordinária, o falecido rei Henrique, cansado e desgastado pelo mundo que comandava.

— Aprendi bastante sobre dignidade nesta terra estranha. Os sarracenos falam muito dela, no entanto a forma como a praticam é bem peculiar. Particularmente quando se trata da honra dos reis.

William pôs uma das mãos gentilmente sobre o braço de Ricardo. Ele sabia que o drama e as intrigas da guerra haviam causado muito sofrimento a seu amigo.

— Não foi Saladino quem mandou matar Conrado — disse William subitamente. Por alguma razão, sentiu necessidade de restabelecer a reputação de seu antigo captor. Ele hesitou, e depois acrescentou o que descobrira ouvindo os boatos da corte. — Foi o médico judeu.

Ricardo fitou-o, completamente surpreso, e depois soltou uma risada.

— Isso é uma loucura. Tudo isso.

William nunca ouvira tanta exasperação na voz de Ricardo.

— Meu senhor?

Ricardo olhou para William, que percebeu um ar de tristeza em suas belas feições.

— William, eu finalmente entendo o que meu pai disse há muitos anos. Nunca deveríamos ter embarcado nessa Cruzada. Foi uma loucura.

William se surpreendeu ao ouvir Ricardo admitir aquilo, mas, quando falou, viu uma nuvem se desvanecer no rosto do amigo.

— Eu sempre concordei com ele, senhor — observou o cavaleiro com sinceridade.

Ricardo dirigiu-se à entrada de sua tenda de comando e olhou para fora, além das fileiras das próprias tropas, para a mancha brilhante no horizonte que era o acampamento do exército inimigo.

— Parte dessa loucura é que estou vivendo nesta terra há muitos meses, mas nem sequer sei quem são esses homens — comentou Ricardo suavemente. Voltou-se para William outra vez. — Você passou muito tempo com os muçulmanos. Eles são um povo bom?

William hesitou, e depois decidiu que seu rei queria, de fato, ouvir sua sincera opinião sobre o assunto.

— Sim, senhor. Eles são um povo bom.

O rei assentiu com a cabeça, mas insistiu.

— Eles são como nós?

William olhou para as tropas sarracenas e disse em voz alta uma verdade que, segundo ele acreditava, nenhum dos dois lados estava pronto para aceitar, e talvez nunca viesse a estar.

— Eles *são* nós.

Ricardo ficou pensativo, e então apoiou com firmeza a mão sobre o ombro do cavaleiro e o conduziu para fora da tenda, sob o sol inclemente.

— Venha, vamos acabar com isso. O julgamento da história está à espera.

70

Al-Adil observava ao longe os exércitos se prepararem para a batalha final. Olhava através das lentes de aumento do irmão, e avistou toda a linha de defesa concentrada nos limites do acampamento franco. Na verdade parecia haver duas linhas. A linha de frente consistia na infantaria, soldados que se abaixavam com as lanças enfiadas na areia, apontando em diagonal. Al-Adil percebeu que se posicionavam de tal forma que qualquer cavaleiro muçulmano que avançasse contra eles arriscaria ter seu garanhão atingido por uma lança letal. Logo atrás desses soldados havia uma fileira de arqueiros, cada um deles posicionado entre dois defensores ajoelhados. No total, cerca de 3 mil homens perfilavam-se, servindo de escudo humano contra o ataque muçulmano, e um quinto deles estava munido de bestas, que eram o tormento das forças muçulmanas.

A contragosto, Al-Adil tinha de admitir que a estratégia fora concebida de forma inteligente, porém dependia da absoluta disciplina da infantaria dos cruzados, que sofreria o impacto da investida muçulmana. Qualquer deslize por parte deles abriria uma brecha que seus homens poderiam explorar. Quando, com um movimento das lentes, o gigantesco curdo enxergou melhor seus inimigos de pele clara, ficou paralisado. Um soldado familiar com uma armadura brilhante cavalgava de um lado para o outro da linha, mas aquele não era um general comum. O jovem de cabelos dourados portava o estandarte de leão do rei, e a seu lado cavalgava William Chinon, o cavaleiro que seu irmão, levado pelo sentimentalismo, havia imprudentemente libertado na véspera da batalha.

Então era isso. O próprio Coração de Leão conduziria o ataque.

Al-Adil rapidamente passou a lente para o irmão, que estava a seu lado no posto de comando elevado. Embora Al-Adil tivesse conhecido o arrogante rei nas diversas missões diplomáticas durante o último ano, o sultão jamais vira seu adversário pessoalmente.

— O idiota do Leão nos dá a graça de sua presença.

Saladino ergueu uma sobrancelha e olhou através da lente para o lugar indicado pelo irmão.

— Ele é mais moço do que eu esperava — comentou o sultão com real surpresa. Al-Adil lembrou-se de que ele próprio havia reagido da mesma forma quando encontrou o líder bárbaro pela primeira vez. O rapaz se revelara petulante e audacioso, duas qualidades que pareciam muito em evidência naquele momento em que Ricardo arriscava a própria vida com suas tropas.

— Ele é também um tolo, se pretende liderar o ataque — disse Al-Adil, esfregando as mãos com prazer ao imaginar o líder angevino sendo atacado pela chuva de flechas de seus homens.

— Coragem e imprudência são matizes de uma mesma cor, irmão — rebateu Saladino encolhendo os ombros. E então o irmão pareceu irritado. — Tem notícias de Miriam?

Al-Adil contraiu a face. Ele fora colocado na delicada posição de supervisionar as negociações para a libertação da judia, mas seus mensageiros haviam retornado de mãos vazias.

— A moça é mantida no pavilhão do rei. Ele se recusa a negociar a libertação dela.

Saladino fez um gesto de compreensão com a cabeça. O sultão aproximou-se mais do irmão e falou quase num sussurro.

— Se eu morrer hoje, espero que você a salve.

Algo na voz de Saladino entristeceu o coração de Al-Adil. Antes da batalha, seu irmão sempre agia como se a vitória fosse garantida, mesmo quando as chances pareciam contrárias. Porém, naquele momento Saladino parecia não apenas preparado para a morte; sua voz soava como se ele aceitasse a ideia de bom grado. Al-Adil virou-se para protestar, e então viu uma luz estranha nos olhos do irmão que o deixou paralisado e sem voz.

— Eu não gosto da judia, mas gosto de você, meu irmão — disse Al-Adil finalmente. — Dou minha palavra. Ela viverá até uma idade avançada, mimada nos jardins do Egito.

Satisfeito, Saladino acenou a cabeça positivamente.

— *Insha'Allah*. Se Deus quiser.

O sultão ergueu-se e posicionou-se diante das legiões que aguardavam reunidas em torno do posto de comando. Normalmente, nessas ocasiões o sultão fazia um discurso estimulante e bem preparado, calculado para encorajar seus homens para a batalha. Porém, naquele dia ele simplesmente manteve-se diante dos soldados, sem ardor e sem orgulho, mas com uma coragem firme e profunda. Olhou para os rostos de seus comandantes, depois, nos olhos dos soldados comuns, que o adoravam e o respeitavam mais como mito do que como homem, e por fim disse palavras que, Al-Adil sabia, vinham diretamente do coração.

— Ó guerreiros de Alá, escutem-me! Durante cinco anos enfrentamos os francos numa guerra cruel para manter o controle desta terra sagrada. Durante todo esse tempo, vi inúmeros homens, assim como vocês, enfrentarem destemidamente a morte. Quantos de seus irmãos vocês já não enterraram? Homens com mulheres e filhos. Quantas mães já não choraram, sabendo que o fruto de seu ventre, os lindos bebês que um dia amamentaram, apodrece numa cova anônima, seus nomes esquecidos pela história? Todos sabem quem eu sou, no entanto, eu temo dizer que não conheço a maioria de vocês, e por isso me sinto profundamente envergonhado. Não somente de mim mesmo. Eu olho com repulsa para cada trono nesta terra, onde um homem pode sentar-se e enviar outros para a morte sem sequer saber como são suas vidas. Mas assim é o mundo, meus amigos. Os reis comandam, e os soldados morrem. E então, porque eu os conduzi até aqui, muitos de vocês morrerão hoje também.

"Porém, digo isto a vocês agora, meus irmãos. Não morram por mim. Eu não valho esse sacrifício. Mas suas mulheres, seus filhos, suas mães... é por eles que estão aqui hoje. Quando enfrentarem o ataque fulminante dos infiéis, quando virem o reflexo das espadas apontadas para seus pescoços, a ponta das lanças direcionadas aos seus corações, lembrem-se que os enfrentam e lutam... e morrem... para proteger desse destino aqueles que amam. No final, nenhuma causa, nenhuma ideia, nenhum pedaço de terra, sagrado ou profano, vale o derramamento de uma gota de sangue. Mas há uma coisa... na verdade, apenas uma coisa... no Céu e na Terra pela qual vale a pena morrer. E essa coisa é o amor. Se morrerem hoje em nome do amor, então, meus irmãos, vocês alcançarão um Paraíso que é superior a qualquer um daqueles já descritos pelos poetas ou teólogos. É um jardim que transcende as fontes eternas, os palácios e as belas virgens do Além. Pois o amor por si só é Divino, e morrer por amor é abraçar a imortalidade."

Al-Adil sentiu as lágrimas lhe encherem os olhos e viu que muitos soldados, homens que haviam enfrentado com estoicismo os terríveis males da guerra e do ódio, choravam abertamente. Olhou com admiração para o irmão, que parecia irradiar um esplendor que sobrepujava a fúria do sol de Jaffa. Como Moisés descendo a montanha com as tábuas do Senhor, o rosto de Saladino emanava uma luz tão intensa que era impossível olhar diretamente para ele.

Naquele instante, ele percebeu que até então não conhecia verdadeiramente seu irmão. Saladino nascera na família de Ayyub, mas não era um deles. Era mais do que um mero descendente do clã simples de mercenários curdos do qual se originara. Era uma centelha sagrada que descera do firmamento, e por alguma razão inexplicável, escolhera pôr os pés no meio do povo mais improvável — brutos cruéis que haviam se vendido àqueles que pagavam mais, durante mil gerações. Al-Adil sentiu-se realmente pequeno, ao constatar que compartilhavam do sangue daquele homem, cujas feições admiráveis e nobreza de caráter, podia-se dizer, eram um último vestígio do Profeta sobre a Terra. Ele não sabia por que alguém tão bruto e mau como ele próprio fora destinado a ser irmão de Saladino. Porém, descobriu, naquele instante, que amava esse homem mais do que a própria vida e o mundo juntos.

Saladino virou-se para observar o acampamento inimigo a 300 metros de distância. Ergueu o punho num último chamado para a investida contra as forças do ódio e da barbárie, que se encontravam reunidas às portas da civilização. E então deu o grito de guerra que lançaria 30 mil homens à morte em nome do amor.

— *Allahu Akbar!*

O CONFRONTO FOI DISTINTO de tudo o que ambos os lados jamais haviam visto. Ondas e mais ondas de cavaleiros muçulmanos precipitaram-se em direção às linhas defensivas das tropas de Ricardo, cuja barreira de artilharia resistia ao ataque inimigo. Os cavalos eram derrubados por lanças e bestas, e os guerreiros muçulmanos eram lançados ao chão; aqueles que sobreviviam à queda levantavam-se e investiam diretamente contra a infantaria. Cimitarras enfrentavam espadas numa explosão de aço. Os arqueiros de Ricardo disparavam saraivadas, mas cada soldado que era eliminado por uma flecha era substituído de imediato por dois outros que, enlouquecidos, seguiam em direção à morte certa e à promessa do Paraíso.

Tornara-se quase impossível ver o campo de batalha sob a pesada nuvem de poeira e fumaça, mas, através das lentes de aumento, Saladino continuava a procurar um sinal de ruptura das linhas inimigas. Os infiéis eram destemidos, ele tinha de admitir. Suas linhas defensivas permaneciam firmes, apesar da onda gigantesca de soldados de turbantes que se lançavam contra a barreira humana que se postava entre eles e o acampamento dos cruzados. Ele sentia o terrível cheiro de urina e sangue espalhado por todo o campo pelos ventos quentes de verão, manifestações gêmeas do medo e da fúria que alimentavam os homens numa guerra.

E então, quando a nuvem da batalha amainou por um instante, Saladino viu o rapaz de cabelos dourados, que fora identificado como seu arqui-inimigo, arremeter em seu cavalo contra as forças de ataque muçulmanas. Atrás dele seguia um contingente de cinquenta ou sessenta cavaleiros fortemente armados, seus enormes escudos erguidos à frente do corpo, enquanto acompanhavam seu rei num ataque suicida.

Ricardo parecia não ter absolutamente medo algum quando se lançava contra um soldado após o outro, sua espada decepando as cabeças e braços daqueles que se atreviam a entrar em seu caminho. A dramática investida dos templários contra a parte central do exército de Saladino logo espalhou confusão e terror no coração de seus homens. Muitos dos soldados do sultão começaram a fugir com a aproximação dos garanhões montados pelos francos, embora eles fossem muito mais numerosos, em todas as frentes.

— Ele é um grande guerreiro — admitiu Saladino por fim a Al-Adil, que se encontrava a seu lado no posto de comando elevado e acompanhava a batalha através das próprias lentes.

— A morte dele em nossas mãos será cantada por muitas gerações — vociferou seu irmão confiante.

Saladino suspirou.

— Não, meu irmão. Não há música na guerra.

Saladino levantou-se e montou seu corcel negro, Al-Qudsiyyah. Sabia que precisava participar da batalha a fim de revigorar seus homens, dar a eles um reforço para encorajá-los. Al-Adil o seguiu de imediato e saltou em seu próprio garanhão sem uma única palavra, embora Saladino pudesse ver o brilho em seus olhos diante da possibilidade de juntar-se à batalha. Os dois filhos de Ayyub cavalgaram em direção ao campo, seguidos por quarenta dos melhores cavaleiros de Saladino, que não deixariam seu líder enfrentar a luta sozinho.

Ao penetrar o nevoeiro de mortes, Saladino manteve os olhos atentos à procura de Coração de Leão, mas era impossível avistá-lo na confusão e no caos à sua volta. E então o sultão viu um cavaleiro cruzado vir em sua direção, e ele empunhou sua cimitarra, preparado para o desafio.

Era Sir William.

Saladino hesitou, porém percebeu que o cavaleiro não diminuiu o passo, e sabia que não tinha escolha. *Maktub*. Está escrito.

— Sem clemência, sultão! — gritou William acima do turbilhão de loucura que girava em torno deles. Saladino ergueu o escudo no momento certo para evitar o poderoso golpe da lança de William. Num movimento rápido, virou-se e atingiu a arma do inimigo com sua cimitarra. O aço damasceno atravessou a lança de madeira como uma faca atravessa a manteiga.

— Sem clemência, Sir William — disse Saladino suavemente, quando o cavaleiro deixou cair a lança estilhaçada e desembainhou sua espada de folha larga.

Os dois cavalgaram um em direção ao outro. Suas espadas encontraram-se, provocando centelhas. Saladino não era mais jovem, porém havia se exercitado diariamente com sua cimitarra desde que tomou conhecimento da nova invasão dos francos. Sabia que sua idade e experiência o ajudavam no trono, porém a única coisa que importava no campo de batalha era a força bruta.

William pareceu surpreso com a violência do ataque de Saladino, mas enquanto contra-atacava e aparava os golpes, Saladino pôde ver um sorriso sob o elmo do cavaleiro, como se eles fossem crianças e aquilo, apenas uma brincadeira. Ele retribuiu o sorriso gentilmente, embora soubesse que não haveria alegria no resultado daquele confronto.

Golpe após golpe, os amigos, que eram inimigos, cavalgavam em círculos e se atacavam. Saladino esqueceu a batalha que recrudescia à sua volta e se concentrou no adversário. Eles estavam sozinhos no deserto. Dançando. O sultão sentiu que se dirigia ao pequeno recanto de paz que sempre abrigava seu coração no momento em que estava prestes a desferir um golpe de morte no oponente.

Em seguida, lançou-se sobre o adversário e decepou a mão de William na altura do pulso.

O cavaleiro revelou mais perplexidade do que dor ao ver seu sangue jorrando do coto, no braço que manejava a espada. Ergueu a vista e encarou o sultão, e os olhos deles se encontraram pelo que pareceu uma eternidade.

Depois, com o olhar fixo na alma de William, Saladino cravou sua cimitarra na pesada armadura do cavaleiro, sentindo-a penetrar a malha metálica, rasgar-lhe a pele e o osso e se fincar no coração do homem.

E então, incrivelmente, William sorriu com um afeto que beirava o amor.

— Até lá, no Paraíso, quando nos encontraremos para o jantar, então... — disse ele, ao mesmo tempo que seus olhos começavam a fechar-se.

Saladino sentiu a própria visão ficar turva.

— Até lá, meu amigo.

Sir William Chinon caiu de bruços sobre seu cavalo.

Saladino aproximou-se e segurou as rédeas do animal. Enquanto a batalha continuava ao seu redor, ele conduzia o garanhão de William, que carregava o corpo de seu adversário de volta ao acampamento muçulmano.

Ele escutou Al-Adil seguindo-o em seu cavalo. Quando o irmão viu o corpo de William, retirou o elmo e saudou o cavaleiro morto.

Saladino desmontou e não olhou para seus homens. Não queria que eles vissem as lágrimas que lhe escorriam pela face. Em todos aqueles anos de guerra, jamais se permitira chorar por um camarada morto, enquanto a batalha ainda prosseguia. Porém, naquele dia, chorou por um inimigo. Um infiel e um pagão. E o homem de Deus mais verdadeiro que Saladino conhecera.

— Mande-o de volta a Ricardo com uma guarda de honra — ordenou Saladino a seus soldados, sem levantar a cabeça.

71

Ricardo olhou incrédulo para o corpo do amigo de uma vida inteira, William. Envolto num lençol de seda branca, o corpo fora levado para o acampamento dos cruzados, devastado pela guerra, com a flâmula de um mensageiro. Saladino enviara uma guarda de honra de sete cavaleiros para escoltar os restos mortais, mas depois de ver a expressão de horror e fúria animal no rosto do rei, os homens deram meia-volta e retornaram imediatamente para a própria zona de segurança.

Ricardo ajoelhou-se diante de William e viu as lágrimas caírem sobre a armadura rasgada e ensanguentada do amigo morto. Engasgou-se e soluçou ao ver o coto no lugar onde antes se encontrava a mão direita do cavaleiro.

— Perdoe-me por tê-lo trazido até aqui — disse ele com carinho. Era culpa sua. William o aconselhara a não embarcar naquela aventura insana, mas Ricardo escutara apenas o próprio orgulho. E agora, o único homem no mundo que Ricardo amava como a um irmão se fora.

Ricardo deu um terrível grito de ódio. Ódio a Saladino e a suas hordas assassinas. Ódio aos nobres, cujas maquinações o haviam instigado a recorrer àquele penoso e obstinado conflito. E, por fim, o ódio mais violento e amargurado a si mesmo. Não deveria ter sido William a morrer naquele dia. Deveria ter sido ele.

E então, com uma súbita explosão de fogo branco no coração, Ricardo ficou de pé e dirigiu-se a seu cavalo. Antes que algum de seus comandantes pudesse interferir, o rei pulou sobre seu garanhão e galopou como um raio, direto para o centro do campo de batalha. Ele desembainhou a espada de folha larga decorada com pedras preciosas e saiu desferindo golpes contra tudo que se movia. Não importava se viria a matar os soldados de Saladino ou os próprios. Ele mataria todos ao seu redor com a mesma facilidade e negligência com que William fora morto.

— Assassinos! Sintam a ira de Coração de Leão! — Ele ouvia a própria voz, mas ela soava como se estivesse vindo de muito longe. Os homens caíam diante dele, à direita e à esquerda, as cabeças decepadas, os olhos arrancados, enquanto Ricardo desferia golpes com a espada num ódio amargurado.

Ele mal percebera que transpusera sozinho o perímetro de defesa dos muçulmanos e que penetrara o lado inimigo da planície. Diante dele havia uma legião de mil cavaleiros, as lanças apontadas para seu coração. Ele estava sozinho em território inimigo, sem um único aliado por perto para ajudá-lo, mas não se importou.

Ricardo cavalgava de um lado para o outro nas linhas de soldados muçulmanos atordoados, que se entreolhavam, perguntando-se se aquilo era algum estratagema elaborado. Por que o rei dos cristãos se aventuraria a desafiar todo o exército muçulmano sozinho, se não estivesse de alguma forma tentando fazê-los cair numa armadilha? Alguns cavaleiros olharam para o chão à sua frente, percorrendo a área à procura de trincheiras com milhares de francos prontas para explodir a seus pés.

Ricardo brandiu a espada à frente, desafiando toda a cavalaria muçulmana a enfrentá-lo.

— Vocês são todos covardes? — gritou ele. — Vejam, o rei de seus inimigos está entre vocês. Lutem contra mim!

Um cavaleiro tentou aproximar-se, sua cimitarra em punho. Ricardo dirigiu-se a ele, descarregando toda a sua raiva sobre o único homem que teve a temeridade de confrontar sua loucura. Mal o cavaleiro ergueu a arma para atacar, Ricardo enfiou sua espada na armadura laminada que protegia o abdômen do soldado. A lâmina penetrou com tal força que Ricardo sentiu a espinha do homem estalar sob a pressão de sua arma.

Quando o cavaleiro de turbante caiu no chão, surgiu outro para tomar seu lugar. E em seguida, outro. Ricardo sentiu como se flutuasse num estranho sonho. Uma dúzia de homens parecia avançar contra ele, e, no entanto, ele não sentia medo algum. O rei canalizou todo o ódio e a fúria que pesavam em sua alma fazia um ano no braço da espada, e os inimigos caíam um a um, como bonecos de papel.

Ricardo ouviu, então, o silvo de uma flecha que atravessava a planície, e ergueu a cabeça com um sorriso, aceitando de bom grado a desejada libertação pela morte.

Porém a flecha caiu abaixo dele, atingindo o flanco de seu valente cavalo. O animal empinou-se em agonia e lançou Ricardo para fora da sela. Coração de Leão chocou-se com a terra ensanguentada, enquanto o cavalo tombava e permanecia inerte.

Ensopado de lama preta e do sangue dos soldados que ele matara com uma facilidade cruel, Ricardo levantou-se e empunhou a espada, erguendo-a num contínuo desafio. Entretanto, a linha de arqueiros não se moveu. Os soldados permaneceram em seus corcéis observando com espanto e pavor o monarca enlouquecido. Ali estava obviamente um homem que desejava a morte, entretanto ele era muito mais perigoso para os que procuravam satisfazer sua vontade do que estes últimos eram para ele.

— Danem-se todos! Cachorros! Porcos! Será que não há um só homem entre vocês?

Um terrível silêncio pairou sobre a planície. E então Ricardo viu algo estranho. A cavalaria se abriu para dar passagem a um gigante de turbante, montado num cavalo de guerra cinzento. Ele segurava as rédeas de um magnífico garanhão árabe negro e o conduzia em direção ao rei.

Ricardo reconheceu o homem. Era o bruto de barba vermelha conhecido como Al-Adil, irmão do sultão muçulmano. O guerreiro curdo parou bem em frente ao rei, que se achava desmontado, e fez uma breve saudação com um movimento de cabeça.

— Um presente do meu irmão, o sultão, para Ricardo, rei dos angevinos — disse Al-Adil. — Este aqui é Al-Qudsiyyah, o garanhão pessoal do sultão. Um homem com a sua coragem merece lutar montado num corcel de igual bravura.

Ouvir Al-Adil se dirigir a ele pelo nome desfez o estranho transe de loucura que tomara conta de sua mente. Ricardo sentiu-se desnorteado, como se tivesse acordado após um novo surto de tifo, que quase o matara um ano antes. Conseguiu controlar as pernas bambas ao dar um passo à frente e segurar as rédeas que lhe haviam sido oferecidas, curvando-se respeitosamente.

— Meu irmão também envia seus pêsames pela morte de Sir William. Ele era um bom homem — comunicou Al-Adil. — É preciso que saiba que seu nobre cavaleiro foi morto pelas mãos de ninguém menos do que o próprio sultão.

Ricardo sentiu o coração gelar diante das palavras daquele gigante.

— Diga a seu irmão que, assim como eu perdi uma pessoa querida, ele também perderá uma — disse o rei em voz alta e controlada. — Por respeito às ações cavalheirescas de hoje, pouparei a judia traidora por mais uma noite. Mas amanhã, o sultão receberá a cabeça dela numa caixa de ouro.

Então, sem nenhuma outra palavra, Coração de Leão montou no cavalo de Saladino e retornou ao acampamento dos cruzados passando pelo vórtice da batalha.

72

A noite caiu e as forças de guerra haviam se retirado para os respectivos alojamentos na planície de Jaffa. Não fazia sentido continuar o conflito, uma vez que quase não enxergavam na escuridão que desceu sobre eles com o pôr do sol. A lua nova era apenas uma fina linha oculta por trás das colunas de fumaça ascendente que cobriam o devastado campo de batalha. Os únicos homens que se encontravam na terra seca e ensanguentada eram trabalhadores de túnicas escuras pertencentes a ambos os lados. Eles haviam sido recrutados de vilarejos vizinhos que haviam sucumbido nas mãos dos cruzados ou dos muçulmanos nos últimos meses e que, sob a bandeira da misericórdia, removiam dos campos de batalha os milhares de cadáveres apodrecidos, antes que a peste surgisse e dizimasse os soldados de ambos os lados.

Enquanto o terrível processo de limpeza do campo e a preparação para mais um dia de mortes prosseguia, um dos trabalhadores afastou-se dos outros e saiu com cautela em direção ao acampamento dos cruzados. Movendo-se sorrateiramente e com extraordinária velocidade, a figura escapou à detecção das patrulhas de cruzados e seguiu rumo ao seu objetivo: o pavilhão de comando vermelho do rei Ricardo. O ato de espionagem que tentava realizar era uma loucura completa, mas o homem que procurava fazê-lo não era um espião comum.

Saladino escapara no meio da noite do próprio acampamento sem comunicar a ninguém, nem mesmo a seu irmão, Al-Adil. Se fosse capturado agora, as forças muçulmanas seriam lançadas em absoluta desordem, e a guerra provavelmente terminaria com uma rápida derrota. O sultão sabia que arriscava não somente a sua vida, mas também a de todo o seu reino com aquele ato temerário e incomum. Mas não se importava.

Saladino aproximou-se às escondidas de uma elevação de onde avistava o campo de batalha. A 30 metros acima dele encontrava-se a tenda militar escarlate que era seu destino. Não havia sentinelas no lado sul, uma vez que os cruzados consideravam impossível a subida por aquele lado íngreme, a não ser que alguém tivesse a habilidade natural de uma aranha. Embora o sultão não se considerasse assim tão habilidoso, ele tinha os próprios meios para escalar as alturas. De dentro de sua túnica de escravo, ele retirou duas adagas forjadas com destreza, com o aço damasceno da melhor qualidade do arsenal muçulmano. Saladino cravou fundo as lâminas na pedra escura da encosta, até a altura do cabo. E então iniciou a cuidadosa subida, dando um passo de cada vez em direção ao topo.

O sultão perdeu a noção de tempo ao escalar o muro de terra. À medida que a segurança do chão firme sumia de vista, ele se forçava a olhar apenas para a frente e para cima. Saladino sabia que sua comentada coragem provavelmente desapareceria de imediato se ele ousasse olhar para as pedras mortais que se encontravam lá embaixo.

Depois do que pareceram horas ou mesmo dias — ele tinha pouca consciência do tempo — terminou de escalar a lateral do despenhadeiro e caiu de joelhos sobre uma porção de argila fria. Seu coração ainda estava acelerado e foi difícil para ele concentrar a mente uma vez mais na tarefa à frente. Saladino inspirou profundamente várias vezes e recitou os 99 nomes de Alá de forma suave enquanto procurava readquirir a calma e a confiança necessárias para realizar sua missão. Ao erguer finalmente a cabeça, avistou o tecido vermelho do pavilhão do rei, a poucos metros da beirada do precipício. Olhando à sua volta com rapidez, tranquilizou-se ao descobrir que não havia nenhum guarda ali. Os cruzados haviam pressuposto, como a maioria dos homens racionais, que a topografia natural serviria como a melhor defesa para o pavilhão de comando. Porém, fazia muito tempo que Saladino deixara o mundo dos homens racionais.

A tenda era um complexo espaçoso de 30 metros de altura e o dobro em diâmetro. Ele supunha que encontravam-se ali as dependências onde os generais mais importantes de Ricardo estavam acomodados, salas de conferência, onde as questões de Estado e de guerra eram discutidas, e cômodos para armazenamento dos espólios de guerra. Mas ele não estava interessado em nada disso. Procurava um quarto na tenda, os aposentos que guardavam o tesouro mais importante do mundo.

Colocando a mão com cuidado em sua túnica preta, Saladino removeu uma faca pequena, porém mortalmente afiada. Abriu um buraco num dos lados do pavilhão, grande o suficiente para ele entrar, em seguida virou-se em todas as direções, preparado para matar quem quer que percebesse a sua chegada. Mas não havia ninguém.

Saladino andou cuidadosamente pelo pavilhão escuro, escondendo-se por trás de uma cortina divisória ao ouvir o som de vozes se aproximando. Dois soldados cruzados passaram por ele, provavelmente para alguma reunião estratégica noturna com seus comandantes, porém eles não o viram escondido nas sombras. Saladino esboçou um leve sorriso ao imaginar o que eles teriam feito se soubessem que o rei de seus inimigos se encontrava a menos de 3 metros de distância. Provavelmente urinariam nas calças até tentarem dar o alarme, porém, com certeza, teriam sido mortos antes de o menor som sair de suas gargantas.

Ele seguiu por um corredor de tecido, os olhos esquadrinhando tudo à sua volta à procura de um sinal de perigo, e então ficou paralisado. Um soldado sonolento montava guarda num dos cantos, seu corpo volumoso diante de uma dependência pequena que Saladino imediatamente descobriu ser seu destino. Aproximando-se com cuidado por trás do homem enfadado, de barba crespa e castanha, Saladino tirou da túnica um pedaço de arame fino como uma lâmina. Então passou os braços em torno do pescoço do homem, o garrote cortando-lhe a respiração com uma eficiência selvagem. O guarda corpulento morreu sem sequer saber que tivera a honra de ser morto por ninguém menos do que o grande sultão.

Puxando o corpo para dentro do quarto, Saladino voltou-se para admirar afinal o tesouro pelo qual ele arriscara tudo.

Miriam escutara o som abafado de uma luta e pulara da cama na qual dormia. Usava uma camisola azul-clara, os cabelos soltos sobre os ombros. Ao ver o guarda morto e o estranho de túnica escura, ela deu um salto, os dedos esticados como garras à sua frente.

— Se tocar em mim, eu grito.

Saladino sorriu, seu rosto ainda oculto sob o capuz da túnica de escravo.

— Sim — disse ele com carinho. — Eu me lembro de como você costumava reagir ao meu toque. Sempre me senti vaidoso.

Miriam ficou lívida ao reconhecer a voz. Saladino deu um passo à frente e retirou o capuz.

— *Sayyidi...*? — O rosto dela ficou imóvel, numa expressão de incredulidade.

E então ela correu para os braços dele. Saladino sentiu o coração disparar ao toque suave dos lábios dela nos seus. Mas Miriam não parou nos lábios.

Beijou-lhe as faces, a testa, num frenesi que beirava a histeria, como se tentasse se convencer de que ele não era um sonho, nem um fantasma.

— Mas isso é uma loucura — falou quase sem fôlego.

— Tem razão — replicou Saladino, tomando a mão dela na sua. Como ele ansiara por tocá-la de novo! — Toda essa guerra é uma loucura. Mas se for a insanidade que causará a minha morte, prefiro que seja uma que esteja enraizada em meu coração.

Ele beijou-a novamente, sentiu o maravilhoso calor do corpo dela contra o seu.

— Mas por que você mesmo veio me buscar? Você tem muitos espiões treinados.

Saladino acariciou o rosto dela.

— Ontem à noite eu fui à Cúpula da Rocha e chorei, porque não conseguia ver luz além do dia de hoje. Não havia nada que preenchesse meu vazio a não ser essa guerra miserável. Mas então eu sonhei com você e sabia que ainda havia uma coisa pela qual valia a pena lutar. Pela qual morrer.

As lágrimas encheram os olhos esmeralda perfeitos dela, e ele sentiu o coração palpitar na garganta. E então a expressão de amor no rosto dela mudou e transformou-se em um terror tão profundo que ele sentiu um calafrio lhe subir pela espinha, antes mesmo de ouvir a voz fria atrás de si.

— Que comovente!

Saladino virou-se e viu Ricardo Coração de Leão de pé na entrada da cela, sua espada de folha larga na mão.

73

Ricardo cravou os olhos na moça de duas caras e em seu improvável salvador, um sarraceno envelhecido, cuja barba tinha mais pelos grisalhos do que pretos. Desde que conheceu Miriam, ela se mostrara cheia de surpresas. Aquela seria a última que ela lhe faria. Havia muito tempo que ele se convencera de que seus sentimentos pela judia tinham sido apenas um mal do coração, do qual ele estava definitivamente curado. Porém, vendo-a naquele momento, abraçada com intimidade ao espião que se infiltrara no pavilhão de comando, Ricardo sentiu-se tomado pelo ciúme.

— Você compartilhou a cama dos reis e ainda assim se diverte com um homem do povo? — perguntou ele com desprezo, antes de conseguir conter-se.

— Não diga nada. — Miriam inclinou-se e sussurrou ao ouvido de seu salvador em árabe, mas Ricardo entendeu as palavras. Ele vivera naquela terra tempo suficiente para aprender o básico do idioma dos infiéis.

— Esse espião não terá mais nada a dizer depois que eu lhe cortar a língua — vociferou Ricardo. Ele deu um passo à frente e ergueu a espada.

— Então, chegou a esse ponto. — Dessa vez foi o espião quem falou, e num francês perfeito. Ricardo ficou petrificado, começando a perceber o impossível. O homem soltou-se do abraço de Miriam e abriu a túnica, deixando a veste preta cair a seus pés. Por baixo, usava uma armadura laminada brilhante, e no peitoral de aço se encontrava gravada a imagem de uma águia. — A paz esteja com você, Ricardo de Aquitânia. É uma lástima que reis tenham de se encontrar nessas circunstâncias.

Ricardo fitou o homem de cabelos soltos e barba cerrada, seu olhar penetrando, enfim, os olhos do arqui-inimigo. Era a primeira vez que via Saladino...

Não. Na verdade, era a segunda. Uma lembrança lhe veio à mente, desencavada de um monte de imagens insanas que o rondaram durante o surto de tifo...

... A figura ergueu a cabeça ensanguentada, e Ricardo viu seu rosto barbado banhado em sangue. Um terror glacial repentino tomou conta de seu coração. Aquele não era seu Senhor, Jesus de Nazaré. Embora não conhecesse o homem pessoalmente, bastava um olhar para aqueles olhos escuros de ancião para que a verdade fosse revelada.

A figura na Cruz era Saladino.

... E, embora isso fosse impossível, lá estava ele, em carne e osso.

— Será realmente possível? — perguntou Ricardo com sincera admiração. — Então você é o grande Salah al-Din ibn Ayyub. Há sempre uma nova surpresa nesta guerra.

Saladino sorriu e o saudou cortesmente.

— Parece que Alá lhe deu uma oportunidade única. Se me matar agora, Jerusalém será sua sem nenhuma luta.

Ricardo estava ciente disso, o que tornava a situação ainda mais inacreditável. Ele deveria ter avançado e decapitado seu detestado inimigo com um único golpe, mas se viu paralisado.

— Por que veio até aqui?

Saladino ficou sério. Fitou Ricardo nos olhos por um longo tempo, antes de responder:

— Por que você enfrentou a morte certa entre os meus soldados?

Ricardo gelou diante do sultão. Sabia a resposta a essa pergunta, claro, mas no instante em que resolveu falar, sentiu a dor e o arrependimento dilacerando seu coração.

— Por William — respondeu o rei, lutando para conter o tremor na voz.

Saladino assentiu com um gesto. Seu rosto revelou de repente uma profunda compaixão, que fez Ricardo lembrar-se novamente da visão que tivera de Cristo.

— Você o amava — disse o sultão. Havia algo na voz dele que sugeria compreensão. Talvez até compartilhasse os sentimentos de Ricardo pelo cavaleiro morto... o soldado que o sultão matara com as próprias mãos, mais cedo naquele dia.

Olhando fixo para Saladino enquanto ele se postava de forma protetora ao lado de Miriam, a mulher que ambos haviam amado, Ricardo de repente entendeu. Quando falou novamente, foi como se um espírito houvesse se apossado de sua língua.

— É verdade. Aprendi que o amor é a única coisa pela qual vale a pena morrer.

Saladino olhou para Miriam, cujos olhos estavam rasos de lágrimas.

— Então já tem a minha resposta.

Ricardo deu um passo à frente, como se puxado por uma força superior a sua própria vontade. O inevitável chamado do destino.

— Eu sempre me perguntei que tipo de homem você seria — disse Coração de Leão, sabendo muito bem o que tinha a fazer. — Mas não tinha realmente entendido até hoje.

Saladino desembainhou sua cimitarra, seus olhos cravados no rosto do adversário que se aproximava cada vez mais.

— Vamos acabar com isso aqui, então? — perguntou o sultão simplesmente, como se oferecesse a Ricardo a escolha das bebidas durante um jantar.

Ricardo sorriu. Aquilo era uma total insanidade, entretanto, de pé ali, em frente ao maior inimigo de sua vida, ele sentia mais paz e tranquilidade do que jamais experimentara.

— Uma guerra entre civilizações a ser decidida num duelo?

Saladino deu de ombros e ergueu sua espada de lâmina curva, assumindo uma postura de combate. Os dois homens começaram a enfrentar-se em círculos, seus quadris ligeiramente abaixados antecipando um movimento súbito por parte do adversário.

— O que é uma guerra, senão um conflito entre dois homens?

Ele tinha razão, claro.

— É um governante sábio, sultão. Agora vamos ver se também é um guerreiro.

Sem nenhuma outra palavra, Ricardo investiu contra o sultão, que aparou o golpe da espada de folha larga com um elegante movimento de sua cimitarra. Miriam gritava enquanto os dois reis enlouquecidos se atacavam numa dança do destino. Quando a espada se chocava contra a arma de Saladino, Ricardo sentia uma onda de contentamento em sua alma. Era como se toda a sua vida houvesse sido um ensaio para aquele momento grandioso.

Os gritos de Miriam e o tinido das lâminas chamaram a atenção de todos os guardas no pavilhão. Quando as sentinelas chegaram, ficaram atônitos ao ver seu líder engajado numa luta épica com o barbado Saladino. Um rápido olhar dos olhos azuis e frios de Ricardo bastou para que seus homens se mantivessem à distância. Aquela batalha era entre o rei e o sultão.

Saladino era um lutador elegante, com grande perícia e destreza, mas Ricardo ainda mantinha a vantagem física da juventude e o privilégio de lutar no próprio território. Ele empurrava o sultão cada vez mais para trás, até encurralá-lo contra a parede de tecido do pavilhão.

Saladino levantou sua cimitarra para atacar, e Ricardo fingiu ir para a esquerda. Antes que o sultão abaixasse a arma para bloquear o ataque, a espada de Ricardo atingiu as chapas circulares da armadura laminada do inimigo e penetrou sua lateral. O sultão caiu de joelhos em agonia.

— NÃO! — Miriam tentou pular sobre Ricardo pelas costas, mas um dos soldados agarrou-a e prendeu seus braços. Ela continuou a chutar e gritar como um demônio enlouquecido enquanto Ricardo levava a espada ao pescoço de Saladino.

E então, no exato momento da maior vitória de sua vida, a terrível visão lhe surgiu na mente uma vez mais, tão real que ele sentiu como se tivesse sido transportado para um sonho por alguma magia diabólica...

... Ele viu Saladino, ensanguentado e coberto de escoriações, pendurado na Cruz, enquanto um centurião romano, um soldado com as feições de Ricardo, enfiava a lança no flanco do homem torturado.

E então ouviu a voz de seu pai ecoando através da planície de Gólgota.

"Você não pode lutar por Ele, meu filho. Ele já venceu."

Ricardo levantou a cabeça e olhou para Saladino, que do topo da Cruz olhava para ele, e aquele olhar não revelava ódio ou censura, e sim uma gentil compaixão. A mulher de rosto velado ajoelhada diante da Cruz, que ele sabia ser a Virgem Maria, também o fitava. O véu dela caiu, e ele viu que as feições banhadas em lágrimas eram as de Miriam...

Ricardo ficou paralisado, incapaz de se mover. Quando seus olhos voltaram-se involuntariamente para Miriam, Saladino aproveitou-se de sua confusão mental e se lançou contra ele. Com uma rapidez inacreditável para um homem de sua idade, o sultão jogou a espada de Ricardo do outro lado do aposento. Enquanto os soldados do rei assistiam à cena, horrorizados e desesperados, o jogo virou. Ricardo Coração de Leão agora se viu à frente de Saladino com a cimitarra do sultão em sua garganta.

Sem medo, Ricardo fitou os olhos negros do sultão. Estava preparado para o fim.

— Mate-me e acabe com isso.

Ele viu Saladino olhar para Miriam, que continuava contida pelo guarda, mas que parara de lutar. E então, sem pensar duas vezes, o sultão abaixou a arma e jogou-a para o meio do quarto. A cimitarra caiu em cima da espada de Ricardo com um tinido.

— Não é muito adequado para reis se estraçalharem como cães raivosos — disse ele, como um professor que dá uma lição final ao aluno. Saladino estendeu a mão a Miriam. Aturdido, o guarda olhou para o rei, mas Ricardo assentiu com a cabeça. O homem soltou a moça, e ela correu para os braços de Saladino.

O sultão voltou a atenção para Coração de Leão.

— Nenhum de nós dois pode vencer esta guerra — disse com determinação. — Ambos sabemos que essa é a verdade. Vamos encerrá-la então, sem mais derramamento de sangue. — Ele fez uma pausa, e sua expressão ficou sombria. — O mundo não deve perder outros Williams.

À menção do amigo morto, a visão retornou aos olhos de Ricardo uma vez mais...

... Um dos discípulos que se curvavam diante de Cristo virou-se para ele, seu rosto revelando uma paz estranha, cheia de perdão.

Era o rosto de William...

... E finalmente o rei entendeu.

— Que assim seja! — disse Ricardo com um cumprimento. No instante em que essas três simples palavras de aquiescência, que ratificavam a trégua, saíram de seus lábios, ele sentiu um peso ser retirado de seus ombros. Um peso que sempre lhe oprimira a alma, mas do qual ele não tinha consciência. O peso esmagador da história desaparecera, e Ricardo Plantageneta podia, naquele momento, tornar-se um ser humano novamente.

Saladino anuiu e fez menção de deixar a arena onde aquele ato final da guerra se desenrolara. Os soldados de Ricardo adiantaram-se para impedi-lo, porém o rei ergueu uma das mãos. Os homens confusos recuaram enquanto o sultão e sua amada Miriam caminhavam em direção à liberdade.

Saladino virou-se e sorriu para seu inimigo, e Ricardo se escutou repetindo palavras que jamais se imaginara dizendo a um sarraceno.

— Numa outra vida, poderíamos ter sido irmãos.

Os olhos do sultão cintilaram. Ele tomou a mão de Miriam na sua e beijou-a com carinho, fitando com admiração aqueles olhos verdes da cor do mar por um longo tempo. E então Saladino voltou-se para Ricardo Coração de Leão, seu maior inimigo, e seu sorriso parecia irradiar a luz de mil sóis.

— Talvez nesta vida já sejamos.

Epílogo

Jaffa – 2 de setembro, 1192

Maimônides admirava a planície de Jaffa, diante de uma visão que ele jamais imaginara. Os dois exércitos ainda se encontravam acampados nas duas extremidades do campo, porém não havia mais flechas sendo disparadas naquela região. Em vez disso, milhares de soldados de ambos os lados permaneciam perfilados em frente a uma enorme plataforma de cedro, que fora erguida às pressas durante os últimos dias de negociações.

As espadas haviam sido embainhadas. Elas não lançavam mais sombras.

A cerimônia havia sido cuidadosamente planejada por representantes de ambos os lados para garantir dignidade e honra iguais aos líderes adversários. O sol brilhava diretamente sobre eles, mas o calor torturante de agosto dera lugar à tepidez tranquilizante de setembro. Uma brisa suave soprava do litoral, onde a frota de Ricardo se preparava para levantar âncora e zarpar na longa viagem de retorno à Europa.

Ricardo e Saladino estavam a poucos metros do rabino. Ambos usavam trajes militares de gala. Coração de Leão vestia uma armadura brilhante que provavelmente nunca fora usada num dia de combate. O sultão, por sua vez, recusou-se obstinadamente a abrir mão de sua couraça laminada, amassada e desgastada pelo tempo, que salvara sua vida ao longo dos anos, porém em deferência à cerimoniosa ocasião, usava um turbante verde cintilante e uma capa cinzenta decorada com a insígnia da águia. Saladino dizia algo a Ricardo em voz baixa, que fez o jovem rei dar uma boa risada. Uma pessoa que não soubesse da amarga história entre os dois homens teria imaginado que eles eram aliados íntimos, o governante mais velho servindo de sábia figura paterna ao jovem de cabelos dourados a quem fora confiado o governo de uma nação.

O sultão olhou de relance para Maimônides, e para alegria do rabino, seu velho amigo sorriu calorosamente. O desentendimento entre os dois ainda não havia sido resolvido por completo, mas ele tinha confiança de que, com o fim da guerra, eles poderiam restabelecer a antiga intimidade. Contudo ele não sabia dizer com certeza se o mesmo aconteceria no relacionamento do sultão com sua querida sobrinha.

O olhar do homem idoso recaiu sobre Miriam, que, resplandecente, estava ao lado de Saladino, usando um radiante vestido longo de seda azul, seus cabelos cobertos com um lenço reluzente que parecia ter diamantes reais costurados no tecido. Ele sentiu um aperto no coração. O rabino não sabia o que a vida reservava para ela, nem achava que ela própria soubesse. Miriam se recusara a falar sobre Saladino com o tio quando eles, às lágrimas, haviam se reunido após sua libertação. Tudo o que ela informara fora que estava voltando para o Cairo com a bênção do sultão. Os planos de Saladino de unir-se a ela, como o sultão um dia prometera em sua presença, não foram mencionados, nem tampouco o rabino insistira nessa questão. Porém como havia percebido pelos olhares afetuosos que o sultão e Miriam trocavam, ele sabia, e aceitava, que o elo entre aqueles corações permaneceria, mesmo que eles não pudessem se unir sob as leis de Deus e dos homens.

Por trás do sultão, encontrava-se uma figura de pele clara e cabelos louros, que, segundo o rabino fora informado, era Joana, a irmã de Ricardo. A princesa sussurrava ao ouvido de Al-Adil, o homem com quem ela quase se casara num esforço para encerrar aquele violento conflito. Espalharam-se boatos de que Al-Adil se sentira tão lisonjeado com a disposição da moça de compartilhar sua cama em nome da paz que ele começara a cortejá-la em segredo. Maimônides em geral não dava crédito aos boatos que se espalhavam entre os diversos nobres, no entanto, ao ver a bela moça dando risadinhas e enrubescendo diante de algo que o tosco Al-Adil lhe sussurrava ao ouvido em seu francês primário, ele passou a considerar os rumores.

A cerimônia estava prestes a começar, e todas as atenções se voltaram para o Patriarca de Jerusalém, paramentado de preto, que se dirigiu à mesa de carvalho no centro da plataforma, atrás da qual se encontravam Saladino e Ricardo. Em frente a cada um dos reis havia uma cópia de um longo documento, preparado em árabe e em francês, que listava os termos do tratado de paz. Heráclio entregou penas aos dois homens, enquanto lia em voz alta o acordo de trégua para os milhares que haviam comparecido para testemunhar a cerimônia. A voz do sacerdote ressoou com tal vigor por todo o campo, que Maimônides se perguntava se Deus não teria preparado os ventos para espalhar as notícias da triunfante proclamação de paz pelo mundo.

Enquanto o Patriarca falava, Maimônides olhava com admiração para os nobres, reunidos ali naquela plataforma. Vindos de diferentes partes do mundo, eles haviam se encontrado naquela terra estranha, que parecia despertar o que havia de melhor e de pior no espírito humano. O destino fizera com que os caminhos deles se cruzassem. E, no entanto, eles haviam escolhido se libertar de suas amarras. Haviam segurado a pena da sorte em suas próprias mãos e escrito uma nova história para si mesmos e para suas nações. Esses homens e mulheres deixaram para trás os caminhos destroçados da guerra e da inimizade e agora seguiam juntos por um domínio desconhecido para um destino incerto. Não sabiam o que os aguardava em sua marcha em direção ao horizonte do tempo, mas todos tinham a convicção de que não podiam mais olhar para trás, para um passado repleto apenas de sofrimento e selvageria.

E foi então que os dois homens de guerra se encontraram na planície de Jaffa como homens de paz. A trégua indicava que nenhum dos lados saíra vitorioso, e, ainda assim, ambos saíram vitoriosos. Os muçulmanos e os judeus manteriam a posse de Jerusalém. Os cristãos dominariam as cidades costeiras. Era um arranjo imperfeito, porém o que mais poderia se esperar? Todos eles eram, na verdade, homens imperfeitos. Aquela era uma lição de tolerância e perdão, da qual o rabino gostaria que seus filhos e os filhos de seus filhos se lembrassem. Porém, no seu âmago, temia que o Deus da ironia reservasse outros reveses para a Terra Santa, os quais ele ainda não conseguia divisar.

Mas talvez ele estivesse errado e os dias de guerra em Jerusalém tivessem chegado ao fim. Talvez a cidade de judeus, cristãos e muçulmanos enfim realizasse seu destino como a Morada da Paz.

Salah Al-din ibn Ayyub e Ricardo Coração de Leão assinaram o tratado, encerrando assim a Cruzada. Quando o aplauso ensurdecedor ecoou por toda a planície e gritos de júbilo elevaram-se aos céus, os guerreiros de Deus cruzaram a linha que dividia as civilizações e se deram um aperto de mão.

Nota do autor

Embora baseado em acontecimentos históricos, este livro é uma obra de ficção. Os leitores que desejarem conhecer mais sobre Saladino e Ricardo Coração de Leão devem consultar os vários livros de referência escritos sobre esses importantes personagens históricos. Uma das obras mais antigas sobre a Terceira Cruzada e que pode ser encontrada ainda hoje é *Saladin and the Fall of Jerusalem*, de Stanley Lane Poole. Originalmente publicado em 1898, esse texto clássico foi reimpresso em 2002 pela Greenhill Books e permanece uma das obras acadêmicas mais importantes sobre o período. Livros mais recentes que examinam as extraordinárias personalidades envolvidas nesse conflito são: *Lionhearts: Richard I, Saladin and the Era of the Third Crusade*, de Geoffrey Regan e *Guerreiros de Deus*, de James Reston Jr. *Saladin: The Politics of the Holy War*, de Malcom Cameron Lyons e D.E.P. Jackson, é um livro extraordinariamente bem detalhado que traz de volta à vida esse grande herói muçulmano e o mundo em que viveu e reinou. Para obter uma visão testemunhal da vida durante o reinado de Saladino, os leitores poderão procurar *The Book of Contemplation: Islam and the Crusades*, de Usama ibn Munqidh. O livro é um relato autobiográfico do século XII, escrito por um aristocrata da corte de Saladino, e foi publicado pela Penguin Classics.

Aqueles que desejarem aprender mais sobre a história geral das Cruzadas, *História das Cruzadas, Volumes 1-3*, de Steven Runciman, é uma obra magistral, popular desde os anos 1950. Uma obra acadêmica mais recente e bem apreciada é *A guerra de Deus: Uma nova história das Cruzadas*, de Christopher Tyerman. *The First Crusade: A New History*, de Thomas Asbridge, enfoca as origens dos conflitos entre o cristianismo e o islamismo, cujo impacto ainda é sentido no mundo atual.

Muitos leitores acostumados a ver a história das Cruzadas sob a perspectiva ocidental podem considerar elucidativos vários livros que relatam esses acontecimentos sob o ponto de vista oriental. *As Cruzadas vistas pelos árabes*, de Amin

Maalouf e *Arab Historians of the Crusades*, de Francesco Gabrielli, lançam um olhar esclarecedor sobre a forma como esses conflitos são percebidos pelos muçulmanos.

Há também vários livros para aqueles que se interessam pela figura de Maimônides, o grande rabino que serviu como conselheiro pessoal de Saladino. *Maimonides: The Life and World of One of Civilization's Greatest Minds*, de Joel L. Kraemer, captura com excelência a personalidade e a influência desse grande pensador judeu. *Maimônides*, de Abraham Joshua Heschel, explica por que o rabino permanece uma figura central para a identidade judaica até hoje. E aqueles que desejem ler as obras do próprio Rambam, *O guia dos perplexos*, de Moses Maimônides, encontra-se disponível em um grande número de traduções do original árabe.

Para os leitores fascinados por Jerusalém, o maravilhoso livro de Karen Armstrong, *Jerusalém: Uma cidade, três religiões,* explora o poder mágico que essa cidade tem exercido sobre a humanidade através dos séculos. Outro grande livro que explica a história e o significado da cidade sagrada é *Jerusalem: City of Longing*, de Simon Goldhill.

Os estudiosos de história reconhecerão que tomei algumas liberdades em relação aos fatos ao escrever este livro. Vários personagens são puramente fictícios. Miriam, Sir William Chinon e a sultana Yasmeen são produtos da minha imaginação, embora eu tenha tentado torná-los reais no mundo em que eles foram projetados. Miriam simboliza o espírito guerreiro de sobrevivência demonstrado pela comunidade judaica ao longo da história, e sua relação com Saladino teve o intuito de explorar a intimidade que já existiu entre muçulmanos e judeus antes dos recentes conflitos políticos no Oriente Médio. O caráter de Sir William baseia-se parcialmente em lorde William Marshal, um dos mais importantes cavaleiros durante o reinado de Ricardo, e é uma tentativa de dramatizar como os cristãos sinceros teriam visto os terríveis acontecimentos das Cruzadas que mancharam a reputação da Igreja durante séculos. Quanto à sultana Yasmeen, pouco se sabe sobre as esposas de Saladino, o que me deu margem para criar um personagem vívido, que revela o enorme poder que as mulheres do harém de fato exerciam as cortes reais muçulmanas.

Para aqueles que conhecem pouco da história por trás desses acontecimentos, alguns momentos em meu romance podem parecer improváveis a ponto de o leitor tomá-los como ficção, no entanto, eles são historicamente precisos. A nobreza de caráter de Saladino ficou conhecida entre cristãos e muçulmanos, e gestos como o de enviar um médico para salvar a vida de Ricardo e o de presentear o rei cristão com um cavalo no calor da batalha são fatos registrados pelos historiadores. O caráter de Saladino era extraordinário, e ele permanece meu herói. Sua honradez e generosidade em relação aos inimigos representam a nobreza de alma que raramente é encontrada nos políticos e líderes de hoje, e espero ter capturado a essência de seu espírito.

Minha representação de Ricardo Coração de Leão, por outro lado, pode ser perturbadora para alguns leitores que estão acostumados a vê-lo através das lentes do mito. Ricardo permanece até hoje na cultura popular ocidental por causa de sua associação com as aventuras lendárias de Robin Hood. Contudo, a história de Ricardo é a de uma figura muito mais sombria do que aquela apresentada nessas fantasias heroicas. Ele era extremamente antissemita e impediu que os judeus assistissem à sua coroação. Quando os líderes judeus cometiam o erro de ir a sua corte com presentes de honra para o novo rei, ele ordenava que fossem despidos e açoitados. A brutalidade de Ricardo durante as Cruzadas, em particular a execução de 3 mil reféns inocentes em Acre, pesou contra os esforços dos historiadores de passar uma imagem positiva do homem.

E sua crueldade, no final, o levou à queda. Depois que Ricardo deixou a Palestina e retornou à Europa, foi capturado e preso na Áustria por um grupo de nobres descontentes, até que sua mãe, Leonor de Aquitânia, finalmente conseguiu sua libertação em 1194. Ele retornou à França, sua terra natal, onde continuou a lutar contra muitos de seus inimigos. Em março de 1199, Ricardo abafou uma revolta conduzida pelo visconde de Limoges, devastando a terra que cercava o castelo do visconde com fogo. O ataque a esse edifício mal defendido foi seu último ato movido por orgulho e arrogância. Ricardo foi atingido pela flecha de um jovem arqueiro que fora por ele insultado, e esse ferimento o levou à morte no dia 6 de abril de 1199. Ricardo Coração de Leão era um bravo guerreiro, porém era também orgulhoso, cruel e muitas vezes imprudente, e espero que minha caracterização do rei seja vista sob essa ótica. De muitas maneiras, esforcei-me para apresentar Ricardo como sendo uma personalidade mais complexa e com mais dramas de consciência do que a história lhe credita, simplesmente porque considero desinteressantes vilões que desempenham papéis dotados de uma dimensão apenas.

Em contraste, Saladino é reverenciado por todo o mundo muçulmano como um exemplo brilhante de moralidade e justiça, e, por essa razão, entendo que alguns muçulmanos se sentirão ofendidos com a minha decisão de retratá-lo como um homem cheio de fraquezas, em especial na história de amor que criei. Porém, não me desculpo por essa licença poética. Como muçulmano praticante, acredito que apenas Deus é perfeito, e considero extremamente perigoso (e anti-islâmico) colocar os seres humanos num pedestal de infalibilidade. O legado de honra de Saladino fala por si só, mas ele era apenas um homem, e não gostaria de ser transformado num falso santo. Espero que minha decisão de mostrá-lo como um ser humano complexo e com fraquezas apenas ressalte a grandiosidade de sua alma e suas notáveis realizações. Saladino foi um dos poucos homens na história que, sozinho, transformou o mundo. Sua morte no dia 4 de março de 1193, poucos meses depois da partida da frota de Ricardo, foi recebida com profunda tristeza em todo o Oriente Médio. Durante as preparações para seu funeral, descobriu-se que o sultão doara quase toda a sua fortuna para obras de caridade, e não havia dinheiro suficiente para pagar seu sepultamento. Saladino finalmente repousou em paz no jardim da mesquita dos Omíadas em Damasco, onde se encontra seu túmulo até hoje.

Minha esperança ao escrever esse livro foi dar vida não apenas a essas personalidades e a esses acontecimentos extraordinários, mas também motivar os líderes modernos a refletir sobre as lições que as Cruzadas nos trazem. Em um mundo devastado por fanatismo religioso, guerras santas e terror em nome de Deus, talvez possamos encontrar em nosso interior a capacidade de transcender o passado. Talvez venhamos a enxergar além dos rótulos de judeus, cristãos e muçulmanos e a dirigir nosso olhar para os corações de nossos adversários. Se formos sábios, será possível entender que, no final, somos apenas espelhos. Aqueles que amamos — e aqueles que odiamos — não passam de reflexos de nós mesmos.

Desejo a paz a todos os meus leitores.

Agradecimentos

Este romance tem uma longa história. Embora seja meu segundo livro, e tenha sido publicado depois de *A mãe dos fiéis*, ele foi escrito primeiro. O manuscrito original era um roteiro, composto logo após os horrendos ataques terroristas de 11 de setembro de 2001. Meu objetivo era enfocar a questão das guerras santas e do fanatismo religioso através das lentes da história, e a Terceira Cruzada é repleta de lições para as pessoas que vivem no mundo atual. O roteiro original despertou bastante interesse em Hollywood, mas o visionário diretor Ridley Scott foi mais rápido do que eu e chegou às telas com seu maravilhoso filme *Cruzada*. Logo que ficou claro que o roteiro do meu filme seria ofuscado pela grandiosa força cinematográfica do Sr. Scott, transformei o roteiro em um romance. Terminei o manuscrito em agosto de 2003. Passei os quatro anos seguintes tentando encontrar um editor e fiquei muitas vezes desanimado pelo fluxo constante de cartas educadas de recusa.

Em maio de 2007, fui apresentado a Rebecca Oliver, uma agente literária da Endeavor (agora WME Entertainment). Eu havia ido ao escritório da empresa como roteirista, e meu agente de televisão, Scott Seidel, prometeu passar meu manuscrito para Rebecca. Scott cumpriu sua palavra e convenceu a relutante Rebecca a examinar um manuscrito épico de um escritor iniciante sobre as Cruzadas.

A essa altura, meu livro já fora recusado tantas vezes que não acreditei que Rebecca viesse a aceitá-lo. Porém, milagrosamente, ela o aceitou. E o restante é passado.

Minha agente Rebecca Oliver, sozinha me transformou de escritor desconhecido a autor aceito internacionalmente. E por essa razão eu lhe sou muito grato. Rebecca foi a primeira pessoa a acreditar em mim, e seu empenho mudou a minha vida para sempre.

Há muitos outros, claro, a quem devo agradecimentos profundos. Scott Seidel, por enviar meu romance para Rebecca e convencê-la a lê-lo. Suzanne O'Neill, que originalmente comprou o manuscrito para a Simon & Schuster e garantiu um contrato de dois livros que levou à publicação de *A mãe dos fiéis* juntamente com este romance. Peter Borland, por sua sábia orientação como editor e amigo. Rosemary Ahearn, pelos conselhos editoriais cuidadosos quanto aos meus manuscritos. Nick Simonds, pelo entusiasmo e apoio incansáveis. Erica e Anthony Samadani, pela ajuda valiosa na revisão do manuscrito final. E Judith Curr e sua formidável equipe na Atria Books, que deram apoio aos meus livros apesar do difícil clima político do mundo atual.

E agradeço especialmente à minha família. A minhas irmãs, Nausheen e Shaheen, escritoras talentosas que me inspiraram, fazendo-me seguir em frente com meu romance. E aos meus pais, que me estimularam a seguir meu coração, mesmo que o caminho por vezes fosse incerto e assustador.

E finalmente quero agradecer a você. Um autor sem leitores não passa de um sonhador solitário. Foi para você que escrevi este livro. Obrigado por tornar meu sonho realidade.

Este livro foi composto na tipologia Adobe Garamond
em corpo 11,5/15,2 e impresso em papel off-white no Sistema
Cameron da Divisão Gráfica da Distribuidora Record.